«PAVILLONS»

Collection dirigée

par Maggie Doyle et Jean-Claude Zylberstein

DU MÊME AUTEUR

Chez le même éditeur

Ambiguïtés, 2005
Trois dollars, 2006
L'Amour et autres surprises matinales, 2008

ELLIOT PERLMAN

LA MÉMOIRE EST UNE CHIENNE INDOCILE

Traduit de l'anglais (Australie)
par Johan-Frédérik Hel Guedj

ROBERT LAFFONT

Titre original : THE STREET SWEEPER

ISBN 978-2-221-10981-6
(édition originale : ISBN 978-1-74166-617-5, Vintage Book, Random House Australia Pty Ltd.)

À la mémoire de
Rosa Robota, Estusia Wajcblum, Ala Gertner,
Regina Safirztain
et
Denise McNair, Carole Robertson, Cynthia Wesley,
Addie Mae Collins,
toutes mortes de différentes manifestations de la même maladie.

«Devant tant de malheur les montagnes s'inclinent...
Mais l'espoir ne cesse de chanter au loin»

Anna Akhmatova

Première partie

« Seneca,
le premier jus de pomme surgelé,
riche en vitamine C,
Savoureux, délicieux Seneca... »

La mémoire est une chienne indocile. Elle ne se laissera ni convoquer ni révoquer, mais ne peut survivre sans vous. Elle vous nourrit comme elle se repaît de vous. Elle s'invite quand elle a faim, pas lorsque c'est vous l'affamé. Elle obéit à un calendrier qui n'appartient qu'à elle, dont vous ne savez rien. Elle peut s'emparer de vous, vous acculer ou vous libérer. Vous laisser à vos hurlements ou vous tirer un sourire.

« Savoureux, délicieux Seneca,
aux sucres naturels. »

« Le truc, c'est de ne pas se haïr soi-même. » C'était ce qu'on lui avait raconté, au trou. « Si tu réussis à ne pas te haïr, alors ça ne te fera aucun mal de tout te rappeler ou presque : ton enfance, tes parents, ce que tu as fait et ce que l'on t'a fait », lui avait-on affirmé. Pourtant, à l'époque déjà, Lamont avait été frappé de constater que nombre de types enfermés avec lui derrière les barreaux ne se « haïssaient pas » tout à fait suffisamment. Il se rappelle encore quantité de ces types, tous assez indulgents envers eux-mêmes. Certains d'entre eux, débordant carrément d'indulgence envers leur petite personne, étaient incapables de comprendre que les autres ne leur en témoignent pas autant. Cette dissociation par rapport à celui que vous étiez, à l'endroit où vous vous trouviez, pouvait même être cocasse.

Un soir, seul, enfermé dans sa cellule, il s'était surpris à en sourire, et il y avait dans ce sourire le sentiment implicite d'être différent de tous les hommes enfermés dans toutes ces cellules. Ce n'était pas simplement de l'innocence qu'avait ressentie Lamont cette nuit-là, mais quelque chose de plus qui lui donnait l'impression de n'être qu'en simple visite dans sa situation présente, comme s'il n'était là qu'en invité. Il se percevait comme un homme qui serait monté par erreur dans le mauvais train ou le mauvais bus, incapable d'en descendre, pour l'instant. Il fallait vivre avec, pendant un temps, une sorte de désagrément temporaire. Cela aurait pu tomber sur n'importe qui. Il s'était endormi avec cette sensation, qui l'avait réconforté. Mais, dans la matinée, le sourire avait disparu, et avec lui le sentiment d'être différent de tous les autres hommes. Le temps qu'il se retrouve lui aussi à avancer d'un pas traînant au milieu d'une longue file de détenus moites de sueur qui tous attendaient leur petit déjeuner, les griefs des autres ne lui paraissaient plus drôles du tout et il lui était absolument impossible de comprendre en quoi ils avaient pu l'être. Il se souvient de son envie de renouer avec ce sentiment-là. Il a encore envie de le retrouver, même maintenant. Parfois, le souvenir de ce sentiment lui suffit presque. C'est drôle, ce qu'on peut se rappeler. Il n'y a pas moyen de maîtriser ça.

Il y avait un prisonnier là-bas – ils l'appelaient Numbers –, un petit bonhomme. Lui avait de quoi vous faire sourire. Numbers disait tout ce qui lui traversait l'esprit, tout ce qui lui entrait dans le crâne, et il essayait de vous le vendre comme si c'était un fait, un fait que Dieu soi-même venait de lui souffler doucement à l'oreille. Il avait soutenu un jour à Lamont que soixante-douze mois, c'était la peine qu'on purgeait en moyenne pour cambriolage. Numbers en était certain. À l'instant où il l'avait entendu raconter ça, Lamont avait compris que l'autre inventait. Même si c'était *vrai*, Numbers avait inventé. Qu'est-ce que cela signifiait ? Est-ce que ça recouvrait tous les États d'Amérique ? Et les condamnations fédérales, alors ? Est-ce que ça incluait les vols à main armée ? Et qu'en était-il des affaires comportant plus d'un délit, où le vol ne constituait que l'un des chefs d'accusation ? Et si on n'avait jamais écopé de condamnations antérieures ? Lamont n'avait jamais eu d'autres condamnations. Il avait été inculpé à deux reprises, mais uniquement en tant que mineur, et on n'avait finalement rien retenu contre lui. Puis par une chaude soirée, un de ses amis lui avait demandé de les conduire en voiture, un autre type bien plus jeune et lui, du quartier où ils créchaient jusqu'à la boutique d'alcools pour ensuite aller se chercher une pizza avant une soirée vidéo-télé. Lamont était resté stationné en double file, dans la voiture, à écouter la radio pendant que les deux autres entraient dans la boutique d'alcools. La première seconde où il avait saisi ce qui se tramait, c'était quand ils étaient ressortis en lui gueulant de démarrer et de foncer à toute vitesse. Le type beaucoup plus jeune, celui qu'il connaissait à peine, encore un ado en réalité, avait un pistolet. Ce gars-là, Lamont Williams ne l'avait pas croisé plus de trois fois dans son existence. Et avec l'autre, le plus âgé, ils étaient amis depuis l'école élémentaire.

Soixante-douze mois, c'était la moyenne nationale pour vol à main armée, d'après Numbers. D'abord, c'était la moyenne pour vol, ensuite, c'était devenu la moyenne pour vol à main armée. Il inventait tout ça au fur et à mesure, comme toujours. Mais si vous ne saviez rien de tout cela, au préalable ? Et si un gamin vous avait emmené faire un tour en voiture et laissé prendre le volant ? Eh bien, tout ça entrait en ligne de compte, avait admis Numbers. Et si vous n'aviez jamais rien voulu faire de mal ? Et si vous viviez seul avec votre grand-mère ? Et si la plus jolie fille du quartier était votre cousine, votre meilleure amie et votre confidente ? Et si elle était intelligente, et si elle affirmait avoir vu quelque chose en vous ? Et si elle se fiait à vous pour que vous ne vous créiez plus d'ennuis ? Michelle ne se créait jamais d'ennuis. Elle fréquentait toutes sortes d'endroits. Elle disait à Lamont qu'il pouvait venir avec elle. Vous purgiez combien d'années, en moyenne, si vous étiez ce genre d'individu ? Et si les deux autres déclaraient sous serment que vous n'étiez pas au courant ? « Ça pourrait entrer en ligne de compte », avait admis Numbers. Numbers était un idiot. Ça n'avait pas toujours été le cas, mais quand Lamont avait fait sa connaissance, les effets combinés de la drogue et des raclées qu'il avait reçues en prison l'avaient rendu trop friand de statistiques. Pourtant, quand on lui demandait quelles chances il y avait pour que l'on croie à la ligne de défense d'un Noir du Bronx, si les deux coaccusés noirs plaidaient coupables de vol à main armée, les yeux de Numbers paraissaient soudain déborder de prescience. On sentait sourdre en eux une compréhension momentanée. « T'as un souci, Lamont. »

Désormais âgé de la trentaine, Lamont était retourné vivre avec sa grand-mère à Co-Op City, dans le Bronx. Dans l'ascenseur qui descendait, il souriait tout seul. « Le truc, c'est de ne pas se haïr », lui avaient-ils affirmé lors d'une de ses séances de soutien psychologique. Ce n'était pas le cas. Il ne s'était jamais détesté, ce n'était pas son truc. Son truc, c'était de garder son calme, et d'éviter les problèmes, ou d'y survivre. C'était comme ça qu'il avait survécu à la prison. C'était comme ça qu'il avait fini par trouver un boulot, et comme ça qu'il le garderait. C'était comme ça qu'il épargnerait pour avoir un appartement à lui, comme ça qu'il redeviendrait plus ou moins un père pour sa fille. « Bonne journée, madame Martinez. » Mrs Martinez avait toujours été leur voisine, aussi loin qu'il se souvienne.

Le bus express pour Manhattan était programmé pour passer toutes les demi-heures, une fois à la demie, et ensuite à l'heure. Lamont était arrivé à vingt, il avait donc dix minutes d'avance. Il patientait près du Dreiser Loop, en face du centre commercial de la Section 1. Pour les gens qui se rendaient à Manhattan, c'était le premier arrêt, et le dernier pour ceux qui rentraient chez eux. Un bus vide était déjà stationné dans la rue, avec juste le chauffeur à l'intérieur, une centaine de mètres avant l'arrêt. Ses portières étaient fermées, il attendait de partir à l'heure prévue. Quelques femmes – presque toutes plus âgées que Lamont – attendaient là, elles aussi. Et un homme, un Latino en costume, patientait en faisant les cent pas. Il devait avoir à peu près le même âge que Lamont. Tout en se demandant s'il le connaissait, il faisait bien attention de ne pas le regarder fixement. L'homme lui tournait le dos et, de toute manière, il ne restait jamais assez longtemps immobile pour que Lamont puisse véritablement l'examiner. Il regarda autour de lui dans la rue. Sur le trottoir d'en face, un groupe d'ados faisait du boucan. Il y avait là un magasin de peinture, et une boutique « Tout à 99 *cents* », à l'ancien emplacement d'une agence de l'Amalgamated Bank. Sa grand-mère lui avait expliqué qu'ils avaient déplacé la banque dans la Section 4, mais ne se souvenait plus exactement quand. Elle n'avait aucune raison particulière de s'en souvenir mais bon, songea-t-il, quel rapport la raison aurait-elle avec la mémoire ?

« Seneca,
le premier jus de pomme surgelé... »

Huit minutes avant la demi-heure, le bus démarra et parcourut au pas la centaine de mètres le séparant de l'arrêt. Le Latino en costume fut le premier à grimper dedans. Apparemment, le chauffeur était disposé à partir un peu en avance. Lamont était content. Il était arrivé tôt et maintenant il risquait même d'arriver tôt au travail. Il laissa les femmes monter avant d'embarquer à son tour. Il passa devant le Latino qui, bien que monté le premier, restait debout à l'avant, comme sur le point d'engager la conversation avec le conducteur. Lamont alla s'asseoir au milieu de la rangée, côté chauffeur, avec ces dames disséminées autour de lui. Et il entendit le Latino en costume interpeller le conducteur.

— Vous êtes resté garé là-bas plus de vingt minutes ! Pourquoi êtes-vous resté planté vingt minutes là-bas ? Il y en a qui ont un métier, ici, vous savez ! Il y en a qui doivent arriver au travail à l'heure !

Ce bus en remplaçait un autre dont le départ était prévu à la demie et qui était tombé en panne. Immobile et silencieux derrière son volant, le chauffeur, un vieux Noir en uniforme bleu de la Manhattan Transport Authority, regardait droit devant lui, à travers le pare-brise. La portière était encore ouverte. Le Latino pointa du doigt la borne des abonnements Metrocard :

— Et maintenant, en plus de tout le reste, je suis obligé d'avoir une de ces putains de cartes sur moi.

Le conducteur continuait de regarder fixement par la fenêtre, ce qui eut l'air de mettre l'homme en costume encore plus en colère.

— Vous allez me répondre ? Vingt minutes ! Vous restez planté là-bas avec la portière fermée, vous laissez monter personne pendant vingt minutes. Vingt minutes ! Vingt minutes, bordel ! Vous allez dire quelque chose ? J'ai l'droit de savoir. C'est quoi, votre matricule ?

Le chauffeur, qui regardait toujours droit devant lui sans rien dire, ferma la portière et lança le moteur. S'il se figurait que cela suffirait à calmer l'homme au costume, il se trompait. Le Latino n'avait apparemment aucune intention de s'asseoir. Il restait debout, à proximité menaçante de l'autre, lui hurlant dessus.

— Pourquoi vous êtes resté planté là-bas vingt minutes à rien foutre, merde ?

Les passagers demeuraient figés dans leur siège. Finalement, quelques-unes des femmes échangèrent des regards furtifs. Personne ne voulait d'ennuis. Personne n'avait envie de se retrouver encore dans un fait divers. Personne n'avait envie d'être en retard. Le moteur tournait, mais le bus ne bougeait pas, et c'était leur journée que l'on venait de détourner.

— Vous croyez qu'on est forcés de supporter ça ? C'est des conneries. T'es un connard ! Tu nous prends pour des abrutis ?

Qu'est-ce que tu foutais à roupiller ? Ils peuvent rien faire comme il faut, à la MTA ? T'as rien à répondre à ça, hein, fils de pute ? C'est ça, contente-toi de la boucler. Ne dis rien. Je vais te dénoncer, tu sais ça ? Et après on verra si t'as toujours rien à dire. Vous autres... Et après vous espérez qu'on va vous soutenir, votre syndicat, alors que vous ne nous témoignez aucun respect ?

Le conducteur pouvait sentir l'haleine de l'homme sur sa peau. Lamont s'imaginait l'effet que cela devait lui faire. Cet effet, il le connaissait exactement. Lui aussi s'était retrouvé dans des situations où la brise rageuse sortie de la bouche d'un homme avait attisé son propre sentiment d'impuissance. Il était en soi déjà assez pénible de se trouver dans cette position, mais ça l'était tellement plus sous le regard des autres. Sous le regard des autres, vous le subissiez trois fois : dans votre peau, puis à travers les regards des témoins et enfin, avec un peu de recul, quand vous vous remémoriez la chose, parcouru de sueurs froides, au fond de votre lit, la nuit, n'importe quand, lorsque vous étiez de nouveau la proie d'une terreur presque inconsciente et viscérale. Parfois, c'était cette sueur froide qui venait d'abord vous avertir de ce que vous étiez sur le point de vous remémorer.

Il n'y avait qu'un remède à cela. Riposter, malgré toute la futilité d'une telle réaction, malgré la raclée que vous recevriez une fois votre résistance réduite à néant. C'était une occasion de défendre sa dignité, fût-ce au prix de la violence. Et quand tout serait terminé, peut-être considéreriez-vous quand même que cela en valait la peine. Mais comment le savoir à l'avance ? Où que l'on aboutisse, après coup, il y aura toujours un visage dans le miroir. Est-ce que ce sera le visage de l'homme qui a riposté ou celui de l'homme qui, ayant senti l'haleine chaude et puante de l'autre, l'aura absorbée, ravalée ? Et vous voilà planté là, avec les exhalaisons d'un autre qui vous assaillent par bouffées. Vous mesurez les choix qui vous sont offerts, vous essayez de vous décider. Vous ne tenez sans doute aucun compte de la douleur que vous allez éprouver, ni de sa durée. Et voici qu'à l'instant où vous avez besoin de toutes vos ressources, un second front s'ouvre – corps contre esprit. Vous ne pouvez les sauver tous les deux. Vous aurez besoin de toute votre colère, d'une clarté d'intention et d'une parfaite résolution pour vous lever et agir, vite, mais il y a toujours une part de vous-même qui supplie qu'on l'entende et vous souffle que cela n'en vaut pas la peine. Lamont était assis, la moitié de la longueur du bus le séparait du chauffeur et de l'homme en costume, pourtant il la sentait lui aussi, l'haleine du Latino sur sa peau.

— Tu vas me le donner, ton matricule? beuglait ce dernier. Lamont était le seul autre homme du bus. Pouvait-il s'attaquer à ce type en colère, dans son costume? Il se demandait s'il serait capable d'avoir le dessus. Il n'y avait pas moyen de le surprendre. Rien qu'à l'idée d'essayer, il grimaça. S'il venait à la rescousse de ce chauffeur âgé, celui-ci ne serait peut-être même pas capable de l'aider. Pourquoi fallait-il que ce type en costume ait choisi ce moment-là pour péter un plomb? Et pourquoi ne pouvait-il y avoir d'autres passagers de sexe masculin, dans ce bus?

— Je veux son matricule, continuait l'homme, en s'adressant maintenant aux passagères effrayées. Tu vas me le donner, ton matricule, enfoiré?... C'est à toi que je parle! *Maricón.* Je veux ton matricule et je veux savoir bordel pourquoi tu... bordel, pourquoi tu es resté planté vingt minutes là-bas. J'ai un boulot. Faut que j'aille travailler. Y en a qui bossent, au cas où tu serais pas au courant.

Et il continuait, en se retournant par intermittence pour s'adresser aux autres passagers.

— Faut que j'aille bosser, rappela-t-il, comme pour sa propre défense.

— On doit tous aller travailler, s'exclama soudain une vieille femme noire plus âgée.

Lamont se tassa dans son siège. De tout cela, il n'allait rien sortir de bon.

— C'est bien ce que je dis, renchérit le Latino en costume, comme si la vieille femme n'avait fait que conforter son argument. Il y a des gens, comme nous autres, qui ont un vrai boulot, mais bon... vous savez que c'est comme ça, depuis que la MTA a repris le service. Depuis qu'ils ont repris ce trajet...

— Laissez-le démarrer, s'écria courageusement la vieille dame noire.

Le bus n'avait même pas encore bougé. Le chauffeur regardait toujours fixement devant lui.

— Maintenant c'est vous qui nous retardez, ajouta une femme noire, plus jeune.

Lamont se sentait sous pression, d'être ainsi le seul autre passager de sexe masculin du bus. Savaient-elles qu'il était le seul autre passager de sexe masculin? Bien sûr qu'elles le savaient. S'il avait pu repérer la forme des boucles d'oreilles de la jeune femme, son parfum, s'il savait de quelle couleur était le soutien-gorge qu'elle portait, alors elle savait, et toutes les autres femmes aussi, qu'il était le seul autre homme du bus. Mais il espérait quand même qu'on n'allait pas le prier de tenter quelque chose. Quel genre d'homme resterait assis là, sans intervenir ? Un homme en liberté conditionnelle. Mais quel genre d'homme laisserait des femmes innocentes assises, terrorisées, dans un bus, sans rien faire ? « Le truc, c'est de ne pas se haïr », lui avait-on répété en prison. Non, le truc, c'était d'être né pour devenir la personne qui finit par vous tenir ce style de langage. Lamont avait une fille. Comment enseignerait-il à sa fille de respecter un homme qui serait resté assis dans ce bus sans rien faire ? Le truc, c'était de rester calme et d'éviter les problèmes, ou d'y survivre, de survivre assez longtemps pour avoir le luxe de se détester soi-même.

— Il peut démarrer, lança le Latino depuis l'avant du bus. Je veux juste... je lui demande seulement de me communiquer... J'ai le droit d'avoir son matricule, merde. Ton numéro, *pendejo* !

Aucun son ne venait ponctuer les vociférations de ses diverses exigences, hormis le ronronnement du moteur, comme la promesse d'un certain progrès. Lamont sentit de minuscules gouttes de moiteur lui perler au front.

— Asseyez-vous ! s'exclama une autre femme tout à coup.

— Vous savez que c'est comme ça depuis que la MTA a repris la ligne. Vous avez un syndicat de merde ultra-pépère qui n'en a rien à foutre de ceux qui sont vraiment obligés d'aller travailler. Eux, ils sont pas forcés d'aller travailler. Ils font grève. Ils font ce qui leur plaît. Le Latino s'adressait tour à tour au chauffeur et aux passagers. Il va falloir qu'on sorte, pour régler ça ? T'es obligé de me le filer, ton matricule. J'ai des témoins. Il va falloir que tu me le donnes, ton matricule, ou il faut qu'on aille régler ça dehors ?

Le chauffeur, toujours silencieux, vérifia son rétroviseur et son rétro extérieur, et commença de déboîter, mais cela ne calma pas le Latino.

— T'as les chocottes ou t'es sourd ?... T'es pas un homme, t'oses pas sortir. *Pendejo* ! lui cria-t-il.

Le bus s'ébranla. Lamont glissa discrètement un regard à la nuque du chauffeur. Tôt ou tard, n'importe quel individu normal réagirait aux injures de cet homme. Il crut le voir trembler légèrement. Quitte à trembler, il aurait dû essayer de dissimuler la chose en tremblant en cadence avec le bus. Lamont se dit que si le chauffeur laissait l'homme au costume percevoir le moindre signe de tremblement, il était fichu. Il fallait qu'il se concentre sur le fait de ne pas donner l'impression d'avoir peur. Il ne fallait pas qu'il se désunisse. Il fallait aussi qu'il conduise ce bus. Ce n'était pas obligatoire que cela finisse mal. Lamont ferma les yeux, juste un instant. La jeune femme noire lui chuchota :

— Vous allez faire quelque chose ?

Fort. Suffisamment fort pour que les autres l'entendent. Il ne répondit rien. Le Latino en costume ne s'asseyait toujours pas.

— Je t'ai dit que je voulais ton matricule, enfoiré ! Si, moi, je dois perdre mon boulot, alors toi, tu perdras le tien aussi...

S'adressant de nouveau à Lamont dans un âpre chuchotement, la jeune Noire insista.

— Vous allez rester assis là ?

— Eh bien, je ne..., commença-t-il.

Qu'attendait-elle de lui ?

— Il ne fera qu'aggraver les choses, l'interrompit tranquillement la vieille femme.

Le chauffeur allait craquer, forcément. Tôt ou tard, d'une manière ou d'une autre, il serait obligé de réagir. Lamont remarqua un gros camion qui rattrapait le véhicule sur la gauche. Fallait-il qu'il tente quelque chose ? Mais quoi ? Il avait tout un programme devant lui, pour se remettre en selle. Il avait un boulot. Il avait une fille. Cet idiot avait peut-être un pistolet. Le type était dingue. Lamont comprenait sa dinguerie à lui, mais là, c'était de la dinguerie portoricaine. Et il en avait vu, de la dinguerie portoricaine, en prison. Cela méritait le respect. Pas impossible que le chauffeur ait un pistolet.

— Appelez la compagnie, suggéra la vieille femme, en s'efforçant de calmer le type.

— La compagnie, c'est la MTA ! Il me faut son matricule ! s'écria-t-il en réponse, puis il se retourna vers le chauffeur. Tu n'as qu'à me filer ton matricule, l'esclave, et c'est tout.

— Voulez-vous vous asseoir, s'il vous plaît ? Vous mettez mes passagers en danger.

Enfin, le chauffeur avait parlé. La voix était posée, et l'accent jamaïcain.

— Le danger, c'est toi, mon pote, bordel ! Je veux ton matricule, *maricón* !

— Voulez-vous vous asseoir, je vous prie, monsieur ? répéta calmement le conducteur.

— Tu vas me forcer à m'asseoir ? Avant d'aller m'asseoir, je veux ton putain de matricule.

— *Oye, el número está allá*, s'écria une femme latino plus âgée.

— Où ça ? aboya l'homme. La femme latino désigna l'écriteau fixé au-dessus de l'endroit où il se tenait debout.

— *Cálmate. Basta ya. Coge el número*, et tu t'assieds, d'accord ?

L'homme leva les yeux et avisa le numéro d'identification. Il était là, au-dessus de lui, comme elle venait de le lui signaler. Il ne lui restait plus trop de raisons de ne pas aller s'asseoir. Il réfléchissait. Tous les passagers le regardaient réfléchir et lui, il les regardait en sachant qu'ils l'observaient, même s'ils donnaient le change. Quel besoin avaient-ils de le dévisager ainsi ? Le bus avançait, et lui, maintenant, il avait le matricule du chauffeur. Mais il n'avait toujours pas envie de s'asseoir. Pas encore. Ce serait permettre au chauffeur de beaucoup trop facilement s'en tirer. Ce conducteur de bus l'avait fait poireauter vingt minutes et c'est à cause de lui qu'il allait se retrouver au chômage. Il allait perdre son emploi, lui, tandis que ce conducteur de bus n'avait qu'à rester assis et toucher sa paie au tarif syndical, roulant seulement quand ça lui chantait. Et qu'est-ce qu'il allait en faire, de ce foutu matricule ? Ils se serraient tous les coudes, tout le monde savait ça. Mais il avait fait un tel numéro en le lui réclamant, et maintenant il l'avait. Il le regarda, ce matricule, et il sortit un stylo de sa poche de poitrine, avant de se tâter les autres poches de son autre main. « Quelqu'un a un bout de papier ? » Le chauffeur du bus lui tendit son exemplaire du *New York Post*. L'homme le prit, nota le numéro en bas de la première page, arracha le bout de papier et lui rendit le journal. Le chauffeur l'accepta sans détacher les yeux de la route. L'homme glissa le bout de papier et le stylo dans sa poche de poitrine et s'avança dans l'allée centrale, l'air gêné. Pour la première fois, il s'imaginait l'impression qu'il avait dû faire aux autres passagers. Il s'assit en face de Lamont.

— D'habitude, je n'injurie pas mes aînés, assura-t-il tranquillement aux deux dames noires, la vieille et la jeune.

— C'est bon. J'en suis convaincue, répondit la vieille.

— Ce n'est pas comme ça que j'ai été élevé, mais... pendant vingt minutes il est resté planté là-bas, et maintenant... je veux dire, je pourrais perdre mon emploi.

— Je suis certaine que ça s'arrangera, insista la vieille femme, avec un petit clin d'œil à la jeune, qui se détacha de l'homme pour de nouveau se tourner face à l'avant du bus.

Lamont remarqua qu'en se retournant elle levait les yeux au ciel, à son intention. Que voulait-elle dire? Pourquoi ce signe? Si elle pensait du bien de lui, il n'avait rien fait pour. Il n'avait pas particulièrement besoin qu'elle pense à lui. Les idiots s'imaginaient que c'était ça, justement, le truc, ne rien faire pour. Les idiots et les jeunes. Une femme comme elle, il y en avait dans tous les bus, dans tous les wagons de métro. Lui, il n'avait qu'une seule fille. Il avait un boulot. Tout cela aurait pu être franchement pire. Il n'était pas en retard au travail, lui. Pas encore. Peu importait ce que pensait cette femme. Il regarda le chauffeur et le vit s'essuyer le front du dos de la main.

— Depuis que c'est la MTA... ils... ont augmenté le tarif de cinq dollars. Je ne serais pas... je n'ai pas été élevé à injurier mes aînés... C'est juste que c'est mon boulot qui est en jeu, reprit calmement l'homme en s'adressant à la cantonade.

Que signifiait cette façon qu'elle avait eue de le regarder, Lamont se le demandait. Le truc, c'est de ne pas se haïr. C'est drôle, ce qu'on se rappelle. Il regarda par la fenêtre; il n'arrivait toujours pas à se sortir cette chanson de la tête.

« Seneca,
Le premier jus de pomme surgelé,
riche en vitamine C. »

Ce jus de pomme, il en buvait, enfant. C'était sa grand-mère qui lui en achetait, à l'époque, et qui maintenant lui en achetait de nouveau. En réalité, quel bien cela faisait-il, la vitamine C? Quelqu'un le savait-il vraiment, il se le demandait. Le Latino était à présent assis et silencieux. Le bus avait déjà presque atteint le centre-ville. Le pire était peut-être derrière eux. La grand-mère de Lamont ne jurait que par la vitamine C – la vitamine C et Jésus. Les gens parlaient-ils toujours autant de la vitamine C qu'avant? À son avis, non. Jésus, en revanche, ça marchait encore. Avec toutes les recherches qu'ils menaient sur le cancer et ces machins-là, on était en droit de croire qu'ils auraient fini par trouver une maladie que la vitamine C serait capable de guérir. Mais bon, sans doute pas, à en juger par le silence qui entourait désormais cette vitamine, par rapport à quand il était enfant. Sa grand-mère lui avait laissé un verre de jus de pomme. C'était à cause de cela qu'il s'était gravé cette chanson dans la tête. Il avait oublié de le boire, complètement oublié ce verre, jusqu'à ce qu'il le voie sur la table de la cuisine, au moment de franchir la porte en courant, pour ne pas être en retard à l'arrêt de bus. La circulation se traînait.

— Oh, nom de Dieu, fit Lamont à mi-voix quand il vit le Latino se lever, au niveau de la 59e Rue, comme lui.

Il attendit un moment, le temps que l'autre se dirige vers la porte. Il ne put s'en empêcher, il se retourna dans la direction de la jeune femme noire qui était assise à côté de lui. Avait-elle compris qu'il descendait ? Avait-elle vu son regard ? Avait-elle jeté un œil à ses mains ? L'avait-elle imaginé en sang si les choses avaient mal tourné ? Avait-elle une grand-mère qui lui servait du jus de pomme ? Elle était plus jeune que lui, mais ils avaient sans doute grandi en mangeant les mêmes choses, attrapé les mêmes maladies infantiles, consulté le même médecin de quartier. En grandissant dans le coin, ils s'étaient réchauffés et refroidis aux mêmes hivers et aux mêmes étés. Avait-elle vraiment levé les yeux au ciel ? Il quitta lentement son siège. Si elle avait grandi là où il avait grandi, elle devait forcément comprendre. Mais comprenait-elle *tout* ? Il s'avança d'un petit pas. Le bus ralentissait. Il ne pouvait attendre plus longtemps sans risquer de louper l'arrêt. Elle ne le regardait toujours pas. Il vit le Latino disparaître dans la foule de la 59e Rue, tandis qu'il prenait la direction de la 57e pour attraper le bus 31 qui effectuait tout le trajet vers l'est, jusqu'à York Avenue. La jeune femme ne le regardait toujours pas.

Il était le premier candidat jugé susceptible d'être embauché au Centre de cancérologie Sloan-Kettering Memorial, dans le cadre d'un nouveau programme de réinsertion. L'hôpital avait accepté de participer à un projet pilote au terme duquel des condamnés coupables de crimes sans violence, avec un dossier carcéral exemplaire, se verraient offrir une opportunité d'emploi dans un secteur qui leur permettrait « d'apporter quelque chose à la collectivité », selon les termes mêmes du programme. C'était un pur coup de chance qu'il en ait entendu parler : apprenant qu'il était éligible à une libération anticipée, l'un de ses amis, en prison, lui avait conseillé de se rendre dans un lieu d'East Harlem, où ils seraient éventuellement en mesure de lui dénicher un emploi. Ce lieu s'appelait l'Exodus, une association de réinsertion. Il ne s'était pas souvenu du nom, mais il avait plus ou moins retenu l'adresse – à l'angle de la 104e Rue et de Lexington Avenue. En réunissant des donations privées, quelques subventions gouvernementales intermittentes au compte-gouttes et autant de bonnes volontés que possible, l'Exodus Transitional Community avait réussi à s'assurer la participation du Sloan-Kettering Memorial. Mais cet accord n'avait pas abouti à grand-chose, car l'Exodus n'avait pas trouvé d'anciens prisonniers qui satisfassent aux critères stricts de l'hôpital : n'avoir aucun antécédent de violence ou d'abus de substances toxiques, et posséder une adresse fixe sur le territoire américain. Avant Lamont Williams, aucun des inscrits chez Exodus n'était en mesure de remplir toutes ces conditions. L'importance de sa participation à cet «essai» lui avait été signifiée par les deux parties prenantes de l'accord.

Après avoir été présélectionné, approuvé et accepté, il avait été traité comme tous les autres nouveaux employés du Sloan-Kettering Memorial et placé six mois en mise à l'épreuve. Les trois premières journées s'étaient assez bien déroulées et là, le quatrième jour, malgré son humiliante paralysie devant le supplice du chauffeur de bus, il était arrivé à l'heure. Il aimait bien l'idée de travailler dans un hôpital. Cela lui plaisait. Il appréciait d'être en mesure de poser une question à un employé d'un autre service rien qu'en décrochant le téléphone intérieur, en composant le numéro de poste de son interlocuteur, et de s'adresser à lui en ces termes : «C'est Lamont Williams à l'appareil, du service d'entretien.»

Il entra par l'accès de la 1re Avenue et signa le registre, mais dès qu'il aurait enfilé son uniforme, lui signala-t-on, il faudrait immédiatement qu'il aille se présenter à l'entrée de York Avenue. On avait besoin de lui, on lui préciserait pourquoi une fois sur place. Quand il arriva devant cette entrée de York Avenue, il ne vit personne du service d'entretien, aucun supérieur, en tout cas. Il regarda autour de lui et décida de patienter. Le chef d'équipe allait peut-être arriver d'une minute à l'autre ? Il avait beau porter une montre, Lamont avait oublié de vérifier l'heure à laquelle il s'était présenté devant cet accès de York Avenue. Il n'avait pas pensé à regarder l'heure qu'il était précisément à son arrivée sur place – cela n'avait pu être très longtemps après le début du service –, mais maintenant, il avait l'impression d'avoir attendu une éternité. En réalité, cela devait faire à peine quelques minutes, non ? Peut-être était-il censé attendre à l'extérieur, devant les portes, côté rue. Il se pouvait que le chef d'équipe s'y trouve déjà. Il passa rapidement la tête à la porte côté rue, sur York Avenue, mais n'aperçut pas de chef d'équipe, là non plus. Fallait-il qu'il trouve un téléphone intérieur et qu'il appelle quelqu'un ? Et s'il avait mal écouté les instructions, pour commencer ? Il n'en était qu'à son quatrième jour. C'était un bon poste. Il fallait qu'il franchisse la phase de mise à l'épreuve. Cela ne durerait que six mois. On lui avait expliqué qu'après douze mois, on pouvait obtenir que l'employeur vous paie vos frais universitaires, si vous arriviez à entrer dans une université. Ce serait bien perçu – un employé d'hôpital depuis douze mois, qui entre en faculté ? Ce serait bien perçu, par un juge ? S'il devait se soumettre à la décision d'un tribunal pour voir sa fille, ce serait bien perçu ? Il avait demandé à un des autres s'il avait correctement compris le système. Ça paraissait trop beau. « Ouais, quand tu entres à Harvard, ils casquent. »

Six mois de mise à l'épreuve. Il en était à la première heure de sa quatrième journée, et pas de chef d'équipe en vue, dehors non plus. On attendait peut-être de lui qu'il sache repérer le travail qui l'attendait, identifier le problème de lui-même et montrer un peu d'initiative. Il regarda dehors pour voir s'il y avait là quoi que ce soit d'évident qui ressemble au boulot d'un employé du service d'entretien. Dehors, sous l'avancée de l'hôpital, tout le monde fumait – des auxiliaires médicaux, des parents pleins d'anxiété, et même des patients. Cela ne voulait rien dire. Ils étaient peut-être tous sur le point de partir. Peut-être les patients parmi ces fumeurs souffraient-ils d'un autre cancer que le cancer du poumon, et ils avaient besoin du réconfort d'une cigarette pour tenir le coup. Quelle que soit l'explication, il était impossible de douter de l'existence de ce tas de mégots éparpillés sur le trottoir près de l'entrée. Était-ce ça qu'on attendait de lui, qu'il nettoie ces mégots de cigarette devant l'entrée de York Avenue ? Apparemment, aucun employé du service précédent ne s'en était chargé, mais cela ne paraissait pas si urgent non plus.

Il y avait un débarras, pas loin de là. Il ne l'ignorait pas. Il pourrait aller chercher un balai et une pelle et, à son arrivée, le chef d'équipe le verrait balayer le trottoir. Il avait pu être retardé. Est-ce que ça ne ferait pas bon effet – Lamont balayant les mégots du trottoir à l'arrivée du chef d'équipe ? Il faisait demi-tour pour rentrer chercher ce balai et cette pelle dans le débarras quand un homme arrivant de la rue l'arrêta.

— Vous connaissez Yale Bronfman ? Il est aux affaires réglementaires.

— Désolé, monsieur, moi, je suis du service d'entretien.

— Vous ne connaissez pas Yale Bronfman ?

— Non, monsieur, je suis...

— C'est ici la bonne entrée pour le service des affaires réglementaires ?

— Je ne sais pas, monsieur. Je suis du service d'entretien.

— Mais... vous ne connaissez pas le bâtiment ?

— Vous auriez sans doute intérêt à poser la question à la personne qui est à l'information, là-bas, monsieur... ? Je suis sûr qu'il sera capable de vous aider.

— Oh mais nom de Dieu ! s'écria l'homme, en se dirigeant vers le bureau d'information.

Lamont était-il censé connaître tous ceux qui travaillaient ici ? Était-il censé savoir où se trouvait le service des affaires réglementaires, ou même savoir ce que c'était ? Le lui avait-on expliqué ? L'avait-il déjà oublié ? Il se dépêcha de gagner le débarras. Le mieux, ce serait que le chef d'équipe arrive devant l'entrée de York Avenue et le voie déjà en train de travailler en attendant de recevoir de plus amples instructions. À la fin de chaque période d'emploi de douze mois, le chef d'équipe vous attribuait une note entre zéro et cinq. Cette note correspondait à votre augmentation, et c'était un pourcentage de votre salaire. Dans l'histoire de l'hôpital, personne n'avait jamais obtenu une note de cinq. On pouvait décrocher un trois, ou un trois virgule sept, ou un quatre virgule deux, mais personne n'avait jamais obtenu de cinq, parce qu'une note de cinq, cela représente la perfection et, comme chacun sait, personne n'est parfait. Le chef d'équipe détenait beaucoup de pouvoir. C'était lui qui déterminait votre degré de proximité par rapport à la perfection.

Lamont balayait devant l'entrée de York Avenue, et toujours aucun signe du chef d'équipe. Le vent lui soufflait des nuages de fumée à la figure et dans les cheveux. Il éternua. C'était sans doute le rhume des foins. Les arbres du trottoir d'en face, devant Rockefeller University, avaient de quoi traumatiser les narines sensibles. On lui avait déjà dit d'imputer son rhume aux arbres de Rockefeller University ou aux cigarettes des fumeurs, devant les entrées de l'hôpital, car vous n'aviez pas le droit de venir travailler en étant malade. Vous aviez droit à un certain nombre d'heures d'arrêt maladie par an, mais il fallait être bien bête pour les prendre, car dans votre dossier le chef d'équipe le verrait et retiendrait ça contre vous. Si vous éternuiez, vous aviez intérêt à accuser les arbres de Rockefeller University. Si vous étiez vraiment malade, le mieux, c'était encore de vous présenter quand même, et ensuite, au bout d'un petit laps de temps, vous pouviez signaler que vous étiez souffrant. Ils vous renvoyaient immédiatement chez vous, mais cela ne figurait pas dans votre dossier. Cela faisait bon effet : vous aviez consenti l'effort de vous présenter. Souviens-toi des arbres de Rockefeller. Ils peuvent te servir. Lamont le savait déjà. L'homme qui lui avait fait visiter les lieux, lors de sa première journée, lui avait signalé la chose à titre officieux. Personne n'avait parlé du service des affaires réglementaires. Si oui, il ne s'en souvenait pas. C'est drôle, ce qu'on retient. Ça ne dépend pas de nous.

C'était bon de balayer. Pendant un petit moment au moins, il savait qu'il faisait ce qu'il fallait, et qu'il le faisait bien. Cela ne lui prendrait pas longtemps, et il avait décidé que si le chef d'équipe ne s'était toujours pas montré quand il aurait fini de balayer, il retournerait là où il avait pointé, du côté du bâtiment qui donnait sur la 1re Avenue.

— Excusez-moi.

Il entendit une voix, mais supposa qu'elle sollicitait l'attention de quelqu'un d'autre que lui. La voix insista, alors il se retourna.

— Excusez-moi, fit un patient âgé dans un fauteuil roulant. On m'a descendu de ma chambre prendre l'air, mais il y a trop de... c'est trop enfumé, donc il vaut mieux que je rentre. Pourriez-vous me ramener à ma chambre ?

Le vieil homme – il s'exprimait avec une espèce d'accent – avait une perfusion dans le bras.

— Vous voulez retourner à l'intérieur, monsieur ?

— Oui, ici, c'est trop enfumé. Qu'ils fument tous comme ça, je n'arrive pas à y croire.

Lamont se retourna. L'autre chose qu'on lui avait dite, il s'en souvenait, c'était que le client avait toujours raison. Ce vieil homme blanc et souffrant, à l'accent étranger, était un patient, donc c'était un client.

— Eh bien, vous voyez, monsieur, moi, je suis du service d'entretien.

— Vous êtes quoi ?

— Du service d'entretien du bâtiment.

— Oui, c'est ça, dans ce bâtiment... au neuvième étage.

Lamont regarda autour de lui.

— Il n'y avait personne pour vous accompagner en bas ?

— Si, du neuvième étage, mais c'est trop enfumé, ici.

Pour le transport des patients, il y avait des règles. Seuls certains membres du personnel étaient autorisés à les déplacer d'un endroit à un autre. Il fallait dispenser des avertissements spéciaux, à propos des escaliers et des ascenseurs. Pour cela, une formation était indispensable. Les polices d'assurance de l'hôpital stipulaient tout cela très clairement.

— Monsieur, il n'y avait pas quelqu'un du service d'accompagnement des patients pour vous descendre jusqu'ici ?

— Si, bien sûr. Quelqu'un m'a descendu. Il m'a dit qu'il allait revenir et maintenant... maintenant, il ne revient pas. Pouvez-vous me raccompagner en haut... au neuvième étage ?

— Ce n'est pas mon rôle.

— Quoi ?

— Je n'ai pas le droit.

— C'est trop enfumé... avec tous ces gens.

— Laissez-moi voir si je peux vous trouver quelqu'un du SAP. Je reviens tout de suite.

Lamont empoigna son balai et sa pelle, et entra poser la question au concierge.

— J'ai un patient là dehors qui veut regagner sa chambre. Il ne devrait pas y avoir quelqu'un du SAP avec lui ?

Le concierge leva les yeux au ciel.

— L'enfoiré de Jamal ! Il a laissé le patient dans la rue ! Et sa mise à l'épreuve se termine la semaine prochaine. J'espère pour lui qu'il le potasse, son examen. Il doit passer le test HIPAA.

— Eh bien, il a laissé le patient dans la rue. C'est quoi, le test HIPAA ? Est-ce que je vais devoir...

— Merde ! Bon, d'accord, toi, tu retournes là-bas et tu restes avec le patient. Je vais tâcher de mettre la main sur quelqu'un du SAP. L'enfoiré de Jamal !

Lamont retourna vers le vieil homme dans son fauteuil roulant. Il était assis là, tenant son peignoir fermé d'une main, au milieu des fumeurs de York Avenue. Une petite brise soulevait ses fines mèches de cheveux. Il avait l'air esseulé.

— Je suis désolé. Le type, l'autre, il n'aurait pas dû vous laisser.

— Je suis bien d'accord avec vous.

— Quelqu'un devrait arriver assez vite.

— Parce que ce n'est pas une veste de fumoir, vous savez.

— Quoi ?

— Ce n'est pas une veste de fumoir, répéta le vieil homme avec un sourire, en désignant son peignoir.

— Non, non, en effet.

Quand l'homme lui redemanda de le reconduire à sa chambre du neuvième étage, Lamont lui expliqua de nouveau qu'il n'était pas autorisé à le faire. Il lui expliqua que c'était contraire au règlement. Il lui répéta ce qu'on lui avait appris au sujet de l'assurance de l'établissement. Le chef d'équipe n'arrivait toujours pas. Ou alors il était arrivé, et reparti pendant que Lamont discutait avec le concierge. Jamal avait presque atteint le terme de sa période de mise à l'épreuve de six mois.

— C'est le règlement.

— Vous savez quoi ? Je parie que vous feriez très attention.

— Je ne peux pas.

— Mais si vous pouviez, vous seriez très prudent, dans l'escalier.

— Je suis désolé, monsieur, je ne peux pas.

— À cause du règlement ?

— Oui, monsieur.

— Sinon vous le feriez ?

— Si je pouvais, oui.

— Je suis un vieil homme...

— Je suis désolé, monsieur.

— Vous savez pourquoi je suis ici ?

— Cancer ?

— Vous pourriez me reconduire là-haut par l'ascenseur de service. Les seules personnes qui nous verraient seraient aussi des services du bâtiment, donc vous ne vous attireriez pas d'ennuis.

— Désolé, monsieur.

— Ensuite vous pourriez juste me déposer devant ma chambre, et je sonnerais une infirmière.

— Je n'ai pas le droit.

— Vous seriez déjà reparti, et ce serait l'infirmière qui m'aiderait à me remettre dans mon lit.

— Je vois ce que vous voulez dire, monsieur, mais je ne peux vraiment pas.

— À cause du règlement, c'est ça ?

— C'est ça.

De l'index, le vieil homme fit signe à Lamont de s'approcher. Plus près, plus près, bougeant le doigt avec une vigueur surprenante jusqu'à ce que Lamont vienne s'accroupir à sa hauteur et qu'il puisse lui chuchoter à l'oreille, par-dessus le bruit de la circulation dans York Avenue : « La barbe avec le règlement ! »

Lamont ne put s'empêcher de sourire.

L'ascenseur de service était vide, et ils atteignirent le neuvième étage sans qu'aucun regard s'attarde sur eux. Le temps de la montée, ni l'un ni l'autre ne prononça un mot. Lamont garda les yeux rivés au sol, en veillant à se tenir à carreau. Quand ce serait terminé, il irait à la recherche du chef d'équipe. Quelles chances y avait-il pour que quelqu'un l'apprenne ? Quelles chances y avait-il pour qu'il arrive au bout de la période de mise à l'épreuve et doive apprendre le règlement HIPAA du système de santé, comme Jamal ? Et Numbers, où était-il au moment où on avait besoin de lui ? S'il était quelque part, c'était au trou. Et d'ailleurs, c'était quoi, ce règlement HIPAA ? Il fallait vraiment le connaître par cœur ?

Le vieil homme guida Lamont vers sa chambre, qui donnait sur York Avenue. Combien de temps lui faudrait-il pour se sortir cette ritournelle Seneca de la tête ? Cela ne dépendait pas de lui. Comme souvenir, il y avait pire. Maintenant, il fallait qu'il se soucie de mémoriser le règlement HIPAA. Il avait six mois pour s'en soucier, s'il arrivait à survivre tout ce temps. Il s'inquiétait sans arrêt de sa survie. Quand ils furent à la fenêtre de la chambre, le vieil homme leva la main pour le prier de s'arrêter. Puis il regarda par la fenêtre.

— C'est l'East River ?

— Mmh mmh.

— Alors là... c'est le New Jersey ?

— Non, le New Jersey, c'est vers l'ouest, vers l'Hudson. Là, c'est le Queens.

— Et cette... cette langue de terre, là-bas ?

— C'est Roosevelt Island.

— Roosevelt ?

— Mmh mmh. Je vais devoir y aller, monsieur.

— Et ça, c'est quoi ?

— Quoi... les cheminées ?

— Oui... les trois cheminées... Elles se situent où ? Sur Roosevelt Island ?

— Je ne pense pas... sans doute dans le Queens. Vous n'êtes pas d'ici, hein ? Je dois y aller.

Le truc, c'est de ne pas se haïr. Peu importe ce qu'on se remémore.

— Il faut que j'y aille. Ça vous ira, d'appeler l'infirmière ? Je dois y aller. Près de la fenêtre, vous êtes bien ? Ils vont vous aider à retourner dans votre... Monsieur ? Monsieur ?

Le vieil homme regardait fixement par la fenêtre.

— Il y avait six camps de la mort.

— Quoi ?

— Il y avait six camps de la mort.

— Six quoi ?

— Camps de la mort.

— Qu'est-ce que vous voulez dire, des « camps de la mort » ?

— Il y en avait exactement six, de camps de la mort, mais dans n'importe lequel de ces camps, vous aviez de quoi mourir plus d'une fois.

Deuxième partie

Peu avant 4 h 30, un lundi matin, Adam Zignelik, bientôt la quarantaine, se réveilla momentanément désorienté, et le souffle court, tel qu'on l'associe parfois à la crise cardiaque, ou du moins à la panique acide d'un cauchemar. Malgré les stores baissés, la chambre de l'appartement de Morningside Heights qu'il louait à l'université Columbia où il travaillait était baignée de cette vague lueur gris bleuté familière à quiconque, dans les rues avoisinantes, s'était déjà réveillé à cette heure-là. Dans d'autres parties de Manhattan, la lumière était plus ou moins variée, différente. Cette différence de lumière de quartier en quartier, c'était une chose dont personne ne parlait, apparemment. Quand il se réveilla peu avant 4 h 30, en ce lundi matin, le caractère de cette lumière ne fit qu'ajouter à l'irréalité qui s'écoulait, s'échappait, saignait de son inconscient, et se diffusait en une brume légère sur sa perception de ce jour neuf et déjà fugitif.

Au cours des minutes qui avaient précédé son réveil, un montage d'images essentiellement monochromes avait provoqué dans son esprit une série de secousses répétées, de tremblements de plus en plus violents de tout son corps, finalement presque indissociables d'une crise de convulsions. Ces images, d'individus noirs en majorité, provenaient d'une autre époque, l'époque de son père. Il y avait là Emmett Till, assis, âgé de quatorze ans pour l'éternité, la main de sa mère posée sur son épaule. En août 1955, Emmett avait quitté le foyer familial, dans les quartiers sud de Chicago, pour rendre visite à des membres de la famille à Money, dans le Mississippi. Armé seulement d'un défaut d'élocution que lui avait laissé une attaque de polio contractée à l'âge de trois ans, ce jeune garçon noir de quatorze ans était entré dans une épicerie, chez Bryant's Grocery and Meat Market, s'acheter des chewing-gums. En ressortant du magasin, il avait lancé, peut-être avec timidité, peut-être pas, « Bye, Baby », à la beauté blanche de la ville, une jeune fille plus grande que lui, Carolyn Bryant. Quand on avait retrouvé le corps d'Emmett, trois jours plus tard, dans la Tallahatchie River, l'un de ses parents, un membre de la famille originaire du Sud, ne l'avait reconnu qu'à sa bague monogrammée. On s'était servi de fil de fer barbelé pour lui attacher autour du cou un ventilateur d'égreneuse à coton, on l'avait énucléé, on lui avait logé une balle dans le crâne et enfoncé la tempe. Le sommeil d'Adam Zignelik s'était imprégné de l'image d'Emmett Till, avec la main de sa mère posée sur son épaule, ainsi que de cette autre image plus tardive, la dernière, celle de la tête d'Emmett défoncée, boursouflée, imbibée de l'eau de la rivière, celle dont sa mère, Mamie Till Bradley Mobley, avait autorisé la publication dans le magazine *Jet*, afin qu'elle soit vue par le plus de monde possible. Adam vit ces images défiler devant lui, tremblotantes, hoquetantes, et puis, l'espace d'un instant, il entrevit son père, en noir et blanc lui aussi. Après quoi son père disparut à son tour.

Le remplacèrent les images de Carole Robertson, Cynthia Wesley, Addie Mae Collins – trois jeunes filles âgées de quatorze ans –, et celle de Denise McNair, âgée de onze ans, ses cheveux nattés attachés par des rubans aux nœuds serrés, toutes souriantes – quatre jeunes filles noires qui, par un dimanche de septembre 1963, s'étaient rendues comme tous les dimanches au catéchisme de l'église baptiste de la 16e Rue, à Birmingham, Alabama. Mais ce dimanche 15 septembre, elles accédèrent à la notoriété à l'échelle nationale quand des ségrégationnistes firent sauter une bombe dans l'église. Quinze personnes furent blessées. Les quatre jeunes filles perdirent la vie. On estimait qu'à Birmingham, Alabama, à l'époque de leur assassinat, le tiers des officiers de police étaient membres du Ku Klux Klan ou entretenaient un lien avec cette organisation. Bien que ces jeunes filles aient été tuées avant sa naissance, Adam Zignelik les vit et les reconnut, dans les minutes qui précédèrent son réveil, en rage, vers 4 h 30 ce lundi matin. Il vit aussi brièvement son père, un homme blanc en noir et blanc.

Puis il vit Elizabeth Eckford, quinze ans, seule au milieu d'une foule devant la Central High School de Little Rock, Arkansas, le 4 septembre 1957. Elizabeth était l'une des neuf jeunes Noires qui comptaient à devenir les premières élèves issues de leur minorité ethnique à suivre les cours de ce lycée. Ces neuf lycéennes étaient censées arriver toutes ensemble. Elles avaient rendez-vous à 8 h 30 au coin de la 12e Rue et de Park Avenue, où deux véhicules de police devaient les conduire à l'établissement. C'était le programme convenu. Le père d'Elizabeth, Oscar, travaillait à la maintenance des wagons-restaurants, et sa mère, Birdee, apprenait à des enfants aveugles et sourds à laver et à repasser leurs vêtements, dans une école ségréguée. Et, en septembre 1957, les Eckford ne possédaient pas encore le téléphone. Personne n'avait informé Elizabeth du programme prévu.

Elle se leva ce matin-là pour se rendre dans son nouvel établissement scolaire. Elle enfila la nouvelle robe noire et blanche que sa mère et elle avaient confectionnée pour l'occasion. La robe était repassée à la perfection. Adam Zignelik pouvait en voir les plis flotter depuis la taille d'Elizabeth, d'où le modèle allait en s'évasant. Chez les Eckford, la télévision était allumée : c'était les informations. Avant que Birdee Eckford ait pu éteindre, tandis que son mari, Oscar, arpentait le couloir en réglant ses pas sur les battements de son cœur, un cigare éteint dans une main et une pipe éteinte dans l'autre, ils entendirent tous deux le présentateur s'interroger, entre le bulletin météo et une série de messages publicitaires, pour savoir si les neuf enfants de couleur iraient au lycée ce jour-là, au lendemain de la mise en garde du gouverneur Orval Eugene Faubus – si elles se présentaient, « le sang coulerait dans les rues ». Elizabeth avait entendu, elle aussi. « Ne la laissez pas y aller ! » s'écria Adam Zignelik, mais aucun son articulé, rien qui ressemble à du langage, ne sortit de sa bouche. Et puis, de toute manière, il se trouvait dans un appartement à New York, endormi au côté de sa petite amie, Diana, quelque cinquante années plus tard. « Ne la laissez pas y aller, nom de Dieu. Retenez-la ! »

Mais ni Elizabeth ni ses parents, Birdee et Oscar Eckford, n'entendirent Adam Zignelik et, alors qu'ils s'agenouillaient pour prier ensemble, ils ne le sentirent pas non plus se débattre dans son lit en implorant le père d'intervenir et d'empêcher Elizabeth de tenter de rejoindre Central High School ce jour-là. Le père d'Adam, Jake Zignelik, ignora aussi son appel. Il *fallait* qu'Elizabeth y aille. Loin de l'en empêcher, Jake Zignelik *voulait* qu'elle y aille. C'était toute l'idée. Il fallait qu'Adam le comprenne.

Elizabeth mit ses lunettes de soleil aux verres très foncés. Elle dit au revoir à ses parents, les embrassa et marcha jusqu'à l'arrêt, où elle attendit tranquillement le bus qui la conduirait à son nouveau lycée.

Mais quand elle descendit à l'arrêt le plus proche de Central High, elle ne vit aucune des huit autres lycéennes censées débuter leur scolarité avec elle ce jour-là.

« Mais bon sang, empêchez-la d'y aller, s'il vous plaît ! »

Elizabeth ne vit pas un seul Noir, là-bas. Elle vit une mer d'individus à la peau blanche, des milliers, venus de tout l'État et, à en juger par les plaques d'immatriculation, il en était aussi venu d'États voisins. Elle vit des centaines de soldats en tenue de combat, bottés et casqués. Ces soldats étaient armés. Elle vit des baïonnettes, trop nombreuses pour que l'on puisse les compter.

« Il faut qu'elle y aille, Adam. Ne fais pas l'enfant. »

Elle contempla les gardes alignés le long de la route conduisant au bâtiment scolaire, et elle contempla cette foule à la peau blanche. La veille, on lui avait dit de se présenter à l'entrée principale. C'était à une rue de l'endroit où elle se trouvait. Elle calcula qu'en longeant les bâtiments vers l'entrée de l'école elle serait plus en sécurité si elle passait derrière les soldats de la Garde nationale, de sorte que d'un bout à l'autre il y ait une rangée de gardes entre elle et la foule. Ce fut au coin de la rue qu'elle choisit d'essayer de franchir la rangée de gardes afin de passer de l'autre côté. Elle portait des lunettes de soleil et la robe plissée noire et blanche qu'elle avait confectionnée avec sa mère. C'était sa première journée dans sa nouvelle école. Elle avait quinze ans et elle choisit un soldat au hasard. Le soldat ne lui adressa pas la parole, mais il lui désigna la rue en direction de la foule. Elle tâcha de ne pas paraître effrayée et prit la direction que ce soldat choisi au hasard venait de lui indiquer. Comment aurait pu réagir un autre soldat ? Elizabeth avait toujours obtenu de très bonnes notes, toujours été une excellente élève.

« Papa, elle a quinze ans !

— Fiche-moi la paix, Adam. »

Elizabeth Eckford se dirigea vers tous ces gens et, au début du moins, cette portion de la foule qui était la plus proche d'elle recula, s'éloigna d'elle, un peu comme s'ils craignaient d'attraper quelque chose à son contact. En restant trop près, on risquait peut-être de devenir ce qu'elle était. Les gens vous dévisageraient. Rien qu'en vous retrouvant dans cette partie de la foule, tout près d'elle, vous risquez de vous faire remarquer. Vous n'êtes pas venu là dans l'espoir de vous singulariser. Vous n'êtes pas là pour ça. Et pourtant, maintenant, vous risquez de vous singulariser, sans que ce soit votre faute. Vous avez donc intérêt à vous débrouiller pour que tout le monde autour de vous sache dans quel camp vous vous rangez en réalité. Vous la haïssez. Vous la haïssez autant que tous les gens de cette foule la haïssent. Vous la haïssez peut-être même encore plus. En se tenant là, près de vous, elle vous met particulièrement mal à l'aise, plus mal à l'aise que les autres, et ce qu'ils ressentent, c'était ce que vous ressentiez il y a encore quelques instants, avant qu'elle ne vous choisisse, vous, en vous mettant particulièrement mal à l'aise. Quel besoin a-t-elle de vous choisir, vous ? Partout où elle va, elle ne sème que la perturbation. Vous le voyez bien. On vous l'a répété toute votre vie, vous le savez depuis toujours, mais maintenant vous pouvez véritablement le sentir. Elle vous fait transpirer. Elle vous donne des palpitations. Elle se tient là, près de vous, et tout le monde regarde. Oh, Seigneur, ce que vous pouvez la haïr. Pourquoi faut-il qu'elle vous mette dans cet état ? Vous la haïssez tellement.

« Papa ! »

Et puis la foule a avancé dans sa direction. Bouches béantes, pour laisser se déverser la colère et la haine. Toute la putréfaction toxique macérant dans les recoins sombres et fétides des entrailles de leurs esprits concentrée sur une jeune fille de quinze ans qui essayait d'entrer dans son lycée. Ses jambes se mirent à trembler et elle se demanda si la foule le percevait. Elle avait toute cette succession de bâtiments à franchir avant d'atteindre l'entrée principale. Elle n'avait rien à craindre, se dit-elle. Elle n'avait rien à craindre, malgré les cris de la foule, car il y avait des soldats de la Garde nationale. Toute une rangée de gardes pour la protéger. La foule continuait d'avancer.

— La voilà. Tenez-vous prêts ! hurla quelqu'un.

Elizabeth s'éloigna de la foule et se rapprocha des gardes. Elle marchait d'un pas vif, mais sans courir. Le tumulte de la foule recouvrait tout. Tout ce qu'elle avait à faire, se dit-elle, c'était de rejoindre l'entrée principale, au bout de la rue.

« Papa ! » tenta de s'écrier Adam Zignelik, cinquante ans plus tard.

Elizabeth réussit à atteindre la façade de l'école. Elle s'approcha d'un autre garde. Celui-ci refusait de croiser son regard. Il restait l'œil fixé derrière elle, au-dessus de sa tête, comme si elle n'était pas là. Le brouhaha l'encerclait, comme une composante de l'atmosphère. Le garde refusait de la laisser passer. Elle entrevit un passage qui menait directement à l'entrée principale, un peu plus loin devant elle. Elle se retourna et l'emprunta. Elle n'avait pas compris que le lycée était si vaste. Des élèves blancs rejoignirent les gardes, à l'entrée, et on les laissa passer. Toujours avec la sensation que ses jambes risquaient de se dérober sous elle à tout moment, elle marcha vers le garde qui laissait passer ces élèves blancs. Il ne broncha pas. Là encore, c'était comme si elle n'était pas là. Elle essaya de se faufiler entre lui et son collègue posté à côté. Ce dernier dressa sa baïonnette, pour lui barrer l'accès. Puis les autres gardes resserrèrent les rangs. Ils dressèrent leurs baïonnettes, eux aussi. La foule se tut, comme si elle sentait quelque chose, un changement, une nouvelle phase. Elizabeth ne savait que faire. Elle se détourna des gardes et resta plantée là, entre eux et la foule, qui marchait maintenant sur elle, se rapprochait de plus en plus, et elle entendit ces mots :

— Lynchez-la ! Lynchez-la !

Où était Jake Zignelik, à cet instant ? Y avait-il quelqu'un qui allait aider cette jeune fille, quelqu'un qui se trouvait réellement sur place ? Qu'advient-il de la bonté humaine, dans les entrailles de la foule ? Cette bonté peut-elle exister, ou s'est-elle complètement éteinte ? Le regard d'Elizabeth tomba sur une vieille femme blanche dont les traits n'exprimaient pas le contraire de la bonté. Ce ne fut qu'un coup d'œil, mais à travers ses lunettes de soleil, Elizabeth discerna ce dont elle avait en cet instant besoin plus que tout. Elle se retourna et marcha vers cette vieille femme blanche, mais quand elle s'approcha d'elle, celle-ci lui cracha au visage. Le crachat y resta. Elle ne voulait pas y toucher. La foule s'approcha encore plus, et elle entendit quelqu'un hurler : « Aucune garce de négresse n'entrera dans notre école. Virez-la d'ici ! »

Elle se retourna, pour faire de nouveau face aux gardes, mais ils demeuraient impassibles, impassables. Le vacarme de ces milliers d'individus blancs en colère, Elizabeth n'avait jamais rien entendu de tel. Elle avait toujours eu de bonnes notes. Elle avait toujours été polie, toujours été une bonne fille, n'avait jamais compliqué la vie de ses professeurs, elle avait toujours été attentive. Ces gens ne la connaissaient pas. Qu'avait-elle commis de si mal, en quinze années d'existence, pour qu'ils la haïssent tant ? Ils étaient si nombreux, et ils la haïssaient tous. Ce sentiment paraissait si fort, alors qu'aucun d'eux ne la connaissait. C'était dur de se dire cela, mais elle se raccrocha à l'idée qu'en un sens il vaudrait peut-être mieux pour elle d'essayer de regagner l'arrêt de bus d'où elle était arrivée. C'était son nouveau plan, tâcher de retourner au banc de l'arrêt de bus. Elle fit demi-tour et entama ce trajet de retour, encadrée par la foule. Elle ne courait pas, mais elle avait toujours l'impression que ses jambes pouvaient se dérober sous elle à tout moment. Elle gardait sur elle le crachat d'une vieille femme blanche. Quand elle arriva enfin au banc de l'arrêt de bus, ses jambes flanchèrent, mais elle s'appuya au dossier.

Malgré tout ce qu'elle avait vu et entendu, et malgré la peur qu'elle ressentait, comme autant de chocs électriques, de décharges qui lui traversaient les viscères et les muscles jusqu'à ses terminaisons nerveuses, à fleur de peau, elle puisa en elle une dignité qui lui semblait appartenir à un code de conduite étranger, étranger au monde auquel elle était confrontée. C'était une dignité que ses parents avaient su d'une certaine manière instiller en elle. Pendant quinze ans, ils avaient su l'entretenir. Elle s'assit sur le banc de l'arrêt de bus et continua de puiser cette dignité au fond d'elle. La foule se rapprochait, et elle entendit quelqu'un hurler : « Traînez-la jusqu'à cet arbre ! On va s'occuper de cette négresse. »

« Papa ! »

Le jour où tout ceci se produisit, le jour où de jeunes hommes dans la foule qui avait suivi Elizabeth Eckford jusqu'à l'arrêt de bus et se trouvaient maintenant derrière elle se mirent à crier : « Lynchez-la ! Aucune garce de négresse n'entrera dans notre école. Faut la lyncher ! Lynchez-la ! Lynchez-la ! », Adam Zignelik n'était pas né. Jake Zignelik, lui, était né, mais il n'était pas sur place. Qui était sur place, pour Elizabeth Eckford, à l'arrêt de bus voisin de l'arbre, à Little Rock, Arkansas, en ce matin du 4 septembre 1957 ? Des milliers de personnes étaient là. Y avait-il quelqu'un, au milieu d'elles, pour la soutenir ?

Des caméras de télévision étaient là. Et des journalistes de radio. Rédactrice en chef du quotidien noir l'*Arkansas State Press*, dont son mari, L.C. Bates, était le directeur, Daisy Bates présidait la section Arkansas de la NAACP[1], l'Association nationale pour l'avancement des gens de couleur. La nuit précédente, ils n'avaient pu trouver le sommeil à cause des voitures qui allaient et venaient devant chez eux à toute vitesse en klaxonnant, leurs passagers braillant : « Hé, Daisy, tu connais la nouvelle ? Les Noirauds n'entreront jamais à Central High School ! » Ce matin-là, Daisy et L.C. Bates venaient de se mettre en route pour rejoindre les neuf enfants noires quand ils entendirent le présentateur dans l'autoradio.

« Une jeune négresse a été agressée par la foule à Central High... »

---

1. National Association for the Advancement of Colored People. (*N.d.T.*)

Daisy Bates comprit que la jeune fille devait être Elizabeth Eckford, qui habitait avec ses parents et son petit frère dans une maison qui n'avait pas le téléphone. Elizabeth n'avait pas été mise au courant du plan prévu. Personne ne lui avait rien dit. L.C. Bates freina brusquement et bondit hors de la voiture pour filer retrouver la petite. Daisy prendrait le volant jusque là-bas. Mais ils n'étaient que deux, ils étaient noirs, et ils se trouvaient encore à plusieurs rues de là.

Il y avait déjà des milliers de personnes près du banc de l'arrêt de bus, à côté de l'arbre, avant que L.C. Bates n'y arrive. Jake Zignelik, lui, n'y était pas. Adam Zignelik, qui avait tout vu, peu avant 4h30, en ce lundi matin, n'était pas encore né. Y avait-il quelqu'un d'autre, sur place ?

Benjamin Fine, journaliste du *New York Times* spécialiste des questions éducatives, était présent. Il se faufila derrière Elizabeth, derrière le banc. Puis, jouant encore des coudes, il s'approcha un peu plus, réussit à se glisser tout près de la jeune fille et à s'asseoir à côté d'elle. Il lui passa un bras autour de l'épaule. Il lui releva un tout petit peu le menton et lui dit : « Ne les laisse pas voir tes larmes. » Grace Lorch aussi était présente, et cette femme blanche était mariée à un homme blanc qui enseignait dans une université locale réservée aux Noirs. Elle se fraya un chemin jusqu'à Elizabeth et lui parla gentiment, mais la jeune lycéenne était si terrorisée que cette gentillesse ne l'atteignit pas. Grace Lorch la conduisit vers une épicerie voisine au milieu des quolibets de la foule, pour tenter d'appeler un taxi. Mais on leur claqua la porte de l'épicerie au nez. Grace Lorch la conduisit alors au bus, qui les emmena toutes les deux à l'école ségréguée où Birdee Eckford enseignait à des enfants aveugles et sourds à laver et à repasser leurs vêtements.

Après quoi, pour Elizabeth Eckford, toutes les foules formeraient des émeutes, et lorsqu'elle reverrait cette émeute la nuit dans sa chambre, elle crierait. Quand ils entendraient ce cri, son frère se réveillerait, et ses parents accourraient auprès d'elle. Mais quand elle criait, il arrivait aussi qu'aucun son ne sorte, tout comme pour Adam Zignelik, peu avant 4h30 ce lundi matin, une cinquantaine d'années plus tard, dans l'appartement de Morningside Heights qu'il louait à l'université Columbia, où lui – le fils de Jake Zignelik –, il enseignait l'histoire.

Il fallait resituer tout cela dans son contexte, expliquait ce dernier à son fils. Les « Neuf de Little Rock », ainsi que ces lycéennes se firent connaître, était le nom donné aux premières collégiennes noires ayant tenté de s'inscrire dans une école publique de l'Arkansas, mais cet événement était déjà postérieur de trois années à la décision rendue par la Cour suprême dans l'affaire *Brown c. Board of Education.*

— Est-ce que c'est long, trois ans ? avait demandé Jake Zignelik à son fils de huit ans devant leurs sandwiches au poulet et leurs sodas, à Bryant Park.

Adam avait réfléchi un moment avant de répondre sur un ton hésitant.

— Ça dépend.

Son père l'avait serré dans ses bras.

— C'est exact ! C'est parfaitement exact. Excellente réponse. Ça dépend. Trois ans, si on retient sa respiration, c'est long, d'accord ? Mais si on veut changer la mentalité de plus de la moitié d'une nation ? Si on veut modifier certains droits acquis, est-ce long ? Si on veut rompre avec des générations de peur, est-ce long ?

Le jeune Adam avait l'impression que son père l'orientait vers une réponse négative, mais ce « non » n'était sûrement pas la bonne réponse. Il le savait. Mais son père continuait à parler, ce qui ne le surprit pas, et il n'eut donc pas à répondre.

— La guerre de Sécession, c'était quand ?

— De 1861 à 1865.

— Exact. Et quel était l'enjeu ?

— L'émancipation des esclaves, répliqua le jeune garçon de huit ans, la bouche pleine de sandwich.

— Entre autres choses, oui. Exact. Exact. Et quand Lincoln a-t-il rendu publique la Déclaration d'émancipation ?

— En 1863.

— Enfin, Lincoln l'a annoncée en septembre 1862, mais elle n'est entrée en vigueur que le 1er janvier 1863. Et de quand date la décision de la Cour suprême, *Brown c. Board of Education* ?

— 1954.

— Et qu'entraînait-elle, cette décision, quel était l'effet recherché ?

Adam se mit à réciter presque par cœur :

— « Thurgood Marshall, devenu le juge Thurgood Marshall, de la Cour suprême des États-Unis, a su plaider avec succès dans l'affaire *Brown c. Board of Education*, en 1954. La décision de la Cour suprême a débouché sur la fin de la ségrégation dans les écoles publiques et annulé la doctrine "séparés mais égaux" énoncée par la décision *Plessy c. Ferguson*, en 1896. »

— Absolument exact, répondit son père.

Jake Zignelik était présent, en 1954, à la Cour suprême, quand Thurgood Marshall avait plaidé l'affaire *Brown c. Board of Education.* En 1949, jeune diplômé de la faculté de droit de Columbia, Jake Zignelik, juif new-yorkais, était allé travailler pour le compte de ce qui deviendrait plus tard le Fonds de défense juridique et de l'enseignement de la NAACP, plus tard identifié sous un simple acronyme : le LDF, ou Legal Defense Fund. Ensuite, Thurgood Marshall l'avait pris sous son aile. Au cours de sa longue carrière, il avait représenté Martin Luther King et beaucoup d'autres, en plaidant de nombreuses affaires de droits civiques devant la Cour suprême. Il avait représenté des étudiants noirs qui souhaitaient se faire admettre dans des facultés et des écoles professionnelles frappées de ségrégation, des Noirs accusés d'avoir violé des Blanches et des soldats noirs sujets à la discrimination raciale au sein des forces armées. Il était plus tard devenu le conseil juridique du LDF.

— Très bien, fit Jake Zignelik à son fils Adam. Surveille ta valise. Surveille toujours ta valise, surtout dans le parc. Donc, ces trois années entre la décision Brown et les «Neuf de Little Rock» s'inscrivaient en réalité dans le cours de ces quatre-vingt-dix années durant lesquelles toute une série de gens ont attendu que le gouvernement tienne ses promesses. Et c'était exactement l'argumentation de Thurgood. C'était après l'affaire Arthurine Lucy. On lui avait demandé s'il était gradualiste. Tu sais ce qu'est un gradualiste ?

— Oui.

— Qu'est-ce qu'un gradualiste ?

— Quelqu'un qui veut que le changement se fasse graduellement, répliqua le jeune Adam, ainsi qu'on le lui avait appris.

— Exact. Après l'affaire Lucy, Thurgood avait déclaré qu'il croyait au gradualisme, non sans ajouter que quatre-vingt-dix ans ou presque, cela lui paraissait suffisamment graduel. Lui donnes-tu raison ?

— Oui.

— Moi aussi. Quatre-vingt-dix ans ou presque, c'est long, quand on attend d'être traité avec la même dignité que chacun est en droit d'attendre, d'espérer, en application de la loi. Tu vois, à quoi sert d'avoir des lois si elles ne sont pas respectées, si elles ne sont pas appliquées ? En réalité, cela reviendrait à dire qu'il existe des lois que l'on doit respecter, auxquelles on doit obéir et d'autres dont on n'a pas vraiment à se soucier. Et il se trouvait justement que les lois dont on n'avait pas à se soucier affectaient toujours les mêmes individus Lesquels ?

— Les Noirs.

— Exact, les Noirs. Dès l'époque où on a enlevé leurs ancêtres, où on les a emmenés contre leur volonté... Peux-tu t'imaginer séparé de ta famille, de force, pour être utilisé comme un objet, et non comme une personne, à seule fin de permettre à d'autres individus de s'enrichir ?... Dès cette époque, il n'y a pas eu un seul moment où les Noirs n'ont pas eu à affronter la discrimination, où ils n'ont pas senti que leur vie était plus dure que celle des autres, uniquement parce qu'ils appartenaient à un certain groupe, le groupe où ils étaient nés. Bien sûr, d'autres individus ont vécu de dures épreuves, notamment tes grands-parents. Toutes sortes de gens, à différentes périodes, souffrent à cause de toutes sortes de motifs, mais les Noirs sont les descendants d'individus qui n'ont même pas choisi de venir ici, qui ont souvent été traités comme des animaux rien que pour permettre aux Blancs d'en tirer de l'argent. Et qu'a fait notre gouvernement, leur gouvernement ? Malgré toute la formidable dimension de la Déclaration d'indépendance, malgré toute la formidable dimension de la Déclaration d'émancipation, et même en dépit de la décision que Thurgood a défendue devant la Cour suprême dans le cadre de *Brown c. Board of Education*, le gouvernement a tourné le dos aux Noirs.

— Alors le gouvernement, c'est l'ennemi ?

— Non, le gouvernement peut être une source d'équité. C'est pour cela qu'il existe.

— Alors... qui est l'ennemi ? demanda le jeune Adam, son sandwich dans une main, l'autre posée sur sa valise.

— L'ennemi, lui expliqua Jake Zignelik, c'est le racisme. Mais, vois-tu, le racisme n'est pas une personne. C'est un virus qui infecte les individus. Il peut infecter des villes et des métropoles entières, et même des pays entiers. Parfois, quand les gens sont atteints, cela se lit sur leur visage. Ce virus peut aller jusqu'à paralyser des gens très bien. Il peut entraîner la paralysie du gouvernement. Partout où nous le rencontrons, nous devons lutter contre. C'est ainsi qu'agissent les gens bien.

Adam Zignelik avait retenu tant de choses des explications que son père lui livrait toujours trop hâtivement, lors de ces visites à New York. Les noms, les dates, les individus associés à cette lutte ; et toujours cet article de foi, réitéré sans relâche. Il lui revenait tel un mantra, à des moments où d'autres se seraient appuyés sur l'incantation religieuse ou l'injonction formelle. « C'est ainsi qu'agissent les gens bien. » Il lui était revenu une première fois après que son père l'avait embrassé pour lui dire au revoir et l'avait mis dans l'avion pour le renvoyer chez sa mère. Le très long vol vers l'Australie lui avait amplement laissé le temps de se répéter ce mantra sans relâche, attaché dans son siège, une couverture sur les genoux, en tâchant de dissimuler ses larmes au passager assis à côté de lui ou aux hôtesses, qui paraissaient guetter ce genre de moment chez les petits garçons voyageant seuls sur d'aussi longs vols. « C'est ainsi qu'agissent les gens bien. »

Lorsque Adam arriverait chez lui, à Melbourne, il raconterait tout ce qu'il avait retenu à autant de gens que possible, et il retenait tout ce que son père lui avait dit. Il se souvenait du travail de son père, des gens avec qui il travaillait, des endroits, des dates, des lois, des affaires, des décisions diverses rendues par divers tribunaux et de leur signification. Il en parla à ses amis qui n'y comprenaient rien et qui s'en fichaient. Il en parla à ses professeurs qui comprenaient davantage et qui, dans leur majorité, auraient pu s'en soucier davantage, ce qui tantôt le démoralisait, tantôt le mettait en colère. Après tout, le père d'Adam s'appelait Jake Zignelik. Ils avaient peut-être entendu parler de lui. Tous ceux que le jeune Adam avait rencontrés à New York avaient entendu parler de lui. Évidemment, le petit garçon n'avait rencontré que des gens que lui présentait son papa. Adam avait rencontré le juge Marshall, à plusieurs reprises, et même en de multiples occasions. Ces gens, ces adultes, ces professeurs, que faisaient-ils de leur existence ? Il leur parlait du juge Thurgood Marshall, là, zut, quoi ! Lui, il le connaissait. Il en parla à sa mère, qui comprenait tout et qui se souciait énormément de tout cela. Elle s'y était suffisamment intéressée, dans le temps, pour aller chercher un Jake Zignelik à l'autre bout du monde.

Au cours de la décennie postérieure à la Première Guerre mondiale, des éruptions de violence, des pogroms contre les populations juives, enfiévrèrent certaines poches d'Europe orientale. En même temps, aux États-Unis, l'adoption du Johnson-Reed Act réduisait ce qui avait constitué le flot de l'immigration juive à un mince filet. Tous les juifs d'Europe de l'Est qui espéraient entamer une nouvelle vie dans le Nouveau Monde devaient maintenant envisager de partir pour un monde encore plus neuf. Les grands-parents maternels d'Adam Zignelik arrivèrent en Australie au début des années 1930, un pays si lointain qu'ils n'avaient jamais été tout à fait certains de son existence avant de se mettre à quai, à Port-Melbourne. Ils s'étaient installés dans le quartier de Carlton, en plein centre-ville. Ils vivaient des maigres revenus de la confection de lainages, de cardigans et de pull-overs, ou de « chandails », comme on les appelait en Australie, sur une seule machine à tricoter, d'abord manuelle, puis motorisée, dans leur salle à manger, puis en les vendant sur un stand du Victoria Market voisin. Ils avaient deux enfants, un fils décédé avant ses cinq ans et une fille à qui ils dispensaient toute l'attention anxieuse que leur santé fragile, leurs difficultés de langage et leur situation précaire leur permettaient.

Toujours la plus brillante de sa classe, elle avait finalement trouvé le chemin des amphithéâtres en grès de la faculté de droit de l'université de Melbourne, au début des années 1960. C'était là qu'elle avait entendu parler du travail de la NAACP et, après avoir obtenu son diplôme, elle avait décidé de se rendre à New York pour voir si elle ne pourrait pas y décrocher un stage. Dès sa rencontre avec Jake Zignelik, un homme plus âgé qu'elle et célibataire, alors principal conseil juridique du LDF, elle s'éprit de lui. L'attraction mutuelle, la flatterie et l'admiration s'épanouirent dans la serre chaude d'horaires de travail prolongés, et les problèmes des autres se muèrent en idylle de bureau. L'affaire aurait pu en rester là, mais la jeune juriste australienne tomba enceinte, et Jake se sentit obligé de l'épouser. « C'est ainsi qu'agissent les gens bien. » Peu avant la naissance d'Adam, sa mère dut renoncer à son travail pour le LDF et elle comprit plus tard qu'une fois sortie de la vie professionnelle de Jake, elle était sortie de la partie de son existence à laquelle il tenait le plus. Avec des parents immigrés, vieillissants et malades à l'autre bout du monde, et déjà veuve à tous égards sans en posséder le titre, elle disait en plaisantant que si jamais elle devait quitter Jake un jour, il mettrait des années à s'en apercevoir. Adam n'en connut jamais précisément le mécanisme, mais il avait trois ans quand on avait prononcé la dissolution de leur mariage, et il vivait alors avec sa mère à Melbourne.

Jake Zignelik savait qu'il n'était pas un père très à la hauteur, et il l'avait admis en plus d'une occasion, mais la première fois, ce n'était pas devant son ex-femme ou Adam, c'était en privé, lors d'une audition devant la Cour suprême. Il avait fait cet aveu à William McCray, son ami de longue date et collègue au LDF. Vétéran du mouvement des droits civiques et des unités des forces armées frappées de ségrégation durant la Seconde Guerre mondiale, William

McCray avait un enfant unique, lui aussi : un fils. Mais il était pour son fils, Charles, un bien meilleur père que Jake ne l'était pour Adam. Ce fut peu de temps après avoir mis son fils de huit ans dans un avion pour l'Australie qu'il avait fini par l'admettre auprès de William, devant un café, lors d'une suspension de séance.

— Ce n'est pas que je ne l'aime pas, évidemment, je l'aime beaucoup, dit-il, le regard perdu au-delà du filet de vapeur qui s'élevait de sa tasse.

— Jake, si tu n'es pas capable d'être un bon père, tu pourrais au moins lui avouer que tu sais que tu n'es pas un très bon père.

— Je ne le vois jamais.

— Enfin, bon, ça, ce n'est pas sa faute. De quoi as-tu discuté avec lui, quand il était ici ? Tu lui as parlé de la décision *Brown c. Board of Education*, n'est-ce pas ?

Jake réfléchit un moment et se remémora l'épisode, mais ne répondit rien. Il repensait à son déjeuner avec Adam, à Bryant Park.

— Nous sommes donc en 1863 – tu dois t'imaginer cela, avait-il dit à son fils. Nous sommes en pleine guerre de Sécession. C'est par un été de canicule, à New York. Lincoln avait annoncé la Déclaration d'émancipation au mois de septembre 1862, mais elle n'était entrée en vigueur que depuis janvier 1863. Elle visait à affranchir les esclaves dans les régions du pays en guerre contre l'Union. En l'occurrence, tout propriétaire d'esclave, dans un État confédéré qui aurait rejoint l'Union entre septembre 1862 et janvier 1863, avait la latitude de garder ses esclaves. Tu vois, même cette Déclaration d'émancipation comportait une faille. Mais après son entrée en vigueur, toutes sortes de gens ont pu imputer la guerre aux Noirs.

— Pourquoi ?

— Parce qu'à partir de là, rien n'empêchait plus de prétendre qu'on avait livré cette guerre au nom des Noirs, et que sans eux, il n'y aurait pas eu de conflit. Tu vois comme c'est retors, Adam ? Ces êtres que l'on achetait et que l'on vendait comme des animaux. Finalement, il y a suffisamment de gens pour admettre que c'est tout simplement mal, et que l'on ne peut rien infliger de tel à des êtres humains. Mais il existe aussi des intérêts particuliers, d'accord ? Tu te souviens de qui il s'agit ?

— Les propriétaires d'esclaves ?

— C'est exact, les propriétaires d'esclaves. Enfin, ils refusent de renoncer à ce qu'ils considèrent comme leur propriété et ils sont prêts à se battre, et même à faire sécession de l'Union. Tu sais ce que signifie « sécession » ?

— Oui.

— Quoi donc ?

— Ils voulaient être un pays à part.

— C'est exact. Ils voulaient constituer un pays à part et, pour obtenir cela, ils étaient prêts à se battre. L'Union a riposté et quand les gens eurent beaucoup souffert à cause de la guerre, certains ont considéré que l'on pouvait mettre tout ce gâchis sur le compte des Noirs. On avait fini par convaincre beaucoup de pauvres travailleurs blancs, quantité d'immigrants irlandais et allemands et leur descendance qu'ils devaient craindre les effets de la Déclaration d'émancipation.

— Pourquoi la redoutaient-ils ?

— Parce qu'on leur avait annoncé qu'un raz de marée d'anciens esclaves du Sud allait venir à New York les priver de leur emploi. Ils croyaient que les esclaves accepteraient de travailler pour des salaires encore plus bas que ceux qu'ils touchaient, eux, ces Irlandais et ces Allemands.

— Parce qu'on avait habitué les esclaves à travailler pour rien.

— Bravo ! C'est exactement ce qu'on leur a raconté.

— Qui leur a raconté ça ?

— Des esclavagistes.

— Il y avait des esclavagistes à New York ?

— Bien sûr.

— C'étaient qui ?

— Des tas de gens. Des gens du Parti démocrate.

— Tu veux dire, les démocrates ?

— Eh oui.

— Je croyais que les démocrates étaient des gens bien ? On n'est pas démocrates, nous ?

— Ils n'ont pas toujours été si bien que ça. Personne n'est bien à tout coup. Écoute, la situation s'est aggravée. C'est donc un été de canicule, en cette année 1863, en plein milieu de la guerre de Sécession. Les choses ne vont pas si bien pour l'Union et, pour lever davantage de troupes, Lincoln fait adopter une nouvelle loi d'incorporation. Tu sais ce que cela signifie ?

— Pas exactement.

— Quand un gouvernement veut forcer les gens à faire pour lui des choses qu'ils n'accepteraient pas de faire de leur propre chef, il les « incorpore ». Il les contraint à se plier à certaines choses, contre leur volonté. Dans ce cas précis, il les a incorporés dans l'armée de l'Union.

— Quoi ? En les forçant ?

— Précisément. Lincoln a promulgué une loi de conscription fédérale plus stricte que tous les textes précédents. Elle devait revêtir la forme d'une loterie obligatoire. Tout citoyen de sexe masculin âgé de vingt-cinq à trente-cinq ans était susceptible de voir son nom sortir, et si tel était le cas, il n'avait plus qu'à intégrer l'armée. Cela représentait beaucoup d'hommes qui couraient le risque d'être forcés de s'enrôler et de combattre pour l'armée de l'Union. Cela représentait beaucoup d'hommes qui redoutaient d'être appelés, craignant ou furieux de pouvoir être appelés.

— Pouvaient-ils y échapper ?

— Tu penses déjà comme un avocat ! Oui, ils pouvaient y échapper, mais écoute un peu comment. Si tu avais assez d'argent pour payer quelqu'un qui partait à ta place et si ton nom était tiré au sort, au lieu de toi, c'était ce remplaçant qui y allait.

— Mais qui aurait accepté ça ?

— Précisément. Peu de gens acceptaient de remplacer un appelé, se procurer un remplaçant coûtait donc beaucoup d'argent, et qui est-ce qui n'avait pas beaucoup d'argent ?

— Les Noirs ?

— Exact, mais les Noirs étaient exemptés, en d'autres termes ils n'étaient pas soumis à la loterie. Tu sais pourquoi ?

— Parce qu'Abraham Lincoln les aimait bien ?

— Non, parce qu'ils n'étaient pas considérés comme des citoyens. C'est pourquoi les Noirs étaient exemptés de la loi fédérale sur la conscription. Mais les hommes blancs et pauvres, les Irlandais et les Allemands, eux, n'en étaient pas exemptés, et ils n'avaient pas les moyens de se payer les services d'un remplaçant. Pourtant, il y avait un autre moyen d'y échapper. Tout simplement en versant au gouvernement un droit d'exemption. Cela paraît un moyen assez simple de s'en sortir, non ?

— C'est sûr, mais si tu n'avais pas cet argent ?

— Juste ! Si tu versais au gouvernement un droit de 300 dollars, tu pouvais oublier toute l'affaire. Mais tu sais combien de temps il fallait à un citoyen ordinaire pour gagner 300 dollars ?

— Non.

— Une année entière. Pour gagner 300 dollars, il fallait une année entière au citoyen moyen. Et il ne suffisait pas de travailler un an et d'espérer que ton nom ne sorte pas pendant la période où tu mettais cet argent de côté. Avec quoi étais-tu censé vivre ? Au cours de cette année-là, il fallait manger, s'acheter des vêtements, payer son loyer. Tu pouvais avoir une femme, des enfants à nourrir. Où ce citoyen ordinaire allait-il trouver tout d'un coup l'équivalent d'un an de salaire ? Aussi, nous sommes au milieu de cet été si chaud de l'année 1863, et nombre de journaux étaient dirigés par des gens favorables à l'esclavage.

— C'étaient des propriétaires d'esclaves ?

— Probablement pas, mais les gens qui ont beaucoup d'argent réservent souvent l'essentiel de leur sympathie aux gens qui ont beaucoup d'argent. Par conséquent, la sympathie des propriétaires de journaux allait surtout aux propriétaires d'esclaves. Ils devaient savoir combien New York profitait de l'esclavage. Ce n'était pas là que se trouvaient les esclaves, ils étaient au sud, mais tout le coton, toutes les récoltes – tout ce que les esclaves produisaient pour leurs maîtres sudistes –, tout cela devait être vendu, négocié ou transporté vers d'autres marchés, et même vers des marchés outre-mer.

— Comme en Australie ?

— Non, il était trop tôt pour que l'on parle déjà de l'Australie. On était en 1863. Je parle de l'Europe. Si tu avais des produits à expédier en Europe, d'où les enverrais-tu ?

— De New York ?

— Exactement – le plus grand port naturel d'Amérique. Tôt ou tard, tout ce que les esclaves produisaient arrivait à New York. Du moins avant le début de la guerre de Sécession. Les propriétaires de journaux, sachant à quel point New York bénéficiait de l'esclavage, se mirent à publier dans leurs journaux des articles, des reportages destinés à susciter la colère des Irlandais et des Allemands de la classe ouvrière contre le gouvernement fédéral qui avait introduit cette loi de conscription.

— Mais ils étaient déjà en colère.

— C'est vrai, ils étaient furieux. Mais les journaux étaient capables d'envenimer les choses, de les mettre encore plus en colère. Et c'est ce qu'ils ont fait. Ils ont reproché au gouvernement fédéral d'avoir causé tant de troubles, ce qu'ils appelaient une « guerre nègre ». Ils ont encouragé un climat dans lequel ces hommes, des Blancs, appartenant à la classe ouvrière, s'imaginaient avoir moins de valeur que les esclaves. Alors qu'un esclave se vendait à peu près 1 000 dollars, les Irlandais et les Allemands s'imaginaient désormais qu'ils allaient pouvoir se faire acheter pour 300 maigres dollars, la somme que leur coûtait un droit d'exemption à la conscription.

— Oui, mais ils restaient libres, quand même. Les esclaves, eux, ils restaient esclaves pour toujours, jusqu'à leur mort.

— C'est tout à fait vrai. Mais à l'époque c'était ainsi que réagissaient ces hommes, qui étaient pourtant des adultes, car ils avaient peur, ils étaient pauvres, en colère, et ils étaient infectés par ce virus...

— Le racisme.

— Un peu, oui ! Le racisme. Le samedi 11 juillet 1863, on organisa le premier tirage de cette loterie, à New York, pour décider de qui serait appelé à combattre. La ville entière était en proie au malaise. Il faisait chaud. Les gens, surtout les travailleurs, vivaient entassés dans les logements du centre. Des familles entières habitaient dans une seule pièce. Pour sortir de là, pour s'échapper, les hommes allaient boire dans les tavernes. Ils buvaient et ils causaient de ce qui les tracassait. Quantité de choses les tracassaient, alors ils buvaient beaucoup. Deux jours plus tard, entre six et sept heures du matin, des foules de ces hommes commencèrent à se masser dans le bas de l'East Side. Ils se dirigeaient vers l'ouest, en traversant Broadway, en direction du bureau d'incorporation. Ils étaient armés de gourdins, de planches et de barres de fer.

» En chemin vers le haut de la ville, ils rameutèrent sans cesse davantage d'hommes, des hommes mécontents, des hommes en colère déjà tellement humiliés par leur situation, par leur pauvreté, qu'ils ne se connaissaient plus eux-mêmes. Ils avaient perdu leur individualité. Tu comprends ce que j'entends par là ?

— Pas vraiment.

— Chacun de ces hommes avait oublié ce qui le différenciait de son voisin. Et là, en plus de cette humiliation chronique, il y avait la colère devant l'injustice de cette conscription, face à la possibilité de devenir, non plus un homme, mais un animal au milieu d'une horde d'animaux. Il y avait là des milliers d'hommes qui étaient tous dans ce cas, et ils se dirigeaient vers le bureau d'incorporation de la 3e Avenue. Quand ils arrivèrent devant, ils étaient quinze mille et ils s'attaquèrent au bâtiment, pour le détruire. Ils le fracassèrent, ils l'incendièrent. Ils mirent le feu à toutes sortes de choses, à d'autres immeubles, à un peu tout. Ils coupèrent les fils du télégraphe, pour empêcher l'envoi de renforts en soutien du peu de forces de police présentes sur les lieux. Souviens-toi qu'une bonne part des forces de police régulières était déjà dans l'armée. Un petit détachement militaire était présent au bureau d'incorporation et, bien qu'armé de fusils, face à cette foule, il n'était pas à la hauteur. Cette foule était trop importante. On désarma un soldat, on le roua de coups de pied, on le frappa à mort, et on jeta son corps dans la rue, du haut du deuxième étage. On arracha des rails de chemin de fer. On détruisit des tramways. Le dépôt d'armes de la 21e Rue fut pillé et ravagé.

» Des colonnes de fumée noire masquaient le soleil de juillet. Ils s'en prirent à tous les policiers sur lesquels ils pouvaient tomber, à des politiciens, à tous ceux qui leur paraissaient assez riches pour verser les 300 dollars nécessaires à leur exemption.

— À quoi le voyaient-ils ?

— À l'allure des gens, à leur tenue vestimentaire.

— Mais ils pouvaient se tromper. Un pauvre aurait pu choisir de mettre ses plus beaux vêtements.

— Ils pouvaient se tromper, mais ils s'en moquaient. Pour eux, cela ne comptait pas. Surveille ta valise. Tu la surveilles, ta valise ?

» À onze heures et demie, en ce lundi matin, la conscription fut suspendue, du moins à New York. Mais il était trop tard. La foule avait investi Manhattan. À deux heures et demie cet après-midi-là, elle arriva devant le Colored Orphan Asylum. C'était une institution caritative pour enfants noirs ayant perdu leurs parents et qui n'avaient plus personne pour veiller sur eux. L'endroit possédait sa garderie, une école et une infirmerie. Il y avait là quelque deux cent trente enfants. Ils vivaient une journée normale quand, soudain, le bâtiment fut envahi par la foule. Tout ce que l'on pouvait prendre, soulever, emporter fut pillé ; draps, couvertures, vêtements, et même la nourriture. Ils dérobèrent des jouets. Ils mirent le feu au reste après qu'un homme, dans la cohue, eut beuglé « Brûlons ce nid de nègres ! » C'étaient des enfants, des orphelins noirs. Y avait-il des êtres plus vulnérables qu'eux, dans cette ville ? La foule s'attaqua à cet asile. À coups de gourdin, de morceaux de briques, de tout ce qu'elle retrouva sous la main. Il ne lui fallut que vingt minutes pour détruire la totalité de l'endroit.

— Quelqu'un a essayé de les en empêcher ?

— Oui. On sait qu'un homme – un Irlandais – a plaidé auprès de la foule pour venir en aide à ces enfants. Elle s'est attaquée à lui aussi.

— Et qu'est-il... qu'est-il arrivé aux enfants ?

— Les enfants, qui emportèrent avec eux toutes les affaires qu'ils purent ramasser, furent conduits dans la rue par une porte dérobée, avec l'aide d'une partie du personnel et sous la garde de la police. Quelques soldats armés de baïonnettes sont venus les escorter et les protéger de la foule.

— Alors aucun d'eux n'a été tué ?

— Si, une fillette de dix ans.

— Que lui est-il arrivé ?

— Alors qu'on la conduisait à l'extérieur du bâtiment, un meuble jeté par une fenêtre de l'asile l'a heurtée à la tête. C'est horrible, Adam, ce que les gens peuvent faire, ce dont ils sont capables.

— Est-ce que ses amis ont vu ça, les autres enfants, je veux dire ? Est-ce qu'ils l'ont vue se faire tuer ?

— Oui, j'imagine.

— Et qu'est-il arrivé aux autres, aux autres enfants ?

— Eh bien, j'ai lu un récit de la scène où l'on expliquait qu'on les avait conduits dans un poste de police de la 35e Rue. Selon une autre version, on les aurait embarqués à bord d'une péniche et remorqués vers le milieu de l'East River pour les mettre à l'abri de la foule.

— Laquelle est la bonne ?

— Je l'ignore. Peut-être quelqu'un le sait-il. Peut-être y a-t-il une part de vérité dans les deux... ça fait partie des choses que les gens ne savent pas.

— Pourquoi les gens ne savent pas ? Pourquoi il y a deux versions de la fin ? Est-ce que ça signifie que l'une de ces deux versions est fausse ?

— Je l'ignore. C'est le rôle des historiens, ça, c'est à eux de voir. Ils prennent le matériau brut et recomposent les récits qui, pour nous tous, constituent l'histoire.

— Que veux-tu dire par « matériau brut » ?

— Tout ce qu'ils peuvent découvrir, déclarations de témoins oculaires, dépositions policières, articles de journaux... tout ce qu'ils peuvent trouver. Tu veux voir où cela s'est passé ?

— Au Colored Orphan Asylum ?

— Ce n'est qu'à une rue d'ici. D'ici, tu peux sans doute voir à quel endroit se situait l'orphelinat. À l'angle de la 43e Rue et de la 5e Avenue. Regarde, juste là, au coin, tu vois ? Allons-y, mais ensuite on devra prendre un taxi.

Ensuite, le chauffeur les conduirait à l'aéroport où Jake Zignelik dirait au revoir à son fils Adam et le ferait embarquer pour le long vol du retour vers chez sa mère. Mais avant, le père traîna son fils, qui traînait sa valise, à l'angle de la 43e Rue et de la 5e Avenue, à l'ancien emplacement du Colored Orphan Asylum. Le jeune Adam se tordit le cou et leva le nez en l'air. Il scrutait le ciel, comme s'il guettait un meuble que des individus habités par la volonté de tuer des enfants auraient pu jeter par une fenêtre, des enfants qui avaient déjà perdu leurs parents. C'était arrivé ici même. Ce n'était pas un conte de fées, encore moins un de ces contes obscurs aux significations cachées que seuls comprennent les adultes et encore, ceux qui étudient l'histoire, un de ces contes sinistres pas vraiment destinés aux enfants, un de ces contes qui ont franchi l'Atlantique depuis les épaisses forêts d'Europe. Non, c'était arrivé ici même, à l'angle de la 43e Rue et de la 5e Avenue. C'était à New York que le Colored Orphan Asylum avait subi cet assaut. C'était à New York qu'une fillette noire de dix ans avait trouvé la mort écrasée par un meuble jeté par la fenêtre, alors qu'elle fuyait la foule en furie qui avait envahi l'orphelinat où on l'avait envoyée après qu'elle eut été abandonnée. C'était dans ce même New York que son père travaillait et vivait.

Plus qu'à l'Empire State Building, au Chrysler Building ou à la Statue de la Liberté, plus qu'à Broadway ou à Times Square, c'était à ce New York-là que pensait le jeune Adam après son retour chez sa mère. C'était ce New York-là qu'il avait emporté avec lui à bord de l'avion. New York était la ville où l'on attaquait les orphelins. En dépit de ce qu'il pensait, Jake Zignelik avait transformé l'exercice de la séparation, d'abord d'avec son épouse, puis d'avec son fils, en art. En dépit des *delikatessen* et de leurs vieux serveurs à la plaisanterie facile qui savaient tout; en dépit des dames dont Jake raffolait, des dames au parfum enivrant et aux étuis de cigarettes refermés d'un claquement sec et précis qu'on avait envie d'imiter, de jolies dames qui passaient les doigts dans sa tignasse de petit bonhomme comme on caresse brièvement un chat, avec une affection authentique mais éphémère; en dépit des spectacles qu'il ne comprenait pas toujours, des musées et des galeries d'art qui l'intéressaient au point qu'il en avait mal aux muscles des jambes; en dépit des parcs et *du* Park, Central Park, et en dépit de la gentillesse de William McCray et de son fils Charles, qui veillait de temps en temps sur lui quand leurs deux pères avaient un travail important; en dépit de tout cela, aux yeux du jeune Zignelik, New York était d'abord et avant tout la ville du Colored Orphan Asylum. Le lieu des orphelins. Êtes-vous au courant, demandait-il, savez-vous ce qui est arrivé au Colored Orphan Asylum ? New York était la ville des orphelins.

— C'était quoi, son nom ?

— Pardon ?

— C'était quoi, le nom de la fillette ? demanda Adam à son père, dans le taxi sur le chemin de l'aéroport, regardant par la fenêtre le quartier du Queens qui défilait, en cette fin des années 1970.

— Quelle fillette ?

— Celle qui a été tuée par le meuble que la foule a balancé par la fenêtre, au Colored Orphan Asylum.

— Tu sais, je n'en sais rien.

— Il y a des gens qui le savent ?

— Je ne le sais pas non plus.

— Mais si les autres enfants... si certains autres enfants ont vu ce qui s'est passé... certains d'entre eux devaient le connaître, son nom, même si elle était timide... et ils ont pu le répéter aux soldats armés de baïonnettes, de sorte que quelques adultes ont pu retenir son nom.

Jake Zignelik, qui pensait à autre chose, comprit à quel point cette histoire qu'il avait racontée à son fils l'avait marqué, et il ignorait s'il devait s'en réjouir, en être fier ou, le cas échéant, s'en inquiéter.

— Peut-être, oui, lui répondit-il, à l'arrière du taxi, en lui passant les doigts dans les cheveux, il se pourrait que son nom soit connu et que... tout simplement, je ne l'aie pas retenu. Rien ne t'empêche de te renseigner, la prochaine fois que tu viendras me voir. Rien ne t'empêche de lire des choses à ce sujet et, comme ça, tu m'apprendras son nom.

William McCray était un meilleur père pour son fils Charles que Jake Zignelik ne l'était pour son fils Adam.

— Je ne le vois jamais, confia-t-il à William, devant un café, durant une suspension de séance à la Cour suprême.

— Enfin, bon, ce n'est pas sa faute. De quoi as-tu discuté avec lui, pendant son séjour ? Tu lui as parlé de la décision *Brown c. Board of Education*, n'est-ce pas ?

Le fils de William, Charles McCray, était désormais président du département d'histoire de Columbia. C'était l'un des plus jeunes titulaires de la chaire, et le premier Afro-Américain nommé à ce poste. Il avait épousé une femme de dix ans plus jeune que lui, prénommée Michelle. D'une beauté peu commune, elle était assistante sociale. Elle avait beau s'évertuer à choisir des tenues passe-partout, elle trouvait que son allure la gênait dans son travail. Charles et Michelle avaient un enfant, une fille, Sonia.

Adam Zignelik n'avait jamais oublié le récit que lui avait fait son père des émeutes provoquées par la conscription à New York et ce Colored Orphan Asylum pris d'assaut par la foule à l'été 1863. Mais il n'avait jamais réussi à découvrir le nom de cette fillette tuée par un meuble que ces gens avaient jeté de la fenêtre.

Peu avant 4h30, en ce lundi matin, Adam Zignelik se réveilla momentanément désorienté, et le souffle court, que l'on associe parfois à la crise cardiaque, ou du moins à la panique acide d'un cauchemar. Au cours des minutes qui précédèrent son réveil, un montage d'images essentiellement monochromes avait provoqué dans son esprit une série de secousses répétées, de tremblements de plus en plus violents de tout son corps, finalement presque indissociable d'une crise de convulsions. Ces images, excepté celles de son père et d'un présentateur de télévision blanc d'une émission australienne en noir et blanc, montraient surtout des gens noirs. Ils appartenaient à une autre époque. Il vit Emmett Till et sa mère, Mamie. Il vit Carole Robertson, Cynthia Wesley, Addie May Collins, toutes âgées de quatorze ans, et la petite Denise McNair, onze ans, souriante, ses cheveux nattés attachés par des rubans aux nœuds serrés, ces quatre fillettes tuées par la bombe de ségrégationnistes blancs, dans l'église baptiste de Birmingham, Alabama, sur la 16e Rue. Il vit Arthurine Lucy. Il vit Elizabeth Eckford et les autres du groupe des «Neuf de Little Rock». Et il vit le Colored Orphan Asylum à l'angle de la 43e Rue et de la 5e Avenue. Mais pas la fillette tuée par la chute de ce meuble. Il avait beau regarder, il était incapable de la retrouver. Il était là, du haut de ses huit ans, et il la cherchait, il cherchait des objets dans leur chute, il cherchait son père, qui était là un instant plus tôt. Et chaque fois qu'il croyait la voir, ce n'était pas elle, mais la petite Denise McNair, ses cheveux nattés attachés par des rubans noués serrés, et elle souriait.

Il était impossible d'en vouloir à quiconque essayait de protéger Denise McNair, impossible d'en vouloir à quiconque essayait d'aider son entourage à combattre le mal à l'état pur, impossible d'en vouloir à votre propre père. Pourtant, William McCray, qui avait combattu Hitler et Jim Crow, avait réussi à être un bon père pour son fils Charles, désormais à la tête du département d'histoire de Columbia, et William McCray, lui, était un être que son fils réussissait à trouver, un être que son fils avait toujours été en mesure de trouver. À l'angle de la 43e Rue et de la 5e Avenue, Adam Zignelik, lui, était incapable de trouver son propre père.

— Tiens bien ta valise.

C'était lui mais, quand Adam le chercha du regard, il n'était plus là. Adam essayait de trouver Denise McNair, au milieu de tout ce monde qui le frôlait sur la 5e Avenue, oublieux du danger. Ici même, dans ce pâté de maisons, on tuait des enfants abandonnés. C'était le legs de Jake, mais c'était surtout l'exemple de Charles McCray et, plus tard, son aide, qui avaient conduit Adam au département d'histoire de Columbia. Il y était d'abord entré comme étudiant en licence. Il avait décroché son diplôme, en optant pour l'histoire comme matière principale mais, ne sachant pas trop quoi faire ensuite, et se sentant un peu coupable de laisser sa mère seule, il était retourné en Australie où il s'était lancé dans une carrière de journaliste. Pendant presque six ans, il avait trimé, mais cela le contrariait de ne pas progresser plus vite. C'était Charles McCray, avec lequel il restait en contact régulier, qui l'avait amené à envisager un doctorat d'histoire, avec le projet de devenir historien. À vingt-huit ans, il était revenu s'installer à Manhattan, et s'était inscrit en doctorat au département d'histoire de New York University. Pendant presque toute la décennie précédente, la mode, dans l'histoire des droits civiques, avait été d'éviter la théorie du « grand homme » ou l'école de l'histoire des droits civiques en faveur de l'histoire sociale, concentrée sur les anonymes qui constituaient le gros du mouvement.

Adam se servait de son père comme d'une inspiration pour refaire prendre conscience aux chercheurs de l'importance de la stratégie juridique des droits civiques. Son argumentation visait à rappeler que, sans changements concomitants dans la loi, il n'y aurait pas eu de fondements sur lesquels les militants auraient pu asseoir leur lutte au plan local. C'était grâce au succès de cette stratégie juridique dans des affaires comme *Brown c. Board of Education* que les militants locaux avaient été en mesure de galvaniser des communautés noires d'un bout à l'autre du pays, en particulier dans le Sud, et de leur affirmer que la loi était maintenant de leur côté. La lutte pourrait partir de là. Le mémoire d'Adam avait servi à rappeler aux historiens de ce domaine combien il était difficile à cette époque, dans ce climat, de gagner des procédures, depuis l'échelon des juridictions de première instance jusqu'à la Cour suprême, et combien il était difficile d'obtenir l'adoption de législations sur les droits civiques. Il avait écrit au sujet de la nécessité de réévaluer cette stratégie juridique, non pas comme l'engagement d'un grand homme ou d'une femme illustre, mais comme le fruit des efforts concertés d'un groupe, d'un groupement de juristes.

Pendant tout le temps où il avait fréquenté NYU, il était resté impliqué dans la communauté de Columbia. Il suivait des cours là-bas et, une fois par semaine, il se rendait dans le nord de la ville, pour un séminaire intitulé « Société et politique au XXᵉ siècle ». Il y avait fait la connaissance d'étudiants en licence du département d'histoire de Columbia et y avait noué des amitiés. C'est par l'intermédiaire de l'un d'entre eux qu'il avait rencontré Diana, la femme qui avait fini par ne plus se déshabituer du rythme de ses récents cauchemars. Et naturellement, il avait retrouvé Charles McCray, qui était pour lui à la fois un mentor, un grand frère et un acolyte de « conspiration ». Cette « conspiration » se nouait entre enfants du mouvement. Ils pouvaient se confier des choses qu'il leur était presque impossible de confier à qui que ce soit d'autre.

C'était un jeu auquel Charles et Adam avaient l'habitude de jouer, seuls et en privé. Un jeu qui supposait de se dire des choses inacceptables dans le cadre du discours politique dominant. Parfois, ces « choses » revêtaient la forme de déclarations ou de propositions dont beaucoup de gens savaient qu'elles étaient vraies ou vraisemblables. D'autres fois, c'étaient de simples propos diffamatoires qu'ils proféraient pour s'amuser. Mais aucune de ces « choses » ne pouvait être dite, du moins publiquement, sans contrevenir au politiquement correct. Souvent, après quelques verres, c'étaient simplement des « choses » dont ils savaient tous deux que l'autre n'y croyait pas. Et, à la fin de la soirée, plus encore que celles de la catégorie précédente, cette dernière catégorie de « choses » les faisait rire aux larmes.

C'était armé de son doctorat et, une fois de plus, avec le soutien de Charles qui, sans en être encore le président, était déjà un membre éminemment respecté du département, un spécialiste de la période américaine de la reconstruction jouissant d'une grande considération, qu'Adam avait intégré Columbia. Son mémoire était devenu la matière d'un livre. En rejeton télégénique de Jake, avec son accent un peu british, les médias l'avaient catalogué comme « le fils de », pour un temps du moins et, en conséquence, l'ouvrage s'était mieux vendu que les uns et les autres ne s'y étaient attendus, notamment Adam lui-même. Il avait écrit quelques articles de vulgarisation pour des journaux et des magazines, et on lui avait même proposé d'être le narrateur d'un documentaire pour une chaîne de télévision publique.

Mais toutes ces péripéties ne l'empêchaient pas de se demander si les gens n'allaient pas croire que son image publique lui montait à la tête. Tel n'était pas le cas. Ses craintes quant aux interrogations de ses collègues l'en empêchaient. Elles envahissaient presque tout le reste. Or, qu'il se soit ou non posé la question, ses collègues se mirent bel et bien à l'interroger : « Alors, tes prochains travaux, ce sera sur quoi ? » Surtout, il avait commencé à se poser la même question. Et, n'ayant pas la réponse, cela n'avait fait qu'amplifier une autre interrogation plus profonde qu'il avait longtemps combattue pour la réduire au silence. Était-il un poids plume intellectuellement ? Peut-être n'aurait-il jamais qu'une vague idée de la réponse. Il se demandait s'il était capable d'écrire un autre livre susceptible de contribuer de manière significative au débat universitaire.

Mais s'inquiéter de savoir s'il aurait jamais une autre idée suffisamment valable, c'était désormais un luxe qu'il ne pouvait plus se permettre, car on ne pouvait se contenter d'avoir une bonne idée un jour. Et même s'il en avait une, là, maintenant, cela ne suffirait sans doute pas. En réalité, il aurait été préférable qu'elle lui vienne plus tôt, car avec un seul livre à son actif en cinq années passées à Columbia, un universitaire non titularisé en quête de titularisation était dans de sales draps. Il faudrait une commission interne au département pour décider de soumettre sa candidature à un poste de titulaire. C'était la procédure normale. Si on en arrivait là, la question serait ensuite examinée par une commission à l'échelon de l'université, le comité « ad hoc » composé d'universitaires de tout l'établissement. Mais le véritable seuil à franchir, c'était son propre département, désormais dirigé par son ami Charles McCray, et Charles se doutait amplement qu'Adam n'avait aucune parution imminente en vue. Dans le cas contraire, ce dernier en aurait discuté avec lui. Ce que Charles ignorait, c'est qu'il ne s'agissait pas juste de gagner du temps, à supposer même qu'il eût été simple d'en gagner. Adam se heurtait à un mur. Il n'avait même pas l'embryon d'un sujet digne d'intérêt. Il se sentait fini, et il n'avait pas envie d'imposer à Charles la mission désagréable d'avoir à lui confirmer qu'il était bel et bien fini. Charles lui avait laissé des messages où il sous-entendait gentiment qu'ils devaient se parler. Entre eux, leur amitié et leur histoire ne permettaient que de la gentillesse. Mais pour combien de temps encore ? Les journées où il aurait légitimement pu s'abstenir d'apporter une réponse à ces messages s'étaient évaporées, au point qu'il ne lui restait maintenant pour ainsi dire que quelques heures.

Assez vite, son incapacité à réagir deviendrait le premier sujet de leur prochaine conversation. Et après tout, qui sait si ce n'était pas ce qu'il voulait.

Tôt ou tard, Adam allait devoir parler à Charles de Diana, qui couchait à ses côtés toutes les nuits. Lorsqu'il était au bord de la convulsion, un peu avant 4h30 en ce lundi matin, il avait failli la frapper, elle, allongée à ses côtés, et lui, dans un temps sans aucun rapport avec le temps réel, en petit garçon de huit ans tendant le cou à l'angle de la 43e Rue et de la 5e Avenue. Il n'avait jamais découvert le nom de la fillette, le nom de l'orpheline dans la cité des orphelins, et même à cet instant, juste avant 4h30 en ce lundi matin, quelques petites heures avant d'aller enseigner, d'aller prendre une classe d'assaut avec sa version si singulière de cette question – « Qu'est-ce que l'histoire ? » –, il en était encore, à tant d'années de distance, à remplacer dans sa tête l'image manquante de la petite victime du Colored Orphan Asylum, en 1863, par celle de Denise McNair, tuée dans l'église baptiste de la 16e Rue, à Birmingham, Alabama, pour la même raison, par les mêmes gens, cent ans plus tard.

Adam vit la petite Denise McNair, âgée de onze ans, fougueuse mais aimante. Il aurait pu se fixer sur n'importe quelle autre de ces petites victimes. Pourquoi Denise McNair ? À cause de ses yeux. Plus que tout le reste, c'était ses yeux. Pas simplement beaux, ils étaient expressifs. Ce qu'ils exprimaient allait au-delà de ce que devaient receler les yeux d'une enfant ; de la malice, de la chaleur, de l'intelligence, de la douceur, oui, mais aussi une forme de compréhension, comme si elle comprenait les choses que vous alliez avoir besoin de comprendre. Ce fut elle qu'Adam vit quand il vit la petite victime du Colored Orphan Asylum, en 1863.

— Papa !

Sur l'écran d'une télévision en noir et blanc, un présentateur de l'Australian Broadcasting Corporation lisait des dépêches d'information. Un petit garçon était assis en tailleur devant la télé, il attendait d'entendre quelque chose qui puisse intéresser son père, à la fin de la semaine, quand il lui parlerait au téléphone, tout là-bas, par-delà tous ces océans. Son père lui avait dit un jour qu'il « aimait bien le ton de ce type, ce Hawke ». Comment s'appelait-il ? Bob Hawke. Depuis lors, Adam recueillait autant d'éléments que possible sur ce Bob Hawke, pour les communiquer à son père.

Bob Hawke, étudiant à Oxford dans le cadre de la bourse Rhodes, était devenu le premier défenseur stipendié de la Confédération des syndicats australiens à intervenir devant la commission d'arbitrage, l'organisme qui déterminait le niveau du salaire minimum en vigueur dans tout le pays. Ensuite, une fois élu président de la Confédération et membre de l'Organisation internationale du travail, il avait fait campagne contre l'apartheid en Afrique du Sud, entre autres fléaux. Jake Zignelik aimait bien le ton de ce type.

Cherchant quelque chose à raconter qui puisse intéresser son père, Adam lui téléphonerait de chez sa mère et lui parlerait de Bob Hawke. Jake, quand il s'évertuait à dire à son fils quelque chose qui compte un tant soit peu, lui demandait souvent : « Comment va ton pote Bob Hawke ? »

Le petit garçon était assis en tailleur sur le tapis devant le journal télévisé en noir et blanc, puis il avait couru d'un bout à l'autre de la maison, de pièce en pièce, cherchant quelqu'un à qui l'annoncer. Mais toutes les pièces étaient désertes. Diana dormait encore. Elle voulait avoir un enfant. Elle voulait épouser Adam et avoir un enfant avec lui.

— Papa !

Charles avait laissé des messages lui suggérant gentiment qu'ils devaient se parler. Là, Adam se heurtait à un mur. Il voulait épargner à Charles l'embarras d'avoir à lui dire que pour lui, tout était fini. Diana voulait qu'ils aient un enfant. Si vous avez un enfant, il faut être capable de le nourrir.

— Surveille ta valise ! Surveille toujours ta valise.

Quand le petit garçon de huit ans tendit le cou pour lever les yeux à l'angle de la 43e Rue et de la 5e Avenue, il vit le visage, les yeux de Denise McNair. Si vous avez un enfant, vous vous devez de connaître son nom. Et ne faut-il pas connaître le nom de tous les enfants ? Peut-on avoir un enfant et ne pas lui donner de nom ? On peut faire ça ? Quelqu'un le renseignerait peut-être, parce que lui, en réalité, il n'en savait rien.

— Papa !

Au moment de l'élection de Hawke au poste de Premier ministre d'Australie, la mère d'Adam était morte d'un cancer du sein et son père, Jake Zignelik, d'une crise cardiaque. Peu avant 4h30 en ce lundi matin, Diana se réveilla aux côtés d'un Adam qui se tordait dans tous les sens, son Adam, elle le prit dans ses bras, pour tenter de le calmer, et lui murmura :

— Chuuut ! Ça va aller. Ça va aller.

Elle lui murmurait cela dans la lumière gris-bleu de leur appartement de Morningside Heights, à l'angle nord-ouest d'un îlot dans la cité des enfants.

— Chuut !

Elle lui réchauffa le dos avec son corps et l'étreignit. Adam, épuisé, essayait de reprendre son souffle. Il avait les joues moites. Elle le serra plus fort. Elle l'aimait. Elle voulait avoir un enfant avec lui. Adam était réveillé, à présent. Dans deux semaines, ils seraient séparés.

Troisième partie

Le bus s'arrêta brusquement au feu, à un carrefour sur sa route vers les beaux quartiers. Ce soudain changement d'allure réveilla Lamont Williams. Il avait surmonté cette journée, sa quatrième journée d'employé en période de mise à l'épreuve dans les services d'entretien du Sloan-Kettering Memorial, le centre de cancérologie. Il avait même réussi à trouver une place, dans le bus, une place près de la fenêtre, dans le premier des deux bus qu'il devait prendre pour rentrer chez lui dans le Bronx. Il s'était endormi un petit moment, la tête contre la vitre, moment pendant lequel il avait revécu des bribes éparses de ces années passées dans l'établissement pénitentiaire de Mid-Orange. Il rêvait parfois qu'il s'y trouvait encore, ou alors il était de retour à Woodbourne, où il avait purgé trois ans avant son transfert à Mid-Orange. Il rêvait parfois de sa fille – il rouvrit les yeux, dans le bus du retour – elle avait alors huit ans. Son âge était l'un des éléments qui ne dépendaient pas du fait qu'il réussisse à la trouver ou non. Ces rêves-là, ceux où sa fille était présente, ne requéraient pas qu'il soit endormi.

C'était la fin de son service et le bus était bondé. Lamont avait encore la tête contre la vitre et, tandis qu'il regardait autour de lui les yeux mi-clos, personne, l'observant, n'aurait pu voir qu'il était éveillé. L'homme assis à côté de lui lisait le *New York Post*. Debout près de cet homme, une femme blanche plus âgée essayait d'attraper quelques bribes du journal tout en tenant à la main une petite cage qui renfermait un chat très docile. Lamont avait du mal à évaluer l'âge ou la race du chat, mais il préférait ne pas courir le risque d'observer plus attentivement, au cas où la dame au félin, s'apercevant qu'il était éveillé et s'intéressait à l'animal, aurait tenté de faire valoir ses droits sur sa place assise.

La fille de Lamont pouvait être n'importe où dans la ville. Enfin, il se pouvait aussi qu'elle ne soit pas là du tout. Il était même possible qu'elle ne soit pas dans cet État. Mais elle aurait tout aussi bien pu se trouver à bord de cet autobus. Le bus était trop bondé pour que l'on voie tout le monde, et de toute façon, s'il l'avait pu, la dernière fois qu'il l'avait vue, elle avait deux ans et demi, alors qui recherchait-il sans relâche, au juste, depuis sa remise en liberté ? Combien de fillettes noires à la peau claire trouverait-il dans des bus, dans le métro ou dans la rue, s'il se donnait assez de mal ? Il savait qu'à force de trop regarder il risquait de se faire arrêter, sans que cela l'en empêche pour autant.

Quelque part dans la ville, un autre bus avançait à une allure d'escargot, relâchant des gaz en poussant timidement sa calandre entre les files de circulation. Ce bus-là était peu chargé et seule une poignée de voyageurs étaient restés debout. L'un de ces passagers debout était une enfant. Une fillette noire à la peau claire, les cheveux nattés, noués de rubans rouges, elle devait avoir entre sept et dix ans. Au-dessus de son T-shirt rouge, elle portait un blouson demi-saison, fermeture Éclair ouverte, comme si elle s'attendait à un changement de climat en pleine journée. La fillette avait repéré une place qui venait de se libérer vers le fond, dans la partie équipée de strapontins capable d'accueillir des fauteuils roulants, et elle la prit. Cela ne devait pas faire plus d'une minute qu'elle s'était assise quand elle proposa sa toute nouvelle place à un homme qu'elle venait de remarquer, debout, en train de parler à un ami, lui-même assis.

L'ami debout ne tenait nullement à s'asseoir mais, quand la fillette insista pour lui proposer son siège, il fut instantanément attiré par son charme, sa grâce, sa politesse, sa personnalité chaleureuse. À cause de la manière dont elle avait offert sa place, et à cause de ce quelque chose qui émanait d'elle, quelque chose dont elle n'avait pas conscience – elle était trop jeune pour cela, et trop jeune aussi pour être capable de le nommer. Après avoir engagé la conversation quelques minutes avec elle, il lui demanda si elle voyageait seule. Nullement décontenancée par cette question, la fillette aux nattes nouées serrées par des rubans rouges eut un signe de la main vers l'autre bout de la voiture, comme pour indiquer qu'elle ne circulait pas seule. Sur quoi l'homme parut soulagé.

Un ou deux arrêts plus tard, la fillette s'avança vers la sortie. Il y avait là deux femmes plus âgées, autour de la soixantaine, debout avec elle près de la portière. Elles s'étaient frayé un passage depuis l'avant de la voiture. Elle leur adressait la parole très librement, et un observateur de toute la scène aurait été bien excusable de prendre l'une de ces femmes pour la grand-mère de la petite. Toutes trois descendirent à l'arrêt suivant. Par la porte encore ouverte, on pouvait entendre l'une des deux femmes – à cet instant, elles se tenaient sur le trottoir – questionner l'enfant : « Tu voyages seule, ma chérie ? »

Il y avait une histoire que l'on avait racontée à Lamont, au sujet d'un surveillant de l'administration pénitentiaire amoureux des chats en poste à Mid-Orange quelques années avant qu'il y soit incarcéré.

Ce gardien avait surpris un prisonnier à nourrir des chats qui s'étaient égarés dans l'enceinte de la prison. Non seulement il ne lui avait pas infligé d'amende, qui aurait figuré dans son dossier carcéral, mais il l'avait autorisé à continuer. Ensuite, d'autres prisonniers l'avaient aidé et le surveillant, constatant l'effet qu'avait le simple fait de s'occuper de ces animaux sur ces hommes souvent pleins d'amertume et de colère, avait pris l'initiative d'introduire des sacs d'aliments lyophilisés dans la prison, pour les aider. Mais, un jour, le surveillant qu'il ne fallait pas avait surpris le détenu qu'il ne fallait pas avec un de ces sacs, cela avait déclenché une scène épouvantable et ce qui avait été toléré cessa de l'être.

Au bout d'un temps, les chats n'avaient plus été si nombreux à s'introduire dans Mid-Orange. Mais un responsable avait dû remarquer le bénéfice de prendre soin des félins sur les prisonniers concernés car, à l'époque du transfert de Lamont depuis Woodbourne, on avait instauré un programme permettant aux prisonniers de s'occuper d'animaux. Il s'agissait de chiens, pas de chats, et les détenus ne se contentaient pas de les nourrir, ils les dressaient. « Des Chiots derrière les Barreaux », c'était l'intitulé du programme. On enseignait aux détenus comment former les bêtes à devenir des chiens d'aveugle. Après le 11-Septembre, certains d'entre eux avaient même subi un entraînement pour la police de New York et le Bureau des Alcools, des Tabacs et des Armes à Feu. Ils étaient entraînés à flairer des explosifs. Naturellement, en prison, ces canidés n'étaient pas exposés à de telles substances, mais dans l'ensemble, leur entraînement était en tous points semblable à celui des chiens d'aveugle. Ils avaient besoin d'être socialisés, d'apprendre de quelle façon se comporter au contact des humains et à respecter certaines instructions, même en situation de stress. Et c'était aussi le destin de ces chiens.

Comme beaucoup de prisonniers, Lamont s'était inscrit à ce programme de dressage canin. Mais tout le monde n'avait pas la chance de pouvoir le suivre. C'était le genre d'histoire à se donner bonne conscience. Et c'était une histoire vraie, en plus. Mais cela ne retirait rien au fait que, pour l'écrasante majorité de la population carcérale de Mid-Orange, la plupart de ces initiatives n'existaient que sur le papier. Il n'y avait tout simplement pas assez de places, dans aucun de ces programmes, donc vous inscriviez votre nom et vous attendiez, comme vous attendiez pour tout le reste. Si vous aviez quelque chose à échanger ou à vendre, ou si vous aviez des appuis, vous receviez un traitement préférentiel. Comme le voulait la devise : « C'qui compte, c'est pas avec qui tu copines, c'est avec qui tu pines. »

— Enfin, d'une manière ou d'une autre, faut être doué au plan anatomique, avait expliqué Numbers à Lamont peu après son transfert de Woodbourne, tout comme l'avait été Numbers quelque temps auparavant.

Lamont ayant demandé des éclaircissements, Numbers avait essayé de lui expliquer.

— Bon, alors, sinon, comment qu'un frère hétéro va savoir tailler une pipe ? Il y a bien une part de tâtonnements, j'imagine, mais là, t'as pas intérêt à foirer ça. Et chez l'autre, en face, même les tâtonnements, ça marche pas. Tu vois ce que je veux dire ?

— Non.

— OK, il y en a, ils sont si sensibles du bas, à peine ils coulent un bronze qu'ils se fendent par le haut. Ces frères-là, ils ont la frousse de se faire défoncer. Mais avec d'autres frères, ça s'enfile tout gentiment tout facilement comme s'ils étaient nés remplis de vaseline à ras bord. Alors quand le surveillant t'écarte les fesses après une visite de la famille avec contact direct à la clef et tout, le mec, il peut respirer tranquille, il sait que ces cossards de crétins de surveillants, ils vont pas remonter aussi loin en profondeur dans son petit intérieur. Et pourtant, là, le mec, il est vraiment béni. Dans son petit intérieur, il est riche. Un vrai Fort Knox sur pattes, qui marche, qui vit et qui respire. Y a personne qui peut apprendre ça. C'est un don de Dieu.

Au plan de son anatomie, ou même sur le reste, Lamont n'était pas si béni que ça. Il avait inscrit son nom au programme des toutous comme il s'était inscrit à la plomberie, à la menuiserie et à l'horticulture. Il n'avait été retenu pour aucun. Comme quasiment la moitié des prisonniers de Mid-Orange, il travaillait au maintien de la propreté, il balayait les mégots et les autres détritus que laissaient les détenus.

Mais c'était le programme canin qu'il aurait vraiment voulu intégrer, en particulier après avoir aperçu de loin une poignée de codétenus qui promenaient des labradors pas plus vieux que des chiots, avant de les toiletter. Intérieurement, il se vantait de sa capacité à maîtriser ses désirs et ses attentes. Cela lui semblait le meilleur moyen de survivre à la peine qu'il purgeait. En dépit du réconfort qu'aurait pu lui apporter la cigarette, il refusait de fumer, afin d'éviter de se raccrocher à une monnaie d'échange contre laquelle il serait forcé de troquer encore autre chose. Mais de voir ces chiens, sans qu'il s'y attende, ça lui avait fait du mal. Ça l'avait transpercé.

Il se demandait s'il tiendrait un jour à nouveau sa fille dans ses bras, s'il la serrerait fort, s'il la bercerait pour l'endormir. Il se disait que oui. Il se le promettait. De quoi avait-elle l'air, maintenant ? Lui ressemblait-elle ? Ressemblait-elle à sa mère ou plutôt à la combinaison d'eux deux qu'elle formait ? Souvent, en prison, quand il apercevait son propre reflet, il tâchait de s'imaginer différentes combinaisons de son visage et de celui de la mère de son enfant fusionnant en celui d'une petite fille. Il était dans la cour, à Mid-Orange, occupé à balayer près d'une flaque, un jour de printemps, quand il avait songé l'espace d'un instant qu'il était tombé sur le reflet parfait. Il avait plissé les paupières au point de voir trouble et là, dans la flaque, il l'avait vu, enfin, complètement immobile, ce visage d'une petite fille. C'était probablement à cela qu'elle ressemblait. C'était obligé. Si seulement il réussissait à trouver et à conserver un reflet limpide de lui-même, il pourrait faire réapparaître cette image.

— Trois ans, avait décrété Numbers. Passé trois ans, personne vient plus. Ils te larguent... comme si t'étais mort. Et tu peux aussi barrer Noël de ton calendrier. Arracher la page.

— *Trois ans ?* C'est quoi ces conneries ? avait demandé Lamont.

— Je te le dis, c'est tout.

— Y a aucune loi qui dit que les gens viennent plus en visite après trois ans.

— C'est la loi de la moyenne, Lamont.

— Bon, si c'est une moyenne, alors certaines personnes arrêtent de venir avant la fin des trois ans, et d'autres continuent de venir après, exact ? C'est ce que ça veut dire, la moyenne.

— J'imagine, avait concédé Numbers, avant d'ajouter : J'ai jamais rencontré personne ici qui soit au-dessus de la moyenne comme tu prétends.

Lamont avait purgé les trois premières années de sa peine de six ans à Woodbourne et les trois dernières à Mid-Orange. Des rares personnes qui venaient lui rendre visite de temps à autre à Woodbourne, seule sa grand-mère avait persisté au-delà du délai des trois ans et continuait de venir le voir. Elle n'était pas en mesure de venir souvent, à cause de son travail d'aide cuisinière et de la distance depuis Co-Op City. Et elle était âgée et pas très en forme. Sa cousine Michelle, elle, lui avait rendu visite une fois, à Mid-Orange.

— Une bonne chose, à Mid-Orange, lui avait confié Numbers quand ils s'étaient retrouvés au début de la peine de Lamont là-bas, c'est qu'ils ont quatre cafés dans un rayon de même pas dix kilomètres. C'est plus que d'habitude, pour un établissement pénitentiaire de sécurité intermédiaire situé en rase campagne. Ça augmente les chances de recevoir une visite. Le problème, c'est que... y a que des Dunkin' Donuts. Et personne va rouler deux heures pour bouffer ces saloperies.

Les premiers temps de sa période à Woodbourne, certaines personnes de son quartier avaient effectué le périple pour venir le voir. Son vieil ami Michael ne pouvait pas, parce qu'il purgeait une peine ailleurs. Michael, c'était lui qui l'avait convaincu de conduire son fourgon jusqu'au magasin de spiritueux sans que Lamont comprenne que ça allait tourner au vol à main armée, c'était le type qui lui valait de purger ces six années. Mais le frère cadet de Michael, qui n'avait jamais été qu'une vague connaissance, lui, s'était montré pas mal de fois, au début. Lamont ne comprenait pas pourquoi. Ce jeune homme n'était pas antipathique, mais il était beaucoup plus jeune et manifestement cela ne lui plaisait pas trop de venir et puis, de toute manière, s'il lui fallait un prétexte pour se rendre en visite dans une prison, il avait Michael, son frère, qu'il pouvait aller voir dans l'établissement où il était incarcéré. Il n'appréciait pas plus de faire la conversation pour le plaisir de la conversation que Lamont, mais il se pointait quand même et lui posait les questions habituelles, l'air aussi gêné, et peut-être même plus, que d'habitude.

Au bout d'un moment, Lamont avait clairement compris que le frère de Michael venait à cause de Michael, voire sur ses instructions. C'était la seule explication qu'il avait pu trouver. Lamont partait du principe que Michael n'avait jamais eu l'intention de l'impliquer dans ce cambriolage. Qu'il était lui-même tombé sous l'influence d'un garçon beaucoup plus jeune que lui, un irresponsable avec une addiction et un pistolet et une manière de s'exprimer, une manière d'être qui donnaient à certains individus l'envie de lui tourner autour. L'idée de dévaliser un magasin de spiritueux, c'était l'idée de ce type, et elle lui était venue une fois que Lamont les avait conduits sur place. Michael soutenait qu'il n'en savait rien avant que le jeune type et lui aient laissé Lamont dans le fourgon pour entrer dans le magasin. Michael s'était-il laissé convaincre ? D'après les images de la caméra vidéo du magasin, il semblerait. Le jeune type avait son pistolet sur lui. Michael l'ignorait. C'était ce qu'il prétendait. La conception du casse et son exécution avaient été quasi concomitantes. L'arme, le jeune type la portait déjà sur lui. Ils avaient le fourgon de Lamont. L'occasion avait dû paraître trop belle au jeune gars pour la laisser filer. Et donc, en concluait Lamont, le frère cadet de Michael devait lui rendre visite pour le compte de ce dernier. C'était une façon d'essayer de compenser autant que possible le bazar dans lequel il l'avait involontairement fourré, puisqu'il n'était pas en position de lui envoyer de l'argent.

D'un autre côté, Lamont l'avait compris, il se pouvait aussi que Michael l'ait piégé, que le jeune type au pistolet et lui aient manigancé depuis le début de dévaliser cette boutique d'alcools sans rien lui dire, en comptant ensuite sur lui pour qu'il fonce les conduire en lieu sûr. La simplicité de cette hypothèse lui conférait un certain attrait. Lamont savait conduire, et il possédait un fourgon. Dans le quartier, tout le monde ne possédait pas son véhicule. C'était peut-être pour cela que Michael avait mis Lamont en relation avec le jeune au pistolet.

Mais il ne tarda pas à rejeter cette hypothèse. Il ne pouvait se résoudre à croire que Michael l'avait grugé, pas comme cela. Le plus vraisemblable, à ses yeux, c'était que le gamin s'était décidé sur un coup de tête à cambrioler ce commerce, et Michael, ne voulant pas s'exposer à ses moqueries et faire courir un risque à un nouvel ami encore novice, avait préféré renoncer à toute raison, sans parler d'une amitié presque aussi ancienne que lui.

Michael avait grandi lui aussi à Co-Op City et Lamont et lui étaient amis depuis l'école primaire. La mère de Michael l'autorisait à se rendre chez Lamont après la classe, même si elle savait que la grand-mère du garçon serait encore au travail. Elle se fiait à Lamont. Tous les deux, ils allaient se prendre un jus de fruits ou un High-C dans le frigo et regardaient des dessins animés, des *Looney Tunes, Electric Company*, une émission éducative pour les enfants, de vieux *Tom et Jerry* ou *Rocky et Bullwinkle* – cette dernière série plaisait plus à Lamont qu'à Michael. Lamont avait toujours été plus à l'aise en sa propre compagnie que ne l'était son copain. Cette autosuffisance apparente avait souvent suscité la jalousie de Michael, à son insu. Elle rendait d'autant plus précieux le temps et l'attention que lui accordait Lamont.

Ils avaient appris à faire du vélo en même temps et roulaient sur la piste cyclable de Greenway, d'un bout à l'autre, de la Section 1 à la Section 4, jusqu'à la salle de cinéma ou jusqu'au marchand de glaces Baskin-Robbins. Ils passaient même du temps à l'animalerie, à choisir les bêtes qu'ils se seraient achetées si l'un ou l'autre avait eu le droit d'en avoir une. Dès qu'ils furent un peu plus grands et un peu plus courageux, ils poussèrent jusqu'à la Section 5, la toute nouvelle, la plus excentrée, empruntant ce qu'on appelait le « Virage de la Mort ». Un jour, dans ce fameux virage, Michael avait perdu le contrôle de son engin, basculé par-dessus le guidon, et sa chute avait nécessité cinq points de suture à la poitrine. C'était Lamont qui s'était chargé de tout. Craignant de téléphoner au domicile de son copain, de peur de lui créer des complications avec sa mère quelquefois instable et avec sa propre grand-mère, qui était encore au travail, il avait appelé sa cousine, Michelle, depuis une cabine.

Elle n'avait que deux ans de plus que lui, mais elle tenait dans sa vie un rôle qui oscillait entre celui de l'amie et celui de la grande sœur, selon les exigences du contexte. Une fois Michelle convaincue que ce n'était pas une farce, elle lui avait promis d'appeler une ambulance et lui avait ordonné de ne pas bouger. Elle les avait rejoints sur place à bicyclette, avant l'arrivée des secours. Elle avait vu Lamont assis auprès de Michael, sa veste étendue sur la poitrine de son ami. Ils l'avaient tous deux accompagné aux urgences. Pendant qu'on le recousait, Lamont avait demandé à Michelle comment elle avait pu croire un seul instant qu'il avait voulu lui faire une farce. Si cela avait été une farce, c'était Michael qui l'y aurait incité, lui avait expliqué Michelle tandis qu'ils patientaient, à l'hôpital. Il était sur le point de protester contre cette explication parce qu'elle portait gravement atteinte au caractère de son ami, quand il s'était rappelé deux épisodes qu'elle aurait pu invoquer à l'appui de sa remarque si besoin était, aussi n'avait-il pas insisté, et pourtant, de manière générale, Michael n'avait jamais été en mesure d'exercer beaucoup d'influence sur lui. Il avait parfois commis certains actes sous l'effet de l'ennui, et il les regrettait, mais ce n'était guère à cause de l'influence de son ami. Il s'était trouvé simplement que Michael était présent à ces moments-là.

C'était avec lui qu'il avait goûté au frisson du vol à la tire chez Cappy's, la papeterie locale. Lui, il aimait bien lire des magazines, Michael s'était toujours davantage intéressé aux confiseries. Michael avait été le premier à voler, et à voler des sucreries, des Now and Later et des barres Hershey. Lamont avait le nez enfoui dans un magazine et il ignorait ce que son copain fabriquait, jusqu'à ce qu'ils ressortent de chez le marchand. Michael lui avait conseillé d'essayer. Personne ne s'était aperçu de rien. C'était trop facile pour ne pas au moins tenter le coup. Les sucreries, c'était encore meilleur quand on les chipait, lui avait-il affirmé. Ils avaient roulé comme des fous jusqu'à l'aire de jeux de Pine Island, près du Building Five, et mangé leurs sucreries près des balançoires. Mais pour Lamont, ça n'avait pas meilleur goût. Au contraire, le chocolat ne lui paraissait plus aussi capiteux. Il lui laissait une saveur plus fade sous la langue et le palais. Comme si quelqu'un avait en partie retiré le chocolat du chocolat, comme si la honte en avait corrompu la saveur. Il ne lui était encore jamais venu à l'esprit que ses actes puissent édulcorer ce qui aurait dû constituer une récompense normale, pour ainsi dire garantie par le fabricant.

Sans pleinement comprendre pourquoi, il s'était momentanément emporté contre Michael, qui enfournait son chocolat comme un animal affamé et lui souriait de toutes ses dents avec un air idiot entre deux bouchées. Que dirait Michelle, si elle savait ? De toute manière, Lamont avait plus envie de magazines que de sucreries. Plus tard, il en volerait, des magazines et des albums de bandes dessinées. Cela lui ferait honte aussi, mais au moins, là, il en aurait réellement envie. Il n'avait jamais les moyens de s'en acheter. La honte rivalisait avec l'excitation et un sentiment d'accomplissement. Et finalement, il s'était fait prendre.

Il se demandait pourquoi il préférait les conversations qu'il avait avec lui-même à presque toutes celles qu'il avait avec Michael. Son moi comprenait tout ce qui lui arrivait et n'oubliait rien. Ce moi voyait toujours sa solitude, même s'il n'était pas toujours capable d'y remédier. Quand d'autres se méprenaient à son sujet, ce moi-là ne se trompait pas. Ce moi le voyait désirer et ne pas désirer que sa grand-mère lui demande comment ça s'était passé à l'école, les deux simultanément, quand elle rentrait le soir à la maison. Ce moi le voyait préférer regarder la télévision au lieu de répondre à la question, et regretter ensuite de ne pas y avoir répondu. Il n'avait pas envie qu'elle ne la lui pose pas. Et il était incapable de rien admettre de tout cela, ne serait-ce que vis-à-vis de lui-même. Mais, avec ce moi-là, il y arrivait.

Des années plus tard, alors qu'il purgeait sa peine à Woodbourne, il avait repensé à cette époque et s'était demandé qui posait des questions à sa grand-mère sur sa journée pendant qu'il était détenu là-bas. Il aurait dû le faire, en ce temps-là.

Michelle était d'infiniment meilleure compagnie que Michael, bien plus intéressante et bien plus amusante, même si elle était nettement plus mauvaise au base-ball. Toutefois, comme elle avait deux ans de plus que lui et qu'elle n'habitait pas si près, il n'était pas simple de se ménager du temps avec elle. « Je peux aller voir 'Chelle ? » demandait-il à sa grand-mère, qu'enchantait l'affection mutuelle de ses petits-enfants. C'était Michelle qui lui avait fait découvrir les livres de la série « Xanth », ceux de Piers Anthony. Elle l'avait emmené à la bibliothèque où, comme elle le lui avait expliqué, les livres seraient toujours là, à l'attendre. Il aimait bien lire et dessiner là-bas, mais ne savait pas trop devant qui il aurait pu l'admettre sans risque. Il avait emmené Michael à la bibliothèque, mais ce dernier s'y était vite ennuyé. Il estimait apparemment qu'il n'avait pas grand-chose à en retirer, et il était décontenancé et parfois contrarié que Lamont ait envie d'y aller.

Michelle avait des perruches et le laissait quelquefois les nourrir. Elle l'autorisait à les tenir et à les percher sur son épaule. Quand son père lui achetait des baskets, elle veillait à ce que cela se fasse un jour où Lamont était avec elle, de sorte que son père finisse par se sentir obligé de lui en acheter une paire à lui aussi. Et il n'y manquait pas. Une année, il avait choisi les Pumas en daim bleu, et il avait montré à Michelle comment il fallait en nouer les lacets ; ils étaient de deux couleurs tressées ensemble, et on les laissait dénoués, en les fourrant sous la languette pour la rehausser de façon à bien la mettre en évidence. Sa grand-mère était toujours après lui pour qu'il noue ses lacets. Elle n'avait pas pigé. Michelle, si.

C'était toujours mieux d'aller faire les courses avec elle. Elle l'encourageait à porter les bons jeans, Vidal Sassoon, Jordache ou Sergio Valenti, et surtout du Tale Lord. C'était compliqué de convaincre sa grand-mère de lui acheter ce qui lui faisait envie, quand elle l'emmenait en bus acheter des vêtements à Fordham Road. Plus il grandissait, plus ces expéditions-là étaient pénibles. L'amour qu'il éprouvait pour sa grand-mère ne faiblissait pas, mais s'il y avait une chose pire que d'aller avec elle acheter ses vêtements, c'était que des gens le voient s'acheter des vêtements avec elle. Dans ces moments-là, il fallait qu'il combatte son désir de la fuir ou même de littéralement la repousser loin de lui. Il s'en abstenait toujours, et ne se permettait même jamais de lui manifester son exaspération.

C'était à cette période de son existence, il s'en souvenait, qu'il avait ressenti pour la première fois une nervosité chronique, pas forte, mais une agitation associée à une anxiété plus ou moins permanente, et qui ne l'avait plus quitté depuis. Tout se passait comme si le menaçait un événement calamiteux qu'il était incapable d'identifier, et par conséquent incapable d'empêcher ou d'éviter. L'épuisement que cela produisait en lui était tel qu'aucun repos, aucun sommeil ne l'en soulageait jamais. Comme cela faisait très longtemps qu'il ne s'était plus senti autrement, être anxieux lui paraissait normal et, en un sens, pour lui, c'était normal. Il souffrait même peut-être de cette anxiété depuis la plus petite enfance. Il ne pouvait en avoir la certitude.

Il avait pensé discuter de ces sentiments avec Michelle, parce que si quelqu'un pouvait comprendre ce qu'il ressentait, c'était elle. Il ne connaissait personne de plus intelligent, elle l'était peut-être encore davantage que ses professeurs, car elle semblait comprendre certaines choses qu'il n'avait jamais voulu dire, et même celles qu'il ne disait pas. Peut-être parce qu'elle avait deux ans de plus que lui. Peut-être parce que c'était une fille ou parce que ses deux parents vivaient avec elle sous le même toit, et tout le monde – ses parents, leur grand-mère, les adultes du quartier –, tous, ils savaient qu'elle, au moins, s'en sortirait très bien.

Il avait raconté à Michelle ce que lui avait inspiré l'incident du crabe des Moluques, ce qui s'était passé en classe et rien qu'à voir la compréhension qu'il avait lue sur son visage, cela l'avait aidé à en saisir un peu mieux la portée. À cet instant, en la voyant si attentive à son égard, les yeux tellement pleins de l'histoire qu'il lui racontait, son amour pour sa cousine était assez grand pour qu'il s'imagine, juste sous prétexte qu'il la connaissait, que tout irait bien.

Mr Shapiro leur avait fait cours sur les dinosaures, lui avait-il expliqué. En quelques leçons, il avait passé en revue les origines de la vie, de l'amibe monocellulaire au plancton et aux diverses espèces de dinosaures, de reptiles, d'oiseaux et de singes, pour finalement arriver aux humains. Il avait invité les enfants à nommer des animaux existants susceptibles d'être aisément identifiés comme les descendants d'espèces désormais éteintes. Parmi les réponses proposées, on comptait les zèbres, les éléphants et les lézards. Mais Lamont estimait connaître le meilleur exemple de tous et, d'après la réaction de Mr Shapiro, celui-ci était apparemment d'accord avec lui. Lamont ne croyait pas s'être jamais senti aussi bien. Les limules ! Ils descendaient des trilobites. Mr Shapiro s'était exclamé : « Ah ça, mon garçon, c'est une bonne réponse ! »

Encouragé, Lamont avait poussé encore plus loin.

— Ils sont vraiment gros. Ils ont de longues queues pointues. Et ils... ils ont l'air préhistorique.

— Excellent ! avait renchéri Mr Shapiro. Voudrais-tu venir au tableau, Lamont, nous en dessiner un ?

Et il s'était levé de son siège pour aller au tableau commencer à dessiner un limule.

— Ils ont des yeux, mais ils ne voient pas trop bien. C'est leur queue qui est importante. Peut-être encore plus que les yeux, je ne sais pas trop. Ils se servent de leur queue dans le sable, dans la terre, partout. Ils sont vraiment vieux, je crois.

— Excellent ! avait répété Mr Shapiro. Tu sais visiblement un tas de choses sur eux, Lamont.

— J'en ai vu.

— Dans un livre ?

— Oui, mais j'en ai vu en vrai, aussi.

— Lamont, tu es sûr ? Là, je ne suis pas trop convaincu.

Mais Lamont en avait vu. Près de la Section 5, en venant de la Section 1, où il habitait, si vous étiez assez motivé, il était possible de continuer jusqu'à la rivière Hutchinson. Il l'avait souvent fait. Là, dans les hauts fonds de la rivière, il avait trouvé une espèce de « crabes » qui, avait-il appris à la bibliothèque, étaient des limules.

— Je pourrais vous montrer, monsieur Shapiro.

— Ce serait bien. Un jour, pourquoi pas.

Mr Shapiro bouclait déjà sa besace.

— Quand ? Après l'école ?

— Bien sûr. Un jour, après l'école, pourquoi pas.

— Quand ? La semaine prochaine, peut-être ?

— Peut-être.

— Mercredi prochain, après l'école ?

— Eh bien, d'accord, mercredi prochain, pourquoi pas.

— Je vais vous dessiner un plan. Vous montrer comment on arrive jusque là-bas.

— D'accord, merci. Merci, Lamont.

Le mercredi après-midi suivant, Michael et Lamont s'étaient retrouvés après l'école, sur les berges de la rivière. Une heure et demie s'était écoulée quand Michael lui avait dit ce qu'il savait déjà : Mr Shapiro ne viendrait pas.

— Il n'a plus envie d'entendre ces salades. C'est terminé.

— Ben, il a pu être retenu, je sais pas, moi. Il a pu se perdre. Peut-être qu'il a cru qu'il pleuvrait. Michael, s'il arrive plus tard et que je suis pas là, c'est pas bon.

— Il va jamais venir, Lamont.

— Bon, ça se peut. Je sais pas. Mais je sais qu'il y a des limules là-dedans. Je vais aussi les montrer à Michelle. Tu vois comme elles se servent de leur queue quand elles avancent ?

— Shapiro... il viendra pas, avait insisté Michael. Il sait qu'il y a pas de ces limules de merde, ici... par contre, ta cousine, c'est elle que tu devrais amener... je vais lui montrer autre chose, moi... une queue, et vraiment pointue !

C'était tout ce qu'il avait eu l'occasion de sortir avant que Lamont ne lui écrase son poing sur la figure, d'un coup assez fort pour étendre Michael au sol. Lamont était resté planté là un moment, à le regarder. Rien que de penser à ce qu'il venait de faire, ça l'avait laissé en état de choc.

Il ignorait pourquoi Michael l'avait mis en colère à ce point. Ils étaient rentrés à la maison, à vélo, en roulant contre le vent, sans se parler. Après quoi, ils ne s'étaient pas revus avant un bout de temps. Lamont, lui, ça ne le contrariait pas plus que ça.

Il n'avait pas beaucoup revu Michelle non plus, à cette période. Elle fréquentait le Bronx Science, désormais, et elle prétendait avoir des devoirs comme jamais. Elle présentait cela comme un acte d'authentique héroïsme, comme un but auquel Lamont aussi aurait pu aspirer, mais elle le faisait sans jamais se mettre en avant, sans jamais laisser entendre qu'elle s'estimait supérieure à lui, ou à qui que ce soit d'autre. Du moins, c'était l'impression qu'il avait au téléphone, chaque fois qu'il lui disait un peu tristement, mais sans nuance accusatrice : « C'est sûr que t'es occupée, Michelle, maintenant. »

Pour son anniversaire, les parents de Michelle les avaient emmenés, leur grand-mère, Michelle et lui, dans un restaurant de viande de Manhattan. Il ne se souvenait plus exactement où, juste que c'était près d'Union Square. Il se souvenait de ça. Ce devait être par là-bas, car depuis la place où le père de Michelle avait garé sa voiture, ils avaient traversé Union Square à pied et au retour aussi. Lamont aimait bien sortir avec la famille de sa cousine. Il aurait voulu que cela arrive plus souvent. Sa tante, manifestement sur les instructions de sa fille, lui avait acheté d'autres livres de la série « Xanth », des livres dont seule Michelle pouvait savoir qu'il ne les avait pas déjà lus. Et son oncle, là encore clairement guidé par elle, lui avait trouvé quelques figurines, des Micronautes aux membres en plastique translucide, plus deux ou trois accessoires, car elle savait qu'il les adorait. Il avait aussi eu deux figurines d'action, des Guerriers Shogun d'une extrême sophistication qu'on ne pouvait acheter qu'à Chinatown, lui avait-elle expliqué. C'était avant que Mattel ne se mette à les fabriquer. En posséder était franchement un atout pour la vie sociale de quelqu'un dans la situation de Lamont. C'était comme si, reconnaissant qu'elle le voyait de moins en moins souvent et qu'il en serait désormais ainsi, elle avait conçu cette journée comme une forme de réparation. Et cela avait marché.

Il s'était mis à fréquenter Danny Ehrlich. Cela faisait plaisir à sa grand-mère, parce que le père de Danny était professeur au lycée Truman. La vieille dame pensait que Danny Ehrlich constituerait une meilleure influence que Michael. Mr Ehrlich avait la réputation d'être le plus cool des enseignants, un doux retour aux années hippies. C'était en partie la raison pour laquelle l'histoire à son sujet, la fameuse histoire de Mr Ehrlich, s'était répandue aussi vite.

Cette histoire concernait un élève de sa classe, un gamin noir et maigrichon du quartier que l'on appelait la « Vallée », du côté de Boston Secor, juste à l'extérieur de Co-Op City, en face de la voie rapide. Un jour, cet élève avait dessiné un svastika au tableau. Étant l'un des éléments les plus désobéissants de la classe, il n'ignorait pas la dimension maléfique du symbole, qui avait de quoi choquer ou offenser, voire de quoi effrayer certains, mais ne comprenait pas trop pourquoi. Ce jour-là, il avait appris pourquoi, ainsi que tout le monde dans la classe. Mr Ehrlich avait perdu temporairement la raison, disait-on.

Bien sûr, plusieurs versions de l'histoire avaient circulé. Dans l'une, il avait frappé le garçon à plusieurs reprises. Dans une autre, le gamin s'était pissé dessus, à cause de la réprimande qu'il avait reçue. Dans certaines versions, Mr Ehrlich avait parlé de racisme. D'autres soutenaient qu'il avait été question d'esclavage. Certains affirmaient que l'enseignant avait invité la classe à rédiger une composition sur la différence. D'autres disaient que Mr Ehrlich avait longuement pris la parole pour évoquer ce que l'on appelait le « nazisme », après quoi il s'était calmé, simplement, subitement, et c'en était resté là. Le point commun à toutes ces versions, c'était qu'un jour, juste un, ce vieux professeur un peu hippie avait perdu les pédales. Et c'était devenu l'histoire officielle.

Lamont était dans la classe de Danny Ehrlich et ni l'un ni l'autre n'avait jamais été l'élève de Mr Ehrlich. Danny était lui aussi fana des livres de « Xanth ». Au bout de quelque temps, Danny l'avait invité chez lui après l'école. C'est lorsqu'il lui avait demandé la permission d'y aller que sa grand-mère avait appris qu'ils étaient amis. Il n'avait pu s'empêcher de remarquer que cette fréquentation plaisait à sa grand-mère. Il avait emporté l'une de ces figurines Guerrier Shogun que le père de Michelle lui avait achetées à Chinatown pour son anniversaire. Il avait choisi l'un des méchants, un fabuleux mélange de plastique moulé et de membres articulés, avec les épaules, les pieds et même le cou équipés de joints à rotule. La peinture était homogène et bien nette. Aucune couleur ne débordait, il n'y avait rien qu'un bouclier aux contours bien précis, d'un rouge intense, et la poitrine striée de découpes jaunes en forme de côtes. La tête, d'une petitesse disproportionnée à vous flanquer la frousse, n'était composée que d'un crâne avec ses deux bandes bleues à partir du front, au-dessus des orbites, rejoignant la jointure avec la nuque. À part ses pieds, qui étaient bleus, tout le reste était d'un gris argent métallisé. Rien qu'à le voir, sans même le tenir en main, on avait envie de l'avoir : il avait tout pour enflammer l'imagination d'un garçon. La première fois que vous le teniez vraiment entre vos doigts, vous étiez subjugué.

En sortant le Guerrier Shogun de son sac, Lamont avait observé les yeux de Danny. Danny Ehrlich avait écarquillé deux billes aussi rondes que des balles de golf. Ensuite, Lamont le lui avait tendu, avec solennité, et Danny était resté un moment là, dans une parfaite immobilité, à essayer de se faire une idée du poids qu'il pouvait peser. Il avait passé doucement le pouce et l'index de sa main gauche sur le corps du Guerrier Shogun. Il avait inspiré à fond, expiré lentement, et soufflé : « Waouh, j'arrive pas à y croire ! »

Et tout d'un coup, sans lâcher le Guerrier Shogun, il avait fait volte-face et, sans crier gare, il avait couru au bout du couloir, vers la cuisine, en braillant : « Maman, regarde ! Regarde ce que Lamont m'a apporté. C'est incroyable, non ?! »

Lamont en avait eu la gorge serrée. Il ne s'était pas attendu à ce que Danny Ehrlich s'imagine qu'il lui donnait sa figurine, et il ne savait que faire. Il s'était avancé à pas lents dans ce couloir, vers son ami et sa mère. Il n'était encore jamais entré dans cette cuisine. Il n'avait encore jamais rencontré sa mère non plus. Danny semblait beaucoup l'aimer, sa mère. Il s'était arrêté sur le seuil de la cuisine.

— Merci infiniment, Lamont, pour ce monstre incroyable, lui avait-elle dit gentiment.

— C'est un Guerrier Shogun, maman, avait rectifié son fils dans un accès d'impatience. Regarde les bras !

Lamont ne pouvait pas rentrer chez lui sans. C'était tout simplement impossible. Sa grand-mère ne comprendrait pas. Il en était sûr. Il lui avait demandé la permission de l'emmener chez Danny Ehrlich et elle ne l'y avait autorisé que s'il promettait d'y faire attention. Il avait fait attention. À l'école, toute la journée, il l'avait gardé en lieu sûr, il l'avait caché, depuis ce matin. Tout ce qu'il avait fait, à la fin de cette journée, une fois seul à l'intérieur de la maison des Ehrlich, c'était le montrer à son nouvel ami, Danny, et lui permettre de le tenir dans sa main. C'était tout. Et maintenant, il allait avoir toutes sortes d'ennuis. Un jour, Michelle risquait de vouloir le revoir, ce Guerrier, elle aussi. Elle avait précisément expliqué à son père ce que celui-ci devait acheter à Lamont, et même où se le procurer. C'était l'un de ses objets les plus précieux. Peut-être même le plus précieux de tous. Son oncle le lui avait déniché à Chinatown, pour son anniversaire. Il était impossible de dire ce que ça coûtait. Il était impossible de dire ce qui arriverait s'il ne le rapportait pas à la maison avec lui. Fallait-il qu'il parle à Danny Ehrlich ? Il ne pouvait pas. Cet incident, c'était l'une de ces calamités que son anxiété anticipait, et cela se réitérerait longtemps après qu'il serait clos. C'était un avant-goût de sa future vie d'adulte.

Quand Lamont avait remis la figurine Action Man du Guerrier Shogun dans son sac d'école, Danny Ehrlich n'était pas dans la chambre. Lamont allait le rapporter en douce chez sa grand-mère. Personne ne l'avait vu faire et il se demandait s'il allait s'en tirer comme ça. Peut-être que son ami l'oublierait, cette figurine du Guerrier Shogun. Non, ce n'était pas possible. Et si Danny s'imaginait l'avoir perdue ? Après tout, il avait pas mal de trucs. Mais c'était improbable, avait conclu Lamont. En fait, c'était plus qu'improbable, c'était impossible.

Dès l'instant où il avait entendu Danny Ehrlich annoncer à sa mère qu'il lui avait donné le Guerrier Shogun, Lamont en avait été malade. Et il en avait été encore plus malade quand il avait escamoté la figurine dans son sac. À la douleur de la perte imminente du Guerrier Shogun, qui demeurait encore possible, à la perspective de la colère de sa grand-mère pour avoir ainsi donné le cadeau de Michelle, et à son incrédulité qu'un geste aussi foncièrement innocent se soit transformé en un tel cauchemar, s'ajoutait maintenant l'effroyable culpabilité d'avoir récupéré ce jouet en le volant, sans compter autre chose d'encore plus puissant, de plus immédiat, quelque chose qui hurlait en lui, aussi fort que le père de Danny Ehrlich dans cette histoire où ils étaient tous les deux en cause, le gamin de «la Vallée» et lui, un cri si puissant qu'il s'était senti les paumes moites de gouttelettes de sueur. C'était de la terreur. Lamont avait peur de se faire prendre avec le Guerrier Shogun dans son sac, alors que cet Action Man était le sien. En réalité, il ne s'était pas fait prendre. Il était rentré chez lui avec le jouet dans son sac sans se faire repérer.

Il n'avait rien dit de cet incident à sa grand-mère. Le lendemain, Danny Ehrlich n'en avait rien dit non plus. Peut-être n'avait-il pas encore remarqué la disparition de l'Action Man – c'était ce que Lamont avait voulu croire. Mais manifestement, il avait tort. Bien sûr que Danny Ehrlich avait remarqué. Il n'avait jamais plus été invité chez lui. En fait, après ce jour-là, Danny ne lui avait quasiment jamais plus adressé la parole. Lors des rares occasions où il lui avait parlé, c'était sur un ton d'une étrange politesse, pas du tout comme un garçon de son âge se serait normalement exprimé, mais sur le ton d'un professeur, d'un parent ou d'un travailleur social. Comme s'il avait été guidé par un adulte quant au langage à tenir à Lamont Williams pour le cas où la nécessité de s'adresser à lui se présenterait à nouveau.

Michelle n'avait jamais demandé à revoir la figurine du Guerrier Shogun ni à voir ce que l'on avait offert d'autre à Lamont pour son anniversaire. Michelle mettait du parfum maintenant, et son charme féminin, le charme qui avait tant éveillé l'imagination de Michael sur les berges de la rivière Hutchinson, était encore plus évident. Ensuite, il y avait son aplomb et sa soif intellectuelle pour des questions qui étaient hors de portée de Lamont, étrangères à son univers et à sa conscience de cette époque. Ce n'était pas seulement qu'il ne comprenait pas ces choses-là – il ne savait même pas ce qu'elles étaient, juste qu'elles existaient. Sa façon de s'exprimer avait légèrement changé. Elle s'exprimait mieux, il le sentait. Elle ne parlait plus tant de Jason et des Argonautes, de tous les machins de Ray Harryhausen ou des livres de Xanth. Elle parlait de plus en plus comme une fille qui, d'une seconde à l'autre, deviendrait une femme d'une beauté qu'elle ne pourrait plus cacher et que les autres ne pourraient plus ignorer. Si elle avait déjà des petits amis, elle réussissait, Lamont ne savait trop comment, à le tenir à l'écart de cette facette de son existence. Ce n'était pas aussi difficile qu'avant car de toute manière ils se voyaient de moins en moins. Si leur grand-mère était au courant pour l'un des petits amis de Michelle, elle n'en parlait pas, bien sûr, jamais. Michelle était celle, toujours, pour laquelle leur grand-mère n'avait pas à s'inquiéter. Ses études la prenaient peut-être trop pour qu'elle ait du temps à consacrer à des petits amis. Si elle en avait, il s'imaginait que c'était peut-être parce qu'ils savaient toutes ces choses que Michelle avait envie de savoir.

Parfois, de croiser Michael, c'était mieux que rien. Et souvent, c'était pire. Parfois, Michael devait amener son petit frère avec lui, celui qui bien des années plus tard viendrait lui rendre visite à Woodbourne. Michael aimait bien parler des filles. Laquelle lui faisait envie, ce qu'il lui avait fait, celle qu'il avait touchée et où, ce qu'il allait lui faire – il lui parlait de tout cela. Pour une bonne part, pour l'essentiel, c'étaient des mensonges. Il s'exprimait comme cela même devant son petit frère, ce qui mettait Lamont mal à l'aise. Ce dernier pensait aux filles, lui aussi, mais il n'aimait pas trop parler des choses qu'il avait en tête, et il ne voyait pas davantage l'intérêt de mentir à Michael ou à qui que ce soit sur ses succès, en ce domaine ou dans un autre. Son moi saurait qu'il mentait, et il aurait honte.

Alors que la fin du lycée approchait à grands pas, il s'était mis à sérieusement réfléchir à ce qu'il choisirait de faire après en être sorti. Il connaissait quelques gars du quartier qui avaient intégré l'armée. Il ne les connaissait pas bien, mais l'idée « d'exister au meilleur de ses capacités », selon la promesse du vieux slogan de l'US Army, lui plaisait assez, ça lui parlait. Il y réfléchissait encore lorsque était survenue la fin des cours, et il s'était choisi un emploi dans la construction, non qualifié et pas déclaré. Ça lui était déjà arrivé de faire ce style de truc, pendant les vacances scolaires, ponctuellement, depuis pas mal d'années. Ça lui avait permis d'aider sa grand-mère en lui rapportant un peu d'argent. Et c'était bon d'avoir un peu d'argent. C'était cette sensation qui l'avait de nouveau orienté vers la construction, après sa sortie du lycée.

Quelques années plus tard il avait fait la connaissance d'un jeune Latino d'Inwood, sur un chantier. Ils avaient fini par se parler et l'homme lui avait expliqué comment il gagnait sa vie avec la seule chose que son père lui avait laissée à sa mort, sa camionnette à plateau. Le vieux pick-up exigeait des soins qui confinaient au bichonnage, et il le protégeait, ainsi qu'il l'avait promis à son père. L'autoradio ne prenait que des cassettes, mais, vu sous le bon angle, cela aussi avait un aspect réconfortant, avait-il expliqué à Lamont. Il avait retrouvé des compilations que son père écoutait. Il ne savait pas qui les lui avait enregistrées, mais il transportait ses chargements et ses livraisons à travers la ville avec les morceaux de son père à fond. Quand Lamont lui avait demandé en quoi le pick-up de son père le protégeait, le Latino lui avait expliqué qu'il recevait plus de demandes de livraisons qu'il ne pouvait en traiter.

— Aucune raison que ça s'arrête, tant que je maintiens la camionnette de mon père en bon état et que je reste compétitif. Un type peut gagner un paquet, rien que sur les commandes entre l'IKEA d'Elizabeth, dans le New Jersey, et Manhattan ou ailleurs. Les gens ont toujours besoin qu'on les aide avec ce style de merdier.

Lamont avait écouté cet homme lui décrire ce qu'il faisait tous les jours, et ce qu'il avait entendu lui plaisait. Plus tard, devant une bière, il lui avait demandé s'il voudrait d'un deuxième chauffeur pour se charger d'une partie du travail supplémentaire. L'homme lui avait répondu qu'il avait besoin d'y réfléchir. Ils s'entendaient bien, tous les deux, il le sentait. Néanmoins, comme il le lui avait expliqué poliment, il devait être prudent, il ne pouvait confier le camion de son père à n'importe qui. Lamont lui avait répondu qu'il comprenait et qu'il respectait ça.

— Moi, je capte le moindre petit ronronnement du moteur de mon papa. Tu saisis ?

— Bien sûr, je comprends. Je parie que tu es bon conducteur, en plus.

— C'est ce que j'aime bien croire... enfin, c'est presque toujours vrai.

— Ça te suffit sans doute pas de connaître le conducteur ; tu voudras sûrement connaître aussi le type qui lui a appris à conduire.

Le Latino s'était esclaffé.

— Je suis sérieux, avait insisté Lamont.

— Que veux-tu dire ? avait répliqué l'autre.

— Eh bien, tu as l'air de te connaître. Alors tu n'as qu'à m'apprendre à conduire.

— Tu ne sais pas ?

— Si tu m'apprends, je vais savoir.

— Tu ne sais pas conduire ? avait répété l'autre, en secouant la tête avec incrédulité.

Pourquoi ce jeunot lui faisait-il perdre son temps ?

— Je travaille dans la construction. Je vis avec ma grand-mère dans le Bronx. Et, non, je ne sais pas conduire. Tu n'as qu'à m'apprendre de la manière dont tu penses que ton père voudrait qu'on conduise sa camionnette. Tu n'as qu'à m'apprendre à écouter ses ronronnements et ses respirations, et pendant que je travaillerai et que tu te reposeras, tu pourras te prendre une part de ce que je rapporte.

— Écoute, Lamont, tu m'as l'air d'être un gars sympa mais... je sais pas.

Lamont lui avait noté son nom et son numéro de téléphone au dos d'une rondelle à bière Samuel Adams et il avait suggéré à Ramón, le Latino, de réfléchir à sa proposition. Il s'était écoulé presque deux semaines, et puis Ramón avait appelé Lamont, en début de soirée. Sa grand-mère s'était interrompue dans les préparatifs de ses côtelettes de porc et de ses patates douces pour répondre. C'était un type, un Espagnol, pour Lamont.

— Quel genre de musique tu aimes ? lui avait demandé Ramón.

— Pourquoi tu me poses cette question ?

— J'ai besoin de savoir si je laisse les cassettes de compil de mon père dans le fourgon.

Et c'était ainsi que Lamont avait pris le volant, pour gagner sa vie. Mais, d'abord, il avait dû apprendre à conduire.

Quand il avait suggéré à Ramón de lui enseigner la conduite, il ne s'était pas vraiment attendu à ce que l'autre le prenne au mot. Mais il avait accepté, et là, il lui avait semblé se trouver face à une série d'opportunités comme il n'en avait peut-être jamais connu. Il ne lui avait pas fallu longtemps pour apprendre. Il aimait bien ça et, même si c'était le fourgon de Ramón, il avait l'impression d'être son propre patron. Ils étaient amis. C'était arrivé naturellement, cela coulait de source, comme si c'était écrit, une aubaine comme il ne s'en était encore jamais présenté. Gagner la confiance de l'autre, apprendre à conduire, intégrer les caprices de la camionnette du père – ses vibrations et ses vrombissements –, découvrir les rues de New York et même certaines rues du New Jersey qui lui étaient inconnues et en plus se retrouver avec un peu de sous en poche – cela lui faisait l'effet d'un nouveau départ. En l'espace de quelques semaines, il avait eu la sensation de respirer plus au large, et que pour la première fois son cœur réussissait à battre plus lentement, sous l'empire d'un calme véritable, à l'opposé de cet autre calme qu'il portait comme une armure, comme une protection. Ce calme inédit, du genre de celui que peut susciter l'impression de se réaliser soi-même, ne diminuait en rien son état d'excitation. Jamais au cours de son existence il n'avait eu autant de plaisir à se lever le matin. Au bout d'un temps, cette excitation s'était apaisée, mais l'impression de calme, elle, avait persisté des années. S'il était destiné à rencontrer un être comme Chantal, c'était certainement durant cette période. Et tel fut bien le cas.

En réalité, son plus grand changement de fortune, c'était le sentiment qu'il avait éprouvé en lui adressant finalement la parole – plus encore que le fait qu'une femme aussi séduisante ou si élégamment vêtue puisse lui parler, ou même qu'elle fasse son apparition chez Cappy's où il avait passé tant d'heures enfantines et adolescentes à lire et parfois à voler des bandes dessinées et des magazines. Mais il ne verrait jamais la chose sous cet angle. Il considérait que c'était elle, sa chance, l'agent de ce changement, et de sa concrétisation.

À leur première rencontre, elle n'avait que dix-neuf ans. Elle travaillait au rayon cosmétiques d'un grand magasin chic, en centre ville. Jamais, à aucune autre période de sa vie, Lamont n'aurait approché une jeune femme ayant l'allure de Chantal. Jamais, à aucune autre période, il n'aurait sérieusement songé aux demandes formulées de sa voix tranquille d'homme timide, sans lui faire le moindre rentre-dedans, sans se pavaner comme un jeune coq des quartiers chauds. À n'importe quelle autre période ou presque de leurs existences à tous les deux – même s'ils s'étaient trouvés près l'un de l'autre dans un magasin, à un arrêt de bus ou dans une salle de cinéma –, ils n'auraient même pas échangé un regard. Mais le moment était venu. Il était regonflé par cette promesse d'un travail stable, et elle était prête à risquer le coup avec un homme qui avait un boulot, pas drogué, sans dossier carcéral, sans enfants d'une autre femme, et quasiment sans un sou. Il lui avait donc proposé de sortir avec lui.

Même si ce n'était pas la première fois qu'ils sortaient ensemble quand il l'avait emmenée manger un steak et boire dans des verres qui n'étaient faits que pour le vin, ronds et renflés à la base, comme des tulipes hypertrophiées, il ne s'était toujours pas habitué au fait que cette femme n'arrêtait pas de lui répondre « oui » chaque fois qu'il l'invitait. À chacun de ses « oui », il avait gagné un peu plus en confiance, pourtant cela ne l'empêchait pas d'être tendu, cette fois-là aussi. Cette nervosité – qui ne montrait aucun signe d'accalmie –, c'était presque une sensation agréable, et cela ne le gênait pas véritablement. Il devait juste se surveiller pour s'assurer de ne rien dire ou ne rien faire qui soit déplacé, rien qu'il puisse regretter quand il se repasserait la soirée dans sa tête la nuit au fond de son lit ou plus tard au volant du fourgon du père de Ramón. Lorsqu'elle lui avait ouvert la porte de l'appartement de sa mère, il avait eu du mal à résister à son envie impérieuse de la toucher. Il avait eu du mal à s'empêcher de la toucher en longeant Union Square à pied.

Elle connaissait le quartier mieux que lui, car elle travaillait non loin de là. Elle connaissait des gens dans les boutiques du coin – ceux qui travaillaient de jour, en tout cas –, et les meilleurs endroits pour déjeuner. Le meilleur des sandwichs poulet-salade, c'était tout près du Flatiron. Fameux. Vraiment fameux. Un vieux bistrot juif comme il y en avait voici un million d'années. Sur la 5e Avenue. Non, il ne croyait pas connaître. Que connaissait-il ? Il connaissait la cafétéria de l'IKEA situé à Elizabeth, dans le New Jersey, il savait qu'elle ouvrait une demi-heure avant le reste du magasin. On pouvait se choisir des œufs au bacon avec des pommes de terre pour moins d'un dollar. On portait son plateau soi-même, comme ça, pas de pourboire. C'était ainsi qu'ils maintenaient les prix si bas. Sans doute. Cela y contribuait. Et puis, ils achetaient tout en gros. Tout avait commencé en Suède, en Europe. Tout le machin. Jamais été là-bas ? En Suède ? Non, chez IKEA. À Elizabeth ? Où est-ce, déjà ? Dans le New Jersey. Non.

Elle avait une amie qui essayait de devenir mannequin. C'était franchement une chose dont Chantal aurait pu avoir envie elle aussi, lui avait-il glissé. Bien payé. Elle était assez jolie, c'était vrai. Non, vraiment. Il avait une cousine qui était aussi assez jolie, elle était allée en fac, avant d'épouser un professeur. Il ne la voyait pas tellement. Pas ces derniers temps. Plus maintenant. Très liés quand ils étaient gamins, par contre. Ils avaient une fille. Pas réellement sa nièce, une fille de sa cousine, Sonia. Il pensait pouvoir se procurer sa propre fourgonnette, s'établir à son compte. Il n'en était pas sûr. Peut-être. Chantal trouvait que c'était une super idée. Ils devraient franchement penser à imprimer la carte des vins en anglais. Elle avait ri, Dieu merci. Il le pensait, mais il pensait aussi la faire rire, avec ça. Il ne savait pas à quoi il avait pensé le plus. Peu importait. Elle avait ri. Ce repas allait plomber ses comptes, mais cela en valait la peine. Il pourrait éventuellement se trouver deux jours de chantier, en plus des tournées en pick-up. Ça ne rimait à rien de se bourrer de pain, sauf s'il rapportait à la maison le morceau de steak qu'il n'arrivait pas à terminer. Il n'oserait pas, si elle n'en faisait pas autant. Et il ne pouvait pas le savoir à l'avance. Pas la peine de courir le risque. Il s'abstiendrait, c'était tout. Sa grand-mère adorait un bon steak, quand même. Il n'aurait pas dû dire ça. Il n'aurait pas dû mentionner sa grand-mère.

Ils avaient traversé Union Square et il s'était cru amoureux d'elle, peut-être. Il n'avait jamais tellement payé pour se nourrir, dans sa vie. Si seulement Michelle pouvait le voir, là, maintenant. Il allait se renseigner pour déposer un acompte, afin d'avoir un véhicule à lui. Plus le véhicule serait gros, plus il pourrait en transporter mais plus il aurait de frais. Il s'était cru amoureux d'elle, peut-être. Sa grand-mère serait contente.

Regarder tous ces gens qui marchaient ou qui les dépassaient en voiture. Pour une fois, il aurait pu se contenter de les regarder, sans se sentir obligé de les dévorer des yeux. Peut-être que des gens le dévoraient des yeux, lui, tandis qu'ils marchaient, avec Chantal ; lui, l'homme qui était avec elle. Quelle allure avaient-ils, ensemble ? Michelle apprécierait. Cette allure lui plairait. Peut-être se marieraient-ils, un jour, et ils auraient un petit cousin pour jouer avec la fillette de Michelle, Sonia. Ils se parlaient et ils marchaient, et il se pencha pour entendre ce que disait Chantal. Il était forcé, puisqu'elle ne se penchait pas vers lui. C'était la même foule, le même bruit, pour elle aussi. Elle était confrontée à la même réalité. Mais elle était plus jeune. Peut-être entendait-elle mieux que lui ? Ce déséquilibre, il ne le remarquait pas trop. Pas trop. Mais son moi, lui, le voyait bien. Lamont avait essayé de bannir cette observation, de nier même qu'elle lui soit venue à l'esprit. Un sourire incertain de Chantal lui avait en fin de compte permis de se convaincre qu'elle n'avait tout simplement pas entendu ce qu'il lui avait dit, en réalité. Peut-être que tout allait finir par payer, peut-être que tout allait fonctionner ? C'était possible, songeait-il.

Michelle aurait perçu toute l'inégalité de leur gestuelle, une inégalité qui aurait pu suggérer que la jeune femme n'était dans la vie de Lamont qu'en simple visite. Leur grand-mère l'aurait bien vue, elle aussi. Mais il y avait autre chose d'encore plus fertile en rebondissements que sa grand-mère aurait vu, ce samedi soir-là. Il habitait de nouveau chez elle, tout en cherchant un appartement, à la place de celui où il avait vécu, un immeuble que l'on était en train de démolir. Sa grand-mère l'aurait vu, parce que la porte de la chambre de Lamont, cette nuit-là, était fermée, de manière à laisser filtrer moins de lumière que d'habitude. Mais le dimanche matin elle n'aurait rien vu, parce qu'elle était allée à l'église, et elle avait depuis longtemps renoncé à persuader son petit-fils de l'imiter. Elle avait essayé de lui parler de Dieu, quand il était petit garçon. Ce n'était pas que cela ne l'intéressait pas, seulement il ne comprenait pas de quoi elle parlait. Visiblement, elle aimait beaucoup cela – Dieu, Jésus et l'Église. Mais il ne pigeait pas vraiment, donc il ne l'avait pour ainsi dire jamais accompagnée, même pas quand il était petit. Et il ne s'était notamment pas joint à elle en ce dimanche matin. Au lieu de quoi, il avait introduit Chantal dans sa chambre en catimini la veille au soir, et c'était à elle qu'il avait aimé se joindre. C'était cette fois-là qu'ils avaient conçu leur fille. Et, peu après sa naissance, Lamont s'était procuré son fourgon bien à lui.

Personne ne pourrait jamais lui retirer cette nuit-là, même si plus tard, apparemment, rien ne les empêcherait de lui retirer sa fille. Mais cela restait encore à venir. Il fallait d'abord qu'interviennent leur nuit ensemble, chez sa grand-mère, et le dîner dans ce restaurant de viande, et leur traversée d'Union Square à pied, et le regard des hommes sur Chantal. C'était le même regard que celui des hommes au centre de visite de l'établissement pénitentiaire de Woodbourne, quelques années plus tard. Il partageait une cellule avec un dénommé Darrell et, une nuit, il avait commis l'erreur de lui confier ce qu'il ressentait quand d'autres hommes la regardaient. Elle ne lui avait plus rendu visite depuis deux mois, mais Darrell l'avait repérée, lui aussi, ce jour-là et, peut-être dans une tentative de minimiser l'absence de Chantal, ou simplement de s'amuser, pourquoi pas, l'autre lui avait dressé le tableau avec des mots qui semblaient rester en suspens dans l'atmosphère morte, nocturne, de leur cellule.

— Elle a une vie à mener. Je veux plus t'entendre parler de ton innocence. Tous les crétins de nègres sont innocents, ici. Pense à elle. Pense à ce qu'elle vit, elle. Tu lui as laissé quelque chose ? Elle, c'est la mère de ta fille, mais tu lui as rien laissé. Elle aura de plus en plus besoin d'argent, avec la gamine qui va grandir. Quand ils t'ont collé au trou, elle avait un boulot, mais il se peut qu'elle l'ait perdu. Elle doit veiller sur la petite, ta fille. Toi, t'es ici. Elles, elles sont dehors. Si elle n'a rien à manger, elle va devoir aller voir à l'aide sociale. Ils attendent combien de temps, là-bas, avant de recevoir quelque chose

– quarante-cinq jours, soixante jours ? Tu dis que ta fille vit avec sa mère, mais peut-être plus maintenant. Et sa mère, elle a envie d'avoir d'autres bébés ?

» Qu'est-ce qu'elle va faire ? Écoute-moi, une fois que t'es en prison, les gens, ils la regardent, tu sais, autrement. Surtout elle – c'est une femme qui est jolie à voir. Maintenant, ils la regardent autrement. Le type dans la boutique, le type de la bodega, l'épicerie portoricaine, son chef – tout le monde. Maintenant, elle éprouve un besoin profond, pas parce qu'elle a envie de sortir, mais parce qu'elle a envie de faire la fête. Elle a des besoins, beaucoup de besoins, et toi tu n'en satisfais aucun. Tu saisis ce que je te dis, là ? Donc, il lui faut 20 dollars pour le lait et tout le merdier, les trucs des mômes. Donc, elle doit aller voir le proprio. Donc, elle doit aller voir son directeur et toi faut que tu vives en le sachant, tout ça. Tu ignores tout du « quand » et du « comment », mais tu sais pourquoi. C'est toi qui as fait ça. Il y a un tas de types ici, ils sont cinglés ; ils traitent leur femme de « salope », de « pute ». Je les entends, je les vois. Leur femme a tort, leur proprio a tort. Tout le monde a tort, sauf toi. Ta fille, elle n'arrête pas de grandir. Une bonne mère fait tout ce qu'elle doit faire. Le crédit te tuera. Tu le sais. Alors réfléchis. Il faut combien de temps, tu crois, pour qu'elle s'arrange un logement avec le type de la bodega ? Et moi, je l'ai vue. Toutes ces choses que tu as tout de suite aimées chez elle, dans le temps – ce type-là, de la bodega, ça lui accélère sa réflexion.

C'était ce même individu, Darrell, qui, à une autre occasion, avait parlé tard dans la nuit du bonheur qu'il avait éprouvé à voir sa fille, à sa dernière sortie de prison. Elle avait huit ans, la dernière fois qu'il en était sorti, à peu près le même âge que la fille de Lamont tandis qu'il rentrait chez lui, à la fin de cette quatrième journée de ses six mois de mise à l'épreuve au service d'entretien du centre de cancérologie Sloan-Kettering Memorial. Darrell lui avait décrit la scène de ce retour au bercail. Le bus scolaire de sa fille ralentissant au bas de la pente, à l'arrêt où elle descendait, mais Darrell savait que le bus devait d'abord un peu dépasser la maison de sa tante, la maison où habitait la fillette, avant d'atteindre l'arrêt. Par coïncidence, elle regardait par la vitre, et l'expression de surprise ravie, de joie sans mélange, sur son visage quand elle l'avait vu qui attendait devant la maison, c'était un spectacle qu'il n'oublierait jamais, disait-il. Ensuite, elle avait couru vers lui, depuis l'arrêt, avec son sac trop lourd, ses rubans dans les cheveux et deux yeux aussi grands que des lunes. Elle l'avait appelé – «Papa!» –, et s'était agrippée à lui plus fort qu'on ne l'avait jamais agrippé – y compris la fois où la police l'avait repris, quelques mois plus tard. Ils l'avaient capturé dans une ruelle, ils l'avaient pourchassé depuis le perron de la tante de sa fille, qui lui courait après, elle aussi, avec la police entre eux deux. Là aussi, elle avait appelé «Papa!». Il courait, et il ne voyait que ce qu'il avait devant lui. Donc, là, il n'avait pas vu son visage. Mais l'expression qu'elle avait eue en l'apercevant depuis le bus, le jour de son retour, la fois précédente, et sa manière de s'agripper à lui, c'était ce souvenir, disait-il, qui lui permettait de tenir le coup. C'était pour cela qu'on vivait.

Lamont savait déjà pourquoi il vivait. À sa sortie de prison, il allait trouver sa fille, il resterait avec elle et il serait un père pour elle. Il se procurerait un boulot et il resterait hors de prison, il l'avait certifié à Darrell, qui se fâchait comme d'autres respirent, de façon autonomique. «Ouais, c'est ça, lui avait-il répliqué, t'es le nègre le plus futé qu'on ait jamais vu au volant d'une voiture en cavale.»

Mais Lamont avait besoin de parler à quelqu'un. Son flux de visiteurs se tarissait. À Woodbourne, Chantal ne lui rendait plus visite, et il n'y avait personne d'autre pour lui amener sa fille. Au début, Michelle était venue. Elle avait même amené son mari, le professeur, à une ou deux reprises. En une occasion, ce dernier était venu tout seul, en expliquant que Michelle aurait voulu l'accompagner, mais il lui fallait s'occuper de Sonia, leur fille, qui devait avoir huit ans, à l'époque.

Peut-être cela faisait-il souffrir Michelle de trop voir son jeune cousin en prison. Elle était peut-être en colère contre lui. C'était peut-être trop dur de venir à Woodbourne, trop déplaisant d'arriver jusqu'ici, ou trop déplaisant même d'être là. Elle travaillait dans un service social. Elle devait en voir, des gens comme lui, toute la journée, cinq jours par semaine. Mais c'était Lamont, et il n'avait pas toujours été ce genre d'individu, une affaire ou un «client». Il avait été un petit garçon privé de ses parents, qui vivait avec sa grand-mère, un petit garçon qui l'avait tant aimée, qui l'admirait, qui l'écoutait. Pas étonnant que Michelle ne vienne plus.

Une part de lui-même n'avait pas envie qu'elle vienne, aucune envie qu'elle le voie ainsi, comme les gens qu'elle aidait toute la journée. Si elle venait, quelqu'un lui soufflerait-il de ne pas amener son mari ou sa fille, son dégoût ou sa déception? Ou les figurines du Guerrier Shogun? Dites plutôt à Danny Ehrlich que c'était un malentendu. Dites plutôt à Mr Shapiro qu'il y avait réellement des limules au bord de la rivière Hutchinson. Et apportez vos vélos. Si vous vous présentez au centre de visite, apportez un peu d'espoir. Si Michelle décidait de venir, quelqu'un lui suggérerait-il de ne pas apporter cette part d'elle-même qui croyait à la version des événements de cette nuit-là que défendait le procureur, quand Michael et l'un de ses nouveaux amis étaient entrés dans un magasin d'alcools, l'avaient dévalisé et lui avaient gâché sa vie à lui, Lamont. Il avait toujours senti qu'elle ne le croyait pas, quand il lui avait soutenu qu'il en ignorait tout. Presque personne ne l'avait cru, ni le jury ni son avocat, et Michelle non plus ; c'était ça, le pire. Mais si jamais elle venait, il serait incapable de refuser de la voir, il le savait.

Il valait mieux qu'elle se concentre sur sa propre existence, sur son mari Charles, sa fille Sonia, sa carrière. Charles, le professeur, était un homme important, sans nul doute un homme occupé, qu'il connaissait à peine. Il n'y avait aucune raison que ce professeur se traîne jusqu'à Woodbourne pour voir le cousin de sa femme. C'était déjà bien de sa part d'être venu. Mais il était naturel que cela s'arrête là. La grand-mère de Lamont venait aussi souvent que possible. Mais elle était âgée, et cela lui faisait tellement de mal de le voir là. Il le savait et ne lui en voulait pas de ne pas venir plus souvent.

Le frère cadet de Michael était passé à Woodbourne, quand même, juste deux ou trois fois, au début. En réalité, ils ne s'étaient jamais très bien connus. Que fabriquait-il ici ?

— Comment ça va, Lamont ?

— Pas mal, je crois.

— Je pourrais aller faire un saut chez ta mamie, un de ces quatre. Tu veux ?

— Bien sûr, j'imagine. Merci.

Qu'est-ce qu'il fabriquait ici ?

— Tu veux que je fasse un saut chez Chantal... voir le bébé ?

— Elle a deux ans.

— Quoi ?

— Ma fille, elle a deux ans... presque deux ans et demi.

— Bien sûr.

Lamont entendait la voix de Darrell dans sa tête, et les mots y restaient plantés comme une mauvaise chanson, l'une de ces chansons stupides qui vous retient captif. « Une fois que t'es en prison, lui avait-il affirmé, les gens, ils la regardent, tu sais, autrement, surtout elle – c'est une femme qui est jolie à voir. Maintenant, ils la regardent autrement. Le type de la boutique, le type de la bodega... »

« Tu veux que j'aille faire un saut chez Chantal... ? » lui avait demandé le frère de Michael. Elle aurait peut-être cessé de venir, de toute manière. Il avait essayé de se souvenir, et selon lui, au moment où le frère de Michael s'était mis à venir le voir, elle avait déjà suspendu ses visites. Mais à mesure que les mois s'écoulaient, il devenait de plus en plus dur d'être sûr de quoi que ce soit, à l'extérieur de la prison, ou de ce qui avait pu se produire en dehors du temps où il était incarcéré. Leurs visites avaient pu se chevaucher, une fois, ils avaient pu venir le même jour, prendre le même bus. Qui diable pouvait le savoir et qu'est-ce que cela pouvait faire, maintenant ?

« Tu ignores tout du "quand" et du "qui", mais tu connais le "pourquoi" », l'avait averti Darrell. Une nuit, réveillé par l'écho des cris d'un détenu dans une cellule éloignée de l'établissement pénitentiaire Woodbourne, un événement qui n'avait rien d'exceptionnel, Lamont avait essayé de penser à des moments heureux. Son esprit était allé vagabonder du côté d'Union Square, il avait déambulé, flotté, voleté en tous sens comme de l'amarante, en s'observant avec elle, Chantal, à peine quelques années plus tôt. Chantal. Regardez-la ! Regardez cette femme ! Elle était *hot*. Elle était canon. Elle ne se penchait jamais vers lui.

Darrell lui apportait les bonnes nouvelles et les mauvaises. La bonne nouvelle, c'était qu'il existait des moyens, à Woodbourne, pour l'aider à suivre sa fille à la trace. Il y avait une bibliothèque, d'autres prisonniers qui connaissaient la loi et même des programmes de visiteurs de prison, des gens qualifiés, bien intentionnés, désireux de vous aider. Tu leur donnes le nom de ta fille et ils contrôlent les hôpitaux locaux pour voir s'ils n'ont pas un dossier d'admission. En commençant par celui où elle est née. Même si elle ne tombe jamais malade ou si elle n'a pas été hospitalisée, il y a encore moyen de la trouver. En vérifiant les écoles du quartier où habite sa mère. Il est possible de consulter les listes d'inscriptions scolaires, dans d'autres États. On peut consulter ces listes dans tout le pays, si nécessaire. C'était ça, les bonnes nouvelles.

Les mauvaises, ainsi que Darrell s'était empressé de le lui expliquer, c'était que si la fille de Lamont était trop jeune pour être scolarisée, avant de recevoir les premières nouvelles d'elle, il allait devoir attendre qu'elle soit en âge de l'être. Ça, c'était si sa mère ne voulait pas que la fillette ait le moindre contact avec lui, et il semblait que ce soit précisément le cas. Lamont avait donc tâché de se tenir à carreau, de se conduire en « détenu modèle », en se promettant de trouver sa fille dès qu'elle aurait l'âge d'aller à l'école. Sur un plan au moins, il avait réussi. Il était un prisonnier modèle et cette réussite avait été marquée par son transfert à la maison d'arrêt de Mid-Orange. Là-bas, c'était moins violent. Les prisonniers, là-bas, pouvaient presque « entrevoir la sortie » et, du coup, ils avaient tendance à mieux se conduire.

À ce stade, la fille de Lamont était en âge scolaire. Il aurait pu commencer à essayer de retrouver sa trace. Si Chantal s'était mariée et si elle avait donné à sa fille le nom de son mari, cela risquait fort d'être impossible. Mais s'il ne s'était rien produit de tel, il aurait au moins pu la chercher. Or, si cela avait été possible à Woodbourne, à Mid-Orange, ça ne l'était plus. Il ne l'avait pas compris, lors de son transfert – ce transfert étant considéré par ses codétenus comme une amélioration enviable de ses conditions de détention. Alors que sa fille atteignait l'âge d'aller à l'école, il n'avait pas compris qu'il allait être transféré dans une prison d'où il lui serait pratiquement impossible de la localiser, même sans que Chantal épouse un autre homme et donne le nom de son nouveau mari à la fille de Lamont. Mid-Orange ne disposait pas pour l'aider à localiser sa fille des moyens que Woodbourne s'enorgueillissait de posséder. Dans les services de l'administration pénitentiaire, la gestion était stricte, les ressources très serrées. Elles l'avaient toujours été. Mid-Orange n'avait pas vraiment besoin de tels dispositifs, disait-on, car au moment où vous entriez là-bas, vous pouviez presque « entrevoir la sortie ».

Ainsi, pendant trois ans, à Mid-Orange, après trois années à Woodbourne, Lamont Williams avait balayé les mégots et les saletés que les prisonniers laissaient derrière eux et imaginé le jour où sa fille poserait sur lui le regard que la fille de Darrell avait posé sur son père. Mais alors que cette dernière savait à quoi ressemblait son père, la dernière fois que sa fille à lui l'avait croisé, elle avait deux ans et demi. À moins qu'elle n'ait vu des photos de lui, il était très peu probable qu'elle le reconnaisse. Et, vu les circonstances, il n'était guère vraisemblable que Chantal lui ait montré l'une des rares photos de lui qu'elle avait eues, autrefois. Et personne d'autre n'aurait pu lui montrer une photo de lui. Chantal n'entretenait aucun contact avec la grand-mère de Lamont. L'enfant avait aujourd'hui huit ans. Elle n'avait aucun moyen de savoir de quoi il avait l'air et il n'avait aucun moyen de savoir de quoi elle avait l'air. Mais il pouvait essayer d'imaginer.

En prison, chaque fois qu'il voyait un reflet de son visage – même dans une flaque sur le sol –, il essayait de fondre cette image et celle qu'il conservait dans sa tête du visage de Chantal en un portrait-robot de la fillette. Mais combien de temps réussiriez-vous à regarder votre fille dans votre propre reflet, à la surface d'une mare sur le sol d'une cour de prison, avant que quelqu'un ne marche dedans ? Aussi longtemps que cela vous serait possible. Il avait raison de penser qu'il n'aurait pas l'occasion d'expliquer la chose à un autre prisonnier, mais tort de croire qu'aucun autre prisonnier n'aurait compris.

Maintenant, il était sorti. Il avait un boulot. Il avait survécu à sa quatrième journée d'employé des services d'entretien du centre de cancérologie Sloan-Kettering Memorial, en liberté surveillée. Le truc, c'est de ne pas se détester soi-même, pour ce que l'on a fait ou pour ce que l'on vous a fait. Il allait retrouver sa fille. Par où commencerait-il ? Il pouvait commencer par rendre visite à la mère de Chantal. Il pourrait y aller dès ce soir. Elle saurait sûrement où était Chantal, non ? N'y va pas, pas ce soir, lui répétait sa grand-mère, tous les soirs. Pose-toi, d'abord. Commence par survivre à ces six mois de mise à l'épreuve, dans ton emploi.

Ou alors il avait la possibilité de rendre visite à la mère de Michael. Il pourrait aller là-bas se renseigner au sujet de celui-ci. Ensuite, quand la mère de Michael serait certaine qu'il ne nourrissait aucune hostilité envers son fils, il pourrait facilement s'enquérir du frère de Michael, qui serait peut-être avec Chantal, ou non. Même si la mère de Michael préférait lui mentir à ce sujet, Lamont croyait être en mesure de s'en rendre compte. Cette visite lui apprendrait quelque chose. Il retrouverait Chantal. Simplement, n'y va pas ce soir. Sa fille, il la retrouverait, tôt ou tard. Et un jour, en le voyant arriver, elle aurait cette expression sur son visage, cette expression qu'avait eue la fille de Darrell derrière la vitre du bus scolaire en voyant son père assis sur le perron de la maison de sa tante. Il l'emmènerait voir sa cousine plus âgée, Sonia, et les parents de Sonia, Michelle et le mari de Michelle, le professeur. Simplement, n'y va pas ce soir. Il lui lirait des histoires. Il lui raconterait des histoires. Les inventerait. Juste une question de temps. Pose-toi, d'abord. Attends encore juste un peu, que tu puisses aborder les choses en position de force.

En arrivant à l'appartement de sa grand-mère, il vit qu'elle avait fait chauffer du Rice-a-Roni, ce mélange riz-macaroni prêt à cuire qu'elle lui préparait du temps où il allait encore à l'école. Elle le questionna sur sa journée. Ça s'était bien passé, lui répondit-il. Avant d'aller se doucher, il prit une photographie de sa fille du temps où elle avait deux ans, qu'il avait avec lui en prison, et la disposa soigneusement sur le manteau de la cheminée, afin qu'elle rejoigne le sanctuaire des photographies des membres de la famille que sa grand-mère avait créé des années plus tôt. Il y avait une photo de lui à l'école, une photo de son grand-père défunt, plusieurs de Michelle dont l'une où elle était encore enfant, avec Lamont, et une autre de la cérémonie de sa remise de diplômes, à l'université. Il y avait une photo de mariage de Michelle et du professeur. Il y avait deux photos de la mère de Lamont. Appuyée contre l'un des clichés, il s'y ajoutait maintenant un autre membre de la famille, la fille de Lamont et Chantal. Il la trouverait. N'y va pas, pas ce soir.

Au dîner, il annonça à sa grand-mère qu'il pensait aller voir la mère de Chantal, après le repas. Comme d'habitude, elle ne voulait pas qu'il y aille. Pas ce soir. Il ne lui demanda pas pourquoi. Il n'avait pas envie d'entendre que tant qu'il n'y allait pas, rien ne l'empêchait de vivre dans l'espoir que la mère de Chantal puisse le conduire à sa fille. Après avoir vu la mère, cet espoir s'effacerait certainement, et sa grand-mère voulait qu'il garde espoir. Il n'avait pas envie de faire dire tout cela à sa grand-mère. Il voulait lui éviter de lui faire dire qu'elle jugeait vain de rechercher sa fille. Aussi la questionna-t-il sur sa journée et lui répondit-il au sujet de la sienne. Il lui parla du curieux vieil homme blanc auquel il avait parlé, un patient. Il lui expliqua qu'ils lui attribueraient des responsabilités croissantes, avec le temps, en lui confiant de plus en plus de tâches, et plus exigeantes. Il lui proposa de débarrasser et de faire la vaisselle. Sa grand-mère accepta son offre et passa dans sa chambre regarder la télévision. Elle tendit l'oreille et constata qu'il n'allait pas chez la mère de Chantal ce soir. Elle était soulagée.

En général, elle dormait bien mais, cette nuit-là, elle fut réveillée par un bruit et, au bout de quelques instants, se leva pour avoir confirmation que cela venait de Lamont. Il était à peu près deux heures et demie du matin. Il buvait un verre de jus de pomme dans la cuisine. Le néon du plafond bourdonnait. Il n'arrivait pas à dormir, mais il lui assura que tout allait bien.

— Le travail, ça va ? Vraiment ?

— Ouais. Ça ira. C'est bien, vraiment.

Il se mit à se repasser les événements de cette journée dans sa tête. Avant d'atteindre le terme de sa liberté surveillée, il lui restait six mois moins quatre jours. Sa grand-mère se versa du jus de pomme dans une tasse de thé. Elle lui dit qu'ils devraient tous les deux essayer de dormir un peu.

— Grand-ma', un camp de la mort, c'est quoi ?

— Un quoi ?

— Ce vieux type, ce Blanc, le patient, il a dit... il a dit qu'il y en avait six, de ces camps-là.

— Ah, un camp à la mer. J'imagine que c'est là qu'ils emmènent les enfants. Une sorte de camp de vacances, l'été.

— Non, non, pas un camp de mer, un camp de la mort, rectifia-t-il alors qu'elle lavait sa tasse.

— Je ne sais pas. Ça paraît dingue, reprit sa grand-mère, puis elle se pencha pour l'embrasser sur le front. Dors un peu, ajouta-t-elle en quittant la cuisine pour retourner au lit.

En regagnant sa chambre, elle remarqua une photo d'une minuscule fillette noire à la peau claire masquant partiellement l'un des portraits de sa fille. Avant de se rendre compte de l'identité de l'enfant, il lui fallut quelques secondes. Cela lui fit honte, rien qu'un court instant.

Lamont avait fini de laver sa tasse et la posait sur l'égouttoir quand il entendit la voix de sa grand-mère depuis le couloir, près de la chambre.

— Il est sans doute..., dit-elle presque comme si elle parlait toute seule.

— Tu dis quelque chose, Grand-ma' ?

— Sans doute... Ce vieil homme blanc... le patient, à l'hôpital.. il est juif.

Quatrième partie

— Écoutez attentivement. Un jeune homme – un très jeune homme – vivait dans une maison avec son père âgé qu'il aimait beaucoup. Son père était de plus en plus souffrant, quasi grabataire. Le jeune homme prenait soin de son père souffrant, il partageait cette responsabilité avec sa mère et un vieux et loyal serviteur de la famille. En prenant soin de lui, il allait jusqu'à lui administrer le médicament qu'on lui avait prescrit, et même jusqu'à lui concocter différents remèdes à domicile, quand la situation l'exigeait. Il s'asseyait auprès de lui, pansait sa blessure, lui massait les jambes et, de manière générale, faisait tout ce qui était en son pouvoir pour le réconforter. Il y prenait plaisir même si, à l'époque, étant un étudiant assidu, on aurait pu lui pardonner de rechigner à soustraire du temps à ses études, destinées à préparer son avenir. C'était d'autant plus remarquable eu égard aux contraintes supplémentaires qui pesaient sur lui, jeune marié vivant à l'étage supérieur de la maison familiale avec son épouse enceinte, encore plus jeune que lui. Son désir d'agir en fils dévoué le disputait à son désir d'être un étudiant consciencieux et un mari attentif à sa très jeune femme. Mais, enfin, le jeune homme aimait prendre soin de son père.

» Y a-t-il quoi que ce soit de vrai, là-dedans ? demanda Adam Zignelik à ceux de ses étudiants qui, ce jour-là, assistaient à son cours « Qu'est-ce que l'histoire ? », à l'université de Columbia.

Ce cours, en particulier, aurait dû se tenir quelques semaines plus tôt, mais à leur arrivée, le jour prévu, les étudiants avaient trouvé une affichette apposée sur la porte de l'amphithéâtre les informant que la séance était annulée, le professeur Zignelik étant indisponible pour « raisons personnelles ». Certes, il eût été sévère, à l'époque, de considérer cette annulation comme une forme d'auto-apitoiement, sévère et injuste envers Adam, comme lui seul savait l'être envers lui-même, mais il regrettait à présent de ne pas avoir donné ce cours, car il était maintenant dans un état bien pire et ne pouvait annuler deux fois. Il n'était pas certain de se sentir capable d'aller au bout. Récemment, il s'était interrogé : n'était-il pas un peu tard, à ce stade de leurs études, pour annoncer à des étudiants en faculté d'histoire ce qu'était l'histoire ? D'un autre côté, le département était favorable à la tenue de ce cours, qui était apprécié des étudiants, ceux-ci influençant peut-être celui-là. Quoi qu'il en soit, si les historiens avaient toute latitude de débattre sur la définition de l'histoire, il n'y avait aucune honte à en discuter avec les étudiants. Adam avait toujours bien aimé le leur enseigner; lui aussi, il avait toujours trouvé cela stimulant.

Mais aujourd'hui, s'il ne réussissait pas à aller au bout de son cours, il n'y trouverait rien de stimulant. Serait-il capable de tenir un propos sensé jusqu'à ce que le dernier étudiant ait quitté la salle ? Il y en avait toujours un ou deux qui s'attardaient. Perdrait-il son calme et hurlerait-il sur ces élèves si, dans leur ignorance, ils se moquaient de son choix de carrière, une carrière qu'il était parfois allé jusqu'à considérer comme une vocation ? Les réprimanderait-il sans humour ou de mauvaise grâce, car leur silence en réponse à ses questions, leur incapacité à jouer leur rôle dans l'exercice contemporain de la méthode socratique – méthode à laquelle il avait rarement recours –, lui confirmerait définitivement, en ce jour où il était le plus susceptible de considérer toute absence de réponse comme une confirmation, qu'il était en train de gâcher son existence ? Serait-il capable de rester debout jusqu'à la fin ? Arriverait-il au terme de cette séance sans fondre en larmes ? Ce pourrait être un cours passionnant, après tout.

— Y a-t-il quoi que ce soit de vrai, là-dedans ? répéta-t-il comme si le silence de ses étudiants pouvait s'expliquer par leur incapacité à entendre la question dès la première fois.

Il patienta encore, mais pas longtemps. Il fallait qu'il passe outre ce silence. Pourtant, même après, il se pouvait que son esprit s'éloigne des propos qu'il formulait et se laisse coloniser par les pensées qu'il redoutait le plus, en cette journée, celles qu'il redouterait le plus, ces prochains jours, dans les silences entre ses paroles, quand son esprit serait privé de toute défense. Inspire, mais sans trop de brusquerie, se dit-il. Ces silences allaient le rattraper. C'était peut-être une erreur d'avoir adopté la méthode socratique, en cette journée. Il avait prévu de miser sur l'apport des étudiants pour combler les vides, de sorte que, même s'il n'allait pas au bout du contenu de ce cours, il soit capable de survivre au moins à cette séance. Il pouvait certainement compter sur ces étudiants pour chercher à s'impressionner mutuellement, à flirter, à rompre des lances avec des déclarations déguisées en questions, en recourant à du jargon déguisé en savoir emprunté à telle ou telle discipline, et à de vagues attitudes politiques déguisées en positions mûrement réfléchies dans le cadre d'écoles de pensée établies, non ?

— Je suis ravi qu'aucun de vous n'ait essayé de répondre à cette question.

La classe éclata de rire. Il prit de nouveau une inspiration.

— Votre silence est presque la réponse parfaite. Vraiment ! Presque. Comment pourrait-il y en avoir de meilleure ? Comment pourriez-vous apporter de meilleure réponse ?

Nouveau silence. Allons, jeunes gens, les implora-t-il en son for intérieur. Où est passée votre libido ? Où est passé votre ego ? Aidez-moi. Je viens de vous faire rire.

— Bien, je vous ai demandé s'il y avait du vrai là-dedans. Comment pourriez-vous le savoir ? Comment auriez-vous la possibilité de le savoir ? Je ne vous ai même pas livré les informations suffisantes pour vous permettre de poser des questions plus valides, plus sensées, plus significatives. La meilleure serait celle-ci : « Sachant ce que je vous ai dit à propos du jeune homme, est-il probable que ce soit vrai ? » Laissez-moi vous suggérer ces catégories : « vrai », « faux », « probablement vrai », « probablement faux », et « on n'en sait pas assez pour dire si c'est de l'ordre du probable ou de l'improbable ».

*

Pas très loin de là, Diana, la compagne d'Adam depuis ces huit dernières années, avait pris sa journée de congé et, à cet instant, se trouvait à genoux dans leur appartement de Morningside Heights, occupée à déplier et à scotcher les derniers cartons dont elle aurait besoin pour terminer d'emballer ses affaires. Ils avaient consacré leur week-end ensemble à réunir des cartons et à empaqueter, mais il en fallait toujours davantage. Plus la dernière minute se rapproche, plus il en faut. Samedi après-midi, ils avaient commencé de remplir ces cartons en écoutant Jonathan Schwartz jouer des chansons du Great

American Songbook sur WNYC. Lorsque l'émission s'était achevée avec Nancy LaMott, les cartons formaient un mur.

Un type qu'elle avait trouvé sur le site de Craig's List allait bientôt arriver dans une camionnette et la conduire à un appartement de Hell's Kitchen, avec tous ses cartons. Une amie de Diana, une actrice qu'elle avait rencontrée à la fac, habitait dans le premier et le plus ancien de ces nouveaux immeubles qui, une dizaine d'années plus tôt, s'étaient mis à surgir du béton telle une phalange de champignons fortifiés engendrés par la spéculation du marché et arrosés par les pluies en provenance de l'océan. Ils s'étendaient à présent depuis le campement de fortune des Falun Gong, en face du consulat de Chine sur l'Hudson River, et tout le long de la 42e Rue, vers Times Square. Cette amie actrice avait été retenue pour jouer dans une pièce à Londres avant d'aller faire une apparition dans un film qui se tournerait en Europe de l'Est, et Diana aurait la jouissance de son appartement pendant six mois. Au-delà, elle était incapable d'imaginer ce que serait sa vie. Mais elle ne s'était jamais imaginé que ce jour viendrait, or il était bel et bien là. Elle était incapable de pleurer. Elle en avait envie, mais n'en avait pas le temps. Il lui fallait encore regrouper le contenu de ce qu'elle pensait être son dernier carton. Bientôt, l'homme allait arriver, avec sa camionnette. Pourquoi tout cela se produisait-il ? se demanda-t-elle. Cela n'avait aucun sens. C'était tellement inutile. Lorsque la dernière minute se rapproche, vous vous apercevez qu'il vous faut toujours plus de cartons. Qu'il vous faut toujours plus de temps.

*

— Bien, alors, continuait-il avec ses étudiants, permettez-moi de vous en révéler un peu plus au sujet du jeune homme, de son père souffrant et de sa très jeune épouse enceinte. L'état du père du jeune homme empirait progressivement, il passait de plus en plus de temps à dormir. Un soir, le jeune homme prodiguait un massage à son père quand un oncle était passé lui proposer de prendre la relève un petit moment. Le jeune homme était content que l'on vienne le relayer pour le reste de la soirée, et ses pensées allèrent directement à sa jeune épouse enceinte, puis son corps suivit la voie de sa pensée, et il ne tarda pas à se retrouver auprès d'elle, dans leur chambre. Elle était endormie, mais il la réveilla et, quelques minutes seulement après avoir quitté le chevet de son père, il s'unissait intimement à elle.

» À quoi pensait-elle ? Je ne prétendrai pas le savoir, mais à peine cinq ou six minutes plus tard, le vieux et loyal serviteur frappait à la porte de la chambre du jeune couple. Il expliqua au jeune homme que son père était très mal. Naturellement, le jeune homme comprit qu'être dérangé à cette heure de la nuit dans l'intimité de sa chambre à coucher par ce serviteur pour s'entendre annoncer que son père était « très mal » signifiait que l'état de ce dernier s'était dégradé à l'extrême. Comment le savait-il ? Tout le monde dans la maison savait depuis très longtemps que son père était très malade. Cette information n'était pas nouvelle. C'était là une formulation choisie, au milieu de la nuit, en des circonstances délicates, par un loyal serviteur lui-même sans doute affecté au plan émotionnel par ce qui se passait dans la maison, une expression choisie à la hâte, avec tout le respect et sans la moindre prétention de compétence médicale, une expression choisie pour lui signifier une requête pressante : « Levez-vous. La maladie de votre père s'est aggravée à un point alarmant. »

» Le jeune homme sauta de son lit et accourut dans la chambre de son père. Son père était mort. Son oncle, le frère, se trouvait avec lui à l'instant de son décès. Quant au fils, vous savez où il se trouvait. Vous savez ce qu'il faisait au moment même où son père s'éteignait. C'est vrai, faux, sans doute vrai, sans doute faux ou n'en sait-on pas assez pour trancher, au vu de ce que je viens de vous raconter ? Attendez, ne répondez pas ! Il y a plus. Je vais vous ajouter un service de couteaux à viande, en prime.

Les étudiants éclatèrent à nouveau de rire. Au moins, il savait retenir leur attention. Mais enfin, il aurait de toute manière su la retenir, s'ils avaient compris qu'ils voyaient ce professeur plutôt jeune, au léger accent australien, mourir là, sous leurs yeux. Peut-être l'avaient-ils vu dans ce documentaire sur une chaîne de télévision publique évoquer les batailles juridiques du mouvement des droits civiques. Peut-être était-ce la raison pour laquelle ils s'étaient inscrits à ce cours. C'était quelques années auparavant. Et c'était alors lui qui parlait de son père.

*

Il y avait quelques photographies d'Adam dans l'appartement qu'il partageait avec Diana ; elle les regarda, en refermant les derniers cartons. Elle connaissait si bien ces photos et les histoires qui s'y rattachaient, elle se demanda si elle ne les regardait pas pour la dernière fois. C'était une pensée terrible, qui ne lui était encore jamais venue, et qu'il fallait ajouter au tir de barrage de pensées épouvantables qui l'assaillait. Adam avait tellement fait partie de sa vie depuis huit ans qu'elle ne se sentait pas capable d'imaginer la phase suivante de son existence, séparée, imminente, pas plus que d'imaginer des pelletées de terre venant heurter le bois de son propre cercueil.

Au cours des jours à venir, elle reviendrait sur les raisons manifestes qui poussaient Adam à mettre un terme à leur relation et elle finirait par incriminer son père, dans ce qu'elle avait décrit au milieu des larmes, la respiration entrecoupée, comme du vandalisme affectif. Connaissaient-ils un autre couple qui s'aimait plus qu'ils ne s'aimaient ? Mais elle avait le milieu de la trentaine, elle voulait des enfants et Adam se disait incapable, en toute conscience, de mettre un enfant au monde. Il serait bientôt chômeur, il le sentait. On ne fait pas un enfant sur un coup de tête comme on s'achète une veste en sachant que l'on ne peut pas vraiment se la permettre. Elle était superbe, dans la vitrine. Elle vous faisait envie. Vous la rapportiez chez vous, vous l'essayiez, mais vous conserviez le ticket. On ne fait pas d'enfants par erreur, par accident ou même intentionnellement, quand une marée d'incertitude monte autour de vous. Bientôt, elle vous engloutira. Adam estimait que le plus beau cadeau qu'il pouvait offrir à Diana, c'était un avenir, avec cet enfant dont elle avait une telle envie. Mais c'était un avenir d'où il serait absent.

*

— Parfait, continua Adam Zignelik, le père de ce très jeune homme est mort et lui, le fils dévoué, n'était pas présent à son chevet pour ses derniers instants. La culpabilité fut immédiate, et elle était insoutenable. Un peu après, mais pas si loin que cela dans le temps, l'épouse encore plus jeune du très jeune homme donna naissance à leur premier enfant. Ce membre de la famille, ce tout nouveau tout-petit, lutte pour arriver à respirer, mais à peine plus de trois jours après sa naissance, il meurt. Le jeune homme perçoit la mort de cet enfant comme un châtiment, pour avoir assouvi une pulsion sexuelle alors qu'il aurait dû prendre soin de son père souffrant. Qui plus est, il est troublé d'avoir rejoint son épouse de la sorte, alors qu'elle était enceinte. Est-ce vrai, faux, sans doute vrai, sans doute faux ou n'en savez-vous pas assez pour trancher ?

Un étudiant, un jeune homme, leva la main et répondit en même temps.

— C'est vrai.

— Pourquoi ? lui demanda Adam.

— Parce que vous nous racontez une histoire.

Les autres étudiants s'esclaffèrent.

— Je suis ravi que vous n'ayez jamais su si je mentais ou si je me trompais, mais je dois admettre qu'ici, nous avons été confrontés à l'un et à l'autre.

Et la classe rit à nouveau. L'étudiant tenta d'expliquer sa réponse.

— Non, mais vous ne nous raconteriez pas cette histoire en classe si elle n'était pas vraie.

Et la classe éclata encore de rire.

*

— C'est dingue, avait répété Diana à plusieurs reprises depuis qu'Adam lui avait annoncé qu'ils se séparaient. Les gens qui s'aiment ne rompent pas.

Mais ici, entourée de tous ces cartons devant une photo de Jake Zignelik, il n'y avait personne d'autre dans la pièce pour argumenter en son nom, en leur nom, personne d'autre pour plaider la cause de leur couple devant Adam. Au plan professionnel, ce dernier se décrivait comme un « mort vivant ». Quand les rouages internes à l'administration du département d'histoire auraient fini de tourner, ils l'écraseraient, le réduiraient à l'insignifiance, sans lui laisser d'autre choix que de fourrer sa carrière dans des cartons guère différents de ceux dans lesquels il forçait Diana à ranger sa vie, en cette journée. Il pourrait se trouver un autre poste, avait-elle insisté, mais il lui soutenait que non, pas un poste universitaire, pas à New York, pas dans cette ville. Il était convaincu que leur relation ne pourrait survivre à la perte de son emploi.

— Alors tu préfères la détruire tout de suite ? lui avait-elle demandé, avec incrédulité.

Cela lui paraissait si peu logique qu'il lui avait fallu un long moment avant d'admettre qu'il n'y avait pas d'autre femme dans sa vie.

— Et un poste universitaire à l'extérieur de New York ? lui avait-elle suggéré.

Mais il avait répondu qu'il ne pouvait la contraindre à s'éloigner de ses parents, qui se faisaient vieux, à Westchester. Et il n'avait pas envie d'être la raison qui la forcerait à abandonner son métier. Elle enseignait dans une école publique du New Jersey. Il n'avait pas envie d'être la raison qui la forcerait à abandonner les amis qu'elle avait dans cette ville. Comment pourrait-il, en toute conscience, l'amener à déraciner toute son existence en sachant qu'il s'engageait dans une pente descendante, sans savoir où il allait atterrir ?

— Déraciner mon existence ! Tu plaisantes ? Mon existence, c'est toi. Pour toi, je changerais de travail sur-le-champ.

— Et tes amis ? Et tu t'éloignerais de tes parents ?

Son cœur avait dû se mettre à battre plus lentement, car là-dessus, elle s'était tue. S'éloigner de ses parents, c'était plus dur. Elle n'avait rien dit, mais ce serait effectivement plus difficile. Ils avaient senti l'un et l'autre qu'elle hésitait. Il avait ajouté qu'il n'avait pas envie de la forcer, mais il ne lui avait pas avoué à quel point cette décision l'anéantissait. Elle le privait de sommeil et finissait par le mettre au bord des larmes, en pleine rue, en espérant qu'aucune de ses connaissances ne le verrait pleurer. Il pleurait dans la rue, il entrait dans un bar, il buvait, et ne lui racontait rien de tout cela. S'il lui avait raconté, cela n'aurait fait que rendre les choses encore plus dures.

— Peut-être qu'ils ne vont pas se débarrasser de toi.

— Mais si. Ils sont obligés. Je ne leur ai pas laissé le choix.

— Charlie ne peut pas te sauver ?

— Diana, il ne peut rien y faire. Je suis fini. J'ai vraiment foiré. Je suis désolé. Je n'ai rien à leur montrer, au comité. Partout dans ce pays, dans le monde entier, il y a des gens qui seraient prêts à tuer pour obtenir mon poste, qui tueraient pour tenter d'accéder à un poste de titulaire dans ce département, dans n'importe quel département de Columbia. Et je vais te confier un truc, ils le mériteraient plus que moi. Je n'ai absolument rien à leur montrer et je ne sais pas comment j'en suis arrivé là. Je n'ai rien fourni à Charlie qui lui permette de me défendre. Oui, il est président du département, mais je ne le vois pas prendre de risques pour moi, dans je ne sais quelle vaine manœuvre confinant au népotisme. Je n'ai rien à lui montrer ni à lui, ni au comité, ni... à personne d'autre, et il ne peut pas me sauver.

Chaque fois qu'il répétait tout cela, ce qui lui arrivait régulièrement pour tâcher de la convaincre de la nécessité de leur séparation, elle le serrait dans ses bras. Diana avait soulevé l'éventualité qu'il écrive des ouvrages d'histoire, sans aucune attache institutionnelle, sans occuper aucun poste universitaire. Il y avait des exemples d'historiens jouissant d'une grande considération, qui avaient effectué ce choix, et avec succès.

L'une des historiennes qu'il admirait beaucoup, la défunte Barbara Tuchman, avait fait ce choix. Il citait souvent son œuvre à ses étudiants, dans le cadre de son cours « Qu'est-ce que l'histoire ? », et notamment pour son style littéraire, à la fois accessible et érudit. Mais l'époque et le contexte dans lesquels elle vivait étaient très différents de ceux auxquels il était confronté. Le premier ouvrage de Barbara Tuchman était sorti une cinquantaine d'années avant que Diana n'ait eu, en s'efforçant de sauver leur relation, à invoquer devant Adam non pas l'œuvre mais la vie de cette femme. Tuchman avait commencé à écrire des textes d'histoire pour un public instruit à une époque où les femmes n'étaient guère censées travailler en dehors du foyer, et si elles travaillaient en percevant un revenu, ce n'était jamais qu'un appoint aux ressources familiales. En revanche, aux yeux de tous, Adam était censé gagner un salaire capable de maintenir le nez de chaque membre d'une famille éventuelle au-dessus des vagues des vicissitudes économiques qui étaient sur le point de s'abattre sur eux. Un enfant, c'était une condition sine qua non, *la* condition sine qua non, et il ne la laisserait pas y renoncer. Il savait que si elle y renonçait, elle le regretterait et lui en tiendrait rigueur tout le reste de son existence.

Barbara Tuchman était mariée à un éminent médecin new-yorkais. Avec Diana, Adam aurait été marié à une enseignante d'une école publique du New Jersey. Barbara Tuchman était issue d'une famille de diplomates et d'amis de présidents américains, les Morgenthau, d'un côté, et de banquiers d'affaires, les Wertheim, de l'autre. Adam Zignelik était issu de parents qui lui avaient laissé de maigres économies, une passion pour la justice sociale ou du moins une culpabilité de n'avoir pas réalisé leur passion pour celle-ci, et quantité de peurs, notamment celle de mettre au monde un enfant qui pourrait éprouver, presque comme un droit acquis à la naissance, un sentiment d'abandon dont il n'avait souffert, lui, qu'à l'approche de la quarantaine. Comment argumenter face à cela ? Diana l'ignorait, et il n'y avait personne pour la soutenir.

*

— Le gentleman du premier rang pense que je ne raconterais pas cette histoire si elle n'était pas véridique. Bon, ne riez pas ; il se peut qu'il ait mis le doigt sur quelque chose, déclara-t-il à la classe. Il ne juge pas de la véracité et de l'exactitude de l'histoire en se fondant sur sa source, sur la base de son origine. Il se sert de son pouvoir de déduction, et même peut-être d'intuition, ce sur quoi je reviendrai par la suite. Il doit bien commencer quelque part. Même si je ne suis qu'une source secondaire de cette histoire concernant le jeune homme et son père, une source secondaire peut constituer votre point de départ. Je suis professeur d'histoire à Columbia, et je puise ici dans les disponibilités de temps limitées de mes étudiants, avec une histoire tragique.

— C'est probablement vrai, décréta un autre étudiant au bras tendu à la verticale.

— Eh bien, oui, mais cela pourrait faire partie d'un subterfuge pédagogique ingénieux, lui rétorqua Adam Zignelik.

— On n'en sait pas assez, suggéra un autre.

— Je vous raconte cette histoire avec un niveau de détails relativement suffisant. Si j'inventais au fur et à mesure, je me serais sans doute fourvoyé davantage, ou j'aurais enjolivé les détails. Souvenez-vous de ces détails. Le jeune homme et son épouse enceinte, plus jeune encore que lui, font l'amour depuis cinq ou six minutes quand le loyal serviteur les interrompt en frappant à la porte, avec un euphémisme : « Votre père est très mal. » L'enfant né un peu plus tard aura vécu moins de quatre jours. Souvenez-vous des détails. Bien sûr, j'aurais pu inventer cette histoire dans un but pédagogique mal pensé et l'avoir déjà racontée maintes et maintes fois auparavant.

— C'est probablement vrai, fit une jeune femme.

— Pourquoi ?

— Parce que. Vous êtes professeur d'histoire à Columbia et, avec cette histoire, vous prenez à vos étudiants un temps précieux.

La classe s'esclaffa de nouveau. Au moins, ils s'amusent, songea Adam. Et puis il reprit la parole.

— Vous constaterez au cours de votre vie que fournir à l'autre une réponse qu'il vous a déjà livrée fonctionne en général assez bien. Cela vous aidera sans doute. Mais la réponse que vous donnerez n'en sera peut-être pas moins erronée.

Adam avait envie de boire. Mais c'était encore le matin. Il avait beau estimer que sa carrière était finie, son cours ne l'était pas. Il n'était pas sûr d'y arriver.

*

Diana tenait une photographie d'Adam où il n'était encore qu'un bébé, un bambin de un ou deux ans. Sa mère lui avait enfilé une salopette ouatinée. À l'époque de cette photo, le mariage de ses parents n'avait guère plus d'une année d'existence devant lui. Diana savait que le cliché avait été pris la seconde et dernière fois où Jake Zignelik s'était rendu en Australie. Ils y étaient allés tous les trois durant l'hiver, passer un très court moment de l'été austral avec la famille de la mère d'Adam. En réalité, il y avait juste ses parents. Les autres personnes présentes cataloguées comme membres de la famille n'en étaient pas vraiment. Il y avait là Mr et Mrs Leibowitz qui avaient deux fils, Bernard et un autre Adam. Les deux Adam avaient à peu près le même âge. Adam avait grandi avec ce grand-père qui les pointait tous les deux du doigt, quand ils étaient enfants, en déclarant : «Je ne les connais ni d'Ève ni d'Adam.» Cela n'avait jamais été drôle. Ce fut seulement quelques années plus tard que cette absence de drôlerie devint drôle, et encore, uniquement pour Adam Zignelik et Diana, et personne d'autre. Ils se répétaient cette phrase en toute incongruité au restaurant, dans le bus, dans le métro, avec autant d'incongruité qu'elle en avait eu aux yeux du jeune Adam à l'époque où son grand-père européen la prononçait. C'était une de ces blagues pour initiés, une parmi tant d'autres, qui étaient sur le point de passer de mode. Diana partie, cette phrase rejoindrait toutes les pensées, les commentaires, les références et les allusions que personne d'autre n'aurait connues, comprises ou appréciées. Personne ne s'en souviendrait. Adam, si. Et il n'aurait plus personne d'autre que lui-même à qui les dire, comme tant d'autres choses.

*

— Vous vous fiez aux procédures de validation en vigueur à Columbia. Et pourquoi ne pas s'y fier? Vous ne possédez pas beaucoup d'indices. C'est un établissement qui fait partie de la crème des universités, de l'Ivy League. Est-il mauvais pour la santé d'une femme enceinte de faire l'amour? Est-ce mauvais pour la santé du bébé? Permettez-moi de revenir un cran en arrière. Sans vous demander votre évaluation du personnel enseignant, moi compris, sans vous réclamer votre évaluation de personne dans cette salle, y a-t-il quelqu'un, dans l'un de vos cours, que vous considéreriez comme, enfin... comme un idiot? Vous souriez, et je vous en remercie. Cela n'aura pas été long. Bon, cet idiot, quelqu'un, à Columbia, a procédé à son admission. Columbia peut commettre des erreurs. Ça leur arrive. Vous l'avez constaté. Direz-vous que cette histoire est sans doute vraie parce qu'elle vous a été racontée par quelqu'un dont le poste a été validé par un autre membre de cette université ? Le bébé est mort et l'homme, convaincu que cette mort était une conséquence directe du rapport sexuel qu'il avait eu avec sa femme enceinte, s'en voulait. Selon l'avis le plus communément répandu sur la question, le sexe pendant la grossesse est-il nocif pour la santé de la mère ou du bébé ?

— Non, répondit une jeune femme.

— La famille du jeune homme avait un serviteur. Quel qu'ait été le statut social de cette famille, cela vous indique qu'il y en avait d'autres d'un statut inférieur au sien. S'il avait accès à l'avis le plus communément répandu à l'époque concernant l'effet du rapport sexuel sur le fœtus durant la grossesse, et s'il se trompait à ce sujet, quel enseignement doit-on en retirer ?

— Qu'il vivait dans le passé, rétorqua la même jeune femme.

— Si, issu d'une famille non dépourvue de privilèges et d'un certain statut social, il a épousé si jeune une femme encore plus jeune, quel enseignement faut-il en retirer ?

— Là encore, qu'il vivait dans le passé, répéta la jeune femme.

Une autre femme, aux cheveux lisses d'un noir de jais qu'Adam ne se souvenait pas d'avoir déjà vue à son cours, intervint.

— Pas nécessairement, dit-elle tranquillement. Il peut s'agir d'une histoire actuelle concernant des gens vivant de nos jours, mais dans une autre société, une société contemporaine de la nôtre avec d'autres... avec des valeurs différentes.

— D'accord, oui. Mais je suis professeur à Columbia. Mon objet d'étude, c'est l'histoire. J'enseigne l'histoire. En tout état de cause, l'histoire traite du passé. Donc je vous repose la question, cette histoire est-elle vraie, fausse, sans doute vraie, sans doute fausse ou n'en sait-on pas assez ?

Les yeux baissés sur les souliers d'Adam Zignelik, la jeune femme aux cheveux lisses d'un noir de jais reprit la parole.

— Columbia commet des erreurs, répliqua-t-elle.

Pas aujourd'hui, ne me fais pas ça aujourd'hui, pas à moi, songea-t-il.

*

Tout le monde commet des erreurs. Le déménageur qu'elle avait contacté par l'intermédiaire du site Craig's List sonna à l'interphone, mais Diana fut lente à répondre. Elle tenait la photographie en noir et blanc d'Adam bambin en salopette ouatinée. Elle avait envie de l'emporter avec elle. Elle l'avait eue sous les yeux, ces huit dernières années, elle l'avait vue tous les jours et pensait que si Adam et elle avaient eu un fils, il aurait pu avoir l'allure de ce bambin en salopette molletonnée. Elle l'aurait espéré. Elle aurait voulu être capable de retourner le prendre dans ses bras, le serrer, prendre ce petit garçon et le protéger de tout ce qui se tramait, dont elle connaissait déjà une bonne part. Adam et Diana étaient historiens l'un de l'autre. Leur familiarité avec leurs existences respectives transcendait leur arrivée respective dans l'existence de l'autre. En plus d'être l'historien l'un de l'autre, chacun était aussi le meilleur ami de l'autre et, en un sens, son gardien.

Elle tenait la photo dans sa main. Elle entendait l'homme à la camionnette de déménagement en train de faire rouler son chariot vers la porte d'entrée de l'appartement. Elle avait envie d'emporter cette photo. Elle ne lui appartenait pas vraiment. Tout avait été à eux deux. Seul Adam avait été à elle. Elle regarda le salon autour d'elle.

Pendant des années, ensemble, ils y avaient lu les journaux du week-end étalés par terre ou allongés dans le canapé en écoutant WNYC. On frappa à la porte. C'était l'homme à la camionnette. Il venait emporter les cartons. C'était une énorme erreur.

*

Columbia commet des erreurs, avait dit l'étudiante. Oui, mais Columbia peut parfois rectifier ses erreurs. Adam était un atout dans lequel on avait investi imprudemment. Il venait justement de se dire qu'il y avait une chance, infime, pour qu'il achève ce cours sans imploser, sans se dissoudre, sans expirer ou s'effilocher, jusqu'au moment où la femme à la peau de miel et aux cheveux raides d'un noir de jais – d'où venait-elle ? –, jusqu'à ce que cette femme rappelle à tout le monde, et surtout à lui, que Columbia commettait des erreurs. Comme tout le monde, Columbia commet des erreurs : discussion. Tu ne tiendras jamais plus personne dans tes bras comme tu as pu tenir Diana dans tes bras : discussion.

— Après la mort de son père, puis celle de l'enfant nouveau-né, le jeune homme se lança dans une quête qui devait se prolonger jusqu'à la fin de ses jours, une quête destinée à l'affranchir de ce qu'il appelait «les chaînes du désir». Bien, je vais repasser ces catégories en revue et, ce faisant, demander à chacun de vous de noter votre avis sur un bout de papier. Nous ramasserons ces bouts de papier et nous verrons combien vous êtes à situer cette histoire dans les diverses catégories : vraie, fausse, sans doute vraie, sans doute fausse ou on n'en sait pas assez pour trancher.

Les étudiants notèrent leur avis sur des bouts de papier, Adam les fit ramasser et se les fit remettre à son bureau, près du tableau. Pendant tout ce manège, il se concentra sur sa respiration. Il ne se rappelait plus quel pouvait être l'intérêt de classer les avis des étudiants et de leur annoncer ensuite les résultats. Il ne voyait plus l'intérêt de rien. Si le but était de démontrer que la majorité peut se tromper, il n'ignorait pas que même eux, ils devaient sans doute déjà le savoir. Il essayait juste d'achever son cours. S'ils quittaient ce cours en ayant seulement appris que Columbia commettait des erreurs et que la majorité peut se tromper, à qui cela ferait-il du tort ? Ce n'était pas ce qu'il était censé leur apprendre, pas précisément, mais c'était dans l'écart entre ce qu'il leur enseignait et ce qu'il était censé leur enseigner, supposait-il, que résidait la plus utile des leçons : la déception. De la sorte, il était en mesure de s'imaginer qu'il n'agissait pas en irresponsable. Pourtant, au fond, il ne faisait que tuer le temps, il le savait, jusqu'au moment où cela lui serait égal de ne rien faire d'autre.

Il classa les bouts de papier dans leurs catégories respectives et annonça, non sans surprise, qu'en fait l'un des étudiants avait eu la bonne réponse.

— L'un de vous a été assez courageux pour prendre position et ce courage mérite récompense. Cet étudiant, et il n'y en a qu'un parmi vous, a simplement écrit «vrai». L'histoire est vraie. Cet étudiant ou cette étudiante pourrait-il, ou pourrait-elle, lever la main, je vous prie ?

C'était la jeune femme à la peau de miel et aux cheveux lisses d'un noir de jais. Tout le monde la regarda, mais au lieu de paraître fière d'avoir été la seule à tomber juste, sa gêne face à tant d'attention évoquait plutôt une personne qui se sentirait repérée pour avoir été la seule à s'être trompée. Qui était cette femme ? se demanda-t-il. Était-elle d'origine étrangère ? Elle ne semblait pas avoir d'accent. Quelle était son origine ethnique ? Était-elle en fait d'une beauté incroyable ou très laide ? Elle était si peu ordinaire, mais toute conclusion en apparence définitive relative à son charme risquerait d'être invalidée par la plus infime inclinaison de la tête, un mouvement des yeux, un léger déplacement des lèvres ou même par un changement dans la tension ou l'étirement du cou. Elle était absolument saisissante, et pourtant, il lui semblait qu'elle venait de faire sa première apparition en cours.

— Vous disiez que cette histoire était vraie. Vous avez raison. D'autres ont indiqué qu'elle était sans doute vraie, mais vous, vous n'avez pas cherché à vous couvrir. Qu'est-ce qui vous a poussée à répondre que c'était vrai ?

— J'ai fait le lien entre le dernier élément d'information et tout ce que vous aviez déjà dit, et je crois que je sais qui était ce jeune homme.

— Vous avez déduit du peu d'éléments dont vous disposiez que je parlais d'un personnage historique réel ?

— Oui.

— C'est une part du travail de l'historien, une part importante. En s'appuyant sur les éléments qu'elle savait solides, votre camarade a bâti un pont vers l'inconnu. À votre avis, qui est le jeune homme de l'histoire ?

— Je crois que c'est Gandhi.

— Formidable ! Je parlais en effet de Gandhi. Nous avons rarement tendance à penser à lui comme à un très jeune homme, mais c'était bien avant qu'il ne remporte un Oscar pour son interprétation de Ben Kingsley.

Personne n'esquissa le moindre sourire. Adam se concentra sur sa respiration.

— Nous avons rarement tendance à penser à Gandhi comme à un individu lascif. En fait, nous avons rarement tendance à penser à lui tout court. Prenons donc quelques instants pour le faire. Songez à ce garçon, à ce Gandhi.

» Au milieu du siècle le plus violent de l'histoire erratique, obsédante, parfois belle et souvent stupéfiante de notre espèce, cet homme maigre, à la timidité palpable, au crâne luisant, qui insistait pour aller et venir vêtu d'une tunique à l'étoffe terne, a galvanisé des millions d'individus disparates, surtout des illettrés, et il est devenu le père spirituel de la plus grande démocratie du monde. Il l'a fait en concevant puis en appliquant les techniques non violentes de la désobéissance civique. Tout cela serait-il arrivé, aurait-il été le même homme ou un être à peu près semblable à celui qu'il fut sans cette honte précoce qui l'a conduit pendant le reste de sa vie à vouloir s'affranchir de ce qu'il appelait les « entraves du désir » ?

» En réalité, il s'agit peut-être d'une question qu'il vaudrait mieux poser aux sociologues et aux anthropologues. Ou aux psychologues ? Ne serait-ce pas à eux d'essayer d'y répondre les premiers ? Est-ce jamais une question pour nous, les historiens ? Quand cette affaire est-elle la nôtre ? Et d'ailleurs, notre affaire, à nous, quelle est-elle ? C'est l'histoire, n'est-ce pas ? Et l'histoire, au fait, qu'est-ce que c'est ? Qu'est-ce que l'histoire ? Consacrons un petit peu de temps à réfléchir à cela. Pas trop. Ne vous inquiétez pas, ce ne sera pas long. Quand vous repenserez à votre vie, ce passage, vous le sauterez en un clin d'œil. Mais réfléchissons-y, là, maintenant, juste avant que vous n'effectuiez ce long trajet en métro qui vous ramènera dans le centre. Vous savez de quoi je veux parler. Cela vous prendra moins de temps que de vous arrêter en chemin chez Staples, de choisir la bonne cartouche pour votre imprimante afin d'imprimer votre CV et votre lettre d'accompagnement, moins de temps qu'il ne vous en faudra pour les déposer et décrocher ce poste à Wall Street qui vous permettra de rembourser vos prêts étudiants car, sans cela, ils seraient écrasants, et moins de temps qu'il ne vous en faut ici pour réfléchir à cette question : « Qu'est-ce que l'histoire ? »

» Bien, reprenons sous un autre angle. Représentez-vous ceci. En Pologne, durant les années hitlériennes, un groupe d'Allemands avait l'habitude de se réunir pour chanter des *negro spirituals*. Cette phrase fit rire les étudiants. En vous appuyant sur les éléments dont vous connaissez la solidité, bâtissez un pont vers l'inconnu. Est-ce vrai, faux, sans doute vrai, sans doute faux, ou n'en savez-vous pas suffisamment pour trancher ?

Un jeune homme pointa la main.

— Ce n'est pas vrai.

— C'est sans doute faux, dit une étudiante.

Adam posa la question :

— Je m'interroge. Est-il plus courageux de prendre position ou de se couvrir, après que l'on a dressé un éloge aussi appuyé du courage ? Pourquoi est-ce faux ?

— D'abord, continua l'étudiante, par rapport à la religion, les nazis avaient au mieux une attitude ambivalente, si ce n'est hostile. Leurs doctrines raciales considéraient les Afro-Américains comme des êtres inférieurs et certainement pas comme un groupe humain possédant une culture digne d'être célébrée. Et puis, en tout état de cause, ils ne devaient pas connaître de negro spirituals.

— Je ne marquerais aucun désaccord avec ce que vous venez de dire. Cela change-t-il quelque chose si j'ajoute une information ? Écoutez. En Pologne, durant les années hitlériennes, un groupe d'Allemands s'est réuni pour chanter des negro spirituals dans la ville de Zdroje. C'est une bourgade située sur les rives de l'Oder. En Pologne, on appelle cette rivière l'*Odra*.

Personne ne réagit.

— Bien, poursuivit Adam. À cette minute, aucune carte de cette région d'Europe ne se dessine dans vos têtes, j'imagine ? Les années Hitler, quand était-ce ?

— De 1933 à 1945, répondit l'étudiant qui avait déjà tranché, et pour qui cette histoire était fausse.

— Et quand et comment la Seconde Guerre mondiale a-t-elle éclaté en Europe ?

— L'Allemagne a envahi la Pologne, répliqua l'étudiant.

— Je n'ai pas dit que ces Allemands chantaient des negro spirituals à Zdroje durant la guerre. Cela vous aide-t-il ? Ces hommes ont eu six années d'avant-guerre pour chanter ces gospels, et même un peu plus, avant l'invasion de la Pologne. La rivière s'appelle bien l'Oder en allemand, mais l'Odra en polonais. Qu'est-ce que cela vous suggère ?

— Que la même rivière coule dans les deux pays ?

— Voilà en effet ce que cela suggère. Sans rien prouver en ce sens, cela le suggère, en effet. La ville que nous appelons Parisss, les Français l'appellent Paris. Cela ne signifie pas que ce soit le Paris situé dans l'État de New York, mais j'apprécie votre mode de réflexion. Si la rivière traverse les deux pays, alors il se peut qu'elle soit proche de la frontière qui les sépare. La ville ou la région à laquelle appartenait la ville de Zdroje était également connue sous un nom allemand : Finkenwalde.

— Ce qui rend d'autant plus vraisemblable que cette région se situe près de la frontière germano-polonaise, et faisait peut-être partie de la Pologne, avant la guerre, proposa un étudiant, sans lever le bras.

— Cela se peut, en effet. Et alors, et si c'est le cas ? demanda Adam, et c'est un autre étudiant qui répondit :

— Alors cela reste assez peu vraisemblable, à cause de l'idéologie nazie relative à la religion et à la race. Aucun nazi qui se respecte n'aurait chanté des negro spirituals, même avant la guerre.

— Il a raison, admit Adam. Il est peu probable que ce soit vrai. Hélas, extrêmement peu probable. Mais je n'ai pas dit que les chanteurs étaient nazis. Ils étaient allemands, il s'agissait d'hommes allemands. Et c'est vrai. Dans les années 1935 à 1937, alors que le nazisme s'emparait de l'Allemagne et la remilitarisait, et que le reste de l'Europe observait avec angoisse, si vous vous rendiez dans cette partie de la ville de Stettin connue sous le nom de Finkenwalde, et qui s'appelle aujourd'hui Zdroje, vous auriez pu entendre un groupe d'Allemands chanter « Swing Low Sweet Chariot » en anglais.

» L'homme qui leur avait appris les paroles, la musique et le style dans lequel il convenait de chanter ce gospel l'avait lui-même appris à deux petits kilomètres de l'endroit où nous nous trouvons, sur la 138e Rue Ouest. Les chanteurs allemands de Finkenwalde étaient membres d'un séminaire religieux instauré par un Allemand venu vivre à New York en 1930, bien qu'il ait été surtout attiré par l'Extrême-Orient. Il avait toujours voulu se rendre en Inde, en raison de son intérêt pour les enseignements de Gandhi. Mais à la place, il était venu ici. Je suppose que ce devait être plus facile. Qu'a-t-il vu, dans le New York de 1930 ? Le Rockefeller Center n'était pas encore sorti de terre, l'Empire State Building était en cours d'achèvement, il n'avait pas pu boire un verre d'alcool sans enfreindre la loi, à cause de la prohibition, et le taux de chômage était bien plus élevé ici qu'il ne l'était même à l'époque en Allemagne. Il était étudiant, avec un poste d'attaché d'enseignement, tout près d'ici, à Broadway, au Séminaire de l'Union théologique. Il avait rencontré le théologien d'origine allemande né en Amérique Reinhold Niebuhr, qui a écrit de nombreux textes sur la nécessité chez les chrétiens d'œuvrer activement au progrès social. Il a dévoré la littérature et la philosophie américaines et tâché de s'imprégner de ces lieux autant qu'il lui était possible. Il aimait sillonner la ville et il a écrit : « Celui qui voudrait vraiment essayer de pleinement savourer New York risquerait presque d'en mourir. » Il a fait le tour de Harlem. C'était encore l'époque du Harlem Renaissance et cet ecclésiastique allemand blanc s'est mis à lire de la littérature afro-américaine contemporaine et des publications diffusées par la NAACP.

» Un étudiant noir avec lequel il s'était lié d'amitié, également inscrit au séminaire de l'Union théologique, l'a emmené dans Harlem et lui donné un aperçu direct de la vie là-bas, où l'on comptait près de cent soixante-dix mille Afro-Américains au kilomètre carré, qui tentaient de vivre, de survivre. Ce fut ce lien d'amitié qui amena cet

Allemand blanc à fréquenter régulièrement l'Église baptiste abyssinienne d'Adam Clayton Powell, le père et le fils, excusez du peu, sur la 138e Rue Ouest, et c'est là qu'il entendit « Swing Low Sweet Chariot ».

» Il a été terriblement touché par la manière dont cette congrégation pratiquait le culte. Il n'avait jamais rien vu de tel. La passion que ces gens semblaient mettre à adorer leur Dieu et leur religion contrastait vivement avec les habitudes de culte austère des congrégations qu'il avait connues dans son pays d'origine. Il a acheté des enregistrements de spirituals pour gramophone, les a remportés en Allemagne avec lui et, plus tard, en des temps encore plus rudes, il les a appris aux étudiants en théologie dont il avait la responsabilité, à Finkenwalde. Au fait, certains d'entre vous auront déjà rencontré le professeur Charles McCray, le directeur du département. Eh bien, son père, William McCray, connaissait l'homme qui a fait découvrir à cet ecclésiastique allemand blanc le Harlem des années 1930.

*

À peu près une fois par semaine, parfois même plus souvent, William McCray se rendait au bureau de son fils à Fayerweather Hall, sur le campus de Columbia. Cela se passait toujours en fin de journée. Ils discutaient un moment de politique, d'économie, d'histoire, de l'état du monde, avant d'aller chez Charles rejoindre Michelle et Sonia pour le dîner. Vétéran de la Seconde Guerre mondiale et du mouvement des droits civiques, William avait alors dans les quatre-vingts ans, et il vivait seul dans un appartement non loin de Columbia, autrement dit pas très loin de Charles et de sa famille. Charles et Michelle s'inquiétaient de ce qu'il vive ainsi en solitaire, mais il attachait un grand prix à son indépendance ; en réalité, il en était fier.

En cet après-midi, le calme régnait sur le campus, comme souvent à cette heure de la journée, lorsque William sortait faire sa marche hebdomadaire jusqu'au bureau de Charles. Il était arrivé un peu en avance et, le temps étant doux, il avait saisi l'occasion pour s'asseoir sur le banc près de la pelouse avant d'entrer à Fayerweather Hall voir son fils. Il avait étudié le droit à une période où la majorité des parents des étudiants en licence qu'il voyait le dépasser en pressant le pas n'étaient même pas nés. Il observait ces étudiants aussi attentivement que leur hâte le lui permettait, mais ils étaient tellement absorbés qu'ils ne le remarquaient pas. Comment se fait-il, s'étonnait-il, que la somme de tous ses passés n'équivaille pas à un seul moment de leur aujourd'hui ?

William McCray avait commencé de travailler au Fonds de défense juridique et d'éducation de la NAACP quelques mois après les débuts de Jake Zignelik là-bas. C'était en 1949 et, de leur bureau sur la 40e Rue Ouest, quand les deux avocats s'accordaient une pause pour réfléchir, ils pouvaient regarder par la fenêtre et puiser leur inspiration dans la vision imposante de la New York Public Library et le calme et le réconfort de la verdure de Bryant Park. Avec une poignée d'autres assistants juridiques, ils touchaient un salaire de 3 600 dollars annuels. Il y avait à côté de leur bureau une petite pièce où travaillaient deux secrétaires ; à l'opposé, c'était celui de Thurgood Marshall.

Les tout premiers temps, William McCray partageait le bureau de Jake Zignelik, un gamin juif respectueux mais farouche, un peu maigre et nerveux, à qui l'on avait dû enseigner que si la passion pour son travail permettait de bien le faire, la colère, elle, ne créerait que des obstacles. La colère avait de quoi miner les bienfaits de la passion. Elle pouvait être l'ennemi d'un bon juriste. Thurgood lui avait enseigné cela. Il était amusant que l'avocat auquel il fallait expliquer le plus souvent cette notion ait aussi été leur seul avocat blanc, du moins à cette époque. On attendait de chacun de ces jeunes avocats qu'ils connaissent la loi ou qu'ils sachent à quelle source puiser. Mais Jake devait aussi apprendre ce que cela signifiait que d'être noir en Amérique au milieu du XXe siècle. Il lui fallait apprendre à ressentir ce que cela représentait ou du moins comment les Noirs le ressentaient, tout en s'acquittant de sa mission. Certes, il ne pouvait jamais tout à fait savoir ce que cela recouvrait, mais tous ces jeunes juristes avaient toujours quelque chose à apprendre et, avec le calme qui le caractérisait, Thurgood ne se faisait pas faute de le leur rappeler. Chacun d'eux avait toujours de quoi s'améliorer un peu, de quoi en savoir un peu plus.

En plus d'enseigner la pratique du droit en prêchant par l'exemple, Thurgood veillait à ce que tous ses juristes, y compris William McCray, sachent la dette que les avocats des droits civiques avaient envers Charles Hamilton House. Ce dernier était le grand-père de la loi sur les droits civiques. Sorti diplômé dans les cinq premiers de sa promotion, il avait été le premier Noir élu au comité de rédaction de la *Harvard Law Review*, la revue juridique de Harvard.

En tant que doyen de la faculté de droit, il avait éduqué et formé Thurgood et quantité d'autres juristes noirs et, en 1935, il avait été nommé conseil juridique spécial de la NAACP. C'était Charles Hamilton Houston qui avait échafaudé cette stratégie destinée à faire progresser la cause des droits civiques par la voie de la procédure. Il savait se montrer intraitable avec ses étudiants, y compris Thurgood, qui se plaisait à raconter à William McCray et aux autres les « souliers en béton » dont Charlie Houston les menaçait. « Pas de thé pour les faibles, pas de crêpe pour les défunts », menaçait-il, d'après ce qu'avait appris William.

Ce dernier avait aussi appris l'histoire des coulisses du Fonds de défense juridique et d'éducation de la NAACP, ou LDF, comment le Fonds était devenu ce qu'il était, et où il puisait ses revenus. Il avait fallu leur apprendre à tous ce qui les attendait. En 1943, pendant la guerre, six ans avant que William ne débute au LDF, une émeute raciale avait éclaté à Detroit. La promotion de trois ouvriers noirs de l'usine Packard avait déclenché une grève sur le tas, sans l'aval de la centrale syndicale. Trente-quatre personnes avaient trouvé la mort, plus de six cents autres avaient été blessées et il y avait eu quantité de déprédations. Harold Oram, l'ancienne star du football universitaire de Miami, qui soutenait de longue date la cause du progrès, avait organisé un comité de collecte de fonds qui deviendrait le NAACP-LDF. Sa première mission, et la plus urgente, consistait à recueillir des fonds pour plus de mille deux cents victimes des émeutes de Detroit. Lors de cette inlassable collecte de signatures, il avait réuni les noms d'Adam Clayton Powell Junior, de Mary McLeod Bethune, une dirigeante de l'Organisation nationale des femmes noires, de Henry Sloane Coffin, président du séminaire de l'Union théologique, de Mrs Louis D. Brandeis, de James Bryant Conant, président de Harvard, d'Albert Einstein, d'Archibald MacLeish, du rabbin Abba Hillel Silver, de Helen Keller, de Reinhold Niebuhr et du rabbin Stephen S. Wise. Ils avaient pu récolter approximativement 15 000 dollars, en cette année 1943. C'était longtemps avant que de grandes entreprises comprennent les avantages en matière de relations publiques que pouvait leur valoir la contribution à la défense du progrès social.

Ensuite, il y avait ceux que vous aidiez. Il ne suffisait pas de connaître le droit. Thurgood voulait que ses juristes en sachent autant que possible sur les clients qui avaient besoin d'eux. Ses avocats devaient aussi connaître le passé de leurs clients. Peu après son arrivée, deux ans plus tôt, en 1947, le jeune William McCray s'était entendu expliquer qu'il y avait trente bus scolaires pour les enfants blancs et aucun pour les enfants noirs de Clarendon County, en Caroline du Sud. On lui avait expliqué que lorsque J. A. DeLaine, pasteur noir et enseignant à l'école depuis plus de dix ans, s'en était plaint au président blanc du conseil d'administration de l'établissement, celui-ci, qui dirigeait une scierie, s'était brièvement interrompu dans son travail pour lui rétorquer : « On n'a pas d'argent pour acheter un bus à tes enfants de nègres. » DeLaine n'en étant pas resté là, ils l'avaient révoqué. Puis ils avaient licencié sa femme, deux de ses sœurs et sa nièce. Puis ils l'avaient menacé de l'agresser. Puis ils l'avaient poursuivi en justice, pour un motif fallacieux et, à la suite du jugement, il s'était retrouvé condamné aux dépens, qu'il était incapable de payer, ce qui, par voie de conséquence, l'avait mis dans l'impossibilité d'obtenir le moindre crédit nulle part. Et puis ils avaient incendié sa maison. Il avait appelé la caserne, et les pompiers blancs étaient arrivés juste à temps pour voir sa maison brûler de fond en comble. Son église avait été lapidée et on lui avait tiré dessus, la nuit. Il avait riposté, et on l'avait accusé d'agression criminelle à main armée. C'était à peu près le moment où il avait fui l'État. Et ce fut le début de l'une des affaires qui finirent par accéder à la notoriété sous l'intitulé collectif de *Brown c. the Board of Education.*

William McCray se souvenait de son excitation et de sa nervosité, lors de sa première journée à ce poste. Il y avait certes des emplois d'avocats mieux payés à New York, même pour des avocats négros, comme on les appelait, mais à ses yeux, en tout cas, il n'y avait de meilleur poste nulle part au monde. C'était ce qu'il avait profondément ressenti, dès sa première journée, sans pouvoir imaginer un instant les événements capitaux pour l'histoire de l'Amérique et au regard de l'histoire chaotique des Lumières dans lesquels ses collègues et lui-même joueraient un rôle. Et, à vingt-cinq ans, il avait déjà aidé l'Amérique à gagner la Seconde Guerre mondiale.

*

— L'ecclésiastique allemand, fit le professeur Adam Zignelik en continuant son cours, était un opposant actif au nazisme. Il s'appelait Dietrich Bonhoeffer. Comme Gandhi, il croyait qu'un comportement éthique nécessitait d'affronter le mal à travers l'action, et pas seulement sur un plan intellectuel, à travers les écrits, la pensée ou le débat. Après avoir observé l'épanouissement de la culture afro-américaine à Harlem, senti toute la puissance d'un culte noir passionné et vu dans quelles conditions d'existence vivaient les Noirs, il était rentré dans son pays. Là, quelques années plus tard, il avait découvert ce que son pays infligeait à certains de ses citoyens, à ses juifs. Alors que d'autres prêtaient main-forte à la persécution des juifs allemands ou se contentaient de détourner le regard, il avait compris que lui en était incapable.

» Gandhi, Harlem, le Christ, les juifs d'Europe, un homme, un Noir, qui vivait là-bas, à Broadway, au séminaire de l'Union théologique, en 1930 : on ne sait jamais quels peuvent être les liens entre les choses, les gens, les lieux, les idées. Mais il y a des liens. On ne sait jamais où on les trouvera. La plupart des gens ne savent pas où les trouver, ils ignorent même que cela vaudrait la peine de les rechercher. Qui les recherche, d'ailleurs ? Qui a le temps de chercher ? C'est le travail de qui, de chercher ? C'est le nôtre. À nous, les historiens. Cela fait partie de notre tâche. Plus vous en savez, plus vous en lisez, plus forte sera votre intuition. Vous pouvez vous servir de votre intuition comme d'un compteur Geiger, comme d'un outil de premier ordre pour détecter la vraisemblance et la probabilité, et comme d'un point de départ vers de nouvelles voies de recherche. Mais, quel que soit le métier que vous finirez par exercer pour gagner votre vie, où que vous l'exerciez, il vous faudra autant d'intuition et de curiosité que vous pourrez en puiser en vous-même. Développez l'une et l'autre comme un athlète développe ses muscles et ses impulsions. Vous en aurez besoin, ne serait-ce que pour maintenir votre esprit en éveil. Tôt ou tard, quoi qu'il se produise à Wall Street, vous tiendrez à récupérer la maîtrise de votre esprit.

*

La prison avait affûté l'intuition de Lamont Williams, mais sa curiosité, elle, était antérieure à son séjour derrière les barreaux. Maintenant, il voulait réchapper de ces six mois de mise à l'épreuve et devenir employé à plein temps du centre de cancérologie Sloan-Kettering Memorial. Il espérait qu'autour de lui, les gens ne verraient pas tout le mal qu'il se donnait.

Il ramassait des détritus au neuvième étage quand il arriva devant la chambre d'un patient ; un vieil homme auquel il avait déjà adressé la parole. Depuis, il avait essayé de passer le voir à quelques reprises, mais il n'avait jamais pu tomber sur lui tout seul. La première fois, le vieux monsieur recevait apparemment de la visite de sa famille, et les deux autres, c'était l'oncologue de cet homme, une grande femme afro-américaine d'apparence redoutable, qui faisait la tournée de ses malades.

Lamont se dit qu'elle aurait été jolie, si elle avait moins eu l'air zélé d'une institutrice sévère et raisonnable s'attendant à le surprendre en train de commettre le geste qu'il ne fallait pas. En tout cas, si elle l'avait trouvé dans la chambre du patient alors qu'il n'y avait pas de déchets à ramasser et si elle lui avait demandé ce qu'il fabriquait là, il n'aurait rien pu lui répondre. Il ne savait pas vraiment ce qu'il fabriquait là. Il avait lu le nom sur la feuille de soins du vieil homme après la première fois qu'ils s'étaient parlé, et depuis il était resté curieux. Pendant qu'Adam Zignelik poursuivait tant bien que mal son cours sur « Qu'est-ce que l'histoire ? », dans le centre de New York, Lamont Williams était retourné voir le vieil homme. Seul, réveillé, le patient lui lança un regard interrogateur que l'on aurait pu prendre pour une invite discrète et presque cocasse. Pourtant, l'homme n'avait pas beaucoup de motifs d'amusement. Il était vieux et il avait un cancer. Se plaindrait-il d'avoir été dérangé ? Quelqu'un avait-il vu Lamont entrer ? Et si quelqu'un qu'il n'avait pas repéré l'avait vu ? Rien que pour ça, il risquait de perdre son poste. Non. Ah non, et pourquoi pas ? Qui pourrait empêcher ça ?

— Je suis désolé, monsieur... monsieur... euh... Mandelbrot, je n'avais pas l'intention de vous réveiller. Nous... hum... nous nous sommes déjà parlé. Vous ne... peut-être que vous ne vous souvenez pas. J'étais... je suis désolé, je ne voulais pas...

— En réalité, vous n'êtes pas médecin, n'est-ce pas ?

Lamont sourit.

— Non, monsieur, j'appartiens au service d'entretien. Vous vous souvenez ?

— L'autre, vous savez, c'est... la grande.

— L'autre quoi ?

— L'autre... celle qui vous effraie, la fille. Elle est médecin. C'est mon oncologue... enfin, une parmi tant d'autres.

— Ah oui, oui. Vous voulez dire le docteur Washington ?

— Oui, comme la ville... et comme notre premier président.

— Oui, oui.

— Vous la connaissez ?

— Non, je veux dire, je l'ai croisée.

— Jamais causé avec elle ?

— Le docteur Washington ?

— Oui. Elle cause.

— Non, en réalité, je ne lui ai jamais...

— Elle consulte ma feuille de température, elle aussi, comme vous. Pourquoi avez-vous peur d'elle ?

Lamont sourit.

— Je ne... je n'ai pas peur d'elle. Je... C'est juste... nous travaillons... vous savez... dans des services différents.

— Des services différents, répéta posément Mr Mandelbrot.

— Je crois... je dois y aller, je crois, monsieur Mandelbrot.

— Jamais été à Washington, monsieur... ?

— Washington, la capitale ? Non, je suis jamais allé là-bas. Écoutez, monsieur, si je vous ai dérangé, je suis désolé... je vais devoir y aller.

— Vous devriez y aller, vraiment. Ça vous plairait, mais pas l'été, parce que l'été, il fait trop chaud. Comme ici. Mais là-bas il n'y a pas l'océan qu'il y a ici. Quel est votre nom ?

— Mon nom ? Williams, monsieur, Lamont... Lamont Williams.

— Comment donc ? Laront ?

— Lamont. Je, euh... je vais y aller.

— Je suis allé à Washington, monsieur Lamont.

— Ah ouais ?

— J'y suis allé avec ma famille, une fois... en été... quand il faisait trop chaud. Je vis avec ma famille maintenant, pas à Washington, mais à Long Island. Parfois, il fait trop chaud, là-bas aussi, mais ils ont l'air conditionné. Quand je ne suis pas ici à mourir, je suis avec eux, à vivre. Et alors, et vous, monsieur Lamont ?

— Faut que je retourne au travail, monsieur Mandelbrot.

— N'ayez pas peur de cette doctoresse. Elle ne vous fera aucun mal. Elle est trop occupée à essayer de me tuer, moi. Et vous ? Vous vivez avec votre famille, monsieur Lamont ?

*

À son retour du travail, Michelle s'occupa de laver des légumes en vue du dîner qu'elle cuisinait pour les siens, son beau-père William et un vieil ami de la famille, Adam Zignelik. Sa fille, Sonia, était censée terminer ses devoirs, mais, comme elle s'ennuyait, elle l'avait rejointe dans la cuisine. Sonia avait allumé la radio. Une giclée de musique en jaillit, fort, trop fort pour sa mère. Elle tenait un livre à la main.

— Tu peux éteindre ça, s'il te plaît ?

Sonia leva les yeux au ciel mais fit ce qu'on lui demandait.

— Ne va pas me dire que tu arrives à lire avec la musique aussi fort.

— D'accord, je ne vais pas te le dire, rétorqua Sonia, en attrapant une carotte.

— C'est pour l'école ? s'enquit sa mère, en désignant le livre d'un signe de tête, mais la jeune fille ignora la question, préférant laisser ses réflexions tourner autour du dîner.

— Qui est-ce qui vient ? demanda-t-elle, en croquant sa carotte.

— Ton grand-père et Adam.

— Et Diana ?

— Non, je ne pense pas qu'elle puisse venir.

— Pourquoi ?

— Je ne sais pas.

— Elle est malade ?

— Je ne sais pas. Adam a laissé un message sur le répondeur de ton père au bureau en annonçant qu'elle ne pourrait pas venir ce soir.

— Pourquoi ? insista Sonia.

Michelle respira à fond, et retint son souffle un instant.

— Sonia, c'est hormonal, ou quoi ? Je n'en sais rien, pourquoi elle ne vient pas. Je ne te cache rien. J'imagine qu'Adam va nous le dire. Je sais que tu aimes bien Diana.

Elle essaya d'identifier le livre que sa fille tenait en main, mais de là où elle se trouvait, debout devant l'évier, elle ne le voyait pas bien. Ce n'avait pas été une journée facile. Aucune de ses journées n'était facile. Et puis, subitement, sans aucune raison perceptible aux yeux d'un observateur extérieur, elle regarda de nouveau Sonia, mais comme à travers un prisme différent, et elle se sentit reconnaissante envers sa fille qui, malgré son ennui, restait à la maison avec elle, à manger des carottes, à rechercher la conversation avec sa mère sans en avoir l'air, en s'inquiétant du bien-être d'une amie de la famille, un livre à la main. Sa fille était à la maison avec elle, et elle lui parlait.

*

Quelque part dans la ville, ailleurs, une fillette noire et maigrichonne qui devait avoir entre sept et neuf ans s'efforçait de rester debout bien droite dans un bus bondé. Elle avait les cheveux nattés, attachés par des rubans aux nœuds serrés. Elle grimaçait, involontairement. Elle était plus petite que tout le monde. Écrasée, manquant d'air, elle se demandait si elle finirait un jour par avoir une place assise.

*

Être attentif aux moindres détails. C'est la marque du professionnel. Quand Adam Zignelik rappelait cela à ses étudiants, il se référait au métier de l'historien professionnel. Plus de cinquante ans auparavant, William McCray avait appris la même chose, rapportée aux avocats. Il l'avait appris de la bouche de Thurgood Marshall, non pas seulement en le lui entendant dire, mais aussi simplement en l'observant, lui et sa façon de travailler. Thurgood enseignait à tous les avocats opérant sous son autorité ce que Charles Hamilton Houston lui avait enseigné : ils allaient devoir se montrer deux fois plus efficaces que les avocats qui plaidaient contre l'extension des droits civiques aux non-Blancs. William notait la manière dont Thurgood plaidait devant la cour et le ton ferme mais d'une politesse sans faille sur lequel il s'adressait à tous les magistrats, même ceux dont il n'ignorait pas l'opposition à ses convictions les plus passionnées. Il notait l'absence totale d'écart par rapport aux argumentations écrites de son patron, telles qu'elles étaient présentées dans les pièces communiquées au tribunal, dans les conclusions qu'il avait déposées. Si Thurgood modifiait ne serait-ce qu'un mot, le document entier serait retapé. Cela faisait partie de l'exigence de méticulosité scrupuleuse qu'il avait transmise à William et aux autres. Plus tard, William la transmettrait à son fils Charles, l'historien.

Un observateur avisé de la Cour suprême, à Washington, en ce 17 mai 1954, aurait pu déceler dès avant l'ouverture des débats qu'il se tramait quelque chose. Il aurait remarqué l'enthousiasme du président de la Cour, Earl Warren, lors de la cérémonie d'admission préliminaire organisée pour accueillir les nouveaux membres du barreau, un protocole d'ordinaire très formel. Et que mijotait le juge Jackson, d'aspect si frêle, qui s'était introduit en catimini dans le bâtiment par une entrée dérobée rarement empruntée, si peu de temps après avoir souffert d'une grave crise cardiaque, et pourquoi s'était-il arrêté pour délivrer ce conseil aux greffiers de certains de ses collègues, d'un air entendu et sans explication aucune : « Je pense, jeunes gens, que vous devriez venir en salle d'audience, aujourd'hui » ?

Thurgood savait qu'il devait être présent ce jour-là. Aux deux tiers de la lecture de l'opinion de la majorité par le président Warren, l'orientation de l'arrêt que rendrait la cour n'était pas encore claire. Thurgood observait fixement le juge Stanley Reed, natif du Kentucky, qu'il croyait le plus susceptible de mener campagne en faveur du maintien de la ségrégation. Il serait amené à comparaître à nouveau devant lui, aussi devait-il faire attention à la manière dont il le regardait, mais il continuait de guetter ce que les joueurs appellent un tic révélateur dans les yeux du juge Reed. Le président poursuivait sa lecture à voix haute. Il avait exposé les avis de la majorité dans des affaires passées, quand Thurgood l'entendit lire la phrase qui dévoilait soudainement les intentions de la majorité présente. Se référant aux enfants noirs, le président Warren déclara : « Les tenir à l'écart d'autres enfants d'âge et d'aptitude comparables uniquement à cause de leur appartenance ethnique génère chez eux un sentiment d'infériorité relatif à leur statut au sein de la collectivité, susceptible d'affecter leur cœur et leur esprit de manière sans doute irréversible. » Thurgood n'eut plus qu'à demeurer immobile, sans cesser pour autant de respirer. Quand le président de la cour aborda le paragraphe qui débutait par « nous en concluons », il y ajouta une formule qui ne figurait pas dans le texte imprimé. Cette formule, c'était « à l'unanimité ». Ce fut à peu près à cet instant que le juge Stanley Reed, natif du Kentucky, eut les larmes aux yeux.

Malgré son émotion, Thurgood Marshall, le gradualiste, ne perdit pas contenance en entendant la Cour suprême décider à l'unanimité, dans son arrêt *Brown c. Board of Education*, qu'il était injuste et illégal de ségréguer des écoliers sur la base de leur appartenance ethnique. Ce n'était pas seulement injuste au plan de la morale, c'était aussi inconstitutionnel.

Thurgood en resta abasourdi. Il trouva la cabine téléphonique la plus proche et appela le bureau du LDF de New York. Jake Zignelik prit l'appel et, après avoir entendu Jake répéter pour la troisième fois les seuls mots – « Oh, mon Dieu ! » – qu'il ait prononcés depuis le début de la conversation après « allô », William McCray s'interrompit dans ce qu'il était en train de faire. Tout le monde au bureau voulut parler à Thurgood après qu'il eut parlé à William, qui avait arraché le combiné des mains de Jack. Thurgood leur donna instruction de téléphoner à Roy Jenkins et Walter White, et puis à Kenneth Clarke. Dès la fin de l'appel de Thurgood, le standard s'illumina de signaux d'appels en provenance de tout le pays. Au même moment, il se produisait exactement la même chose au siège de la NAACP.

Thurgood prit le premier avion pour New York. Le premier appel auquel il répondit à son retour au bureau émanait de John W. Davis, ancien candidat démocrate à la présidence, alors âgé de soixante-dix-neuf ans, conseil juridique dans l'affaire *Brown* pour l'État de Caroline du Sud et, bien qu'il ne fût que l'un des nombreux avocats du groupe de ceux qui avaient plaidé en faveur du maintien de la ségrégation, leur chef de file officieux. Davis l'avait appelé pour le féliciter. Tout le monde cessa le travail. Dans les locaux du LDC, le champagne coulait à flots. Les gens riaient, ils n'arrêtaient pas d'aller et venir d'un bureau à l'autre. Personne ne réussissait tout à fait à y croire. Cette petite beuverie prenait de plus en plus un air de fête. Des membres du conseil d'administration aux réceptionnistes, tout le monde célébrait la décision. Des journalistes arrivèrent et, très vite, se joignirent au groupe. Davantage même que l'alcool, ce qui, chez ces gens, suscitait la stupeur et l'ébriété, c'était cette nouvelle si fraîche qu'on ne pouvait encore en prédire pleinement les effets. Puis tout ce petit monde se transféra sans plus attendre dans le restaurant préféré de Thurgood, le Blue Ribbon où, à un certain moment, l'avocat interrompit les festivités par un rappel à la fois prophétique et mesuré : «Je ne voudrais pas que vous vous berciez d'illusions ; c'est juste le début, le combat vient à peine de commencer.» Ils savaient qu'il avait raison, mais cela n'empêcha pas Jake Zignelik et William McCray de faire partie du solide contingent de fêtards qui célébra l'événement au Blue Ribbon bien au-delà d'1 heure du matin.

*

— Et qu'en est-il de Dietrich Bonhoeffer ?

Adam Zignelik posa cette question toute rhétorique à l'auditoire de son cours sur «Qu'est-ce que l'histoire ?».

— Sa visite à New York en 1930 joua un rôle important dans l'évolution de sa pensée. En plus de cette entente avec un étudiant noir du séminaire de l'Union théologique, il se lia d'amitié avec un étudiant en théologie français, le pacifiste Jean Lasserre. Le pacifisme de ce dernier et son insistance à propos du caractère central du Sermon du Christ sur la montagne – pour toutes les confessions du christianisme – l'affectèrent profondément. Au cours de conversations dans ces rues où vous circulez vous-mêmes à pied, autour d'ici, Lasserre amena Bonhoeffer à la conclusion que tout était là, que le Sermon sur la montagne demeurait la grande question.

» Cette idée ne quitta pas Bonhoeffer lorsqu'à son retour en Allemagne, à l'été 1931, il découvrit l'existence de sept millions de chômeurs. Elle l'accompagnait encore le 30 janvier 1933 quand, peu après midi, Adolf Hitler prêta serment en tant que chancelier d'Allemagne. On peut présumer sans risque de se tromper qu'elle ne l'avait pas quitté le 1er avril de cette année-là, lorsque le boycott des magasins et des entreprises juives devint la politique officielle du gouvernement. Vous aurez vu les photos de ces devantures à l'étoile de David peinte sur les vitrines et les troupes d'assaut des SS et des SA patrouillant dans les rues alentour, pour appliquer la loi nouvelle. Une loi qu'il n'était guère difficile d'appliquer. Elle rencontra peu de résistance.

*

On frappa à la porte de l'appartement que Diana partageait avec Adam Zignelik. C'était l'homme du déménagement. Il était là pour les cartons. Diana tenait dans sa main une photo d'Adam petit, en salopette molletonnée. Aurait-elle dû dire quelque chose ? Existait-il une espèce de mots auxquels elle n'avait pas songé, des mots d'un certain ordre qui auraient pu montrer à Adam qu'ils risquaient tous les deux de ne jamais aimer personne autant qu'ils s'aimaient l'un l'autre, de sorte que les questions d'emploi, de salaire et de lieu étaient secondaires ? L'homme frappa de nouveau à la porte. Cela dura juste assez pour qu'il ne soit plus guère poli de faire semblant de n'avoir rien entendu. Elle ne pouvait feindre la surprise de le voir là. Ils s'étaient déjà parlé à l'interphone. Elle regarda autour d'elle dans le salon. Et la salle de bains ? Et la chambre ? Elle en avait plusieurs fois fait le tour depuis qu'Adam était parti travailler, mais fallait-il qu'elle y jette encore un œil ? Pouvait-elle emporter la photo ? « Juste une minute », s'écria-t-elle. Pouvait-elle emporter la photo ? L'espace d'un instant, elle pensa poser la question à l'homme qui était venu chercher les cartons.

*

Le professeur Charles McCray, président du département d'histoire de Columbia, était au téléphone dans son antre, la porte légèrement entrebâillée, quand son père William arriva pour le voir. William eut un regard vers la jeune femme assise devant l'entrée du bureau de son fils, et qui se leva pour le saluer.

— Bonjour, monsieur McCray, dit-elle avec chaleur. Ça fait plaisir de vous voir. Comment allez-vous, aujourd'hui ?

Non seulement il était incapable de se souvenir de son nom, mais il ne se remémorait même pas son titre. Était-ce la secrétaire de son fils ou son assistante personnelle ? Travaillait-elle pour lui, pour plusieurs professeurs ou pour le département au sens large ? Rien de tout ceci ne comptait autant que son nom, quand il la salua, mais comme rien de tout ceci ne lui revenait, et comme il n'avait pas le temps de chercher à repérer quelques indices visibles à son poste de travail, il se contenta de sourire en lui serrant la main, pour un bonjour enthousiaste. Elle serait à même de deviner son âge, à dix ans près, elle en conclurait qu'il déclinait au plan intellectuel, et le jugerait donc incapable de la froisser en rien. Par conséquent, tout allait pour le mieux.

— Je suis certaine qu'il ne va pas tarder. Il vient juste de raccrocher. Je vais le prévenir que vous êtes là.

— Merci, fit William.

Lors de ces visites, l'idée lui traversait parfois l'esprit que son fils ne se pressait pas trop de terminer ce qu'il avait à faire avant de le convier à entrer dans son bureau. Mais au moment où cette pensée lui traversait l'esprit, il avait bien conscience de ne détenir aucune preuve venant étayer cette idée, et il avait même honte d'y avoir songé.

— Désolé, papa, je n'arrivais pas à m'en dépêtrer. C'était un interlocuteur au bureau du président et je...

— Bush ?

— Non, le président de l'université. Presque aussi important...

— Qu'est-ce que tu as encore fabriqué, Charlie ? Tu as de nouveau des tracas ?

Charles s'étira dans son fauteuil.

— Eh oui, il se prépare toujours quelque chose, ici, et il semblerait que je me laisse chaque fois entraîner. Comme s'ils cherchaient à m'empêcher d'exercer mon métier. Enfin, il y a quelqu'un qui essaie. Elle est là, la véritable conspiration, ici.

— Que veux-tu dire ?

— Quelqu'un a invité l'un de ces partisans de la théorie du complot sur le 11-Septembre à prononcer une conférence.

— Quoi ? Un de ces types qui prétendent que les néo-conservateurs étaient derrière tout cela et qui, quand ils parlent de néo-conservateur, pensent « les juifs » ?

— Ce genre-là... et même un peu plus que ça. Apparemment, ce type affirme que quatre mille juifs, tous employés au World Trade Center, sont restés chez eux le 11-Septembre parce qu'on leur aurait filé le tuyau.

— Ah, celle-là, je ne l'avais jamais entendue.

— Tu retardes, papa. Celle-là n'est pas si récente.

— Dis-moi qu'il n'y a pas de Noirs impliqués dans cette histoire.

— J'aimerais.

— Oh non, ce sont des Noirs ?

— Eh bien, avec ce coup de téléphone, c'est la première fois que j'en entends parler, alors je n'en sais rien. Mais...

— Laisse-moi deviner. Le président veut que tu investigues ?

— Le président m'a prié de siéger au sein de la commission *ad hoc* qui va investiguer sur le sujet, donc je te fiche mon billet qu'il y au moins un Afro-Américain impliqué dans cette affaire. D'une certaine manière, au téléphone, ça s'entend, avant même qu'ils ne te formulent la chose. Et moi, je te le dis, c'est bien la dernière embûche dont l'université ait besoin en ce moment. Et la dernière dont j'aie besoin en ce moment.

— Bon, Charlie, il suffit que tu empêches cet individu de se présenter ici.

— Ce n'est pas si simple, papa. S'il y en a un qui est bien placé pour le savoir, c'est toi.

— Mais si. C'est aussi simple que ça.

— Il existe un petit texte qui s'appelle le Premier Amendement, et je crois que tu en as déjà entendu parler.

— La liberté d'expression ne signifie pas la liberté d'intimider et d'attiser la haine raciale.

— Ensuite, il faut tenir compte de la liberté d'expression universitaire.

— Ne me dis pas que ce type a été invité par un membre de la faculté ?

— Je ne le sais pas encore, mais je le saurai bientôt, que ça me plaise ou non. Le président va y veiller et, ajouta-t-il en se calant dans son fauteuil et en s'étirant de nouveau, c'est pour cela que je sais déjà qu'il doit forcément y avoir un Afro-Américain mêlé à cette histoire.

— Raison de plus pour y mettre un terme, Charlie.

— Raison de plus ?

— Nous n'avons pas besoin d'un cinglé supplémentaire. Si l'affaire se présente en ces termes, Charlie, éradique-moi ça. Fais ton possible pour m'éradiquer cette affaire, et vite.

— Je ne sais pas. La pure absurdité du discours de ce type constitue peut-être encore la meilleure arme dont on dispose contre lui.

— Oui, j'ai déjà entendu cet argument. Mais c'est permettre à ce discours de se draper de la respectabilité de l'université. Ne tergiverse pas. Attaque-moi ça à la racine, Charlie.

— Oh ! ce sont des racines qui descendent bien trop loin et bien trop profond pour que j'aie le temps d'aller y creuser. Pour aller chercher ces racines-là, je serais obligé de quitter mon poste et d'aller creuser aussi profond qu'une mine de charbon. Et encore, à supposer que je dispose d'une réelle influence en ce domaine.

— Ne te dérobe pas, Charlie.

— Il se pourrait que je ne sois qu'un porteur de bonne parole, en l'occurrence.

— Eh bien, de ce côté-là, il y a un précédent, je crois. Tu accordes son doctorat à un Afro-Américain, tu fiches la pagaille et tu le laisses remettre les choses d'aplomb, comme ils ont procédé avec Condoleezza Rice et Colin Powell.

— Je crois que tu leur décernes un blanc-seing un peu trop facilement. Et personne ne m'a rien accordé, à moi !

— C'est une façon de parler, Charlie, surtout de ma part. Je suis juste en train de t'expliquer que tu ne dois être le dindon de la farce de personne, et surtout pas devenir le type qui se sera dérobé.

— Papa, je viens de recevoir un coup de fil à ce sujet, là, à l'instant, rien qu'un bref coup de fil. Je ne sais presque rien...

— Tu dois faire ce qu'il faut, Charlie.

— Bon Dieu, alors maintenant, c'est à toi que je viens tendre des verges pour me faire fouetter, c'est ça ?

— Des verges pour te faire fouetter ?

— Oui, des verges. Une fois de plus.

— Tu es sérieux ?

— Je ne sais pas. Je suis fatigué, papa. Laisse-moi déjà le temps de tirer ça au clair. De toute manière, il n'y a pas moyen de se défiler. C'est à moi de m'en charger. Nous aurons largement le temps de nous disputer à ce sujet. Pour ce qui est de ce soir, offrons-nous un bon dîner. D'accord ?

*

— En avril 1933, avec le boycott des commerces juifs qui était déjà entré en vigueur, expliqua Adam à sa classe, Bonhoeffer fut invité à prononcer une conférence devant ses pairs ecclésiastiques. Il choisit pour sujet : « L'Église et la question juive ».

» Le pays n'était plus qu'un océan de svastikas. Ce fut dans ce contexte que Bonhoeffer écrivit ce qui constituait en fait un véritable défi à l'église, à sa propre église. Il déclarait que cette église avait trois lignes de conduite possibles. Premièrement, elle pouvait remettre en question l'État et la légitimité de ses actions. Deuxièmement, elle pouvait aider les victimes des actions de l'État. C'était, disait-il, le devoir inconditionnel de l'Église. Souvenez-vous, l'antisémitisme était désormais cautionné par l'État, et toute opposition à cet État se révélait extrêmement dangereuse.

» Le 7 avril 1933, une législation fut adoptée pour promouvoir une « Église aryenne » qui n'excluait pas seulement les juifs, que Martin Luther avait voulu convertir dès l'instauration de l'Église d'Allemagne, mais aussi les chrétiens d'ascendance juive. Ceux-là devaient en être également exclus. Les problèmes de Luther avec les juifs étaient d'ordre doctrinal. À présent, Hitler y ajoutait une couche insurmontable de racisme. Ce fut au milieu de tout cela que Bonhoeffer rédigea et adressa son défi à l'Église, comportant trois lignes de conduite possibles, la troisième s'avérant proprement stupéfiante. Cette troisième ligne de conduite éventuelle de l'Église, écrivait Bonhoeffer, ne consistait pas simplement à appliquer un cautère aux victimes de la roue, mais à empêcher la roue de tourner. Imaginez-vous déclarant cela. Nous pourrions empêcher la roue de tourner. Nous devrions l'arrêter. C'était là son propos.

*

— Je suis désolée, fit Diana, en ouvrant la porte à l'homme à la camionnette, avec son allure de Latino, qui devait enlever les cartons. Je ne vous ai pas entendu. Je veux dire, je vous ai entendu à l'interphone. Je ne vous ai pas entendu... frapper. J'y suis juste... vous savez... pas tout à fait... enfin presque.

L'homme vérifia le papier qu'il avait sorti de sa poche.

— Vous êtes... Diana, exact ?

— Mmh mmh.

— Alors vous en avez combien ?

— Je n'ai pas compté. Vous pouvez entrer jeter un œil.

L'homme s'avança de deux pas et n'eut apparemment pas besoin de compter les cartons pour lui répondre.

— Je peux commencer à les descendre dans le fourgon tout de suite ?

Elle n'avait pas envie de s'en aller. À part avoir des enfants, elle trouvait que la vie avec Adam n'avait pas été loin de combler tous ses désirs de femme.

— Oui, dit-elle. D'accord.

Sa respiration s'accéléra.

— Rien de fragile ? demanda l'homme.

*

— Adam et Diana viennent ce soir ? s'enquit William McCray auprès de son fils plus tard ce jour-là, alors qu'ils s'efforçaient de ne pas se disputer, tous deux installés dans le bureau de Charles à Fayerweather Hall, sur le campus de Columbia.

— Adam vient.

— Quelque chose ne va pas avec Diana ?

— Je l'ignore. Il a laissé un message disant qu'elle ne pourrait se joindre à nous.

— Elle n'est pas bien ?

— Je l'ignore.

— Elle est peut-être retenue à l'école, après sa journée de cours. Les enseignants, ils les font travailler plus dur que jamais, à présent. Mais ils ne les paient pas davantage pour autant.

— Je ne sais pas. Dans son message, il ne précise rien. Tu sais, je pense qu'il m'appelle sur cette ligne quand il sait que je n'y suis pas.

— Pourquoi ne t'appelle-t-il pas à la maison ?

— Je ne sais pas. Je pense qu'il m'évite. Je ne crois pas qu'il veuille me parler.

— Il y a un souci entre vous deux ?

— Il n'y a pas eu de dispute entre nous, mais je sens que nous allons avoir un souci. Lui, il en a un, c'est certain. C'est d'ordre professionnel. C'est... c'est épouvantable. Papa, il est... Adam a de gros ennuis.

— De quoi s'agit-il ? Tu sais que tu dois lui accorder le bénéfice du doute. Enfin, commence au moins par là...

— Non, non, personne ne l'accuse d'avoir agi de manière contraire à l'éthique. Le problème, c'est que cela fait un temps fou qu'il n'a véritablement rien produit... rien du tout. Je veux dire, il remplit ses obligations d'enseignement, il donne des cours, il note des copies, il se présente aux réunions du département. Mais il n'effectue aucun travail personnel. Il ne mène aucune recherche originale.

— Eh bien, les gens ont leurs bonnes et leurs mauvaises périodes. Charlie. Personne ne peut se montrer productif tout le temps. Il est sur une recherche ?

— Non, et cela fait partie du problème. Je ne pense pas qu'il soit sur une recherche.

— Tu n'as pas abordé le sujet ?

— J'ai essayé mais... Papa, on ne va pas lui proposer de titularisation.

William n'eut pas l'air d'entendre la fin de la phrase.

— Que veux-tu dire, tu as essayé ? Tu es le président du département. Et tu es son ami, un très vieil ami.

— Papa, il se passe beaucoup de choses, ici... comme tu peux le constater. J'ai essayé de lui parler, mais il n'est pas la personne la plus facile à joindre, ces temps-ci.

— Et toi non plus, ce qui, je le suppose, laisse bien augurer de la suite de sa carrière universitaire.

Charles se prit le front dans les mains.

— Je saisis qu'il y a un sous-entendu, là, papa. Je ne sais pas au juste en quoi tu peux me rendre responsable de la situation fâcheuse où il se trouve, mais j'ai le pressentiment que tu vas me l'expliquer. Ou sommes-nous en train de parler d'autre chose ?

— Non, moi, je parle d'Adam. Écoute, tu vas le voir ce soir, tu le prends à part, tu lui expliques la situation, l'urgence qu'il y a pour lui à coucher un texte sur le papier, et tu lui accordes un délai de grâce.

— Papa, tu ne comprends pas. Ce n'est pas comme ça que l'on procède.

— Charlie, tu dois bien avoir un peu de latitude, au moins sur le plan du calendrier. Lâche-lui un peu la bride. C'est Adam, quoi.

— Je ne peux pas faire pour lui ce que je ne pourrais pas faire pour un autre. Tu es juriste. Tu devrais le savoir mieux que quiconque.

— C'est parce que je suis juriste que je comprends la nature de la latitude que peut s'accorder celui qui est décisionnaire. Je suis sûr qu'en l'espèce, tu disposes d'un peu de latitude. Je me borne à suggérer que tu en uses en sa faveur, surtout parce qu'il semblerait que tu te préoccupes du problème un peu tard. C'est Adam, Charlie.

— Papa, en pareille situation, je ne pourrais rien tenter pour personne. Il est ici depuis plus de cinq ans. Un livre en cinq ans, ça ne collera pas. Et il le sait. Je pense que c'est pour cela qu'il me laisse des messages quand il sait que je ne suis pas joignable.

— Au moins, dans son unique ouvrage, il écrit sur son père. Et il a aussi écrit sur ton père, dans ce livre. C'est un bon livre.

— Tu n'es pas totalement en train de te moquer, là, hein? fit Charles.

William eut un geste un peu dédaigneux de la main. Charles poursuivit.

— Je suis historien, spécialiste de la période de la Reconstruction. Si tu avais existé à cette époque, je suis persuadé qu'à ce stade, j'aurais fini par trouver le temps d'écrire sur toi, moi aussi. Malheureusement, tu n'es pas si vieux.

— Je le suis presque. Je le sens... assis où je suis, ici.

— Papa, entre l'administration, l'enseignement, les débats internes au département et les débats internes à l'université, j'ai du mal à trouver le temps de m'occuper de mon travail, moi aussi. Tout ce que je veux... Bon sang, je suis historien, spécialiste de la Reconstruction, et je...

— Oui, tu l'as déjà dit, monsieur le président.

— Papa, que veux-tu que je fasse? Je voudrais juste qu'on me laisse tranquille, que je puisse... lire et écrire dans mon domaine. Mais je n'arrête pas d'être assailli et ballotté par toute cette foutaise.

— Adam, ce n'est pas de la «foutaise»!

— Papa, s'il te plaît, comment puis-je me confier à toi si tu te comportes de la sorte? Je t'en prie, tu vois très bien ce que je veux dire.

— Je vois ce que tu veux dire. Tu dis que pour toi les choses sont très dures et tu voudrais que quelqu'un te fiche un peu la paix.

— Pourquoi ai-je l'impression que tu viens de me coincer?

Le téléphone sonna.

— Ne t'inquiète pas ; je ne vais pas décrocher.

— Tu peux.

— Je ne vais pas décrocher.

— Tu peux décrocher.

— Je ne vais pas décrocher.

— Décroche !

— Non.

— Charlie, il se pourrait que ce soit Adam. Et cette fois, tu es là. Prends-le !

Le téléphone cessa de sonner. Les deux hommes le contemplèrent et, pendant quelques instants, ni l'un ni l'autre ne dit plus rien.

— Charlie, écoute-moi. Tu évoquais la mine de charbon. Tu te souviens, tout à l'heure, tu m'as dit quelque chose au sujet d'une mine de charbon ? Le canari qui avertit les mineurs au fond de la mine avant le coup de grisou fait don de sa vie et tu ne le sais même pas.

— Ah, nous y revoilà, fit Charles en s'adressant à un tiers absent. Le canari !

Son père continua.

— Savais-tu même s'il était mort ? Il a l'air mort, mais en réalité il ne l'est pas. Ce canari, c'est toi, là, maintenant. Tu es le canari. Tu te crois sorti de la galerie de mine, mais il n'en est rien. Cela ne fait aucun doute. Tu es toujours au fond. La seule question qui se pose est la suivante : qui vas-tu sauver, toi ?

*

Adam poursuivait son cours.

— Ces protestations contre la législation d'une « Église aryenne » ont divisé l'église luthérienne d'Allemagne. En mai 1934, un groupement dissident a créé une nouvelle église, l'Église confessante. Bonhoeffer, alors âgé de vingt-huit ans, était l'un de ses dirigeants.

» Confrontée à un besoin criant de former de nouveaux pasteurs, l'Église confessante instaura un séminaire illégal. Il était animé par Bonhoeffer. Où cela ? À Finkenwalde, à Stettin, sur l'Oder, dans ce qui est devenu depuis Zdroje, à Szezcin, sur l'Odra. C'est là qu'entre 1935 et 1937, un groupe d'étudiants allemands apprit, entre autres choses, à chanter « Swing Low Sweet Chariot ». Bonhoeffer évoqua devant ses étudiants son expérience new-yorkaise et la condition des

Afro-Américains, en soulignant qu'il voyait des parallèles entre la situation des Noirs aux États-Unis et celle des juifs en Allemagne.

» En 1937, la Gestapo ferma Finkenwalde. En 1938, en assimilant les juifs simultanément au bolchevisme et à la finance internationale, puis en leur attribuant des capacités surhumaines à fomenter la conspiration, Hitler se fit menaçant : « Si la finance juive internationale finance des individus en Europe et hors d'Europe, si elle réussit à plonger les nations du monde dans une guerre mondiale, le résultat n'en sera pas la bolchevisation du monde et la victoire du peuple juif. Non, le résultat, ce sera la destruction de la race juive en Europe. » Après la *Kristallnacht*, la Nuit de cristal, le 9 novembre 1938, pogrom où l'on enleva et tua des juifs, où leurs biens furent confisqués, même l'Église confessante n'osa pas protester, et ses membres gardèrent le silence. Tous, sauf Dietrich Bonhoeffer, qui déclara : « Seul celui qui élève la voix pour les juifs peut entonner des chants grégoriens. » Il continua de prêcher le caractère central du Sermon sur la montagne pour le christianisme mais cette fois, confronté au mal du nazisme, il abandonna le pacifisme de Jean Lasserre et la foi de Gandhi en la résistance non violente. Dans cette situation, il estimait ne pas avoir le choix. À cette époque, son beau-frère, Hans von Dohnanyi, l'avait déjà recruté au sein de l'*Abwehr*, le service de renseignement de l'armée, épicentre secret de la résistance contre Hitler.

*

Vers la fin de la journée, au moment où l'après-midi et la soirée rivalisent pour prendre l'ascendant, Michelle McCray se tenait dans sa cuisine tandis que sa fille de quatorze ans, Sonia, croquait une carotte en produisant un bruit inimaginable pour un légume, un bruit ostentatoire.

— Tu n'as pas de problème aux dents, à ce que je vois, lança-t-elle à sa fille.

— Quoi ? répondit Sonia sans cesser de mastiquer.

— Tu n'as pas de problème aux dents...

— Je ne t'entends pas, je mange cette...

— C'était le sens de ma remarque... enfin, plus ou moins... Que lis-tu ?

— Rien, fit Sonia, qui avait maintenant avalé le reste de sa carotte.

— Qu'est-ce que c'est, ce livre ?

— Oh, ce n'est pas un livre que j'ai choisi. C'est pour le collège.

— Cela ne signifie pas qu'il soit mauvais. Qu'est-ce que c'est ?

— Oh, si, c'est franchement mauvais ! Ça craint... C'est barbant et... pas du tout réaliste.

— Qu'est-ce que c'est ?

— Tu n'as pas dû en entendre parler. Personne, d'ailleurs. C'est vieux et...

— Sonia, qu'est-ce que c'est ?

Sa fille lui tendit le livre et Michelle lut le titre. C'était *La Jungle* d'Upton Sinclair.

— Sonia, tu plaisantes ? C'est un classique. *La Jungle* !

— Tu l'as lu ?

— En l'occurrence, oui, je l'ai lu, il y a très, très longtemps, mais je me souviens de l'avoir trouvé fantastique, intéressant, émouvant, éclairant. Et certainement pas barbant. Moi, je n'ai pas trouvé, en tout cas. Des milliers, sans doute même des centaines de milliers de gens n'ont pas trouvé.

— Ma classe, si.

— Et pourquoi disais-tu que ce n'était pas réaliste ?

— Eh bien, je n'ai pas encore beaucoup avancé mais...

— Oui ?

— Parce que c'est barbant.

— Oui, ça, tu l'as dit. Mais pourquoi disais-tu que ce n'était pas réaliste ?

— Eh ben... ça se passe à Chicago, non ?

— Oui.

— Eh ben, ça se passe à Chicago et y a pas du tout de nèg...

Elle ne termina pas sa phrase. Elle se figea, vit les yeux écarquillés de sa mère et comprit qu'elle s'était mise dans le pétrin.

— Ne... t'avise... jamais...

— Quoi ? Je n'ai rien dit !

— Je sais quel mot tu allais prononcer. Pourquoi employer ce terme-là ? Ce mot a blessé tant de gens, ton peuple, ta famille. Ne répète jamais ce mot-là devant ton grand-père.

— Il est sourd.

— Sonia, je suis extrêmement sérieuse, là-dessus. Je ne sais pas par où commencer. Des gens ont fait don de leur vie, je ne parle pas que de leur carrière, là. Je veux dire qu'ils ont fait don de leur vie pour que tu puisses mener l'existence que tu mènes.

— Maman, je comprends ce que tu dis, mais ce mot, beaucoup d'Afro-Américains l'emploient, aujourd'hui. Tu le sais. Des Blacks le prononcent à la télé, au cinéma... Tes clients l'utilisent, et tu le sais.

— Mes clients sont surtout des gens défavorisés, marginalisés, désillusionnés et peu instruits. C'est pour ça qu'ils utilisent ce terme. Toi, quelle excuse as-tu ?

— Je n'en sais rien, maman. Mais ce n'est grave que si tu décides que c'est grave.

— Eh bien, écoute-moi, parce que, oui, je considère que c'est grave. Je n'ai pas envie de t'entendre employer ce mot dans cette maison. Tu comprends... Sonia. Je suis sérieuse. Tu comprends ?

— Oui, maman.

— Ça me surprend venant de toi, qui fais partie de cette maison, avec tout ce que tu sais.

— Maman, je suis désolée, d'accord ! Je ne l'ai même pas vraiment dit.

— Si j'étais toi, jeune fille, je ne poursuivrais pas plus loin, avec ce raisonnement. Je ferais marche arrière et je dirais que je suis désolée, si tu ne veux pas te compliquer l'existence, ici, sous ce toit.

— Ils l'emploient même à la radio.

— Pas à la radio dans cette maison.

— Mais si. Je l'ai entendu sur NPR.

— Ah vraiment ?

— Eh oui, le jour où j'étais malade. Ils en ont parlé dans une émission du matin. Des auditeurs afro-américains ont téléphoné pour dire qu'on pouvait se servir de ce mot si c'était... si c'était... comment déjà ?... ironique.

— Sonia, tu sais ce que signifie le mot « ironique » ?

— Oui.

— Alors, quoi ?

— Ironique, c'est... euh... un peu drôle... C'est quand quelque chose est drôle, du genre à la manière des adultes.

— Non, pas vraiment. Tu chercheras. À moins que tu ne préfères que je suggère à ton père, voire à ton grand-père, de t'éclairer sur la signification du mot « ironique » ?

— Non, merci.

— Parce qu'ils auront envie de savoir ce qui nous a lancées sur le sujet...

— Désolée, maman.

— Laisse-moi te dire une chose, et sans la moindre trace d'ironie. Je ne veux plus t'entendre prononcer ce mot dans cette maison, Sonia. Plus jamais. Et pendant que tu y es, laisse aussi tomber tes « y a pas ». C'est pas « singer les Blancs » que de parler ta langue correctement. Cela briserait le cœur de ton grand-père de t'entendre t'exprimer ainsi, comme si rien n'avait changé.

— Désolée, maman.

*

— Et voilà, c'est tout. C'est le dernier, lui annonça le Latino à la camionnette. J'ai encore de la place devant, si vous voulez monter avec moi. Ça vous évitera de prendre un taxi.

— Bien sûr. Merci. Je vais juste faire un dernier tour. Je... euh... je vous rejoins en bas tout de suite.

L'homme descendit l'attendre dans sa camionnette. Diana était seule dans l'appartement. Toutes ses affaires se trouvaient dans des cartons, dans une camionnette, dans la rue. Tout était là. Elle tenait encore la photo d'Adam bambin en salopette molletonnée. Peut-être changerait-il d'avis. Mais l'idée consistait à ne plus se contacter pendant un petit moment pour se donner à tous les deux le temps de s'adapter à la vie l'un sans l'autre. Ils n'avaient ni l'un ni l'autre réclamé ou proposé de définition de ce que serait « un petit moment ». Elle refit le tour de chaque pièce de l'appartement, la photo contre elle. Elle respirait vite. Au départ d'Adam, ce matin, ils s'étaient étreints. Ni l'un ni l'autre n'avait voulu mettre un terme à cette étreinte, mais Adam avait un cours à donner, qu'il avait déjà annulé une fois.

Dans la rue, l'homme attendait qu'elle descende. Il avait cru que ce boulot serait facile. Il n'avait qu'à venir d'Inwood et sa destination finale serait Hell's Kitchen. Il n'y avait pas trop de cartons et ils avaient tous l'air bien fermés. Qu'est-ce qu'il y pouvait y avoir de plus simple que ça ? Mais la femme mettait du temps à descendre. Il ne pouvait pas la presser. Il ne les pressait presque jamais. Cette femme, elle avait l'air au bord des larmes. Il se mit au volant et inséra une cassette dans l'autoradio, une compilation de musiques que quelqu'un avait enregistrée autrefois pour son père disparu.

Les bras chargés de tout ce qu'elle pouvait, Diana se tenait sur le seuil de ce qui avait été sa porte d'entrée. Une bizarrerie de cette porte faisait que, même une fois fermée, il fallait tirer dessus une deuxième fois pour que le pêne s'aligne convenablement et que la serrure s'engage et sécurise l'appartement. Elle avait la nausée. Elle tenait cette photo. Elle allait l'emporter. Lui en voudrait-il ? Elle ferma la porte, une première fois. Adam pourrait-il venir empêcher tout cela ? Voilà, la porte était fermée. Mais il était toujours possible d'entrer. Il fallait encore tirer un coup dessus. Elle entendait le battement de son cœur. Qu'attendait-elle ? Il n'y avait personne dans le couloir. Que croyait-elle qu'il allait arriver, maintenant ? Personne ne viendrait. C'était tout. Elle entendit le déclic. La porte était verrouillée et elle ne pouvait plus rentrer.

*

Adam poursuivait son cours.

— En tant que membre de l'Abwehr, Bonhoeffer avait reçu la permission de voyager hors d'Allemagne, avec les papiers nécessaires, soi-disant afin d'espionner pour le compte des nazis. En réalité, il était agent double, opérant pour la résistance à travers l'Abwehr.

» Cela semble aujourd'hui peu plausible et difficile à comprendre pour nous, étant donné tout ce qui devait suivre, mais lors de la reddition de Varsovie, le 27 septembre 1939, les conspirateurs de l'Abwehr croyaient avoir des raisons d'espérer. Je sais que c'est difficile, presque impossible à croire, rétrospectivement. Pourquoi cet espoir ? Parce que les nouvelles des atrocités SS en Pologne avaient commencé de filtrer jusqu'en Allemagne. Les conspirateurs espéraient que ni l'opinion ni les généraux ne toléreraient cette cruauté barbare qui, en outre, faisait fi du droit international. Le général Blaskowitz, commandant suprême de l'armée allemande en Pologne, par exemple, atterré par ces atrocités, fit savoir aux autres généraux que ce que les stations de radios étrangères avaient diffusé jusqu'à présent ne constituait qu'une infime partie de ce qui s'était effectivement passé.

» Suite à l'échec d'une tentative d'assassinat contre Hitler, en mars 1943, la Gestapo effectua une descente au quartier général de l'Abwehr, le 5 avril. Dietrich Bonhoeffer, son frère, sa sœur et son mari et un autre de ses beaux-frères furent arrêtés. Lors de leur interrogatoire, on eut recours à la torture.

» Le 24 juillet 1944, la résistance organisa une dernière tentative pour assassiner Hitler. Prétextant une détérioration de ses facultés auditives suite à la campagne d'Afrique du Nord, le colonel Klaus von Stauffenberg avait demandé à être assis le plus près possible du

Führer, peu avant l'ouverture d'une réunion de stratégie militaire. La serviette qu'il portait contenait une bombe. Lors de l'explosion qui suivit, le bunker fut endommagé et quelques officiers tués, mais Hitler fut simplement blessé. On procéda à des arrestations et à des interrogatoires.

» À 3 heures du matin, le 16 avril 1945, le maréchal soviétique Joukov entamait son assaut contre les lignes allemandes sur l'Oder, leur dernière barrière défensive avant Berlin, par un barrage massif d'artillerie. Après l'artillerie vinrent les chars, puis l'infanterie. La 9e armée allemande déployée là accusait une écrasante infériorité numérique. Joukov disposait de trois mille chars contre cinq cents pour les Allemands. Il fallut trois jours aux Russes pour réussir leur percée. Dans la bataille des hauteurs de Seelow, les Allemands perdirent douze mille hommes. Mais la solidité des fortifications allemandes était telle, sur ces coteaux, que les Soviétiques eurent à déplorer trente-trois mille pertes. Néanmoins, le 29 avril, ils remportaient la bataille de l'Oder. Huit ans plus tôt, c'était sur l'Oder que l'on avait chanté : « *Swing low sweet chariot. Comin' for to carry me home.* »

» Avec la jonction des forces du maréchal Joukov et du maréchal Konev, la 9e armée allemande était encerclée. À quarante kilomètres de là, c'étaient les faubourgs de Berlin. Malgré la perte de cent vingt mille hommes captifs des Soviétiques, Hitler caressait encore l'illusion que la 9e armée réussirait à se regrouper sous le commandement de son plus jeune officier supérieur, le général Walter Wenck, officier de la 12e armée, pour défendre la capitale. Mais avec les forces américaines qui atteignirent l'Elbe le 25 avril et Joukov aux abords de Berlin, tout était fini. Hitler se suicida le 30, et le 7 mai l'Allemagne capitulait sans conditions.

» Dietrich Bonhoeffer faisait partie des dizaines de millions d'êtres pour lesquels c'était trop tard. Le mois précédent, Hitler avait ordonné l'exécution de tous les conspirateurs survivants. Le 9 avril, Dietrich Bonhoeffer avait été poussé vers la potence, nu. « *Swing low sweet chariot. Comin' for to carry me home.* »

*

— Bien. Tu disais que *La Jungle* avait Chicago pour cadre et que c'était un livre sans grand réalisme. Pourquoi sans réalisme ? demanda Michelle McCray à sa fille.

— Bon, je n'ai pas encore beaucoup avancé, je l'admets, mais il est question d'ouvriers des abattoirs d'origine étrangère et je ne crois pas qu'il y en ait un seul qui soit afro-américain – ou alors si, peut-être juste un. Ça, ce n'est pas réaliste, surtout à Chicago. D'accord? Et ensuite, tu découvres que le bouquin a été écrit par un mec... un Blanc...

— Sonia, ce mec blanc, Upton Sinclair, à quelle période a-t-il situé son roman?

— Je n'en sais rien... au XXe siècle, par là.

— Quand?

— Je ne sais pas. Il le précise?

— Jette un œil à la couverture du livre et regarde quand il a été publié. À moins que ce ne soit de la littérature de pure imagination ou de la science-fiction, il est peu probable qu'il ait été situé à une période postérieure à sa parution. Tu vois la date, là?

— Oui. «*La Jungle* a été publié en 1906.»

— Bien, il est donc probable que l'action se passe à Chicago, en 1906 ou même avant.

— D'accord, et alors?

— Alors, quand a eu lieu la Grande Migration? Sa fille ne répondit pas. Bien, la Grande Migration, qu'est-ce que c'est?

— Ça, je sais, maman, fit Sonia avec une note d'impatience à laquelle un observateur extérieur aurait trouvé peu de justification. C'est quand les Afro-Américains ont quitté le Sud rural pour le Nord urbain.

— As-tu la moindre idée de la dimension de cette migration?

Là encore, Sonia demeura silencieuse. Elle regarda la quatrième de couverture du livre, soit parce qu'elle pensait y trouver la réponse, soit dans l'espoir que son apparent et soudain intérêt pour l'ouvrage puisse mettre un terme à cette leçon, et à la petite humiliation qui l'accompagnait. En dépit de toute la nonchalance adolescente qu'elle affectait, elle n'aimait pas susciter la déception chez sa mère. En grandissant, elle avait toujours pris plaisir à l'admiration de ses parents pour son intellect et ses notes. Mais à présent, elle essayait de trouver un moyen terme satisfaisant entre son envie de continuer de rechercher cette admiration et celle d'affirmer son indépendance. Les critiques acerbes de sa mère avaient beau la contrarier, au fond d'elle-même, elle savait toujours qu'elle avait envie d'être comme Michelle, quand elle serait adulte, même si elle ne souhaitait pas commencer tout de suite à lui ressembler.

— Tu ne te figures pas vraiment pouvoir trouver la réponse au dos de ce livre, n'est-ce pas?

— Je ne sais pas ! Tu vas me demander de la chercher, non ?

— Je devrais, mais toi, tu vas sans doute aller chercher cette réponse chez un copain ou une copine sur Facebook.

— C'est une bonne idée !

— Oh oui, une super idée ! Je ne te reverrai pas avant le dîner et la copine ou le copain aura tout faux.

— Je risque de revenir me prendre une autre carotte.

— La Grande Migration n'a pas commencé avant la Première Guerre mondiale, et il a fallu la Seconde Guerre pour qu'elle prenne toute son ampleur. Entre 1940 et 1970, cinq millions d'Afro-Américains se sont transportés vers le nord, le plus vaste mouvement de masse de l'histoire du pays. Et sais-tu pourquoi ils ont migré en si grand nombre ?

— Le coton ?

— Que veux-tu dire, « le coton » ? Tu trouves franchement que c'est une réponse sérieuse ?

— Je ne sais pas. C'est en rapport avec le coton, non ?

— Enfin, oui, il y a un rapport important avec le coton, mais ce n'est pas la bonne réponse. Tu ne peux pas te contenter de répondre par un seul mot. Il faudrait vraiment que tu cherches plus loin.

Michelle réfléchit un instant avant de continuer.

— Écoute-moi. Le travail des métayers noirs du Sud n'a jamais valu très cher, mais dans les années 1940, du fait de machines qui étaient capables d'accomplir le travail de cinquante personnes, leur main-d'œuvre était devenue trop coûteuse. Donc, dans leur quête d'un travail et l'espoir d'une vie nouvelle et un peu meilleure, les Noirs du Sud sont montés au Nord, vers des villes comme New York et Chicago. Enfin, c'est une version simplifiée de cette histoire. Mais maintenant tu sais qu'à l'époque où se déroule *La Jungle*, la Grande Migration n'a pas encore eu lieu. Par conséquent, l'importante communauté afro-américaine du Nord urbain à laquelle tu penses – à juste titre – n'existait pas encore. Tu accuses *La Jungle* d'un manque de réalisme alors que ce défaut vient de toi, qui ne sais pas ce qui est réel, qui ne connais pas ton histoire.

— Oups !

— Oups, en effet. Passe-moi ce bouquin. Je me souviens d'un passage magnifique, très fort, très émouvant. N'y a-t-il pas une... il y a une description merveilleuse de leur première visite des abattoirs. On leur montre l'endroit où l'on abat les cochons et quelqu'un s'écrie : « Dans le cochon, tout est bon, sauf les cris. » Laisse-moi jeter un œil.

*

— Qu'est-ce que l'histoire ? interrogea Adam – question de pure rhétorique pour achever son cours. Barbara Tuchman traite cette interrogation à travers un certain nombre d'essais très éclairants. Dans l'un de ces textes, elle écrit, en citant l'historien G.M. Trevelyan : « ... idéalement, l'histoire devrait constituer l'exposition des faits du passé, avec toute leur valeur émotionnelle et intellectuelle, à un vaste public, en recourant à l'art difficile de la littérature ». Trevelyan et elle suggèrent que les meilleurs historiens acquièrent une connaissance approfondie de la matière de leur sujet et qu'ils la combinent avec une vive intelligence, une compréhension d'autrui aussi empreinte de chaleur humaine que possible et avec le plus vaste pouvoir d'imagination qui soit. Pourquoi l'imagination ? Non pas tant parce que vous devriez vous créer votre propre matière, mais pour vous aider à pénétrer dans ces existences, dans la peau des individus qui se sont présentés à vous. Le récit chronologique pourrait bien représenter l'épine dorsale de ce corpus de connaissances que nous appelons l'histoire, mais la perspicacité, la psychologie, la vigueur de l'imagination nous aideront à saisir non seulement le « quoi » de l'histoire, mais aussi le « pourquoi », et c'est là une source de satisfaction des plus intenses.

» Faut-il que vous recherchiez une école ou une philosophie de l'histoire qui vous séduise et que vous vous y attachiez ? Non. Pourquoi non ? Car si vous faites cela, vous serez tentés de manipuler, de forcer, de caresser votre matière dans le sens du poil afin qu'elle cadre avec ce qui intéresse cette école ou cette philosophie, alors que vous devriez au contraire vous concentrer sur la question de ce qui s'est passé et du pourquoi cela s'est passé. Vous risquez de voir des modèles se profiler devant vous, mais il vaut mieux laisser la théorie historique ou les généralisations ambitieuses naître des faits plutôt que de déformer les faits afin qu'ils cadrent avec la théorie. Vous serez déjà suffisamment occupés par tout ceci pour vous éviter simultanément de céder à vos préjugés. « Préjugés ? » vous écriez-vous, avec inquiétude. Si vous êtes des êtres humains, vous en avez forcément quelques-uns. Et si vous n'êtes pas des êtres humains, je vous félicite de vous être aventurés aussi loin en m'écoutant.

Ce qui ne fit rire personne.

— Que faire de vos préjugés ? poursuivit Adam. Les reconnaître et les combattre, mais avoir l'honnêteté intellectuelle d'admettre que le recul temporel n'est pas une garantie d'immunité contre le préjugé qui s'est tissé dans la trame même de notre humanité, parfois de manière imperceptible. Être aussi objectif que possible, ce n'est pas la même chose qu'être neutre. Le passage du temps peut néanmoins introduire ici une mise en perspective dont l'historien a autant besoin que d'oxygène. Toutefois, même dans le choix de ce qui doit être dit, et dans le choix de l'ordre dans lequel il faut le dire, il y a du préjugé.

*

— Et vous ? Vivez-vous avec votre famille, monsieur Lamont ?

— Je ne peux pas... faut vraiment que j'y...

— Je sais qui vous êtes.

— Quoi ?

— Vous m'avez sauvé.

— Quoi ?

— Dans la rue. Je me souviens. Vous êtes celui qui m'a remonté depuis la rue, l'autre jour.

— Monsieur Mandelbrot. Je ne peux pas me permettre de perdre mon travail. Je suis nouveau, ici.

— Et moi je suis vieux, ici.

— Je suis en liberté surveillée. Ils peuvent me virer, comme ça, fit Lamont en claquant des doigts. Alors faut que j'y aille maintenant. Faut me comprendre.

— Je suis en train de vous dire une chose, monsieur Lamont.

— Quoi ?

— Je suis en train de vous dire que je sais qui vous êtes et... Le vieil homme avait la bouche sèche et il parlait d'une voix basse, presque éraillée. Vous avez le droit de revenir.

C'était vers la fin de la journée et Lamont Williams avait fini son service. Au lieu de rentrer directement chez lui, il était retourné dans la chambre d'un patient qu'il avait déjà vu précédemment et dont il commençait à faire la connaissance. Cela n'avait aucun rapport avec son travail. Si quelqu'un lui avait demandé pourquoi il rendait visite à un patient qu'il connaissait à peine, il n'aurait pas eu de réponse immédiate à cette question.

Depuis son lit, le vieil homme blanc aux cheveux si fins et clairsemés et à l'accent étranger leva les yeux sur Lamont Williams qui se tenait dans l'encadrement de la porte.

— Monsieur Mandelbrot, je suis déjà venu ici. Je voulais juste...

— Je sais qui vous êtes.

*

Sonia tendit le livre d'Upton Sinclair à sa mère et Michelle se mit à le feuilleter. Elle lut en silence un petit moment, et Sonia l'observa en train de lire. Puis Michelle se mit à lire à voix haute.

— « Ils attachèrent l'extrémité d'une chaîne autour de la jambe du cochon le plus proche et accrochèrent l'autre bout à l'un des anneaux de la roue. Celle-ci étant en rotation, l'animal fut brutalement soulevé de terre.

« Au même moment, les spectateurs sursautèrent d'effroi, les femmes pâlirent en se reculant : un cri atroce venait de leur percer les oreilles. Il fut suivi par un autre, plus fort encore et plus angoissant encore. Le cochon avait entamé un voyage sans retour. [...] Cris aigus et graves, grognements, gémissements de souffrance, tout se mêlait. Après quelques instants d'accalmie, le tumulte reprenait de plus belle et s'enflait encore, jusqu'à atteindre un paroxysme assourdissant. [...]

« Mais en contrebas, les ouvriers, indifférents à ces réactions, continuaient ce qu'ils avaient à faire. Ni les vociférations des bêtes ni les pleurs des humains ne les troublaient. Ils accrochaient les cochons un par un, puis, d'un coup de lame rapide, les égorgeaient. »

Alors que Michelle poursuivait sa lecture, Sonia entendait dans la voix de sa mère la pureté qu'elle y avait perçue pour la première fois lorsqu'elle était petite fille et qu'elle lui lisait une histoire avant de dormir. « Pouvait-on croire qu'il n'y eût nulle part sur terre ou dans le ciel un paradis où les cochons seraient payés de toutes leurs souffrances ? Chacun d'entre eux était un être à part entière. Chacun de ces cochons était une créature distincte. Il y en avait des blancs, des noirs, des bruns, des tachetés, des vieux et des jeunes[1]... »

Dans la manière dont sa fille la regardait, Michelle décela un respect suffisamment fort pour l'affranchir des entraves de la crânerie et de la maussaderie adolescentes, ne fût-ce que l'espace d'un instant.

— Quand tu lis, c'est beaucoup mieux, avoua Sonia posément.

*

1. La citation française de *La Jungle* d'Upton Sinclair est extraite de l'édition Le Livre de Poche, Biblio Roman, Mémoire du Livre, 2003, trad. Anne Jayez et Gérard Dallez. (*N.d.T.*)

— Peut-on se servir de l'histoire pour prédire l'avenir ? demanda Adam Zignelik. Il est tentant de répondre que ce serait possible, mais je ne le crois pas. Le phare de l'histoire peut laisser deviner de fugaces aperçus de la voie qui s'ouvre devant nous, mais il est imprudent de compter sur l'histoire pour nous fournir une carte précise et lumineuse du terrain futur, remplie de synclinaux et d'anticlinaux. Nous ne devons pas compter sur l'histoire pour nous indiquer avec exactitude ce qui va se produire dans l'avenir.

» Pourquoi l'histoire ne peut-elle nous renseigner sur ce qui va se produire dans l'avenir ? Parce qu'elle traite des individus, or les individus sont imprévisibles, autant que le sont la plupart des animaux, si ce n'est plus. On ne peut même pas se fier à eux pour qu'ils agissent comme ils l'ont déjà fait en des circonstances similaires ou pour qu'ils fassent ce qui relève à l'évidence de leur propre intérêt. Les êtres sont imprévisibles, à titre individuel et au plan collectif, les gens ordinaires tout comme les dirigeants investis d'un pouvoir.

» Comment expliquez-vous ce que je vais vous exposer à l'instant ? continua-t-il. Quand Joseph Staline fut informé à l'avance de la date précise de l'invasion allemande de l'URSS, telle qu'elle avait été planifiée, en 1941, il n'en tint aucun compte, certain qu'il n'y aurait pas d'attaque allemande sans que Hitler formule d'abord une sorte d'ultimatum. Les rapports qu'on lui adressa, précisant la date de l'assaut, furent écartés comme autant d'« informations douteuses et trompeuses ». Staline, ce mégalomane monstrueux, paranoïaque et brutal, se fiait-il soudain à Hitler ? Non, bien sûr que non. C'était un homme au caractère trempé dans les flammes d'un lieu et d'une époque encombrés de suspicions, de factions imbriquées, de secret et d'espionnage, de trahisons et de meurtres, un homme dont on ne pouvait plus endormir les soupçons une fois qu'ils étaient éveillés, un homme qui, selon sa propre fille, « voyait des ennemis partout. Cela avait atteint un stade pathologique... ». Non, il ne se fiait pas à Hitler. Seulement, il se fiait encore moins aux organes de ses propres services de renseignement. Et tout le monde autour de lui le redoutait tellement que personne n'osait le contredire. Même après le début de l'attaque allemande, il s'imagina que les généraux de Hitler agissaient de leur propre chef, à l'insu du Führer ou sans son approbation. Même quand ses propres généraux lui envoyèrent des rapports sur l'invasion et sur les pertes russes, il n'ordonna pas à l'Armée rouge de riposter. Il dut attendre que Berlin ait confirmé son entrée en guerre contre la Russie.

» Quel individu sensé aurait pu prédire une telle réaction de la part de Staline ? Les êtres sont imprévisibles à titre individuel, et plus encore au plan collectif, trop imprévisibles pour que l'histoire soit en mesure de nous dire ce qui va se produire ensuite. Nous sommes désormais plus de six milliards. Chacun d'entre nous possède 100 milliards de neurones, chaque neurone possède mille synapses ou davantage, et c'est tout cela qui constitue notre conscience individuelle, nos émotions et nos pensées, et les actions déterminées par ces dernières. Ne laissez jamais personne critiquer l'incapacité de l'histoire à prédire l'avenir, alors que les sciences naturelles ont déjà du mal à prévoir correctement le temps qu'il fera demain.

*

Une petite fille, une fillette noire à la peau claire qui devait avoir entre sept et neuf ans, ses cheveux nattés maintenus par des rubans aux nœuds serrés, avait du mal à se tenir dans un bus bondé, en plein Manhattan. Et là, debout, enveloppée des odeurs de la cohue, elle entendait des bribes de conversation qui, pour la plupart, se limitaient à des moitiés de dialogues dans des téléphones portables. « Bon, au moins, j'ai pu rédiger mon CV avant d'aller travailler... donc ça c'est bien », disait un jeune homme. Deux messieurs plus âgés qu'elle pouvait à peine voir parlaient assez fort pour que les autres les entendent. « ... Ça ne fait que retirer des voix à Hillary... comme Nader », à quoi l'autre homme répliqua, « Enfin, tu es stupide ou quoi ? Qu'est-ce que tu racontes ? C'est les primaires ». Une femme protestait elle aussi dans son portable. « Elle a dit qu'il n'y avait pas de rendez-vous avant novembre... novembre !... je ne sais pas... et ce foutu bus qui n'avance pas ». Le trajet traînait en longueur, et la fillette écoutait chaque mot. Son sac d'écolière lui pesait. Par moments, quand son champ de vision était obstrué, lui masquant le nom des rues, elle se reportait à un plan de son itinéraire qu'elle avait en tête. Elle se dit qu'elle devait être la plus petite personne de ce bus. Il se faisait tard.

*

Lamont Williams se tenait dans l'encadrement de la porte.

— Monsieur Mandelbrot, je suis déjà venu ici. Je voulais juste...

— Je sais qui vous êtes, répéta Mr Mandelbrot à Lamont Williams.

— Je voulais juste vous dire... je suis désolé... vous savez... je suis désolé concernant la dernière fois.

— De quoi parlez-vous ? De quoi êtes-vous désolé ?

— D'avoir dû filer en vitesse comme ça. Je ne... je n'avais pas l'intention de... enfin... de me montrer... irrespectueux.

— Vous deviez aller travailler.

— Ouais, mais c'est pas que ça... pour moi. Vous voyez, je suis... nouveau ici. Je viens à peine de commencer. Je fais genre partie d'un programme.

— Un programme ?

— Vous voyez, je suis ici en liberté surveillée, monsieur Mandelbrot.

— En liberté surveillée ?

Mr Mandelbrot se redressa dans son lit, ce qui fit remonter la manche de pyjama de son bras gauche jusqu'au coude.

Ce fut alors que Lamont Williams vit une série de petits chiffres d'un vert bleuâtre tatoués au bras du patient.

*

— Donc, au vu de l'imprévisibilité des êtres humains, poursuivit Adam Zignelik, et avec toutes ces mises en garde, ces réserves et ces limites, quelle est l'utilité de l'histoire ? J'en vois plusieurs, et aucune d'elles n'est négligeable. Si l'histoire ne peut nous renseigner exactement sur ce qui va se produire dans l'avenir, elle saura nous suggérer certaines décisions que nous aurions intérêt à prendre ou non la prochaine fois que se présentera un élément similaire. Que l'on n'ait pas su faire plus souvent pareil usage de l'histoire, ce n'est pas la faute de cette dernière. Soit nous ne réussissons pas à voir que cet élément présente une similitude avec ce qui s'est produit auparavant, soit nous ne savons même pas ce qui s'est produit auparavant, à cause de notre ignorance de l'histoire ou parce que notre vision du présent est tellement embrouillée par nos mythologies nationales, ethniques, raciales, politiques, religieuses ou même personnelles que nous sommes incapables de reconnaître la forme, le contour de ce que l'histoire nous suggère.

» L'histoire peut nous conforter dans des moments difficiles, ou même troublés et traumatisants. Elle nous montre ce que notre espèce a traversé et à quoi nous avons survécu. Elle peut nous aider à comprendre que nous avons déjà su traverser plus d'une période sombre, par le passé. Et l'histoire est d'une importance vitale, autant si ce n'est davantage encore que la biologie, surtout peut-être parce que le passé nous tient sous son emprise, et nous avons beau croire qu'il serait possible de lui échapper, il nous est en fait impossible de lui échapper. Si seulement vous saviez à quel point vous êtes proches de peuples qui vous semblent si lointains... vous seriez surpris.

» Et c'est aussi une manière d'honorer ceux qui nous ont précédés. Nous pouvons raconter leurs histoires. Ne voudriez-vous pas que quelqu'un raconte votre histoire ? Finalement, c'est la meilleure preuve qui soit que notre existence a compté. Et, depuis la minute de votre naissance, qu'est-ce d'autre que la vie, si ce n'est une lutte à seule fin de compter, pour une personne au moins ?

« Mon cœur, entendit-il Diana chuchoter, tu es censé parler à tes étudiants. Là, c'est à toi-même que tu parles. Il y aura un temps pour cela. »

*

Tenant sa sacoche par la poignée, Adam Zignelik inséra la clef de son appartement dans la serrure, mais il avait peur de la tourner, peur d'ouvrir la porte de son propre intérieur. Il ignorait dans quel état il serait en l'ouvrant, en découvrant les lieux sans Diana, et sans plus aucune de ses affaires. Il y avait tant de choses qu'il ignorait. Il ignorait que le 23 juin 1940, le jour de l'entrée de Hitler dans Paris, Barbara Wertheim épousait le docteur Lester Tuchman à New York. Quand le docteur Tuchman considéra l'état du monde autour de lui, il n'y vit rien de recommandable qui l'incite à y élever des enfants. Mais la toute nouvelle Mrs Tuchman lui opposa ses propres arguments. Il était fallacieux, argumenta-t-elle, d'attendre que les choses s'améliorent, car cela pouvait supposer d'attendre une éternité. S'ils devaient avoir des enfants, il fallait qu'ils les aient maintenant, et qu'Hitler aille au diable. Ce fut son avis à elle qui l'emporta et ils eurent trois filles. Adam ne savait rien de tout cela et il n'y avait personne pour le lui apprendre. Ses deux parents étaient morts et il n'avait pas de frères et sœurs. Aussi, nonobstant son admiration pour Barbara Tuchman, cet aspect de l'existence de cette femme lui demeurait inconnu et ne pouvait dès lors pas lui inspirer l'idée de courir le risque d'avoir un enfant avec Diana, indépendamment de ce qui allait lui arriver au plan professionnel. Armé de cette ignorance, il se tenait là, à presque quarante ans, avec la clef de la porte de son appartement à la main, et la peur d'entrer et de découvrir de quoi l'endroit aurait l'air sans Diana.

Il finit par tourner la clef et par entrer. À l'intérieur, c'était encore pire que ce qu'il avait imaginé. L'absence des murailles de cartons révélait une absence encore plus grande, encore plus béante. C'était lui qui avait fait cela. Il en était la cause. Les rayonnages de livres avaient l'air de cratères de bombes. Il balança sa sacoche sur le canapé. Il pouvait encore sentir l'odeur de Diana. Combien de temps cela durerait-il ? Combien de temps voudrait-il que cela dure ? Il se rendit dans l'arrière-cuisine, se servit un scotch, aussi vite que possible, et commença à lui raconter sa journée.

« Aujourd'hui, je leur ai fait le cours du "vrai, faux, sans doute vrai, sans doute faux". Je les ai conduits de Gandhi à Bonhoeffer, Adam Clayton Powell Junior, Jean Lasserre, Blaskowitz, Hitler, Joukov, Konev et Staline. Et tu sais quoi ? Quelqu'un a deviné pour Gandhi ! Vraiment ! Une femme, à mon avis, elle est originaire d'Inde, ou elle a des origines indiennes, en tout cas. Simple supposition. Elle paraissait plus âgée que tous les autres ou presque. Je dîne chez Charles et Michelle. Tu crois que je dois me changer ? Je n'ai pas besoin de me changer, hein ? Ils ne remarqueront même pas ce que je porte. On sera trop occupés à parler de toi. »

Il arriva chez Charles et Michelle un peu en retard et un peu ivre, mais personne ne le remarqua. Et personne, à part Sonia, ne mentionna Diana ce soir-là. Chacun y était déjà allé de son explication sur son absence et, croyant en connaître le motif et que cela restait gentiment anodin, ils n'en cherchèrent aucune confirmation auprès d'Adam. En tout état de cause, ils étaient trop préoccupés, trop ébranlés, trop secoués par une autre nouvelle. Adam s'était joint à cette conversation et, du fait de la primauté et de l'immédiateté du sujet, il n'avait même pas eu à discuter de sa panne de carrière avec Charles. Quand Sonia, sur le point d'aller se coucher, lui demanda tranquillement de dire un petit bonjour à Diana de sa part, il ferma brièvement les yeux et hocha une fois la tête. Elle vint le serrer dans ses bras en lui souhaitant bonne nuit et, tandis qu'il la retenait et l'étreignait un peu plus longtemps que d'ordinaire, il sentit son torse comme traversé d'un spasme et se crut sur le point de se briser en deux.

*

Plus tôt ce jour-là, le professeur Charles McCray était assis à son bureau, dans ses locaux de Fayerweather Hall, sur le campus de Columbia, et il discutait avec son père. Ils allaient justement partir chez Charles dîner avec Michelle, Sonia et Adam quand le téléphone sonna. Charles laissa sonner. Cela sonna de nouveau, et cette fois il prit l'appel.

— Allô, Charles McCray. Quoi? Non, je l'ignorais, dit-il à la personne à l'autre bout du fil. Eh bien, je n'ai pas relevé mes e-mails depuis un petit moment... d'accord, laissez-moi le temps de vérifier.

Il raccrocha sans dire au revoir à son interlocuteur et, sans s'excuser auprès de son père, consulta ses messages. Il en était arrivé un grand nombre depuis la dernière fois qu'il y avait jeté un œil. Ils concernaient tous le même sujet et la lecture du premier suffit à le renseigner sur ce qui s'était passé. Les suivants se bornaient à confirmer la chose. Ce qu'il lut forçait la crédulité. La détresse qui en émanait possédait l'immédiateté d'une blessure du lointain passé soudain ravivée par un parfum ou par une odeur. Sa douleur bataillait avec la nécessité où il était de la cacher à son père, de la lui dissimuler, et son visage en était le champ de bataille. Il était en colère. Il ne serait pas en mesure de dissimuler la chose à son père. Il ne fallait pas la lui dissimuler. Il lui incombait sans doute de le lui annoncer, mais il n'y était pas du tout préparé et ne savait pas comment le lui dire. Cette nouvelle risquait littéralement de le tuer.

*

— Je suis en liberté surveillée, ici, au Sloan-Kettering, je fais partie d'un... d'une sorte de... ce qu'ils appellent un programme.

— Un programme, quelle sorte de programme?

Lamont avala sa salive. Il avait le sentiment de ne pas être très clair et, de toute manière, que fabriquait-il ici, à rendre visite à un patient qu'il ne connaissait pas? En réalité, il ne connaissait personne, ici, même pas ses collègues de travail. Il n'avait pas envie de perdre son poste. Le but de son existence, c'était de se mettre en position d'essayer de retrouver sa fille, si ce n'est dès aujourd'hui, du moins très bientôt. Il y aurait quantité d'étapes à franchir et il les franchirait jour après jour, comme il le faisait depuis des années. Pour l'heure, il était temps de rentrer chez lui. C'était encore une journée de plus, et il arriverait au bout sans anicroche. Les choses ne se déroulaient pas trop mal. Alors sors d'ici, rentre à la maison, se dit-il.

Mais quand il vit les chiffres tatoués sur le bras du vieil homme, il fut incapable de bouger. Ces chiffres le clouèrent sur place. Lamont en avait vu de toutes sortes, des tatouages, en prison, mais jamais rien de tel. Celui-ci n'avait rien de décoratif, il était fonctionnel. On aurait dit que le vieil homme avait été catalogué, comme s'il se réveillait tous les matins revêtu d'une espèce de code-barre en attendant d'être passé au lecteur, comme si cet homme était le produit d'une chaîne de montage.

— C'est une... sorte de programme pilote. Vous voyez... je... j'ai fait de la taule, monsieur Mandelbrot. J'étais...

— De la taule ?

— Ouais, j'étais... J'étais en prison. Donc c'est... Ce boulot... Ils me donnent une espèce de deuxième chance ici et je...

— Vous avez fait quelque chose de mal, monsieur Lamont ?

— C'est ce qu'ils ont raconté, eux...

Les mots de Lamont Williams restèrent en suspens dans la chambre de ce patient cancéreux.

— Mais en réalité, non.

Ils se regardèrent un moment sans parler. Les yeux du vieil homme semblaient plus vivants que le reste de sa personne. Ni vieux ni malades, ces yeux-là s'imprégnaient avec vigueur de son visiteur du service d'entretien, de son être tout entier, ils le toisaient du regard, prenaient la mesure du personnage et de ses propos, digéraient ce qu'ils voyaient avant de tout restituer au vieil homme malade que l'on avait laissé quelques semaines plus tôt prendre l'air sur York Avenue par erreur, pendant que tout le monde autour de lui fumait comme un pompier pour essayer de se défaire de ses angoisses. Il avait eu froid, il toussait, on l'avait ignoré, laissé seul dans la rue quand il avait interpellé le jeune homme qui se tenait maintenant devant lui. Cet homme avait pris un risque, pour lui. Et maintenant, il le surprenait à s'efforcer d'éviter de regarder le nombre sur son avant-bras. Il l'avait invité à revenir, et il était revenu. Ni l'un ni l'autre ne comprenait tout à fait pourquoi. Quelqu'un, certaines personnes, avaient considéré que cet homme avait fait quelque chose de mal. Et lui, il soutenait que non. On ne l'avait pas cru et il avait purgé six années de prison. Ensuite, il était sorti et il avait six mois pour s'en tirer. Ils le surveillaient. C'était le système et il faisait partie des chanceux. Ils en faisaient tous les deux partie, des chanceux.

— Un programme... je comprends, un programme, répéta Mr Mandelbrot.

*

— Qu'est-ce qui se passe ? demanda William McCray à son fils.

Charles allait devoir le lui annoncer. Il n'avait pas d'autre choix que de lui révéler la chose, mais il décida d'attendre de l'avoir emmené chez lui et de lui avoir servi un verre. Sur le chemin de la maison, il allait devoir improviser et inventer un subterfuge pour distraire son attention, l'écarter de la vérité. Il savait que toute sa vie son père avait su flairer la vérité, et ce serait donc une erreur d'inventer quoi que ce soit de trop fantaisiste. Il fallait qu'il réfléchisse vite. Mais il avait du mal à maîtriser sa propre détresse. Tandis qu'ils se dirigeaient à pied du campus vers l'appartement, tout lui paraissait un peu irréel. Il fit signe à certains collègues, au loin. Il y avait là des étudiants qui marchaient dans la rue, dans la même direction que Charles et son père. S'ils étaient amenés à engager la conversation avec eux, cela pourrait distraire William, au moins sur une partie du trajet jusque chez son fils. Mais ensuite, ces étudiants risquaient de vouloir s'entretenir avec Charles du sujet qu'il souhaitait essayer de cacher à son père, au moins jusqu'à leur arrivée à son domicile. Et justement, ces étudiants venaient de se manifester d'un signe de la main. Ils les rattrapaient. D'une seconde à l'autre, ils seraient à portée de voix. Si Charles était en mesure de les reconnaître, il se demandait s'il serait aussi à même d'anticiper leur conversation, de les orienter vers un sujet de son choix. Il regarda son vieux père qui marchait d'un pas régulier, déterminé. Les étudiants se rapprochaient. Charles était incapable de les resituer assez précisément pour leur poser une question qui tombe juste. Quoi qu'il advienne, la situation lui échapperait. « Bonsoir, professeur. – Bonsoir », répondit-il, un peu hésitant. Les étudiants les dépassèrent. Dès leur arrivée à l'appartement, Charles consulta le *New York Times* en ligne. Michelle et Sonia saluèrent William. Assez vite, Adam Zignelik serait là. Mais d'abord Charles fit asseoir son père dans une pièce, seul.

*

Cette nuit-là, dans la cité des orphelins, un certain nombre de gens eurent du mal à trouver le sommeil. Entourée des cartons contenant sa vie qui l'avaient suivie depuis le salon jusqu'à la chambre de son amie absente de l'appartement de Hell's Kitchen, figée d'incrédulité, Diana fixait le plafond du regard. Allongé dans sa chambre de l'appartement de sa grand-mère, à Co-Op City, Lamont Williams réfléchissait à la petite série de chiffres qu'il avait vue au bras du vieil homme du centre de cancérologie Sloan-Kettering Memorial. À Morningside Heights, Adam Zignelik, qui repartait dans l'arrière-cuisine se servir un autre verre, trébucha à un endroit jadis occupé par un objet dont il était incapable de se souvenir. En regagnant son lit, il s'arrêta dans la salle de bains pour pisser et vit un peigne que Diana avait laissé là. Il le prit, le tint dans sa main, y repéra un cheveu, et le reposa. Michelle McCray fut réveillée par son mari qui ne cessait de se tourner et de se retourner dans son lit. Il pensait à son père. William McCray se leva au milieu de la nuit. Il alluma sa lampe de chevet. Il se rendit à une chaise près de la fenêtre et s'y assit. Il regarda par la fenêtre. Il se balança légèrement. Puis il se mit à hurler.

Vrai, faux, sans doute vrai, sans doute faux ou n'en sait-on simplement pas assez pour trancher ? Sous l'autorité de son président John G. Roberts, une majorité de la Cour suprême fédérale avait annulé la décision *Brown c. Board of Education*, rendant ainsi la ségrégation scolaire sur la base de l'appartenance ethnique de nouveau admissible.

Cinquante-trois ans après, cela paraissait invraisemblable, et pourtant, c'était la vérité.

Cinquième partie

Elle entendit frapper à la porte de son appartement. C'était un petit coup hésitant, légèrement étouffé par le bruit de la télévision et, de prime abord, elle réussit à se convaincre que cela s'adressait à un autre logement que le sien. Puis il y eut une voix derrière la cloison. La voix d'un homme qui connaissait son nom. Les toc-toc se firent plus forts et plus insistants, mais elle n'ouvrirait pas.

L'ennui, c'était – cela avait toujours été – qu'en dépit d'épaisses portes vitrées à commande électronique, n'importe qui pouvait pénétrer dans l'immeuble. Il y avait tellement d'occupants qui entraient et sortaient en toute légitimité, un tel flot permanent d'enfants, de jeunes mères, d'ouvriers chargés de l'entretien, d'installateurs du câble, de livreurs de pizza et de réparateurs divers et variés qu'un visiteur non autorisé n'avait guère besoin de recourir à la ruse ni même d'un peu de patience pour se glisser à l'intérieur.

Malgré tout, quand elle entendit ces coups frappés à la porte, elle sursauta et quand elle entendit la voix de l'autre côté, elle eut peur, non parce qu'elle ne reconnaissait pas cette voix, mais parce qu'elle la reconnaissait. Elle savait qu'il viendrait, tôt ou tard.

— C'est Lamont... Lamont Williams.

Sa grand-mère lui avait déconseillé d'aller là-bas. La mère de Michael Sweeney est une idiote, l'avait-elle prévenu. Non, avait-il répliqué, elle fait juste partie de ces gens qui ont peur de tout. Il lui avait calmement expliqué, il n'avait qu'à la convaincre qu'elle n'avait rien à craindre, et elle lui parlerait. Il n'attendait rien d'elle ou de ses fils, Michael ou son frère cadet, Kevin. Il n'attendait même rien de Chantal. Tout ce qu'il voulait, c'était trouver sa fille. Peut-être la mère de Michael pourrait-elle l'aider? Peut-être savait-elle quelque chose ? Il était à peu près convaincu que le frère de Michael, Kevin, avait fréquenté Chantal, la mère de sa fille. Il ignorait la nature précise de leur relation ou sa durée, mais Kevin et la mère de Michael pouvaient constituer le premier maillon d'une chaîne susceptible de le conduire à sa fille. Tous les jours, il se répétait que pour retrouver sa fille il allait devoir avancer pas à pas sans se laisser décourager par les obstacles. De sous une porte, il entendit filtrer ces mots : « Zoloft n'est pas pour tout le monde. Parlez de Zoloft à votre docteur. La douleur – personne n'est obligé de la subir. » Il y avait des effets secondaires, mais ils furent mentionnés trop vite pour qu'il entende. Derrière une autre porte, il entendit Ryan Seacrest essayer de faire avancer le schmilblick dans son émission, et derrière une troisième il entendit que quelqu'un venait d'économiser une jolie somme sur une assurance voiture. Quels étaient les effets secondaires ? Il avait la bouche sèche. Il avait les paumes moites. Presque toutes les nuits, il se réveillait entre trois et cinq heures. Pendant la journée, au centre de cancérologie Sloan-Kettering Memorial, il se sentait somnolent et il redoutait que son chef d'équipe ne s'en aperçoive et ne considère ça comme un manque d'entrain dans le travail. Il frappa de nouveau. Personne n'est obligé de subir la douleur.

— C'est Lamont... Lamont Williams, madame Sweeney.

— Je sais qui vous êtes.

— Je voulais vous parler. Je peux entrer ?

— Il n'est pas là.

— Qui ?

— Ils ne sont là ni l'un ni l'autre.

— Je sais que Michael est... Il est toujours là-bas, exact ?

— C'est exact.

— Et Kevin ?

Elle ne répondit pas. Peut-être ne l'avait-elle pas entendu. Les télévisions dialoguaient entre elles.

— Il n'est pas ici non plus.

— Madame Sweeney, je ne leur veux rien... et à vous non plus. J'essaie de retrouver ma fille, c'est tout. Vous voyez, je pensais que Kevin serait en mesure de m'aider à localiser Chantal et..., madame Sweeney, vous vous voudriez bien ouvrir la porte, dites ? Vous me connaissez depuis que je suis tout petit.

Il resta planté là un moment, les mains dans les poches. Il était venu dans cet appartement tant de fois, gamin. La mère de Michael se réjouissait de son amitié avec son fils. Elle se fiait à lui pour veiller sur son fils, même s'ils avaient le même âge. Et maintenant, bien des années plus tard, Mrs Sweeney et Lamont se trouvaient chacun d'un côté de la porte. Ni l'un ni l'autre ne disait un mot et les télévisions ravageaient l'atmosphère. Le Zoloft, ce n'était pas destiné à tout le monde. Parmi les effets secondaires, il y avait la bouche sèche, l'insomnie, des effets indésirables sur la sexualité, la diarrhée, la nausée et la somnolence.

Lamont ignorait que sa grand-mère avait tenté de contacter la mère de Michael, à plusieurs reprises, quand il était en prison, pour essayer de l'aider à localiser Chantal et à retrouver sa fille. Cette femme, Mrs Sweeney, était une idiote. Il se présentait à sa porte, et la voilà qui était terrorisée et qui refusait de le laisser entrer.

*

Le téléphone sonna dans le bureau de Charles McCray à Fayerweather Hall, sur le campus de Columbia. Affalé dans une chaise de l'autre côté du bureau, le côté du quémandeur, Adam Zignelik observa son vieil ami, son ancien mentor, désormais président du département, répondre à cet appel. Charles eut un geste de la paume, les doigts de la main gauche levés, comme s'il prêtait on ne savait quel serment et s'excusait de devoir prendre ce coup de fil. Puis quelques mots d'excuse, les derniers qu'entendit véritablement Adam pendant un petit moment – Charles tout à sa conversation téléphonique, il laissa son esprit errer loin de cette journée qu'il traversait tant bien que mal.

Il y avait des photos sur le bureau de Charles, et d'autres dans l'une des bibliothèques. Celles du bureau représentaient sa femme, Michelle, sa fille Sonia, et ses parents, peu avant la mort de sa mère. Il y avait aussi, plus loin, un vieux cliché en noir et blanc d'un groupe de gens, des hommes pour la plupart, qu'Adam reconnut. C'était une photo du LDF, qui s'était fait connaître sous l'appellation du Fonds de défense juridique et éducative de la NAACP, prise à l'époque où Thurgood Marshall dirigeait encore les choses. Autour de lui, on distinguait le père de Charles, William McCray, Constance Baker Motley, Franklin H. Williams, Robert L. Carter, la sociologue Annette Peyser, le père d'Adam, Jake Zignelik, et quelques autres. Il plissa les paupières pour essayer de mieux discerner l'expression du visage de son père ; Charles était toujours au téléphone. Jadis, cette photographie était posée sur son bureau, Adam s'en souvint, mais on l'avait déplacée dans l'un des rayonnages. Les bureaux s'encombrent de tout un fouillis où il faut de temps à autre mettre de l'ordre, souvent au début de l'année universitaire.

Adam et Charles étaient à peu près arrivés au terme de la discussion qu'ils redoutaient tous deux depuis un certain temps. Ce coup de téléphone leur permettait d'en retarder la conclusion. Ils avaient beau se connaître depuis plusieurs décennies, Charles avoir, des années auparavant, orienté un Adam plus jeune vers une carrière d'historien universitaire, l'avoir employé puis défendu au sein du département, et ce qui s'annonçait comme une carrière prometteuse se trouver aujourd'hui au point mort, la conversation avait été plus facile qu'ils ne s'y étaient attendus l'un et l'autre. Adam ne quêtait pas de faveur et Charles lui avait expliqué sans ménagement que la plus grande aide qu'il était en mesure de lui apporter consistait à lui faire comprendre, sans délai et sans ambiguïté, qu'il ne pouvait rien pour lui. Après qu'ils furent tous deux tombés d'accord pour qu'Adam accomplisse ses obligations d'enseignement jusqu'au bout, au minimum jusqu'à la fin du semestre à venir, Charles se sentit soulagé du fardeau indissociable de la supériorité de sa position et ils furent de nouveau libres de se parler comme des amis. Mais parler à un ami au milieu d'une journée de travail chargée, c'était un luxe, surtout pour quelqu'un d'aussi diligent. Et combien de temps celui qui exerce une fonction de responsabilité a-t-il à consacrer à un ami en plein jour de semaine avant que la vulnérabilité de cet ami ne déteigne sur celui qui entend veiller sur lui ?

Comment se faisait-il que les recherches d'Adam se soient tout simplement interrompues, qu'il n'ait pas été fichu de soumettre un sujet de recherches ? Et comment se faisait-il que Diana et lui aient mis fin à leur relation après tant d'années ? Ils allaient si bien ensemble, ils paraissaient tellement en phase, pas du tout l'air d'un couple sur le point de se séparer. Tout cela portait la marque de la crise de la cinquantaine, remarqua Charles, mais Adam était trop jeune pour cela. C'était alors que le téléphone avait sonné.

À un autre moment, s'observant lui-même avec Charles dans ce bureau en pareilles circonstances, Adam aurait pu poser aussi quelques questions, au moins à lui-même. Comment Charles, un ami de plus de trente ans, avait-il pu s'abstenir d'intervenir, s'abstenir de s'inquiéter de la stagnation professionnelle d'Adam ? Comment avait-il pu laisser les choses dérailler à ce point sans lui témoigner davantage d'intérêt ? Ce n'était pas que les sentiments de Charles pour son ami se soient étiolés. C'était plutôt qu'ils étaient noyés, submergés par d'autres besoins, et même quelquefois par d'autres passions. Charles avait le département à administrer, maintenant, il avait ses propres obligations d'enseignement et surtout, le plus important pour lui au plan professionnel, il avait ses recherches à mener. S'il avait su à quel point ses recherches seraient déviées de leur cours par les débats internes à l'université et l'administration du département, il n'aurait jamais accepté ce poste de président. Ses recherches, ses écrits, étaient tout pour lui. Avant sa promotion, il n'avait pas assez de temps pour écrire. À présent, les contraintes temporelles lui étaient devenues intolérables.

Toutefois, en acceptant cette promotion et en devenant le premier président afro-américain du département d'histoire, il inspirait à son père une grande fierté et cela comptait pour beaucoup. Et, consciemment ou non, il était aussi en concurrence avec son père. C'était une compétition qu'il ne pourrait jamais remporter. Vétéran de la Seconde Guerre mondiale et avocat vétéran des droits civiques, en son temps, William avait été un acteur de l'histoire en train de s'écrire. Il l'avait été à deux reprises, avec à peine assez de temps entre ces deux aventures pour reprendre son souffle. Si brillante que soit la carrière universitaire de Charles, il ne ferait jamais qu'écrire sur l'histoire, il n'en serait jamais un acteur. Du moins l'espérait-il. Il n'avait pas le goût de son père pour cela. Et de toute manière, les bons fils, les vrais bons fils, ne *font pas* l'histoire. Ils sont plus enclins à se créer une famille et à se façonner une carrière requérant moins d'ambition.

Mais d'après ce que Charles pouvait en percevoir, il lui suffisait d'écrire sur l'histoire pour la faire. Il n'avait pas besoin de la faire. Il n'en avait pas envie. D'être aussi reconnu qu'il l'était pour ce qu'il faisait et d'en savoir autant qu'il en savait dans le domaine de son choix – la Reconstruction –, cela aurait de quoi le satisfaire deux vies durant, estimait-il. Il lui était arrivé de se considérer comme extrêmement chanceux de détenir le poste qu'il occupait, comme William, son père, avait cru l'être du temps où il avait commencé de travailler au LDF, peu après la guerre. Ce sentiment de sa propre bonne fortune était peut-être l'une des raisons pour lesquelles Charles n'avait pas véritablement saisi à quel stade en était son ami, le jeune professeur non titulaire Adam Zignelik, du processus d'avortement de sa propre carrière. Charles avait une authentique difficulté à s'imaginer ne plus avoir à écrire sur davantage de sujets qu'il n'en avait le temps. Comment un véritable chercheur en arrive-t-il là ? À une autre période, Adam aurait pu se demander si Charles le considérait encore sincèrement comme un véritable chercheur. Peut-être ne l'avait-il jamais considéré ainsi. Adam n'avait pas le cran d'y réfléchir, pas à ce stade de son existence, pas à cette heure de la journée, en ce jour où les conséquences de son déclin commençaient d'être officiellement, institutionnellement planifiées.

L'homme derrière ce bureau, qui tenait en main un téléphone, était-il le même qui avait tenu Adam dans ses bras, après la mort de Jake Zignelik ? Michelle, l'épouse de Charles, lui téléphonait parfois à la faculté, soit de la maison, soit de son propre lieu de travail toujours très chaotique, et trouvait à son mari une voix différente de celle qu'il avait en dehors. Elle trouvait quelquefois qu'il s'exprimait comme un homme oubliant qu'il parlait à sa femme, un homme qui, chaque fois qu'elle l'appelait, se trouvait justement en réunion. Son père s'était plaint, de manière indirecte mais pas si rarement, de ce que Charles n'avait pas assez de temps à lui consacrer. Plus que tout, cela avait la capacité de susciter la culpabilité de Charles parce qu'à travers la façon dont il l'avait élevé, à travers ses efforts concertés, conscients, très pédagogiques, et en vertu de son propre exemple, c'était à William qu'il attribuait l'essentiel de sa réussite. C'était en partie cette réussite qui avait permis à un universitaire studieux et taiseux d'attirer une femme aussi belle et instruite, de dix ans sa cadette ou à peu près, et qui accepterait finalement de l'épouser. Ses contemporains s'étaient mariés bien plus tôt, mais Charles avait attendu patiemment une femme qu'il appelait son « joyau », une femme qui avait parfois l'impression que les coups de téléphone qu'elle lui passait interrompaient une perpétuelle réunion de comité.

Même si Charles et Adam n'avaient jamais vécu quoi que ce soit qui ressemble de près ou de loin à une quelconque brouille, avec les années, leur amitié avait connu des hauts et des bas, comme il était naturel, surtout au vu de leur différence d'âge. Pourtant, ces dernières années, Diana et Michelle s'étaient si bien entendues, et Sonia avait eu tant d'affection pour Diana et Adam que cela les avait aidés. Les deux couples et Sonia et William avaient formé comme une petite famille élargie. L'amitié d'Adam et Diana avait parfois même servi à distraire Michelle et Sonia quand Charles s'immergeait dans le travail, comme cela lui arrivait fréquemment. Mais ils entraient à présent dans une nouvelle phase. En fait, ils y étaient déjà entrés. À l'insu de chacun d'entre eux, sauf peut-être de Diana, les liens multiples du groupe qu'ils formaient s'étaient dénoués, ce qu'ils allaient bientôt déplorer.

— Désolé, Adam, mais si je ne prends pas ces appels, je vais devoir y répondre plus tard. Et ensuite, la liste s'allonge jusqu'à ce que je ne puisse plus faire face. Pareil avec les e-mails. C'est une plaie.

Charles se griffonna une note sur un bloc près du téléphone.

— Comment va ton père ? s'enquit Adam. Après cette décision de la Cour suprême, je veux dire.

— Je mentirais si je prétendais que je ne me suis pas inquiété pour lui..., ce qui lui déplaît. Franchement, ça l'a pas mal secoué. Terriblement secoué, en réalité. Nous allons essayer de le voir plus souvent, dans les jours qui viennent. Je sais qu'à l'évidence tu traverses toi-même une période délicate, mais si tu peux ménager un peu de temps...

— Bien sûr, je m'inquiétais pour lui, moi aussi.

— Bon, il en est sorti une bonne chose... on voit à quel point il reste alerte intellectuellement, la vivacité qu'il conserve. Il a tout consulté sur Internet, il a lu la décision. Il n'a aucune envie de parler d'autre chose. Il veut écrire des lettres.

— Je ne peux qu'imaginer ce qu'il ressent.

— Il est tellement en colère contre la Cour suprême. Ne le lance pas sur le juge Clarence Thomas. Je redoute que quelqu'un dans les médias ne vienne le débusquer et ne le pousse à tenir des propos diffamatoires. Il fait toujours une très bonne source pour la presse quand il est en colère.

Le téléphone sonna de nouveau. Charles leva les yeux au ciel, s'excusa encore et prit ce nouvel appel.

— Désolé, Adam, dit-il, en reposant le combiné et en se griffonnant une autre note.

— Tout va bien... vraiment, chuchota Adam, moitié pour Charles et Diana, moitié pour lui-même.

— Tu as été en rapport avec quelqu'un du MEALAC ? lui demanda Charles.

— Qu'est-ce que c'est, le MEALAC ?

— Le Middle East and Asian Languages and Cultures Department[1].

— Non, je crois ne connaître personne là-bas. Pourquoi ?

1. Département des cultures et des langues de l'Asie et du Moyen-Orient. (*N.d.T.*)

— Il y a eu des... plaintes...

— Du MEALAC ?

— Des plaintes visant le MEALAC.

— Que veux-tu dire ?

— Il y a eu des plaintes d'étudiants... des plaintes pour harcèlement... pour antisémitisme. Des étudiants juifs ont signalé avoir subi des actes de harcèlement.

— De la part d'autres étudiants ?

— Non, de la part d'enseignants.

— Oh, merde ! Ces plaintes ont-elles un quelconque fondement ?

— Je n'en sais rien... mais je vais devoir le découvrir.

— Quel rapport cela aurait-il avec toi ?

— Je suis le président, le type en première ligne dans ce style d'affaire, enfin, en tout cas, l'un des types. Je siège dans un comité, un de plus.

— C'est toi le Noir, c'est ça, le Noir en première ligne dans ce genre d'affaire ?

— Tu as pigé, jeune prodige ! Charles se leva. C'est pour ça que je vais devoir arranger ce bazar. Désolé, Adam, j'y suis obligé, vraiment. La réunion où je suis tenu de me rendre maintenant...

Il soupira.

— Ça concerne le MEALAC ?

— Eh oui, fit-il, en lui serrant la main. Il faudra que tu reviennes dîner à la maison... bientôt. Merci de passer voir papa. Vraiment, merci.

— Non, ce n'est rien. Tu sais combien je... C'est... Non... vraiment... pas de problème.

Adam avait prévu d'appeler William. Il s'était promis de l'appeler dès qu'il se sentirait capable de faire quoi que ce soit. Mais il ne pouvait prédire quand cela arriverait. Même de s'occuper de sa lessive, cela lui semblait exiger une capacité d'organisation qui le dépassait et il était incapable de s'imaginer le moment où il n'en serait plus ainsi. L'auteur de sa thèse de doctorat, de son livre sur les avocats du mouvement des droits civiques, un succès, la personne qui était intervenue dans des documentaires d'une chaîne publique et qui avait déposé sa candidature, là aussi avec succès, au département d'histoire de Columbia, qui des années auparavant avait travaillé comme journaliste pour plusieurs quotidiens et magazines en Australie, cette personne-là devait être un autre.

« Je sais que tu m'as toujours répété de ne pas mettre mes chaussettes en boule quand elles sortaient de la sécheuse. Je sais que ça étire l'élastique et que ça raccourcit la durée de vie des chaussettes, dit-il à Diana, qui n'était pas là, mais ça les maintient ensemble, et c'est mieux qu'un nœud. La paresse existe dans un continuum. Tu l'as toujours su. Et nous avons toujours su qu'être paresseux constitue ma position par défaut, mais là, ce n'est pas de la paresse. Je n'ai plus le courage de partir à la recherche de celles qui sont dépareillées et pour ce qui est de leur espérance de vie, eh bien, de toute manière, elles me survivront. »

Personne d'autre n'allait se préoccuper de l'état de l'élastique de ses chaussettes, jamais, alors pourquoi s'en préoccuper, ou se préoccuper de quoi que ce soit d'autre ?

Il avait réellement prévu d'appeler William McCray, car même un homme fini conserve des obligations morales, si difficiles soient-elles à remplir. Toute conversation était difficile, à présent ; qu'elle soit futile ou importante, superflue ou nécessaire, c'était aussi dur que de soulever des cailloux, de grosses pierres, ou un téléphone. Pourtant, quand le téléphone sonna, il répondit. Cela aurait pu être n'importe qui. Cela aurait pu être Diana. C'était William, qui lui proposait de prendre un café. Ils se donnèrent rendez-vous là où ils se retrouvaient toujours, à la Pâtisserie hongroise, à l'angle de la 110e Rue et d'Amsterdam Street.

En arrivant là-bas, Adam vit William déjà installé, qui regardait fixement par la fenêtre, les yeux levés vers les flèches de la cathédrale St John the Divine. L'endroit était plus calme que d'habitude, quelques rares clients lisaient le journal, un magazine ou l'écran de leur ordinateur portable. William devait être le plus âgé, d'à peu près une soixantaine d'années, jusqu'à ce qu'Adam vienne s'asseoir à son tour et ne réduise ce fossé de vingt ans.

— Désolé d'être en retard.

— Tu n'es pas en retard, je suis arrivé en avance.

— Comment vas-tu ?

— Je pourrais te poser la même question.

— Je te l'ai posée le premier.

— Mais je suis plus âgé.

— Alors j'ai le droit d'être plus impatient.

— Non, passé quatre-vingts ans, on ne peut plus jurer de rien. Charlie ne t'a pas dit que je régressais ?

— Fais-moi plaisir. Toi d'abord. Est-ce que tu te sens mieux ?

— Tu veux dire à propos de la décision de la Cour suprême ? Je pourrais te mentir mais... je ne peux pas me sortir ça de l'esprit.

— Charlie m'a dit que tu avais lu la décision en ligne.

— J'ai lu la décision, j'ai lu les commentaires de la décision, le tout de chez moi. Internet. Quel outil ! Tous ces progrès technologiques permettent aux gens de s'installer aux premières loges pour assister à la régression du monde. C'était le dernier jour du premier mandat complet de John Roberts à la tête de la Cour. Et c'est ainsi qu'il a marqué cette journée, en tentant de renverser le mouvement de la déségrégation. Tu t'imagines un peu ? Et, tu sais, il a eu la témérité de déclarer que les quatre autres juges de la majorité et lui-même ont été fidèles à la décision *Brown* de 1954. Fidèles ! Il a osé écrire que le meilleur moyen de faire cesser toute discrimination ethnique, c'était de faire cesser toute discrimination ethnique. Le diable est dans la sophistique !

» Il y a du racisme au sein de la société, d'accord ? Il en a toujours été ainsi. Parmi ses innombrables manières d'exister, ce racisme s'est manifesté traditionnellement, institutionnellement, officiellement et juridiquement dans l'éducation de qualité inférieure réservée aux enfants afro-américains. La décision *Brown* visait à changer cela. Mais Roberts et la majorité confondent délibérément la discrimination négative et la discrimination positive, qui se veut un antidote.

Adam sourit intérieurement. Chaque fois que la conversation tournait autour de l'injustice, William s'exprimait comme s'il s'adressait encore au banc des juges de la Cour suprême fédérale au grand complet.

— Vois-tu, quand on entend déclarer pour la première fois que « le moyen de faire cesser toute discrimination ethnique, c'est de faire cesser toute discrimination ethnique », ça ressemble à une simple tautologie, de sorte que tu ne peux rien discuter. C'est d'une séduisante simplicité. Et c'est pernicieux.

— Bien, et les juges de l'opinion divergente ? Ils doivent bien pouvoir apporter un peu d'espoir. Ils sont quatre.

— Le juge Breyer, Stephen Breyer, a rédigé l'avis principal pour les juges divergents, et il a su être lucide. Il a vu juste. Il a établi que la décision de la majorité ne s'inscrit pas dans le droit fil de *Brown*, mais qu'elle y déroge radicalement. Il a précisé qu'elle aurait pour effet de priver le corps social, au plan local, de sa capacité d'empêcher la reségrégation. Stevens, un autre juge divergent – et il siège depuis l'époque du président Gerald Ford –, est même allé plus loin. Il a parlé de la cruelle ironie de la décision majoritaire. Écoute, j'ai noté ça, écoute ça.

— Tu le gardes sur toi ?

— Ça me fait du bien, ça réduit ma tension. Stevens a écrit que l'opinion de la majorité « réécrit l'histoire d'une des décisions les plus importantes de cette cour [...] J'ai la ferme conviction, écrit-il encore, qu'aucun des membres de cette cour, quand je l'ai rejointe en 1975, n'aurait été d'accord avec la décision prise aujourd'hui ». Tu vois, il n'invoque pas seulement le *stare decisis*, ici ; il lance une pique à Roberts, là, car William Rehnquist était l'un des membres de cette cour, à l'époque.

— Et alors ? Je ne saisis pas.

— Et alors, au début de sa carrière, Roberts était l'assistant de Rehnquist. Cela ne nous fera aucun bien, pas un enfant noir ne bénéficiera d'une meilleure éducation mais ça, de toute manière... Enfin, cette pique n'aura pas échappé à Roberts. Cette dérive de l'équilibre de la Cour vers la droite radicale fait d'elle un véritable monstre, et c'est pour créer ce monstre que les conservateurs ont élu Bush. Maintenant, ils l'ont, leur monstre, et nous, nous allons devoir payer. Pas seulement les Afro-Américains, mais le pays tout entier. On a totalement lâché la bride au juge Scalia. Ce Scalia, c'est un vrai chien de garde. Il s'attaque même à Roberts quand ils sont tous les deux d'opinion convergente. Franchement ! Il soutient que lorsque Roberts tombe d'accord avec lui, il est encore trop timoré. Tu te figures un peu ? Une véritable créature des néoconservateurs, notre petit ami l'Italien ! Tu sais d'où ça vient, tout ça. Ce schéma-là, on le voit se dessiner dès certaines décisions des années 1970 et 1980, comme *Bakke* et *Patterson*.

— Charlie pense même que ça remonte encore plus loin, à Nixon et à sa « Stratégie sudiste », quand il cherchait à rallier les Blancs du Sud au vote républicain.

William but une gorgée de café.

— Eh bien, je suppose qu'après avoir signé ces lois sur les droits civiques, dans les années 1960, Lyndon Johnson devait plus ou moins savoir qu'il faisait pour ainsi dire cadeau du Sud aux Républicains pour au moins une génération. Je crois qu'il l'a déclaré, d'ailleurs. Donc, comme sur bien des sujets, j'imagine que Charlie a raison. Mais rien de tout ceci n'excuse la tendance de la cuvée actuelle.

» Et pour ce qui est du juge Clarence Thomas... ce gaillard, je ne sais pas par quel bout le prendre. Ça a toujours été un imbécile, mais maintenant c'est un imbécile d'une suffisance intolérable. Je veux dire, écoute-moi un peu ça. Un Noir, qui s'apprête à faire annuler la décision *Brown*, et qui écrit : « S'il y a bien une chose que notre histoire nous a enseignée, c'est de prendre garde aux élites qui soutiennent des théories raciales. » Voilà un homme noir qui adhère à la ligne conservatrice selon laquelle ceux qui défendent des positions progressistes appartiennent, par définition, à l'élite, alors que l'oligarchie dominante pour laquelle il travaille se rangerait dans le camp des déshérités. Tu voulais nous parler de l'Oncle Tom ? Eh bien, laisse-moi te présenter l'Oncle Clarence.

» Ce type est invraisemblable. Et puis, écoute ce qu'il répond à l'un des autres défenseurs de l'opinion divergente, le juge Stephen Breyer, ce qu'il déclare au sujet de Breyer. Je veux dire, il ne l'a pas seulement déclaré, il l'a écrit dans le texte de son opinion, en note de bas de page, en ces termes : « Les bonnes intentions du juge Breyer, dont je ne doute pas, n'auront pas plus de pérennité que son mandat. » Vicelard ! Tu vois, Breyer est proche de la retraite, il sera sur le départ dans quelques mois, je crois, et Clarence Thomas, le nègre préféré des propriétaires de plantation, prétend que le poids de l'opinion divergente de Breyer s'évaporera dès le terme de son mandat. Cela trahit une agressivité qu'il est trop stupide pour réussir à dissimuler. Il ne suffit pas à Clarence Thomas de vendre les siens ; il éprouve le besoin d'aller jusqu'à consigner par écrit ses attaques ad hominem contre un homme honorable qui a eu l'audace de signaler son désaccord avec lui. Je te le dis, moi, le meilleur argument contre la discrimination positive, c'est Clarence Thomas en personne. Savais-tu qu'une école jésuite du Massachusetts l'avait admis dans le cadre d'un programme de recrutement d'élèves noirs ? Et ensuite, il est entré à la fac de droit de Yale dans le cadre d'un programme destiné aux minorités. C'est un hypocrite, disposé à tourner le dos à son peuple et, pire encore, à combattre contre son peuple tout en bénéficiant de ses victoires précédentes, qu'il fait de son mieux pour annihiler. Et c'est l'homme que le père de George W. Bush a nommé à la Cour suprême en remplacement de Thurgood Marshall ! Je vais te dire, Adam, en dépit de tout, cela me fait espérer que le paradis n'existe pas, juste pour que Thurgood n'ait pas à assister à ça. Dans quel genre de monde vivons-nous ? Je te pose la question.

— Je n'ai pas de réponse, répondit Adam doucement.

— Je suis désolé de t'imposer tout ça, Adam.

— Non, William, je suis d'accord avec tout ce que tu dis. C'est juste que je n'ai pas de réponse, en tout cas pas de réponse qui puisse te convenir.

— Eh bien, au moins, je sais que tu t'engages à dire la vérité. Je frémis rien qu'à penser à ce que ton père pourrait dire, là, tout de suite. À propos de vérité, dis-moi que ce n'est pas vrai, ce que j'ai appris au sujet de Diana et toi. Je parlais de vous deux à Michelle. Je sais que c'est personnel et, s'il y a bien une chose qui ne me regarde pas, c'est celle-là. Mais tu es pour moi comme un fils. Réponds-moi que ce n'est pas vrai. C'est vraiment terminé? Que s'est-il passé?

— Il y aurait beaucoup à dire, mais... elle veut des enfants et...

— Tu ne veux pas d'enfants?

— Eh bien... en d'autres circonstances, si... j'en voudrais.

— Qu'entends-tu par là?

Adam prit le temps de respirer et de puiser en lui les mots susceptibles d'exprimer au mieux ce qui, sur le moment, lui avait paru si éminemment logique, prudent, et même généreux.

— De tous les gens que je connais, commença-t-il, tu es celui qui a toujours su mieux que les autres quel genre de père était le mien. Je ne parle pas de l'homme, je parle du père.

— Adam, tu ne dois pas douter de la profondeur de son amour à ton égard, mais, oui, c'était un père assez épouvantable et il le savait. Jake était un homme singulier, et c'était ce qui le rendait si singulier qui faisait en partie de lui un père peu recommandable. Tu en as souffert. Mais cela ne signifie pas que tu ferais un mauvais père. Ce n'est pas ce que tu penses, n'est-ce pas? C'est cela qui est en jeu?

— William... j'ai estimé devoir lui donner une chance d'avoir des enfants.

— Avec un autre?

— Oui.

— Et pourquoi pas avec toi?

— Je suis... je suis... Par où commencer? Je vais probablement perdre mon poste. Ils ne peuvent pas me titulariser. Mon travail, mes recherches sont au point mort.

— Qu'est-ce qui te fait croire cela?

— Je ne sais pas. C'est en partie une affaire de confiance, j'imagine.

— Mais encore? Tu as connu une réussite exemplaire. Le livre a été un immense succès et il y a la télévision...

— C'était il y a un bout de temps et de toute manière... William, je me sens... je me suis sans doute toujours senti un peu... comme un imposteur.

— Un imposteur ?

— J'ai en partie le sentiment d'avoir vécu sur la réputation de mon père. J'ai le sentiment d'avoir eu constamment, certes à des degrés de subtilité divers, à défendre mon intérêt professionnel pour les droits civiques. Je suis blanc, je suis juif... Même ma façon de m'exprimer réclame une explication.

— Ton accent australien ? Les gens adorent cet accent.

— Certains, oui, et de toute manière, à franchement parler, la plupart des gens prennent mon accent pour un accent britannique. Mais, dans l'ensemble, tout cela ne fait que conforter le sentiment que j'ai constamment besoin de justifier ce à quoi je m'intéresse professionnellement, et même mon poste.

— À Columbia ?

— Oui, comme si les gens considéraient que je ne suis ici que parce que mon père y était. C'est le fils de Jake Zignelik. C'est comme si je n'avais rien mérité par moi-même.

— Maintenant tu sais ce que Charlie doit éprouver.

— Parce que c'est ton fils ?

— Non, ce n'est pas ce que j'entendais par là. Pas exactement.

— Parce qu'il est noir.

— Bien sûr. C'est le premier président afro-américain du département. Il observe les gens qui le regardent et il se demande s'ils ne se posent pas la question : l'a-t-il réellement mérité ou cela tient-il juste à l'époque ? Se demandent-ils s'il n'a pas été simplement chanceux, ce Noir, de s'être trouvé là au moment où la culpabilité des progressistes, ou leur honte, a atteint un paroxysme ?

— C'est ce qu'il t'a confié ?

— En des termes plus laconiques.

— Vraiment ? C'est un universitaire plein de confiance en lui, et à juste titre. William, je serais très surpris qu'il ait même verbalisé une réflexion pareille.

— Il n'a pas besoin de l'exprimer avec des mots.

William but une gorgée de son café et tourna la tête vers l'extérieur, levant brièvement les yeux vers les flèches de l'édifice.

— Adam, j'espère que cela ne t'ennuiera pas, je ne pense pas que cela te surprendra, mais Charlie et moi, nous avons parlé de toi. En effet, je suis un peu au courant pour ta situation professionnelle. En réalité, c'est l'un des sujets que je voulais aborder... ainsi que Diana et toi. Après tout, ta situation personnelle et ta situation professionnelle sont liées. Maintenant, écoute, je sais que tes recherches sont au point mort. Charlie m'en a fait part. Je pense qu'il t'a laissé choir...

— Ah non ! William, il ne peut rien faire. Il s'est comporté en excellent ami et...

— Adam, j'ai peut-être quelque chose pour toi.

— Que veux-tu dire ?

— Je veux dire que je pense avoir un sujet pour toi, quelque chose d'important, qui mérite qu'on écrive dessus.

— Mais c'est... William, c'est adorable à toi de simplement y avoir pensé mais... Non, pour moi, il est trop tard.

— Adam, tu es bien trop jeune pour savoir combien de temps il te reste.

— Non, je veux dire, le comité se réunit bientôt. Ils ne vont, ils... ils ne peuvent pas m'accorder la titularisation et...

— Tu es historien, n'est-ce pas ?

— Oui.

— Eh bien, j'ai un sujet sur lequel tu pourrais envisager d'engager une recherche. Je n'ai pas parlé de titularisation. Je n'ai pas parlé de Columbia, hein ? Si tu fais du bon travail, quelqu'un te rémunérera pour cela. Tu crois être en position délicate ? Si j'ai bien compris, tu es en position délicate, en effet. Mais j'aurais cru qu'au cours de ton existence tu avais suffisamment étudié et écrit au sujet d'individus en position délicate pour avoir honte de jeter aussi aisément l'éponge. Vas-tu vraiment m'expliquer que tu refuseras ne serait-ce que de m'écouter jusqu'au bout ? Il sera toujours temps de tout abandonner, je te le promets.

Adam Zignelik prit les mains du vieil homme dans ses mains, et les serra entre les siennes.

— Tu es un être à part, tu le sais, ça ?

— Moi, je sais qui je suis. Nous parlons de toi. Quel genre d'homme es-tu ?

— Très bien, monsieur le conseiller juridique, je t'écoute.

*

Lamont Williams parlait très peu, au travail, même à ses collègues du service d'entretien. La plupart du temps, en effectuant ses rondes, si loin que ses pensées vagabondes aient pu le mener, il restait sur son quant-à-soi. Souvent, en ramassant des détritus, en passant la serpillière dans les couloirs et en balayant les sols, il pensait à sa fille. Où était-elle ? À l'école ? Qu'apprenait-elle ? Mais là, en cet instant, il pensait au cancer. Il en était entouré. Parfois, ce mal s'en prenait aux enfants. Dans chaque chambre du Sloan-Kettering Memorial, il y avait un patient qui souffrait d'une forme de cancer. Il y avait eu sûrement un temps, songea-t-il, où ces gens n'avaient rien. Et puis le moment était venu où on leur avait annoncé qu'ils souffraient d'un cancer et, pour eux, tout avait changé. Ce moment de la révélation devenait un événement que le patient n'oublierait jamais. C'était le moment où un mur s'abattait à la vitesse terrorisante de la lame de la guillotine, pour instantanément diviser le temps en deux – le temps où cette personne était bien, et le temps où sa vie avait été mise en examen. Où allez-vous, avec une nouvelle pareille ? Où la portez-vous, cette nouvelle ? La rapportez-vous à la maison ? Dans chaque chambre, il y avait un patient, une patiente, avec ses réponses bien à lui, bien à elle. Cela lui rappelait le temps où on l'avait condamné. Le moment de sa condamnation avait tout changé. Même après son arrestation, avec son ami d'enfance, Michael, et un autre gars plus jeune qu'il connaissait à peine, il subsistait une possibilité que l'on croie sa version des faits et qu'il soit déclaré « non coupable » de vol à main armée. Il avait eu cet espoir. Mais au moment où il avait entendu le mot « coupable », un mur avait surgi dans sa vie, divisé pour toujours ses jours entre le temps où il suspectait seulement qu'on ne le croirait peut-être pas et le temps où ses soupçons s'étaient révélés justifiés et où il avait été privé de sa liberté.

C'est à cela qu'il pensait en vidant les poubelles à la hauteur de la chambre d'un patient qui, en très peu de temps, avait su le captiver. Ce vieil homme, avec sa façon inhabituelle de s'exprimer, semblait avoir détaché Lamont du lot comme personne au sein de cette institution ne l'avait fait. Nombre de leurs propos respectifs leur échappaient l'un à l'autre, et pourtant, en un sens, étrangement, avec ce vieil homme blanc, il se sentait compris. Sans qu'il sache trop pourquoi, cela l'apaisait de lui rendre visite et de l'écouter. Pour lui, il était d'une importance vitale de ne pas se laisser distraire pendant son service, mais à la fin de la journée, avant de rentrer chez sa grand-mère, c'était un immense soulagement d'avoir cet homme qui le soustrayait à ses inquiétudes touchant à l'argent, à la sécurité de son emploi, à la manière dont la journée s'était déroulée et à la question de savoir si le regard de son chef de service était de bon ou de mauvais augure, ou ne présageait absolument rien le concernant.

Le vieil homme posait sur toute chose, y compris sur Lamont, un regard que ce dernier n'avait encore jamais décelé chez les gens qu'il avait pu croiser. C'était comme si ce vieux monsieur ne vivait pas dans le monde réel, le monde qui circulait dans les rues, les bus, les stations de métro, le monde de la police, des avocats, des tribunaux, des pénitenciers du nord de l'État, des travailleurs sociaux, de l'aide sociale, de la télévision, de la publicité, des bodegas portoricaines et des supermarchés. Même le personnel médical ne paraissait pas véritablement filtrer jusque dans le monde de cet homme. À ce que Lamont pouvait en percevoir, c'était comme si ce monsieur souhaitait leur faire plaisir. Il les tolérait. Il jouait avec eux alors qu'il avait sûrement besoin d'eux, songea-t-il. Avec ses cheveux fins et clairsemés et son corps frêle, cet homme flottait au milieu de tout cela, ou peut-être au-dessus, comme s'il appartenait à un fantasme. Si par exemple, assis dans le bus, Lamont pensait à lui, il lui apparaissait comme presque mythique, pas plus réel qu'une créature de Ray Harryhausen dont il gardait le souvenir depuis son enfance. Pourtant le vieil homme dans ce lit du service était assurément réel. Et son cancer aussi, même s'il ne semblait jamais s'en effrayer. Plus que tout ce qu'il avait raconté à Lamont jusqu'alors, c'était cela l'aspect le plus séduisant du temps passé en sa compagnie. Parmi les gens à qui Lamont avait adressé la parole depuis sa sortie de prison, personne d'autre ne lui avait semblé aussi vierge de toute frayeur, et c'en était grisant.

Quand Lamont repassa, le vieux patient recevait la visite de la grande jeune femme noire qu'il avait déjà croisée dans sa chambre, la jeune oncologue apparemment si pleine de bon sens, le docteur Washington. Il frappa à la porte, un petit coup, juste pour annoncer sa présence et, sans croiser leur regard ni à l'un ni à l'autre, il se rendit droit à la poubelle. Elle contenait des emballages de bonbons. Elle était posée trop loin du lit pour qu'ils proviennent du vieil homme, et la jeune oncologue qui ne pensait strictement qu'à son travail, estimait Lamont, ne risquait guère de manger des bonbons avec lui, aussi interpréta-t-il ces signes comme l'indication que le vieil homme avait reçu au moins une visite. Cette conclusion provisoire lui plaisait. Il n'aimait pas penser que ce vieil homme était seul, et cette prise de conscience le fit sourire intérieurement. Il était lui-même souvent seul. Il essaya de se faufiler hors de la pièce sans attirer l'attention. Quel genre de cancer avait-il, ce vieil homme ?

— Le voilà ! entendit-il s'exclamer Mr Mandelbrot. Quand vous êtes là, il ne me rend jamais visite.

Lamont Williams se retourna face à eux avec un infime soupçon de sourire avant de pousser vivement son chariot vers le bout du couloir, loin de la chambre du vieil homme.

*

— En 1948, expliqua William McCray à Adam Zignelik, le président Harry Truman signait l'ordre exécutif 9948 déclarant qu'à compter de cette date, il y aurait égalité de traitement et égalité des chances pour tous les membres des forces armées, quelles que soient leur origine ethnique, leur couleur de peau, leur religion ou leur origine nationale. Tu dois le savoir, et tu dois savoir que, pour moi et pour les hommes de mon espèce qui ont combattu pendant la Seconde Guerre mondiale, il a pris cette décision à peu près trois ans trop tard. Il y avait en Europe et en Asie de jeunes hommes qui combattaient au nom d'un pays qui leur imposait une ségrégation par rapport à la majorité de leurs compatriotes, alors qu'ils luttaient contre le même ennemi, et pour le même pays. Nous nous battions pour des valeurs fondamentales, pour l'essence même de ce que cela signifie que d'être un humain. Je veux dire que nous nous battions pour la liberté et quand je parle de liberté dans ce contexte, je ne parle pas d'un concept déprécié par la faute des idéologues conservateurs de l'économie et de la politique qui se le sont approprié ces vingt ou trente dernières années. Je ne parle pas de la liberté d'ignorer les lois Jim Crow, de la liberté d'ignorer la séparation de l'Église et de l'État, de la liberté vis-à-vis de l'intervention du gouvernement dans le soulagement de la pauvreté chronique, de la liberté de porter des armes semi-automatiques dans son quartier, ou de la liberté d'inciter à la haine raciale sous couvert du Premier Amendement.

Adam adorait cet homme. Cet homme menait éternellement le bon combat. William prit à peine le temps de respirer avant de continuer.

— Je parle de la liberté inaliénable de vivre en citoyen d'un pays, avec des droits égaux à ceux de tous les autres citoyens de ce pays. Dans certains cas, je parle de la toute première des libertés : la liberté de simplement exister. C'était pour cela que nous nous battions.

» Nous avons commencé par nous charger de tâches subalternes : nettoyer, cuisiner, soulever, transporter, livrer des équipements, conduire et attendre des officiers blancs. Mais à mesure que les forces armées étaient confrontées à des besoins grandissants, elles ont aussi été obligées de se confronter à leurs propres préjugés. Pour lutter contre les nazis, elles avaient des besoins impératifs en hommes. Ayant accès à un vivier d'hommes jeunes, forts et en bonne santé, elles avaient toujours considéré ces êtres comme des inférieurs, d'une infériorité intrinsèque. Mais à présent, face à Hitler qui frappait à nos portes, les nécessités de la guerre exigeaient que des hommes noirs soient autorisés à se battre, et nous nous sommes battus, et pas qu'un peu.

» Ah ça oui, quand nous en avons eu l'occasion, bon Dieu, ce qu'on s'est battus ! Dans des villes, d'un bout à l'autre de l'Europe, nous avons combattu les nazis ; parfois, c'était du combat rue par rue. Nous les avons combattus durement, au corps à corps, une rue après l'autre. Mais une fois toutes ces rues libérées et placées sous contrôle allié, les soldats noirs parmi ces libérateurs ont été proscrits, et ces rues qu'ils venaient d'enlever leur étaient interdites. Nous avons vu nos amis prendre ces rues et finir mutilés ou tués, mutilés ou tués en capturant des prisonniers de guerre allemands. Certains d'entre nous ont été placés sous le commandement d'officiers blancs brutaux – souvent des Sudistes. On pensait que ces hommes sauraient tirer le meilleur d'hommes de couleur. Lors des spectacles organisés par l'USO, ils nous réservaient même des places derrière les prisonniers de guerre allemands.

» Adam, quelqu'un doit le leur dire. Quelqu'un doit dire aux gens ce que nous avons accompli. Vois-tu, à notre retour chez nous, nombre d'entre nous ont été incapables de laisser les choses redevenir telles qu'elles étaient avant guerre. Nous ne pouvions tout simplement plus, après ce que nous avions enduré, après ce que nous avions accompli. Une bonne part de l'impulsion du mouvement des droits civiques est venue de ces soldats démobilisés et je ne pense pas que les gens le sachent.

— Non, tu as raison, on n'a pas beaucoup écrit là-dessus, pas sur cet aspect.

— Tu aurais intérêt à retracer la démarche de certains de ces individus, depuis leur expérience de la guerre jusqu'à leur travail au sein du mouvement, après le conflit mondial. Personne n'a jamais accompli ce travail, n'est-ce pas ?

— Non, je ne pense pas que quelqu'un ait jamais accompli ce travail. Mais, William, cela ne signifie pas que ce doive être moi.

— Je refuse d'entendre ça. Il ne reste guère de temps. Nous parlons d'hommes âgés et ils ne sont déjà plus très nombreux.

— Écoute, tu as raison, c'est un travail très important, mais tu devrais sans doute suggérer à Charlie de contacter quelqu'un d'autre parce que...

Le vieil homme attrapa Adam Zignelik par le poignet, avec une fermeté surprenante, et changea de ton.

— C'est à *toi* que je m'adresse, dit-il avec autorité. Écoute-moi. J'ai un ami, à Boston, un Noir, un vétéran du mouvement des droits civiques et de la Seconde Guerre mondiale. Maintenant, tu veux lui parler, et ne me réponds pas que tu ne veux pas. Tu ne savais pas sur quoi écrire. C'est ce qui t'a arrêté. Tu t'es séparé de Diana. Bon, cet homme faisait partie de l'unité qui a libéré Dachau. Sais-tu ce qu'il a vu ? Sais-tu ce qu'il a pensé quand il a vu ça et sais-tu ce qu'il a fait quand il est rentré chez lui avec ces pensées-là ? Qu'est-ce qu'un homme fait de ces pensées-là ? Je crois que tu as envie de lui parler. Et ne t'avise pas de me regarder en me disant que tu n'as pas envie de raconter l'histoire d'un homme comme celui-là.

*

Quelle sorte de cancer avait ce vieil homme ? Cette question ne quitta pas Lamont de toute la journée. Il se demandait comment il allait pouvoir le découvrir. Depuis le début de son travail là-bas, il avait appris que, certains jours, un patient que vous veniez de voir la veille pouvait ne plus être là le lendemain matin, subitement, sans aucun avertissement, et l'idée lui était venue que cela pourrait arriver à son vieil et étrange nouvel ami, Mr Mandelbrot. Il s'imaginait la chose, et ne se l'imaginait que trop bien. Il éprouvait à cette perspective du décès du vieil homme une tristesse à laquelle il ne s'était pas attendu. À la fin de la journée, après s'être acquitté de toutes ses tâches, il retourna tranquillement dans la chambre du vieux patient. Mr Mandelbrot était là, et seul.

— Monsieur Lamont, entrez ! Vous ne voulez prendre aucun risque. Il faut prendre des risques dans cette vie. Entrez, entrez !

— Hé, monsieur Mandelbrot, comment ça va ?

— Vous n'êtes pas de ceux qui prennent des risques, dans la vie. Asseyez-vous.

— Que voulez-vous dire ?

— Quand elle est là, vous n'entrez pas.

— Qui ?

— Vous savez qui.

— Le docteur ?

— Quand elle est ici, vous n'entrez pas. Il y a de la place pour deux opinions dans cette chambre, mais vous n'entrez pas. De quoi avez-vous si peur ?

— Je ne saisis pas, monsieur Mandelbrot.

— Elle a beau être médecin, c'est quand même une femme. C'est à l'homme de prendre des risques, même de nos jours. Vous êtes l'homme, monsieur Lamont. Vous devez prendre des risques.

Lamont sourit.

— Vous, monsieur Mandelbrot, vous en prenez encore, des risques, n'est-ce pas ?

— Laissez-moi vous dire, j'ai pris des risques toute ma vie, beaucoup de risques. Si je n'avais pas été quelqu'un qui prend des risques, je n'aurais pas eu la chance de l'avoir ici, mon cancer. Vous ne me connaissez pas. J'en sais davantage sur vous que vous n'en savez sur moi.

— Probable. Si vous le sentez, vous pouvez me parler de vous, avant que je ne doive rentrer chez moi.

— Et vous n'aimeriez pas rentrer chez vous avec le docteur Washington ?

— Mais là, c'est de vous qu'on parle.

— Êtes-vous marié, monsieur Lamont ? Pas d'alliance, à ce que je vois.

— Je croyais qu'on parlait de vous.

— Vous voulez en apprendre sur moi ?

— Ce que vous voudrez me raconter.

— Je veux bien vous raconter si vous êtes vraiment attentif. Personne n'est attentif, même pas le docteur Washington. Soyez attentif, sinon je peux m'organiser d'autres sortes d'entrevues.

— Je suis attentif.

— Parce que je vais vous mettre à l'épreuve, monsieur Lamont.

— D'accord, j'écoute. Je suis attentif.

— Mon père était boucher, en Pologne.

— Vous, polonais ?

— Je suis juif polonais.

— Ma grand-mère disait que vous deviez être juif.

— Votre grand-mère ? Elle est juive polonaise ?

Lamont sourit.

— Je lui parlais de vous.

— Pensait-elle avoir fait partie de mon histoire ? Je ne me souviens pas d'elle.

— Je suis désolé, monsieur Mandelbrot.

— Soyez bien attentif. J'ai un cancer. Je vais vous mettre à l'épreuve.

*

Adam s'assit seul à sa table de cuisine, devant un choix de plats à emporter. Aucun ne l'inspirait. Pas plus que le poulet froid au frigo. Le poulet ne l'avait pas davantage inspiré deux jours plus tôt, quand il était chaud. Il se leva pour se servir un scotch soda, le soda étant une concession à une voix intérieure dont il avait du mal à discerner le message.

« Tu pensais qu'il allait davantage te parler de nous, non ? Et tu es déçu. Tu attendais que quelqu'un te convainque de me contacter et William constituait encore ta meilleure option », entendait-il une voix susurrer dans sa tête, la voix de Diana. Il emporta son verre dans le canapé et alluma la télévision.

« Tu as envie que je te contacte ? lui demanda-t-il. Je n'ai pas ton nouveau numéro.

— Tu as mon numéro au travail, mon portable et mon adresse e-mail.

— Tu n'as pas répondu à la question. Tu as envie que je te contacte ?

— Que me dirais-tu ?

— Je ne sais pas... j'ai acheté des raisins secs, aujourd'hui.

— Ah oui ?

— Ceux que tu aimes... dans cette boutique de produits diététiques que tu apprécies, celle qui est tenue par toute une cohorte de réfugiés d'une cohorte de régimes totalitaires.

— Ah oui ?

— J'en ai acheté trop pour le pot où je les mets.

— Vraiment.

— Oui.

— Qu'est-ce que tu vas faire ?

— Je ne sais pas. Je pensais que peut-être nous pourrions nous remettre ensemble. Tu pourrais me dire quoi faire.

— Avec les raisins secs ?

— Tu pourrais commencer par les raisins secs, oui.

— Il faut que tu t'entretiennes avec l'ami de William, tu sais, celui qui a libéré Dachau. Tu sais, hein ? »

Pendant à peu près une heure, Adam s'imagina qu'ils se parlaient ainsi tout en zappant de chaîne en chaîne sans jamais se concentrer sur aucune. Quand l'interphone sonna, la transition vers une réalité extérieure à son esprit fut lente.

« C'est toi ? demanda-t-il à Diana.

— Pourquoi ne réponds-tu pas ?

— Et si c'est toi ?

— Tu as envie que ce soit moi ? »

Il décrocha l'interphone.

— Allô ?

— Adam ?

— Qui est-ce ?

— C'est Adam ? fit une voix féminine, si juvénile qu'elle aurait pu appartenir à un enfant.

— Qui est-ce ?

— Si vous pouviez juste me confirmer que vous êtes Adam, je pourrais vous répondre.

— D'accord, c'est Adam. Qui est-ce ?

— Vous vous exprimez comme lui, mais c'est peut-être juste votre manière de parler. Enfin, ça, j'aurais dû le prévoir, j'imagine.

— Sonia ?

— Je peux monter ?

— Qu'est-ce que tu fabriques ici ?

— C'est mal que je sois venue ?

— Non ? Est-ce que tout va bien ? Monte.

Il lui ouvrit et elle fut presque aussitôt là.

— Qu'est-ce qui se passe ?

— Rien.

— Où sont tes parents ?

— Tranquilles, à la maison, j'imagine.

— Qu'est-ce que tu fais dehors à cette heure de la nuit ?

— Il n'est pas si tard. J'ai eu envie de marcher. J'étais dans le quartier alors je me suis dit que j'allais faire un saut.

— Tes parents savent que tu es là ?

— Peut-être. Sans doute pas.

— Sans doute pas ! Où croient-ils que tu es ?

— Je ne sais pas. Ils doivent penser que je suis dans ma

chambre... quand ils finiront par y penser. Je me suis dit que j'allais venir traîner ici un moment. Ça te va ?

— Moi, ça me va, mais tu ne crois pas que tu devrais expliquer à tes parents où tu es ?

— Ils s'en moquent.

— Alors ça je sais que ce n'est pas vrai. Je vais les appeler et leur dire où tu es. Si ça ne les ennuie pas que tu sois là, ça ne m'ennuie certainement pas mais...

— Tu vas juste les déranger.

— Sonia, qu'est-ce qui se passe ?

— Ils sont juste en train de se disputer... encore... et j'en ai marre. Tu crois que tu pourrais me filer un truc à boire ?

— Je vais appeler tes parents. Va te servir ce que tu veux dans le frigo. Je crois que j'ai du Coca Zéro.

— Tu as du Coca light ?

— Quelle est la différence ?

— Coca Zéro, c'est pour les garçons et Coca light, c'est pour les filles.

— Tu as quoi, six ans ?

Il décrocha le téléphone pour appeler les parents de Sonia.

— Toi, ce n'est pas ça que tu bois, lui lança Sonia depuis le réfrigérateur. Je le sens d'ici. Tu es totalement alcoolisé.

— Alors là, je vais vraiment appeler tes parents.

— Ça ne m'ennuie pas que tu sois totalement alcoolisé, fit-elle, en sortant une canette de Coca du frigo.

Ce fut Michelle qui décrocha. Ni Charles ni elle ne s'étaient rendu compte que Sonia n'était pas dans sa chambre et Adam perçut leur réaction à l'ignorance de ce fait comme une nouvelle source de problème, ou la résurgence d'un problème ancien. Michelle expliqua la raison d'être de son appel à Charles, avec une main posée sur le micro du combiné, de façon manifeste mais bien inefficace – « Tu vois, c'est de ça que je parle, entendit Adam. C'est exactement ce genre de choses. Elle est dehors à traîner dans les rues. Et toi, tu ne le savais même pas » –, à quoi Charles répondit en faisant moins attention au volume sonore : « C'est toi qui ne le savais pas ! »

— Est-ce qu'elle va bien ? s'enquit Michelle.

— Ça va, dit Adam en regardant Sonia zapper de chaîne en chaîne dans le canapé.

— Quand j'en aurai fini avec elle, elle n'ira plus si bien que ça, entendit-il menacer Charles.

Michelle remercia Adam de prendre soin de Sonia et ajouta que Charles ou elle passerait bientôt la chercher.

— Tu as envie d'en parler ?

— De quoi ?

— De tes parents qui se disputent.

— C'est assez compliqué, ces choses-là, comme souvent.

— Vraiment... ? Comme souvent ?

— Ça n'a rien à voir avec moi. Hé, où ils sont passés, tous les bouquins ? Oups, désolée !

— Ça va, ça va.

— Tu sais... Diana, je l'aime vraiment bien. Tu crois que je peux rester encore amie avec elle ?

— Je ne vois pas ce qui t'en empêcherait.

— Toi, tu penses que tu vas rester ami avec elle ?

— J'espère bien... par la suite.

— Où est-ce qu'elle s'est installée ?

— À Hell's Kitchen.

— Ce n'est pas si loin.

— Non, quelqu'un comme toi pourrait aller marcher par là-bas, pour sa promenade du soir.

— Et pourquoi vous avez rompu, vous deux ?

— C'est assez compliqué... ce style de choses.

— C'était à cause des enfants ? Vous auriez dû en faire, des enfants, tu sais. Maman disait...

— Cela t'ennuie si nous parlons d'autre chose ?

— De quoi tu as envie de parler ?

— Tu n'as pas des histoires d'ados ? Tu n'as jamais pensé à mettre le feu à l'appartement de tes parents, à prendre des tas de drogues dures et à t'enfuir avec le garçon le plus craignos de ton bahut ?

— Non ! Ils t'ont raconté ça ? Tout ce que j'ai dit, c'est que j'envisageais de me trouver un boulot à temps partiel dans une boutique Duane Reade ou un truc dans le genre.

— Bien sûr, je t'y verrais bien. Tu sais déjà très bien simuler l'ennui.

— Ils étaient furax, au téléphone ?

— Un peu.

— C'était qui le plus furax des deux ?

— Difficile à dire.

— C'était papa ?

— D'une courte tête.

« Trouve ce qui ne va pas chez elle », lui chuchota Diana. Mais il n'eut pas le temps d'en découvrir beaucoup plus.

Charles et Michelle vinrent tous les deux chercher leur fille. L'espace d'un instant, Adam crut lire de la peur dans les yeux de Sonia.

Il se demanda si elle avait peur de s'attirer des ennuis ou peur d'autre chose. Charles fut le premier à prendre la parole.

— Sonia McCray, qu'est-ce qui t'a pris, nom de Dieu ? As-tu perdu la tête ?

Elle se précipita dans les bras de sa mère et enfouit son visage contre sa poitrine. Michelle fit signe à Adam de conduire Charles dans une autre pièce, et celui-ci obtempéra.

— Adam, je suis tellement désolé de t'infliger les drames adolescents de notre fille en prime time.

Charles fulminait.

— Charlie, murmura-t-il, tu sais combien j'aime Sonia. Mais quoi qu'il se passe chez toi – et cela ne me regarde pas – je pense que ça l'a bouleversée à un point tel que...

— Que t'a-t-elle dit ?

— Franchement pas grand-chose.

— Vraiment ?

— Oui. Tu peux être fier d'elle...

— Fier !

— Oui, elle avait beau être bouleversée, elle est restée incroyablement discrète. J'ai essayé de découvrir ce qui se passe à huis clos dans la maisonnée des McCray, mais elle n'a rien dévoilé, vraiment. Si vous ne vous étiez pas pointés, j'aurais carrément dû la soumettre au supplice de la baignoire.

» Écoute, je sais qu'elle n'aurait pas dû se tailler en douce comme ça. Et elle le sait très bien, elle aussi. Tu ne crois pas qu'elle l'avait compris, au moment même où elle a filé ? Et je sais que tu vas devoir t'en contenter, mais enfin, en attendant, n'oublie pas qu'il a dû se produire quelque chose en elle qui l'a poussée à agir de la sorte. Elle a cherché un moyen d'attirer l'attention. Elle est bouleversée, et que fait-elle ? S'enfuit-elle vraiment ? Consomme-t-elle des drogues ? Est-ce qu'elle boit ? Est-ce qu'elle vole ? Traîne-t-elle avec des garçons ? Elle ne fume même pas de cigarettes. Non, elle marche dans la rue, jusqu'à chez moi, et elle boit un Coca light. Elle sait que ma première réaction, ce sera de voir si elle va bien, et que juste après je vais vous téléphoner. Ce n'est pas vraiment ce qu'on pourrait appeler quelqu'un qui déraille.

— Tu es un véritable ami, tu le sais, ça ?

— Pour elle ou pour toi ?

— Pour elle. J'étais prêt à la tuer. Tu lui as évité une bonne raclée, ce qui m'aurait permis de me sentir carrément beaucoup mieux. Alors tu vois, à moi, tu ne me fais aucun bien.

— Charlie, tu ne l'as jamais frappée de ta vie.

— Non, jamais. C'est peut-être ça le problème.

— Tu devrais boire un coup. Tu veux une bière ?

— Ce n'est pas ce que tu buvais.

— Tu veux un scotch ?

— J'aimerais bien, un double scotch, mais je ne pense pas que nous allons avoir le temps.

— Bien sûr que si...

Les deux hommes se regardèrent, dans la chambre qu'Adam partageait avec Diana. Le lit était défait. Adam n'attendait pas de compagnie.

— J'ai pris des nouvelles de ton père, aujourd'hui.

— Oh, merci, Adam ! C'est formidable. J'y suis vraiment sensible. Comment l'as-tu trouvé ?

— À propos de la Cour suprême ? Eh bien, il ne m'a pas paru déprimé, et encore moins résigné, plutôt très remonté. Il pense, je crois, que la décision aurait pu être différente s'il l'avait plaidée. Il m'a dit qu'il voulait me parler de moi... de ma situation.

— Eh bien, c'est une bonne idée, j'imagine, pourvu que cela ne te gêne pas. Cela signifie qu'il est capable de penser à autre chose qu'à lui-même.

— Je ne pense pas que l'on puisse caractériser ses sentiments vis-à-vis de la décision de la Cour suprême comme une façon de ne penser qu'à lui-même.

— Non, tu as raison. C'était injuste de ma part de le formuler en ces termes.

Charles laissa échapper un soupir et posa la main sur l'épaule d'Adam. Avec un regard en direction de Michelle et Sonia, il ajouta :

— La journée a été longue.

— Il m'a dit qu'il voulait me parler d'un ami à lui. Je... je suppose que tu lui as parlé de ma situation par rapport à la titularisation.

— Oui, Adam, j'espère que cela ne t'ennuie pas, mais malgré tout son côté passionné, quand les choses comptent, il sait se montrer discret, et puis il tient énormément à toi. Je suis désolé que tu puisses penser que j'ai trahi ta confiance. J'étais inquiet pour toi et...

— Charlie, cela ne m'ennuie pas. Vraiment. J'aurais pensé qu'il voudrait me parler de Diana mais...

— Il ne t'a pas parlé d'elle ?

— Pas tant que ça. Il s'est un peu écarté du sujet, à cause de cet ami dont il m'a parlé.

— Un ami ?

— Il a essayé de m'encourager sur le plan professionnel. Il m'a dit qu'il pensait avoir pour moi un sujet sur lequel je pourrais écrire. Charlie, ne prends pas cet air si soucieux. Je sais où en est la situation à Columbia. J'ai essayé de lui expliquer que pour moi, là-bas, c'était terminé, mais il a insisté pour que je m'ouvre la voie d'un nouveau poste par le biais de l'écriture, quelque chose de cet ordre. Il veut que je me remette à écrire et il pense pouvoir m'aider.

— Je suis navré, Adam. Je ne pensais pas qu'être gentil et prendre soin de lui risquerait de déteindre sur ta carrière. Tu n'as pas à te plier à ses désirs plus que tu ne l'as déjà fait.

— Il veut que je m'entretienne avec un ami à lui, un vétéran de la guerre.

— Pas comment-s'appelle-t-il-déjà, pas le type de Boston ? Ça concerne la libération de Dachau ?

— Oui, c'est exact. J'en déduis qu'il t'en a parlé.

— Tu déduis bien.

— C'est toi que je ne comprends pas. Tu es sceptique à ce sujet, ou est-ce simplement parce que c'est un sujet dont il parle trop souvent ?

Michelle passa la tête à la porte.

— Désolée de vous interrompre, mais je pense que nous devrions ramener notre petite Miss Rôdeuse de la Nuit à la maison.

— Tu seras là, demain en fin d'après-midi ? s'enquit Charles. Si tu veux, nous pourrions en reparler à ce moment-là.

Il fut convenu que la prochaine fois que Sonia voudrait rendre visite à Adam, elle devrait d'abord prévenir ses deux parents et ensuite lui poser la question.

— Désolée, je dois y aller. Je reviendrai une autre fois, fit-elle.

— OK. J'y compte bien, lui répondit Adam.

Appuyé à la porte d'entrée, il les regarda s'éloigner, tous les trois.

— Il n'y a jamais personne d'autre que lui, là... jamais ! entendit-il Sonia chuchoter à sa mère alors qu'il refermait la porte de son appartement.

*

— Je suis né le 15 décembre 1922 dans la ville d'Olkusz. Assis sur une chaise, Lamont Williams écoutait. C'est une petite ville proche de Cracovie, mais quand j'avais quatre ans, nous avons déménagé à Zabkowice. Mon père était boucher, et il a pris des risques, lui aussi. Avec ma mère, après moi, ils ont eu trois enfants. Nous n'avions pas beaucoup d'argent. Pendant les vacances scolaires, j'allais chercher du travail chez les fermiers de la région qui avaient de la besogne à confier. J'aidais aussi mon père à la boucherie.

»Les temps étaient très durs en Pologne, entre les deux guerres. Les gens n'avaient pas d'argent. Faute d'argent, mon père acceptait des créances.

— Vous voulez dire, comme du crédit ?

— Oui, du crédit. Les gens se fournissaient en viande à crédit. Ils mettaient très longtemps à payer ou alors ils ne payaient pas du tout. Donc à cause de ça, la boucherie de mon père a mis la clef sous la porte.

— La faillite ?

— Oui, la faillite. Étant l'aîné de la famille, je devais faire ce que je pouvais pour aider. Je devais aller sur la voie ferrée ramasser du charbon entre les rails, tout ce que je pouvais trouver. Dans la région, beaucoup de fermiers me connaissaient, car lorsque mon père leur achetait des vaches et d'autres animaux, il m'envoyait les chercher. J'étais un garçon costaud, capable de manipuler les bêtes. Les fermiers me connaissaient et ils m'appréciaient, à cause de toutes nos transactions. Je les connaissais, eux et leurs fermes. Je connais les routes, là-bas, et les raccourcis que je pouvais emprunter avec les bêtes à travers champs. Je cherchais des endroits, des cachettes où je pourrais éventuellement emmener une fille, si jamais j'avais cette chance. J'ai repéré certaines cachettes, davantage de cachettes que de filles. Ce n'était pas comme maintenant. Mais j'avais pas mal d'amis dans la région. Vous comprenez ?

— Eux, c'étaient tous des juifs ?

— Non. J'étais comme le chef d'une bande de garçons, tous des Polonais, pas juifs, à part moi.

— Vous êtes aussi polonais, pas vrai ?

— Vous êtes noir, monsieur Lamont, n'est-ce pas ?

— Mmh mmh.

— Vous êtes aussi américain, n'est-ce pas ?

— Vous avez tout pigé.

— Écoutez et retenez bien ceci. Quand suis-je né ?

— En 1922.

— Quel jour, quel mois ? Souvenez-vous de moi. Il n'y a personne qui soit comme moi, et votre docteur Washington pense que j'ai un cancer, donc il faut vous souvenir. Je vais vous mettre à l'épreuve. Je suis né le 15 décembre 1922 dans la ville d'Olkusz. Dites-le !

— 15 décembre 1922.

— Où ?

— Je ne m'en souviens pas.

— Non, non, il faut vous en souvenir, monsieur Lamont. Sinon, à quoi sert qu'on se parle ?

— Je suis désolé.

— Je suis né le 15 décembre 1922 dans la ville d'Olkusz. C'est une petite ville proche de Cracovie, mais quand j'avais quatre ans, nous avons déménagé à Zabkowice. Dites-le : Olkusz.

— Ol-kouz.

— Dites Zabkowice.

— Zab-ko-witz-é.

— Mon père ?

— Votre père était boucher. Vendait de la viande, à crédit dans les périodes difficiles. A fait faillite. Vous étiez le chef d'une bande, les autres étaient tous polonais, vous étiez le seul juif. Vous n'avez pas eu d'ennui, comme juif, je veux dire ?

— D'autres en ont eu, oui. Pas moi. À l'occasion, peut-être. Si quelqu'un me traitait de juif, je le frappais. J'étais costaud. Il y avait un garçon de cette région. Je me souviens de son visage. Je le revois. Un garçon de la région, mais pas vraiment de notre bande, le cheveu taillé, comme une coupe tracée à la règle, qui lui dessinait des angles aigus au-dessus des oreilles. Je me souviens de lui. Il cherchait les coups. Il m'a traité de sale juif, alors je l'ai frappé. Comme il a pleuré devant les autres garçons, pour lui, c'était terminé.

» Je travaillais dans une meulière quand les Allemands ont envahi la Pologne, pour déclencher la guerre.

— Une meulière, vous voulez dire... comme une carrière ?

— Oui, une carrière. J'avais du travail là-bas. Quand ils ont créé le ghetto, en 1942.

— Qu'est-ce que vous voulez dire, un ghetto... pour les juifs ?

— Vous savez ce qu'est un ghetto, monsieur Lamont ?

— Ben ouais.

— Quand les nazis ont envahi le pays, tôt ou tard, ils ont fini par implanter des ghettos dans toute la Pologne, destinés aux juifs. Les juifs étaient expulsés des villages et des villes, et envoyés dans le ghetto le plus proche. Ma famille y a été envoyée avec les autres familles juives de la région de Dabrowa Gornicza. Dites-le : Dabrowa Gornicza.

— Dab-rov-a Gor-nitch-a.

— Nous étions dans le ghetto de Dabrowa Gornicza et j'avais un laissez-passer spécial qui me permettait d'y entrer et d'en sortir.

— Comment vous l'avez eu, ce laissez-passer ?

— Je l'ai eu parce que j'ai choisi de travailler à l'extérieur du ghetto, dans le bâtiment. Il y avait beaucoup de chantiers de construction, à l'époque, et les nazis avaient besoin de main-d'œuvre. Ils utilisaient les juifs comme main-d'œuvre forcée. Voyez-vous, ils colonisaient cette partie de la Pologne, l'ouest du pays, pour y implanter des Allemands. C'étaient des Allemands et leurs familles, qui venaient d'Allemagne avec les colonnes de soldats. Ils s'appelaient les *Volksdeutsche*. Pour ces Volksdeutsche, ils avaient besoin d'immeubles, de maisons, de routes, des bâtiments anciens qu'il fallait rénover, et ils se servaient des juifs, qui venaient du ghetto le plus proche. J'ai eu de la chance et j'ai pris ce risque, avec un laissez-passer qui me permettait de quitter le ghetto tous les jours pour aller travailler sur les chantiers.

» En sortant du ghetto par la rue où ma famille habitait, je passais par une rue de Dabrowa Gornicza où vivait un SA avec son épouse, dans une maison en construction. Je les voyais, et je voyais cet homme tous les jours, en allant travailler.

— Que voulez-vous dire, « un SA » ?

— SA signifie *Sturmabteilung*. Des troupes d'assaut. C'était une organisation paramilitaire allemande. Tous les jours, quand je partais au travail, je le voyais, je lui disais bonjour, je lui souhaitais une bonne matinée, ce genre de choses. Il avait beau me voir avec l'étoile jaune, il me répondait bonjour. Moi, je le lui disais en allemand.

— Qu'est-ce que vous appelez l'étoile jaune ?

— Ils forçaient tous les juifs à porter l'étoile de David, une étoile, jaune, cousue à nos vêtements. Si vous étiez surpris sans, vous pouviez être abattu sur place.

» Grâce à mon autorisation de travailler sur les chantiers, j'entendais des nouvelles extérieures au ghetto, et j'ai pu apprendre quantité de choses avant les autres. Il se disait beaucoup de choses. On n'arrivait pas toujours à y croire. J'ai appris que lorsque les juifs quittaient le ghetto, ils ne se rendaient pas toujours dans un autre ghetto. Parfois on les envoyait à la mort. Je n'étais pas sûr d'avoir envie de rapporter tout ce que j'entendais à mes parents. Pourquoi serais-je allé leur raconter, alors que cela pouvait ne pas être vrai ? J'ai entendu dire qu'ils allaient déplacer les juifs de Dabrowa Gornicza vers un ghetto à Sosnowiec. Dites-le.

— Sos-now-ietz.

*

Il était 18 heures le lendemain soir quand Charles et Adam reprirent leur conversation.

— Plus j'y pense, plus je suis en colère contre lui, fit Charles. Il n'a vraiment pas le droit...

— En colère ?

— Adam, mon vieux père délicieux profite de toi, de ta situation. Il sait que tu n'es pas en grande forme au plan professionnel et il pense que c'est sa chance.

— Charlie, de quoi parles-tu ? Plus j'y pense et plus je crois que cela mérite qu'on y consacre au moins un peu de temps.

— Tu n'es pas sérieux ? Toute ma vie professionnelle, il a essayé de me pousser à utiliser mes études et aussi ensuite, plus tard, ma position pour explorer le rôle des vétérans noirs de la Seconde Guerre mondiale, et maintenant il tente sa chance avec toi parce qu'il pense que tu représentes sa meilleure opportunité.

— Mais il se pourrait qu'il ait mis le doigt sur quelque chose. Les gens savent qu'à leur retour de la Seconde Guerre mondiale, dans le Sud profond de Jim Crow, les vétérans noirs n'allaient plus supporter leur condition. Ils ne diraient plus « Oui, monsieur, oui, madame », ils n'accepteraient plus de se faire appeler « mon garçon », ils n'accepteraient plus de se faire appeler par leur prénom tout en étant obligés de s'adresser aux Blancs en leur donnant du « Monsieur » et du « Madame ». Ils n'allaient plus descendre du trottoir au passage d'un homme blanc. Ce sont là autant de petits actes de résistance qu'introduisirent les vétérans. Leur expérience de la guerre leur avait donné ce courage, qu'ils n'avaient pas auparavant. Écoute, Charlie, je ne connais aucune étude où l'on aurait établi un lien entre l'expérience spécifique des soldats noirs à l'extérieur de l'Amérique et leurs activités autour des droits civiques, après guerre, une fois de retour au pays. Si je parviens à contacter les gens qui étaient sur le terrain, y compris à la libération des camps de concentration, si je parviens à élaborer une carte exacte des sites où sont intervenus ces soldats noirs... cela pourrait bien être le premier élément susceptible de rendre ce lien concret. Charlie, tu t'en souviens peut-être, j'ai essuyé un tir de barrage, du moins en provenance de certains, et tout à fait à tort à mon avis, pour avoir étudié le rôle des avocats, au motif que les avocats ne constituent pas un mouvement social. Mais ce dont nous parlons à présent, c'est un mouvement social, et un exemple classique de ce type de mouvement. J'y parviendrais peut-être, à montrer la présence de ces soldats noirs là-bas, à les ramener chez eux, puis à montrer ce qu'ils ont accompli à leur retour.

— Adam, je te le conseille, ne t'implique pas là-dedans.

— Et pourquoi pas, nom de Dieu ?

— D'abord et avant tout, avec ce sujet, tu es véritablement en terrain miné. La chaîne PBS a diffusé un documentaire au début des années 1990 sur le rôle des soldats noirs américains à la libération de Dachau. Tu étais au courant ? Suite à ce documentaire, toutes sortes de gens ont surgi de nulle part en déclarant qu'il n'y avait pas de troupes noires à la libération de Dachau. Les archives militaires ne corroboreraient pas cette affirmation.

— Charlie, depuis quand considères-tu la ligne officielle du gouvernement comme l'alpha et l'oméga de quoi que ce soit ? J'ai commencé à me pencher sur le sujet et on est en droit de se poser quelques questions sur l'exactitude des archives. Il existe des raisons évidentes de penser que ces archives pourraient ne pas livrer le récit de cette histoire dans sa totalité. Même dénuées d'*a priori*, les archives pourraient déformer la vérité. Savais-tu que les unités noires étaient fréquemment scindées et « prêtées » à d'autres unités ? Prends la 761e, par exemple, on l'appelait souvent l'« unité bâtarde » parce qu'elle n'appartenait à personne, du moins en apparence. Cela signifiait que personne ne savait « officiellement » où elle se trouvait à tel ou tel moment et donc, aucune archive officielle de ses états de service ne saurait être complète, naturellement.

— Adam, qu'ils aient été sur place ou non, le sujet, surtout dans le cas de Dachau, a suscité d'intenses passions, sans parler de l'attention de certains racistes virulents, qui paraissaient éprouver le besoin de protéger le passé de l'armée comme si le fait d'avoir des troupes noires là-bas avait pu ternir le blason de l'US Army. Adam, on est en terrain miné.

— N'est-ce pas précisément le genre de sujet sur lequel nous lancerions volontiers une recherche ?

— Qui, « nous » ?

— Les historiens.

— Adam, est-ce cela que tu cherches – la controverse, ou alors une forme de gloriole ? Tu veux être un héros, ou tu veux être un chercheur ? Et, d'ailleurs, as-tu jamais envisagé les conséquences, si l'on devait parvenir à la conclusion que les troupes noires n'ont jamais été sur place ?

— Es-tu en train de me suggérer qu'il est certaines conclusions auxquelles seul peut parvenir un historien noir ?

— Nom de Dieu, Adam, j'essaie de te protéger ! Tu ne le vois pas ?

— Cela signifie-t-il que tu t'es déjà formé une opinion ? Tu penses que les soldats noirs n'étaient pas là-bas ?

Adam le savait, il était possible que William voie en lui sa dernière chance d'obtenir que l'on écrive quelque chose sur le rôle spécifique des vétérans noirs au sein du mouvement des droits civiques, que cet écrit soit matière à controverse et que cette hypothèse soit proposée à la fois comme une source d'un certain espoir et comme une idée savante et légitime. Il n'y avait rien d'intrinsèquement néfaste à servir tous ces objectifs simultanément. Mais il ne pouvait s'empêcher de se sentir un peu perturbé par l'incapacité de William à mentionner ce documentaire de PBS et la controverse qui l'avait entouré. Hésitant à soulever le sujet avec lui, Adam tourna et retourna le pour et le contre. D'un côté, cela pourrait mettre le vieil homme dans l'embarras. De l'autre, refuser à William l'occasion de s'expliquer sur cette omission, ce serait lui refuser le respect intellectuel qu'il accorderait à un homme plus jeune que lui. Il creusait encore tout cela quand William l'appela et, sans avoir fermement arrêté sa décision, il se surprit à succomber à une absence de retenue assez enfantine et à lui demander, avec une légère nuance de reproche, comment il avait pu lui cacher la saga de ce documentaire PBS du début des années 1990. Ensuite, avant même de comprendre ce qu'il disait et avant même de laisser à William l'opportunité de répondre, il ajouta, comme un frère cadet aurait pu le faire, que Charles avait tenté de le dissuader de s'emparer du sujet.

— J'allais te parler de ce documentaire, cela va de soi, lui assura William. De toute manière, tu l'aurais découvert dès les premières minutes de ta recherche, alors à quoi cela aurait-il servi de te le dissimuler ? Mais ce n'est pas le premier élément que je voulais que tu découvres, c'est vrai. Nous ne savons pas qui aurait formellement réfuté l'affirmation selon laquelle des soldats noirs auraient pris part à la libération de Dachau. Je ne sais pas de qui il s'agit, assurément pas, et si Charlie ne m'a jamais fourni de réponse satisfaisante sur l'identité de ces personnes, c'est parce qu'il l'ignore et n'a aucune envie d'approfondir la question.

» Et, oui, il est aussi vrai que j'ai essayé de le convaincre d'écrire là-dessus. Pendant des années, à vrai dire. Cela ne me gêne pas de l'admettre. Quel mal y a-t-il à cela ? Mon fils est un historien hautement respecté et ma génération se meurt. On pourrait dire, étant donné sa position et ce que j'ai vécu, avec d'autres hommes noirs de ma génération, que j'ai un devoir de l'amener à écrire là-dessus. Il occupe une position privilégiée dans une société où les Noirs sont encore surreprésentés dans la plupart des statistiques négatives et sous-représentés dans la majorité des statistiques positives. Plus de cinquante pour cent des Noirs de ce pays ne vont pas au bout de leurs années de lycée et, sur ces cinquante pour cent et plus, ils sont soixante-douze pour cent à être chômeurs. Ils n'ont aucune fierté, aucun espoir et très peu de modèles positifs. Il serait bon qu'ils sachent ce que des hommes comme mon ami ont accompli, les hommes noirs de ma génération. Le monde doit savoir ce que nous avons accompli. Mais Charlie, lui, ne le racontera à personne. Il fait un blocage, là-dessus, un blocage mental, dès qu'il s'agit de cette question.

» Maintenant, prends cette histoire, par exemple. Mon ami est un vétéran noir qui, entre autres choses, a servi son pays au péril de sa vie, en libérant les victimes d'un des pires régimes qui ait jamais existé et, depuis lors, des gens ont prétendu qu'il n'y était pas. Tu ne comprends pas ce que cela signifie, Adam ? C'est ce qui se passe, quand un homme invisible, un Noir, part faire la guerre ! Mais mon fils est un historien de la Reconstruction, et maintenant qu'il a atteint les sommets, il n'a aucune envie de jouer les trouble-fête.

— William, je te trouve un peu sévère avec Charlie. Je suis complètement d'accord, le rôle et l'expérience des soldats noirs à l'étranger et sur le territoire national constituent des sujets dignes et trop peu explorés, mais ils appartiendraient plutôt au domaine de l'histoire politique du XXe siècle. C'est mon domaine, pas celui de Charlie. Enfin, c'était du moins ce que j'avais pris l'habitude d'appeler mon domaine.

— Alors, ça t'intéresse encore ?

— Je vais certainement aller en toucher un mot à ton ami de Boston.

— C'est formidable, Adam ! Tu es un bon garçon. Tu ne le regretteras pas. Je lui ai laissé deux messages, mais il n'a pas répondu à mon appel. J'espère qu'il va bien. À nos âges...

Plus tard ce jour-là, l'ami de William répondit bel et bien à l'appel, ce qui conduisit William à rappeler Adam. Cette fois, pourtant, il avait l'air découragé. L'ami de Boston ne voulait pas s'entretenir avec Adam, il ne voulait s'entretenir avec personne.

— Il est fatigué, il est vieux et il n'est pas bien, lui expliqua-t-il. Il a souffert du racisme étant gamin, chez lui, avant la guerre, il a risqué sa vie dans une armée pratiquant la ségrégation en combattant le nazisme en Europe, il est revenu chez lui pour mener les batailles des droits civiques que nous avons menées, et maintenant il n'a plus qu'une envie, c'est qu'on le laisse tranquille. Il ne peut plus supporter l'indignité d'avoir à prouver quoi que ce soit à quiconque. Il m'a dit qu'il avait accordé toutes les interviews qu'il pourrait jamais accorder sur la totalité des facettes de son existence. Il pense que la controverse générée par le documentaire de PBS l'a privé de plusieurs années de sa vie. Je le comprends, Adam. Il a le sentiment qu'après toutes ces années, on n'a pas abouti à grand-chose. La décision de la Cour suprême ne lui a pas non plus précisément donné l'envie de se relever et de danser le fox-trot.

— Tu n'as rien pu dire pour le faire changer d'avis ?

— Adam, tu me connais, n'est-ce pas ? Tu ne crois pas que j'ai essayé ? Je lui ai parlé de toi, je lui ai dit que tu n'étais pas juste le premier venu, j'ai souligné que tu étais le fils de Jake.

— Le fils de Jake, répéta Adam, comme pour lui-même.

— Ça lui a plu, vraiment, mais... il a cessé de lutter, voilà tout. Il n'est pas bien. Donc, si tu as toujours l'intention de te lancer là-dedans, je crains que tu ne doives te reposer sur les entretiens qu'il a déjà accordés. Il m'a dit qu'il pouvait s'arranger pour que sa fille nous les envoie, ou du moins qu'elle t'indique une référence à travers Internet.

— Par e-mail ?

— Oui, il m'a confirmé qu'elle avait une adresse mail. Il n'a pas envie de s'embêter avec un ordinateur. Il m'a avoué qu'il avait renoncé à programmer son TiVo. Tu veux les lire, ces entretiens ?

— Eh bien, y jeter un œil ne peut pas faire de mal, mais ses détracteurs soutiendront que ce ne sont de toute manière que des versions de la même histoire, racontées par la même et unique source, dans un but intéressé.

— C'est à peu près le langage qu'il m'a tenu, lui aussi. Je pense que ça s'arrête là, Adam. Nous aurons essayé. Nous ne pouvions guère mieux faire.

— C'est dommage. Je dois admettre que cela finissait par m'intéresser de plus en plus.

— Eh bien, je te remercie d'avoir bien voulu faire ce plaisir à un vieil homme, mais nous sommes arrivés au bout du parcours. Il ne parlera plus. J'ai eu beau tenter de le convaincre, je le comprends complètement. Il en est resté véritablement blessé. « Qu'il lise les entretiens que j'ai déjà accordés », m'a-t-il répliqué. Ah, et il pense aussi qu'il pourrait y avoir un survivant qui a mentionné avoir vu des soldats afro-américains à la libération de Dachau, mais il ne se souvient pas exactement où il a lu ça. C'était il y a longtemps, juste après la guerre. Il a soulevé la question à l'époque où ils ont sondé les réalisateurs du documentaire, mais cela n'a mené nulle part. Un type à Chicago, un historien, aurait récolté des éléments à ce sujet auprès d'un survivant, dans les années immédiatement postérieures à la guerre. Mon ami m'a confié qu'à l'époque, il avait noté le nom de ce type sur un bout de papier, et puis il l'avait oublié, jusqu'à ce ramdam à propos du documentaire de la chaîne PBS. Ensuite, il est allé fouiller dans ses archives, ses dossiers personnels, il l'a retrouvé, il a transmis le nom, et même l'intitulé de l'institution universitaire à l'un des chercheurs qui travaillaient sur le documentaire, mais il n'en est rien sorti.

— Ah non, et pourquoi ?

— Eh bien, il était gêné de l'admettre, là tout de suite, mais en lisant entre les lignes, je pense qu'il s'est trompé entre les noms, soit celui de l'historien, soit celui de l'université, soit les deux. Je suppose que lorsqu'il les a soumis aux chercheurs afin qu'il puissent retrouver l'entretien avec ce survivant, ils n'ont pas été en mesure de remettre la main dessus. Les producteurs avaient envie d'ajouter foi à ses propos, mais aux dires de tous, ils se sont attiré les foudres de la presse, de la chaîne, d'un tas de gens. Il a avoué qu'il n'aurait jamais cru que cela revêtirait une telle importance. Après tout, ce n'était déjà que par hasard qu'il avait recopié les coordonnées du type de Chicago. Mon ami a indiqué qu'il avait lu quelque chose à ce propos un an ou deux après la démobilisation, et il avait conservé la coupure de presse car elle concernait une période et un endroit qui lui étaient familiers – le camp de concentration de Dachau, en avril 1945. Il se passait alors beaucoup de choses, mais il a précisé qu'il avait noté le nom du professeur de Chicago...

— Penses-tu qu'il aurait encore les coordonnées de ce type ?

— Eh bien, voici vingt minutes, il les avait.

— Il y a une expression australienne que tu pourrais employer avec lui, le cas échéant. Demande-lui s'il veut bien « pousser l'amitié » jusqu'à me transmettre par ton intermédiaire tous les renseignements sur cet historien de Chicago au sujet duquel il avait lu tout ça, après la guerre. Je veux dire, le nom de cet homme, son département, son institution, tout.

— Tu veux te renseigner ?

— Confirmer s'il a ou non mal noté ce nom, cela ne devrait pas prendre trop de temps. Mais il est toujours possible qu'il l'ait correctement retenu et que les chercheurs aient commis une erreur, ou peut-être ont-ils juste été paresseux. Il suffit d'une personne qui en a marre, qui est paresseuse ou trop occupée... qui sait ?

— Je ne le connais pas d'hier, ce type. Je sais qu'à ses yeux cela reste important. Je ne pense pas que ce serait trop « pousser son amitié ».

William rappela Adam dix minutes plus tard. Le nom que son ami de Boston avait noté sur un bout de papier tant d'années auparavant était celui du professeur Boardman. C'était tout ce qu'il y avait d'écrit sur ce papier, « Professeur Boardman, Chicago Institute of Technology ».

*

— Un jour, après nous avoir ramenés au ghetto de Dabrowa Gornicza, continua Mr Mandelbrot, j'ai repéré une faille dans la sécurité et j'ai pris le risque de m'échapper. Je n'avais pas le temps de réfléchir. Si je devais agir, il fallait que ce soit immédiatement. C'était ce que l'on appelle aujourd'hui une « fenêtre d'opportunité ». J'ai arraché l'étoile jaune qui était cousue à ma veste et je suis sorti dans la rue qui menait hors du ghetto. C'était tout au bout de l'hiver, peut-être au début du printemps, la fin de l'après-midi, et dehors la nuit tombait déjà. La rue était complètement déserte. Je ne savais pas où j'allais ni si je prenais la bonne décision. Même si je n'avais pas l'allure d'un juif aux yeux des nazis, il fallait quand même que je réfléchisse à une histoire à raconter au cas où je me ferais interpeller. Je m'éloignais du ghetto quand un homme s'est posté devant moi et m'a arrêté. Peu importait que j'aie l'air d'en être un ou pas. Cet homme savait que j'étais juif. C'était le SA.

*

Le professeur Adam Zignelik apprit que le centre d'histoire militaire de l'US Army, tout en ayant connaissance du documentaire de PBS sur la libération de Dachau et de la controverse que ce film avait provoquée une quinzaine d'années auparavant, ce qui n'était guère surprenant, refusait de confirmer ou d'infirmer l'implication d'hommes de troupe afro-américains. C'était sa position officielle dans cette affaire. En outre, moins de trente-six heures après avoir appris de William ce qu'avait écrit son ami vétéran sur un bout de papier au milieu ou vers la fin des années 1940 à Boston, Adam avait établi qu'il n'existait pas de Chicago Institute of Technology, ni à l'époque, ni maintenant, ni jamais. Il y avait et il y a toujours, en revanche, un Illinois Institute of Technology, qui n'avait pourtant jamais compté un dénommé Boardman au sein du personnel enseignant, ni dans les années 1940 ni plus tard. Cet institut n'avait même jamais eu de département d'histoire.

Adam notait les endroits qu'il vérifiait. Au milieu des années 1940, l'université d'Illinois avait deux campus, à Navy Pier et à Urbana-Champaign. À Navy Pier, depuis l'époque de son ouverture, en 1946, on enseignait l'histoire pour satisfaire la demande de l'énorme afflux de vétérans de retour au bercail. D'après les brochures de l'année 1947-1948, on y proposait dix cours d'histoire, dispensés par neuf membres de la faculté. Mais aucun d'entre eux ne s'appelait Boardman. Quant au campus d'Urbana-Champaign, il y avait eu là-bas un département d'histoire au sein du Collège des sciences humaines et des arts et lettres, durant l'année universitaire 1945-1946. Selon le rapport du conseil d'administration daté du 29 août 1945, le département d'histoire comptait trente employés, dont quatorze membres du corps enseignant, tous détenteurs d'un « poste titularisé ». Aucun de ces quatorze universitaires ne s'appelait

Boardman. Adam vérifia même à l'université de Chicago, simplement parce qu'elle se trouvait à Chicago. Il s'aperçut qu'elle possédait un département d'histoire dès sa fondation dans les années 1890, mais il n'y avait eu aucun Boardman en son sein, ni dans les années 1940, ni avant ni après. Sans se demander s'il était motivé par un souci d'érudition, le désespoir ou un mélange des deux, Adam contrôla les universités De Paul, North Park et Loyola. Il songeait à vérifier aussi à la Northwestern. Mais si tel ou tel de ces établissements avait pu exister à l'époque concernée, il n'y avait pas de professeur Boardman enseignant l'histoire dans les années 1940, 1950 ou 1960, dans aucun d'entre eux.

Il dut en conclure qu'il n'y avait en réalité rien à exhumer. L'ami bostonien de William mentait, se trompait ou l'avait envoyé, à dessein ou par inadvertance, à la poursuite d'une chimère. Il aurait pu avoir ses raisons de mentir sur la question principale, sur sa présence à la libération de Dachau – peut-être pour se gagner les bonnes grâces des juifs progressistes, actifs au sein du mouvement des droits civiques, des juifs comme Jake Zignelik. Il avait éventuellement pu mentir parce qu'il avait des amis juifs, parce qu'il regrettait de ne pas avoir été là-bas, pour des raisons tout à fait nobles ou il avait juste pu mentir à seule fin d'avoir une histoire à raconter.

Mais, s'interrogea-t-il, pourquoi inventer une histoire au sujet d'un historien de Chicago et des entretiens qu'il avait menés au milieu des années 1940 ? C'était si facile à vérifier et pourtant, une soixantaine d'années plus tard, l'homme en faisait encore mention. Quelles qu'aient été les motivations de l'ami bostonien de William, cela ressemblait de moins en moins à l'affaire d'un historien. Avec cette déduction resurgissait la crainte angoissante que l'affaire d'un authentique historien ne soit pas réellement l'affaire de l'homme qu'Adam Zignelik surprit à rôder seul et sans but dans son appartement, en plein milieu de la nuit, avec la vision de son visage, un visage insensé qui le lorgnait d'un œil pathétique dans le miroir de la salle de bains. Il ouvrit l'armoire à glace au-dessus du lavabo, y trouva le peigne que Diana avait laissé tout emmêlé de ses cheveux et se demanda comment il était devenu l'homme qui tenait ce peigne en main.

« Alors c'est ça, hein ? chuchota Diana au milieu de la nuit.

— J'ai cherché partout, j'ai fait tout ce que je pouvais.. tout ce qui m'est venu à l'esprit.

— Oui, c'est vrai. Et ça ne t'a pas fait du bien? Pendant une minute, là, tu as eu de quoi t'occuper.

— Oui, ça m'a fait du bien, c'est vrai. J'ai pu m'arrêter de penser à l'avenir et me laisser étourdir par des illusions de compétence.

— Il n'y avait personne, à l'Illinois Institute of Technology?

— Non, ils n'ont même pas de département d'histoire, et n'en ont jamais eu.

— Mais il y avait un Boardman, un professeur Boardman.

— Non, il n'y avait pas de Boardman.

— Si, il y avait un Boardman.

— Non, pas du tout. Crois-moi, je m'en souviendrais.

— Consulte tes notes.

— Ça ne te suffit pas de me rendre visite et de me parler alors que je sais que tu n'es pas là? Maintenant tu lis aussi mes notes. Et qui plus est, tu te les remémores de travers.

— Vérifie-les, Adam.

— Et si j'ai raison?

— Si tu as raison, je vais te dire quoi faire des raisins secs que tu as en trop.

— Me pardonneras-tu... ce que je... nous ai fait?

— Mon cœur, vérifie tes notes.»

Il se rendit à son bureau, ainsi qu'il l'avait entendue le lui ordonner, et se mit à feuilleter les pages. Il put voir, rédigés de sa main, les moments fugaces de son fragile enthousiasme. *Illinois Institute of Technology. Pas de département d'histoire. Jamais. Pas de professeur Boardman. Jamais. Autrefois un professeur Border au sein de la faculté, mais pas historien. Pas de Boardman.*

«Mon cœur, es-tu si sûr d'être fini?»

*

— J'ai dit bonsoir à ce SA, en essayant de garder mon calme comme si, en m'entendant m'exprimer comme quelqu'un qui était autorisé à marcher dans ces rues, il risquait de se laisser abuser par tant d'aplomb. J'avais dix-huit ou dix-neuf ans à l'époque, et beaucoup d'aplomb. Il m'a répondu bonsoir et je n'avais pas avancé de plus de trois pas quand il s'est écrié «halte». Il savait qui j'étais et, le temps que je fasse mes trois pas, chacun de nous a réfléchi à sa position. Quand il m'a fait «halte», j'ai pensé un instant à courir, mais cet homme qui me disait bonjour le matin aurait pu m'abattre, autant aussi bien agir comme s'il était mon meilleur ami, le meilleur que j'aurais jamais pu croiser au milieu de toutes ces rues. Qu'auriez-vous fait à ma place ?

Lamont Williams ne savait pas ce qu'il aurait fait donc il ne répondit rien. Il n'avait pas envie de retarder le récit de ce qui s'était passé.

— Je n'ai pas couru. Je me suis retourné pour le regarder et j'ai vu une ébauche de sourire se dessiner sur son visage. « Tu es sorti du ghetto après le couvre-feu », m'a-t-il dit. Je lui ai répondu que j'étais fort. Je pouvais travailler. Que voulait-il ? J'ai levé les yeux vers le deuxième étage de sa maison, qui n'était pas encore terminée, et je lui ai précisé que je travaillais dans la construction et que je pourrais travailler pour l'aider à la terminer. Il a fait vaguement non de la tête, pas un non très affirmé, un mouvement très lent, et il m'a répondu que le travail au deuxième étage de son habitation devait être exécuté par des civils. Il n'avait aucun intérêt à courir le risque qu'ils me dénoncent.

» Mais quand il a dit cela, j'ai entrevu cette éventualité, pour la première fois, qu'il serait susceptible de me laisser partir. S'il en était déjà à s'imaginer des travailleurs civils me dénonçant, cela signifiait que dans sa tête je survivais au-delà de ces quelques minutes où je me trouvais immobile dans la rue face à lui. J'ai alors compris, pour qu'il me laisse la vie sauve, il fallait que lui propose quelque chose. Que pourrait-il désirer que j'aurais été en mesure de lui donner ? Je l'ignorais, mais je savais que je devais penser à quelque chose, et vite. Mais je n'avais rien. Je venais de me faufiler hors du ghetto, comme on dit, sur un coup de tête. Je lui ai expliqué que j'étais capable de me charger de certaines choses pour lui à l'intérieur de sa maison, pendant qu'il était à son travail, durant la journée, je lui ai redit que j'étais fort mais cela l'a fait rire. Il me voyait réfléchir, à toute vitesse, alors que mon corps restait planté là sur place. Mon cœur battait aussi vite que le cœur d'un bébé lapin. Il m'a dit d'attendre dehors pendant qu'il rentrait dans sa maison, et je lui ai répondu que j'allais l'attendre. Devait-je m'enfuir en courant ou rester là ? Je n'en savais rien. Quelqu'un d'autre aurait pu me voir à la lumière du réverbère, tandis que je patientais. Les rues étaient encore calmes, mais j'ignorais si elles allaient le rester. Je ne savais pas combien de temps il s'absenterait. Qu'était-il allé faire ? Si je restais là, si j'attendais et si personne d'autre ne me voyait et s'il revenait, que ferait-il, alors ? Cet homme me disait tous les matins bonjour, mais il pouvait ressortir et m'abattre dans la rue sans que pour lui cela prête à la moindre conséquence. Que valait un « bonjour », chez un SA ?

*

Que faudrait-il pour déterminer quel département de l'Illinois Institute of Technology comptait ce professeur Border dans son effectif ? Il suffit à Adam d'un coup de fil de dix minutes le lendemain matin pour établir que le professeur Henry S. Border avait enseigné la psychologie dans les années 1940 et 1950. Il pouvait s'agir de l'homme dont l'ami bostonien de William avait parlé. Cet homme était psychologue. Quel type de travail effectuait-il, ce professeur Border, au juste ? Personne à l'autre bout du fil, à Chicago, ne sut lui répondre d'emblée. Comment l'auraient-ils pu ? Cet homme travaillait là-bas bien avant l'ère de l'informatique, aussi, Adam ne fut en mesure d'apprendre que fort peu de choses à son sujet. Quelqu'un au téléphone, à la faculté de psychologie, lui répondit qu'il était le bienvenu s'il voulait consulter les fichiers relatifs à ce Border, si cela l'intéressait, et s'il en avait le temps. Ils étaient désolés mais, malheureusement, personne chez eux n'avait le temps. Bien sûr qu'ils n'avaient pas le temps. Ces gens étaient de vrais universitaires. Seul Adam avait le temps. Adam n'avait que du temps.

Qu'est-ce qui l'empêchait de s'envoler pour Chicago et de se rendre à l'Illinois Institute of Technology ? Il aurait pu partir immédiatement pour l'aéroport, après son cours du lundi matin sur « Qu'est-ce que l'histoire ? ». Qui cela gênerait-il ? Qui même serait au courant ? Il se retrouva dans la rue avec une petite valise et son ordinateur portable protégé dans une sacoche. Il se rendait peut-être à une conférence. Il comptait peut-être pour quelque chose. Aucune de ses connaissances ne le croisa. Il n'eut aucun mal à héler un taxi et un immigrant du sous-continent indien le conduisit à l'aéroport, sans poser de questions. Il se retrouva à la maison de la presse Hudson News, à l'aéroport JFK, à consulter les magazines. Il regarda les briquets, alors qu'il ne fumait pas, jeta un œil aux chewing-gums et aux cartes à jouer. Il s'acheta un stylo dont il n'avait pas besoin, le *New York Times* et des cacahuètes.

À l'aéroport, les files d'attente étaient plus longues que par le passé, elles progressaient plus lentement, les contrôles de sécurité étaient plus invasifs. New York était encore en code d'alerte orange. Ou bien était-ce code jaune, à présent ? Il n'en savait rien et se demanda si quelqu'un le savait, ici. Quel était le pire ? L'orange comportait davantage de rouge, donc c'était sans doute le code le pire, en conclut-il. Aucun liquide n'était autorisé à bord, pas en quantité suffisante pour être utile à quoi que ce soit. Avant d'avoir les jambes fourrées sous le siège devant soi, grâce au terroriste à la basket piégée, on avait amplement l'occasion de se faire honte avec des chaussettes usées, déchirées ou dépareillées. Au sujet des élastiques de ses chaussettes Diana l'avait prévenu. « Nous avons bien conscience que vous avez accès à tout un choix de compagnies aériennes et nous vous remercions d'avoir choisi United. » La compagnie desservait plus de cent destinations et n'arrêtait pas de se placer sous la protection du Chapitre 11, la loi sur les faillites, et d'en sortir. À bord d'un vol pour Chicago, dans le fond de la cabine, avait pris place un homme incarnant le personnage d'un historien universitaire. Était-ce visible ? Quelqu'un le dénoncerait-il ? Adam ouvrit le *Times* et tâcha de le lire. Il y avait un article sur les Turcs, les Kurdes, les États-Unis et l'Irak. Il lut les mêmes deux phrases en boucle, manière de se donner de l'élan, sans réussir à y entrer.

Il crut avoir faim. Il avait du mal à ouvrir son paquet de cacahuètes. Dégoûté de lui-même, il finit par le déchirer violemment et quelques cacahuètes s'envolèrent vers l'avant de l'appareil, comme si elles étaient plus impatientes que lui d'arriver à Chicago. Du sel plein les mains, il les regarda s'envoler et s'écraser par terre. Il n'avait pas d'enfants. Ses parents étaient morts depuis longtemps. Il dirait aux gens de l'Illinois Institute of Technology qu'il était historien à Columbia University, New York, mais ce ne serait bientôt plus vrai. Quand ne serait-ce plus vrai ? À quelle vitesse volait l'appareil ? Un homme, de l'autre côté de l'allée, une rangée avant la sienne, se retourna pour le regarder, lui et son reste de cacahuètes. Adam lui sourit mollement. Il sentait des débris de cacahuètes coincés entre ses dents. Que fabriquait-il à voler en direction de Chicago pour examiner le travail vieux de soixante ans d'un psychologue du Middle West, un inconnu dont le nom ressemblait vaguement à celui qu'un vieil homme de Boston avait jadis griffonné sur un bout de papier ? C'était absurde. Il regarda ses doigts tout salés et se dit bordel, je me déteste.

*

— Il est ressorti dans la rue. Il m'a semblé avoir attendu une heure, mais en réalité cela n'avait duré que quelques minutes. J'ignore combien de temps. Il a regardé autour de lui dans la rue, qui était toujours déserte. D'un geste du doigt, il m'a fait signe d'entrer chez lui. Je ne savais pas ce qu'il allait faire, mais j'ai obéi. J'aurais pu essayer de m'enfuir en courant, mais où ? Et, de toute manière, rien ne l'aurait empêché de me tirer dans le dos avec un pistolet. Il faisait encore frais à cette période, et il portait un manteau. Il pouvait fort bien avoir un pistolet dessous. Je n'en savais rien.

» Nous sommes entrés, il a refermé derrière lui et m'a prié d'attendre dans le vestibule. Il m'a laissé là, il est passé dans une pièce, peut-être sa chambre, et il a fermé la porte. J'ai tendu l'oreille, mais je n'ai pas pu entendre grand-chose de ce qui se disait. C'était plutôt comme s'ils chuchotaient très fort, une femme et lui. Cette femme était son épouse. Au bout de quelques minutes, il est ressorti de la pièce, seul. Il m'a dit que je pouvais dormir à l'étage resté inachevé de la maison, mais que dans la journée il faudrait que je m'en aille. Je l'ai remercié et là-dessus, il est allé chercher sa femme. Elle m'a regardé comme une chose qu'elle n'avait encore jamais vue de sa vie, un étrange animal. Elle paraissait fascinée. Peut-être avait-elle même un peu peur de moi. Je l'ignore. Ce n'était pas le regard des gardes qui nous conduisaient du ghetto à notre lieu de travail. Eux, ils nous regardaient avec mépris, non, chez elle, c'était différent. C'était une sorte de fascination craintive ; je le décrirais comme cela. Je lui ai adressé un signe de tête, sans savoir si je devais lui serrer la main, à elle, ou même à lui.

» Il m'a conduit en haut et m'a averti qu'il viendrait dans la matinée s'assurer que je sois réveillé, avant le lever du soleil. Il fallait que je parte avant que les ouvriers ne viennent entamer le travail à l'étage. Ensuite, sa femme est montée derrière lui avec un peu de pain. Ils se servaient d'une échelle. Je ne sais pas ce qu'il lui avait raconté. Je ne savais même pas au juste si elle avait compris que j'étais juif, mais je crois qu'elle ne l'ignorait pas, à cause de sa façon de me regarder. C'était peut-être la première fois qu'elle commençait à entrevoir la réalité de ce que les Allemands faisaient là-bas. J'ignorais ce qu'elle savait. Il était difficile d'imaginer qu'elle puisse ignorer ce qui nous arrivait, dans le ghetto, à quelques rues de sa nouvelle maison, mais peut-être n'en savait-elle rien. Même à l'extérieur du ghetto, ils avaient pendu des Polonais, non juifs, et forcé leurs voisins à regarder. Mais si elle n'avait rien vu de tout ça et si personne ne lui avait rien raconté...

*

Adam Zignelik descendit dans ce qui ressemblait à un routier isolé aux allures d'hôtel dans un quartier décrit sur Internet comme le centre de Chicago mais qui paraissait trop désert pour un centre-ville digne de ce nom. Un site Internet avait publié une information mensongère. À peine quelques jours plus tôt, il n'avait encore jamais entendu parler de l'Illinois Institute of Technology. Et maintenant il demandait à un chauffeur de taxi de le conduire dans la partie sud de la ville. Bien qu'ayant peu de temps pour observer ce qui l'entourait et qu'il se soucie surtout de ne pas avoir l'air d'un idiot devant le jeune professeur qu'il devait rencontrer dans le bureau de la faculté de psychologie, il ne put s'empêcher de remarquer qu'avec ses variétés peu ordinaires de végétation au milieu d'un mélange de bâtiments très anciens et très récents, dont certains mêmes d'un modernisme flagrant, le campus était différent de tous ceux qu'il avait pu connaître auparavant.

— C'est la touche Mies Van der Rohe, un architecte stupéfiant, stupéfiant, très célèbre, s'épancha le jeune professeur de psychologie avec lyrisme, en l'accompagnant hors du bâtiment et en l'escortant vers la Galvin Library, la plus grande bibliothèque de l'institut. Vous devriez faire un tour du campus, si vous avez le temps. Nous recevons des visiteurs qui se déplacent rien que pour cette architecture. Ça m'embête d'avoir à vous dire ça, mais il faut que je file. C'était... Que vouliez-vous, déjà ? C'était les éléments Border que vous vouliez consulter, hein ?

Quelques minutes plus tard, Adam se retrouva dans un sous-sol faiblement éclairé en compagnie de cartons remplis de papiers et de dossiers d'un psychologue universitaire qui avait travaillé là cinquante ou soixante ans plus tôt. Une fois seul, il commença à s'interroger sur le sens de cette expédition. Ne sachant pas exactement quoi faire ensuite, il sortit un stylo et un carnet et se mit à griffonner au hasard quelques éléments intéressants qu'il avait déjà pu relever au passage, tout en essayant de faire taire cette voix dans sa tête, sa propre voix, aux accents stridents, qui l'invectivait en glapissant, le traitant de charlatan.

Donc... Ce ne fut qu'en 1939 que l'Armour College et Lewis University fusionnèrent pour devenir l'Illinois Institute of Technology ou, comme le tout monde l'appelait, apparemment, l'IIT.

Il avait entendu parler d'Armour. Un personnage ou une famille importante de Chicago, oui, mais qui était cet Armour, déjà, au juste ? Puis il lut qu'Armour College constituait le legs des abattoirs Armour de Chicago, une dynastie de l'abattage et de la transformation de la viande. L'argent de Lewis University provenait de l'immobilier, suite à l'un des booms qu'avait connus Chicago.

Henry Border était présent au moins depuis 1939, à l'époque de la fusion, au sein de ce qui était alors le département de psychologie et de philosophie. Avant 1939, il avait enseigné à temps partiel à Lewis University, dont les étudiants étaient des garçons issus de la classe ouvrière ou des immigrants qui, pour des raisons diverses qu'aucun document de l'époque ne mentionnait spécifiquement, n'étaient pas en mesure d'entrer à l'Université de Chicago ou à la Northwestern. Border lui-même avait obtenu son doctorat à la Northwestern dans le courant des années 1930. Adam lut qu'il avait été un « élève de Wundt ». Qui diable était ce Wundt ? Wundt, apprit-il, était le « père de la psychologie expérimentale ». Voilà qui ne laissa pas de l'impressionner. Que faisait cet élève de Wundt à enseigner à temps partiel à des ouvriers et des immigrants dans une université naissante du Midwest ? Et jusqu'où allait l'intérêt pour la psychologie, expérimentale ou autre, de ces ouvriers et de ces immigrants qui s'y inscrivaient sans nul doute en grand nombre ? Mais Border aurait pu être l'« élève » de Wundt seulement au sens où il suivait les méthodes de ce dernier, ou dans la mesure où il appartenait à une école de pensée inspirée par lui, car le fameux laboratoire de psychologie expérimentale prototypique de Wundt se situait en Allemagne, à Leipzig. Qui plus est, il était mort en 1920, donc Border n'aurait pu être son étudiant qu'au sens où il était aussi un « élève » de Francis Bacon, mort au XVIIe siècle. Tout cela risquait d'aboutir à une perte de temps regrettable.

— Quel idiot tu fais, se chuchota-t-il. La seule chose qui te sauve, ici, c'est que personne ne te voit perdre ton temps de la sorte.

*

— Je me suis endormi au deuxième étage de leur maison, celui qui n'était pas encore terminé, continua Mr Mandelbrot. Le froid entrait par les fenêtres sans vitres mais j'étais épuisé et je me suis endormi très vite. Ensuite, tout ce dont je me souviens, c'est du SA debout devant moi dans le noir. Je ne savais pas où j'étais. C'était le matin mais le soleil ne s'était pas encore levé. Il avait les yeux baissés sur moi et m'a dit bonjour. Il était venu me réveiller avant que les ouvriers ne viennent entamer leur travail au deuxième, là où j'avais dormi. Il m'a rappelé que je devais m'en aller. Si j'arrivais au bout de cette journée, je pourrais revenir ici. Il m'a souhaité une bonne matinée.

» Je suis descendu par l'échelle et je suis sorti dans la rue. Je ne savais pas quoi faire. Je me suis dit que j'allais peut-être retourner dans le ghetto. Mes parents, ma famille, ne savaient pas où j'étais, mais j'ai entendu, puis j'ai vu le détachement de travailleurs que l'on conduisait à l'extérieur des rues du ghetto pour les mener à la tâche. Je me suis caché et je les ai regardés passer sous bonne garde, aucun d'eux ne parlait, sinon ils se seraient fait rouer de coups. Je les ai observés, ce qui m'a permis de découvrir de quoi je devais avoir l'air la veille, avant tout ceci. Que devais-je décider ?

» J'ai passé cette journée à me cacher dans les rues autour du ghetto, en me demandant quoi faire. Le soir, après le coucher du soleil, quand j'ai été sûr que les ouvriers seraient partis de sa maison, je suis retourné chez le SA et son épouse. Avais-je fait le bon choix ? Je n'en savais rien. Chaque jour, à chaque minute, j'ignorais quelle était la bonne décision à prendre, mais si vous restiez en vie, cela signifiait que vous aviez pris la bonne. Toutefois, on ne le savait qu'une fois cette minute écoulée, et ensuite on n'avait pas le temps de se relâcher ; il fallait aussitôt penser à la minute d'après. J'avais appris qu'on avait entamé le transfert des juifs de Dabrowa Gornicza vers un ghetto à Sosnowiec. Ma famille était peut-être déjà partie, ou alors ce serait pour le lendemain. Devais-je essayer de les retrouver ? Étaient-ils encore tous ensemble ? Il était peut-être trop tard pour aller les retrouver dans Dabrowa Gornicza. Risquais-je de me faire tuer rien qu'en rentrant au ghetto ? Je suis resté comme cela, à l'étage de la maison du SA, tous les soirs, pendant cinq ou peut-être six semaines, jusqu'au jour où cet homme et sa femme m'ont invité à dîner.

» Ils m'ont fait asseoir à une table dans leur cuisine. Il était à ma droite, elle à ma gauche. J'étais entre eux deux. La table, je me souviens, était recouverte d'une nappe en dentelle. Il y avait plus de nourriture sur cette table que je n'en avais vu depuis le début de la guerre. Poulet, chou, il y avait de tout. Ils m'ont dit qu'il fallait me nourrir. J'avais envie de manger tout ce qu'il y avait sur table, mais j'ai commencé lentement, le temps qu'ils commencent à manger eux aussi, et ne voient pas à quel point j'étais affamé. Dans le ghetto, il ne s'écoulait pas de minute sans que j'aie faim. J'ai vu qu'ils échangeaient un regard, l'homme et la femme. Ils n'arrêtaient pas d'échanger des regards comme s'ils avaient quelque chose à me dire, et puis il a fini par me le dire. Le deuxième étage serait bientôt terminé et cette nuit serait la dernière que je passerais là-haut. Après ce dîner, l'épouse a été incapable de me regarder.

» À présent, on avait achevé le long regroupement des gens qui se trouvaient dans le ghetto de Dabrowa Gornicza pour conduire tous les survivants, ceux qui n'étaient pas morts de faim ou de maladie, à Sosnowiec. J'ai pensé que, si ma famille était encore en vie, elle se trouvait sans doute maintenant dans ce ghetto de Sosnowiec. Vous pouvez le dire, Sosnowiec. Monsieur Lamont, dites-le.

— Sos-now-ietz.

— Je ne pouvais plus rester coucher la nuit au deuxième étage chez ce SA Volksdeutsche et sa femme, et j'ai décidé de partir pour Sosnowiec. À travers mon père et le commerce de boucherie qu'il tenait, et grâce à mes propres activités, je connaissais beaucoup de fermiers et de villageois de la région. Il y avait quantité d'endroits où je pouvais aller, où les gens, des Polonais...

— Pas juifs ?

— Pas juifs, évidemment. À l'époque, les juifs, tous les juifs de Pologne étaient dans un ghetto, ils se cachaient ou alors ils étaient morts. Ceux-là, c'étaient des Polonais non juifs, des fermiers polonais, et je les connaissais, mais j'avais honte de les voir ainsi. Je portais toujours les mêmes vêtements. Ils savaient ce qui arrivait aux juifs ; cela en attristait certains, certains étaient contents d'assister à tout ça, et d'autres s'en moquaient un peu, mais ils m'appréciaient. Enfin, je ne pouvais rester chez aucun de ces gens-là trop longtemps car pour eux, c'était dangereux.

— Pourquoi ?

— Parce que les nazis tuaient les Polonais qui se faisaient prendre à aider des juifs, et ils veillaient à ce que les Polonais ne l'ignorent pas. J'ai décidé de tenter de pénétrer dans le ghetto de Sosnowiec pour voir si je ne réussirais pas à y retrouver ma famille. C'était peut-être stupide, mais je n'ai jamais su ce qui était intelligent ou ce qui était stupide, et je voulais revoir ma famille. Il y avait un quartier de Sosnowiec, une banlieue, qui s'appelait Szrodula, et les Allemands déplacèrent tous les Polonais chrétiens à l'extérieur de cette banlieue pour la transformer en ghetto fermé par une clôture, destiné aux juifs de Sosnowiec et à d'autres qui venaient de cette région. Mais le temps que j'arrive là-bas, ils avaient déjà entamé les déportations de Sosnowiec depuis un certain temps, depuis une année ou plus, et on m'a raconté. La SS, vous savez ce que c'est ?

— Je sais... j'en ai entendu parler mais...

— La SS – l'abréviation de *Schutzstaffel* –, c'était la force armée d'élite du régime nazi, une force armée chargée de chapeauter l'armée régulière, et qui avait la responsabilité de la mise en œuvre du programme nazi contre les juifs. De temps à autre, la SS ordonnait le regroupement d'un fort contingent de juifs du ghetto sur la place centrale de la bourgade, avec leurs familles. Ces rafles, que l'on appelait des *Aktions*, se sont répétées jusqu'à ce qu'il ne reste plus de juifs dans le ghetto. Chaque juif était contraint de passer devant ce que l'on appelait une commission de déportation qui l'affectait à quatre catégories au choix. On pouvait être employé dans une usine jugée essentielle à l'effort de guerre allemand. Ce juif-là restait dans le ghetto. C'était la première catégorie. On pouvait être transféré en Allemagne comme travailleur forcé dans un camp. C'était une autre catégorie. On pouvait aussi être envoyé dans un camp d'un genre différent, ou intégrer une catégorie dans laquelle ils n'avaient encore rien décidé à votre sujet. C'étaient les quatre catégories.

» Vous pouvez imaginer, monsieur Lamont, que les gens d'une même famille se retrouvaient séparés dans des catégories différentes. Les gens essayaient de rester ensemble, avec les membres de leur famille, et ils tâchaient donc d'intégrer une autre catégorie que celle qui leur avait été assignée. Quand c'était le cas, la personne qui tentait de passer dans une autre catégorie était abattue sur-le-champ, devant les membres de sa famille qu'elle avait tenté de rejoindre. Les corps restaient gisant là. Ces Aktions pouvaient durer jusqu'à minuit.

*

Tout au fond de la Galvin Library, à l'IIT de Chicago, Adam trouva une référence à un musée de la psychologie, le Chicago Psychological Museum. Qu'est-ce que c'était qu'un musée psychologique, quel rapport avait-il avec Border et pourquoi Adam Zignelik, professeur d'histoire politique du XXe siècle, devrait-il s'en soucier ?

Il y avait un article du *Chicago Daily News* daté du 27 mars 1944. Le docteur Henry Border invitait le public à se rendre au Chicago Psychological Museum récemment fondé pour y assister à des « expositions et des démonstrations de dispositifs psychologiques permettant de tester la vision, l'audition, le goût et l'odorat ». Il y avait là ce que l'on appelait un testeur clinique de perception destiné aux conducteurs. Tout cela se déroulait au Lewis Gymnasium de l'IIT. Border avait fondé le musée et il en était le conservateur.

« Écoute, mon cœur, ton psychologue a l'instinct et les tendances d'un historien, entendit-il lui murmurer Diana.

— Tu te raccrocherais à n'importe quoi, répliqua-t-il.

— Non, cet homme était un collectionneur. Peu importe ce qu'était ce musée, Border avait compris que les méthodes, la pratique et la recherche de cette discipline qui étudiait le comportement humain au milieu du XXe siècle méritaient d'être conservées. Elles méritaient une documentation historique.

— Oh, d'accord. Et à ma mort, trouveras-tu quelqu'un pour mener une recherche sur moi qui ai mené une recherche sur lui, afin de révéler ce qu'auront été les derniers soubresauts de désespoir d'un historien du début du XXIe siècle bientôt réduit au chômage ? Tu ne m'aides guère, là.

— Mais si, je t'aide.

— Non, vraiment pas. Cela ne m'aide en rien de m'encourager à perdre mon temps et à me couvrir de ridicule.

— Le temps, c'est un atout dont tu disposes, et c'est à peu près le seul. Quant à te ridiculiser, tu l'as déjà dit toi-même, personne ne peut te voir. Qui sait même que tu es ici ?

Ce jeune universitaire en psycho et la bibliothécaire en chef, ils savent que je suis ici. Il lui a dit, à elle, que j'étais ici, il m'a conseillé d'aller la voir, si j'avais des questions.

— Tu te souviens de leurs noms ?

— Il s'appelle Phil quelque chose. J'ai son nom de famille écrit quelque part dans mes notes et elle, c'est...

— Tu ne te souviens pas de son nom.

— Il commençait par un "S". Un nom qui n'avait pas une sonorité ordinaire. Où veux-tu en venir ? Je perds mon temps.

— Continue à lire. Elle ne se souvient pas de ton nom, elle ne se souvient même pas que tu es ici. Alors pour la honte, oublie. »

Mais la bibliothécaire en chef se souvenait visiblement qu'Adam était là parce qu'il la vit se diriger vers lui, des documents à la main.

— Êtes-vous le professeur Zignelik ?

— Adam, oui.

— Phil Tolson m'a prévenue que je vous trouverais ici. Je m'appelle Sahera Shukri. Je suis la doyenne des bibliothécaires.

— Je suis désolé, Sahera, j'avais l'intention de venir me présenter à vous plus tôt, mais je...

Ils se serrèrent la main, et Adam n'acheva pas sa phrase.

— Non, c'est moi qui suis désolée. J'avais l'intention de vous faire visiter la bibliothèque, mais je n'ai pas vu passer la journée. Phil m'a indiqué que vous étiez historien à Columbia.

— Oui.

— Et vous vous intéressez à Henry Border.

— Enfin, il se pourrait qu'il m'intéresse.

— Vous savez, nous n'avons pas que cela le concernant. C'est tout ce que nous conservons ici à la Galvin Library, mais l'université pourrait posséder d'autres pièces qui ne sont pas encore chez nous.

— Vraiment ?

— Oui, Eileen Miller, la doyenne de la faculté de psychologie, m'a confié qu'il y aurait selon elle d'autres documents de sa main quelque part dans leur département, mais elle n'a pas encore eu l'occasion de vérifier s'ils sont tous de lui, avant de nous les transmettre. Et comme vous pouvez le constater, nous n'avons pas encore commencé à trier ce qu'elle nous a déjà expédié. Personne ne prévoyait qu'il y aurait une urgence particulière, donc je crains que votre visite ne nous prenne un peu au dépourvu.

— Oh, il ne faut surtout pas vous sentir gênée à cause de moi. Croyez-moi ! En savez-vous beaucoup sur le travail de Border ?

— Non, presque rien. Pour l'heure, vous devez en savoir plus sur lui que moi. Non, à mon avis, c'est Eileen qui en sait le plus sur lui chez nous. Lui avez-vous parlé ?

— Non, Phil Tolson m'a signalé qu'elle est absente jusqu'à demain. Je n'ai pas très bien choisi mon moment. Je suis venu ici sur une sorte d'intuition.

— Eh bien, j'ai reçu quelque chose au courrier, il y a quelque temps de cela, de la part d'une collègue à la retraite qui travaillait ici à la bibliothèque, et c'est votre visite qui m'a amenée à m'en souvenir.

— Oui ?

— L'oncle de ma collègue travaillait à l'IIT dans les années 1950 et il est décédé il y a peu. Mon amie vidait le grenier de cet oncle quand elle y a trouvé des pages d'une vieille lettre d'information de l'IIT. Je pense que cela date du début des années 1950. Vous devriez y jeter un œil. Cet exemplaire-ci date de 1951. Elle contient un article à propos de Border et d'un musée de la psychologie, et j'avais l'intention de l'ajouter à la pile. Votre visite m'a incitée à venir ici. Vous avez envie d'y jeter un œil ? Je peux vous le laisser, si vous voulez bien simplement le joindre à la pile quand vous aurez terminé. Je vais devoir bientôt partir. J'ai été ravie de vous rencontrer. J'adore votre accent, au fait. Vous êtes britannique ?

— Non, ma mère était australienne et mon père new-yorkais. L'accent vient de ma mère.

— C'est très sympa, cet accent. Bonne chance, Adam. J'espère que vous trouverez ce que vous cherchez.

*

— Comme toujours, je ne savais pas quoi décider. Si j'allais vivre à l'intérieur du ghetto, je risquais de me faire prendre dans une Aktion, mais je voulais essayer de retrouver ma famille. J'avais une chance d'être sélectionné pour travailler dans une usine locale, à l'effort de guerre allemand, mais je courais aussi le risque d'être sélectionné pour l'une des autres catégories. J'ai décidé d'essayer de rester à l'extérieur du ghetto, et j'ai tâché de survivre en y introduisant et en en sortant des choses clandestinement. Le peu de gens qui restaient là-bas souffraient sans arrêt de la faim. Il n'y avait jamais assez à manger. Jamais. Comme ces gens étaient de plus en plus acculés à trouver de la nourriture, ils étaient de plus en plus amenés à se séparer de telles ou telles de leurs affaires qu'ils avaient apportées avec eux.

— Comme des vêtements ou ce genre de chose ?

— Oui, un vêtement, une montre, un jouet, ce style. Moi, ce que je faisais, c'est que je sortais ces objets du ghetto et...

— Vous les sortiez clandestinement ?

— Clandestinement, oui, du ghetto, et je les revendais aux gens que mon père et moi connaissions à la campagne et dans les villages. Je réussissais à en tirer de l'argent. Je pouvais me procurer de la nourriture et la rapporter au ghetto. Voilà de quoi je m'occupais.

— Et votre famille ?

— Ma famille ? Quand je suis arrivé à Szrodula, au ghetto de Sosnowiec, ils n'y étaient pas. Ce qu'il fallait que je sorte clandestinement, le plus urgent, c'étaient de bons vêtements qui ne soient ni trop déchirés ni trop usés.

— Pourquoi ?

— Parce qu'à l'extérieur du ghetto, je n'avais pas les moyens de me rendre invisible, et si des gens me voyaient, il fallait qu'ils me prennent pour un Polonais.

— Un Polonais chrétien ?

— Oui. Grâce au peu de juifs qui restaient après le départ de tous les autres, j'ai obtenu des vêtements qui étaient en meilleur état que ceux que j'avais à Dabrowa Gornicza, que je portais tout le temps, tous les jours, et même une sacoche. Aussi, quand quelqu'un me voyait hors du ghetto, il ne me remarquait pas.

» J'ai passé des objets clandestinement pendant un certain temps, jusqu'à ce jour où j'étais à l'arrêt du tramway, devant le ghetto.

— À Sosnowiec ?

— Oui, à Sosnowiec. Je devais me rendre, je ne sais plus, à quatre arrêts de là, et ensuite j'avais un sacré trajet à pied. J'étais déjà à l'extérieur du ghetto et j'attendais le tram, debout. Je regardais à droite et à gauche, en tâchant de ne pas avoir l'air suspect, vous voyez, aux yeux de personne. En face de cet arrêt, il y avait une espèce de petite butte. Subitement, deux paires d'yeux se croisent, deux paires d'yeux face à face ; mes yeux et ceux d'un autre, qui me regarde, à l'autre bout de cette butte. Je savais qui c'était. C'était le garçon de Zabkowice. Il était plus âgé et maintenant il était à Sosnowiec, mais j'ai tout de suite compris que c'était celui qui m'avait traité de juif, contre lequel j'avais dû me battre quand j'étais plus jeune. Nous nous sommes regardés, et nous conservions sans doute tous les deux ce même souvenir du passé. Il m'avait vu, donc cela ne servait à rien de détourner les yeux. Il fallait que je soutienne fermement son regard, en espérant que ce souvenir l'effraie et le décourage. Qui savait ce qui lui était arrivé durant toutes ces années, depuis que je l'avais réduit au silence devant les autres garçons ? Il m'a regardé et il a réfléchi, et je l'ai regardé et j'ai réfléchi pendant à peu près deux ou trois minutes. Et puis il a disparu. Je me suis dit que je l'avais peut-être effrayé avec mon regard et le souvenir que ce regard était censé réveiller, mais il n'empêche, j'avais très envie de voir le tram arriver et qu'il me conduise loin de là. D'autres personnes attendaient ce tram à présent et j'ai pensé que j'arriverais peut-être à me fondre dans la masse, mais dans les cinq minutes à peu près un homme grand et bien habillé est apparu derrière la petite butte. Il avait avec lui un énorme chien et ils étaient suivis par mon camarade de la cour d'école aux cheveux raides. L'homme s'est approché de moi, au milieu de la foule, avec son chien. Sans un coup d'œil aux autres personnes qui attendaient aussi le tram, il m'a annoncé que je me trouvais en état d'arrestation, en allemand.

— C'était un soldat ?

— Non, c'était un civil.

— C'était un... Volksdeutsche ?

— Oui, monsieur Lamont, c'était un Volksdeutsche.

— Comment pouvait-il vous arrêter, si c'était un civil ?

— C'était un Allemand, j'étais juif, je m'étais fait surprendre à l'extérieur du ghetto et sans l'étoile jaune qu'ils nous obligeaient à porter. S'il n'y avait pas eu ce chien, je me serais enfui en courant. Mais ce molosse était vraiment très, très gros. Et cet homme si grand, avec ce chien, m'a conduit à la police.

— Allemande ?

— Oui. La police civile m'a enfermé dans une salle d'interrogatoire pour savoir depuis combien de temps j'étais sorti du ghetto, et surtout où je m'étais caché. Si je leur avais révélé que les gens que mon père et moi connaissions m'avaient permis de rester dans leurs granges et sur leurs fermes et leurs propriétés, tous ces gens, ils les auraient tués. Je n'allais donc pas révéler qui m'avait fourni un abri. Ils m'ont ordonné de me déshabiller, de me mettre en sous-vêtements, et m'ont fait asseoir par terre, les jambes tendues. Ils avaient deux bâtons, ils m'en ont coincé un entre les coudes et un entre les genoux, de sorte que j'étais penché en avant, en demi-cercle, la tête touchant le sol. Et ensuite, ils m'ont frappé.

*

Sahera Shukri, la doyenne des bibliothécaires de l'IIT, laissa Adam seul avec les documents qu'elle lui avait confiés, ceux du grenier de l'oncle défunt de sa collègue. Il la regarda s'éloigner et il aurait aimé avoir quelque part où aller. Il ne savait pas s'il devait retourner à cette pile de pièces qu'il examinait avant son arrivée ou se pencher sur l'autre, bien plus modeste, qu'elle venait de lui remettre. Il choisit la nouvelle, plus modeste, parce qu'il la compulserait plus vite et en retirerait éventuellement un menu sentiment d'accomplissement. Telle était la logique derrière sa décision, la seule et unique logique.

Les premières pages traitaient de sujets qu'il avait déjà abordés, à propos du musée psychologique, mais ensuite, il tomba sur une page pour lui tout à fait inédite. C'était une lettre d'information de l'IIT, datée de 1947. Dans un article rédigé par Border lui-même, il était question d'une récente expédition que ce dernier avait menée en Europe, dans le cadre de ses recherches. L'article expliquait que ce voyage de recherche avait débouché sur le travail conduit par Border à l'époque, en particulier sur un article intitulé «Le quotient adjectif-verbe : enquête sur les modèles discursifs des Personnes Déplacées». Qui étaient ces «Personnes Déplacées»? Pourrait-il s'agir de la source de l'entretien dont parlait l'ami vétéran bostonien de William McCray? Après une rapide recherche à un autre étage de la Galvin Library, Adam apprit que c'est seulement en 1980 que la névrose post-traumatique fut reconnue comme une psychopathologie inscrite dans le *Manuel statistique et diagnostique des troubles mentaux.* Le moment choisi pour cette inscription avait beaucoup à voir avec les expériences des vétérans du Vietnam, qui faisaient à l'époque l'objet de rapports fréquents. Mais de quelle sorte de travail s'occupait Border, au milieu des années 1940?

*

— Je savais que je devais leur livrer quelque chose, alors je leur ai raconté que j'allais leur dire où je m'étais caché. Du temps où j'étais plus jeune, quand je rapportais des bêtes à mon père, je connaissais les routes, les raccourcis à travers champs, et les fermes de la région, et je savais où se trouvaient les ruines d'un vieux château. Un endroit où j'avais espéré un jour amener une fille, ce que je n'avais jamais fait. Et là, je pouvais encore envisager de m'en servir, et d'une façon que je n'avais jamais imaginée. C'était loin de Sosnowiec, mais je me disais que si j'avais dû aller jusque là-bas, en cas de nécessité cela n'aurait rien eu d'impossible. Je n'avais jamais eu l'occasion de me rendre dans ces ruines, mais j'ai raconté à la police criminelle que c'était là que je m'étais caché. Ils ne m'ont pas cru, ils m'ont remmené en cellule, et ils m'ont laissé là.

»Maintenant, vous pourriez ne pas croire, en me voyant ici dans cette chambre, que j'aie eu un jour vingt ans, pourtant c'était l'âge que j'avais à l'époque. Et j'étais emprisonné dans mon propre pays, uniquement à cause de qui j'étais à ma naissance. À l'époque où j'étais né, ce n'était pas tant un crime, enfin, si, un peu parfois peut-être, mais là, c'était devenu un crime capital. Je ne savais pas exactement où était ma famille et j'avais été roué de coups par la police criminelle pour avoir refusé de trahir les gens qui m'avaient aidé. Au bout de quatre jours, ils m'ont de nouveau conduit en salle d'interrogatoire et m'ont reposé la question : «Qui t'a caché?» Je leur ai répondu que je leur avais déjà dit la vérité. Je vivais dans les ruines d'un vieux château. Je leur ai dit : «Je pourrais vous y conduire et vous montrer, et vous vérifierez.» Cela aussi, ça aurait pu mal tourner pour moi, car je craignais qu'ils ne m'ordonnent de les y emmener. Et là, monsieur Lamont, ils constateraient que rien là-bas ne prouvait qu'une personne ait vécu sur place; pas de reliefs de nourriture, pas la moindre preuve de vie. À moins, naturellement, qu'un autre juif ne se soit caché là, mais à cette époque, en Pologne, jamais deux juifs n'ont eu une chance pareille. Et puis s'ils ne me croyaient pas, ils pouvaient aussi bien m'abattre en plein champ. Oui, pourquoi pas? Mais ils n'avaient pas envie de s'infliger un tel trajet ou alors, avant tout, c'était qu'ils ne me croyaient pas. Cette fois-là, ils ne m'ont pas frappé, ils m'ont juste de nouveau jeté en cellule. Un ou deux jours après, ils m'ont conduit au quartier général de la Gestapo.

»Une voiture est venue me chercher, je me souviens. J'étais encore à Sosnowiec.

— Qu'est-ce que c'était, la Gestapo, encore une autre police?

— Oui, c'était la police secrète d'État allemande. La police criminelle m'a emmené au quartier général de la Gestapo, où on m'a posé la même question : «Où vous êtes-vous caché et qui vous a caché?» Je leur ai répondu la même chose qu'à la police criminelle. J'avais vécu dans les ruines d'un château au milieu des champs. Je peux vous montrer où c'est. Ils ne m'ont pas cru et ils m'ont frappé, eux aussi. Ils m'ont fracassé la figure à coups de crosse de fusil. Je leur ai répété la même chose, sans relâche, mais ils s'en moquaient. Le sang me ruisselait au milieu du visage, une rigole de sang du sommet du crâne jusqu'au menton. Ils m'ont frappé au même endroit, sans relâche, et au bout de deux heures la Gestapo m'a embarqué dans une voiture. Ils m'ont transféré dans une prison. Je m'en souviens. Je la vois encore, dans la rue Ostrogorska. Ils m'ont enfermé au quatrième étage du bâtiment de la prison dans une cellule qui contenait six juifs et dix Polonais, seize personnes entre quatre murs. Les Polonais, pour la plupart, ils étaient plus vieux que les juifs. Les juifs avaient à peu près mon âge. Quand j'ai vu qu'il y avait de jeunes juifs, nous avons tous échangé des informations, histoire de voir si tel ou tel d'entre nous serait au courant de ce qui était arrivé à nos familles, d'obtenir des informations que tel ou tel d'entre nous aurait pu détenir, n'importe quoi.

— Vous saviez où était votre famille, à ce moment-là ?

— À ce moment-là, mes parents, soupira Mr Mandelbrot, mes parents étaient sans doute déjà là où j'allais partir.

— Et où alliez-vous partir ?

— À Auschwitz.

— Qu'est-ce que c'est Owswich, au juste ?

— Auschwitz.

— Owswitz.

— Auschwitz.

— Ausch-witz.

Mr Mandelbrot hocha lentement la tête, une fois, les yeux mi-clos, pour manifester son approbation à son élève.

— Qu'est-ce que c'est, au juste, Ausch-witz ? répéta posément Lamont.

— Ceci, fit Mr Mandelbrot, en tapotant des deux doigts de sa main droite le chiffre tatoué sur son avant-bras gauche, ceci, ce que vous fixiez de vos deux yeux, c'est ça, Auschwitz.

*

Replongé dans la première pile de documents, la plus importante, Adam y trouva des brouillons de demandes de bourses, rédigées de la main d'Henry Border, adressées à une multitude d'organisations pour financer son voyage en Europe, certaines d'entre elles datant même de 1945. Selon toute apparence, après la guerre, Border avait tenté de s'y rendre presque dès la fin des hostilités sur le Vieux Continent. Au vu des lettres de candidature et des lettres de rejet, si nombreuses, visiblement, son projet n'avançait guère, mais il n'avait pas abandonné pour autant. Candidature après candidature, il avait persévéré. Sans trop qu'Adam sache comment, Border avait fini par arriver là-bas en 1946. À ses yeux, cela n'avait aucun sens. Il lui paraissait absurde de penser que l'intérêt professionnel de cet homme pour l'analyse linguistique, ce que Border appelait le « Quotient adjectif-verbe », lui impose, en 1946, d'effectuer tout ce périple de Chicago vers une Europe récemment libérée, ravagée par la guerre, uniquement pour recueillir des données susceptibles d'étayer son hypothèse sur la fréquence relative de l'emploi de certains adjectifs et de certains verbes chez les individus en situation de détresse. Quelque chose ne collait pas. En particulier, parmi ces Personnes Déplacées, qui voulait-il interroger ? Et qui diable était Henry S. Border ?

« Il faut que tu t'adresses à Eileen Miller, la doyenne de la faculté de psychologie. Il faut que tu examines les autres documents. Il faut que tu restes plus longtemps », lui chuchota Diana. Mais Adam devait reprendre un avion pour New York le lendemain matin. Des lumières avaient beau y rester allumées toute la nuit, la plupart des huit millions de personnes qui vivaient là-bas essaieraient de s'accorder un peu de sommeil. Nombre d'entre elles ne dormiraient pas. Certaines en seraient incapables. Elles feraient ce qu'elles pensaient devoir faire afin d'entamer la journée du lendemain. L'un de ces êtres était resté debout, il soliloquait sous le néon de la cuisine dans l'appartement de sa grand-mère, à Co-Op City, en plein Bronx. Si Adam Zignelik changeait de vol, personne, parmi tous ces gens, personne ne le saurait.

« Tu dois rester plus longtemps, lui chuchota Diana. Tu le sais. »

*

La grand-mère de Lamont Williams se réveilla au milieu de la nuit pour vérifier la source d'un bruit, un bruit sourd. Elle se tourna vers son réveil digital et vit qu'il était 2 h 47 du matin. Elle aurait voulu s'accorder une bonne nuit de sommeil. Sa petite-fille attendait leurs déjeuners avec impatience et rien que pour ça, elle avait envie d'être bien reposée, mais quelque chose la maintint éveillée. Ce bruit qu'elle avait entendu, c'était la voix étouffée d'un homme qui soliloquait. C'était son petit-fils. Il parlait doucement, en suivant un rythme bien particulier, par moments, c'étaient des mots isolés qu'elle était presque incapable de discerner, et ce qu'elle réussissait à en discerner demeurait incompréhensible, des mots qui semblaient appartenir à une langue dont elle ignorait qu'il la parlait. Il les prononçait comme s'il s'agissait d'une sorte d'incantation. Elle enfila sa robe de chambre et ouvrit sa porte pour mieux entendre ce que se disait son petit-fils, tout seul, au milieu de la nuit. Aurait-elle besoin d'aide, avec lui ? Elle réussirait peut-être à convaincre Michelle de l'aider, pour Lamont. Il était sorti de prison, maintenant. Il avait un emploi ; il avait payé sa dette à la société. Mais enfin, qu'est-ce qu'il racontait ? Il valait mieux envisager le pire, dès que possible, même si cela se révélait très douloureux. Comme cela, on diminue la souffrance. Avait-il appris une nouvelle langue, en prison ? Ce serait bon signe.

Était-ce seulement possible ? Était-ce une espèce de technique de relaxation ? Même ça, ce serait une bonne chose. S'il vous plaît, faites que ce soit ça, se dit-elle.

— Il est né le 15 décembre 1922 dans la ville d'Olkusz. Son père était boucher, disait Lamont Williams, en buvant à petites gorgées une tasse de jus de pomme surgelé Seneca.

Qui avait un père boucher ? Qui était né en 1922 ? s'interrogea sa grand-mère. Elle l'entendit boire encore quelques gorgées et reposer la tasse.

— Ol-kusz. Zab-ko-witz-è. Dab-rov-a Gorn-itch-a. Volksdeutsche. Sos-now-iec. Sosnowiec.

Prenait-il de la drogue, maintenant ? Était-il défoncé ? Mais enfin, qu'est-ce qu'il racontait ? Elle avança aussi silencieusement que possible dans le couloir, passa devant le sanctuaire des photographies de famille, parmi lesquelles un portrait de ses deux arrière-petites-filles, alors âgées de deux ans et demi, et elle continua de l'écouter chuchoter tout seul, sur un fond de bourdonnement, celui du néon et du réfrigérateur.

— Dab-rova-a Gorn-itch-a... Dabrowa Gornicza.

Il était un peu plus de 3 heures du matin, à Co-Op City, dans le Bronx. Lamont Williams, le nouveau, le type du service d'entretien, encore en mise à l'épreuve, un gars plutôt silencieux, un peu nerveux, était assis dans la cuisine de sa grand-mère, sous le néon, et il parlait tout doucement tout seul. Tout en passant délicatement deux doigts de la main droite sur son avant-bras gauche. Dans l'obscurité du couloir, d'une main, sa grand-mère referma sa robe de chambre et tâcha d'écouter son petit-fils. Qu'allait-il lui arriver ? Il parlait curieusement, en chuchotant. Elle songea à recourir à la prière, afin de mieux le comprendre.

— Sos-nov-ietz. Sosnowiec. SS Schutzstaffel. Ausch-vitz. Auschwitz.

Sixième partie

Le serveur lui avança sa chaise et, quand elle fut assise, la lui rapprocha de la table. Ensuite, il en fit autant pour Michelle. Cela ne lui arrivait jamais, sauf les fois où sa petite-fille la sortait. Sans nul doute, comprit-elle en regardant le serveur rapprocher la chaise de cette dernière, à Michelle, cela lui arrivait tout le temps. Cette différence d'expériences dans leur existence ne l'ennuyait pas. Au contraire, d'observer ce débordement d'attention du serveur envers sa petite-fille la remplissait de fierté. Michelle aurait pu être actrice ou mannequin, sa grand-mère le lui répétait tout le temps. Mais attirer l'attention sur sa personne ne l'avait jamais intéressée. Quand les gens la complimentaient sur son allure, cela l'embarrassait. Ce n'était pas un attribut qu'elle s'était donné du mal à acquérir, comme les bonnes notes qu'elle obtenait aussi, mais qui ne lui valaient jamais les mêmes louanges, loin s'en faut.

À la faculté, les hommes les plus susceptibles de lui proposer de sortir avec elle étaient creux et superficiels, indifférents à la personne qu'elle était vraiment et à ce qu'elle pensait – or elle pensait beaucoup, à quantité de choses. C'était soit des athlètes imbus d'eux-mêmes soit des espèces de desperados délirants qui n'avaient aucune idée du regard que le monde portait sur eux. Elle avait toujours eu l'impression que les hommes sensibles étaient intimidés par son apparence physique, si persuadés qu'ils étaient de se faire éconduire qu'en dépit de la valeur du trophée qu'elle représentait, ils se sentaient trop pleins de défauts, trop sûrs de l'échec pour s'autoriser autre chose que l'admirer à distance. Ces hommes-là poursuivaient de leurs assiduités des femmes à peine plus jolies que la moyenne, avant d'épouser celle qui se trouvait être la plus proche à la seconde où la musique du bal de fin d'études s'interrompait subitement pour annoncer la clôture du troisième cycle. Invitée aux mariages en qualité de célibataire, son apparence physique suscitait l'admiration presque excessive des couples et, ce faisant, la mettait dans l'embarras, car ils ne s'imaginaient jamais qu'elle puisse connaître la solitude tout aussi bien qu'eux, et avec autant d'acuité.

Étudiante brillante, elle avait obtenu une maîtrise sur le thème du travail social car aider les autres lui avait semblé la meilleure chose qu'elle puisse faire de son existence. Elle avait obtenu un poste où elle s'occupait justement de cela, apporter de l'aide aux individus qui en avaient besoin et enseigner aux autres à en faire autant. Elle veillait à s'habiller avec simplicité, tant pour ses collègues que pour ses « clients », mais son apparence ne passait néanmoins pas inaperçue, tant aux yeux de ses clients masculins que féminins, quoique pas de la même manière. Elle était appréciée et hautement considérée par ses collègues, et pourtant, avec eux aussi, elle avait connu des problèmes qu'il lui avait fallu surmonter. Quant aux femmes, qui se méfiaient de ses motivations à venir travailler là, elle avait dû les convaincre car si elles avaient eu son allure, pour la plupart, elles ne seraient pas devenues assistantes sociales en touchant un relativement maigre salaire. Ses collègues masculins n'étaient guère portés à une telle suspicion, mais ils étaient vulnérables, exposés à ces moments où la gentillesse d'un être aussi séduisant qu'elle aurait pu les porter à se méprendre et leur inspirer autre chose de plus.

Pendant au moins toute l'année dernière ou presque, elle s'était demandé si elle n'avait pas choisi la mauvaise carrière. On ne saurait exiger de personne d'afficher une compassion sans borne, et surtout pas envers des gens qui, le plus souvent, ne prêtaient aucune attention à ses conseils. Il lui fallait s'empêcher de leur en tenir rigueur. Quand elle était étudiante, il était beaucoup plus simple d'accuser l'histoire, la société et le fondamentalisme de l'économie de marché, le gouvernement fédéral, la municipalité et le racisme. Maintenant, il lui fallait parfois résister de toutes ses forces à son envie de secouer certains de ses patients quand ils revenaient lui rabâcher indéfiniment les mêmes problèmes. Son mari Charles et elle se rendaient à des dîners à Westchester, à Brooklyn Heights et Park Slope, et soupaient avec des universitaires progressistes, des Blancs et des Noirs, des Latinos et des Asiatiques dont elle enviait la capacité à conserver exactement le mode de pensée qui était le sien quand elle était étudiante. Lors de ces petites réunions, la théorie l'emportait toujours sur l'expérience, et elle jalousait le temps où il leur fallait réunir des preuves validées par leurs pairs à l'appui d'opinions qu'ils soutenaient de longue date.

Malgré tout cela, elle tâchait de travailler sur elle-même pour faire preuve d'amabilité dans toutes ses relations avec les autres, tant au plan professionnel que dans sa vie privée. C'était ainsi qu'elle avait fini par emmener sa grand-mère déjeuner, un dimanche. Elles avaient choisi un endroit où la famille s'était rendue en quelques occasions très spéciales, par le passé. C'était un restaurant de viande situé dans le centre, près d'Union Square, et c'était l'un de ces nombreux déjeuners si « spéciaux » que les deux femmes avaient eus là-bas depuis ces autres occasions désormais lointaines, du temps où Michelle était petite fille.

— Sonia n'avait pas envie de venir ? demanda la grand-mère, un peu hésitante.

— Tu plaisantes, Grand'Ma ? Elle mourait d'envie de venir. C'est moi qui n'ai pas voulu. Elle avait foot ce matin, elle devait réviser un contrôle pour lundi et un autre pour mercredi. Non, elle avait vraiment envie de te voir et on s'est même disputées à ce sujet. Elle était spécialement furieuse contre moi de ne pas l'autoriser à m'accompagner car nous t'avons choisi un petit cadeau et c'était son idée.

La dernière fois qu'elles s'étaient retrouvées dans le centre, la grand-mère de Michelle était sortie de chez elle sans parapluie et, quand il s'était mis à pleuvoir, à verse et soudainement, elle n'avait pas eu d'autre choix que de désobéir à son instinct de New-Yorkaise et de s'acheter le premier parapluie à trois sous que lui tendait un immigré africain qui avait surgi de nulle part, en pleine rue, à la première goutte de pluie et qui, à peine la dernière goutte eut-elle heurté le trottoir, avait déjà changé de carrière. Elle savait que ce pépin ne lui ferait sans doute pas beaucoup d'usage et en effet, dès sa toute première sortie, il avait succombé au vent. C'était la raison pour laquelle, avant de retrouver sa grand-mère dans ce restaurant de viande, Michelle s'était arrêtée dans une boutique spécialisée en parapluies sur la 45e Rue Est et lui en avait acheté un très reconnaissable, de la marque Guy de Jean, avec un pommeau en bois noir et brillant, à motif pied-de-poule gris anthracite couronné d'une frise de scottish-terriers ornés de nœuds papillons rouge vif, qu'elle lui présenterait comme un cadeau de Sonia.

Michelle était d'autant plus attentive à la situation financière de sa grand-mère depuis que son cousin était revenu s'installer chez elle après sa libération de prison. Elle savait que ses dépenses de la vie de tous les jours avaient dû augmenter de façon spectaculaire, sans aucune hausse de revenu pour compenser. Elle ne comptait pas sur Lamont pour être en position d'y contribuer, malgré le poste qu'il avait décroché dans les services d'entretien d'un hôpital, ce que sa grand-mère lui avait annoncé avec fierté. Mais il était délicat de lui donner de l'argent sans la mettre dans l'embarras.

La meilleure méthode aurait été de profiter d'un instant de distraction pour lui glisser un chèque ou, mieux encore, un peu d'argent liquide dans son porte-monnaie, mais ce n'était guère pratique et, quoi qu'il en soit, Michelle tenait à ce qu'elle sache qu'il y avait un peu d'argent disponible pour l'aider à boucler sa semaine ou son mois. Pour parvenir à ses fins, l'idée lui était venue de lui offrir un cadeau de la part de Sonia accompagné d'une carte, avec quelques billets de banque dans l'enveloppe, sans commentaire de sa part.

— Oh, mon Dieu, c'est magnifique ! s'exclama la vieille dame, en examinant le parapluie.

Elle se pencha pour embrasser sa petite-fille.

— Tu n'aurais vraiment pas dû, dit-elle en ouvrant la carte de Sonia.

Elle contenait ces mots : « Chère Grand'Ma, j'espère que ce parapluie te plaira. Je souhaitais te le donner moi-même parce que c'était mon idée, mais maman n'a pas voulu à cause de mes contrôles et du foot. Désolée qu'elle ait refusé. J'espère te voir bientôt. Bisous, Sonia. » Et puis la grand-mère entrevit les billets qui attendaient à l'intérieur de l'enveloppe, derrière la carte.

— Bon, avant que tu ne réagisses, fit Michelle, en coupant court, nous savons, Charlie et moi, nous savons que les choses ont pu devenir un peu plus compliquées maintenant que Lamont est à la maison et on a juste estimé que, tu sais, puisque nous le pouvions, nous voulions essayer de...

— Ma petite Chelle, il se débrouille vraiment bien, tu sais.

Elle avait employé ce diminutif que son cousin avait lui-même inventé, dans leur jeunesse. Ce qui n'échappa pas à sa petite-fille.

— C'est une bonne chose, Grand'Ma.

— Vraiment très bien. Ils parlent de lui confier des tâches supplémentaires.

— C'est une bonne chose.

— Il espère encore revoir sa petite fille mais... je ne veux pas réduire ses espérances à néant car je pense que c'est peut-être... peut-être cet espoir-là qui l'aide à se lever le matin.

Elle regarda devant elle, avant de revenir sur le parapluie, puis à Michelle.

— Crois-tu qu'il la trouvera ? Peut-être tu... n'est-ce pas le genre de chose... tu vas le voir ? Vois-le, au moins.

Elle prit la main de sa petite-fille dans la sienne.

— Je vais le voir, Grand'Ma.

— Vraiment ?

— Bien sûr.

— Tu vas faire ça ?

— Je vais faire ça.

— Quand ?

— Je n'en sais rien. Pour le moment, je ne peux pas.

*

En 1945, immédiatement après la fin de la guerre en Europe, mais avant la cessation du conflit dans le Pacifique et le bombardement atomique d'Hiroshima et de Nagasaki, un civil, un professeur de psychologie peu connu, du nom de Henry Border, de l'Illinois Institute of Technology, dans la partie sud de Chicago, commença à déployer des efforts inlassables pour déposer une série apparemment infinie de demandes de bourses qui lui permettraient de se transporter au cœur de l'Europe occupée par les Alliés. Pourquoi ? En effectuant des recherches à la Galvin Library de l'IIT, Adam Zignelik découvrit, grâce à un bulletin d'information universitaire daté de 1947, que le but déclaré de Border consistait à réunir des données auprès de « Personnes Déplacées » en vue d'alimenter ses recherches sur ce qu'il appelait, lui, le psychologue, le « Quotient adjectif-verbe ». Selon son hypothèse certes provisoire, les individus en « détresse » utiliseront des adjectifs et des verbes suivant une proportion différente par rapport à des individus qui ne sont pas, eux, en « détresse ».

Quels qu'aient été la validité ou même le poids qu'aurait eus cette hypothèse, Adam n'avait aucune peine à s'imaginer le psychologue Henry Border la prenant au sérieux. Après tout, raisonnait-il, c'était le style de recherche qu'un psychologue pouvait fort bien entreprendre. Border avait apparemment convié certains de ses étudiants à se pencher sur le sujet avec lui, dans le cadre d'un travail sur lequel ils seraient évalués. Mais il y avait quantité de gens en « détresse » aux États-Unis, à Chicago, et même ici, dans ce quartier sud de la ville, où était situé l'Illinois Institute of Technology, sans qu'il faille se donner autant de mal et engager autant de dépenses pour essayer d'aller les retrouver en Europe.

D'après les nombreux brouillons de ses demandes de bourse infructueuses où il sollicitait l'aide financière qui le mènerait sur le Vieux Continent et le fait que cette lettre d'informations de l'IIT de 1947 contenait un article de Border lui-même, dans lequel il expliquait avoir finalement réussi à se transporter là-bas, il était clair que ce voyage représentait alors l'objectif professionnel le plus important qu'il se fût jamais fixé. Adam n'avait trouvé aucun dossier attestant que le psychologue ait mené à bien de quelconques travaux sur ce qui était auparavant son projet principal, le musée de la psychologie, après le début du mois de mai 1945 et, à partir de cette date, les seules références à ce musée figuraient dans des travaux qu'il avait déjà terminés.

Manifestement, son projet de voyage en Europe était né avec la défaite finale de l'Allemagne, tout début mai 1945. Après cela, du moins au plan professionnel, il n'y avait plus eu pour lui de sujet aussi important que de rallier l'Europe afin d'y conduire une recherche de terrain sur ces personnes en « détresse ». Sur le terrain, ces individus-là ne manquaient pas ; il y en avait littéralement des millions. En effet, il eût été difficile de trouver des êtres, en Europe, qui ne souffrent pas d'une forme de détresse. Au début de l'été 1945, conséquence d'une des guerres les plus meurtrières de l'histoire, on comptait dans la partie occidentale de l'ordre de sept millions de civils, en transit ou temporairement installés ailleurs que sur le territoire de leur choix. Grossissant le flot des réfugiés sur les routes ou dans des camps de fortune, privés des ressources nécessaires, disséminés dans toute l'Europe occidentale, il y avait là des Polonais, des Allemands, des Russes, des Slovaques, des juifs, des Slovènes, des Italiens, des Français, des Belges, des Grecs, des Cosaques ukrainiens, des Croates, des Russes blancs et bien d'autres encore. Utilisaient-ils tous les adjectifs et les verbes dans la même proportion ? Il ne suffisait pas à Border de rechercher des réponses relatives à son « Quotient adjectif-verbe » auprès de personnes en « détresse » dans les seuls quartiers sud de Chicago. Pour une raison inconnue, il fallait qu'il parte les chercher en Europe.

L'article qu'il avait écrit pour la lettre d'information de l'IIT expliquait qu'à son arrivée sur le Vieux Continent, il s'était rendu dans des camps de « Personnes Déplacées », comme on les appelait. Il y avait une référence à un livre qu'il avait écrit sur la base de ses recherches là-bas. Adam estimait qu'il y avait de bonnes chances pour qu'au moins l'une des bibliothèques de l'IIT possède cet ouvrage. Les genoux endoloris d'être resté accroupi là, dans le sous-sol de la Galvin Library, il se releva et se pétrit lentement les muscles de la rotule et des cuisses, avant de se rasseoir par terre, cette fois les jambes allongées devant lui. Pour parachever la posture, il cala ses doigts en éventail afin de s'appuyer des paumes sur le sol et d'être mieux en équilibre. Mais ce faisant, sa paume droite heurta par inadvertance le rayonnage du bas, renversant une boîte en carton rangée à côté de l'emplacement où se trouvaient les documents de Border avant qu'il ne les sorte, et le contenu de cette boîte s'étala par terre. Avant de remettre dans leur boîte ces documents à la reliure un peu lâche, il s'étira, bâilla, prit l'un d'eux et y jeta un œil sans réfléchir, presque machinalement.

Dans la lumière tamisée du sous-sol de la bibliothèque, les mots inscrits sur le document formaient de minuscules îlots de sens noirs, imprimés et couchés les uns sur les autres au milieu d'une mer de grisaille qui avait jadis été blanche. C'était une mer où les yeux fatigués d'Adam Zignelik étaient trop fatigués pour nager, surtout quand il n'y avait apparemment aucune raison de s'y plonger, et il allait remettre ces documents à la reliure un peu lâche avec les autres dans leur boîte quand son regard tomba sur le nom d'« Henry S. Border » et s'y arrêta. Personne ne l'avait dirigé vers cette boîte qu'il avait renversée, rangée à côté de l'empilement des documents Border, pourtant elle contenait aussi des documents relatifs au psychologue. Le document qu'il tenait en main était intitulé « Autobiographies actuelles de Personnes Déplacées, recueillies *in extenso* dans des camps de Personnes Déplacées, avec une analyse psychologique et anthropologique, par Henry S. Border, docteur en psychologie ».

Il l'ouvrit au hasard et entama la lecture.

« Ensuite ils nous ont conduits à Oranienburg.

— Qu'est-ce que c'était, Oranienburg ?

— C'est un *Konzentrazionslager*.

— Où était-ce, exactement ?

— Près de Berlin. C'était Sachsenhausen.

— Qu'entendez-vous par Sachsenhausen ?

— Oranienburg, c'était ce qu'ils ont appelé plus tard Sachsenhausen.

— Et Sachsenhausen... Oranienburg... c'était un... camp de concentration ?

— Oui.
— Et pourquoi étiez-vous là-bas ?
— Ils nous ont conduits là-bas.
— Qui vous a conduits là-bas ?
— Les SS nous ont conduits là-bas.
— Pourquoi ?
— C'était juste après la Nuit de Cristal, en novembre 1938 et...
— 1938 ?
— Oui, bien sûr. Nous étions à peu près deux mille, des juifs, et les SS nous ont emmenés à Oranienburg. Il faisait nuit, complètement noir, voyez-vous, et comme il y avait un talus... escarpé, en pente raide, ceux qui sortaient en premier trébuchaient et dévalaient tout en bas. Ils tombaient, et les autres derrière les voyaient à peine, et les autres encore derrière ces gens ne voyaient absolument pas ceux du premier rang. Les premiers, ceux de devant, ceux qui étaient incapables de se relever assez vite, ils se faisaient piétiner. Ils se faisaient complètement écraser. C'est ce qui nous est arrivé. Nous les avons écrasés. Les SS nous ont forcés à courir tout en bas de cette pente, dans le noir. C'était le chaos, et nous les avons écrasés. Nous ne nous attendions pas à ça, nous ne nous attendions à rien de ce genre. Ils nous ont forcés à avancer, avec leurs fusils et leurs chiens, dans le noir... plus vite, de plus en plus vite et... Dès l'arrivée là-bas, nous avons écrasé les autres, devant nous, et c'est comme ça qu'ils sont morts. Dans l'obscurité, vous entendiez leurs cris, des cris humains, vous en aviez plein vos oreilles, et ces gens qu'on écrasait, leurs os écrasés sous nos pieds. Vous entendiez, mais il était trop tard. On vous poussait et il fallait continuer d'avancer, sans tomber. Il y avait derrière nous des gens qui poussaient, et d'autres encore derrière, qui les poussaient.

« Les SS laissaient les corps gisant dans le fossé, ils attendaient qu'on les voie bien, dès qu'il ferait jour. Ensuite, nous devions dégager tout ce fouillis de cadavres. Nous devions traîner ces cadavres. Mais peu de temps avant, ces cadavres étaient encore des individus, et des individus que nous connaissions. Certains d'entre nous les connaissaient bien. Pour certains parmi nous, ces cadavres étaient des collègues, nos amis, de vieux amis, et quelquefois des membres de notre famille. Quelquefois, c'étaient des membres de notre famille. C'étaient nos premiers cadavres... Je n'avais encore jamais vu de personne morte.

— C'était en 1938, n'est-ce pas, avant la guerre ?

— Oui.

— Jacob, il faut que nous reprenions au début.

— Le début de quoi ? Je vous raconte ce qui s'est passé...

— J'ai besoin de vous poser certaines questions élémentaires, comme votre nom complet et votre lieu de naissance.

— Mais je viens à peine de commencer et maintenant vous... Je voudrais vous emmener bien au-delà d'Oranienburg. Vous disiez...

— Et je souhaite en effet que vous alliez plus loin. Jacob, je veux tout entendre, mais il va falloir que nous reprenions depuis le début. »

Ce devaient être des transcriptions. Adam comprit que, dans cette boîte qu'il avait renversée, il avait découvert les transcriptions des entretiens réalisés par Border avec les personnes en « détresse » des camps de Personnes Déplacées, lors de son séjour en Europe, en 1946. Conservant ce dossier à la reliure un peu lâche sur ses genoux, il en prit un autre, l'ouvrit au hasard et en entama la lecture.

« Nous avions construit un bunker. C'était profond, très profond, un bunker complètement enterré, sans fenêtres. En fait, il ne comportait pas de ventilation. Nous n'avions pas été en mesure de l'équiper d'une ventilation parce que nous devions le construire en secret. Nous n'étions pas maçons.

— Même à l'intérieur du ghetto, il fallait que cela reste secret ?

— Oui. Là, à cette période, ce devait être vers la mi-janvier...

— Mille neuf cent quarante trois ?

— Oui. À cette période, tous les ateliers avaient disparu.

— Que voulez-vous dire par disparu ?

— Ils avaient fermé.

— Vous voulez dire qu'ils avaient cessé leur activité ?

— Oui, les nazis les avaient fermés, tous sauf un. Celui de Schultz fonctionnait encore.

— Que faisait-il, ce Schultz ?

— Si vous aviez des compétences de cordonnier, ou de fourreur, pourquoi pas, vous aviez le moyen de trouver du travail, le cas échéant, mais du coup, évidemment, tout le monde prétendait avoir ces compétences-là, et les enfants, et les mères, et les grands-mères, tout le monde était cordonnier. Je me souviens de quelqu'un qui m'a dit... c'était une sorte de plaisanterie malsaine... que tous les juifs de Varsovie étaient cordonniers, jusqu'au dernier.

— Une plaisanterie ?

— Oui. Bien sûr, ce n'était pas vrai, mais pour avoir une chance de survivre dans le ghetto, à cette époque, cela pouvait servir soit d'être cordonnier, soit de dire que vous en étiez un. En réalité, cela ne vous aidait pas à grand-chose. Les plaisanteries vous aidaient davantage, si vous voyez ce que je veux dire.

— Vous voulez dire que même l'humour noir aidait les gens à supporter leur situation ?

— Oui. Quoi qu'il en soit, tout le monde savait que ce n'était plus qu'une question de temps d'ici à ce que ce dernier atelier...

— Celui de Schulz ?

— Oui, même celui de Schulz finirait par fermer et comme nous sentions que cela devait arriver, et que cela pouvait se produire à tout moment, nous nous sommes installés en sous-sol, dans ce bunker.

— Combien de gens sont descendus dans ce bunker ?

— Je dirais à peu près une trentaine. Personne, parmi ceux qui étaient encore en vie dans le ghetto et qui n'étaient pas encore fous, aucun de ceux qui n'avaient pas complètement perdu l'esprit à cause de la faim, de la maladie ou de la perte de leur famille, ne pouvait croire que les nazis aient un autre plan que celui-là.

— Un autre plan que quoi ?

— Que celui de vouloir... de vouloir une Varsovie totalement vidée de ses juifs.

« Ensuite ils nous ont tous emmenés, pour nous recenser. Ils savaient ce qui allait arriver et ils se sont mieux acquittés de la besogne que les Allemands. Ils savaient, et ils étaient contents.

— À qui faites-vous allusion, quand vous dites "ils" ?

— À la police locale. Ils étaient contents, tout le monde était content de se débarrasser des juifs. Les gens entraient déjà dans nos foyers et prenaient tout ce qui leur faisait envie.

— Qui, la police ?

— Non, juste des gens ordinaires, et il y en avait certains que je connaissais. Certains étaient nos voisins. Ils disaient qu'ils allaient vivre grâce à toutes les possessions des juifs, dont ils avaient entendu parler, et ils ont simplement... ils ont juste...

— Vos voisins ont pillé vos maisons ?

— Oui. »

C'était le troisième des trois entretiens retranscrits de Personnes Déplacées en « détresse » parcourus au hasard par Adam. Jusqu'à présent, toutes les personnes interviewées étaient juives. Qu'en était-il des autres nationalités ? Où étaient les Polonais, les Allemands, les Russes, les Slovaques, les Slovènes, les Italiens, les Français, les Belges, les Grecs, les Ukrainiens, les Croates et les Russes blancs ?

Le fait qu'Adam ait renversé le contenu de cette boîte l'avait-il entraîné à lire un échantillon qui n'était pas représentatif ? Qu'est-ce que Border avait rapporté d'Europe, au juste, à l'été 1946 ? Il referma la retranscription de l'entretien qu'il venait de lire, mais sans la ranger. Il la laissa hors de la boîte, et la posa sur ses genoux avec les deux premières transcriptions qu'il avait lues. Il estima qu'il devait y en avoir cinquante ou soixante, peut-être davantage. Peut-être s'agissait-il de la partie concernant les juifs – la question se posait. On avait pu les ranger là, des années plus tôt, par origines ethniques, et par hasard Adam en avait extrait les transcriptions des Personnes Déplacées juives. À ce jour, les mains de Border avaient peut-être été les dernières à manipuler ces transcriptions. Adam sortit un autre de ces manuscrits à la reliure un peu lâche, de l'autre bout de la boîte, à l'opposé de l'emplacement d'où il avait sorti les trois premiers.

« Nous ne savions pas, mais quand le train a fini par s'arrêter, et quand ils ont ouvert la porte, nous étions à Auschwitz.

— Alors, où est-ce, exactement, Auschwitz ?

— C'est en Pologne, en Haute-Silésie.

— Haute-Silésie. Et c'est là qu'on vous a tatoué ce chiffre sur le bras ?

— Oui.

— Maintenant dites-moi, qu'est-ce que c'était qu'Auschwitz, au juste ? Qu'est-il arrivé dans ce camp, en Haute Silésie ? »

Adam tâcha d'imaginer cet Américain, de Chicago, Henry Border, dans un camp de Personnes Déplacées, entendant tout cela quelque part dans le désordre caniculaire et baigné de soleil, le désordre ensanglanté, à bout d'épuisement, qu'était l'Europe à l'été 1946. Les pages qui reposaient entre les mains d'Adam dans le sous-sol faiblement éclairé de la Galvin Library de l'IIT conservaient sous scellés ce moment que Border avait saisi avant d'arriver au bout du ruban de sa machine à écrire. Le professeur était allé en Europe consigner et mesurer les conséquences verbales de la détresse et c'étaient des larmes de détresse qui dégoulinaient sur les joues d'Adam à chaque adjectif, avec ces verbes et tous les silences contenus entre les mots que Border avait capturés là. Que savait ce dernier d'Auschwitz, avant cela ? Ici, entre les mains d'Adam Zignelik, on pouvait voir un professeur américain de psychologie apprenant l'existence de cet endroit pour la toute première fois, de la bouche de quelqu'un qui s'y trouvait encore quelques mois plus tôt. Combien de gens connaissaient réellement l'existence d'Auschwitz, en 1946 ? Combien étaient-ils à savoir précisément ce qui s'était passé là-bas, et à quelle échelle ?

« À cette époque, j'étais à Grimma, près de Leipzig. J'avais marché vingt-cinq kilomètres pour atteindre l'endroit où étaient postés les Américains. Les Allemands avaient fait sauter le pont sur le Rhin mais les Américains avaient dressé des échelles, aussi on pouvait encore se servir du pont pour le franchir. C'est alors que j'ai vu mon premier soldat des États-Unis et je suis allé lui parler en anglais. Je savais le parler d'avant la guerre. Comme tout le monde à cette époque, je voulais passer du côté américain.

— Qu'avez-vous dit à ce soldat américain ?

— Je lui ai demandé si je pouvais passer du côté américain.

— Et qu'a répondu ce soldat ?

— Il m'a d'abord demandé si j'étais membre d'une unité militaire d'un pays, n'importe lequel.

— Ce que vous n'étiez pas.

— Non, ce que je n'étais pas, alors j'ai répondu non. Alors ensuite il m'a informé que je n'étais pas un prisonnier de guerre et que ses ordres ne concernaient que les prisonniers de guerre. Les prisonniers de guerre avaient le droit de passer, mais il n'avait pas d'ordres pour laisser passer les autres. Là-dessus, j'ai tâché de lui expliquer ma situation.

— Quelle était votre situation ?

— Je n'avais pas de papiers, pas de nourriture, pas d'argent et je souffrais d'une très vilaine blessure à la jambe. Je ne savais pas quoi faire. Quand je lui ai dit ça, il m'a eu l'air compréhensif et il m'a redemandé si j'avais appartenu à une armée alliée ou une armée de l'Axe. Bon, j'avais été à Drancy et Auschwitz, et ensuite à Ravensbrück, mais je n'avais jamais appartenu à aucune armée. Donc le soldat américain m'a demandé ce que j'étais.

— Et qu'avez-vous répondu ?

— J'ai expliqué que j'étais un... j'ai dit que j'étais... un prisonnier politique.

— Un prisonnier politique ?

— Oui.

— Mais il a répété qu'il était navré, il n'avait pas d'ordres concernant les prisonniers politiques. Il pouvait essayer de demander qu'on lui transmette des ordres, mais il ne recevrait pas de réponse avant le lendemain, au plus tôt. »

La femme à qui s'adressait Border était une survivante de l'Holocauste, en un temps où pareille catégorie n'existait dans aucune langue sur la terre. De toutes les langues auxquelles le monde avait donné naissance depuis le commencement des temps, aucune d'entre elles ne possédait de mot pour décrire ce qu'était cette femme ou ce qu'elle venait de connaître. Aucune de ces langues n'avait encore eu besoin d'un vocable pareil. Cela venait à peine de se produire, et il n'existait pas encore de mots pour décrire la chose, aussi, en s'adressant à ce soldat américain, il fallait qu'elle invente quelque chose, sur-le-champ. Elle venait de survivre à l'Holocauste, mais il était impossible qu'elle ait un mot pour dire la chose. Même si elle avait eu un mot pour la dire, le soldat américain n'aurait pas compris ce qu'il signifiait.

Adam replaça la boîte de transcriptions où elle était avant qu'il ne l'ait renversée, mais il conserva les quelques transcriptions qu'il avait déjà lues en partie, et les emporta avec lui en allant voir la doyenne des bibliothèques, Sahera Shukri. Il voulait lui signaler ce qu'il croyait avoir découvert. Dans ces piles de documents, sur le rayonnage du bas, au sous-sol de la Galvin Library, il croyait avoir découvert au moins quelques-uns des entretiens, et peut-être même une cinquantaine ou une soixantaine des tout premiers entretiens systématiques, prolongés et approfondis organisés avec des survivants de l'Holocauste. Quelle que soit leur signification pour la psychologie ou l'histoire de la psychologie, selon toute apparence, ils en revêtaient une autre, tout à fait remarquable, irremplaçable, pour l'histoire politique du XXe siècle. L'IIT était le détenteur, si ce n'était le propriétaire, d'une série de transcriptions d'une valeur historique considérable. Ces transcriptions allaient devoir être tout particulièrement conservées et protégées. Il allait falloir en réaliser des copies avec le soin le plus extrême. Si elles étaient bien ce qu'elles semblaient être, des chercheurs du monde entier allaient réclamer à cor et à cri de les consulter.

Adam s'entendit répondre par la bibliothécaire chargée de l'accueil que Sahera Shukri était sortie de son bureau, mais qu'elle devait revenir d'un instant à l'autre. Incapable de dissimuler son excitation devant la signification potentielle de sa trouvaille, il expliqua précisément à la bibliothécaire de service ce que, selon lui, la bibliothèque détenait dans son sous-sol. C'était, dit-il, une découverte « unique dans une carrière ». La bibliothécaire lui demanda s'il préférait attendre Mrs Shukri là ou au sous-sol, mais il lui expliqua que ce dont il avait le plus envie, à la minute présente, c'était de tenter de remonter la piste du livre de Henry Border. Ce n'était pas difficile. La bibliothèque en possédait un exemplaire, un seul et, fort heureusement, il était exactement là où il devait être, sans avoir jamais été lu, peut-être sans que personne n'y ait plus touché depuis un demi-siècle. La couverture était tout abîmée. Il n'y avait peut-être jamais eu qu'une première édition, en conclut-il. Publié en 1949, un exemplaire se trouvait désormais entre les mains d'Adam Zignelik. Et là, pour la première fois, il s'imprégna du titre de ce livre : *Je n'ai pas interrogé les morts.*

*

La grand-mère de Lamont Williams était assise à la table de la cuisine, en face de son petit-fils, dans son appartement de Co-Op City, et ils dînaient. Il avait pris sa portion habituelle de macaroni au fromage, mais l'assiette qu'elle s'était servie était minuscule. Elle avait nié se sentir mal, quand il lui avait posé la question, mais il n'avait pas eu l'air de la croire. Il savait qu'elle était sortie, cet après-midi, il savait même qu'elle était allée en ville. Ce qu'il ne savait pas, c'était que sa cousine Michelle l'avait emmenée déjeuner dans un restaurant de viande derrière Union Square, un endroit particulièrement symbolique dans la famille.

Il s'approcha d'elle et lui posa la main sur le front, car il trouvait son insistance à se prétendre en parfaite santé peu convaincante. Elle se tâtait pour savoir si elle devait lui dire la vérité, lui avouer qu'elle n'avait pas faim parce qu'elle était encore rassasiée par le steak qu'elle avait commandé avec Michelle. Si elle le lui révélait, réfléchit-elle, cela lui expliquerait pourquoi elle n'avait pas faim et le rassurerait sur sa santé, mais cela soulèverait toutes sortes d'autres problèmes et d'autres souvenirs qui risquaient tellement de le peiner, même s'il n'en parlait pas, qu'elle préférait aller au bout de sa journée sans mentionner la véritable nature de sa sortie en centre-ville.

Cela le blesserait de s'entendre rappeler que Michelle lui avait apparemment tourné le dos depuis si longtemps – peu après sa première incarcération – qu'il ne connaissait plus rien de sa famille, et qu'elle ne s'intéressait pas à ce qu'il devenait, maintenant qu'il avait purgé sa peine. Cela lui rappellerait les occasions où ils étaient tous allés dans ce restaurant de viande, en des circonstances où il subsistait de l'espoir, pas seulement pour l'avenir de Michelle, mais aussi pour celui de Lamont. Sa grand-mère avait raison. De lui confier franchement pourquoi elle n'avait pas faim, cela déclencherait non seulement ces réflexions de la part de son petit-fils, mais bien d'autres encore. Il repenserait à la soirée qu'il avait passée avec Chantal, la mère de sa fille, à la soirée où il l'avait emmenée là-bas. Il se souviendrait des sentiments qu'elle lui avait inspirés au restaurant et par la suite, plus tard, en allant marcher aux abords noirs de monde d'Union Square. Tout lui avait paru si proche de la perfection ce soir-là, proche comme jamais. Il avait refusé de rien laisser de ce qui était en son pouvoir se dégrader, fût-ce même un tout petit peu. Il ne pouvait contrôler la circulation, le temps ou le bruit de la rue, mais il allait lui procurer tout ce qu'elle voudrait, se conduire en parfait gentleman, et il boirait chacune de ses paroles. Il se souviendrait que le bruit de la rue était tel qu'il avait dû se pencher vers elle pour s'assurer qu'aucune des paroles émanant de la bouche de Chantal ne manque de parvenir à ses oreilles. Et il se souviendrait de ce que, quand il lui parlait, elle ne s'était jamais penchée vers lui, pas une fois.

Sa grand-mère était assise là, à réfléchir. Devait-elle lui parler de son déjeuner avec Michelle dans ce restaurant, ou inventer quelque chose en vitesse ? Elle devait se décider, et vite. Il semblait si préoccupé de sa santé. Et puis, comme saisie par le démon, elle se redressa toute droite sur sa chaise, au moment précis où la main de Lamont se posait contre son front et, sans réussir à se maîtriser, elle s'écria : « Seigneur ! »

Il se recula en sursaut. Le silence s'abattit entre eux, sous le néon de cette cuisine du Bronx. Jamais auparavant, pas une fois, il n'avait entendu sa grand-mère jurer. Il crut que c'était peut-être à cause de lui et redevint aussitôt le petit garçon tâchant de faire plaisir à sa Grand'Ma, la seule personne sur terre qui l'aimait sans équivoque, sans conditions, la seule personne qui était toujours présente pour lui. Qu'avait-il fait pour la mettre en colère au point qu'elle jure après lui ? Elle leva les yeux vers lui, l'air chagriné. Elle avait honte. Maintenant, elle allait devoir lui parler de son déjeuner. Ce n'était pas dirigé contre lui, mais contre elle-même, et elle allait devoir le lui expliquer. En se remémorant son déjeuner, plus tôt ce jour-là, elle se remémora surtout à quel point Michelle avait été délicieuse de lui apporter ce magnifique parapluie avec ce motif pied-de-poule gris anthracite et ces scottish-terriers avec leurs nœuds papillons rouges, et ce fut alors qu'elle se rendit compte qu'elle avait oublié le parapluie au restaurant.

*

Sur le premier rabat de *Je n'ai pas interrogé les morts*, il y avait une photographie de l'auteur, le professeur Henry Border. Chaussant le style de lunettes cerclées souvent associées à la personne de Vladimir Ilitch Lénine et bien plus tard à celle de John Lennon, il paraissait la fin de la cinquantaine. Il portait une barbe soigneusement taillée qu'il avait circonscrite à son menton, une moustache tout aussi impeccablement taillée et, sur la photo, un veston sombre sur une chemise blanche dont le col était attaché par une cravate, le tout impeccablement ordonné. La photo était celle d'un gentleman européen d'allure conservatrice. Et si, après tout, Border avait étudié en Europe avec Wundt ? s'interrogea Adam. Pour l'homme de la photo, cela n'aurait rien eu d'impossible, du moins pas à cause de son âge.

D'après la brève introduction et des remerciements encore plus brefs, une image de Border et de la tâche qu'il s'était fixé commençait à se dessiner. Malgré ses multiples tentatives de demandes de bourse, toutes infructueuses, Border, put-il constater, avait reçu certains soutiens. Il remerciait un certain nombre de responsables de l'IIT : son président, son vice-président, le doyen de ce qu'il appelait le cursus de « culture générale », le président de ce qui constituait alors le département de psychologie et de l'éducation, et aussi un membre du département d'ingénierie. Il remerciait également un certain nombre d'autres personnes, essentiellement des anonymes, au sein de structures bénévoles ou caritatives en Europe : l'Organisation Reconstruction Travail, l'Œuvre de secours aux enfants, le Comité conjoint de distribution juif américain pour l'avoir aidé à prendre contact avec les réfugiés des camps de Personnes Déplacées et les divers refuges où il s'était rendu, ainsi que les membres de l'UNRRA, l'Administration des Nations unies pour le secours et la reconstruction. Il remerciait l'Institut national de la santé, le Musée de la psychologie de Chicago, ce qui, puisqu'il en assumait la présidence, équivalait à se remercier soi-même, ainsi qu'un interlocuteur au *Chicago Tribune*, un employé de l'University Illinois Press, l'éditeur du livre, et les Personnes Déplacées elles-mêmes. D'après ce qu'Adam put comprendre, il ne remerciait qu'un seul membre de sa famille, sa fille Elise.

Dans l'introduction, le professeur décrivait le processus qui lui avait permis de recueillir ces entretiens et la manière dont l'idée lui était venue. Quelques jours avant la fin de la guerre en Europe, le commandant suprême des Forces alliées, Dwight D. Eisenhower, avait diffusé dans des quotidiens nationaux américains un appel à venir rencontrer les victimes libérées des camps de concentration nazis. Border relevait que, si des journalistes avaient entendu cet appel et si des images d'actualités des corps décharnés des survivants des camps avaient été filmées, personne n'avait organisé d'entretiens systématiques approfondis avec ces gens ni enregistré leurs témoignages. Par un heureux hasard, vers la période où il avait pris conscience de ce fait, il avait aussi eu vent de l'invention d'un nouvel appareil d'enregistrement par un certain Marvin Cadden, de l'Armour Research Foundation (qui fut plus tard incorporée à l'IIT). Cet appareil mis au point par Cadden était un enregistreur émetteur, un dispositif électronique sur lequel le son était enregistré par transfert électromagnétique sur des fils d'acier enrobés de noir de carbone. Border prit contact avec cet ingénieur et noua avec lui une relation professionnelle. Se munissant d'un enregistreur sur fil de Cadden et de deux cents bobines de fil d'acier carboné ainsi que des transformateurs électriques compatibles, il avait embarqué vers l'autre rive de l'Atlantique, vers l'Europe et les camps de Personnes Déplacées.

Avec l'assistance de représentants des diverses organisations de réfugiés opérant sous l'égide des Alliés, il avait sollicité l'autorisation de rester déjeuner avec un groupe de Personnes Déplacées dans la salle du réfectoire. Après le repas, il apportait l'enregistreur sur fil d'acier de Cadden, le montrait aux Personnes Déplacées rassemblées et demandait si quelqu'un accepterait de chanter une chanson populaire de son bourg ou de son village natal, ou une comptine enfantine de son enfance, devant l'enregistreur. Il capturait un ou plusieurs airs issus du passé d'une ou plusieurs Personnes Déplacées rassemblées, avant de le faire écouter au groupe. Naturellement, les personnes présentes avaient dû être stupéfaites de découvrir la voix qu'elles venaient d'entendre chanter, restituée de la sorte à travers cette boîte. Elles n'avaient sûrement jamais rien vu d'approchant. À ce stade, Border avait réussi à capter l'attention sans mélange de tout son auditoire, et c'était à ce moment-là qu'il s'expliquait : il réunissait des informations sur les épreuves que ces prisonniers avaient subies dans les camps de concentration pour les rapporter et les diffuser en Amérique, afin que le peuple américain sache mieux ce qui s'était passé. Il ne leur disait rien de sa recherche sur l'emploi relatif des adjectifs et des verbes. D'ailleurs, il ne leur parlait pas du tout de psychologie.

Parfois, des personnels de l'organisation humanitaire responsable d'un camp en particulier lui recommandaient un interlocuteur, son histoire ayant fait le tour du camp et les représentants de cet organisme humanitaire la considérant comme exceptionnelle. Mais Border ne voulait pas d'histoires exceptionnelles. Il voulait et réclamait ce qu'il décrivait comme des expériences «élémentaires». Il apprit vite que les expériences élémentaires de ceux qui étaient là pour les raconter étaient exceptionnelles, par définition : survivre relevait de l'exception.

Border expliquait qu'il débutait chaque entretien de la même manière. Il conduisait son interlocuteur à l'écart de la tente ou du lieu où ils s'étaient réunis avec les autres. Malgré une connaissance des lieux qui devait être très récente et assez superficielle, il cherchait un endroit aussi tranquille et discret que les circonstances le permettaient. Adam Zignelik essaya d'imaginer ces circonstances : un camp de fortune assez bruyant où les intempéries vous suivaient jusqu'à l'intérieur, partout où vous alliez, où la boue qui vous collait aux pieds vous collait aussi au corps, où une cacophonie de sons équivalant à une multitude de langues rivalisait farouchement dans la bouche de ces gens de tous âges et de toutes origines qui, dans leur grande majorité, partageaient une chose et une seule, être brisés par l'expérience directe qu'ils avaient vécue de ce que des humains sont capables de s'infliger les uns aux autres, brisés par leur fréquentation forcée, d'un raffinement rare, des atrocités les plus extrêmes et les plus acérées de la vie, davantage sans doute qu'aucun autre groupe d'individus sur cette terre. De nouveau parqués à l'intérieur d'un camp, surveillés cette fois par leurs libérateurs, ils étaient en attente d'un avenir qui leur était presque aussi inimaginable que leur passé récent l'était pour le reste du monde. Si vous respiriez trop fort, cela suffirait à les balayer d'un souffle, et avec eux leurs souvenirs, qui se répandraient sur cette terre européenne désormais fertilisée par les restes de leurs familles.

Border, le psychologue du Middle West à l'allure conservatrice faisait patiemment asseoir son interlocuteur à une table, avec un micro devant lui. Ensuite, afin que le sujet ne soit influencé par rien d'autre que les questions posées, le professeur s'asseyait derrière lui, afin que son interlocuteur ne puisse le voir sans être obligé de se retourner. Les sujets interrogés n'étaient pas autorisés à consulter des notes ou à recourir à quelque stimulus que ce soit, et Border n'acceptait non plus la présence d'aucun tiers. Quand le sujet était prêt à commencer, il allumait l'enregistreur sur fil d'acier et entamait l'entretien par ces mots : « Aux États-Unis, nous ne savons en réalité pas grand-chose sur la vie quotidienne des gens qui ont été forcés de vivre dans des camps de concentration pendant la guerre. Avec votre aide et l'aide d'autres Personnes Déplacées, j'espère que nous pourrons modifier cet état de fait. Merci d'avoir accepté de raconter votre histoire. Pouvez-vous, je vous prie, commencer par votre nom, votre âge, où vous étiez au début du conflit et continuer ensuite en nous expliquant ce qui vous est arrivé depuis ? » D'après l'Introduction de Border à son propre livre, tels étaient exactement les propos qu'il tenait chaque fois en préambule.

De retour à Chicago, dans cette introduction à *Je n'ai pas interrogé les morts*, il écrivait que le but de son expédition en Europe n'était pas d'obtenir un compte rendu exhaustif de toutes les Personnes Déplacées, mais de recueillir des données à partir de récits personnels, destinées aux études futures de psychologues et d'anthropologues. Il décrivait une méthode d'analyse qu'il avait développée pour interpréter l'expérience des Personnes Déplacées, et qu'il avait baptisée « indice traumatique ». Dans cette introduction, il dressait la liste de douze catégories d'expériences traumatiques, mais il insistait pour signaler au lecteur que cette liste était abrégée. Il ne précisait pas pourquoi elle était abrégée, et le lecteur en était réduit à des conjectures, tant sur la raison d'être que sur la nature des catégories omises.

Il fournissait ensuite un historique relativement détaillé de l'ensemble des expériences qu'avaient connues ces Personnes Déplacées avec lesquelles il s'était entretenu. Deux aspects frappèrent Adam, au cours de sa lecture. Border avait été contraint, soit par son éditeur, soit par les contraintes de temps et/ou de lieu, d'abréger son indice traumatique, et pourtant il consacrait le reste de l'introduction à l'ensemble de l'expérience des Personnes Déplacées, contredisant l'objectif affiché de son livre consistant à fournir des données d'étude aux psychologues et aux anthropologues. En outre, remarqua Adam, les Personnes Déplacées, celles du livre et celles des comptes-rendus qu'il avait lus dans ces dossiers à la reliure un peu lâche, étaient toutes juives. Elles étaient toutes ce que l'on appellerait plus tard des survivants de l'Holocauste. En fait, le récit chronologique tronqué mais relativement détaillé des expériences de ces Personnes Déplacées constituait peut-être la toute première tentative d'histoire de l'Holocauste composée à partir de sources primaires, avant que le génocide ne porte son nom ; en réalité, avant même que le terme de « génocide » n'ait été forgé. Comment se faisait-il, s'étonnait Adam, qu'à la fin de l'été 1946, un certain Henry Border, professeur de psychologie à l'IIT, ait sans doute réuni les premiers récits de la tentative systématique perpétrée par Hitler d'éliminer jusqu'au dernier juif d'Europe, récits fondés sur des entretiens détaillés avec les survivants ?

Il lui semblait pouvoir trouver dans l'introduction elle-même, si ce n'était la réponse, du moins un indice de réponse. En décrivant les phases du processus génocidaire nazi, Border écrivait qu'à chacune de ces étapes, la population juive locale était dépouillée de ses biens, dérobés parfois sous ses yeux, surtout par les nazis, mais aussi par les locaux qui n'étaient pas juifs. Ce n'était pas le fait même, dont Adam avait connaissance, qui lui sauta aux yeux à la lecture des pages de l'introduction de Border, mais le langage que ce dernier avait choisi d'employer pour décrire le phénomène. Le choix des termes était-il aussi éloquent pour Adam qu'entendait l'être le « Quotient adjectif-verbe » pour les psychologues ?

Border avait écrit : « À partir de 1933, on s'était précipité pour voler les oripeaux des crucifiés. » Adam relut la formule à maintes reprises. « Les oripeaux des crucifiés. » C'était le langage d'un chrétien, pas celui d'un chrétien désinvolte, pas celui d'un individu qui se trouvait par hasard être chrétien, mais d'un érudit assez familiarisé avec les Écritures. C'était peut-être la raison pour laquelle, contre toute attente, Border s'était donné tant de mal pour aller en Europe recueillir les histoires de ces gens. Il se demandait si le psychologue, l'homme de science, n'avait pas une motivation religieuse pour sauvegarder les récits de ces gens. Il n'y avait aucune raison inéluctable à ce que l'élève de Wundt ne soit pas aussi un disciple du Christ.

Pour qui voulait contrôler si Border et sa famille avaient jamais été affiliés à une paroisse locale, fût-ce à titre formel, l'ère du numérique facilitait grandement la vérification des registres de naissance, de décès, de mariages et des organismes caritatifs. Parmi les documents Border qu'il avait déjà examinés figurait un unique reçu pour une donation qu'il avait versée à l'Église. Il l'avait étudié et remis dans la pile, mais ce reçu le mènerait peut-être à la congrégation du psychologue. Cette Église était sans doute proche de son domicile. Combien de temps cela prendrait-il de trouver où avait vécu cet homme ? Même si Border n'était pas lui-même chrétien pratiquant, il avait pu être marié à une chrétienne, et cette épouse l'aurait influencé.

Mais sa fille était le seul membre de sa famille mentionné dans les remerciements du livre.

Dès lors, il était plus vraisemblable que Border ait été lui-même un chrétien pratiquant ou, s'il n'était pas croyant, que ses parents l'aient été et, quelles que fussent ses convictions et ses pratiques religieuses à l'âge adulte, lors des phases de tourments émotionnels telles que n'importe quel individu raisonnable risquait d'en connaître à l'écoute de ces récits, surtout en les entendant bruts et non filtrés, tout droit de la bouche de ceux qui venaient si récemment de les vivre, c'était dans la langue des Écritures qu'il s'épanchait. Border n'aurait pas été le premier humaniste laïc, le premier scientifique à s'appuyer sur la religion quand tout le reste avait échoué. Or, enquêtant sur le monde du milieu des années 1940, il aurait fort bien pu conclure que tout le reste avait en effet échoué.

Qui était ce psychologue du Middle West et du milieu du siècle qui, n'étant plus si jeune, avait tout abandonné pour trouver coûte que coûte le moyen de se rendre en Europe, et apparemment, au vu de ses demandes de bourse infructueuses, largement avec ses deniers personnels, afin d'y enregistrer les histoires de juifs traumatisés quand le reste du monde préférait se concentrer sur l'avenir ? Adam était de plus en plus curieux du personnage et de son entreprise. Il fallait qu'il en sache davantage. Il fallait qu'il rencontre Eileen Miller, la doyenne de la faculté de psychologie. Elle détenait peut-être des informations sur le passé de Border.

Sur son chemin, il tenta sa chance avec Sahera Shukri, la doyenne des bibliothécaires.

— L'une de mes jeunes collègues est venue, tout excitée, me prévenir que vous pensiez avoir réalisé une sorte de découverte à partir des documents du docteur Border. C'est une bibliothèque, professeur Zignelik. Nous faisons de notre mieux pour qu'aucune agitation ne vienne pénétrer dans ce bâtiment, plaisanta-t-elle.

Mais son sourire se dissipa quelque peu quand elle apprit de la bouche d'Adam que sa collègue n'avait pas exagéré. Il lui expliqua simplement ce que détenait la bibliothèque, d'après lui, en la conduisant au sous-sol pour lui montrer les transcriptions. Là, sous l'éclairage tamisé, elle en commença la lecture. Il la regarda lire, tourner page après page, sans le moindre commentaire pendant plusieurs minutes, afin de la laisser poursuivre sa lecture, puis il comprit qu'elle s'était mise à pleurer, en silence. Il n'avait pas envie de la gêner, ne prononça donc pas un mot avant qu'elle ne relève les yeux ;

sans nullement essayer de cacher l'effet que ces transcriptions Border exerçaient sur elle, la doyenne essuya ses larmes d'un revers de la main. La faiblesse de la lumière lui aurait permis de dissimuler ses pleurs, mais elle n'essaya pas d'en profiter. Elle avait parfaitement compris ce qu'ils détenaient entre leurs mains, il ne l'ignorait pas.

— Avez-vous parlé de ces documents à Eileen ? lui demanda-t-elle.

— Non, hier, elle était absente, et ce matin elle faisait cours. Mais je dois la voir d'un moment à l'autre. En réalité, je devrais sans doute l'appeler, là, tout de suite, fit Adam, en sortant son téléphone portable.

— La réception est nulle, ici. Revenez avec moi dans mon bureau et nous essaierons de joindre Eileen de là-bas. C'est un matériau incroyable. Nous allons devoir le protéger, le préserver. Tout cela est resté là. Personne, ici, ne... Alors vous pensez que personne n'est au courant ? Que c'est resté entièrement inédit ?

— D'après ce que j'ai été en mesure de vérifier, ils sont tous inédits, sauf huit d'entre eux.

— Et ces huit-là, où ont-ils été publiés ?

— Dans le livre de Border. Tout en marchant, il brandit le volume, *Je n'ai pas interrogé les morts*. Et, d'après ce que je peux affirmer, ce livre est passé à peu près inaperçu.

— Pourquoi n'en avoir publié que huit ?

— En réalité, je n'en sais rien. Je ne peux que deviner.

— Pourquoi, à votre avis ?

— À mon avis, cela devait découler de certaines considérations commerciales de l'éditeur, compte tenu de l'état d'esprit de l'époque.

— L'époque... vous voulez dire que cela n'intéressait pas grand monde ?

— Pas vraiment. C'était juste après la guerre. Certaines personnes connaissaient un peu cette histoire, mais la plupart des gens n'avaient qu'une envie, se concentrer sur l'avenir. Il n'y avait pas beaucoup de soif de connaître toutes ces épreuves et, pour l'éditeur, le livre aurait représenté un risque. Je parierai qu'ils ne lui ont pas versé un sou, et encore, le livre a dû quand même perdre de l'argent. Ma supposition, c'est qu'ils ont considéré que huit entretiens suffisaient. Je n'en sais rien. Je spécule.

Ils avaient atteint son bureau et elle le pria de l'attendre, le temps qu'elle aille s'asseoir à sa table de travail très encombrée mais assez rangée, et téléphoner à Eileen Miller.

— Eileen, salut. C'est Sahera. J'ai le professeur Zignelik avec moi... L'historien de Columbia.

*

— Mais le pistolet n'était pas à vous, monsieur Lamont. Vous disiez qu'il n'était pas à vous. Vous n'aviez pas de pistolet, s'écria Mr Mandelbrot, indigné, depuis son lit du neuvième étage du Sloan-Kettering Memorial.

— Je sais, fit calmement Lamont.

— Ce n'était même pas votre ami, le jeune au pistolet, ajouta Mr Mandelbrot.

— Je le sais, ça aussi Mais cela n'a pas eu l'air de les préoccuper.

— Qui donc ?

— Le jury... et le juge.

— Et c'est donc pour ça que vous êtes allé en prison ?

— Eh oui.

— Parce que le jury et le juge ont refusé de croire que vous n'aviez aucun rapport avec ce pistolet ?

— Eh oui.

Mr Mandelbrot fit lentement non de la tête.

— Hé, je crois même que mon propre avocat m'a pas cru, continua Lamont. Commis d'office. Un homme occupé, surchargé. N'avait pas le temps de me croire.

— Donc personne ne vous a cru. Pourquoi personne ne vous a-t-il cru, monsieur Lamont ?

— Je n'avais pas d'argent pour payer quelqu'un, un avocat, pour les convaincre de me croire. Deux jeunes Noirs avaient fait ça, et ils avaient avoué. Ils recherchaient une peine négociée. Ensuite, pour imposer un peu plus de lenteur à la procédure, suffisamment pour que les gens considèrent le troisième gars d'un autre œil, il faut un paquet d'argent. Le troisième gars, c'était moi, et cet argent-là, je ne l'avais pas.

— Je vois. Donc vous avez fini en prison et c'est là que vous avez perdu votre fille ?

— Eh oui.

— Et maintenant vous la cherchez ?

— Je n'arrête pas d'entreprendre des démarches pour la retrouver.

— Quel âge a-t-elle ?

— Elle a huit ans.

— Et votre épouse...

— Chantal. Nous n'étions pas mariés.

— Je vois. Elle ne vous a permis de garder aucun contact avec votre fille ?

— Non.

— Parce que vous étiez en prison ?

— Je ne sais pas. Je ne sais pas pourquoi. Je n'ai pas pu la revoir pour lui poser la question. Donc...

— Et vous vivez de nouveau avec votre grand-mère.

— Eh oui, retour dans le Bronx.

— À l'endroit où vous avez grandi ?

— Eh oui.

Mr Mandelbrot étudia attentivement son interlocuteur.

— Vous aimez bien votre grand-mère ?

— J'adore ma grand-mère.

— Et elle vous aime ?

— Bien sûr.

— Vous lui faites du bien ?

— Bien sûr.

— Bien sûr que vous lui faites du bien. Vous m'en faites, à moi. Moi qui suis un inconnu.

— Enfin, plus maintenant. Maintenant, je vous connais.

— Oui... vous me connaissez... et je vous connais. Je sais que les choses vont déjà mieux, pour vous, à présent, monsieur Lamont. Vous n'êtes plus en prison, vous êtes libre de rechercher votre petite fille maintenant, vous avez cet emploi, ici.

— Oui, et ils m'ont aussi dit qu'ils allaient me confier des tâches supplémentaires, donc je vais apprendre un tas de...

— Supplémentaires, vous voulez dire à la place de...

— Non, non, à la place de rien d'autre. Supplémentaires, en plus de. Des tâches supplémentaires qui vont m'aider à conserver mon travail. Plus je saurai comment me débrouiller, ici...

Mr Mandelbrot se tourna vers la fenêtre.

— Oui, c'est vrai. Des besognes supplémentaires. Parfois... des besognes supplémentaires, ça peut vous sauver.

*

Adam écoutait Sahera Shukri, doyenne des bibliothécaires à l'IIT, exposer au téléphone à Eileen Miller, doyenne de la faculté de psychologie, l'ampleur de la signification des transcriptions de Henry Border et l'effet que la lecture de certaines d'entre elles avait eu sur elle. Il y avait beaucoup à faire, mais il n'avait pas encore pu saisir quoi, au juste. À quoi devait-il employer ce matériau ? Devait-il ne serait-ce que déjà tout lire lui-même ou avertir de leur existence des historiens spécialistes de l'Holocauste, à Columbia et ailleurs, et les leur confier ? Il n'avait pas de réponse, mais il éprouvait néanmoins cette sensation d'apaisement qui va de pair avec la notion d'accomplissement, du moins avec un sentiment de justification. Si vous lui demandiez ce qu'il avait accompli au juste, il aurait été bien en peine de mentionner autre chose que ce qu'il avait découvert, d'expliquer la signification historique de ces pièces et peut-être même leur importance dans le champ de la psychologie. Quelqu'un d'autre aurait-il pu exhumer ces transcriptions et mesurer leur importance ? Oui, mais personne ne l'avait fait. Adam les avait sauvées d'une dégradation ultérieure et, en fin de compte, de la disparition. Ce faisant, il avait préservé les histoires des survivants et enrichi la mémoire historique précise des événements. Comme il le dirait à ses étudiants, ce n'était pas rien.

« Ne confie cela à personne d'autre. Tu as perdu la tête.. encore ? » C'était Diana qui lui parlait.

« Ce n'est pas mon domaine et, de toute manière, combien de temps cela me prendra-t-il de lire cinquante transcriptions ou davantage dans l'espoir de trouver une allusion à la présence de soldats noirs à la libération de Dachau ? Écoute, comme je ne vais pas aller au bout de mon contrat d'enseignement, je vais devoir chercher un emploi.

— Tu vas devoir te chercher une épouse. Ton travail, il est là · Henry Border et ses transcriptions. »

— Je n'en sais rien, je vais lui poser la question.

C'était Sahera, qu'il entendit prononcer ces mots au téléphone.

— Eileen demande qui a traduit les transcriptions en anglais.

— Vous savez, je n'en étais pas encore là. Dans ma tête, j'étais simplement parti du principe que Border les avait traduites lui-même, mais évidemment ce n'est pas l'hypothèse la plus vraisemblable. Premièrement, je ne sais même pas s'il parlait une autre langue que l'anglais et, deuxièmement, les survivants, eux, devaient en parler plusieurs, toutes différentes. Border n'aurait pas pu les parler toutes.

Il se mit à feuilleter le volume.

— Non, il passe les pages en revue, pour l'instant... D'accord.

Parfait. À plus tard, ajouta Sahera Shukri avant de reposer le téléphone. Eileen vient vous chercher ici et vous ramènera à son bureau.

Adam relisait l'introduction de Border. Il constata que le langage délibérément effacé de ce dernier masquait l'origine la plus probable de ces traductions, certes la plus inattendue, à savoir que le psychologue avait traduit ces transcriptions lui-même. Nulle part, dans les remerciements ou dans l'introduction, il ne remerciait ou ne mentionnait un traducteur, et le psychologue était seul détenteur des droits, qui n'étaient partagés avec aucun traducteur. Il avait écrit : « Une technique de traduction a été élaborée pour me seconder dans l'enregistrement des adjectifs et des verbes. » En écrivant « une technique a été élaborée », il avait employé la voix passive si souvent utilisée en sciences pour suggérer l'objectivité et exclure l'observateur du rapport. Au bout du compte, il fallait en conclure que Border avait assuré lui-même la traduction. Aurait-il réellement pu pratiquer tant de langues, et si bien ? Adam feuilleta les traductions des huit transcriptions de l'ouvrage. À la fin de chacune d'elles, la langue parlée par l'interviewé était indiquée en italique. Le premier entretien était traduit de l'allemand, le suivant du polonais, puis de l'allemand, du français, du russe, de nouveau du polonais, et enfin de l'allemand. Border avait-il réellement pu parler toutes ces langues ? L'entretien suivant s'achevait sur les mots : *traduits du yiddish.* « Du yiddish ! » s'exclama-t-il à mi-voix. C'était impossible. Border ne parlait quand même pas le yiddish ? Soit l'interviewé parlait une langue autre que le yiddish, mentionnée par erreur dans le livre comme étant du yiddish, soit une autre personne avait traduit le texte. Border avait-il reçu une aide qu'il n'avait pas voulu reconnaître ? Y avait-il quelqu'un avec lui qu'il ne voulait citer nulle part dans le livre, quelqu'un qui savait parler le yiddish ? Seuls les juifs parlaient le yiddish.

Après cette découverte, une troisième possibilité vint à l'esprit d'Adam Zignelik. Et si Henry Border était lui-même juif ? Mais qu'en était-il dans ses écrits de l'allusion au christianisme, « les oripeaux des crucifiés » ? Et qu'en était-il de la donation à l'Église ? De quelle Église s'agissait-il ? Il le vérifierait. Subitement, toutefois, quantité de choses commençaient à prendre un certain sens. Lors de la parution du livre, en 1949, Border devait avoir la soixantaine, mais il n'avait reçu son doctorat de la Northwestern University qu'à la quarantaine. À combien de juifs la Northwestern décernait-elle ses diplômes, dans les années 1930 ? S'était-il converti afin de s'ouvrir plus facilement la voie d'un doctorat à la Northwestern ? Il prétendait avoir étudié sous la direction de Wundt, mais Wundt était mort en 1920. À l'heure où Adam rencontra Eileen Miller, la doyenne de la faculté de psychologie, malgré ce qu'Henry Border avait pu révéler de son identité au monde, il était convaincu qu'il était bel et bien juif, un juif d'Europe.

— Je le connais en tant que psychologue, c'était l'un des tout premiers membres de cette faculté, celui qui a fondé le Chicago Psychological Museum, lui confia Eileen Miller. Je ne sais pas si vous êtes déjà tombé dessus, mais il a fait état de ses recherches dans des communications sur l'emploi de divers appareils conçus pour tester l'acuité visuelle avec l'utilisation des deux yeux en coordination.

— Quel type d'appareil ?

— Un dipthomètre. Il s'est agi des premières recherches ayant posé les fondements de la compréhension des deux hémisphères du cerveau, de la manière dont une information différente reçue par chaque œil est coordonnée, assimilée par les hémisphères cérébraux en une image unique.

— Donc c'était un psychologue important ?

— Je dirais que oui. Écoutez, beaucoup d'artefacts qu'il a recueillis pour le musée de la psychologie de Chicago sont désormais conservés à Akron.

— Akron, dans l'Ohio ?

— Oui.

— Pourquoi là-bas ?

— Après son départ à la retraite, le Chicago Psychological Museum a fermé ses portes et tous les équipements et documents qu'il avait réunis ont été transférés à Akron, où l'American Psychological Association abrite sa collection d'appareils historiques de la science psychologique. Border a eu la prescience de collecter et de préserver ces objets. Personne d'autre ne s'en était occupé.

— A-t-il bénéficié de crédits suffisants pour mener ce travail à bien ?

— Je dois avouer que non. Si vous lisez ses documents, si un psychologue lit ses documents, et je dois admettre qu'il y en a des quantités astronomiques dans ces cartons de la réserve que je n'ai pas lus, je pense que vous serez amené à en conclure qu'il est resté méconnu.

— À l'époque ?

— À l'époque et de nos jours. Vous intéressez-vous à ses travaux ? Il mériterait vraiment d'être mieux connu, ne serait-ce que par les psychologues.

— Eh bien, quelle qu'ait été son importance en tant que psychologue, et je ne suis pas en position d'en juger, il était peut-être encore plus important en tant qu'historien.

— En tant qu'historien ?

— Quand vous lisez les transcriptions de ses entretiens avec ces Personnes Déplacées, ces gens que nous appellerions aujourd'hui des survivants de l'Holocauste, vous êtes forcé d'en conclure qu'il aurait fort bien pu être le père de l'histoire orale. Quelle que soit la manière dont il est parvenu à cette idée – et peut-être est-il tombé dessus à travers son travail sur le « Quotient adjectif-verbe » –, il est l'un des premiers à avoir compris l'importance, dans l'intérêt de la recherche historique, de recueillir le témoignage des individus avec les mots qui leur sont propres. Je ne connais personne qui ait réalisé cela avant lui, et certainement pas en enregistrant les témoignages de survivants de l'Holocauste, ni même ceux de personne d'autre. Il n'a pas paraphrasé ces gens. Vous lisez les transcriptions et, en dépit de la traduction, vous retrouvez tous les bredouillements, jusqu'au moindre tic verbal.

— Et vous pensez qu'il les a traduits lui-même ?

— Je l'ignore. Mon intuition, c'est qu'il en assuré la traduction, mais je n'oserais l'affirmer avec certitude. Savez-vous s'il était juif ?

— Non. Pourquoi ?

— Parce que le yiddish est l'une des nombreuses langues qu'il semblait parler. Il est plus facile d'imaginer une personne parlant toutes ces langues que de s'imaginer un Gentil dans le Middle West de l'Amérique du milieu du XXe siècle parlant le yiddish, surtout s'il est affilié à une Église.

— Qu'entendez-vous par « affilié à une Église » ?

— Eh bien, j'en fais peut-être trop de cas, mais il a bel et bien versé au moins une donation à une Église. Il a conservé le reçu. J'en ai pris note.

— Cela ne signifie pas qu'il ait fréquenté les offices religieux, et cela ne signifie pas qu'il ait intégré une congrégation.

— Non, je ne crois pas qu'il en ait intégré une. Mais pourquoi verser une donation à une Église avec laquelle vous n'entretenez aucun lien ?

— Quel est le nom de cette Église ?

Il consulta ses notes.

— C'était... l'Église baptiste du pèlerin.

— Oh ! elle se situe juste derrière. Mais jamais il n'aurait été membre de cette Église. J'en suis tout à fait certaine.

— Pourquoi dites-vous cela ?

— L'Église baptiste du pèlerin est une Église noire, l'une des plus anciennes Églises noires de Chicago. Il y a eu un incendie là-bas l'an dernier, mais elle est encore là, enfin, plus ou moins. Border aurait pu effectuer une donation juste en passant devant, en se rendant à son bureau ou sur le chemin du retour.

— Bien sûr, il aurait pu. Et si le lien s'arrêtait là, cela ne permet en rien d'affirmer qu'il n'était pas juif, ce qui expliquerait pourquoi il était si désireux de se rendre en Europe et de consigner les expériences des victimes juives du nazisme. Est-il exclu que vous ayez conservé les coordonnées d'un membre de la faculté qui l'ait connu, et qui serait encore en vie ?

— Non, je doute que l'un d'eux soit encore en vie. Mais nous conservons des listes de ses étudiants. Et certains d'entre eux pourraient être encore vivants.

— J'aurais seulement besoin de m'entretenir avec quelqu'un qui le connaissait.

— Mais cette personne ne saurait pas nécessairement s'il était juif ou non.

— Non, mais je parierais que c'était un juif européen et je veux avoir confirmation de l'accent qu'il aurait conservé. Même s'il serait plus commode de simplement consulter son certificat de naissance.

— Professeur Zignelik...

— Adam.

— Adam, pourquoi vous intéressez-vous à lui ? De quoi s'agit-il, précisément ?

— Je ne crois pas que ce sera véritablement lui qui éveillera l'intérêt des historiens, mais son œuvre. En revanche, s'il a réellement été l'un des premiers spécialistes de l'histoire orale, il mérite aussi une notice biographique. En sait-on davantage sur Marvin Cadden, l'ingénieur du son avec lequel il a travaillé ?

— Oui, il existe quantité de choses – c'en est même honteux – honteux pour nous, à la faculté de psychologie, si l'on considère à quel point nous avons négligé notre professeur Border. L'École d'ingénieurs a organisé une immense exposition, il n'y a pas très longtemps, autour de sa vie et de son œuvre. Tout le monde s'y est rendu. L'événement a beaucoup éveillé l'attention, pas seulement sur le campus, mais aussi dans les médias. Ils sont tous très fiers de lui et de ses réalisations.

— Vous ne savez pas si un membre de la faculté d'ingénierie

pourrait me parler de lui, et me montrer certains de ses équipements, le cas échéant ? J'aimerais vraiment voir l'enregistreur sur fils métalliques que Border a emporté en Europe en 1946. Vous ne pensez pas que quelqu'un ici aurait pu le connaître ?

— Il est mort dans le courant des années 1990, donc il n'est pas exclu qu'un membre du département d'ingénierie électrique l'ait croisé ou l'ait même un peu fréquenté, lui répondit le professeur Miller.

— Mort dans les années 1990, aussi récemment que ça ?

— Eh bien, il était beaucoup plus jeune que Border, de vingt ou trente ans son cadet. Quelqu'un là-bas serait probablement en mesure de vous fournir quantité de renseignements sur le travail de Cadden, peut-être même sur l'existence qu'il a menée. Je vais passer un coup de fil pour vous. Je sais que vous ne disposez pas d'énormément de temps et nous souhaitons vivement faire tout notre possible pour vous aider dans votre recherche sur le professeur Border. Mais il est peu probable que l'on soit capable de vous dire grand-chose sur la relation de Cadden avec Border.

— Non, sans doute pas, mais cela m'intéresserait quand même fortement de voir son appareil d'enregistrement sur fils d'acier, celui que le psychologue Border a emporté avec lui. Ce devait être une machine ultramoderne.

— Très certainement. Au département d'ingénierie électrique, ils se mettront en quatre pour vous aider. C'est Cadden qui les a fait connaître. Mais nous conservons en salle de lecture de la faculté de psychologie quantité de matériaux de Border lui-même qu'à ma connaissance personne n'a jamais consultés. Je n'en connais pas davantage le contenu. Je vais tout de suite appeler la faculté d'ingénierie et voir au moins quand quelqu'un peut vous recevoir.

— Vous voulez dire si quelqu'un peut me recevoir.

— Non, je veux dire quand. Ils nous ont vraiment fait honte. Quand vous les verrez, et sait-on jamais, ce sera peut-être pas plus tard que tout de suite, ne les laissez pas vous éblouir avec l'histoire de l'ingénierie sonore au XXe siècle.

— Ne vous inquiétez pas. En soi, ces appareils ne présentent aucun intérêt, pas pour moi. C'est le poids de Border dans le développement de l'histoire orale qui pourrait bien devenir mon sujet.

— Qui pourrait bien ?

— J'ai besoin de mesurer toute l'étendue de ce dont nous disposons là, avant de décider exactement quoi en faire. Il n'est pas impossible que je me contente de transmettre ces transcriptions à des historiens de l'Holocauste.

*

Au neuvième étage du Sloan-Kettering Memorial, le docteur Washington, la jeune oncologue afro-américaine, achevait sa visite à son patient, Henry Mandelbrot. Elle se départait rarement de son comportement professionnel. Cela lui servait à se protéger de la peine que pourraient susciter en elle ses tentatives quotidiennes de dompter le cancer. Mais avec certains patients, c'était là une attitude plus difficile à maintenir qu'avec d'autres.

— Je crois que je ferais mieux de m'en aller, maintenant, dit-elle en sortant de la chambre de Mr Mandelbrot. C'est à peu près l'heure où votre famille vient vous rendre visite, n'est-ce pas ?

— Non, je leur ai demandé de venir plus tard. Ils éviteront la circulation. Mais j'ai un autre rendez-vous.

— Je vois.

En vérité, ce n'était pas tant un moyen d'épargner aux divers membres de la famille leur bataille avec la circulation de la fin de journée, mais une volonté d'espacer autant que possible les visites du soir, afin d'éviter la solitude. Le premier de ces visiteurs réguliers venait en fin d'après-midi et n'avait pas à affronter le trafic pour venir ici, puisqu'il travaillait au Sloan-Kettering – il était donc déjà là. Une sorte d'habitude répétitive avait fini par se mettre en place : à la fin de son service, Lamont Williams, employé du service d'entretien, rendait visite au vieil homme avant de prendre une succession de bus en direction du centre-ville puis de l'appartement de sa grand-mère dans Co-Op City, en plein Bronx.

Initialement, Lamont avait pensé que ses visites au patient se devraient d'être brèves car il ignorait comment elles seraient perçues par la hiérarchie de l'hôpital. Mr Mandelbrot avait eu beau lui assurer que rien de négatif ne sortirait de ces visites, en effet brèves, au début, il fallut pas mal de temps à Lamont, sur la foi de ces assurances, pour réussir à calmer sa nervosité. Pour lui, les conséquences, une infraction au règlement ou même par rapport à une procédure tacite de l'institution avant la fin de sa période de mise en liberté surveillée –, la perte de son emploi avec les suites que cela comporterait au plan économique, ce revers que subirait son adaptation post-carcérale, la perte de confiance qui irait de pair et les perturbations que cela entraînerait dans ses recherches pour retrouver sa fille – tout cela ne l'amena que lentement à accepter les assurances du vieil homme qu'il ne lui arriverait rien de mal si l'on découvrait qu'il lui rendait visite. Mais, malgré son malaise, il venait quand même.

La régularité de ces séances était telle qu'à l'évidence, Mr Mandelbrot n'était pas le seul à en retirer quelque chose – Lamont aussi. Et, peu à peu, ce dernier finit par être d'avis que personne à l'hôpital ne s'en soucierait, personne ne les remarquerait, du moins tant que ces visites auraient lieu à la fin de son service.

Mais s'il y avait une personne qui les remarquait, c'était le patient qui les recevait et qui en tirait du réconfort, non seulement parce qu'elles l'aidaient à consommer un temps qui, sans cela, aurait été dangereusement privé de distractions, mais parce qu'il avait fini lui aussi par en conclure que son visiteur d'une régularité si incongrue y puisait une certaine nourriture et, à son tour, cette prise de conscience multipliait au centuple la nourriture que Mr Mandelbrot lui-même y trouvait. Et donc, le jour où, vers l'heure où Lamont Williams devait normalement faire un saut dans sa chambre du neuvième étage, celui-ci ne vint pas, le vieil homme s'en aperçut, et pas juste en passant, mais avec acuité. Il n'y avait personne sur place pour le voir tendre le cou depuis son lit, au moindre bruit fugace derrière sa porte, personne pour le voir lisser nerveusement les draps de son lit, consulter son réveil et se perdre en conjectures sur les raisons qui empêchaient ce jeune homme noir si paisible d'être là. Qu'est-ce qui avait bien pu lui arriver ?

*

Eileen Miller organisa pour Adam un rendez-vous avec un membre du département d'ingénierie électrique, qui non seulement avait rencontré Cadden à plusieurs reprises, mais pourrait aussi lui montrer les vestiges du laboratoire de l'époque. Il serait même en mesure de faire à Adam la démonstration d'un enregistreur à fils d'acier semblable à celui qu'utilisait Border. Cadden étant l'archétype de l'ingénieur, lui expliqua-t-on, il cannibalisait constamment ses travaux précédents pour mettre au point de nouveaux modèles et, dès lors, on pouvait affirmer sans risque de se tromper que l'enregistreur à fils qu'on allait exhumer devant Adam était précisément celui que Border avait embarqué vers les camps de Personnes Déplacées d'Europe, à l'été 1946.

— Enfin, c'est très certainement un appareil similaire, lui expliqua Arturo Suarez, l'universitaire du département d'ingénierie électrique.

Adam observait l'engin.

— Cela vous ennuie si je le prends en main ?

— Non, pas tant que vous faites attention. Il serait peut-être conseillé de rester au-dessus de la table, pour qu'il ne tombe pas de trop haut si vous glissez. Mais ne le laissez pas vous échapper.

Adam le prit. L'objet était lourd, dans ses bras il pesait davantage qu'il ne s'y était attendu. Il tenta d'imaginer un homme proche de la soixantaine le trimballant avec lui dans ces camps, dans l'immédiat après-guerre.

— Vous savez, je parie qu'il fonctionne encore, lui affirma Suarez avec une pointe d'admiration.

— Et comment fonctionne-t-il, au juste ?

— D'accord, laissez-moi tout vous expliquer, à partir du début. Voulez-vous le poser là un moment ?

Adam le reposa doucement. Eileen Miller avait eu raison de le prévenir de l'enthousiasme des ingénieurs en électricité pour Cadden. Suarez continua.

— Alors voilà. Marvin Cadden, né ici même à Chicago, bricolait dans la maison de ses parents depuis l'âge de cinq ans, vous y croyez, vous ? Il a le début de la vingtaine quand il entame des études d'ingénierie électrique à l'Armour Institute of Technology, le nom que nous portions avant de devenir l'IIT. Enfin, retenez qu'il aurait pu tenter tout et n'importe quoi, je veux dire, ce qu'il voulait, c'était ce genre de garçon. Vous voyez ? Mais il s'avère que son cousin est une espèce de chanteur d'opéra ou un truc de ce genre. Je veux dire, je ne sais pas ce qu'il valait, en tant que chanteur d'opéra, mais il suivait une école pour devenir chanteur lyrique, Marvin était proche de ce cousin, et le truc, c'est qu'il voulait lui offrir l'occasion d'entendre le son de sa propre voix – de sa voix chantée, je veux dire –, une occasion pour son cousin de s'entendre chanter. Et là, il se rappelle une chose qu'il a apprise ici, concernant l'idée de Poulsen. Valdemar Poulsen ? Vous ne connaissez peut-être pas, mais peu importe.

» Donc Poulsen avait inventé ce qu'il appelait un télégraphone, dans lequel il enregistrait les sons par un procédé magnétique. Jamais été tenté avant lui. Marvin Cadden avait appris son existence et voulait réaliser un appareil similaire pour son cousin, le chanteur d'opéra.

» Il essaya d'utiliser de la corde à piano. Il réussit à enregistrer toute une gamme de sons en les convertissant en une gamme de champs magnétiques afin de s'en servir pour créer une série de degrés de magnétisation sur un fil mobile. Et, en inversant le procédé, il était à même de reproduire les sons originaux. Toutefois, il s'aperçut qu'au cours de l'opération le fil se tordait et déformait le son à la lecture. C'est alors que Marvin a définitivement révolutionné l'enregistrement sonore. Pour éviter cette distorsion due à l'altération du fil, il a inventé une tête d'enregistrement magnétique, vous voyez ? En recourant à cette tête d'enregistrement qui entourait le fil sans le toucher, il était capable de produire le degré de magnétisation approprié à un son particulier, de manière uniforme, sur toute la circonférence de la section de fil qui transitait par la tête. C'était son idée, et ça marchait. C'était du génie pur. Ce type n'avait pas la trentaine.

» Je ne sais pas ce qu'il est advenu du cousin chanteur, mais Marvin a obtenu un poste à l'Armour et s'est mis à déposer des brevets. Le voilà lancé. Pendant la guerre, la Navy a utilisé sa technologie pour entraîner les pilotes de sous-marins. C'était grâce aux travaux de Marvin qu'ils ont pu simuler les sons générés lors des attaques à la grenade sous-marine. De la sorte, l'équipage du sous-marin pouvait s'acclimater, s'habituer à opérer sous la pression de ces sons-là, des bruits de l'attaque à la grenade sous-marine. L'US Army s'est aussi servie de son travail. Ils ont utilisé le Model 50 pour effrayer l'ennemi en lançant des attaques en forme de leurre, des attaques qui n'existaient qu'au plan sonore. C'était son équipement, l'équipement qu'il avait élaboré ici même, qui diffusait les bruits préenregistrés d'une attaque d'infanterie à un volume assourdissant, le jour du débarquement en Normandie. En semant la confusion chez l'ennemi, ils ont sauvé des vies. Ce type est un héros et un innovateur de génie.

» Et après le conflit, il ne s'est pas arrêté là. La guerre finie, il a cessé de s'intéresser au fil d'acier pour porter toute son attention sur la bande. Toutes les bandes et les revêtements magnétiques, le son magnétique pour le cinéma, l'enregistrement multipiste sur bande, la polarisation de haute fréquence, vous savez, du type de celle qui réduit le rapport signal-bruit. Ça, c'est tout Marvin. À sa mort, il avait déposé quelque chose comme cinq cents brevets à son nom qui ont été exploités sous licence par des groupes comme General Electric, 3M et Eastman Kodak. Sony a gagné un paquet d'argent, grâce à Marvin, mais lui, il n'en a jamais vraiment vu la couleur.

— Quand est-il mort ?

— Je dirais... au milieu des années 1990, je pense vers 1995. Je peux vérifier cela, pour vous, si c'est important. Sa veuve est encore en vie.

— Quel genre d'homme était-ce ?

— Un type amical, normal, un gentleman comme il y en a peu. Il était très... comment diriez-vous ? Sans prétention, sans grands airs et sans fioritures. Il aimait plaisanter, toujours souriant.

— Vous l'avez rencontré ?

— Bien sûr, moi, je n'étais qu'un étudiant de premier cycle qui gravissait les échelons, mais tout le monde le connaissait et si vous vouliez le rencontrer, c'était possible. Et parmi ceux qui s'intéressaient à l'ingénierie électrique, un peu tout le monde avait envie de le rencontrer. Il était abordable. Il jouait de l'harmonica, je veux dire, il en jouait réellement. C'était un virtuose de l'instrument. Il jouait dans deux bars différents, en alternance, une semaine sur deux. Il faisait ça depuis des années. Les gens lui demandaient d'effectuer des tournées, tellement il était bon, avec son répertoire de morceaux de comédies musicales et de blues. Des Noirs lui ont demandé de jouer avec lui. Vraiment ! Il aurait pu en vivre.

— Il jouait avec eux, avec des musiciens noirs ?

— Je n'en sais rien. Si je devais émettre une supposition, je dirais que non.

— Pourquoi ?

— Les gens n'avaient pas trop tendance à se mélanger, à cette époque. À ce que l'on m'a dit.

— J'imagine qu'il n'a jamais mentionné le psychologue, Henry Border.

Arturo Suarez fit non de la tête.

— Non, jamais.

Quand Adam eut fini d'examiner l'enregistreur sur fils de Marvin Cadden, le jeune ingénieur en électricité le raccompagna à la faculté de psychologie, à l'intérieur du bâtiment des sciences de la vie. À l'IIT, tout le monde se montrait d'une serviabilité inattendue. Adam se demanda si c'était en raison de son lien avec Columbia. Quand il se laissait aller à croire que telle était la raison de tant de prévenance, cela lui inspirait un sentiment d'imposture. Ces gens se montreraient-ils aussi bien disposés s'ils connaissaient la véritable situation de sa carrière ?

Adam Zignelik devait à nouveau rencontrer Eileen Miller, mais sa visite au département d'ingénierie électrique avait pris plus de temps qu'il ne s'y était attendu et elle était à présent indisponible, en cours ou en réunion. Il se demanda s'il n'avait pas un peu exagéré. Elle en avait peut-être fait suffisamment, et elle était tenue de réintégrer son propre univers. Mais elle avait laissé des instructions à un membre de son équipe pour qu'il lui montre la salle de lecture où les documents de Border étaient conservés. Il était là, seul, avec encore d'autres cartons, et sa voix intérieure qui lui soufflait d'abandonner, en insistant pour qu'il cesse de faire semblant d'avoir une contribution de premier plan à proposer. Il se répéta qu'il ferait mieux de simplement se contenter de remettre les transcriptions de Border à des spécialistes, des historiens de l'Holocauste, de saluer ces spécialistes en opinant du chef quand ils le remercieraient, d'emballer ses affaires de son bureau de Columbia et de commencer à rechercher un autre poste. Quelqu'un finirait par compulser toutes ces transcriptions. Tôt ou tard, elles seraient toutes numérisées et il serait assez facile de voir, alors, si elles comportaient une quelconque mention de soldats afro-américains ayant pris part à la libération de Dachau.

Quant à Border, à l'homme lui-même, qu'il ait été juif ou non, quelle importance ? Il se pouvait que sa religion ou son appartenance ethnique ait pesé dans la motivation de ce petit psychologue du Middle West à devenir l'un des pionniers de l'histoire orale, mais en quoi sa motivation importait-elle ? L'une des voix intérieures d'Adam lui souffla qu'il devait lui suffire d'avoir découvert ces transcriptions. Une autre voix répliqua que cette découverte aurait pu être le fait de n'importe qui, pour peu que l'on se soit donné la peine de chercher. Cette voix-là ajouta qu'il y avait deux bonnes raisons pour que personne ne se soit donné la peine de chercher avant lui. Primo, tous les autres avaient un vrai travail et, deuxio, en soi, Border ne présentait aucun intérêt pour personne. Alors que fallait-il qu'il fasse, maintenant ? se demanda-t-il, assis seul dans la salle de lecture comme il se serait assis à peu près n'importe où ailleurs. Tu vas examiner des documents qui n'ont jamais été lus, qui ont été pour ainsi dire à peine publiés, sur des aspects obscurs de la psychologie, relatifs au choix des mots chez les victimes de traumatismes, avant de sauter dans un taxi pour l'aéroport où tu t'achèteras encore des cacahuètes que tu feras voler en tous sens dans la cabine de l'appareil, sur la route du retour vers un appartement vide auquel tu devras bientôt renoncer.

« Pourquoi es-tu incapable de regarder les documents de cet homme, lui chuchota Diana, sans te regarder toi-même en train de les regarder ? »

Un courant d'air paraissait émaner de la réserve qui se situait derrière la salle de lecture, et il se leva pour fermer la porte. Et si je tombais malade, pendant que je suis ici ? songea-t-il.

Il y avait une minuscule fenêtre dans cette réserve, qui donnait sur une pelouse, à l'extérieur. Il enjamba un cageot recouvert d'une espèce de drap pour vérifier si cette minuscule fenêtre ne pourrait pas être fermée de façon plus hermétique, mais il s'aperçut qu'elle était trop haute pour lui et qu'il allait devoir se borner à simplement fermer la porte de la réserve. Il ne réussirait pas à faire mieux. Veillant à ne renverser aucune des deux échelles, le seau, la serpillière ou le balai rangés là, il se cogna le tibia contre le cageot recouvert et proféra un juron. Le cageot lui avait entaillé la peau.

À son retour à New York, il conserverait un hématome en souvenir de cette pièce de réserve derrière la salle de lecture de la faculté de psychologie, à l'intérieur du bâtiment des sciences de la vie de l'IIT. Le drap recouvrant ce cageot était à son tour nappé d'une couche de poussière à peu près aussi épaisse que l'étoffe proprement dite. Adam crut qu'il allait éternuer. Même si cette poussière ne le suivrait pas jusqu'à New York, il sentait qu'il valait mieux sortir dès que possible de ce misérable débarras. Il refermait la porte quand il eut l'idée de rentrer à nouveau y jeter un œil.

Il s'agissait sans doute de matériel de nettoyage ou d'outils de menuiserie, mais comme c'était la pièce qui avait abrité les cartons restants des documents de Border, il se dit qu'il devrait peut-être au moins soulever le drap tout maculé de poussière que quelqu'un avait étendu sur ce cageot coupable, avant de repartir.

Il attrapa un coin de tissu et le souleva lentement. Lorsqu'il eut dégagé le tiers du cageot, il eut un aperçu de ce qu'il pouvait contenir. C'étaient des cylindres en plastique blanc, étroits en leur milieu et plus évasés aux deux extrémités. À première vue, il devait y en avoir facilement une centaine.

— Oh, nom de Dieu ! s'exclama-t-il.

C'étaient les bobines de fil d'acier que Marvin Cadden avait remises à Henry Border, et que ce dernier avait emportées avec lui dans les camps de Personnes Déplacées d'Europe, à l'été 1946, pour y enregistrer les témoignages des victimes que l'on appellerait aujourd'hui les survivants de l'Holocauste. Il inspecta les bobines. Tout autour de lui, c'était le silence. Ce cageot renfermait des êtres qui attendaient de pouvoir en sortir, des êtres qui avaient vécu des événements inimaginables, les vestiges de communautés entières, que l'on avait réduites au silence par l'anéantissement. Ce cageot renfermait des voix. Jamais personne n'avait été aussi proche d'interroger ces gens-là, et longuement, au moment même où ils vivaient ce traumatisme. Aucun civil allemand n'avait rien fait pour empêcher cela, les autres puissances de l'Axe et leurs citoyens n'avaient rien empêché, et les gouvernements alliés, leurs armées ou leurs citoyens n'avaient rien empêché non plus. Les juifs d'Europe avaient désespérément tenté de clamer au monde ce qui leur arrivait, mais pour l'essentiel, on était resté sourds à leurs voix, jusqu'à ce qu'elles soient réduites à un complet silence, toutes excepté les voix semblables à celles de ces rares survivants que l'on venait à peine de libérer, recueillies sur ces bobines de fil d'acier, dans ce cageot du débarras situé derrière la salle de lecture de la faculté de psychologie de l'Illinois Institute of Technology.

De prime abord, Adam ne sut que faire. Il avait envie de hurler, de l'annoncer à quelqu'un, mais à qui aurait-il pu le dire ? et, de toute manière, il avait besoin de confirmer qu'il ne se trompait pas sur le contenu de ce cageot. Il prit l'une des bobines et l'examina. Elle était numérotée. Comment pouvait-il avoir confirmation de son contenu ? Il se pencha dessus, remit le drap poussiéreux en place afin qu'il recouvre la totalité du cageot et traîna l'ensemble hors du débarras, dans la salle de lecture. Là, il décrocha le téléphone du bureau et composa le numéro de poste d'Arturo Suarez, l'ingénieur en électricité. Au début, il ne put le joindre. Les appels étaient interceptés par un répondeur téléphonique du département. Dans un message confus, il laissa à la fois le numéro du poste de la salle de lecture et son numéro de portable. Il reposa le combiné. La salle était silencieuse. Il était presque trop effrayé pour jeter à nouveau un œil sous le drap poussiéreux ; et s'il avait rêvé toute l'affaire ? et si, en déplaçant le cageot, sans trop savoir comment au juste, il provoquait la dégradation de ces enregistrements sur fil ?

Après avoir arpenté le couloir devant la salle de lecture sans raison aucune, il se mit à appeler Arturo Suarez toutes les soixante secondes. Ce dernier avait pu s'absenter pour la journée, il pouvait être en cours, en réunion, il avait pu faire une crise cardiaque ou mourir. Adam ne savait que décider en attendant que Suarez le rappelle – à part le rappeler. Ce fut lors d'un de ces temps morts de soixante secondes qu'Arturo le rappela. Il fallut à peu près cinq minutes à Adam, qui avait du mal à se contenir, pour lui expliquer la signification possible du fil d'acier sur ces bobines. Serait-il en mesure de lui apporter en salle de lecture de la faculté de psychologie l'enregistreur sur fil qu'il lui avait montré, et dès que possible ? Il se dit qu'il allait sans doute louper son avion. S'il n'avait eu cette obligation d'enseignement, ça lui aurait été égal. À partir de l'instant où ils raccrochèrent, l'ingénieur mit un peu plus de vingt minutes pour apporter en salle de lecture l'enregistreur sur fil de Marvin Cadden, avec moult précautions. Il arriva essoufflé et un peu en nage, et dut admettre que les bobines de fil avaient toute chance d'être ce qu'Adam espérait qu'elles soient.

Le fil était aussi fin que du fil de nylon, mais bien plus fragile. Adam n'avait pas envie de le débobiner, mais il fallait partiellement le dérouler, avant de pouvoir l'enfiler dans l'appareil.

— Je ne peux pas. Je me méfie de mes doigts, avoua Adam.

— Je vais m'en charger, proposa spontanément Arturo Suarez, en lui prenant des mains une bobine qu'il avait choisie au hasard. Adam le regarda brancher l'enregistreur sur fil dans une prise murale, puis y insérer le fil avec la délicatesse d'un chirurgien.

Le premier son qu'ils entendirent fut un crépitement, puis ce son se transforma en rumeur d'un groupe de gens qui se parlaient, un ensemble de voix à la tonalité, au timbre et au volume différents, fusionnant en un mur de langues. Ensuite il y eut un chuintement isolé, si vite rejoint par tant d'autres que le chœur de tous ces chuintements finit par submerger le mur de langues, puis tout devint silencieux, à part quelques sifflements et crachotements. Après quoi, Adam entendit une voix solitaire. Le son qu'elle produisit était un chant, une berceuse qui lui était familière, et ce fut pour lui un choc de se trouver catapulté dans sa propre enfance. C'était la dernière chose à laquelle il s'attendait, d'entendre là un fragment de son enfance.

Petit garçon, à Melbourne, il avait maintes fois entendu ses grands-parents lui chanter cette chanson quand ils le gardaient, pendant que sa mère était sortie. Il était un peu plus grand, les 78-tours avaient été supplantés par les 33-tours, quand sa mère avait trouvé un magasin où on lui avait transféré cette chanson du 78-tours de ses grands-parents sur une cassette. Et à présent il l'écoutait dans la salle de lecture de la faculté de psychologie de l'IIT, quartiers sud de Chicago. Il écoutait, sidéré de perdre toute distance professionnelle, de manière aussi immédiate. L'ingénieur et lui fixaient tous deux du regard l'enregistreur sur fil, Adam sentait ses yeux se gorger de larmes. La voix unique d'un jeune homme s'éleva au milieu des craquements. Adam repensa à lui-même enfant, à ses grands-parents juifs polonais, à sa mère qui ne s'était jamais remariée, puis à ce jeune homme qui chantait dans un camp de Personnes Déplacées. Qu'avait-on fait subir à ce jeune homme, juste avant qu'il ne chante dans la machine dont Marvin Cadden avait appris le fonctionnement à Border ? Adam se demanda si ce dernier, à supposer qu'il ait été juif, avait été capable de conserver son détachement professionnel mieux que lui. À quoi avait-il songé quand la voix fluette de ce jeune garçon, novice de l'âge d'homme, novice de la liberté, avait chanté pour lui comme il chantait à présent pour Adam Zignelik ?

Shlof mayn kind, shlof keseyder,
Zingen vel ich dir a lid.
Az du mayn kind vest elter veren
Vestu visn an untersheid.

Az du mayn kind vest elter veren
Vestu vern mit laytn glaych.
Damolst estu gevoyre veren
Vos heyst orim un vos heyst raych.

— Il chante quoi, là ? Vous savez de quelle langue il s'agit ? demanda Suarez.

— C'est du yiddish. C'est une berceuse. Le chanteur invite l'enfant à s'endormir. « Dors, mon enfant, dors en paix. »

Voilà, songea Adam. C'étaient bien les enregistrements sur fil de Border. Il les avait trouvés. Hormis Border en personne, Arturo Suarez et Adam Zignelik risquaient fort d'être les premières personnes à les entendre, pour la première fois depuis leur enregistrement. Il allait manquer son avion, mais il était incapable de quitter cette pièce. Il consulta sa montre.

— Vous allez devoir m'apprendre à insérer le fil.

— Je croyais que vous vous méfiiez de vos doigts ?

— Je m'en méfie, oui. Mais vous allez devoir quand même m'apprendre. D'abord, si cela ne vous ennuie pas, il va falloir que je réserve un vol plus tard, si possible.

Le jeune ingénieur avait lui-même besoin de passer un coup de téléphone. Il fallait qu'il appelle son épouse pour lui expliquer qu'il rentrerait un peu tard ce soir. Zignelik mit plus de temps que nécessaire à modifier son vol, et cela lui coûta plus cher que cela n'aurait dû. Mais maintenant, il était libre d'apprendre à insérer le fil du Henry Border de 1946 dans l'enregistreur de Marvin Cadden. Il y avait plus d'une centaine d'heures d'entretiens à écouter. Il allait commencer ici, tout de suite.

*

C'était par une fin d'après-midi, dans un vénérable restaurant de viande du centre de Manhattan, juste derrière Union Square, avant même l'arrivée des premiers convives. Deux serveurs en gilet et nœud papillon préparaient les tables d'après le plan de salle, ce qui constituait la première tâche de leur service. L'un d'eux dressait les tables, disposant les verres et les couverts, et l'autre passait un aspirateur au-dessous de celles que son collègue n'avait pas encore abordées. Préoccupés alternativement par des réflexions liées au travail et d'autres plus personnelles, avec la tension du temps qui leur restait avant l'arrivée des premiers convives, et perturbés par le ronflement de l'aspirateur, ils ne remarquèrent pas Lamont Williams, à peine arrivé de son service au Sloan-Kettering Memorial, qui passa devant l'accueil désert dans le hall du restaurant et resta planté au milieu de la salle à manger.

Combien d'années s'étaient écoulées depuis la dernière fois qu'il était entré ici ? C'était presque dix ans plus tôt, quand il était venu lors de sa première sortie en compagnie d'une jeune femme, avec laquelle il avait eu une fille. Ses pensées firent le tour de la salle, des différentes tables où il avait pris place en différentes occasions, le tout pendant que les deux serveurs, et d'autres ensuite qu'il avait vaguement entendus sans les voir, vaquaient à leurs occupations.

— Entrée de service, mon pote, lui lança quelqu'un par-dessus le vrombissement de l'aspirateur.

Chantal, c'était le nom de la femme qu'il avait amenée ici, et tout le monde l'avait regardée. Elle était belle.

— Entrée de service.

— T'as fini ? demanda quelqu'un à l'un des serveurs.

— Presque.

— Entrée de service.

Lamont se souvint d'avoir observé la taille des verres à vin à côté des verres à eau en songeant que remplir ne serait-ce qu'une fois ces verres à vin, cela réclamerait tout l'argent qu'il avait pu jamais voir défiler au cours de son existence. Mais si quelqu'un en valait la peine, à son avis, c'était elle. Il se souvint de s'être penché vers elle pour l'entendre, malgré le bruit de la circulation sur Union Square. Et qu'elle ne s'était jamais penchée vers lui, pas une seule fois.

— Entrée de service, mon pote. Hé, c'est à toi que je cause ! aboya un homme en s'adressant à Lamont avec autorité, un homme de la hiérarchie du restaurant de viande. Les livraisons, par l'entrée de service !

— Je suis pas ici pour livrer quelque chose, répondit-il calmement, incitant ainsi le maître d'hôtel à s'approcher de lui pour mieux l'entendre.

— Tu disais ? fit l'autre, en le toisant des pieds à la tête.

— Je suis pas ici pour une livraison. Je suis ici pour récupérer quelque chose.

— Qu'est-ce que tu racontes ?

— Ma grand-mère a mangé ici, samedi dernier. Elle a oublié son parapluie. Un parapluie très particulier. Je suis venu le récupérer, à sa place.

— Un tas de gens oublient leur parapluie, ici, lui répliqua le maître d'hôtel, soupçonneux.

— Je n'en doute pas. Elle en fait partie. Samedi dernier. Table pour deux, réservation au nom de McCray.

Le maître d'hôtel réfléchit un instant.

— Un parapluie particulier, vous dites ?

— C'est exact.

— Il ressemble à quoi ?

— Il y a des scottish-terriers imprimés dessus... Des scottish-terriers avec des nœuds papillons rouges sur le bord... et il est gris... gris anthracite. C'est un... Elle m'a expliqué que c'était un motif patte-de-poule.

— Patte-de-poule ? répéta le maître d'hôtel, sceptique.

Lamont sortit un bout de papier de sa poche.

— Pied-de-poule, c'est comme un motif pied-de-poule gris anthracite.

De nouveau, le maître d'hôtel réfléchit un moment avant de reprendre la parole.

— Venez avec moi.

Lamont le suivit au vestiaire et on le pria d'attendre. Au bout d'une petite minute, le maître d'hôtel rapporta une espèce de poussette à commissions qui contenait une collection d'une vingtaine de parapluies.

— Vous en voyez, là, des scottish-terriers avec des nœuds papillons rouges ? lui demanda l'homme.

Lamont prit son temps, examina attentivement l'intérieur de la poussette, mais ne vit aucun parapluie correspondant à la description que sa grand-mère lui avait fournie.

— Je vais prendre celui-ci, dit-il, en désignant un grand parapluie d'aspect robuste, au pommeau noir et luisant.

— C'est pas celui que vous m'avez décrit, protesta le maître d'hôtel.

— Je vais prendre celui-ci, répéta tranquillement Lamont.

— Bon, et qu'est-ce que je vais faire quand son propriétaire va venir le chercher et qu'il aura disparu ?

Lamont attrapa le grand parapluie d'aspect robuste au pommeau noir et luisant en faisant signe à l'homme de se pencher par-dessus le comptoir, et il lui dit, presque en chuchotant :

— Vous lui débiterez les conneries que vous alliez essayer de me sortir.

Il se tourna lentement vers l'accueil et passa sans se presser devant les autres serveurs, puis continua en direction d'Union Square, le parapluie au pommeau noir et brillant calé sous le bras.

*

Il était 9 h 15 quand Adam se retrouva seul, pas simplement dans la salle de lecture, mais dans le bâtiment. Arturo Suarez était rentré chez lui auprès de sa femme depuis longtemps. Adam avait laissé des messages sur les répondeurs du bureau de Sahera Shukri à la Galvin Library et d'Eileen Miller en expliquant qu'il avait trouvé les enregistrements de Border, la source des transcriptions. Eileen Miller allait devoir s'assurer qu'ils soient rangés en lieu sûr. L'enregistreur devait être restitué à Arturo Suarez, au département d'ingénierie électrique. Il les remerciait toutes deux et promettait de les rappeler de New York. Il consulta de nouveau sa montre et se demanda s'il avait le temps d'écouter un dernier enregistrement avant d'essayer de trouver un taxi qui le conduise si tard d'abord à son hôtel dans le centre, puis à l'aéroport. Ne sachant pas le temps que lui prendrait ce trajet à cette heure-ci, et encore moins s'il aurait du mal ou non à trouver un taxi, il jouait avec le feu. Il sortit quand même une autre bobine et, les mains moites, commença d'insérer le fil dans la machine de Cadden. Il choisit celle qui était la plus proche de la paroi droite de la caisse.

Chaque bobine était étiquetée, mais il n'avait pas encore prêté attention à ces annotations. Pour l'instant, il se contentait d'écouter.

Cet entretien – il s'avéra que c'était le dernier enregistré par Border – était en yiddish, une langue qu'Adam ne parlait pas, mais qu'il savait reconnaître et comprenait en partie, grâce à ses grands-parents maternels. Il reconnut aussi le nom de la personne interrogée, car l'entretien se trouvait être l'un des huit inclus dans l'ouvrage, *Je n'ai pas interrogé les morts*. Dans le livre, l'auteur avait décrit cette femme. Une juive à la peau claire, aux cheveux blonds, qui avait été enfermée dans les deux ghettos institués pour les juifs de Grodno à la frontière ethnique entre la Pologne et la Biélorussie, avait expliqué à Border que son mari l'avait convaincue que la seule chance de survie de leur bébé nouveau-né serait qu'elle tente de se faire passer pour une chrétienne, du moins le temps de déposer le bébé à la porte de l'orphelinat local, géré par l'église. La nuit où elle était sortie faire cette tentative, il neigeait.

Assise de dos par rapport à Border, elle précisait qu'il régnait une température de moins vingt-six degrés. Elle avait arraché l'étoile jaune de son manteau, son mari lui avait confié le bébé et elle avait tenté de franchir la porte du ghetto avec un groupe d'autres juifs, mais sans succès. Des coups de feu avaient été tirés et seize juifs gisaient morts dans la neige, au milieu de la rue longeant le ghetto. Serrant son bébé contre sa poitrine afin d'essayer de compenser son besoin d'air et de protection, contemplant les cadavres de ces gens à côté desquels elle se tenait quelques instants auparavant, elle avait réprimé un cri. Le bébé et elle étaient restés silencieux tandis que le sang qui s'écoulait de cinq des évadés maculait la neige. Mais, face à la vision d'une jambe parcourue de soubresauts, elle avait dû tressaillir, car la minuscule fillette avait éclaté en sanglots. La mère l'avait fourrée sous son manteau et elle était retournée en courant dans le ghetto proprement dit.

Plus tard, avec l'aide de son mari, elle avait refait une tentative, cette fois par la clôture barbelée qui, dans ce ghetto-ci, à cette période, n'était pas électrifiée. Son mari avait soulevé la clôture et, tout en tenant contre elle le bébé emmailloté, la femme avait rampé dessous. Un couvre-feu était en vigueur même à l'extérieur du ghetto, applicable aux habitants non juifs, et la femme avait une heure pour sauver la vie de sa petite. Elle était entrée dans la maison d'une Polonaise, une chrétienne qu'elle aimait bien mais qu'elle n'avait pas croisée plus de deux fois, et l'avait suppliée d'emmener son enfant à l'orphelinat. Mais la Polonaise avait pris peur et lui avait expliqué qu'elle risquait de se faire abattre, rien que pour avoir échangé ces quelques mots avec elle. Tout cela dans des chuchotements, dans la pénombre, dans la neige, et les deux femmes s'étaient regardées, chacune implorant l'autre de comprendre sa position.

Après quoi, la Polonaise avait eu une idée. Elle avait proposé à la jeune femme de laisser le bébé emmailloté de la sorte dans la rue, un peu à l'écart de sa porte, à une trentaine de pas de là, par exemple, et de s'en aller. Quelques minutes plus tard, elle sortirait avec une voisine. Elles sortiraient ensemble et, comme par le fait du hasard, la Polonaise découvrirait le bébé, sous les yeux de la voisine. Celle-ci lui tiendrait alors lieu de témoin. Ensuite, dans la matinée, la Polonaise emmènerait le bébé à l'orphelinat.

La jeune femme juive ne pouvait rien tenter d'autre. Elle s'exprimait dans la machine à enregistrer de Cadden et elle expliquait ce que cela représentait de laisser son bébé nouveau-né dans la neige, dans la rue, à proximité d'un ghetto. Elle racontait qu'elle avait délicatement déposé son bébé par terre, qu'elle avait embrassé son front, sachant qu'il était peu probable qu'elle puisse à nouveau toucher son enfant un jour, peu probable qu'elle la revoie jamais. Elle racontait qu'elle s'était cachée de l'autre côté de la rue et qu'elle avait regardé son bébé gisant dans la neige, en attendant que la femme sorte de chez elle avec sa voisine pour lui servir de témoin. Elle avait décrit son angoisse au cours de ces minutes d'attente où elle était restée cachée, son seul espoir étant qu'une quasi-inconnue vienne faire semblant de découvrir son bébé, ces minutes qui lui avaient paru durer une éternité où elle avait eu envie de sortir en courant dans la rue, de se saisir de son bébé, de la garder avec elle, avec la force d'attraction de cette enfant qui hurlait contre toute raison, qui lui soufflait que cette stratégie constituait sa meilleure chance de survie. Elle décrivait l'émotion douce-amère de la vision de cette femme, cette Polonaise sortant avec sa voisine et « découvrant » le bébé, exactement comme promis.

Border écoute, l'interrompt de temps à autre par une question, sans la moindre émotion, alors que la femme fond souvent en larmes, sanglotant parfois pendant plusieurs minutes de manière incontrôlable. En l'écoutant, en s'aidant de la transcription, traduite et imprimée dans le livre de Border, pour suivre, Adam s'aperçut qu'il avait du mal à respirer. La femme décrivait des horreurs indicibles, notamment son mari roué de coups, puis mis à mort, ses propres souffrances dans plusieurs ghettos successifs, puis à Auschwitz, jusqu'à la libération finale.

Du début à la fin de ce témoignage, et d'ailleurs tout au long des entretiens qu'Adam avait entendus jusqu'à présent, dès que les intervenants avaient entamé leur récit, le psychologue ne trahissait aucune émotion. D'après ce qu'Adam pouvait entendre, l'homme demeurait toujours un scientifique, un psychologue universitaire interrogeant ces personnes dans toute une série de langues différentes, uniquement pour recueillir les données brutes qu'elles lui fournissaient. Ensuite, quand apparemment cette femme eut achevé son récit, il l'avait interrogée sur le destin de sa petite fille. La femme lui répondait qu'elle était dans ce camp de Personnes Déplacées, à Wiesbaden, depuis un an. Il y eut un silence sur le fil d'acier, excepté le sifflement, le crachotement et de légers bruits de fond des autres Personnes Déplacées. Puis la femme reprit la parole.

« Cette femme polonaise est sortie... avec sa voisine... et elle a récupéré ma fille. Le fait qu'elle l'ait ramassée dans la rue a fini par se savoir. Il y a eu une enquête... Les autorités ont déterminé que l'enfant était juive et... »

À cet instant, Border l'interrompait.

« Comment les autorités ont-elles pu déterminer cela ?

— Je n'en sais rien, peut-être parce que ma fille avait la couleur de peau de mon mari, pas la mienne, peut-être parce que la famille de mon mari était bien connue, en ville. Franchement... je ne saurais le dire. Peut-être parce que la femme n'a en fin de compte pas confié ma fille à l'orphelinat.

— Et pourquoi non ?

— Parce qu'elle l'aimait, j'imagine. Cette femme n'avait pas d'enfant. C'était trois semaines avant l'arrivée des Russes qu'ils... l'ont enterrée... ma fille. Elle est dans le cimetière chrétien. J'aurais voulu... le cimetière juif avait été complètement profané. Il y a une femme, à Lodz, l'épouse d'un docteur de là-bas, et cette femme... »

De nouveau, la jeune interviewée éclatait en sanglots irrépressibles.

« Et cette dame... l'épouse d'un médecin de Lodz ? » insistait Border.

La jeune rescapée prenait sa respiration plusieurs fois, profondément, avant de répondre d'une voix ténue.

« La dame de Lodz... elle avait des photographies... de ma fille. »

Après cela, Border l'avait perdue. Elle avait disparu très loin, tout au fond de son propre martyre et, pour la première fois, il s'adressait directement à l'appareil et non plus à l'un de ces interlocuteurs ou à qui que ce soit d'autre autour de lui, mais à la machine de Cadden. Alors que la femme continuait de pleurer, Adam entendit le psychologue parler en anglais avec un fort accent européen. Et là, pour la première fois, il entendit l'émotion dans sa voix.

« Vous êtes en train d'allumer une cigarette, observe-t-il, alors que son interlocutrice ne parle sans nul doute pas l'anglais. Eh bien, nous allons devoir conclure... Wiesbaden, septembre 1946, dans la synagogue profanée en 1937 ou 1938, et qui tient son premier office religieux depuis lors... sans avoir été de nouveau consacrée... Ce que nous venons d'entendre de la bouche de cette femme... c'est l'histoire que nous avons entendue de tous... Je conclus mon étude en Allemagne... Je veux remercier l'UNRRA, Jack Thompson du *Chicago Tribune*... et... je suis incapable de parler. Je ne me souviens pas des noms... pas à l'instant... parce que je suis trop ému... par le témoignage de cette femme. Je conclus cette étude. L'automobile m'attend. Je me rends à Francfort. »

Puis le crachotement, le bourdonnement et le sifflement de l'enregistreur sur fil d'acier continuent quelques instants sans plus devoir rivaliser avec aucun autre bruit, et Border garde encore le silence un moment. Il est là, simplement, assis, épuisé, derrière la femme désormais silencieuse. Quelques instants s'écoulent et sa voix reprend. Adam entend que c'est la voix d'un homme saisi d'une indicible solitude. Il entend « ... Qui rendra un jugement sur tout cela ? » Puis encore un autre silence, excepté le bourdonnement et le crachotement de l'équipement. Puis Border reprend la parole : « Et qui jugera de mon travail ?... Qui va me juger... moi ? Enregistrement sur fil pour l'ITT. Départ ce soir pour Paris. Cette étude est terminée. » C'était l'extrême fin du fil. Un peu plus de soixante ans après, Adam Zignelik avait un avion à attraper.

*

Quelque part entre 21 h 30 et 22 heures, un samedi soir, une jeune fille afro-américaine se tenait bien droite à la barre verticale d'un wagon de métro bondé, en direction du centre, sur la ligne 1. Elle était montée à la station Lincoln Center et se sentait si fatiguée qu'elle aurait pu s'endormir, s'il lui avait été possible de dormir debout à sa place et sans tomber. Il y avait un peu d'agitation à l'autre extrémité de la voiture, mais cela lui paraissait assez lointain pour ne pas la concerner. Afin de tâcher de rester éveillée et de ne pas manquer son arrêt, elle tendit l'oreille à une conversation toute proche d'elle. Un homme et une femme se parlaient et, d'après leur ton, ils avaient l'air de se connaître.

— Tu sais que la 1 et la 9 ont été élues les rames les plus sales.

— Tu plaisantes ?

— Non, j'ai lu ça quelque part.

— On vote aussi pour ça, maintenant ? Je me souviens de la 9. Elle ne circule plus.

— Non, tu sais pourquoi ?

— Trop sale ?

— Doit être ça.

À l'autre bout de la voiture, le remue-ménage était causé par un homme que la jeune fille jugeait à l'évidence dérangé. Il parlait sur un ton déplacé, trop fort, à des gens qu'il traitait comme des amis mais qui ne le connaissaient pas, ce que leur réaction signifiait clairement. Non sans mal, il essayait de conserver son équilibre en se rapprochant lentement de l'extrémité de la voiture où elle se trouvait. Il avait les cheveux emmêlés, des vêtements déchirés et remuait les doigts d'une main, très vite, l'un après l'autre, comme un pianiste chevronné égrenant un arpège. Il changea complètement d'axe, se dirigeant d'un pas traînant vers l'endroit de la voiture où se tenait la jeune fille. Un touriste aurait pu le croire saoul, mais elle n'était pas dupe. La bouche pâteuse, il mangeait à moitié ses mots et parlait trop fort. Son autre main, qui n'exécutait pas d'arpège, était plus ou moins ouverte. Vis-à-vis de tout mendiant, chacun devait rapidement arrêter une politique. Mérite-t-il un peu d'argent ? Ai-je de la monnaie ? Ai-je accès à ma monnaie ? Son histoire est-elle suffisamment triste ? Est-ce que j'y crois ? Pourrais-je un tant soit peu améliorer son sort ? Sa mère aurait su quoi faire. Avais-tu peur de lui ? Y avait-il d'autres personnes autour de toi pour te venir en aide, au cas où ta politique vis-à-vis de ce mendiant aurait eu des conséquences imprévues ? Que fabriquait cette jeune fille à bord de cette rame ?

La veille, elle s'était organisée pour aller au cinéma. Elle devait retrouver un groupe d'amis dans l'une des salles du complexe Loews, mais avec l'empressement et la logique qui seuls pouvaient convenir à un groupe de jeunes filles de quatorze ans, elles avaient totalement changé de programme au dernier moment, et subitement plus personne ne s'était plus donné rendez-vous au ciné. Mais comme il avait fallu déjà pas mal de temps à Sonia pour convaincre ses parents de la laisser y aller, et comme elle avait l'intention de passer la soirée loin d'eux, elle ne leur avait pas annoncé que ses projets étaient tombés à l'eau. Elle n'avait aucune envie de les entendre agir comme s'ils ne s'étaient pas disputés un instant plus tôt. Au lieu de rester à la maison, elle avait maintenu ses projets initiaux et elle était allée voir le film toute seule, sans signaler à ses parents qu'elle irait au cinéma sans personne d'autre. Elle avait prévu d'aller jeter un œil aux CD et aux magazines chez Tower Records, mais elle avait oublié qu'ils avaient fermé et du coup, fatiguée, déçue, elle avait traîné un moment chez Starbucks, le temps d'observer les gens avant d'aller prendre son métro, et la rame était arrivée avec à son bord ce type brisé qui se dirigeait maintenant vers elle.

Il faisait toutes sortes de bruits, mais ce qu'il disait n'était pas toujours très clair. À l'autre bout de la voiture, il avait provoqué les rires de quelques voyageurs, mais autour de lui, maintenant, plus un passager ne riait. Afro-Américain, la chevelure hirsute, il paraissait le début de la cinquantaine. Sonia lui donnait à peu près l'âge de son père. Elle glissa discrètement la main dans l'une de ses poches pour voir si elle avait de la monnaie. Ce faisant, elle se demanda si lui donner quelques pièces serait le geste le plus juste ou le plus intelligent. Cela risquait de le faire s'éloigner plus vite, mais aussi d'attirer l'attention sur elle, ce dont elle n'avait aucune envie. Sa mère aurait su ce qu'il fallait faire. L'homme traîna son corps devant les autres passagers en se rapprochant de Sonia, en marmonnant et en avalant à moitié ses mots, au point de les rendre trop incohérents pour qu'ils restent intelligibles. Au fond de lui, il avait l'air de savoir qu'aucun argent ne changerait de mains sans qu'il raconte une histoire, mais cette histoire, il était incapable de la sortir. Sonia avait fouillé dans sa poche et elle était prête à lui donner quelque chose quand il passa lourdement devant elle et tous les autres sans s'arrêter assez longtemps pour que quiconque lui donne rien. Sans cesser de marmonner, il franchit la porte de la voiture, entra dans le sas articulé menant au wagon suivant. La rame continua sa route vers les beaux quartiers.

*

Un soir, début mai 1945 à Chicago, un homme âgé d'environ soixante ans, mais qui faisait plus vieux, avec une attitude qui semblait appartenir à un autre temps et un autre lieu, et dont l'épais manteau était d'une autre saison, marchait seul dans les quartiers sud de la ville. Il effectuait le trajet de son domicile, à une quinzaine de kilomètres de là, vers ce quartier cinq jours par semaine, pour se rendre à son travail et, même s'il lui était arrivé parfois de travailler le soir, il n'était certes pas dans ses habitudes de rester aussi tard. Son itinéraire normal vers son domicile le menait de son bureau du Bâtiment principal de l'Illinois Institute of Technology jusqu'à la station de métro aérien du El, à l'angle de la 33e Rue et de State Street. Il n'était certes pas dans ses habitudes de marcher dans les rues avoisinantes à la nuit tombée. Possédant tout le maintien d'une Europe qui avait disparu, moins immigrant que réfugié, en cet instant, il ne cessait de jeter un œil à un bout de papier qu'il tenait à la main avant de lever le nez vers les panneaux des rues, de panneau en panneau, pour s'assurer d'être dans la bonne direction.

Il y avait là beaucoup de monde, des hommes et des femmes, des vieux et des jeunes, qui le croisaient dans la rue. En les croisant, il surprenait des bribes de conversations, sans rien y comprendre. Tous les gens qu'il croisait étaient noirs. C'était leur quartier et eux, qui le regardaient, voyaient en lui une incongruité. Tous ces gens dehors la nuit, songea-t-il, en passant devant les grills et les salons funéraires, les églises de plain-pied avec accès direct sur la rue, les échoppes de prêteurs sur gages, les magasins de chaussures à prix cassé et les cavistes. Les gens qui gravitaient autour de lui étaient de tous les âges, mais la plupart étaient plus jeunes que lui. Les hommes portaient des costumes qu'il n'avaient pas achetés neufs et qui avaient appartenu à d'autres, il y avait de cela un certain temps, au cours de la décennie écoulée. Les vêtements des femmes étaient de coupe plus récente, souvent de confection maison, visiblement. Ils étaient nombreux à être récemment arrivés à Chicago, depuis le Sud. Beaucoup étaient arrivés de plus fraîche date que lui et, aux yeux d'un observateur superficiel, nombre d'entre eux auraient pu paraître perdus, mais il lui semblait que chacun de ces hommes, de ces femmes et de ces enfants se trouvait ici plus à sa place qu'il ne l'était.

En parvenant à l'angle de la 35e Rue et de State Street, il franchit une entrée étroite menant à un endroit dont on lui avait communiqué le nom au téléphone quelques jours plus tôt. Non seulement il n'était encore jamais venu ici, mais il ne s'était encore jamais présenté en un lieu qui y ressemble de près ou de loin et, dès les premiers pas qu'il fit à l'intérieur, il se crut sur une autre planète.

Un homme noir, grand et solidement charpenté, se dressait entre le fond du hall d'entrée et l'accès à la salle proprement dite, et pointa le doigt sur un écriteau affichant le prix du couvert.

— Hé là ! Pour écouter de la musique, ici, faut payer.

— Je ne suis pas ici pour la musique. Je suis ici pour rencontrer quelqu'un.

— Peu importe pourquoi vous êtes ici, docteur Goldberg. Vous devez quand même payer, si vous voulez entrer.

— Je suis le professeur Border.

— Quoi ?

— Je suis le professeur Border, Henry Border.

— Je me moque de qui vous êtes, monsieur.

— Je ne suis pas le docteur Goldberg. Comment saviez-vous que j'étais docteur ?

— Soit vous êtes docteur, soit vous êtes le proprio, et de toute manière, monsieur, si vous voulez entrer, faut payer. Regardez derrière vous, là ! Voyez, j'ai des gens qui attendent pour entrer.

Henry Border fit ce qu'on lui demandait, paya l'homme et entra d'un pas hésitant dans une salle rectangulaire qui, à tous égards, ne ressemblait à aucun des endroits où il avait déjà mis les pieds. Il en eut les sens assaillis, mais ce fut peut-être la sonorité, le volume et le style de cette musique qui le cueillirent presque aussitôt. Cela lui semblait plus fort que le bruit de la circulation, aussi fort qu'un moteur à vapeur dont on se serait trop approché mais, à l'inverse d'une locomotive, ce bruit ne se déplaçait pas. Son intensité même, sa proximité d'avec l'auditoire, semblaient être le but recherché. Ensuite, il y avait le style ; ça pulsait, ça palpitait depuis cette scène rudimentaire, avec des accords pleins de tierces et de septièmes bémolisées créant un amas de tonalités dissonantes, jouées sur un rythme à quatre/quatre et le tout amplifié sur un fond lancinant de back beat martelé à la grosse caisse. La batterie était accompagnée d'une basse et d'une guitare électrifiée, qui chacune à leur tour, avec l'harmonica également amplifié à travers un microphone, poussaient leur plainte avec une outrecuidance fracassante.

La fumée du tabac et des joints formait un mur qui se reconstituait aussitôt que quelqu'un le rompait en le traversant ; et les gens n'arrêtaient pas de le traverser, certains pour s'approcher de la table de billard dans un coin de la salle, et surtout vers le mur du fond, où des jeunes gens dansaient, des hommes et femmes, tous noirs, d'après ce que put distinguer le professeur Border, sauf une jeune femme blanche. Transpirant déjà sous l'effet de la chaleur de cette salle bourrée à craquer, de la chaleur des corps en mouvement et parce qu'il était en costume cravate et dans une veste à l'épaisseur inadaptée qu'il portait boutonnée, il sortit le bout de papier de sa poche et lorgna dessus sous l'éclairage tamisé pour relire l'adresse qu'il avait notée. Il était impossible qu'il soit au bon endroit, se dit-il, même si l'adresse de l'immeuble correspondait à celle qui était inscrite sur ce bout de papier, dans sa main. Il crut que l'effet combiné du volume sonore et de l'atmosphère confinée allait l'amener à s'évanouir et il marcha contre le flot de ces gens sans cesse plus nombreux qui arrivait de l'entrée, où le grand gaillard qu'il avait dû payer pour pénétrer ici l'avait prévenu qu'il serait obligé de repayer s'il voulait sortir et rentrer à nouveau. Henry Border s'en moquait; il marmonna quelque chose à propos d'un docteur qui n'était pas là. C'était des propos que le grand gaillard aurait ignorés, n'était le fait qu'au moment où le professeur lui adressa la parole, ses genoux se dérobèrent sous lui et le grand gaillard fut forcé de le soutenir, seule façon d'éviter l'engorgement dans son hall d'entrée exigu et noir de monde.

— Qui est-ce qu'est pas là ? demanda-t-il.

— Je venais retrouver un collègue mais il n'est pas ici et je souhaite m'en aller, essaya de répondre Border, malgré le bruit de la foule et de la musique qui couvrait sa voix.

— Qui c'est que vous vouliez ?

— Le professeur Cadden, Marvin Cadden.

— C'est Marvin, là-bas, fit le grand gaillard en désignant l'homme blanc, sur scène, qui jouait de l'harmonica.

Henry Border se retourna, plissa les yeux vers la scène adossée au mur du fond, resta planté là un moment, puis rentra de nouveau dans la salle.

— Vous êtes le professeur Cadden ? dit-il à l'homme quand les musiciens eurent fini leur set.

— *Monsieur* Cadden. J'ai une maîtrise, mais pas de doctorat.

Ils se serrèrent la main et Marvin Cadden conduisit Border vers une chaise libre à l'une des rares tables inoccupées.

— Monsieur Cadden, commença-t-il, en regardant autour de lui avant de continuer, je ne m'attendais pas... à ça. Cela fait partie de votre travail ?

— Ça ? Non, c'est de la musique. Je joue avec ces types, enfin, de temps en temps.

— De la musique ?

— Mmh mmh.

— Vous vous débrouillez bien, avec cet... ?

— L'harmonica ?

— Oui, l'harmonica.

— Assez pour qu'ils m'autorisent à me joindre à eux, parfois.

— Monsieur Cadden, je suis venu vous voir au sujet de quelque chose qui a un lien avec ma recherche. Cela concerne l'enregistreur sur fil que vous avez fabriqué. C'est vous qui l'avez inventé ?

— Oui.

— Et cela fonctionne comme vous me l'avez expliqué au téléphone ?

— Oui. Vous voulez savoir s'il peut enregistrer des voix, des interviews. Bien sûr qu'il peut. Professeur Border, je ne comprends pas pourquoi vous éprouvez le besoin de venir discuter de cela ici.

— Vous aurais-je offensé en quoi que ce soit, monsieur Cadden ?

— Non, pas du tout. Je vous en prie... Puis-je vous offrir un verre ?

— Non, non, je vous remercie.

— Si, si, laissez-moi vous offrir un verre, il le faut. Vous ne pouvez pas venir ici sans prendre au moins un verre. C'est impoli. Les gens, ici, vont penser que vous refusez de boire en leur compagnie.

— C'est impoli ?

— Bien sûr. Laissez-moi vous payer un verre. Une bière ?

— Voulez-vous me laisser me la payer moi-même et vous en offrir une ?

— Non, la première tournée est pour moi. Qu'est-ce que ce sera ?

— Auraient-ils de la vodka, à votre avis ?

— Ils ont du bourbon, du gin et de la bière. Je peux vous apporter un bourbon ?

— Merci, monsieur Cadden. C'est aimable à vous. Avant de boire, puis-je juste vous parler de mon projet et vous dire en quoi vous seriez susceptible de m'aider ?

— Vous voulez enregistrer des entretiens de Personnes Déplacées ?

— Oui.

— En Europe ?

— Oui, c'est le projet.

— Comment irez-vous en Europe ?

— J'ai déjà déposé des demandes. C'est difficile, mais il est inutile que je vous encombre avec cet aspect des choses.

— D'accord, bien sûr. Écoutez, si j'en ai la possibilité, je vous aiderai, mais je dois vous poser une question. Pourquoi éprouvez-vous le besoin de venir ici au milieu de la nuit me parler de tout ceci alors que rien ne vous empêcherait d'en discuter sur le campus dans la journée ? Pardonnez-moi, mais vous n'êtes visiblement pas à votre aise, ici.

— Je crois que je serais plus à mon aise pour discuter de mon projet avec vous ici que je ne le serais sur le campus.

— Pourquoi ?

Henry Border changea légèrement de position, se tourna d'un côté, de l'autre, et se pencha au-dessus de la table, incitant Marvin Cadden à se pencher aussi afin de mieux entendre la voix discrète de son interlocuteur, sur le fond de vacarme qui les entourait.

— Monsieur Cadden, je suis psychologue et mon intérêt est ici d'interviewer des Personnes Déplacées pour investiguer sur leurs schémas discursifs, la manière dont ces gens utilisent le langage quand ils ont subi un traumatisme. Mais ce n'est pas juste avec les Personnes Déplacées que je veux parler. C'est avec les juifs. Ces gens ont été les victimes les plus visées par la terreur nazie.

— Je vois.

— Peut-être avez-vous lu des choses sur ce qu'ils ont subi en Europe, sous la domination nazie ?

— Oui, en effet. Mais je ne comprends toujours pas pourquoi vous avez besoin de venir jusqu'ici, la nuit, pour m'en parler, alors que vous disiez habiter à l'autre bout de la ville.

— Monsieur Cadden, je suis un juif d'Europe, né en Pologne. Dans toutes mes demandes de bourses pour ce projet et aussi dans mes tentatives de me rendre en Europe, j'ai indiqué que je souhaitais parler à des Personnes Déplacées, mais je n'ai jamais spécifié, dans aucun de ces dossiers de candidature, que ces Personnes Déplacées auxquelles je voulais parler sont des juifs.

— Vous pensiez que cela risquait de jouer contre vous ? Nous ne sommes pas en Europe, professeur Border. Nous sommes en Amérique.

— Je sais que l'Amérique n'est pas l'Europe. À mon arrivée ici, j'étais déjà diplômé. J'avais étudié à l'Université Jagellonienne de Cracovie, puis en Allemagne, à Leipzig, sous la direction de Wilhelm Wundt, un homme considéré comme le père de la psychologie expérimentale. Je l'ai fait savoir quand j'ai déposé deux fois ma candidature au programme doctoral de l'université de Chicago, et j'ai essuyé deux refus. Je l'ai encore fait savoir quand j'ai effectué une première tentative à la Northwestern, et j'ai été écarté. J'ai réessayé à la Northwestern, sauf que cette fois-là, dans mon dossier de candidature, j'ai bien veillé à leur déclarer que j'étais épiscopalien. Désormais, je suis titulaire d'un doctorat de la Northwestern University. Une seule variable a changé, entre ces quatre candidatures. Mais oui, je sais, nous ne sommes pas en Europe.

— Êtes-vous épiscopalien ?

— En théorie, maintenant, je le suis. Mais j'ai pensé que si je venais solliciter votre aide, avec la technologie que vous avez inventée, et que si nous devions travailler ensemble, du moins pour un temps, juste assez pour que vous puissiez m'apprendre comment manier cet équipement, si vous deviez me laisser emporter un de vos appareils avec moi jusque dans ces camps de Personnes Déplacées – eh bien, je me suis dit que vous aviez le droit de savoir précisément quelles sont mes intentions en menant ces travaux.

Marvin Cadden secoua la tête.

— Je serais surpris que vos difficultés à obtenir des financements pour ces projets s'accroissent si les gens savaient que les Personnes Déplacées auxquelles vous vous intéressez sont des juifs.

— Il y a trois ans, on a procédé à un sondage dans ce pays. Vous en avez peut-être entendu parler. On a questionné un échantillon d'Américains sur une série de groupes ethniques ou nationaux. On les a interrogés sur chacun de ces groupes, « sur tous les aspects importants, sont-ils aussi bien que nous », « moins bien que nous » ou « franchement inférieurs » ? La catégorie des juifs immigrants figurait en dixième position. Les Allemands se classaient sensiblement plus haut, alors que l'Amérique était en guerre contre eux. Les Allemands combattaient et tuaient les fils de ces gens que l'on sondait. Mais oui, je sais, nous ne sommes pas en Europe.

— Et ces gens, ici ? lui demanda Marvin Cadden, en englobant d'un geste tous ceux qui les entouraient.

— Les Noirs américains ?

— Oui, où se situaient-ils ?

— Ils ne figuraient même pas parmi les choix proposés. Nous ne sommes pas en Europe.

— Professeur Border...

— Monsieur Cadden, je suis un scientifique, comme vous. Mais je suis un psychologue ; je ne travaille pas avec des machines. Je travaille avec une toute nouvelle science, la science de l'esprit humain. L'esprit, monsieur Cadden, existe à l'intérieur du cerveau, mais l'esprit n'est pas le cerveau. Vous pourriez disséquer un nombre infini de cerveaux humains sans jamais y trouver d'esprit, jamais, pas une seule fois. Ça, c'est la psychologie. Les gens ne savent pas grand-chose de la psychologie. Cela les laisse sceptiques. Certains même la redoutent. Nos progrès, dans cette science, sont lents et modestes. Maintenant, si l'on songe à tout ça, comment cela se passerait-il si j'allais leur annoncer : bonjour, je suis juif et je veux que vous m'aidiez à mener une étude sur d'autres juifs ? Vous imaginez ? Mon projet aurait encore moins de chances d'exister qu'il n'en a pour le moment. Avec tout le respect que je vous dois, monsieur Cadden, c'est peut-être un aspect que vous comprendriez mieux si vous étiez juif.

— Professeur Border, êtes-vous sûr que je ne le suis pas ? lui répliqua l'autre.

Sur le moment, interloqué, Border leva les yeux et vit l'unique femme blanche du club, celle qu'il avait vue danser tout à l'heure, venir vers eux. Soixante-deux ans plus tard, depuis Chicago, cette femme parlait au téléphone à Adam Zignelik, qui était de retour à New York.

— C'est là que nous nous sommes rencontrés, lui déclara la veuve de Marvin Cadden au téléphone, depuis Chicago.

— Donc il est devenu épiscopalien pour améliorer ses chances d'être reçu à la Northwestern ?

— C'est ce qu'il a expliqué à Marvin. Écoutez, ça a marché. Il a décroché son doctorat de la Northwestern, non ? En tout cas, il a considéré que c'était déterminant.

— Bien sûr. N'empêche, c'est curieux. Je veux dire, je comprends ce qui l'a amené à croire qu'il lui fallait recourir à ce subterfuge, et c'était peut-être nécessaire. Mais en parcourant ses papiers, j'ai trouvé un reçu pour une donation qu'il a versée à une Église baptiste, l'Église baptiste du pèlerin.

— Oh, c'est une Église noire des quartiers sud, près de l'IIT, précisa la veuve de Marvin Cadden.

— Oui, j'ai vu cela.

— Enfin, c'était sans doute à cause de Callie.

— Qui était Callie ?

— Callie était sa bonne. Elle était noire. Il avait fait sa connaissance par notre intermédiaire, à travers Marvin, des gens avec qui

Marvin jouait. Voyez-vous, quand Border a finalement obtenu son autorisation de se rendre en Europe, il avait besoin de quelqu'un pour s'occuper de sa fille. Il ne pouvait pas la laisser toute seule. Je ne sais pas au juste quel âge elle avait à l'époque, mais elle était très jeune. Ce n'est pas seulement pour l'enregistreur que Marvin l'a aidé. Marvin lui a déniché Callie grâce à ses contacts au club où ils s'étaient rencontrés pour la première fois, le professeur et lui. Elle avait besoin de travail, elle habitait aux Mecca. Elle essayait sans doute de réunir de l'argent pour l'Église, et c'est ainsi que Border a fini par verser une donation. Bien sûr, ce sont des suppositions. Je n'en sais rien. C'était il y a si longtemps. Voyez-vous, Marvin a pu être important pour Henry Border, mais Border n'a pas eu d'importance pour la carrière de Marvin.

— Bien sûr. Les Mecca, qu'est-ce que c'est ?

— Les Mecca Flats. Professeur Zignelik, si les quartiers sud de Chicago forment un monde à l'intérieur de Chicago, dans les quartiers sud, les Mecca forment encore un tout autre monde.

Plus tard, quand Adam Zignelik consulta son répondeur, il vit clignoter le témoin lumineux, et il avait beau ne pas savoir qui l'avait appelé, il n'avait pas envie d'écouter le message. Il resta là un moment devant l'appareil, à le regarder clignoter, et rien d'autre.

« Est-ce parce que tu crois que c'est moi, ou parce que tu crois que ce n'est pas moi ? entendit-il chuchoter Diana.

— Je n'en sais rien.

— Qu'est-ce qui serait le plus dur ? lui demanda-t-elle.

— Ça dépend de ce que tu me dirais.

— Il semble que tu ne le sauras jamais », ajouta-t-elle, alors que le répondeur continuait de clignoter, sans avoir conscience de l'anxiété qu'il était capable de générer.

Enfin, après l'avoir fixé du regard et encore hésité, il laissa son index appuyer sur « Lecture ». C'était une voix de femme, une voix familière, et qui le transperça avant qu'il ait eu l'occasion d'écouter les mots qu'elle prononçait ou même de la resituer. Mais le quatrième de ces mots, ce fut son prénom.

« Salut, Adam, c'est Michelle. Comment vas-tu ? J'espère qu'il n'est pas trop tard, mais Charlie m'a dit que d'après William, tu serais peut-être à Chicago. C'est vrai ? Tu es venu suivre une piste ? Ça paraît intéressant. En tout cas, je me demandais si tu n'aurais pas envie de prendre des nouvelles, un de ces quatre. Nous ne nous sommes plus revus depuis un moment. Tu pourrais venir dîner mais...

aussi, je me demandais si... Je ne vais plus avoir assez de temps, pour mon message ? J'aurais intérêt à parler beaucoup plus vite. Bon. Fais-moi savoir si tu as envie de prendre un café un de ces jours. Et aussi de dîner, enfin, je veux dire, pas à la place, non, en plus. On se parle bientôt. J'espère que Chicago te plaît. Appelle... »

La machine émit un sifflement puis un déclic signalant qu'elle avait accordé à Michelle le laps de temps imparti.

« Elle va vouloir parler de toi, parler de nous. Elle va me raconter comment tu vas, non ?

— Comment veux-tu que j'aille ?

— Eh bien, si elle prétend que tu t'en sors bien, je ne la croirai pas.

— Et si elle te convainc ?

— Je me sentirai très mal.

— Et si je ne m'en sors pas si bien ?

— Je me sentirai encore pire.

— Alors un café avec Michelle, maintenant, c'est devenu quelque chose que tu redoutes, encore un exemple de dommage collatéral à cause de la plus belle stupidité que tu aies commise de ta vie ?

— Pourquoi veut-elle prendre un café ? Nous n'avons jamais pris un café tous les deux en tête à tête, jamais.

— Bon, Charlie travaille sans doute ou alors il s'occupe de Sonia, ou il voit son père, donc il ne peut pas venir et moi, tu m'as exilée vers une vie bien meilleure, donc je ne peux pas venir non plus.

— Au moins, considère la logique de la décision.

— Adam, je n'ai jamais pu. Tu essaies de transformer ta peur de l'avenir, ta panique face à la paternité et ton échec professionnel en une noble décision, que tu aurais prise pour mon bien. Je n'ai jamais gobé ça.

— Diana, on peut avoir peur et en même temps agir noblement pour l'autre. Allons ! Regarde d'où je viens. Tu sais à quoi ressemblait mon père. Tu sais ce qu'a été mon enfance.

— Je sais exactement d'où tu viens. Je t'ai massé le dos et je t'ai tenu dans mes bras après tes cauchemars. Je suis celle qui a pris la photo en noir et blanc du petit garçon en salopette molletonnée. Je l'ai pris avec moi, ce petit garçon, alors que tu me jetais dehors. Tu dois suivre la piste de cet homme, ce Border, et écrire sur lui et son œuvre. Ce pourrait être notre salut.

— Es-tu en train de me dire que si j'avais quelque chose sur quoi travailler, sur quoi écrire, si j'avais un quelconque espoir de réussite professionnelle, nous serions de nouveau ensemble... nous essaierions d'avoir un enfant ?

— Non, j'ai toujours dit qu'un sujet sur lequel écrire, tu n'en avais pas besoin pour cela, mais si tu en ressens la nécessité, je dis que Henry Border vient de te l'apporter.

— Mais je ne peux pas le savoir, pas encore. Écoute, il y a là un matériau incroyable, mais c'est destiné à d'autres que moi, aux spécialistes de ce domaine. Je ne sais pas si je tiens réellement là, avec Border, une matière que je devrais exploiter. Je ne peux pas te dire de revenir uniquement parce que j'ai une intuition ou plutôt parce qu'à certains moments je m'imagine avoir une intuition, celle d'avoir trouvé un sujet sur lequel écrire.

— Suis Border ! Accroche-toi à lui et ne le laisse pas filer.

— Et s'il ne me conduit nulle part ? Et ensuite ?

— Ensuite, demande à Michelle quoi faire avec les raisins secs. »

*

C'était la fin de la journée et Lamont Williams était assis sur une chaise, fatigué mais prêt.

— Comment allez-vous, aujourd'hui ? demanda-t-il.

— Vous avez dégotté un joli parapluie à votre grand-mère, hein ? lui demanda à son tour le vieil homme, en guise de réponse.

— Eh ouais.

— De bonne qualité ?

— Eh ouais.

— Très bien. Il est encore un peu trempé, votre pépin, là ? Si oui, passez-le-moi par ici, je vous prie. Vous voulez ? Non ? Sûr ? Très bien. Alors, où en étions-nous ?

— Vous veniez de débarquer là-bas.

— De débarquer où cela ?

— À Auschwitz, lui rappela Lamont. La plupart des juifs arrivaient là-bas en train, mais vous, vous n'y êtes pas allé en train.

— Eh non, pas moi. Pour presque tout le monde, de toute l'Europe, c'était le train, mais moi, j'y suis allé en camion. Et vous vous rappelez tout ça ! s'exclama le vieil homme, impressionné. Bon. Il faut que vous vous le rappeliez.

*

Pensant à l'Église baptiste du pèlerin, Adam Zignelik se remémora pourquoi ce nom lui paraissait si familier. C'était le grand monument de Chicago, l'ancienne synagogue Kelilah Anshe Ma'ariv des quartiers sud. C'était devenu l'Église baptiste du pèlerin en 1922. C'était à ce titre qu'elle avait fini par se transformer en berceau de la musique de gospel, sous la direction musicale de Thomas A. Dorsey et qu'elle l'était encore, en 1946, quand à peu près deux mille cinq cents personnes y avaient pénétré tandis que des milliers d'autres patientaient en longues files d'attente qui s'étiraient dans les rues avoisinantes, tout ce monde rassemblé lors des funérailles de Jack Johnson, pour rendre un dernier hommage au premier champion du monde de boxe afro-américain dans la catégorie poids lourd, l'homme qui avait battu tous les plus grands espoirs blancs qu'on lui opposait, et bien d'autres encore. Les Staples Singers, Mahalia Jackson et Aretha Franklin, tous, ils avaient chanté là-bas. Martin Luther King y avait prononcé des sermons au plus fort du combat pour les droits civiques. C'était à cette Église baptiste du pèlerin que Henry Border avait versé une donation en 1946. Adam s'en souvenait, à présent. Il ne cessait plus d'entendre la voix de Border, au terme de ce dernier enregistrement sur fil, au moment où la femme avait achevé le récit de la perte de son enfant. La voix de cet homme qui résonnait comme si elle n'était soutenue que par le bourdonnement et le crépitement de l'enregistrement, comme si, sans ce bruit de surface pour la soutenir, elle n'aurait jamais pu demeurer sur ce fil. Et c'était ainsi qu'elle résonnait dans la tête d'Adam, qu'elle le poursuivait dans son appartement de Morningside Heights, au milieu de la nuit de la cité des orphelins.

« Ce que nous avons entendu de la bouche de cette femme... c'est l'histoire que nous avons entendue de tous... Je conclus mon étude en Allemagne... Je veux remercier l'UNRRA, Jack Thompson du *Chicago Tribune*... et... je suis incapable de parler. Je ne me souviens pas des noms... pas à l'instant... parce que je suis trop ému... le témoignage de cette femme. Je conclus cette étude. L'automobile m'attend. Je me rends à Francfort. Qui rendra un jugement sur tout cela ? Et qui jugera de mon travail ?... Qui va me juger... moi ? Enregistrement sur fil pour l'IIT. Départ ce soir pour Paris. Cette étude est terminée. »

*

Il y avait beaucoup de monde au cimetière du Workmen's Circle à la toute fin de l'hiver 1982 pour enterrer Jake Zignelik après sa crise cardiaque si soudaine ; plus de Noirs que de juifs, d'après ce que pouvait en voir William McCray. Cela aurait eu de quoi surprendre le visiteur occasionnel d'un cimetière juif, surtout parce que alors les relations entre Afro-Américains et juifs n'étaient plus dans ce que l'on aurait pu appeler leur âge d'or. Mais quiconque connaissait vraiment Jake Zignelik n'aurait pas été si surpris. À l'époque de sa mort, il était encore conseiller juridique principal du LDF et fréquentait autant si ce n'est plus d'Afro-Américains que de juifs ou autres. À cause du sol gelé, son fils avait du mal à enfoncer sa pelle dans la terre afin de commencer à recouvrir le cercueil ordinaire en sapin, ainsi que le dictait la tradition juive. William McCray se tenait près de la tombe et observait ce gamin, mince comme un crayon, le fils de Jake, Adam, s'efforçant de garder assez longtemps une contenance pour amonceler quelques pelletées de terre sur le cercueil. Le gamin avait seize ans et venait de descendre d'un avion en provenance d'Australie. Le cimetière était bourré de monde, mais ce gamin, l'enfant unique de Jake, ne connaissait presque personne et, quand il entendit le premier cognement sourd de la terre durcie heurtant le cercueil, William McCray crut que les genoux du jeune homme allaient se dérober sous lui et qu'il allait s'effondrer dans la tombe, sur la bière de son père.

Ce fut alors que le fils de William, Charles, qui était au bord de la fosse à côté de son père, rattrapa Adam et l'étreignit, en le serrant très fort contre lui. C'était le premier enterrement juif de Charles, mais pas pour William et, plus tard, Charles demanda à son père si Jake était mort dans un tel dénuement, au point de ne pouvoir rien se permettre de mieux en guise de cercueil que cette caisse en sapin des plus rudimentaires, un cercueil si dépouillé d'ornements qu'on ne pouvait rien en dire, si ce n'était qu'il remplissait son office. William lui expliqua que si Jake n'était certes pas mort fortuné, ce n'était pas l'impécuniosité qui expliquait le cercueil en pin. C'était la tradition juive qui voulait que tous les individus, quels que soient leur fortune, leur position sociale ou leur degré de réussite, quittent ce monde en égaux devant le Créateur.

William McCray se surprit à penser à l'enterrement de Jake en empruntant les allées de Columbia. Il passa devant la bibliothèque et se dirigea vers Fayerweather Hall, où son fils occupait la tête du département d'histoire, et ce ne fut qu'une fois assis devant son bureau qu'il put retracer l'itinéraire qui avait conduit sa mémoire aux funérailles de Jake. D'ordinaire, à cette heure-ci, il retrouvait Charles pour bavarder autour d'une tasse de café et, selon le temps et sa forme, pour une petite promenade le cas échéant. Mais aujourd'hui, il avait un rendez-vous médical et, comme toujours désormais avec les rendez-vous médicaux, cela concentrait ses pensées sur sa propre mort. En outre, il avait appris de la bouche de Charles qu'Adam était à Chicago afin d'approfondir certaines informations sur son ami vétéran de Boston que lui, William, lui avait transmises. Charlie savait peut-être sur quoi cela avait débouché. Qu'allait-il advenir d'Adam? Il n'aurait jamais dû laisser Diana s'en aller. Tels étaient les cheminements de sa pensée qui avaient ramené William à l'enterrement de Jake Zignelik, cet après-midi-là. Il l'entendait encore, ce gamin maigrichon qui s'efforçait d'arriver au bout du *kaddish*, la prière du deuil.

— Bonjour, monsieur McCray, fit chaleureusement la jeune femme qui devait être soit la secrétaire de son fils, soit son assistante personnelle, comme on les appelait maintenant, à moins qu'elle ne soit la secrétaire du département, celle que tout le monde pouvait solliciter. Du diable s'il savait ce qu'elle fabriquait, quand elle n'était pas occupée à le saluer avec chaleur? Ravie de vous voir. Comment allez-vous, aujourd'hui, monsieur McCray?

— Bien, merci, et vous?

Il était incapable de se souvenir de son nom.

— Votre fils vient de sortir, mais il n'est pas bien loin, ajouta-t-elle avant de chuchoter : je crois qu'il est allé aux toilettes, mais il ne sera pas long, puis de poursuivre, sur un ton plus audible : il a fermé le bureau et il a enfilé son pardessus.

— Son pardessus?

— Oh, je dois tout le temps lui rappeler de le mettre. Vous n'en faisiez pas autant, vous?

— Je ne vous suis pas.

— Quand il sort, lui expliqua-t-elle.

— Il sort?

— Vous avez un rendez-vous médical, aujourd'hui, n'est-ce pas, monsieur?

— En effet.

— Dans le centre, non? Il m'a prié de lui annuler ses rendez-vous. Il vous accompagne.

C'était de nouveau le soir. Dans Co-Op City, en plein Bronx, la grand-mère de Lamont Williams jeta un œil sur le grand parapluie d'aspect robuste au pommeau noir et luisant, non sans un sentiment de gêne qu'elle aurait eu du mal à formuler. Ensuite, elle jeta un œil sur son petit-fils qui lisait le journal. Elle espérait que sa petite-fille ne lui demanderait jamais de lui montrer le parapluie, celui qu'elle lui avait offert au restaurant de viande derrière Union Square. Au moins, elle était contente, elle n'avait pas perdu l'enveloppe contenant la carte de Sonia. En glissant l'argent de l'enveloppe dans son sac à main, elle lança un nouveau regard à son petit-fils en espérant de toutes ses forces que tout se passe bien pour lui, au point de prononcer silencieusement un bref semblant de prière improvisée. Il remarqua son regard posé sur lui. Il vit ses lèvres remuer sans qu'aucun son s'en échappe.

— Ça va, Grand'Ma? lui demanda-t-il. Je peux t'apporter quelque chose?

*

Bien des heures plus tard, ce soir-là, quelques kilomètres plus au sud, sur l'autre rive de la Harlem River, dans son appartement de Morningside Heights, Adam Zignelik était incapable de trouver le sommeil. Il ne parvenait pas à apaiser son esprit. Se décidant à prendre un somnifère, il alla dans la salle de bains et, ouvrant l'armoire au miroir, il vit le peigne de Diana, le peigne qu'elle avait laissé, et qui retenait encore quelques cheveux. Il s'en saisit, l'examina et le serra, jusqu'à en avoir la peau de la paume blanchie et marquée de dentelures. Il n'avait pas envie de le reposer. Il ne voyait pas pourquoi il devrait le reposer. En le regardant, là, dans sa main, et en regardant son visage dans le miroir, il se sentit submergé par une vague de mépris de soi, de panique et par un sentiment de perte qui le fit suffoquer, en une série de hoquets, jusqu'à ce que l'humidité de ses yeux privés de sommeil forment un voile vitreux qui, par bonheur, brouilla son reflet dans la glace. Tout le reste, cependant, tout le reste de sa vie, chaque regret, chaque défaut, chaque erreur qu'il avait commise possédait cette clarté, cette acuité de 3 heures du matin, et il agrippa le peigne encore plus fort. Où étaient les somnifères?

« Tu les as pris ? »

La réponse de Diana fut noyée par l'angoisse de Henry Border, voilée par les crépitements et le bourdonnement sourd que Marvin Cadden n'avait pas pu supprimer. « Qui rendra un jugement sur tout cela ? Et qui jugera de mon travail ?... Qui va me juger... ? »

Septième partie

« Elise... Elise ! »

Henry Border était au pied de l'escalier et il l'appelait, là-haut, mais il n'y eut pas de réponse. La maison, jadis majestueuse, avait été construite au tournant du siècle, à une période où l'on pouvait mettre la main sur les terrains alentour pour une bouchée de pain. On y avait construit un certain nombre de demeures similaires, juste à temps pour permettre à la rumeur selon laquelle la voie du métro aérien de la Northwestern allait desservir le quartier nord d'Uptown, à Chicago, de se cristalliser en une réalité indéniable. C'était une vaste bâtisse avec plus de pièces qu'il ne leur en fallait. À l'époque où il y avait emménagé avec sa fille, un certain nombre de raisons l'avaient poussé vers ce choix, mais son attrait principal résidait dans ces pièces supplémentaires qu'il avait l'intention de sous-louer pour l'aider à s'acquitter du loyer et même, le cas échéant, de leurs autres dépenses de subsistance. Pendant un temps, il avait vu défiler un aréopage de sous-locataires assez instables, mais la guerre avait fini par tous les balayer et, à l'été 1946, alors qu'Elise et lui y vivaient seuls, la maison avait presque entièrement perdu la majesté qu'elle avait eue jadis.

Pour un homme aussi réservé et aussi discret de nature, sous-louer avait représenté une adaptation nécessaire à certaines réalités économiques pesantes dont il avait justement essayé de protéger sa fille en cherchant à gagner l'Amérique. Suivant à la fois son instruction et son exemple, mais en toute indépendance, Elise avait appris à trouver sa richesse intérieure entre les murs de la chambre qui lui avait été attribuée lors de leur emménagement, des années plus tôt. Elle était capable de s'immerger dans ses livres – les siens ou ceux de la bibliothèque – ou même dans ses devoirs. C'était peut-être sur l'un de ces ouvrages qu'elle était plongée en cette journée d'été quand le timbre de la voix de son père avait fini par lui parvenir à travers la porte close de sa chambre. Son père qui, avec les inconnus, pouvait paraître formel au point de se montrer sec, ne l'était généralement pas avec elle. En tout cas, ses remontrances, même empreintes de brusquerie, étaient presque toujours exprimées comme des appels à la raison et possédaient, si ce n'est un vernis un peu sucré, du moins un parfum de cannelle. Mais le timbre de ténor qui la cueillit sur le pas de sa porte à présent ouverte, et que l'évidence grandissante de son impuissance avait rendu encore plus pressant, lui laissait entendre que son père l'appelait en présence d'une tierce personne. Elle passa de sa chambre au palier, et lorsqu'elle regarda en bas du haut de l'escalier, elle constata qu'elle ne se trompait pas. À côté de lui, au pied des marches, se tenait une femme noire qu'elle n'avait jamais vue auparavant.

— Elise, je voulais te présenter Miss Ford.

— Comment allez-vous, Miss Ford ? dit-elle, en serrant la main de la visiteuse.

Avec un sourire hésitant, celle-ci considéra la main de cette jeune fille de douze ans et demi qui se refermait sur la sienne.

— Je vous en prie, mademoiselle, appelez-moi Callie.

— Callie ?

— Oui, mademoiselle.

— Je vous en prie, appelez-moi Elise, Callie... ou Elly, si vous préférez, ou Lissenka, mon père m'appelle parfois comme cela... C'est un nom plus ou moins étranger, polonais, je crois, fit-elle, un peu timide, en baissant brièvement la tête, tout en essayant de comprendre qui était cette femme et ce qu'elle faisait ici.

Henry Border convia sa fille et Callie Ford au salon, et les pria de s'asseoir.

— Miss Ford va rester avec toi.

— Avec moi ? s'écria Elise, surprise que la phrase de son père autorise l'éventualité d'une séparation.

— Oui, quand j'irai en Europe. Et si j'allais préparer une tasse de thé, pendant que vous faites plus ample connaissance, toutes les deux ? Buvez-vous du thé, Miss Ford ?

— Oui. Merci, professeur Border.

Il quitta la pièce pour la cuisine et Elise sourit nerveusement en balançant doucement les pieds, signe le plus immédiat et le plus manifeste de sa nervosité croissante. Son père avait évoqué un voyage en Europe, pour son travail. En fait, il l'avait évoqué à maintes reprises, mais elle avait eu l'impression que la chose ne se réaliserait jamais.

— Vous allez à l'école, mademoiselle ?

— Oui, répondit Elise, sans cesser de sourire. Enfin, je veux dire, pas en ce moment... pas pendant l'été et tout.

Elle s'aperçut du balancement de ses pieds, qui laissa place à la gêne de s'être fait surprendre en jeune fille de douze ans et demi un peu trop nerveuse. En société, les adultes ne remuaient pas les pieds de la sorte, elle était assez mûre pour ne pas l'ignorer.

Callie Ford avait déjà travaillé comme gouvernante, au départ dans le Sud où elle était née, où elle avait grandi, et ensuite pendant un certain temps à Detroit, avant de venir s'installer à Chicago. Ce travail l'avait amenée à s'occuper d'enfants alors qu'elle en était encore une elle-même. Ce n'était donc pas tant la garde d'enfants qui lui inspirait une quelconque anxiété que cette petite qui gigotait sur ce canapé, avec ses cheveux longs jusqu'aux épaules, ondulés, d'un noir de jais et d'immenses yeux noirs, s'efforçant de surmonter ce moment avec le sourire, une jeune fille à la peau couleur d'albâtre, aussi blanche que si elle n'était jamais sortie d'ici, comme si elle n'avait jamais vu une seule minute de cet été, de celui-ci ou d'aucun autre. Callie Ford avait cru que le poste était destiné à une gouvernante de jour. Elle ignorait combien de journées par semaine sa présence serait requise et, en fonction des émoluments proposés, elle aurait été disposée à venir toute la semaine. Mais elle n'avait pas compris que le professeur voulait qu'elle reste aussi la nuit. Était-ce réellement ce qu'il avait en tête, rien que cette jeune fille et elle dans une maison vide ?

— Et voici... thé pour tout le monde ! s'exclama Henry Border avec une bonhomie forcée, un peu trop empressée, en posant un plateau sur la table, devant le fauteuil où Callie Ford s'était assise et le canapé. Prenez-vous du lait, Miss Ford ? Ou du sucre peut-être ? Nous n'avons pas de gâteau, hélas.

Ils la traitaient en invitée, et non en employée de maison que l'on reçoit dans le cadre d'un entretien d'embauche, il n'empêche, il lui serait impossible de rester habiter là.

— Elle prend peut-être les deux, papa.

— Les deux quoi ? s'enquit son père.

— Du lait et du sucre. N'est-ce pas, Callie ?

Callie Ford la regarda, cette jeune fille aux cheveux ondulés, d'un noir de jais, aux yeux de plus en plus grands, de la même couleur que ses cheveux, presque une femme mais pas encore tout à fait. Que pouvait-elle dire à cette jeune personne ?

— Du lait et du sucre, oui, je vous prie, répondit Callie, hésitante.

Elle avait vingt-neuf ans. Depuis son installation à Detroit, trois ans plus tôt, elle avait vécu dans une succession de logements en bois des quartiers sud de Chicago, jusqu'à son emménagement dans une chambre de l'un des cent soixante-seize appartements abritant plus de deux mille Noirs, hommes, femmes et enfants à l'intérieur du monolithe de brique grise qui occupait la moitié du pâté de maisons comprise entre State Street et Dearborn Street, juste au nord de la 34e Rue, et que l'on avait baptisé Mecca Flats. Elle avait des besoins d'argent aussi criants que tous les gens qu'elle connaissait là-bas, et elle en connaissait beaucoup, de ces gens-là, du moins elle en avait rencontré certains, et elle avait vu les autres vaquer à leur existence, souvent au vu et au su de tout le monde, souvent sous ses yeux – toute une masse de gens, regroupés là par les circonstances. Elle les avait vus, certains vivaient en famille, des familles de taille variable et changeante, d'autres vivaient seuls, il y en avait de très âgés, il y avait des jeunes et d'autres encore d'un âge incertain, qui ne cessaient pas de vieillir sous ses yeux, elle voyait leur corps se vider de leur jeunesse. Elle les voyait qui tâchaient de s'entraider, de donner à leur voisin, elle les voyait rentrer du travail ou sortir en chercher, elle les voyait plus ou moins dévêtus, beugler, rire, cracher, boire, se battre, jurer, aimer, fumer, danser, chanter, elle en voyait qui étaient affamés, elle en voyait saigner, voler, mendier, laver leur linge et transpirer ; tout cela la dépassait un peu. Mais Callie Ford ne connaissait personne vivant dans le quartier de la ville où habitaient ce vieil homme blanc et sa fille, avec tous ses surnoms. En tout cas, pour sa part, elle n'y était encore jamais venue.

Elle avait travaillé pour des femmes, avant cela, mais pour un homme, jamais. Les femmes vous écrasaient sans pitié, sous les horaires de travail qu'elles vous imposaient. À en juger par sa propre expérience et les histoires des autres femmes noires qui travaillaient comme domestiques, elle savait que parfois les maîtresses de maison se moquaient que vous soyez jeune ou vieille, ou de votre allure. Elles n'hésitaient pas à vous accabler de travail, pire qu'une mule. Même une mule finissait par avoir le droit de dormir ; dans certaines maisons, on attendait de vous que vous soyez de service vingt-quatre heures par jour.

Pour leur part, les hommes comportaient d'autres dangers. Un jour, le mari ivre d'une patronne lui avait couru après. À cette heure-là, elle dormait, et elle était donc à moitié dévêtue. Sa première sensation, ç'avait été les chaudes bouffées de l'haleine inflammable de cet homme bizarre tout contre son visage, puis elle s'était réveillée dans un cauchemar, en sentant sa main ivre sous sa chemise de nuit, qui lui tripotait le sein. Elle l'avait repoussé, s'était dégagée, elle était sortie du lit à moitié endormie, avant de s'enfuir de la chambre et de courir au bout du couloir. Valait-il mieux ne rien dire, le lendemain matin ? Cela se reproduirait-il ? La patronne lui en imputerait-elle la faute, refuserait-elle de la croire ou, au vu des détails de l'agression, reconnaîtrait-elle son mari et ses manières de faire, non sans obliger Callie à remballer ses maigres effets et à vider les lieux ? Une autre fois, elle était à peine sortie de l'enfance, cela se passait encore dans le Sud, le fils d'une patronne, à peine rentré du pensionnat pour le week-end, n'avait rien inventé de mieux que de lui faire des avances grossières quand le reste de la maisonnée était endormi. Le fils, qui devenait de plus en plus costaud à chacune de ses visites au domicile, n'avait que ça en tête. Heureusement, il n'était pas trop souvent là.

Mais cet homme, ici, n'avait pas l'air d'être de ce genre-là. Ce n'était pas tant parce qu'il était étranger, âgé ou éduqué, même si cela y contribuait sans doute. Enfin, elle n'en savait trop rien. Elle n'avait jamais rencontré personne qui lui ressemble. Il portait un costume trois-pièces alors qu'on était au début de l'été. Elle savait qu'il était professeur, docteur en quelque chose et néanmoins, tandis qu'il lui faisait faire en vitesse le tour de la maison, il lui donnait l'impression d'avoir lui-même besoin d'un docteur. Dans sa hâte à lui montrer chaque pièce, il s'essouffla vite. À l'office, dans la cuisine, et de nouveau dans sa chambre, il n'avait pas profité de l'occasion pour voir jusqu'où elle le laisserait l'approcher. Apparemment, cela ne lui avait pas traversé l'esprit. Il était d'une politesse excessive, mais il donnait surtout l'impression de souhaiter expédier promptement ce tour du propriétaire. Dans son explication du fonctionnement de la maison, il se contenta de lui montrer ce qu'elle aurait déjà pu constater de ses propres yeux. Et que constatait-elle ? C'était une vaste demeure aux pièces nombreuses, cela prendrait du temps de la dépoussiérer, mais elle était presque vide. Personne n'habitait là, excepté le vieil homme et sa fille, qu'elle avait d'abord prise, par mégarde, pour sa petite-fille. Il lui proposait une rémunération supérieure aux tarifs en vigueur. Pourquoi ? Était-il trop vieux ou trop étranger pour connaître les barèmes ? Enfin, songea-t-elle, c'était un barème fixé de manière officieuse, sur un marché régi par des femmes, des Blanches, et la seule femme qui existait dans sa vie, c'était cette petite poupée aux cheveux noirs assise là, toute seule, dans ce canapé.

Henry Border et sa fille Elise attendaient qu'elle réagisse. Elle avait survécu grâce à son instinct et, dans la magnificence défraîchie de ce salon, son instinct lui soufflait que c'était sans doute le meilleur emploi, ou du moins le plus commode, qu'on lui ait jamais proposé. À moins que quelque chose ne lui échappe, c'était le genre de poste que personne dans sa situation, personne d'un tant soit peu sensé n'irait refuser. Mais elle allait devoir le refuser, même si cela lui faisait mal au cœur, et cela lui faisait sacrément mal au cœur. Cela lui ferait mal au cœur des jours et des jours, et même des semaines, dans le hall d'entrée, dans l'escalier et dans sa chambre des Mecca Flats, quand elle repenserait à la chance qu'elle avait eue. Mais il n'y avait pas moyen de contourner le problème. Elle ne pouvait absolument pas s'engager comme gouvernante à demeure des Border. Ils l'observaient, l'air d'attendre une réponse. Non, c'était hors de question, tout bonnement impossible. Qui prendrait soin de son fils ?

*

— Je connaissais Callie. Nous la connaissions tous, expliquait Arch Sanasarian à Adam Zignelik, plus de soixante ans après, en buvant une gorgée d'eau glacée dans le salon attenant au Chi Bar du Sheraton de Chicago. Cet endroit était au-dessus des moyens d'Adam, mais il avait décidé qu'il serait préférable de rencontrer les gens au Sheraton plutôt qu'à son hôtel (lequel était dans ses moyens), surtout parce qu'il allait sans doute être obligé de revenir bon nombre d'autres fois à Chicago, après cette première visite. Arch Sanasarian était le premier des étudiants de Border encore en vie dont il avait retrouvé la trace. Il n'avait pas été difficile de réunir une liste des étudiants de premier cycle ayant rédigé des mémoires sur le « Quotient adjectif-verbe » de Border. Mais, en plus, il avait réussi à trouver les coordonnées de trois survivants que le psychologue avait interviewés dans ces camps de Personnes Déplacées, à l'été 1946. Il ignorait si ces coordonnées étaient encore valables, si les interviewés conservaient encore leur équilibre mental ou même s'ils étaient encore en vie, mais le simple fait de les avoir trouvés suffisait à lui donner l'impression qu'il serait possible de finir par en apprendre davantage sur cet homme, le pionnier de l'histoire orale, cet homme qui semblait éprouver le besoin d'enregistrer les histoires des gens, à grands frais, sur ses deniers personnels, à une époque où à peu près personne n'avait envie de rien en savoir.

Concernant son travail, Adam se sentait gagné par une excitation avec laquelle, encore peu de temps auparavant, il n'espérait plus renouer. Il était incapable de se rappeler depuis quand il n'avait plus éprouvé un sentiment qui soit vaguement positif. Depuis que Diana avait déménagé, il n'avait rien su faire de mieux que végéter dans une certaine torpeur, généralement provoquée par l'alcool. Au cours des semaines, des mois même, qui avaient abouti au départ de Diana, il lui avait paru impossible de ressentir à nouveau le moindre plaisir, excepté une absence temporaire de douleur. Mais tout dernièrement, il avait entrevu la possibilité d'éprouver ponctuellement un début d'espoir, pour peu qu'il s'occupe de ce qui l'intéressait, le rôle qu'auraient joué des soldats noirs lors de la libération de Dachau, Border et tous ceux que le psychologue de Chicago avait connus et interviewés. En revanche, sa vie personnelle restait le désastre dont il avait été l'instigateur.

Arch Sanasarian était la première personne qu'Adam rencontrait de visu qui ait connu Henry Border. Le professeur revenait maintenant lentement à la vie, et cela ne faisait qu'encourager Adam encore davantage. Personnage aimable, attentionné, psychologue distingué lui-même, désormais âgé de plus de quatre-vingts ans, Arch Sanasarian possédait de longs doigts, et ce fut avec des gestes lents qu'il attacha avec soin le minuscule micro relié à l'enregistreur audio numérique d'Adam au revers de sa chemise.

— Nous ne connaissions pas Callie, à l'époque, car aucun d'entre nous ne connaissait le professeur Border, pas en 1946. Même Wayne n'avait pas encore fait sa connaissance. Il est parti pour l'Europe en 1946, pour y mener ces entretiens, mais nous ne l'avons rencontré que vers 1950, ou peut-être à la fin 1949. Lorsque nous nous sommes connus, Elly avait alors seize ou dix-sept ans, et *Je n'ai pas interrogé les morts* avait déjà été publié. Si j'ai bien compris, Callie a commencé de travailler pour lui en 1946, à son retour en Europe. C'est ainsi qu'elle est entrée en relation avec les Border. Vous voulez vérifier si vous captez bien ma voix, là, dans votre machin ?

— Merci, non, on est bons. Qui était Wayne ?

— Wayne Rosenthal, c'était l'un des autres étudiants en licence. Ils ne vous ont pas communiqué son nom, à lui aussi ?

— Si, mais je voulais m'assurer que je savais à quel Wayne vous vous référiez. Vous sembliez le distinguer des autres.

— Je crois que c'est le professeur Border qui le distinguait des autres.

— En quel sens ?

— Je pense que de nous tous – sur les cinq, six ou sept individus que nous étions –, c'était Wayne le plus proche du professeur Border, encore plus proche que ne l'était Amy. Il réservait à Amy – comment dire cela – une tendresse toute particulière. Mais le plus proche, c'était probablement Wayne. Je veux dire, je pense qu'ils entretenaient une relation des plus étroites. Il fallait les observer très attentivement pour s'en apercevoir, car le professeur Border était un homme très convenable. Il émanait de lui une certaine chaleur, mais il respectait les convenances, à la manière d'un enseignant européen, un peu strict, quelquefois même intimidant. Qu'est-ce que je disais ? Ah, oui, Wayne. Le professeur Border aurait détesté qu'on se l'imagine manifestant un quelconque favoritisme envers tel ou tel de ses étudiants, mais je pense que Wayne était son préféré.

— Eileen Miller, à l'IIT, m'a donné l'impression que c'était vous son préféré.

— Vraiment ? Je ne vois pas sur quoi elle se fonde pour affirmer ça.

— Elle m'a expliqué qu'après avoir finalement terminé son travail à l'IIT, lorsqu'il a déménagé...

— Il n'a pas seulement déménagé. Il a quitté Chicago.

— Quand il a pris sa retraite, il a quitté Chicago ?

— Par la suite, oui.

— Elle m'a dit que vous l'aviez aidé à emballer ses affaires.

— C'est exact, je l'ai aidé. Mais c'était tout à la fin.

— C'est comme cela que vous avez fini par rencontrer sa gouvernante, Callie, et sa fille, Elise ?

— Non, je les ai rencontrées, nous nous sommes tous rencontrés, en commençant de travailler à nos mémoires de maîtrise sur le « Quotient adjectif-verbe », dès 1950. Ou alors il se peut que nous lui en ayons déjà parlé vers 1949. Vous voyez, c'était la même année que la parution de *Je n'ai pas interrogé les morts*, et l'ouvrage a valu une certaine notoriété au professeur Border, sur le campus.

— Cette notoriété n'a pas duré, c'est cela ?

— Non, mais... Arch réfléchit un instant à certains aspects qui lui venaient trop vite à l'esprit pour être traduits en mots. Oui, une notoriété limitée au campus et qui n'a pas duré longtemps du tout, enfin, juste assez pour que nous entendions parler du professeur Border et de son œuvre. C'est probablement pour cela que nous voulions tous l'avoir pour directeur de thèse.

— Puis-je vous demander, puisqu'il avait un abord strict, au point d'en être intimidant, et le respect des convenances, au sens de l'ancien monde, comment avez-vous fini par si bien le connaître, les autres étudiants en maîtrise et vous-même, au point de faire aussi la connaissance de sa fille Elise et même de sa gouvernante Callie ?

— Bien sûr, je peux vous l'expliquer très facilement. Nous nous retrouvions souvent chez lui.

— Tous ?

— Ouais, tous les six ou tous les sept. Il tenait des séminaires le soir, pour ses étudiants en maîtrise, chez lui.

— Chez lui... en soirée... pourquoi ?

— Eh bien, la plupart d'entre nous, tous autant que nous étions, je crois... oh non, pas Evie Harmin, mais nous avions presque tous un boulot, du moins à temps partiel. Cela nous a donc énormément aidés qu'il ait accepté... non, qu'il ait offert de tenir nos séminaires le soir à son domicile.

— Et pourquoi dans sa maison ? Pourquoi pas sur le campus ?

— Je crois qu'il jugeait cela plus sûr que de se rendre dans les quartiers sud de Chicago la nuit. Plus sûr et plus commode.

— Pour lui.

— Certainement, c'était plus commode pour lui. Et pour moi aussi. J'habitais tout près de chez eux, à deux rues de là. À cet égard, j'avais plus de chance que les autres. C'est peut-être la raison pour laquelle Eileen Miller vous a expliqué que j'entretenais une relation plus étroite avec le professeur, à cause de la proximité de mon domicile mais... Le regard nostalgique d'Arch Sanasarian s'égara quelques instants au-dessus de la tête de son interlocuteur. Je pense que c'était Wayne Rosenthal qui était le plus proche du professeur Border. Ce n'est pas qu'il n'ait pas été formidable avec moi. Il a été formidable, dès la première fois que je suis allé lui parler d'effectuer ma maîtrise sous sa direction.

— Comment aviez-vous entendu parler de lui, de la possibilité de mener ce genre de travail ?

— Vous savez, je ne m'en souviens plus précisément. Il se peut que l'un des autres m'en ait touché un mot.

— Touché un mot de quoi ?

— Eh bien, du fait qu'il recrutait activement.

— Border recrutait ?

— Oui, il voulait que des étudiants travaillent sur le « Quotient adjectif-verbe ». Je me souviens de son bureau, et aussi de son labo. Ils se situaient tous les deux dans le bâtiment principal. Ils étaient voisins l'un de l'autre, avec des portes communicantes. Vous voyez le bâtiment principal ? C'est celui du XIXe, en brique rouge. Je crois que c'est le plus ancien du campus.

— Et c'est là que vous êtes allé le voir pour lui parler de la perspective de votre mémoire, et de l'assister dans sa recherche sur le « Quotient adjectif-verbe » ?

— Oui, et puis ce n'est pas seulement que j'avais le trac, évidemment. Je me souviens que j'ai même eu du mal à trouver son bureau. Cela peut paraître fou, parce que le bâtiment principal abrite – ou du moins il abritait, à l'époque – l'administration de l'université.

— Je crois que c'est toujours le cas. Non, ce n'est pas dur à trouver.

— Non, pas du tout, et encore moins à l'époque. Les bâtiments étaient moins nombreux, en ce temps-là, voyez-vous. Mais j'ai eu du mal le trouver parce qu'il était le seul enseignant de la faculté de psychologie à occuper un bureau dans ce bâtiment-là.

— Ah, et pourquoi cela ?

— À l'origine, cet immeuble abritait le département de psychologie et de philosophie, mais l'ensemble avait été transféré. Ils avaient besoin de plus de place et le département avait déménagé. Tout le monde, sauf lui.

— Pourquoi n'a-t-il pas déménagé ?

— Je n'en sais rien. Je pourrais bien émettre quelques hypothèses, mais en réalité je l'ignore.

— Allez-y, lancez-vous dans les hypothèses.

Arch Sanasarian sourit.

— Je commence par où ? Si vous pensez à la politique interne au département ou aux bisbilles de toutes sortes, oui, bien qu'il n'en ait jamais discuté avec nous, en tout cas pas avec moi, je pense que ces choses-là entraient en ligne de compte. Mais cela ne devait pas être si grave, pas assez important à ses yeux pour l'empêcher de déménager avec tous les autres. La chose qu'il ne faut pas oublier, à propos du professeur Border, c'est que son travail représentait tout pour lui. Je veux dire, cela représentait vraiment tout. Tout. Bien sûr, aucun de nous ne le connaissait, avant qu'il ne réalise ces entretiens avec les

Personnes Déplacées, en Europe, et qu'il ne publie *Je n'ai pas interrogé les morts*. Pourquoi n'a-t-il pas déménagé avec le reste du département ? Arch Sanasarian sourit encore, dans son fauteuil du Chi Bar de l'hôtel Sheraton de Chicago, en repensant à son professeur d'un demi-siècle plus tôt. J'imagine qu'il n'en a pas eu le temps.

*

La grand-mère de Lamont Williams fut de retour à la maison avant son petit-fils, comme d'habitude. Cela aurait été le moment parfait pour discuter avec Michelle. Elle lui avait laissé un message et elle espérait qu'elle la rappellerait, vers cette heure-ci. C'est pourquoi elle ne cessait de surveiller le téléphone, comme si le simple fait de le regarder pouvait suffire à le forcer à sonner, comme par un acte de sa volonté. Elle alluma la télévision, histoire de brouiller les pistes et que le téléphone ne perçoive plus son impatience. Michelle avait toujours été une petite-fille scrupuleuse, mais elle se demandait maintenant si ce n'était pas son imagination ou si elle n'était pas de plus en plus longue à répondre à ses appels, ces derniers temps ? Ou était-ce que Michelle avait compris de quoi sa grand-mère voulait lui parler et qu'elle était lassée de l'entendre se faire du souci pour Lamont ?

Mais pour la grand-mère de Michelle, ce souci avait un sens. Elle pensait que si Lamont n'avançait pas du tout dans ses recherches pour retrouver sa fille, s'il n'avait pas ne serait-ce qu'un plan ou même un semblant de première étape, tôt ou tard quelque chose céderait en lui. Il allait craquer, commettre une folie, agir contre ses propres intérêts et perdre cet emploi. Ou alors il risquait d'imploser, de se laisser submerger par le désespoir, et il n'essaierait plus de se créer une nouvelle vie. La triste vérité, c'était qu'elle ne croyait pas réellement qu'il ait beaucoup de chances de retrouver sa fille. Chantal, la mère de la fillette, semblait avoir pris des mesures, et de longue date, pour maintenir l'enfant à distance de Lamont et si c'était réellement le souhait de Chantal, la grand-mère de Lamont admettait que Lamont ne pourrait pas y faire grand-chose.

D'après elle, retrouver sa fille n'était pas réellement le cœur du problème. Ce qu'il lui fallait, tout ce qu'il lui fallait, c'était avoir un projet, des démarches à entreprendre, du moins juste assez longtemps pour se sortir de cette période de six mois de mise à l'épreuve au centre de cancérologie. Cela pourrait lui suffire, lui suffire pour le mettre sur la voie d'une réintégration dans la société. S'il avait un bon emploi, avec des avantages sociaux, de l'argent qui tombait toutes les semaines, s'il commençait à se créer des amitiés au travail, avec des amis qui n'avaient jamais connu la prison, et qui n'avaient pas à savoir qu'il avait fait de la prison, il pourrait se mettre en situation de rencontrer une femme. Il serait en position de fonder une famille, une nouvelle famille, une vraie, où l'enfant avait une mère et un père, mariés l'un à l'autre. La petite fille que Chantal maintenait loin de lui ne cesserait jamais de le hanter, mais s'il avait un métier et une autre famille, la souffrance cuisante de cette perte se transformerait peut-être en douleur sourde. La grand-mère de Lamont n'ignorait rien de la manière dont on transformait cette souffrance aiguë en douleur sourde, et elle sentait bien que c'était cette capacité-là qui, chez les êtres qu'elle fréquentait, distinguait ceux qui réussissaient à s'en tirer et à passer entre les gouttes.

Le téléphone sonna juste à l'instant où un monsieur d'une petite ville de Caroline du Sud, dans l'émission «Antiques Roadshow», expliquait à un spécialiste des antiquités que son arrière-grand-mère avait légué un rouet à sa mère. L'appel n'émanait pas de Michelle mais d'une compagnie de télémarketing. Michelle était-elle lente à répondre parce qu'elle avait totalement tiré un trait sur son cousin ? À tout le moins, elle pourrait lui suggérer un conseil pratique pour l'aider à chercher sa fille, un conseil susceptible de prolonger ses espoirs au-delà de ses six mois de mise à l'épreuve. Était-ce trop demander ? finit par se dire leur grand-mère.

«Eh bien, je vous répondrais que vous venez d'une famille qui a de la chance, déclara l'expert ès-rouets à l'homme de Caroline du Sud, dans le petit écran. Voudriez-vous essayer de deviner combien vaut le rouet de votre arrière-grand-mère ?»

Puis elle se mit à redouter que Michelle n'ait ses propres problèmes. Peut-être devrait-elle s'inquiéter davantage pour elle ? Même si elle devait la rappeler, là, tout de suite, il ne leur resterait pas beaucoup de temps pour se parler en toute sérénité, plus maintenant. Lamont allait bientôt rentrer.

*

Le professeur Henry Border s'observait dans un petit miroir dressé sur l'une des nombreuses armoires de dossiers de son bureau. Il se taillait la barbe, quand il entendit frapper à la porte. Il posa ses ciseaux à barbe, consulta sa montre.

— Entrez, s'écria-t-il.

Le jeune homme qui pénétra dans la pièce en tâchant de masquer sa nervosité, c'était Arch Sanasarian. Voyant le professeur derrière un bureau à cylindre à l'ancienne, il s'approcha et se présenta en lui tendant la main.

— Je vous remercie d'avoir accepté de me recevoir, professeur Border. Je m'appelle Arch Sanasarian.

— Je vous en prie, asseyez-vous, monsieur Sanasarian, dit Border, en faisant pivoter son fauteuil et en l'invitant d'un geste à s'installer dans le siège tout proche du sien qui, une fois que l'étudiant l'eut débarrassé d'une pile de papiers, craqua quand il y prit place. La pièce était remplie de livres, sur les rayonnages, empilés sur la partie supérieure des armoires de rangement, et occupant jusqu'au moindre centimètre de mur qui ne soit pas masqué par une bibliothèque du sol au plafond.

— Arch ? reprit Border, en réfléchissant au nom de son visiteur. C'est une abréviation, monsieur Sanasarian ?

— Oui, mon prénom entier, c'est Archibald.

— C'est une abréviation à l'américaine, c'est cela ?

— Oui.

— Vous êtes né ici ?

— Oui, monsieur le professeur, ici.

— Archibald devient donc Arch. Je vois. Je ne suis pas né ici, donc j'éprouve toujours le besoin de comprendre ces aspects-là. Vous souhaitez rédiger votre mémoire de maîtrise sur le « Quotient adjectif-verbe » ?

— Oui, c'est exact. J'ai lu votre livre et...

— Vous savez, monsieur Sanasarian, même si vous avez lu l'ouvrage, même si vous croyez vous intéresser à l'analyse des schémas discursifs, cela reste une condition nécessaire, mais qui n'est pas suffisante.

— Je suis désolé, monsieur, je crois que je ne vous suis pas.

— Je veux dire que cette sorte de matériau, ces entretiens avec des personnes en détresse, constitue en soi une source de détresse et... enfin, ce n'est pas destiné à tout le monde.

— Non, non, bien sûr, mais je pense qu'en ce qui me concerne, ça l'est. Sincèrement, professeur, je ne vois pas d'autre sujet qui m'intéresse davantage. En fait, depuis que j'ai lu votre livre, je n'arrête plus d'y penser, à ce matériau-là, à l'expérience qu'ont vécue ces gens.

— Je vois, fit Border.

— Monsieur, si c'est à cause de mon dossier universitaire, si vous me permettez de revenir là-dessus, il m'est arrivé de récolter certaines notes que je crois pouvoir replacer dans un contexte qui...

— Je n'ai pas consulté votre dossier universitaire.

— Bon, si le truc c'est à cause de...

— Le «truc»? Pourquoi pensez-vous qu'il y ait un «truc», monsieur Sanasarian?

— Professeur Border, je... je ne connais rien de plus important que le travail que vous avez accompli et si vous voulez bien m'écouter jusqu'au bout, monsieur...

— Arch, c'est l'abréviation d'Archibald, à l'américaine, l'interrompit Border. Sanasarian, c'est un nom arménien, n'est-ce pas?

— Oui, monsieur, en effet.

— Vos parents sont nés à l'étranger?

— Oui, professeur.

— Quand sont-ils arrivés aux États-Unis?

— Au début des années 1920.

— Au début des années 1920? D'où venaient-ils?

— Mon père de Van, et ma mère de...

— Votre père était de Van?

— Oui.

— Vos deux parents sont originaires d'Arménie?

— Oui.

Henry Border observa ce jeune Arménien américain, assis en face de lui, devant son bureau.

— Vous reste-t-il de la famille, là-bas?

— Non, d'après mes parents, non. Ils ont tous été tués.

— Je vois, fit Henry Border, la main en conque sur le bouc qu'il avait au menton.

Les deux hommes demeurèrent ainsi un moment dans cette pièce, en silence. Seuls les rouages d'une horloge de parquet couvraient leur respiration.

— Il y a aussi du travail de cours et des séminaires, vous le savez. Souhaitez-vous me poser des questions sur le contenu des cours, monsieur Sanasarian?

— Eh bien, aucune question ne me vient, professeur, enfin, pas pour le moment, mais je pensais peut-être... Vous ne... voulez pas voir mon dossier universitaire?

— Non, monsieur Sanasarian.

Henry Border se leva de son bureau et serra la main du jeune homme.

— Emportez ce formulaire avec vous, remplissez-le et retournez-le-nous. Ce n'est pas pour moi. C'est pour le secrétariat du département. Moi, j'en sais déjà suffisamment.

*

La première fois que Callie Ford vit James Pearson, c'était à une fête de locataires, au troisième étage des Mecca Flats, l'étage où elle habitait, dans une pièce, avec son fils, Russell. Les invités avaient beau être ses voisins depuis un bout de temps, du moins en théorie, elle n'en connaissait aucun. Elle s'était rendue à cette soirée histoire de se mettre en quête de compagnie et d'une petite distraction qui ne soit pas coûteuse. Il n'était pas rare que des bluesmen arrivés de fraîche date se mettent à jouer, parfois en solo, parfois en groupes formés pour l'occasion dans les immeubles alentour, et aussi dans les Mecca Flats. Comme la fête allait la maintenir éveillée, autant s'y joindre, si elle en avait l'opportunité. James Pearson était présent, et ce n'était pas parce qu'il ne pouvait se permettre de divertissement plus onéreux. Il avait un bon emploi, aux abattoirs. Elle le connaissait déjà de réputation. Un homme paisible, pas très grand, mais les épaules carrées, visiblement costaud, il était connu de certains habitants des Mecca Flats sous le surnom de «Mr Tout-Ce-Que-Vous-Voudrez». Quelque temps après, la nouvelle avait transpiré que Mr Pearson était venu s'installer dans la pièce attenante à celle de Callie, à l'intérieur du même appartement. Tommy Parks était un autre de ses voisins célibataires logeant dans le même appartement, lui aussi employé aux abattoirs, mais c'était un homme au tempérament foncièrement différent, vulgaire, irascible, sanguin. Quand Tommy Parks vit Callie sourire à son nouveau voisin, alors que James Pearson apportait ses cartons d'affaires, il fit mine de l'accueillir, pour attirer l'attention de Callie.

— Ah ça mais, fit Tommy Parks, en s'appuyant contre le montant de sa porte, c'est «Mr Tout-Ce-Que-Vous-Voudrez»! À partir de maintenant, si t'as besoin de quelque chose, Callie, t'auras plus à venir m'embêter au milieu de la nuit. Tu pourras aller voir «Mr Tout-Ce-Que-Vous-Voudrez». Il se pourrait bien qu'il te donne tout ce que tu veux, quand tu veux, mais n'oublie pas, Callie, je te le donne aussi, sauf qu'avec moi, c'est pas quand tu veux, c'est comme tu veux.

Cette réflexion embarrassa Callie, et c'était le but, mais James Pearson, qui apportait là ses affaires dans une malle et quelques cartons, choisit de se comporter comme s'il n'avait rien entendu. L'ironie de cette remarque, c'était que Tommy, à la fois ivre et dégrisé, était lui-même déjà venu à plusieurs reprises rendre visite à Callie la nuit, et pas l'inverse. Elle avait dû fermement repousser ses avances en veillant à ne pas s'en faire un ennemi, car il habitait dans une pièce du même appartement. Il était déjà assez désagréable d'avoir un Tommy Parks pour voisin quand il se montrait poli. Ce serait bien plus dur s'il se montrait hostile. Il était déjà assez pénible que son fils, Russell, ait été témoin de ses avances enjôleuses. Elle n'avait pas envie qu'il la voie se faire malmener ou frapper.

James Pearson avait mérité son surnom de Mr Tout-Ce-Que-Vous-Voudrez dès son arrivée à Chicago, en réussissant à intégrer Armour & Company. Tommy Parks travaillait déjà dans les salles d'abattage d'Armour et il avait assisté à toute la scène. En fait, il avait contribué à la réputation de Pearson. À l'Armour, on tuait plus d'un millier de cochons à l'heure, quand James Pearson s'y était présenté en quête d'un emploi et s'était entendu demander par le responsable du personnel :

— Que sais-tu faire ?

— Tout ce que vous voudrez, lui avait-il répondu sans rien chercher à exprimer d'autre que la vérité.

— Tout ?

— Oui, monsieur.

— T'entends ça ? s'était exclamé le responsable du personnel en s'adressant à son collègue. Ce gaillard-là peut faire tout ce qu'on veut.

— Tu sais trancher la tête d'un cochon ?

— Oui, monsieur.

On l'avait conduit hors du bureau, directement à la salle d'abattage, où le responsable du personnel avait subitement décidé de corser la difficulté.

— Et pourquoi pas trois ? lui avait-il lancé.

— Oui, monsieur.

Le responsable du personnel avait souri, il s'était tourné vers son collègue qui les avait suivis. Il tenait à voir cet homme qui, malgré sa tranquille assurance, avait franchement trop d'aplomb pour ne pas se vanter. Le premier responsable lui avait désigné une chaîne. Tommy Parks, qui avait suivi la scène de la salle d'abattage depuis le début, dans le bureau du personnel où il était venu contester ses horaires, avait regardé James Pearson ramasser cette chaîne et décapiter trois cochons, mais à sa manière, différente de la méthode couramment employée là-bas. Différente, mais parfaite. Il n'y avait pas une seule écorchure, pas une estafilade, sur aucune des trois bêtes. Les deux responsables du personnel, et Tommy Parks, dont ils n'avaient pas remarqué la présence, n'avaient pu s'empêcher d'être impressionnés, mais aucun d'eux n'avait rien manifesté. Ensuite, considérant peut-être qu'il s'agissait de la spécialité du nouvel arrivant, qu'il avait peut-être eu de la chance qu'on lui demande de trancher la tête de ces cochons, la seule opération qu'il sache faire à la perfection, le premier responsable du personnel lui avait posé la question.

— Et l'équarrissage ? Équarrir un cochon, tu vas savoir ?

— Tout ce que vous voudrez, monsieur, avait répondu Pearson comme auparavant, et ils s'étaient dirigés tous comme un seul homme vers la salle d'équarrissage.

Le responsable du personnel avait ordonné à l'un des équarrisseurs présents de s'écarter, et de tendre son fendoir au jeune homme. Ils se tenaient tous autour de lui, la chaîne d'abattage continuait d'avancer inexorablement et ils avaient attendu qu'arrive un cochon particulièrement gros, sur quoi le responsable du personnel lui avait ordonné :

— Je veux que tu m'équarrisses celui-là.

Sans dire un mot, James Pearson avait équarri le cochon à la perfection, en l'ouvrant par le milieu, sans une écorchure, sans une estafilade, sans une déchirure, sans rompre un seul filet. Même les os étaient tranchés à la perfection. Tout s'était déroulé comme si la bête avait été créée ainsi – en effet, aucune intervention humaine n'aurait pu la leur livrer dans cet état. Les hommes, y compris Tommy Parks et certains ouvriers de l'abattoir, ayant subodoré qu'il se passait là quelque chose de pas ordinaire, avaient regardé opérer le nouveau venu non sans une authentique admiration. On avait prié Pearson de recommencer avec le cochon suivant, et il avait répété la besogne à l'identique, avec une perfection identique.

— Si je te demandais de te joindre à nous, de t'occuper d'apprêter ces viandes..., avait suggéré le responsable du personnel, et sa phrase était restée en suspens.

— Tout ce que vous voudrez, monsieur.

On l'avait embauché sur-le-champ et, en un rien de temps, avec l'aide de Tommy Parks, l'histoire de Mr Tout-Ce-Que-Vous-Voudrez avait fait le tour des abattoirs et d'une partie des Mecca Flats.

Ils avaient beau être très différents, Tommy Parks était forcé d'admirer James Pearson et n'était pas mécontent de se trouver ou d'être vu en sa compagnie. Tommy était un personnage bien plus hâbleur et les amusements qui lui plaisaient ne présentaient aucun intérêt aux yeux de Pearson. C'était par l'intermédiaire de Tommy Parks que ce dernier avait entendu parler de la chambre libre aux Mecca et ainsi, quand il était arrivé avec ses cartons, Parks n'avait pu que simuler la surprise, histoire de se divertir un peu aux dépens de Callie. Il savait que Pearson allait venir occuper la chambre et, quand ce dernier avait finalement quitté Armour & Company pour Swift, Tommy l'avait suivi. Pearson était tenu dans une telle estime chez Armour que le chef du personnel avait voulu savoir pourquoi il partait et, s'avérant incapable de le convaincre de rester, il lui avait même promis de lui garder son poste si jamais il changeait d'avis. C'était une offre sans précédent et, s'il n'y avait pas eu de témoins, personne n'y aurait cru.

Tommy Parks avait vu le bonhomme à l'œuvre, et il n'avait aucun mal à y croire. Ils ne se fréquentaient pas beaucoup, tous les deux, leur amitié restait épineuse, un mélange d'entente professionnelle et d'un certain respect mutuel pour leur travail respectif, sans rien avoir véritablement en commun. Tommy jouait, buvait beaucoup et courait les femmes, parfois un peu tout cela en même temps, littéralement. En revanche, James Pearson restait à l'écart et ne manifestait aucun engouement pour ces plaisirs-là. On disait qu'il économisait de l'argent pour aller s'installer, trouver mieux, quelque part, ailleurs, le moment venu. Certes, comme Tommy, il gagnait davantage que la majorité des gens qui n'avaient pas d'autre choix que de vivre aux Mecca. Mais alors que Pearson semblait s'orienter vers une vie meilleure, Tommy Parks, lui, faisait tout pour s'éloigner de la meilleure existence qu'il ait jamais connue ou qu'il connaîtrait jamais. Il assouvissait ses appétits, là où l'occasion se présentait et, quand il se laissait dicter son comportement par ces appétits-là, le spectacle que cela engendrait lui valait une certaine popularité auprès de ceux qui éprouvaient le besoin viscéral de se divertir du désespoir de leur propre existence.

James Pearson, lui, s'attirait tout bonnement une forme de respect silencieux, et de la part de presque autant de monde que Tommy

Parks, mais personne ne faisait jamais appel à lui comme à ce dernier, personne sauf Mrs Sallie. Le jour où Parks avait tenté d'embarrasser Callie, pendant que James Pearson s'installait dans l'appartement, la vieille Mrs Sallie, qui était toujours en mouvement, même lorsqu'elle restait immobile, et qui, à l'inverse de Callie, ne le connaissait même pas de réputation, l'avait interpellé en ces termes :

— Avez-vous rencontré mon ami, monsieur? Avez-vous rencontré, rencontré mon ami, Jésus ? Il va m'emmener loin d'ici et, et si vous voulez bien lui tendre votre main... il aura pour vous la même bonté.

Callie Ford et Tommy Parks avaient tous deux regardé Pearson poser la valise qu'il portait, prendre la main de Mrs Sallie dans la sienne et lui répondre.

— Je m'appelle James Pearson, madame. Je serais heureux que vous me fassiez savoir en quoi je peux vous être agréable... pendant que vous attendez cet ami dont vous venez de me parler.

Tout ce que Callie Ford avait vu de lui à partir de ce moment et les quelques propos qu'ils avaient échangés au cours des mois suivants étaient en accord avec ce qu'elle avait vu de lui le jour où il avait emménagé. Dès que Pearson était dans les parages, Tommy Parks jouait un peu moins les matamores avec elle et elle se sentait en général plus en sécurité en le sachant dans la chambre voisine. C'était pourquoi, un soir, environ trois semaines après la mort d'un occupant des Mecca, abattu d'une balle à l'autre extrémité de l'étage supérieur, elle avait réussi à puiser en elle le courage de frapper à la porte de James Pearson pour lui demander si elle pouvait lui parler. On lui avait proposé un excellent poste pour une durée de deux mois, dans le courant de l'été, mais cela se situait à une quinzaine de kilomètres, du côté d'Uptown, et lui imposait d'habiter sur son lieu de travail. D'ordinaire, son fils Russell était un bon garçon. Si elle acceptait cet emploi et reversait une partie de sa paie à James Pearson, veillerait-il sur son fils, la nuit ? Et ce qu'il se préparerait à manger, le soir, accepterait-il de le partager avec son garçon, avec son Russell ?

*

C'était la fin de son service et Lamont Williams était en retard pour rentrer dîner avec sa grand-mère. Il avait prévu que cette visite au vieux monsieur du neuvième étage soit très brève, mais il s'était encore laissé prendre. L'hôpital lui avait promis de lui confier des responsabilités supplémentaires, depuis un petit moment maintenant, mais ils n'avaient pas l'air de donner suite. Plus il aurait l'occasion de se rendre utile dans l'établissement, plus il aurait l'opportunité de démontrer ses capacités et son entrain au travail. Il supposait que cela risquait de moins leur donner envie de se débarrasser de lui. Des tâches supplémentaires, c'était bel et bon, mais ça n'avait pas l'air de venir. Les administrateurs de l'hôpital avaient pu changer d'avis à son sujet ou sur le principe d'embaucher d'anciens détenus. Dans le bras de fer qui se déroulait sans répit à l'intérieur de son crâne, il n'avait pas envie de laisser ce genre de réflexions prendre le dessus. Mais il y avait de quoi s'interroger, non ? Était-ce son chef d'équipe ? Il en avait plus d'un. Lequel de ses chefs l'appréciait le moins ? Est-ce que l'un de ses chefs l'appréciait, d'ailleurs ? Comment s'y prenait-on pour qu'ils vous apprécient ? Tout le monde était tout le temps si occupé. C'était sans doute cela, et rien d'autre, qui le privait de ces missions supplémentaires. Cela ne signifiait sans doute rien. Personne n'avait envie de laisser ce genre de réflexions prendre le dessus.

Un collègue du service d'entretien, un dénommé D'Sean, plus jeune que lui, mais qui travaillait là depuis quatre ans et auquel il s'était brièvement confié, lui avait affirmé que c'était bon signe qu'on lui ait évoqué ces tâches supplémentaires. D'Sean en avait vu des bonshommes arriver dans le service et en repartir, depuis qu'il était ici, et un bon paquet d'entre eux n'étaient jamais allés au-delà de la période des six mois de mise à l'épreuve. N'empêche, il n'avait jamais vu l'hôpital offrir une opportunité pareille à un ex-taulard. « Ils t'en ont filé, des tâches en plus ? n'arrêtait-il pas de demander à Lamont. – Non. Pas encore ! – Qu'est-ce que tu veux dire par "pas encore" ? S'ils t'en ont causé, pourquoi ils t'en refilent pas ? S'ils ont un souci avec toi, y faut que tu le règles, dès que possible. Je dis pas qu'ils ont un souci, mais s'ils en ont un, faut que tu le règles. Par contre, si c'est juste qu'ils t'ont oublié, il faut que tu te fasses voir, qu'ils se souviennent de toi. T'es tout discret dans ton coin tout merdeux, Lamont, comme si t'étais même pas là, tu balaies discrétos comme s'il fallait que tu te fasses oublier, comme si t'étais même pas censé être là. T'es tout le temps du style "Excusez-moi d'être en vie. Je suis même pas là". J'ai jamais connu un frangin comme toi, qui finit son service et ensuite retour à l'extérieur, et qui vit comme s'il était encore à l'isolement, en cellule. Bon, dès que tu vas ressortir d'ici, Lamont, faut t'occuper de toi. J'ai pas l'intention de me mêler de tes affaires, rien du tout. Je dis juste, occupe-toi de toi. Tu saisis ? »

Lamont regrettait d'être allé raconter à D'Sean qu'il avait purgé une peine de prison ou même qu'on lui avait proposé d'endosser des responsabilités en plus. Quelles que soient les intentions de D'Sean, ses leçons sur l'existence alimentaient les angoisses de Lamont. C'étaient les lièvres que le collimateur de son imagination traquait au fond des trous noirs de son anxiété. Dans sa jeunesse, il avait laissé cette imagination se déchaîner et cela l'avait amusé, à une époque où pas grand-chose d'autre ne l'amusait. En prison, pourtant, il avait développé une stratégie afin de tenir les pires excès de son imagination en lisière, de réprimer les pensées négatives qui ne lui feraient que du mal ou mineraient ses progrès, et il avait acquis une belle maîtrise à cet égard. C'était une maîtrise à laquelle D'Sean, tout à coup, le forçait de recourir à nouveau.

*

C'était l'été 1946, en Europe, et personne ne prêtait beaucoup d'attention à cet homme qui, l'air un peu perplexe, circulait à pas lents dans le camp en observant tout d'un œil très attentif, presque avec révérence, comme si son regard, sevré de ce qu'il voyait là, ne parvenait jamais à s'en rassasier. L'homme charriait une lourde boîte équipée de cordons, de transformateurs et de prises, une espèce d'appareil enregistreur, expliquait-il en réponse à ceux qui le questionnaient. Mais on ne le questionnait pas souvent. Il était polonais, avait dit quelqu'un, non, allemand, un professeur, docteur de quelque chose. Enfin, bon, des docteurs, il en fallait. Ils avaient besoin de tout, ici, sauf du typhus et de la tuberculose. Non, c'est un juif polonais. Mais il avait l'air trop bien pour être juif polonais. Quelqu'un d'autre avait prétendu qu'il venait d'Amérique. Henry Border, anciennement de Pologne, maintenant de Chicago, Illinois, avait l'habitude d'être considéré comme quelqu'un dont on n'avait pas à s'occuper en priorité – il passait toujours après les autres. Il s'était rendu dans un certain nombre de camps de Personnes Déplacées, avant d'arriver à Föhrenwald, mais chaque fois qu'il observait les pensionnaires d'un de ces camps qu'il visitait, c'était comme s'il découvrait une nouvelle forme de vie, sans réussir à en détacher le regard. Sa respiration s'accélérait et il avait besoin de se calmer. Cela lui arrivait à chaque fois, et chaque fois il se morigénait. Cette respiration irrégulière était un luxe que personne ne pouvait se permettre, par ici, pas même lui.

En transportant son équipement avec lui, penché d'un côté, puis de l'autre, pour tâcher de répartir au mieux l'érosion de son corps, il était tombé sur une cabane de fortune remplie d'enfants, d'enfants juifs. Il savait qu'ils étaient juifs car la langue dans laquelle on leur faisait l'instruction était le yiddish. Il avait posé son équipement afin de s'approcher un peu plus de la fenêtre et d'entendre ce qu'on leur enseignait. Ces enfants étaient tous de tailles différentes et donc, présumait-il, sans doute aussi d'âges différents. Il se tenait là, quand un autre groupe de gamins, tous aussi de tailles incroyablement disparates, passèrent devant lui en rang, presque comme s'ils défilaient. Un adulte à leur tête, ils chantaient ce qui lui évoquait un chant hébreu. Ensuite, comme pour démentir cette impression d'ordre, un autre groupe d'enfants de tailles également dissemblables et entonnant eux aussi un chant en hébreu, mais tout à fait différent, croisa presque le chemin de la première troupe de jeunes chanteurs. D'instinct, les deux cohortes dévièrent de leur chemin, pour éviter une collision.

Henry Border était médusé par ces petits. Il aurait eu envie d'arrêter chacun d'eux et de leur demander ce qu'il était advenu de leurs parents. Et à eux, que leur était-il arrivé ? Au cours de ces quelques premières minutes à Föhrenwald, il n'avait presque pas vu d'adultes. Il se demandait ce que ces gosses avaient vu et comment ils avaient survécu, sans aucune autorité adulte, ni avant ni maintenant. Il se retrouvait là, au milieu de ce très modeste rassemblement, une petite bourgade d'enfants, une cité d'orphelins, quand ce flot de songeries secrètes fut tari par le beuglement d'un instructeur, un homme, celui du deuxième groupe de ces gamins qui marchaient en chantant et qui, à l'instant, s'écarta du groupe pour venir lui demander qui il était et ce qu'il fabriquait là.

Il lui fallut un petit moment pour s'expliquer. Il ne pouvait jamais prédire la réaction des responsables. Cette personne, un homme, la trentaine, était un juif américain du Comité conjoint de distribution juif américain, autrement dénommé le « Joint ». Ses jeunes ouailles s'étaient éloignées en marchant au pas et sans cesser de chanter, mais cela n'avait pas l'air de le contrarier, à présent il semblait satisfait des raisons de la présence de Border, et se montrait même plutôt encourageant. Henry Border avait déposé son matériel par terre, avant d'essuyer son front moite d'un revers de main.

— Vous avez tous ces enfants avec vous ?

— Tous ces enfants, oui, et ce n'est pas encore assez, lui répondit l'homme du Joint.

— Oui, bien sûr, mais... ici, c'est...

— Ils sont en classe. C'est une école. Et nous en recevons de plus en plus, ça n'arrête pas. Nous en avons encore accueilli d'autres pas plus tard qu'hier.

— D'où viennent-ils ? Pourquoi n'arrivent-ils que maintenant ?

— C'est la violence qui les débusque.

— Qu'entendez-vous par « la violence » ?

— Qu'entendez-vous par « qu'est-ce que j'entends par la violence » ?

— Vous voulez dire que ce sont les nazis ?

— Non, les nazis ont capitulé en mai dernier, c'était il y a... quatorze mois. Je parle d'il y a deux semaines.

— De quoi parlez-vous ? Je suis désolé, je ne comprends pas.

— Un jeune homme, un jeune Polonais...

L'homme du Joint s'interrompit, l'histoire qu'il était lui-même sur le point de raconter le laissait incrédule. Il respira profondément avant de continuer.

— Il avait fui ses parents et, aux dires de tous, il avait disparu trois jours. À son retour chez lui, ces gens, ses parents, ont voulu savoir où il était allé. Ils étaient furieux contre leur garçon. Alors il leur a raconté que les juifs l'avaient enlevé et conduit dans une cellule où il avait dû regarder d'autres garçons polonais, des chrétiens, se faire exécuter par ses ravisseurs, afin que ceux-ci puissent se gorger de leur sang pour faire matzah. Cette histoire s'est vite répandue et un groupe d'hommes en uniforme de la police militaire a conduit les derniers juifs de retour dans la ville en un lieu bien précis et ensuite, à l'instigation de certains membres de la milice locale et du clergé local – j'ai entendu dire qu'il y avait aussi un directeur d'usine récemment mis en place par le régime socialiste –, ces juifs survivants, à peine libérés des camps hitlériens, ont été jetés en pâture à une foule réclamant vengeance, une foule de quelque cinq mille personnes, à ce qu'on a dit.

— Un pogrom ? Encore, de nos jours ? s'étonna Border.

— Oui.

— C'était il y a deux semaines, un pogrom ? Il y a deux semaines ? Où ça ?

— À Kielce. La plupart des juifs qui ont réussi à s'échapper sont allés à Zeilsheim, mais nous en avons accueilli quelques-uns ici, notamment des orphelins. En fait, venez voir, discrètement. Par ici. Si vous êtes capable de jeter un œil sans attirer l'attention, regardez à l'intérieur de cette salle de classe, où les enfants sont assis. Vous voyez ce petit garçon, au fond ?

Henry Border regarda par la fenêtre ; les enfants, tournés vers leur professeur, étaient assis de profil par rapport à lui. Il aperçut un minuscule petit bonhomme, qui devait avoir entre trois et cinq ans, et ce garçonnet tenait la main d'une fillette qui en paraissait à peu près huit.

— Ils sont arrivés hier ? Comment sont-ils arrivés ici ? C'est tout bonnement... Ils sont tous les deux de Kielce ?

— Non, le garçon uniquement.

— Alors comment connaît-il la fillette ?

— Il ne la connaît pas. Il n'a pu la rencontrer qu'hier. Mais à part elle, il ne connaît pas d'autres survivants. Si vous voulez m'excuser, je dois rejoindre mes petits. Je vous souhaite bonne chance dans votre projet. Et n'oubliez pas de parler aussi aux enfants.

L'homme du Joint s'éloigna, laissant Henry Border très ébranlé. Il resta là un moment puis, rattrapé par la pensée de ce petit garçon, il regarda de nouveau par la fenêtre. À la main libre de l'enfant, il vit un bandage qui lui remontait jusqu'au coude.

— Aussi, en apprenant cela, expliquait l'institutrice aux enfants, elle est descendue avec son fils au bord de la rivière, elle a déposé Moïse bébé dans un panier au milieu des joncs et l'a lâché dans le courant. Quelque temps après, la princesse égyptienne l'a découvert dans ce panier et l'a pris avec elle. Croyez-vous que cela ait été difficile ou facile, pour la mère de Moïse, de faire cela ?

La fillette qui tenait la main du petit garçon à peine arrivé de Kielce avait levé la main pour répondre.

— Elle espérait que quelqu'un viendrait le récupérer et le sauverait. J'ai vu des mères jeter leurs enfants d'un train pour les sauver. Peut-être que ça les a sauvés. Ça se peut que ça marche.

— Moi, c'est comme ça que j'ai été sauvé, s'écria un garçon.

— J'ai vu une mère jeter un bébé par-dessus une palissade, pendant une Aktion, s'exclama un autre garçon, provoquant chez les enfants un flot de conversations incontrôlées, dans une multitude de langues.

— Les enfants ! Les enfants ! Silence, je vous prie. Silence ! Alors, pensons-nous que la mère de Moïse ait pris la bonne décision ? Était-ce une bonne mère ?

— Oui, répondirent-ils tous à l'unisson, tous sauf le nouvel arrivant, le garçonnet de Kielce. Henry Border l'observait, et il vit qu'il agrippait fermement la main de la fillette de sa main bandée, et qu'il demeurait silencieux.

*

À l'entrée des Mecca Flats, deux hommes, des Blancs, échangeaient des regards comme pour se dire : « Ça peut vraiment être ça ? » Le trottoir devant eux était criblé de fissures et, à un endroit, ces brèches s'ouvraient sur un véritable tunnel. Sous un réverbère, ils virent un vieil homme, un Noir, qui poussait un chariot. « Vous entrez là-dedans, les gars ? » leur lança l'homme. L'un des deux Blancs hocha la tête. « M'en veuillez pas de vous dire ça, mais à mon avis vous êtes dans le mauvais quartier » et, alors qu'il poursuivait son chemin, comme pour illustrer son propos, ils remarquèrent le tunnel. Un petit garçon pointa la tête par l'ouverture béante et jeta un œil vers eux, avant de courir se réfugier à l'intérieur des Mecca Flats. Ils le suivirent mais à peine se furent-ils avancés de quelques pas dans la cour qu'il disparut. Il n'y avait même plus de semblant de sol bétonné. Il n'y avait plus de plantes ou d'herbe non plus, rien que des boîtes de conserve, du verre brisé et des briques de lait. Les deux Blancs continuèrent de marcher, sans se laisser décourager.

Russell Ford dormait seul dans une chambre qu'il partageait encore récemment avec sa mère. Aussi, quand les cauchemars étaient de retour, et ils revenaient désormais toutes les nuits, il n'y avait personne près de lui pour l'apaiser. Cela signifiait qu'il lui fallait davantage de temps pour comprendre où il se trouvait, et s'assurer qu'il n'était plus dans le décor de son cauchemar. Sa mère n'avait pas mentionné ces cauchemars à James Pearson lorsqu'elle avait prié Mr Tout-Ce-Que-Vous-Voudrez de jeter un œil sur Russell pendant qu'elle travaillait comme bonne à demeure chez Henry Border. Or non seulement Pearson entendait le garçon depuis le couloir, mais il l'avait aussi entendu depuis sa chambre. Au début, il avait cru qu'il y avait quelqu'un d'autre avec lui. Ces bruits-là ne ressemblaient pas à Russell. Cela ne durait pas longtemps, mais ces bruits s'emparaient si souvent de lui, la nuit, que James les entendait, malgré toutes sortes d'émanations sonores en provenance de telle ou telle partie des Mecca Flats, qui entraient sans cesse en conflit avec ce que vous aviez envie d'entendre.

Pearson avait interrogé Russell sur ces nuits de sommeil entrecoupées, mais apparemment le garçon rechignait à en parler. Avec le temps, il avait compris que Russell était moins timide quand c'était lui qui choisissait le sujet de leurs conversations. Plus d'une fois, le jeune garçon avait ainsi choisi de parler du travail de Pearson chez Swift, son sujet préféré. Il avait envie de connaître la vie à l'abattoir. Un contre-interrogatoire gentiment mené, mais insistant, avait révélé à James Pearson que Russell n'avait en réalité rien à faire durant l'été. Il jouait avec les autres gosses du bâtiment, à l'occasion, mais leurs jeux étaient trop brutaux à son goût. Pearson avait appris qu'il avait passé un certain temps à l'Icer, de l'autre côté de State Street, et qu'il avait même essayé plusieurs fois de s'introduire au Railroad Men Social Club, sans succès. À l'occasion, Tommy Parks prenait le temps de lui lancer quelques balles de base-ball, mais cela ne durait jamais bien longtemps et, quoi qu'il en soit, à la moindre sollicitation, Parks se dispersait et préférait accorder son attention à d'autres. Non, en somme, Russell passait le plus gros de son temps seul, sans rien pour s'occuper, semblait-il. Prenant conscience de la chose, James Pearson avait eu l'idée de lui demander s'il voulait venir travailler avec lui, un de ces jours. On n'aurait pu lui proposer mieux.

Quelqu'un – et James n'avait jamais réussi à savoir qui – avait raconté au chef du personnel qu'un employé avait amené son gamin avec lui. Quand ils avaient découvert qu'il s'agissait de James Pearson, ils lui avaient dit que le jeune pouvait rester autant qu'il le souhaitait, pourvu qu'il ne vienne pas se fourrer dans leurs pattes. À la fin de la semaine, le jeune garçon balayait et même il salait le sol. Il ne lui était pas venu à l'esprit de réclamer de l'argent pour son travail. Il était juste content d'être là, mais James s'était adressé à qui de droit et lui avait obtenu neuf *cents* de l'heure, en lui faisant promettre d'en reverser les deux tiers à sa mère.

— Elle va être drôlement fière de toi, quand elle rentrera.

James était dans le couloir, il s'approchait de la chambre du garçon quand il tomba sur Sallie, la main en conque, qui écoutait à la porte de Russell. Elle avait vu Pearson s'approcher, mais n'avait pas du tout honte qu'on la surprenne, et elle continua de tendre l'oreille.

— Il lutte encore contre ses démons, souffla-t-elle en se tournant vers Pearson.

Il savait ce que ces bruits signifiaient, même s'il ignorait leur provenance, nuit après nuit. Il ouvrit la porte et resta à l'entrée de la chambre où le garçon était couché. Il ne s'était encore jamais immiscé de la sorte.

— Est-ce que ça va, fiston ?

— Quoi ?

Le garçon se réveillait.

— J'ai... j'ai entendu quelque chose, ça venait de par ici, et j'ai eu envie de m'assurer que tout allait bien.

Russell savait ce qui s'était passé. Il était gêné de penser qu'on avait entendu ses cris, à l'extérieur de sa chambre, et surtout que James les avait entendus. Il savait à quoi renvoyaient ces rêves, car chaque fois qu'il se réveillait, ces rêves-là persistaient en lui, plus comme des souvenirs que comme des songes. C'étaient bel et bien des souvenirs, qui puisaient leurs origines dans des événements dont il avait été le témoin. Ç'aurait dû être un été comme un autre, à Detroit, dans la vie d'un jeune garçon. Il n'était pas au courant de l'agitation à l'usine Packard, où vingt-cinq mille ouvriers blancs employés à fabriquer des moteurs pour des bombardiers et des vedettes lance-torpilles s'étaient mis en grève en apprenant qu'une poignée de femmes noires avaient commencé à travailler là-bas. Il était jeune, mais il aurait compris ce que cela signifiait que d'entendre un ouvrier blanc déclarer à l'entrée de l'usine qu'il préférerait laisser gagner Hitler et Hiro-Hito plutôt que de côtoyer un nègre dans un atelier d'usine. Il ne l'avait pas entendu dire, mais il connaissait la ville où il vivait avec sa mère et son père, amoureux depuis l'enfance, désormais réconciliés et qui restaient collés l'un à l'autre depuis le Mississippi, non sans accrocs, non sans interruptions et pas mal de complications.

Il était avec son père, ce matin-là. C'était un lundi, vers la fin de l'année scolaire, en juin 1943, et il régnait une chaleur de bête. À cause des événements de la veille, le commissaire de police avait rencontré le maire et le colonel de l'US Army responsable de la région de Detroit, à 4 heures cette nuit-là. Le maire, un certain Jefferies, était attendu à quantité de réunions au cours de la journée et passait beaucoup de coups de téléphone. C'était un homme très pris et ce n'était qu'à sept heures et demie ce soir-là qu'il avait effectué sa tournée d'inspection dans les rues de sa ville pour simplement découvrir ce qu'il aurait pu découvrir onze heures plus tôt, autrement dit plus ou moins ce que Russell Ford avait lui-même déjà découvert.

Le garçon avait accompagné son père à pied jusqu'à l'arrêt où il prenait son bus d'ordinaire, pour aller travailler à l'usine Ford. Son père n'était pas le premier Noir que Russell voyait arraché de force à ce tramway par une foule d'hommes blancs, mais cette scène-là resterait comme aucune autre gravée dans sa tête. Nuit après nuit, il le revoyait se faire traîner hors du tramway, il le revoyait s'efforçant de ne pas lâcher la sacoche qu'il emportait toujours avec lui pour aller au travail. Russell ne se souvient pas de ce que son père avait l'habitude de mettre dans cette sacoche, mais il se souvient que, sous la première grêle de coups, son père ne l'avait pas lâchée. Une foule d'hommes le tiraient dans la rue, mais ils étaient trop nombreux pour le frapper tous en même temps. Dans une brutale démonstration de collectivisme, ils y allaient chacun leur tour, en braillant des quolibets, ils attendaient que leurs acolytes, chacun son tour, se soient fatigués de se défouler sur le père de Russell Ford. Le premier homme l'avait frappé à la tête pendant qu'un autre le maintenait. Un autre lui assenait des coups de pied à l'abdomen. Aucun son ne sortait de la bouche de Russell, et pourtant, il essayait de crier. Un homme encore frais avait flanqué des coups de poing dans le ventre de son père, une telle volée de coups de poing qu'il avait fini par s'épuiser et ensuite, soufflant comme un étalon déchaîné à la pointe de son galop, il s'en était pris à un autre Noir qu'on avait traîné lui aussi hors du tramway. À ce moment-là, personne ne se souciait plus d'entraver le père de Russell pour l'offrir à son prochain assaillant, mais cela n'avait pas scellé la fin de l'agression pour autant. C'était loin d'être fini. Allongé sur le sol, il était encore plus à la merci de la foule. Il recevait des pluies de coups de pied, et on lui sautait dessus. D'ici à ce qu'on lui écrase le crâne, il serait peut-être déjà mort. Personne n'en saurait jamais rien, ni son épouse Callie ni son fils Russell, qui avait tout vu du début à la fin, et qui revoit la totalité de la scène presque chaque nuit. Quand il se réveille en nage, son père est bel et bien absent, et tout cela s'est bien produit tel qu'il l'a vu. En réalité, ce n'est absolument pas un rêve. Dans le noir, il retrouve son souffle, mais la terreur ne disparaît jamais complètement, jamais il ne cesse d'avoir honte de n'avoir pu sauver son père et jamais son père ne cesse de lui manquer. Il possède encore la sacoche. Callie l'avait nettoyée, après l'enterrement, nettoyée de ce sang, et Russell la conserve.

— J'ai... j'ai entendu un bruit, ça venait d'ici, et je me suis dit que j'allais voir si tout allait bien, continua Pearson, inquiet.

— Oui, monsieur. Ça va.

Mrs Sallie aurait aimé continuer d'écouter ce qui se passait dans cette chambre entre James Pearson et le garçon dont la mère était partie, mais on frappait à la porte de l'appartement, avec trop d'insistance pour qu'elle l'ignore. Elle alla ouvrir avant que quelqu'un d'autre puisse la devancer. Il y avait là deux hommes blancs. Mrs Sallie les toisa lentement des pieds à la tête, d'un œil interrogateur, non sans une certaine anxiété.

— Bonsoir, madame, dit le plus âgé des deux. Navré de vous déranger à cette heure. Nous cherchons...

— Avez-vous, avez-vous déjà rencontré mon ami ?

— Eh bien, nous cherchons...

— Avez-vous, avez-vous déjà rencontré mon ami, Jésus ?

La porte de la chambre de Russell était légèrement entrebâillée et James Pearson entendit un homme poursuivre.

— Madame, nous cherchons Mr Pearson, James Pearson. Nous avons cru comprendre qu'il habitait ici.

— J'ai cru comprendre ça, moi aussi, répliqua Mrs Sallie sans reculer d'un pas.

— Le connaissez-vous ? demanda l'autre homme.

— C't'un ami à moi. Mais je... j'ai beaucoup d'amis. Mon meilleur, meilleur ami, c'est Jésus. Il apporte la lumière, la lumière éclatante, vous savez... le soleil, le soleil éclatant. Il nous l'apporte tous les jours, comme aujourd'hui et..., continua-t-elle, réfléchissant tout en parlant, tout en regardant ces deux messieurs blancs droit dans les yeux, le premier puis l'autre, avant d'insister, ... tout comme il nous l'apportera demain. Il nous l'apportera, demain. Je vais donc vous parler de lui, demain..., répéta-t-elle en refermant la porte sur les deux hommes, mais le plus jeune coinça le battant avec son pied. Elle ne pouvait plus la refermer.

Elise Border, qui dormait bien, en temps normal, était éveillée. Il se passait quelque chose, dehors. Elle n'en était pas sûre, mais elle croyait avoir entendu quelque chose. Cela valait-il la peine de déranger Callie ? C'était peut-être juste le couvercle d'une poubelle qui battait sous le vent. Tiens, ça recommençait. Callie serait-elle endormie, à cette heure de la nuit ?

Tommy Parks marchait dans State Street, il rentrait en direction des Mecca Flats. La soirée n'avait pas été mauvaise du tout, et s'il arrivait à monter jusqu'à sa chambre sans que personne ne l'embête, il pourrait s'endormir en songeant aux distractions de ce soir, et avec le sourire, rien qu'en pensant aux distractions qu'il avait pu s'offrir, comme ça, au débotté, et à un prix si raisonnable. Il apercevait l'entrée de State Street, à présent, et là, il avait un peu dessoulé. Il vit deux hommes sortir du bâtiment et avec eux, ce qui ressemblait à son voisin, James Pearson, Mr Tout-Ce-Que-Vous-Voudrez. Il décida de ralentir le pas et de voir un peu quelle direction ils prenaient. Mais il ralentit le pas trop longtemps. Le trio marchait vite et, à cette heure de la soirée, il ne se sentait pas en état de soutenir le rythme. Les deux hommes blancs et James Pearson avaient disparu.

*

Un homme et une femme étaient sur le point de se retrouver devant un café, comme par hasard, mais non sans l'avoir convenu. C'est avec un mauvais pressentiment qu'Adam vit Michelle s'approcher dans Amsterdam Avenue. Il redoutait qu'elle ne lui apporte des nouvelles de Diana, le genre de nouvelles qui souligneraient combien il n'avait pas été à la hauteur. La douleur de ces nouvelles attendues quant à la manière dont Diana se débrouillait dans l'existence après leur séparation l'avait rendu presque physiquement incapable de convenir de ce rendez-vous, même après le message de Michelle qui l'en priait sur son répondeur, et c'était ses atermoiements qui lui faisaient honte alors qu'ils se rapprochaient, de plus en plus près, jusqu'à ce qu'il la voie sourire. Ce n'était pas son meilleur sourire, mais il valait mieux que le sourire de n'importe qui d'autre ou presque.

Quand elle le serra dans ses bras, devant la Pâtisserie hongroise, il se souvint quelle bonne amie elle avait été et songea pour la première fois qu'il l'aimait peut-être d'amour, à sa manière. Qu'elle soit extrêmement séduisante, cela n'avait rien de nouveau pour lui, mais le fait de le savoir intellectuellement ne revient pas au même que le fait de le ressentir de façon viscérale. Elle était son amie, et aussi l'épouse de son ami, il n'empêche, sa beauté le frappa comme une bourrasque à laquelle aucun homme ne pouvait rester indifférent. Quand elle le serra dans ses bras, il en éprouva une certaine fierté qu'il n'était pas certain de mériter ou, du moins, pas ces derniers temps. Ils étaient tous les deux fatigués. Il vit la fatigue dans le sourire de ses yeux et comprit à quel point c'était bien de sa part d'avoir sollicité ce rendez-vous improvisé devant un café, cet échange.

C'était cela – un échange, un échange d'informations. Il y avait certaines informations, des mises à jour concernant Diana, que requérait l'entretien de son autoflagellation. Ils entrèrent tout de suite dans le vif du sujet. Michelle avait vu Diana. C'était une bonne chose. Elle lui avait rendu visite à Hell's Kitchen, son nouveau quartier. Comment allait-elle ? Les deux premières semaines, elle n'avait presque rien avalé, quasiment rien. Elle avait perdu beaucoup de poids et s'était affaiblie. Elle s'était forcée à aller travailler. Mais elle ne sortait pas s'acheter à manger, n'avait aucune envie d'aller explorer son nouveau quartier. Elle avait ressenti de l'hébétude, une brève colère, mais surtout de l'hébétude. Elle avait entendu parler de ce genre de réaction, avait-elle confié à Michelle, c'était arrivé à d'autres couples, mais jamais elle n'avait imaginé que cela leur arriverait, à Adam et elle. Et puis, sans trop savoir comment, au bout de deux semaines, comme si elle avait vaincu un virus, elle s'était sentie de nouveau capable de penser à l'avenir, fût-ce de manière hésitante. Elle s'était mise à appeler des gens, à essayer les magasins du quartier et à profiter de son nouvel environnement pour aller voir quelques spectacles.

— Tu as vu son appartement ?

— Non, nous nous sommes retrouvés dans un café de la 9e Avenue.

Adam essaya de se représenter le coin, mais il ne connaissait pas très bien.

— La 9e Avenue... qu'est-ce qu'il y a, là-bas ?

— Oh, il se passe pas mal de choses par là, au début de la 30e Rue, de la 40e, de la 50e.

— Vraiment ?

— Bien sûr, il y a beaucoup de restaurants et de bars.

Il était là, à essayer de traiter ces informations. Pendant deux semaines, Diana s'était presque laissée mourir de faim, après quoi elle avait téléphoné à des gens, elle était sortie voir des spectacles, dîner dehors et traîner dans des bars de la 9e Avenue. Se laisser mourir de faim, c'était l'excès de chagrin. Cela suggérait la dépression. Deux semaines, ce n'était pas très long.

Que voulait dire Michelle, exactement ? Si Diana souffrait, cela lui ferait du mal, à lui, et si elle s'en sortait, cela lui ferait aussi du mal. Ce dont il avait envie, en vérité, sans en avoir pleinement conscience, c'était que Michelle le convainque, d'une manière ou d'une autre, de la nécessité pour Diana et lui de vivre à nouveau ensemble, et ensuite de tout organiser. Il n'avait pas non plus conscience de l'irréalité de cette attente, et du fait que c'était la seule chose qu'elle aurait pu dire concernant Diana qui ne l'aurait pas blessé.

Il pensait à Diana, seule dans un appartement qu'il ne connaissait pas, il pensait à elle, le visage émacié, il pensait à la 9e Avenue, il pensait au nombre d'heures que pouvaient contenir deux semaines par rapport au nombre d'heures que pouvaient contenir dix années ou presque. Michelle avait voulu savoir comment il se débrouillait, mais elle avait bien senti qu'il ne devait pas se débrouiller si mal, car son ami et son beau-père avaient mentionné un nouveau projet qui semblait l'inspirer et qui le retenait encore à Chicago. Elle n'avait pas l'air de tenir à comprendre pourquoi il avait mis fin à leur relation. À n'en pas douter, elle avait entendu une première version, de la bouche de Diana. Elle n'avait pas envie de le convaincre de changer d'avis ou de transmettre de quelconques messages. Elle avait simplement envie de lui communiquer ces quelques informations plutôt limitées. Et elle, attendait-elle quelque chose de lui, de la part d'Adam ?

Une belle femme, l'épouse du président du département d'histoire de Columbia, un homme qui, Adam l'avait lui-même observé, n'avait plus jamais le temps de se consacrer à rien sans que cela concerne au moins plus d'une personne à la fois, prend un café avec un ami commun. Elle est souriante, malgré ses yeux fatigués, et elle doit supplier pour trouver quelqu'un à qui parler. Mais la supplique demeure là, dans ses yeux. Tacite.

— Adam, lui dit Michelle après lui avoir communiqué les toutes dernières nouvelles de Diana, quand Sonia est venue chez toi l'autre jour, sans y avoir été invitée, et quand nous sommes passés la prendre...

— Mmh mmh.

— Qu'a-t-elle raconté ?

— Que veux-tu dire ?

— A-t-elle raconté quelque chose... au sujet de Charles et moi ?

*

Les hommes blancs s'étaient présentés à la porte de l'appartement des Mecca Flats et James Pearson avait beau savoir que c'était lui qu'ils venaient trouver et qu'ils avaient déjà essayé de lui parler, il ne s'attendait pas à les voir arriver subitement sur le seuil de son domicile, par une chaude soirée d'été. Comme il savait qui ils étaient et qu'ils n'allaient pas renoncer, il accepta de les accompagner dans un bar à proximité.

— Je suis vraiment désolé de vous traîner hors de chez vous, monsieur Pearson, mais comme vous l'imaginez, nous ne pouvions pas franchement avoir cette conversation avec vous aux abattoirs, lui expliqua Herbert Marks, en plaçant trois verres de bière sur la table du bar, d'un geste adroit.

C'était un bar du quartier et Herbert Marks, avec son collègue plus âgé, Ralph Hellerstein, en étaient les seuls clients blancs.

— Vous m'avez sorti de chez moi si tard pour parler affaires. Je m'apprêtais à dormir. Je n'ai rien contre personne, moi, monsieur Hellerstein...

— Appelez-moi Ralph.

— Je cherche pas d'ennuis... Ralph.

— Je peux vous appeler James ? lui demanda le plus jeune, Herbert Marks.

— Je vois pas ce qui l'empêcherait.

— Les ennuis, James, ils sont déjà là.

— Attendez, je reconnais que les choses peuvent être... difficiles quelquefois, admit Pearson. Mais nous avons déjà un syndicat, un syndicat indépendant.

— James, ce n'est pas un syndicat indépendant, c'est un syndicat maison.

— C'est un syndicat... on a un syndicat.

— Vous avez des procédures d'arbitrage qui vont vous protéger... tous autant que vous êtes ?

— J'imagine.

— Tous autant que vous êtes ? Vous pensez vraiment que les gens du syndicat maison protègent les travailleurs ? Est-ce qu'ils protègent les travailleurs nègres ?

— Ceux-là ni plus ni moins que d'autres, répliqua Pearson, en buvant une gorgée de bière.

Herbert Marks se pencha tout près de lui.

— Vous travaillez avec Billy Moore, non ?

— Ouais... et alors ?

— Vous l'appréciez ?

— Bien sûr que je l'apprécie.

— Pas un mauvais équarrisseur, non ?

— C'est un sacré bon équarrisseur, oui. Tout le monde le sait.

— Il a un peu ralenti, dernièrement, quand même, observa Ralph Hellerstein, comme s'il réfléchissait tout haut.

— C'est un ami à vous, disiez-vous ? Jamais rencontré un de ses gosses ?

— Non, je le vois qu'aux abattoirs, mais...

— Aucun de ses gosses, jamais ? Parce qu'il en a cinq, de gosses. Il a un peu ralenti. Vous le savez et vous savez pourquoi.

— Je ne vois pas de quoi vous voulez parler.

— C'est son dos, James, lâcha Herbert Marks. Il a un problème de dos. Il semblerait que ce soit un souci de disque aux lombaires mais, hé, je suis pas toubib, moi. Il veut pas que ça se sache, mais il s'est confié à vous.

— Je dis pas... je sais pas de quoi vous voulez parler.

— James, nous sommes au courant parce que la compagnie le sait, et ils le savent parce que ses cadences ont chuté.

— Billy Moore, c'est un maître équarrisseur, lâcha tranquillement James.

— Il souffre de spasmes dorsaux. La compagnie a remarqué qu'il avait ralenti. Et qu'il ralentit toute la chaîne. Vous avez essayé de le couvrir mais il a ralenti.

— Pas tant que ça, répliqua James.

— Non, pas tant que ça. Mais suffisamment pour qu'ils s'en aperçoivent. Dans le courant de la semaine prochaine...

— Nous ne savons pas exactement quand, précisa Ralph Hellerstein, en interrompant son acolyte.

— Dans le courant de la semaine prochaine, ils vont l'envoyer consulter le médecin de la compagnie. Il n'aura pas le choix, James, il va devoir y aller.

— Et là, le docteur va soumettre Billy à une série d'examens, des examens physiques, et Billy ne va pas être à la hauteur. Ils vont continuer de l'examiner jusqu'à ce qu'il déclenche un de ces spasmes.

— Et ensuite ? s'enquit Pearson.

— Ensuite, ils vont le virer.

— Mais il est encore capable de travailler. Un peu au ralenti, mais... je veux dire, je connais le bonhomme. Il est à côté de moi, tous les jours.

— Eh bien, sous peu, il n'y sera plus, lâcha Herb Marks.

— Il a cinq enfants, James, il travaille là depuis onze ans et ils vont le pousser vers la porte sans rien d'autre en poche qu'une poignée de main, et lui, il va rester là, pétrifié, le bras figé, la paume vers le ciel. Une fois qu'ils vous l'ont offerte, cette poignée de main, vous êtes bon pour aller mendier.

— Mais il est encore capable de travailler, protesta James.

— James, si les cochons étaient capables de vous dépecer, vous croyez qu'ils ne les embaucheraient pas, qu'ils ne les paieraient pas ce qu'ils vous paient ? Ils les regrouperaient, ils les espionneraient...

La phrase de Ralph Hellerstein resta en suspens, et Herb Marks prit la suite.

— Ils leur bourreraient même le crâne, à ces cochons, qu'ils s'imaginent qu'ils bénéficient d'un syndicat indépendant. La seule raison pour laquelle ils le font pas, c'est qu'ils ne voient pas de moyen de gagner de l'argent en convainquant les gens de vous manger, vous, au lieu de bouffer du cochon.

— James, renchérit Ralph Hellerstein, ils embauchent et ils débauchent comme ça leur chante. Et ils paient aussi peu que possible. Tant que ça passe.

— Monsieur Hellerstein...

— Ralph.

— Ralph, on ne peut rien y faire, à tout ça.

— Qui ça, nous ?

— Nous... Je ne sais pas. Le travailleur, le travailleur noir.

— Eh bien, vous voyez, si vous voulez parler de « nous », les hommes de la chaîne, tous les hommes de la chaîne, je dirais que c'est là que vous vous trompez.

— C'est sur ceux-là que vous comptez, tous les hommes de la chaîne ? releva Pearson.

— Pour l'instant, nous voudrions que vous réfléchissiez, juste que vous réfléchissiez, et sans rien entreprendre, juste que vous envisagiez d'adhérer au Comité d'organisation des travailleurs des abattoirs.

— Quoi !

— Nous ne vous demandons pas de nous répondre tout de suite. Nous ne vous demandons pas d'adhérer ce soir. Nous vous demandons de réfléchir à votre adhésion. Nous reviendrons vous parler de tout ça une autre fois, quand vous aurez un peu réfléchi. Je vous en prie, pensez-y. Nous avons besoin de quelqu'un comme vous. Beaucoup de gens ont besoin de vous. Entre-temps, si vous voulez nous parler, appelez à ce numéro.

James Pearson lut la carte de visite, avant de l'empocher.

— Monsieur Hellerstein ?

— Ralph.

— Mes nuits, j'aime bien me les réserver pour dormir. Sans vouloir vous offenser, comment je saurai quand vous allez revenir ?

— Quand Billy Moore vous dira qu'ils se débarrassent de lui et qu'il ne sait pas ce qu'il va faire, qu'il sait pas comment il va nourrir ses gosses. Là, dans la foulée, vous pouvez vous attendre à recevoir de nos nouvelles.

*

À une quinzaine de kilomètres de là, Elly Border croyait connaître parfaitement les bruits de sa maison. Elle vivait là seule, avec son père, et c'était un homme paisible. Ces bruits autour de sa maison, elle n'y prêtait pas attention de façon consciente. C'était plutôt qu'ils constituaient les points d'un paysage auditif pointilliste qui s'était gravé dans son inconscient. Là, c'était différent ; il se passait quelque chose, dehors. C'était plus fort que le bruit qu'auraient pu provoquer un chat ou le vent, et il n'y avait pour ainsi dire pas eu de vent de toute la nuit. Elle ne pouvait se soustraire à l'impression que cette chose, là, dehors, c'était un individu. Que faisait-il à tourner autour de la maison ? Peut-être était-il saoul.

— Callie, chuchota-t-elle en frappant à sa porte.

— Elly, retourne te coucher.

Il fallut quelques autres tentatives.

— Callie ! Callie !

— Tu as intérêt à être malade ou que sais-je encore, ma jeune dame, bougonna Callie en ouvrant sa porte et en enfilant sa robe de chambre.

— Il y a quelqu'un, dehors.

— Non, il n'y a personne. Retourne au lit. Et je ne plaisante pas, ma petite. Tu me mets en rogne, là.

— Callie, je suis sérieuse. Écoute !

Et là, Callie entendit quelque chose à son tour. Elle descendit au rez-de-chaussée et Elise la suivit. Quelle qu'en soit la source, ce bruit rôdait autour du perron. À travers la vitre dépolie de la porte d'entrée, Callie discernait une silhouette, juste derrière. Elle se rendit au placard à balais sans prononcer un mot et, avec Elly juste dans son dos, attrapa un balai. Elle alluma l'éclairage extérieur et put voir une forme humaine, sans équivoque aucune. En tenant le balai, elle interpella l'individu.

— Que voulez-vous ?

Aucune réponse, rien qu'un petit coup à la porte d'entrée, presque timide.

— Qui êtes-vous ? Que voulez-vous ?

De nouveau, de l'autre côté de la porte, aucune réponse, rien qu'un petit coup.

Elly se tenait juste derrière elle et, pour la première fois, en voyant avec horreur Callie, balai en main, lentement ouvrir la porte, elle douta de la sagesse de sa protectrice. Elly avait raison. Elle avait réellement entendu des bruits qui n'émanaient pas de sa maison. Qui émanaient d'un être humain. Et là, debout derrière Callie, Elly Border vit qui créait ces bruits. Elle vit un homme noir, et ses yeux au regard fou. Elle était terrorisée. Postée devant elle, Callie Ford vit tout autre chose. Elle vit son fils de quatorze ans, Russell. Qui était terrorisé.

— Maman, dit-il, en respirant fort. Ils ont emmené Mr Pearson. Deux hommes blancs l'ont emmené.

*

Pour Henry Border, ce fut un coup de chance inespéré qu'à son entrée dans le camp de Personnes Déplacées de Stuttgart Ouest, la première sur laquelle il tombe soit un nommé Gruenberg qui semblait être en quelque sorte l'un des anciens du camp, un porte-parole ou une espèce de chef de communauté des réfugiés juifs. Cet homme connaissait le camp et savait comment fonctionnaient les choses, là-bas.

— Qu'est-ce que c'est ? lança-t-il à Border, en désignant le lourd équipement d'enregistrement que le visiteur âgé transportait avec lui. Le professeur lui expliqua qu'il était là pour enregistrer les expériences vécues par les Personnes Déplacées juives, et Gruenberg hocha la tête, avec une mimique d'encouragement.

— Vous pouvez enregistrer les gens là-dessus ? Comment est-ce que ça marche ? lui demanda-t-il, mais avant que Border ait eu l'occasion de répondre, un jeune homme s'approchant d'eux d'un pas si vif qu'il courait presque les interrompit.

— Très bientôt, monsieur Gruenberg, très bientôt. Je pense que ce sera pour aujourd'hui.

— Dès que tu estimes qu'elle est prête, tu viens me chercher. Tu n'oublies pas, Shmuel ? lui répondit Gruenberg.

— Je n'oublierai pas, monsieur Gruenberg.

— Promis ?

— Je vous le promets, répliqua le jeune homme, qui s'éloignait déjà de Gruenberg et Border en courant. Ils le regardèrent courir.

— Ce jeune homme là-bas, Shmuel, son épouse et lui, ils attendent un enfant.

Que Shmuel ait lui-même l'air d'un enfant, que ni l'un ni l'autre ne sachent combien de temps il faudrait pour que les vestiges de la population juive d'Europe remplacent ceux qu'elle venait de perdre, si elle les reconstituait jamais, mais qu'il n'existe pas de pulsion plus puissante que d'essayer, tout cela demeura inexprimé, tant de la part de Gruenberg que de celle de Border, qui tous deux regardaient cet homme, Shmuel, courir retrouver son épouse.

— Bon, continua le premier, tout ce que vous pourrez raconter aux Américains à propos de ce que nous avons subi sera forcément utile. Initialement, ils n'appliquaient aucune distinction entre les autres Personnes Déplacées et nous. En fait, c'est encore comme ça en Zone britannique, et aussi dans la Zone française.

— Que voulez-vous dire ?

— Là-bas, par exemple, la situation, c'était qu'ils voulaient regrouper toutes les Personnes Déplacées, d'où qu'elles viennent. Donc vous aviez des Ukrainiens qui avaient combattu dans le camp des nazis, mais qui à présent ne veulent plus rentrer chez eux par crainte de représailles des Russes, et ceux-là vivent dans le même camp que nous. Ces Ukrainiens sont antisémites comme personne. Et des juifs ont affirmé en avoir identifié quelques-uns.

— Les avoir identifiés où ?

— À Auschwitz.

— Je ne comprends pas. S'ils combattaient dans le camp des Allemands, que fabriquaient-ils à Auschwitz ?

— Ils opéraient là-bas comme gardiens, professeur Border. Gruenberg regarda Henry Border comme s'il le voyait pour la première fois. Il avait l'air perplexe. Vous êtes américain, disiez-vous. Êtes-vous envoyé ici par le Joint ?

— Non.

— Ah non ? De qui dépendez-vous, alors ?

— De personne.

— Mais qui vous a envoyé ?

— Personne.

— Que voulez-vous dire, « personne » ? Qui vous paie pour être ici ?

— Personne ne me paie.

— Mais comment êtes-vous arrivé ici, avec quel argent ?

— Le mien.

— Juste pour réaliser ces entretiens avec votre appareil ?

— Oui.

Gruenberg le scruta un moment sans rien ajouter.

— Bon, comme je disais, tout ce que vous pourrez apprendre aux Américains sur ce que nous avons subi sera forcément d'une grande aide. Je l'imagine, je l'espère, mais qui sait ? Avec certains d'entre eux, parfois...

Il n'acheva pas sa phrase.

— Peut-être cela encouragera-t-il les gens à nous fournir des vivres, des approvisionnements. Nous avons besoin de vêtements d'hommes, d'un peu de tout, chemises, pantalons, vestons, chaussettes, souliers, sous-vêtements. Et de vêtements de femmes aussi. Si nous avions le matériel et des machines à coudre, il y a des gens ici qui seraient capables de nous en confectionner. Ce serait mieux que rien. Beaucoup mieux, en réalité. Il y a des tailleurs, ici, dans le camp. Si seulement nous avions le tissu et les machines à coudre, bien sûr. Il nous faut du matériel d'écriture pour les enfants, et aussi pour écrire des lettres. Les gens d'ici en écrivent tout le temps, des lettres, ils en envoient à des gens qu'ils ne connaissent pas, des gens qu'ils n'ont jamais rencontrés, ils en envoient dans tous les coins du monde, en quête des dernières nouvelles, les nouvelles les plus fraîches possibles concernant les morts. Enfin, nous avons besoin d'un peu tout. Il y a des hommes qui circulent par ici, comme ce jeune homme de tout à l'heure, Shmuel, et...

Border l'interrompit.

— Que vouliez-vous dire, avant, au sujet des Américains ? Vous disiez « avec certains d'entre eux, parfois ». Qu'en est-il, avec certains de ces Américains ?

Gruenberg paraissait réticent à l'idée de poursuivre.

— Vous savez, le général Patton nourrissait à notre égard des sentiments qui n'étaient pas très différents de ceux des nazis. C'est la vérité. Il disait que les Personnes Déplacées juives étaient plus viles que des animaux. Il décrivait les juifs comme une espèce de sous-hommes, dépourvus des raffinements sociaux ou culturels de notre temps. Vraiment, c'est ce qu'il a déclaré. On est en droit de se demander si ces opinions se fondaient sur la vision des juifs mourant de faim, misérables, au seuil de la mort, qu'il a découverts à la libération des camps. Ou s'agissait-il d'opinions plus anciennes que cela ? On est en droit de se la poser, cette question : quand s'est-il forgé ces opinions-là ?

Henry Border ignorait quoi répondre à cela. Il n'était pas habitué à ce qu'on l'englobe dans ce «on» qui incluait un général à quatre étoiles, aujourd'hui mort, un héros du pays qui avait contribué à libérer les vestiges d'un peuple, alors qu'à cet instant il en voyait certains autour de lui, en haillons, dépenaillés et entourés de clôtures barbelées.

— Je l'ignorais, admit-il à mi-voix, avec une honte qui aurait pu suggérer qu'il se sentait lui-même responsable des propos de Patton.

Il avait l'esprit traversé en permanence d'un tel flot de pensées, toutes trop fugaces pour être saisies et cataloguées. Mais pire que tout cela, pour lui, une fois que ces pensées atteignaient les couches supérieures de sa conscience, elles ne se dissolvaient pas, ne s'évaporaient pas. Depuis qu'il était arrivé en Europe et qu'il avait vu ses premières Personnes Déplacées, chacune de ces pensées demeurait dans son esprit, comme sauvegardée, unie dans une sorte de télescopage à la pensée suivante qui se démenait pour attirer son attention, comme autant de *primus inter pares*. Chaque souvenir, chaque anecdote, chaque membre manquant de la famille d'un interlocuteur avec lequel il s'était entretenu le suppliaient de devenir sa seule et unique pensée du moment. L'énormité de ce qui était arrivé à ces gens, son peuple, lui pesait bien davantage qu'un millier d'exemplaires de l'appareil d'enregistrement sur fil d'acier inventé par Marvin Cadden. Rien que se rappeler ce qu'il faisait ici lui imposait de puiser dans les derniers grammes de force mentale qu'il conservait en lui. Et encore, tout cela, c'était avant même que son esprit ne s'attelle à ce qu'il était advenu de sa famille, de ses amis.

— Dites-moi, fit Gruenberg, alors qu'ils se dirigeaient vers un bâtiment où celui-ci souhaitait manifestement le conduire, vous disiez que vous étiez américain, mais vous parlez le yiddish comme un juif polonais.

— Je suis juif polonais.

— Quand êtes-vous allé en Amérique ?

— Avant la guerre.

— Avant la guerre ! Et votre famille, que savez-vous de...

Leur conversation fut interrompue, l'attention de Gruenberg, puis celle de Border brusquement détournée par les vociférations d'un homme tout là-bas, à l'autre bout du camp. Les Personnes Déplacées se hurlaient souvent dessus dans un brouhaha de langues mélangées, mais là, c'était différent. Cela venait de l'endroit d'où elles venaient, du portail. C'était un véritable tohu-bohu. Une colonne de camions s'avançait et les véhicules se garaient à la file le long de l'interminable rangée d'arbres en bordure du camp. Une vague d'anxiété palpable se propagea parmi les Personnes Déplacées les plus proches du portail. En plein milieu de sa phrase, Gruenberg se détourna de Border et se dirigea le plus vite qu'il put vers le réfugié qui hurlait.

— Vous n'avez pas le droit, beuglait l'homme dont les manches courtes révélaient le numéro tatoué sur son bras – à Auschwitz. Allez-vous-en d'ici tout de suite !

Lesté de son matériel d'enregistrement, le professeur s'empressa de suivre Gruenberg et s'aperçut que l'homme hurlait sur deux policiers allemands armés. La foule des internés grossissait.

— On ne vous demande rien, à vous. C'est un ordre.

— Nous n'obéissons plus à vos ordres. Votre Reich de mille ans, c'est terminé. Vous avez perdu.

— Quel est le problème, ici ? demanda Gruenberg, tandis que de plus en plus de Personnes Déplacées se rassemblaient autour des deux hommes.

— Ils veulent fouiller le camp ! Vous arrivez à y croire, vous, monsieur Gruenberg ?

— Pourquoi voulez-vous fouiller le camp ? s'enquit ce dernier.

— Quel est votre nom ? De quelle autorité êtes-vous investi, ici ? lui rétorqua le plus âgé des deux policiers.

— Où sont les Américains ? s'exclama un vieil homme dans la foule. Comment il se fait qu'ils les laissent entrer ? Ils ne sont jamais là quand on a besoin d'eux.

— Allez chercher le représentant de l'UNRRA. Où est-il, celui-là, maintenant, quelqu'un de l'UNRRA, n'importe qui ! cria une femme.

— Les Américains ont mis tout ce temps à venir jusqu'ici et voilà..., continua le vieil homme.

— À votre avis, ils sont entrés comment, ces voyous ? hurla quelqu'un d'autre en réponse au vieil homme. Ce sont les Américains qui les ont laissés entrer.

— Je m'appelle Gruenberg, répondit Gruenberg en couvrant de sa voix les clameurs croissantes de la foule. De quelle autorité suis-je investi ? D'une autorité morale.

— Nous n'avons aucune obligation de vous fournir des explications, lâcha le plus jeune des deux policiers.

— Eh bien, tout dépend où se situent vos obligations, lui répliqua Gruenberg.

— De par la loi, rien ne m'oblige à expliquer quoi que ce soit, insista le jeune policier.

— Connaissez-vous vraiment bien les lois d'occupation ? lui rétorqua Gruenberg.

— Monsieur Gruenberg, cela ne sert à rien de discuter avec eux. C'est des nazis, ils viennent nous jouer une dernière petite comédie, hurla l'homme en chemise à manches courtes.

— Reculez, vous tous. Nous allons procéder à une fouille du camp. Vous êtes informés que...

— Êtes-vous au fait des lois d'occupation en vigueur dans cette zone, monsieur le policier ?

— Oui, répondit le plus âgé des deux.

— Elles changent tout le temps et...

— Nous n'avons pas à vous répondre.

— Ah si, vous allez nous répondre. Ah ça oui. Et plus que tu ne le penses, sale voyou de nazi, s'emporta l'homme en chemise à manches courtes.

— Si vous nous disiez ce que vous cherchez, reprit calmement Gruenberg, nous serions en mesure de vous épargner certains tracas.

— Nous sommes ici à cause d'activités de marché noir, lui expliqua le plus jeune.

— Vous pensez qu'il y a des profiteurs du marché noir, dans ce camp ? s'étonna Gruenberg.

— Écoutez, il y a un marché noir florissant dans tout Stuttgart, s'écria l'homme en manches courtes. Les civils allemands y sont mêlés jusqu'au cou et vous le savez. Les soldats américains aussi. Ils vendent des cigarettes, des bas et tout ce qu'on peut trouver sous le soleil et vous le savez très bien, ça aussi. Tout le monde le sait, ici.

Border considéra les policiers, dans leurs uniformes parfaitement ajustés. À quelle vitesse sont-ils capables de s'en confectionner, de ces uniformes, s'interrogea-t-il, à moins que ce ne soient les mêmes que ceux qu'ils portaient durant les années hitlériennes, endossés par les mêmes hommes, mais qui servent désormais d'autres maîtres ? Les Personnes Déplacées étaient de plus en plus nombreuses à s'attrouper autour des policiers. À l'inverse de ces policiers, elles portaient de singuliers accoutrements faits de vêtements mal taillés, de diverses épaisseurs, pour des saisons diverses. Border observait aussi tous ces gens qui arrivaient sur les lieux, qui essayaient de comprendre ce qui se passait. «Et maintenant?» se demandaient-ils, décontenancés, dans leurs tenues informes, se traînant, fuyant ce qu'ils étaient, à la recherche de leur passé à chaque camionnette de courrier, et qui à présent redécouvraient la colère. «Qu'est-ce que c'est? Que veulent-ils? Des criminels, disiez-vous, des profiteurs du marché noir? Quel genre de police est-ce là? Qui veulent-ils?», tels étaient les chuchotements, les murmures qui parcouraient la foule, composée à présent de femmes et d'hommes de tous âges.

— Monsieur Gruenberg!

Border entendit une voix qui appelait de très loin.

— Alors avec un marché noir qui vend des marchandises du monde entier, un marché noir florissant jusque dans les moindres recoins de l'Europe occupée, pourquoi venez-vous ici chercher des profiteurs? La réponse à cette question aussi, tout le monde ici la connaît, continua l'homme en manches courtes, sur un ton enflammé.

— Je suis désolé, mais vous n'êtes pas censés entrer dans ce camp de cette façon, intervint Gruenberg.

— Nous sommes de Stuttgart et nous sommes la police chargée d'enquêter sur toutes les activités illégales. Nous pouvons entrer partout où nous avons à accomplir notre devoir, insista le jeune policier.

— Monsieur Gruenberg! s'écria de nouveau la voix, au loin, et qui se rapprochait.

— Eh bien, non, en fait, non, rectifia Gruenberg. Depuis le mois de mars de cette année, seule la police américaine a le droit de pénétrer ici et d'effectuer des fouilles, et elle doit en répondre à la police du camp, elle aussi.

Du coin de l'œil, Henry Border remarqua des colonnes de policiers allemands en armes qui descendaient de la file de camions, à l'extérieur du camp, le long des sapins. Il se demandait si Gruenberg l'avait remarqué et, au cas où il n'aurait encore rien remarqué, s'il devait l'en alerter. Mais il n'était qu'un scientifique, il était là pour enregistrer, pas pour prendre parti. C'était un Américain, pas une Personne Déplacée. Il était épiscopalien, et juif polonais. D'un coup d'œil, il vérifia le matériel d'enregistrement de Marvin Cadden, à ses pieds. Il était toujours là, intact.

— Quelle police du camp? fit le jeune policier.

— La police juive du camp, ici même, répliqua Gruenberg et, là-dessus, le jeune policier éclata de rire. Ce rire ne s'adressait pas tout à fait à lui-même, et n'était pas non plus de pure bravade. C'était un rire involontaire.

— Monsieur Gruenberg ! appela encore l'homme, qui courait à présent, tout essoufflé.

— Vous allez arrêter de rire, vous, beugla l'ancien déporté d'Auschwitz en manches courtes.

Au même instant, le plus âgé des deux policiers donna un coup de sifflet – pour des dizaines de policiers postés à l'extérieur, c'était le signal, ils pénétrèrent à l'intérieur du camp. Ils furent à peu près deux cents à franchir le portail, en courant tous dans des directions déterminées à l'avance. L'officier de police plus âgé se mit à brailler.

— Tout le monde reste là où il est ! Personne ne bouge.

— Monsieur Gruenberg ! répéta l'homme, à bout de souffle, arrivé maintenant à hauteur de l'attroupement, mais seul Border le remarqua. C'était le jeune homme que Gruenberg avait appelé Shmuel. Gruenberg ne l'avait pas entendu, ou il l'avait ignoré. La foule fut prise de panique. Les gens se mirent à hurler. Des femmes criaient.

— Juifs, défendez-vous ! Lancez-leur des pierres, tout ce que vous pourrez ramasser !

Entendant cela, le jeune officier de police dégaina son pistolet. Pour l'homme en manches courtes, c'en fut trop, et il se rua sur lui.

— Arrachez-lui son pistolet ! lança-t-il alors que l'officier plus âgé tentait de le forcer à lâcher son collègue.

— Sale juif ! siffla le plus jeune, alors que les trois hommes en venaient aux mains. D'autres agents accoururent dans la direction des deux premiers et, voyant cela, un certain nombre de Personnes Déplacées commencèrent à leur jeter des pierres et tout ce qui leur tombait sous la main. Henry Border s'éloigna. Il serra son appareil contre sa poitrine.

— Monsieur Gruenberg ! Il est temps ! Ma femme, elle a entamé le travail !

Henry Border entendit le premier coup de feu, que tout le monde entendit aussi. Des gens crièrent. Un homme ensanglanté gisait au sol. Gruenberg se mit à le bercer en le tenant délicatement, par terre, dans le camp de Personnes Déplacées de Stuttgart Ouest. Le jeune homme, Shmuel, le futur père, recevait désormais toute son attention.

*

Un homme entra dans un bar. Ce n'était pas une plaisanterie. Cela aurait pu être drôle, mais ce n'était pas une plaisanterie, même pas une mauvaise blague. Et il n'essayait pas de susciter les rires.

C'était tout aussi bien, car ce soir-là, aux yeux d'Adam Zignelik, alors qu'il marchait seul au milieu de toutes sortes de gens qui, contrairement à lui, avaient un endroit dans Hell's Kitchen où ils mouraient d'envie d'être, il n'y avait rien de particulièrement drôle. Il avait dû emprunter les deux trottoirs de la 9e Avenue, entre la 38e et la 53e Rue, à deux ou trois reprises, juste histoire d'observer la vie du quartier, le nouveau quartier de Diana. Il scruta les vitrines du Mercury Bar, du Marseille, du Greek Bakery et du Kemia Bar.

Il entra dans le Film Center Café et vit de petits groupes de gens dans les boxes et au bar, qui bavardaient, qui riaient et consultaient l'écran de leur téléphone. Et, au bout du bar, il vit un homme assis qui attendait, le regard impatient, tourné vers l'entrée. Au Rudy's Bar & Grill, il vit un homme en costume, assis seul au comptoir, qui chantonnait en vieillissant et se saoulant la gueule, inexorablement. À l'autre extrémité de la salle, on organisait une soirée « Un homme est entré dans un bar ». Des gens faisaient la queue pour raconter une blague qui devait débuter par cette phrase – « un homme est entré dans un bar ».

Adam devait avaler plusieurs verres en vitesse s'il voulait pouvoir continuer à croire qu'il était venu jusqu'ici uniquement pour explorer un quartier qu'il ne connaissait pas trop. Par le métro, par goût du risque, il avait pris la ligne express, tout droit vers la crise existentielle, en s'offrant un petit tour par la dénégation avec changement à Times Square, en pleine cité des orphelins, et c'était ainsi qu'il avait atterri à Hell's Kitchen. Il était arrivé à la 9e Avenue avec l'espoir terriblement vain de tomber sur Diana par hasard et qu'ils réussissent ensuite à s'adresser de nouveau la parole. Il pourrait lui parler de son travail, de Border, de Chicago et des camps de Personnes Déplacées, peut-être effacer ce qu'il avait fait et tout reprendre depuis le début. Il en avait vaguement conscience, c'était un espoir qu'il nourrissait depuis qu'elle avait refermé la porte de l'appartement de Morningside Heights qu'il avait longtemps partagé avec elle.

Et il était donc entré au Zanzibar, où la clientèle s'échelonnait entre vingt-cinq et quarante ans, où les serveuses et les barmaids avaient des silhouettes de danseuses et l'allure de superbes actrices pour qui chaque nouvelle commande tenait lieu de bout d'essai. Des Américaines d'origine asiatique, des Afro-Américaines, des filles typées élevées dans le Middle West, des femmes à l'air hispanique et scandinave qui servaient les gens avec grâce au milieu d'un chaos où elles étaient les seules à pouvoir évoluer et, quand l'une d'elles demanda à Adam s'il voulait s'asseoir au bar, il remarqua que le tabouret à l'extrémité du comptoir, le plus éloigné de la porte d'entrée, venait de se libérer, et il s'y rendit comme si cela représentait sa dernière chance de vivre un événement qu'il était encore incapable de nommer. Les serveuses étaient des femmes, toutes dans un jean couture dans lequel on avait dû les mouler, toutes le nombril à l'air et, à partir de là, si l'on remontait plus haut, toutes avec des décolletés dignes du Créateur qui avait offert au monde le Grand Canyon. Il ne savait pas ce qu'il fabriquait là et il essayait de se planquer derrière la carte du bar quand l'une d'elles s'adressa à lui, en l'interpellant plus qu'en lui adressant simplement la parole : « Qu'est-ce que je peux vous servir ? » Un frisson le parcourut tout entier, car il n'aurait pas dû être là et elle n'aurait pas dû lui servir ce qu'il voulait, et encore moins ce qu'il lui fallait, aussi, en s'efforçant de couvrir le vacarme, il s'entendit lui commander la première chose à laquelle ses yeux purent se raccrocher qui ne soit pas la barmaid elle-même.

— Je vais prendre un Mango Mojito, s'il vous plaît, dit-il en braquant un regard dyslexique vers l'étagère supérieure du bar.

— Un Mango Mojito, ça roule, tout de suite, professeur.

C'était la jeune femme à la peau de miel et aux cheveux d'un noir de jais, l'étudiante qui n'assistait plus à ses cours sur « Qu'est-ce que l'histoire ? », celle qui avait deviné, pour Gandhi. Vrai ? Ce n'était sans doute pas vrai, mais sous les feuilles de palmiers, avec le flétrissement du passé et du présent, à la lumière des bougies où les ombres mouchent les coulisses du soir, sous les motifs tropicaux, les murs habillés de paille et le martèlement des haut-parleurs qui étaient là pour aider à noyer la célébration de soi à laquelle se livraient tous ces gens, une célébration intime, intérieure et bientôt destinée à devenir un objet public de méprise, c'était vrai.

*

Callie Ford avait conduit son fils Russell dans la cuisine de la maison de Henry Border. Comment avait-il réussi à trouver cette maison, et de nuit, c'est une question sur laquelle elle aurait pu se perdre en conjectures, si elle n'avait pas accordé une telle attention aux détails de son histoire, afin de mieux les comprendre et de s'en imprégner – James Pearson que deux hommes blancs avaient conduit hors de son appartement des Mecca Flats, au beau milieu de la nuit.

Elise Border était stupéfaite non seulement d'apprendre, mais de voir que Callie Ford avait un fils, et de le découvrir si grand. Le père d'Elly était assez âgé pour être aussi celui de Callie et pourtant, celle-ci était là avec un fils plus âgé qu'elle. Callie n'avait jamais mentionné qu'elle était mère et, l'espace d'un instant qui s'effaça vite, Elly ressentit un terrible sentiment de perte, presque un sentiment de trahison, à l'idée que Callie, envers qui elle avait développé une affection si forte, ait omis de lui communiquer un détail biographique aussi important. Cela laissait entendre qu'elles n'étaient pas aussi proches qu'elle l'avait cru. Certes, cette blessure ne devait pas durer, mais ce qui resurgirait par intermittence, alors même qu'elle apprendrait à connaître Russell et à l'aimer, c'était la jalousie, la jalousie qu'il ait une mère.

Pourtant, alors qu'ils buvaient tous les trois une citronnade dans la cuisine, son émotion dominante était une fascination à l'égard de Russell, pour le monde d'où il venait (et d'où venait aussi Callie, maintenant, visiblement) et pour l'histoire qu'il leur racontait, celle de James Pearson emmené par ces deux hommes blancs. Elle avait vu des enfants noirs dans la rue, dans les transports publics, elle les avait vus travailler dans les cuisines des restaurants et cirer des souliers, mais elle ne les avait jamais fréquentés. Et voilà qu'elle en avait un chez elle, en pleine nuit. Pour ajouter à sa fascination, c'était un garçon, un garçon plus âgé qu'elle, rendu inoffensif à la fois parce qu'on disait de lui qu'il était le fils de Callie et, au moins à titre temporaire, du fait de sa vulnérabilité et de sa détresse manifestes. Elly écoutait le récit que leur faisait Russell, ce qui était arrivé à James Pearson, et elle observait Callie qui tentait de calmer son fils. À dire vrai, pourtant, elle ne comprenait pas ce qui avait pu paraître si bouleversant aux yeux de Russell. Si on l'avait conduite hors de la cuisine en la priant de répéter l'histoire du garçon à une tierce personne, elle aurait expliqué qu'un dénommé James Pearson, un ami de la famille, avait été vu quittant le bâtiment tard dans la nuit en compagnie de deux hommes. Il se trouvait que ces hommes étaient des Blancs. Il semblait que c'était surtout cela qui avait bouleversé le petit, même si, de prime abord, elle avait pensé que c'était le fait d'avoir été abandonné par l'homme qui était censé veiller sur lui, tout comme Callie était censée veiller sur elle.

À son avis, fit Callie à Russell sur un ton rassurant, il se pouvait fort bien que Mr Pearson rentre aux Mecca Flats sain et sauf. Ces hommes blancs ne l'avaient pas malmené, le garçon avait fini par l'admettre, sur l'insistance de sa mère. Il était possible que ce soit des hommes qu'il connaissait, des hommes des abattoirs. De l'aveu du jeune homme, il ne les avait jamais vus là-bas, mais cette mention des abattoirs lui avait permis de changer de sujet en le questionnant sur son nouveau travail, et de l'en féliciter. Il lui avait expliqué que Mr Pearson lui avait fait promettre d'économiser une partie de sa paie pour sa mère. Mr Tout-Ce-Que-Vous-Voudrez lui donnait entière satisfaction, et même au-delà, songea Callie.

Elle acheva cette rencontre au sommet dans la cuisine en suggérant une petite stratégie. Elle allait préparer un lit pour Russell dans l'une des chambres inoccupées et, demain matin, ils se rendraient tous les trois dans le centre, aux Mecca Flats, pour essayer de comprendre ce qui était arrivé à James Pearson. Et quand Russell irait travailler, Mr Pearson serait peut-être de retour. Elly Border viendrait avec elles, car Callie ne voulait pas la laisser toute seule et ne voyait pas d'autre endroit où l'emmener.

*

Pendant un temps, James Pearson ne repensa pas plus sérieusement que cela à sa rencontre avec Herb Marks et Ralph Hellerstein et à leur demande, qu'il envisage d'adhérer au Comité d'organisation des travailleurs des abattoirs. Et d'une, tout ce qu'il voulait, c'était avoir une chance de mettre un peu d'argent de côté jusqu'à en posséder suffisamment pour quitter les Mecca Flats. Ensuite, il songeait éventuellement à prendre femme. À part cela, il lui semblait un peu tiré par les cheveux, à la limite du risible, de croire qu'un groupe de travailleurs blancs des abattoirs accepterait de prendre au sérieux une organisation comptant un nègre au sein de ses instances dirigeantes. Quoi qu'il en soit, se sentirait-il très à son aise d'accumuler ainsi des heures d'un travail physiquement exigeant pour consacrer ses moments de loisir à des réunions où il serait le seul Noir ? Plus le temps passait après sa rencontre d'un soir avec Hellerstein et Marks, plus cette offre lui paraissait insensée.

Quelques semaines plus tard, à la fin de son service chez Swift & Company, il se trouvait dans les vestiaires, celui réservé aux travailleurs noirs. Il y avait quantité d'hommes là-dedans, certains immergés dans leur monde intérieur et d'autres qui discutaient en tâchant de faire un brin de toilette avant de rentrer chez eux ou d'aller quelque part ailleurs, là où ça les chantait de se détendre, dans les quartiers sud de la ville. C'est ainsi que, malgré son ancienneté aux abattoirs, et bien qu'il soit apprécié de ses collègues, personne ne remarqua l'arrivée de Billy Moore. Mais James Pearson l'aperçut du coin de l'œil, et son expression le renvoya aussitôt à sa rencontre avec Ralph Hellerstein et Herb Marks.

— Billy ? fit-il, calmement, mais l'autre n'était pas d'humeur causante.

Il ressentait autre chose de bien pire que les spasmes dorsaux qu'il n'avait pu cacher à James et, tout dernièrement, à la direction de Swift. Il ressentait de la terreur. Par la suite, James finit par obtenir de lui un récit qui lui confirma tout ce qu'Hellerstein et Marks avaient prédit. Moore n'équarrirait plus de cochons chez Swift.

— Mais tu peux te charger d'autres besognes, lui dit James Pearson.

— Je peux. Je peux toujours équarrir des cochons. C'est ce que je leur ai dit.

— Qu'est-ce qu'ils t'ont répondu ?

— Ils m'ont répondu qu'ils conservaient le rapport du docteur dans leurs dossiers. Qu'ils me contacteraient si quelque chose se présentait. Les deux hommes se regardèrent et, sans que Pearson ait à ajouter un mot, l'autre ajouta exactement ce qu'il pensait. Ils vont plus jamais me contacter.

Le lendemain matin, avant le début de son service, James Pearson se rendit au bureau du personnel, afin de se renseigner pour le compte de Billy. Il était clair que, même si un poste se présentait ailleurs dans l'entreprise, on avait déjà passé Moore par pertes et profits. Chez Swift, personne n'allait le contacter. Pourquoi le contacteraient-ils, alors qu'un homme plus jeune, sans aucun antécédent de douleurs dorsales, pouvait reprendre ce poste laissé vacant ? Et, ainsi que le comprit aussitôt Pearson, il n'y avait aucun moyen d'empêcher qu'une injustice comme celle que l'on infligeait à cet homme, à son épouse et à ses enfants ne lui arrive à lui aussi. Un spasme dorsal repéré par la compagnie, une blessure aux tissus mous et Mr Tout-Ce-Que-Vous-Voudrez risquait aussi d'être remercié. Qui les en empêcherait ?

En voyant Tommy Parks accoudé à la rambarde du balcon devant leur appartement des Mecca Flats, avec une cigarette, tard un soir, il l'avait approché.

— Tu as su, pour Billy Moore ? lui demanda-t-il.

— Ouais, j'ai su. Moi, il m'avait l'air d'aller. Ils disent qu'il a plus rien, maintenant.

— Non, plus rien qu'une femme et cinq gamins.

— Ouais, enfin, les cinq gosses, c'est de sa faute. Et la femme aussi.

— Je veux parler de Swift.

Tommy Parks tira une bouffée de sa cigarette et recracha lentement la fumée.

— Je sais de quoi tu veux parler.

D'un geste muet, il lui offrit une cigarette, que James refusa. Les deux hommes restèrent là un moment, sans se parler.

— Il y a un bout de temps de ça, j'ai reçu une visite de deux hommes.

— Deux Blancs, l'interrompit Tommy.

Ils se tenaient l'un à côté de l'autre, mais Pearson était si surpris qu'il usa de sa surprise comme d'un prétexte pour se tourner vers Parks et le regarder droit dans les yeux.

— Comment tu le sais ?

Parks sourit.

— Moi, je me demandais quand tu allais m'en parler, de ce truc-là. Même toi, ça t'arrive de craquer, parfois. Alors, comme ça, t'as un truc à me raconter ?

*

Seize hommes descendirent d'un camion, l'un après l'autre. Des hurlements accompagnaient le martèlement de leurs bottes sur le sol. Ils se trouvaient en un lieu sans ressemblance aucune avec tous ceux qu'ils avaient pu investir auparavant. Les seize hommes s'échelonnaient de l'adolescence à la fin de la quarantaine. Certains d'entre eux avaient déjà entendu ce nom. D'autres ne l'avaient jamais entendu – Birkenau, le plus grand des quarante camps et sous-camps qui composaient les *Konzentrazionslager* de la région polonaise de Haute-Silésie connus sous l'appellation d'Auschwitz-Birkenau, ou plus simplement sous le nom d'Auschwitz. On leur ordonna d'attendre. Un médecin arrivait, et il fallait l'attendre. Parmi les seize, les quatre plus âgés étaient des catholiques polonais, les douze autres, les plus jeunes, des juifs polonais. L'un de ces douze-là s'appelait Henryk Mandelbrot. Pourquoi devaient-ils attendre un médecin ?

Personne ne le leur expliqua. Les questions étaient interdites. Parler était interdit.

Ils étaient sous la garde de deux SS, ce qui signifiait que ceux-ci devaient attendre eux aussi l'arrivée du médecin. Les gardes s'ennuyaient. Ils savaient que les hommes dont ils avaient la garde devaient forcément avoir peur, mais comme ces hommes n'étaient autorisés à rien faire d'autre que d'attendre sans parler, leur peur n'était pas très divertissante. Une heure s'écoula, puis on entama une autre heure, qui s'égrena encore plus lentement. Les deux gardes discutaient discrètement, d'une voix si feutrée qu'aucun prisonnier ou presque ne pouvait les entendre.

— Tu sais ce qui permettrait de les disperser? chuchota le premier garde à son collègue.

— Quoi?

— Ce serait de tirer. On pourrait en abattre un.

— On les a déjà comptés, fit le deuxième garde, et il bâilla en s'étirant.

— Ouais, mais qui est-ce qui s'en soucierait?

— C'est pas tous des juifs.

— Bon, c'est un juif qu'on pourrait abattre.

— On a des ordres, objecta le deuxième garde.

— Eh bien alors... et s'ils avaient tenté de nous attaquer, de nous désarmer?

Sur quoi l'autre leva les yeux au ciel.

— Bon, tu vas réfléchir, reprit le premier. Là-dessus, tout émoustillé d'avoir été pêcher une aussi bonne idée, il continua. On pourrait ordonner à deux de ceux-là de se courser et on les abat tous les deux pendant qu'ils cavalent. Tu en choisis un, je me prends l'autre. On compte jusqu'à dix ou quinze, si tu veux rendre ça plus intéressant.

— Et qu'est-ce qu'ils étaient censés fabriquer, ces deux cavaleurs, ils s'enfuyaient?

— Bien sûr.

— Tu te figures qu'on nous croira?

— Oh bon Dieu, personne se souciera de leur sort. Ils nous en expédieront deux autres.

— Et s'ils avaient quelque chose de particulier, ces prisonniers? S'ils savaient quelque chose, s'il fallait les interroger? Peut-être qu'ils possèdent des dons particuliers. Tu cherches les embêtements, là. Tu devrais pas. Profite donc de ton temps de repos.

Henryk Mandelbrot surprit l'intégralité de cet échange.

Les seize prisonniers et les deux gardes attendirent presque trois heures avant l'arrivée du praticien. Ce dernier était exténué. Il croulait sous le travail. Il s'adressa aux deux gardes en s'exprimant vite, d'une voix monotone.

— Quatre Polonais et le reste, des juifs, c'est cela ?

— Oui, docteur, fit le deuxième garde.

— Bon, lança le médecin surmené aux prisonniers, sur un ton un peu las, neutre, les Polonais à droite, les juifs à gauche.

Henryk Mandelbrot ne vit pas ce qu'il advint des Polonais. Les onze autres juifs et lui furent conduits dans un endroit que l'on appelait la *Bekleidungskammer*, un vaste hangar plein de vêtements et de toutes sortes d'effets personnels. Il y avait là des alignements d'étagères, aussi loin que portait le regard. C'était un vaste entrepôt d'objets issus de l'Europe entière. C'était ce que chaque juif avait emporté avec lui en s'entendant annoncer qu'on allait le relocaliser. C'était la réponse physique à la question : « Qu'est-ce que les gens jugent le plus indispensable d'emporter, avant un long voyage ? » Des parents avaient empaqueté des affaires pour leurs enfants. En plus des vêtements de toutes tailles pour hommes, femmes et enfants, en plus des couverts, des lunettes, des livres, des brosses à dents, des brosses à cheveux, de membres artificiels et d'objets religieux, il y avait là des articles de valeur sentimentale, des photographies, des ours en peluche. Ici, à la Bekleidungskammer, tout cela était regroupé, trié en catégories et nettoyé de ses parasites dans des chambres à gaz miniature, avant d'être expédié en Allemagne pour être redistribué au peuple allemand. L'affectation d'un détachement de prisonniers à cette section de Birkenau leur donnait accès à des biens qu'ils avaient le droit d'échanger contre de la nourriture et qu'entre eux, ils finirent par appeler le *Kanada.*

C'est là que l'on envoya Henryk Mandelbrot. Un homme, un prisonnier, rien de plus qu'un banal fonctionnaire, pointa la tête par une fenêtre et les pria, lui et les onze autres juifs qui s'étaient placés dans la file d'attendre là, le temps qu'il leur procure à chacun des vêtements sortis des rayonnages. Il y avait deux hommes devant Mandelbrot. Il ne fut pas en mesure de voir ce qu'on donnait au premier, mais il put comparer les vêtements que l'on avait remis au deuxième homme avec ceux que le prisonnier fonctionnaire lui tendit, et il se sentit floué. Le pantalon dont il hérita avait deux jambes de tailles différentes.

— Je ne peux pas porter ça.

— Quoi ?

— Je ne peux pas porter ça.

— Tu porteras ce qu'on te donne.

— Non, je ne peux pas porter ça. Il a une jambe plus longue que l'autre. J'aimerais pas voir le type à qui ce pantalon pouvait aller.

— Ouais, bon, personne le reverra jamais, celui-là, alors boucle-la. Tu porteras ce qu'on te donne, lâcha le prisonnier fonctionnaire, en toisant du regard l'homme derrière Mandelbrot et en retournant aux étagères lui trouver des vêtements.

— Laissez-moi chercher une tenue qui m'aille mieux, insista Mandelbrot auprès du prisonnier fonctionnaire.

— Non, ça y est, tu les as, tes vêtements.

— Monsieur, je ne sais pas qui vous êtes, mais je vous ai dit que je pouvais pas les porter, ces vêtements-là. J'ai l'air ridicule. Je peux pas bouger convenablement, je...

— Tu trouves que tu as l'air ridicule. T'inquiète donc pas de ton allure, espèce d'abruti, sale juif de merde ! Tu seras mort avant la fin de la semaine !

— Et toi, tu seras mort avant moi, lui rétorqua Mandelbrot, et il se rua sur le prisonnier fonctionnaire, le repoussa au milieu des rayonnages tout proches et lui assena une grêle de coups au visage, devant les autres qui contemplaient la scène, stupéfaits.

— Au secours ! Au secours ! Ce type veut me tuer, beugla le fonctionnaire entre les coups de son assaillant, la lèvre fendue et le visage sanguinolent.

— Tu me laisses choisir de meilleures fringues ou je jure sur tout ce qui est sacré que tu crèves, et tout de suite.

Le prisonnier fonctionnaire se protégea le visage de ses deux bras levés et continua d'appeler au secours.

— Qu'est-ce qui se passe ici ? s'enquit un nouveau venu.

Un prisonnier, lui aussi, mais, bien qu'ils ne l'aient encore jamais vu, il fut tout de suite clair pour Mandelbrot et les cinq autres qu'il appartenait à une autre catégorie, une catégorie de détenu supérieure. Cela tenait à sa posture et à sa manière de parler. Il était grand, mince et blond, et il était sorti du fond des rayonnages, d'une partie de l'entrepôt située hors de la vue des autres.

Mandelbrot lâcha le prisonnier fonctionnaire et considéra ce nouveau bonhomme.

— Il allait me tuer, *Ober-kapo* Fritz.

L'Ober-kapo Fritz considéra Mandelbrot de la tête aux pieds.

— Quel est le problème, ici ?

— Les vêtements qu'il m'a donnés me vont pas. Je voulais en choisir qui m'aillent mieux, dans lesquels je puisse travailler, mais cet homme refuse de me laisser regarder, et il m'insulte, par-dessus le marché.

L'Ober-kapo Fritz observa Mandelbrot avec une surprise grandissante, presque de l'admiration. Ensuite, il regarda lentement les autres hommes restés plantés là, en silence, en rang, avant de revenir sur Mandelbrot.

Personne ne disait rien. Le prisonnier fonctionnaire était encore haletant. L'Ober-kapo attendit qu'il se soit essuyé le sang de son visage, puis il se tourna vers Mandelbrot.

— Je vais rester vous surveiller un peu le temps que tu te choisisses des vêtements qui t'aillent mieux.

Henryk Mandelbrot se dépêcha d'aller aux étagères chercher un pantalon qui lui aille. L'Ober-kapo le regarda faire, avec un sourire.

Puis il s'adressa à lui en détachant ses mots, tandis qu'il fouillait au milieu des pantalons.

— Tu n'as pas du tout l'air de comprendre où tu es, toi, là, maintenant. Tu es à Birkenau et tu n'as pas l'air de saisir ce que cela signifie. As-tu la moindre idée... d'où tu es ?

Mandelbrot s'arrêta de fouiller pour se retourner et répondre à l'homme, droit dans les yeux.

— Ober-kapo, monsieur, je sais exactement où je suis.

*

L'excitation des événements de la soirée empêchait Elly de trouver le sommeil et, peu après qu'ils se furent retirés dans leurs chambres respectives, Russell entendit un petit coup frappé à sa porte. C'était la jeune fille, avec un verre d'eau pour lui.

— J'espère que je ne te dérange pas, dit-elle sur un ton alliant une politesse et une gentillesse que personne ne lui avait encore témoignées auparavant. C'est juste que je pensais que tu risquais d'avoir soif, au milieu de la nuit, et de ne pas savoir où trouver la cuisine dans le noir alors je t'ai apporté ce... euh... c'est juste un verre d'eau. Parce que tu sais... il fait tellement chaud et tout.

Et là, pour la première fois depuis son arrivée dans la maison de Henry Border, Russell se sentit gêné. Peut-être ne s'était-elle pas rendu compte que, sous les couvertures, il ne portait pas de vêtements ; lui, il ne le savait que trop.

— Merci, dit-il, guère rassuré.

— Ta maman a été très bonne pour moi. Tu as beaucoup de chance d'avoir une maman comme elle.

— Euh, oui, fit-il, avec circonspection. Tu habites ici avec ton papa ?

— Oui.

— Rien que toi et lui... ici ?

— Oui.

— C'est sûr que vous avez plein de pièces.

— Oui, on a eu des locataires, mais...

— Des locataires... ça rime un peu avec Border, hein ?

— Oui, fit-elle, riant.

— Ton papa est parti ?

— Oui, il devait partir pour son travail... de l'autre côté de l'océan, en Europe. C'est pour ça que Callie, je veux dire, ta maman, est ici.

— Ton papa... il est dans l'armée ?

— Non.

— C'est quoi, son travail ?

— Il est psychologue à l'IIT, répondit Elise Border.

— Ah bon, fit Russell, un peu hésitant. Il n'avait aucune idée de ce que cela voulait dire.

Les yeux d'Elly s'étaient adaptés à l'obscurité. Quand elle vit les vêtements du jeune garçon pliés sur la chaise, elle comprit qu'il devait être nu sous les couvertures. Puis elle se sentit intimidée et sotte de ne pas avoir ressenti de gêne plus tôt. La curiosité, la solitude et l'envie d'apporter du réconfort à un inconnu l'avaient poussée à l'extrême limite, du haut de ses douze années et demie. Mais cela s'arrêtait là.

— Bon, je pense que je ferais mieux de te laisser dormir, alors. Bonne nuit.

— Merci pour l'eau... Miss Elly.

— Oh, je t'en prie, dit-elle, en ouvrant la porte de la chambre pour s'en aller. Oh... euh... C'est Elly... juste Elly, ajouta-t-elle.

— Elly ? reprit-il. Tu as une maman ?

— Elle est morte quand... avant qu'on arrive ici.

— Tu es d'où ?

— De Pologne.

— De Pologne ! Vous êtes polonais ?

— Nous sommes juifs.

— Juifs, répéta-t-il, en réfléchissant, tout en s'entendant prononcer ce mot.

— Mmh mmh, reprit Elise Border, toujours sur le seuil de la porte. Elle ne bougeait pas, ne sachant pas si leur conversation était terminée. Russell reprit la parole.

— Mon papa est mort.

— Oh, je suis... je suis désolée. Il y a combien de temps ?

— À peu près trois ans maintenant.

Trois ans, pour Elly, cela paraissait subitement très lointain dans le temps.

— Il doit beaucoup te manquer.

— Ouais, marmonna-t-il sous les couvertures.

Elle resta là dans l'obscurité, sans partir. Après un instant, il rompit le silence.

— Ta maman, elle te manque, Elly ?

— J'étais toute petite... quand elle est morte... toute petite.

Et puis, délibérément, comme si elle avait conscience que sa remarque suivante mettrait aussitôt un terme à la conversation, elle ajouta :

— C'était là-bas, en Pologne.

Qu'ils aient été simplement fatigués ou qu'ils aient atteint un certain degré de compréhension mutuelle, ce furent les derniers mots prononcés dans la maison de Henry Border cette nuit-là. Et cependant, une longue chaîne de causalité reliait leur conversation à une autre nuit, en un autre lieu, dans un passé très lointain. En Pologne, avant la guerre, avant que Hitler ne devienne chancelier d'Allemagne, dans la ville de Ciechanow, alors que l'automne entrait dans l'hiver, une femme attendait sous un bec de gaz au coin d'une rue venteuse en espérant que personne ne la verrait dehors à cette heure de la nuit, en espérant que personne d'autre que son amant ne la verrait là.

Huitième partie

Il avait plu toute la journée mais maintenant, alors que la nuit offrait au moins l'espoir d'un répit à qui serait assez stupide ou assez désespéré pour rester dehors aussi tard, la pluie avait enfin cessé. Si elle avait levé les yeux, elle aurait entraperçu une lune fugitive entre les noirs nuages venus de la mer Baltique qui filaient au-dessus de sa tête en route pour Bialystock, Minsk et plus loin encore vers l'est de la Russie. Uniquement encouragée par la lumière des réverbères et de temps en temps par la lune ou par de rares trouées dans les nuages, une jeune femme attendait, inquiète, dans une rue de Ciechanow. Depuis un long moment, la chaussée pavée encore mouillée de cette bourgade polonaise où des juifs comme Rosa Rabinowicz vivaient depuis les temps médiévaux s'efforçait de conserver son miroitement au-delà de quelques instants fugaces, en cette nuit de l'entre-deux-guerres où la nouvelle de la popularité croissante d'un nouveau politicien allemand, Herr Hitler, commençait de filtrer dans les journaux que lisait son père. Elle les lisait, elle aussi, sur les instances paternelles, et elle en discutait avec ses amis, les jeunes gens et les jeunes filles de leurs assemblées du mouvement de la jeunesse. Mais cette nuit-là, d'autres affaires plus urgentes retenaient fermement l'attention de Rosa, alors âgée de dix-sept ans.

Elle attendait son amour d'enfance, Noah Lewenthal. Des rumeurs avaient circulé sur beaucoup de jeunes hommes qu'elle connaissait, et Rosa Rabinowicz les avait toutes entendues, en croyait certaines, en méprisait d'autres, mais là, pour la première fois, l'une de ces rumeurs concernait Noah. Elle était similaire à toutes celles qu'elle avait entendues à propos des autres garçons, or ces rumeurs-là n'avaient jamais compté à ses yeux. Elle y réagissait avec horreur ou irritation, selon son humeur. Toutefois, celle-ci concernait Noah. Se pouvait-il qu'elle soit vraie ? Si tel était le cas, cela ne lui ressemblait franchement pas. Pourtant, elle savait que les garçons avaient des besoins irrépressibles et il y avait des choses dont il avait envie, elle le savait, des choses dont ils avaient tous envie, envie au point de dépeindre cette envie comme un besoin, et qu'elle se sentait incapable de lui procurer, pas là, pas encore. Aucune de ses amies n'avait été en mesure d'apporter cette sorte de service à leur futur époux, elles non plus, enfin, c'était du moins ce que les filles se racontaient entre elles. Mais cela laissait un vide sur le marché de la satisfaction des besoins des jeunes messieurs, et c'était là qu'intervenait Ada, la fille du cordonnier. C'était là que les rumeurs étaient nées, très précisément là où vivait le cordonnier, avec sa fille si jeune et si étrange. Et c'était là que Noah avait été vu, avec Ada, la fille du cordonnier.

On avait beau désigner Ada comme la fille du cordonnier, il était de notoriété publique parmi les juifs de Ciechanow qu'elle n'était pas réellement sa fille, pas sa fille biologique. Elle avait à peine trois ans quand ses parents avaient tous deux été tués dans un pogrom, à Luban, tout de suite au sud de Minsk. On s'était transmis la fillette d'une communauté juive à une autre, jusqu'à ce que le cordonnier de Ciechanow, un veuf sans enfant, se soit retrouvé à jouer le rôle de père. Il n'avait jamais su, et elle n'avait donc jamais su non plus, si les meurtriers de ses parents étaient des soldats démobilisés de l'Armée Rouge tout récemment formée ou une bande de nationalistes ukrainiens antisémites, mais quoi qu'il en soit, dès l'arrivée d'Ada, on avait remarqué qu'elle était différente des autres enfants. Comme les autres artisans et petits commerçants de la Ciechanow juive, le père d'Ada se déplaçait beaucoup – lui, c'était pour vendre ses souliers. À Golomin, à Preshitz, à Makow et à Churzel, il allait vendre ses chaussures et Ada était souvent livrée à elle-même. Certains avançaient que c'était le fait d'avoir été trop souvent laissée seule qui était la source de son étrangeté. D'autres soutenaient que cela venait de ce qu'elle était originaire de Luban, et de ce que la toute petite fille avait vu là-bas – un cadeau impérissable des fauteurs de pogroms.

On ne savait pas au juste si Ada était simple d'esprit ou juste toquée. Elle avait envie d'être aimée et, dès son plus jeune âge, elle lisait les lignes de la main aux enfants autour d'elle, leur proposant de leur prédire leur avenir. Du bout des doigts, elle suivait le contour des lignes de la main et, d'une voix paisible et réconfortante, elle leur racontait ce qu'ils avaient envie d'entendre. Par la suite, des femmes, des adultes, s'étaient mises à venir la consulter en secret pendant que leurs maris travaillaient et que le père de la petite Ada était sorti. Elles lui apportaient de la nourriture, mais elles venaient elles aussi se faire lire les lignes de la main. Les garçons de la bourgade avaient toujours considéré la chiromancie d'Ada comme une absurdité, venant d'une fillette aussi simplette, jusqu'à ce qu'ils découvrent subitement, une fois parvenus à l'adolescence, eux comme elle, que la jeune fille possédait d'autres talents. Il existait chez les juifs de Ciechanow des degrés de religiosité divers, des degrés divers dans le besoin de chacun de recueillir des pronostics issus d'un autre monde, mais personne, parmi ceux qui avaient vu ce flot intermittent de jeunes messieurs s'introduisant furtivement au domicile du cordonnier en son absence, n'aurait pu sérieusement croire que ces jeunes gens étaient sous le coup d'un engouement collectif pour la chiromancie.

Enfin, Noah arriva. Rosa Rabinowicz le vit s'approcher au loin. Bientôt, elle saurait. Il s'adressa à elle en chuchotant, avant même qu'ils ne soient assez près l'un de l'autre pour se tendre les bras.

— Désolé d'être en retard. Mon père était levé. Il ne trouvait pas le sommeil. Il s'est levé et il lisait et...

— C'est vrai, ça ? lui lança-t-elle, en se retenant à lui de toutes ses forces, et craignant que ce ne soit la dernière fois.

— Qu'est-ce qui est vrai ? lui demanda-t-il, ce qui ne servit qu'à la perturber encore davantage.

Il savait exactement pourquoi ils se retrouvaient ici, à une heure pareille. Ils s'étaient déjà retrouvés en secret, et de nuit, mais jamais si tard.

— Tu y es allé, toi aussi ?

— Je suis allé où ?

— Tu y es allé... à la maison du cordonnier ?

— Rosa, tu sais que oui. J'étais obligé.

— Noah, ne recommence pas. Tu n'étais pas obligé. Tu n'es obligé à rien. Tu fais semblant d'avoir ce besoin-là. Ça me rend malade d'entendre ça. Tu dois admettre ce que tu es ! Tu n'es pas meilleur qu'un animal ! Et moi, je suis stupide et crédule. Je n'arrête pas de répéter à tout le monde que tu n'y es jamais allé.

— Rosanké, écoute-moi. J'étais forcé d'y aller et j'étais forcé de voir Ada. Elle était seule là-bas.

— Quoi ?

— C'est mon père qui m'y a envoyé.

— Ton père.

— Mon père m'a envoyé chez le cordonnier récupérer ses souliers. Il les avait mis à réparer et...

— Oui, et Ada, alors, pourquoi fallait-il que tu la voies, elle ?

— Parce que son père était parti. Ma douce Rosanké, écoute-moi. Elle était seule, là-bas. Mon père m'a envoyé récupérer ses chaussures. Ils s'étaient arrangés, le cordonnier et lui. Tu peux poser la question à mon père.

— Noah, tu sais que je ne peux pas.

— Pourquoi pas ?

— Je ne peux pas demander à ton père s'il t'a réellement envoyé chez le cordonnier... récupérer ses souliers. Comment pourrais-je lui demander cela ? Il comprendrait la raison véritable de ma question, et il m'est impossible de lui demander ça.

— Et pourtant..., reprit-il, en reculant d'un pas et en la considérant des pieds à la tête, pourtant tu n'as apparemment aucun mal à me poser la question, à moi.

Sa déception était visible. Ils se dévisagèrent, sous le réverbère. Bientôt, la carriole du laitier se joindrait à eux.

— Je te le dis. Je suis allé chercher ses chaussures. Mon père s'était arrangé avec le cordonnier. Elle m'attendait. Les chaussures attendaient, elles étaient prêtes. Pourquoi ne poses-tu pas la question à mon père, la prochaine fois que tu le vois ?

Rosa leva la paume de la main, un geste de dédain.

— Très bien, ne la lui pose pas. Complimente-le sur ses chaussures. Je viendrai te prendre après le dîner de shabbos et, au passage, dans le cours de la conversation, tu pourras le complimenter sur ses chaussures, l'air de rien.

Elle réfléchit un instant.

— Et s'il ne les porte pas aux pieds, ses chaussures ?

— Il les porte toujours, ces chaussures, pour shabbos. Ce sont ses préférées, il les a depuis toujours. C'est pour ça qu'il tenait tant à ce que j'aille les lui reprendre chez le cordonnier.

Elle avait tellement envie de le croire qu'elle le crut. Pourtant, elle irait avec lui rendre visite à ses parents, vendredi soir prochain. Elle avait beaucoup d'affection pour la famille de Noah, ses frères et ses sœurs étaient presque les siens aussi. Et tout se déroula comme il l'avait promis. Elle complimenta Mr Lewental, le père, sur ses chaussures et lui, tout sourires, loua le travail du cordonnier si voyageur, si travailleur et jamais prospère. En fait, quand Mr Lewental se montra lyrique à propos de la qualité du travail du cordonnier, elle échangea des regards avec Noah qui, face au verbiage de son père, levait à présent les yeux au ciel comme pour dire « Et voilà, regarde ce que tu as provoqué ». Pour Rosa Rabinowicz, à Ciechanow, ce fut une soirée magnifique, mais ces soirées-là étaient déjà comptées.

Elle avait dix-huit ans et elle était encore avec Noah Lewental quand la nouvelle leur parvint, comme la crue d'une rivière qui aurait rompu ses berges. Ada, la fille du cordonnier, était enceinte. Le fait était indéniable. Quand Ada la simplette, la chiromancienne, désigna le père comme étant Noah, Rosa n'était pas là pour entendre la conversation véhémente entre Mr Lewental et son fils. Quelle que soit la situation de la simplette, Mr Lewental avait soutenu que, si personne d'autre ne se présentait pour revendiquer la paternité de l'enfant, Noah allait devoir agir comme il convenait avec cette pauvre fille. Qu'il ne puisse en aucun cas être responsable de cette grossesse, c'était là un mensonge que Noah n'était pas capable de proférer devant son père.

— Et Rosa ? invoqua-t-il.

Qu'allait-elle devenir, si on l'obligeait à épouser Ada ? Rosa serait libre de trouver un homme véritablement honorable, répondit Mr Lewental à son fils.

Rosa perdit Noah, mais aussi, avec lui, toute confiance en elle. De tous les jeunes couples de leur cercle qui vivaient une idylle, Noah et elle étaient considérés comme ceux qui étaient le plus faits l'un pour l'autre. Et leur relation était certainement celle qui durait depuis le plus longtemps. Le scandale l'avait privée de toute confiance non seulement en elle-même, mais aussi envers les autres. Pendant un temps, elle n'avait plus voulu sortir de chez elle ni voir personne. Elle était sûre que les gens jasaient sur son compte.

À la vérité, ils étaient nombreux à parler d'elle et de Noah, de sa trahison et de l'isolement qu'elle s'imposait depuis. Même si, dans toutes les versions de l'histoire, il n'y avait pas plus innocente qu'elle, cela ne l'empêchait pas d'offrir un sujet de conversation égrillarde. Certains se contentaient d'évoquer la malchance qui avait soudain frappé cette jeune femme superbe et douée. Même les gens bien intentionnés sondaient la signification de cet événement comme s'ils se livraient à un exercice religieux ou philosophique. D'autres se demandaient comment Ada pouvait être si sûre que Noah était le père quand tant d'autres jeunes hommes auraient pu l'être à sa place.

Avait-elle simplement choisi le garçon qu'elle croyait le plus susceptible d'agir dans le respect des convenances ? Elle n'était peut-être pas si simplette, après tout.

Les parents de Rosa, de plus en plus soucieux de son bien-être, ayant essayé tout ce qu'ils pouvaient, en vain, pour la faire redevenir elle-même, avaient accepté la suggestion qui leur avait été faite, que leur fille quitte Ciechanow pour quelque temps. Encore hébétée et sans dire au revoir à Noah, pas plus qu'à plusieurs de ses amis, ce fut une Rosa Rabinowicz anéantie qui partit séjourner pour une durée indéterminée chez de lointains parents, à Varsovie.

*

C'était la femme à la peau de miel et aux cheveux de jais raides et lisses, l'étudiante qui n'assistait plus à ses cours sur « Qu'est-ce que l'histoire ? », celle qui avait deviné pour Gandhi, c'était elle qui servait à Adam Zignelik un Mango Mojito à l'intérieur du Zanzibar sur la 9e Avenue, dans le quartier de Hell's Kitchen. Elle l'avait reconnu, malgré ce contexte peu ordinaire. Le professeur Zignelik se rattachait à une autre partie de son existence.

— Vous ne vous souvenez pas de moi, n'est-ce pas ? lui demanda-t-elle.

— Si, dit-il, en essayant de la resituer.

Elle sourit.

— Ben mon vieux, on est vraiment toutes les mêmes, pour vous, les mecs !

— Non, bien sûr que non. C'est juste que...

Il s'efforçait de ne pas plonger le regard dans son décolleté.

À la vérité, il conservait d'elle le souvenir d'une jeune fille un peu plus âgée que l'étudiante de premier cycle habituelle. Mais il ne l'avait jamais vue maquillée comme cela et, dans sa tête, il oscillait entre le souvenir d'une image un peu floue et la femme qu'il avait à présent devant lui, cette séduisante faiseuse de mojitos, vêtue d'une tenue suggestive. Aucune étudiante n'avait jamais eu une telle allure, du moins pas sur le campus, pas à sa connaissance.

— J'étais inscrite à votre cours sur « Qu'est-ce que l'histoire ? ». Je m'appelle Mehrzad Yazdi.

— Exact ! Mehrzad, bien sûr ! Il n'avait jamais su son nom. Vous avez lâché le cours.

— J'ai lâché tous les cours. J'ai dû quitter la fac.

— Oh, je suis désolé.

— Ouais, moi aussi.

— J'espère que tout va bien, dit-il, hésitant, en essayant de préserver le juste équilibre entre la préoccupation et l'indiscrétion.

— Eh bien, maintenant, je pense, oui... enfin, plus ou moins. Écoutez, en réalité, je ne suis pas vraiment censée discuter, là...

— Non, évidemment, non, fit-il, en regardant les autres clients qui gravitaient autour du bar avec impatience, attendant d'être servis. Je suis confus.

— Mais regardez-vous ! s'écria-t-elle en souriant. Je ne voulais pas que vous vous excusiez, mais bon, si vous pouviez revenir une prochaine fois.

— Une prochaine fois ? Je viens à peine d'arriver.

— Non, écoutez. Ce que je veux dire, c'est... j'aimerais vous raconter ce qui s'est passé. J'ai assez envie de vous expliquer parce que... votre cours était mon préféré.

— Vraiment ?

— Oui, et je me disais juste que si vous habitiez dans le coin...

— Je n'habite pas dans le coin.

— Professeur Zignelik, vous ne me facilitez pas les choses, là, hein ?

— Mehrzad, je ne veux pas... vous créer d'embarras, mais si vous voulez que je me conduise comme si je ne vous connaissais pas... Êtes-vous en train d'essayer de me dire de... m'en aller ?

— Non, j'essaie de vous demander si vous aimeriez me retrouver pour boire un verre... un soir quand je ne travaille pas.

— Vous voulez dire, ici ?

— Bien sûr, à moins que vous n'aimiez pas votre mojito.

Le soir où il devait la retrouver pour un verre, il sortit de la douche et se sécha avec une serviette pendue à une patère derrière la porte de la salle de bains.

« La serviette sèche plus vite, maintenant qu'il n'y en a plus qu'une pendue derrière cette porte », entendit-il. C'était la voix de Diana, dans sa tête. Il ignora cette voix, mais elle continua de lui parler. « Tu t'es déjà rasé, aujourd'hui.

— Oui, et alors ? Je ne suis pas en train de me raser une deuxième fois, là.

— Tu mets de l'après-rasage. »

Mehrzad Yazdi était vêtue d'une tenue moins provocante que lorsqu'elle travaillait. Elle était arrivée la première et se rendit compte qu'elle leur avait choisi l'une des tables que l'on avait tendance à réserver aux gens bien introduits. Se levant pour l'accueillir, elle lui posa la main sur le bras, juste au-dessous de l'épaule, et lui tendit la joue, qu'il effleura à peine de ses lèvres, mais avec ce petit son percussif qui, selon lui, devait accompagner ce geste. À mi-chemin désormais entre la barmaid et l'étudiante, elle lui paraissait si attirante, sans qu'il s'y attende le moins du monde, que cela le rendait nerveux. Il ne savait pas ce qu'il faisait là. Il regarda le bar autour de lui. Pendant un temps il s'était concentré sur son travail, afin de se sortir de son trou. Il faisait des progrès. Il avait maintenant plus de pistes à suivre qu'il n'en avait jamais eu pour aucun sujet de recherche au cours de sa carrière. Tout cela à gérer, pour un seul individu, cela risquait presque d'être trop. Il n'avait pas besoin d'autres distractions et, au fond de lui, il n'avait aucun mal à le reconnaître. Mais il était là, assis à ce bar dans Hell's Kitchen, avec Mehrzad, la « Gandhi Girl ». C'était le quartier de Diana, à présent. Elle n'allait quand même pas entrer dans ce bar, sûrement pas. Et si elle y entrait ? Se sentirait-il un jour de nouveau à son aise ailleurs qu'entre les piles de dossiers de la Galvin Library de l'IIT ou à interviewer quelqu'un à Chicago ? Mehrzad était parfaitement à son aise, ici. Elle savait quoi commander, comment le commander, où s'asseoir, comment s'habiller, et même moduler sa voix. Elle était « au parfum ». Pas lui. Malgré cela, d'être ici avec elle, il ne se sentait pas trop mal. Diana le comprendrait-elle ? En dépit de toute la séduction de Mehrzad Yazdi, tant au plan de son physique que de sa manière d'être, et en dépit de la mine d'informations digne de celle de l'historien où Adam pouvait puiser tout au long de la conversation interminable, presque hallucinatoire, qu'il entretenait avec Diana, il lui importait encore que cette dernière puisse comprendre ce qu'il fabriquait ici. Il avait besoin de son approbation et se demandait si cela changerait jamais.

— Mes parents estimaient que c'était le meilleur moyen d'exercer leur contrôle sur moi.

— De refuser de payer vos frais de scolarité ?

— Eh oui.

— Mais ils ne voulaient pas que vous acheviez la fac ?

— Si, mais ils tenaient encore plus à être en position d'influencer tous les autres domaines de mon existence.

— Votre petit ami ?

— Lui, déjà, oui... En réalité, pour lui, ils avaient raison, quoique pour des raisons entièrement différentes... mais enfin, même sur ma manière de m'habiller, zut, à la fin ! Comme si cela les regardait, à mon âge ! Ils ont eu beau quitter l'Iran, ils en ont emporté une bonne part avec eux, ça, c'est certain. Ils donneront toujours l'impression de s'être adaptés à la vie d'ici, mais au bout du compte, ils restent des gens très traditionnels, avec des valeurs très traditionnelles. C'est leur position par défaut : la tradition. C'est là qu'ils se réfugient dans les moments de péril.

— De péril ?

— De ce qu'ils perçoivent comme un péril. Les immigrants flairent le péril là où les autres ne flairent que le parfum de la rose. Surtout ceux qui viennent du Moyen-Orient. Tout le monde ici vous considère comme un terroriste ou alors ce sont des gens de gauche qui fétichisent l'« orientalisme » et qui, à cause de ça, viennent vous pomper. C'était en partie le problème avec mon ex. Edward Said a vu on ne peut plus juste, là-dessus. Vous êtes anglais, désolée, australien, je reconnais l'accent. Donc, pour vous, il se peut que ce soit différent. Vous êtes un autre type d'immigrant, moins étranger. Mes parents se sentent toujours très étrangers ici. Dès qu'il s'agit de mon frère, ils appliquent des critères différents, ce qui ne facilite pas toujours les choses entre nous. Je veux dire, ce n'est pas sa faute, mais... Je ne dis pas que vous êtes pareil que les gens de la génération de mes parents. Je parle trop ? Vous voulez un autre verre ?

Ils prirent un autre verre, et un autre encore.

— Mehrzad, avez-vous parlé à Columbia d'une aide financière ? Il existe toutes sortes d'options si vous...

— Croyez-moi, professeur, j'ai...

— Il faut m'appeler Adam, vraiment.

— Adam, sourit-elle, j'ai tout étudié, j'ai parlé à tout le monde. Je vais y retourner. J'ai vraiment envie, mais pour le moment, j'ai un loyer à régler et... mais je vais y retourner. Je le promets. Je n'ai pas envie de passer ma vie à préparer des mojitos. Vous serez là ?

— À Columbia ?

— Oui, j'ai vraiment... j'ai vraiment envie d'aller au bout de votre cours.

Ils se trouvaient sur la 9e Avenue. Il était tard. Il l'embrassa sur la joue, convenablement cette fois. Quand leurs têtes se séparèrent, elle lui sourit, un sourire intrigant, et s'éloigna dans la rue. Immobile au milieu des passants qui le frôlaient, Adam se demanda si elle en désirait davantage, et s'il en désirait davantage, lui aussi.

*

Il semblait ne jamais y avoir d'heure appropriée pour que Michelle McCray parle à son cousin Lamont, même au téléphone, et lui dispense les conseils qu'elle était en position de lui offrir. Sa grand-mère le lui avait souvent demandé, l'avait pressée de parler à Lamont, et Michelle avait toujours eu l'intention de le faire, dans un avenir proche, mais cet avenir-là n'arrivait jamais. Il y avait toujours un moment où elle se sentait incapable d'entrer en contact avec lui pour s'excuser de n'avoir pas maintenu une relation pendant qu'il était en prison, et entrepris de le voir, non seulement avec sa famille, mais aussi sur un plan professionnel, pour l'aider à se frayer un chemin dans le bourbier que devait sans nul doute représenter la recherche de sa fille. Elle ne voyait aucune mission qui l'emplisse autant de culpabilité ou ne l'expose autant à l'inertie que celle de conseiller son cousin sur la meilleure manière pour lui de retrouver sa fille. Naviguant entre sa culpabilité, son inertie et les supplications de sa grand-mère, elle avait fini par donner à cette dernière le nom et la ligne directe d'une de ses collègues, une certaine Ms Linh Tran, à qui elle avait expliqué la situation de son cousin.

Habitué à ce que les problèmes qu'il rencontrait dans la vie soient au bout du compte invariablement pris en charge par quelqu'un, Lamont Williams devait maintenant appeler Linh Tran, la collègue que sa cousine avait recommandée, dans l'espoir que la recherche de sa fille puisse devenir la prochaine affaire de cette collègue. Il faudrait passer ce coup de fil aux heures ouvrables, ce qui signifierait durant sa pause déjeuner.

N'ayant pas les moyens de se payer un téléphone portable et ne voulant pas étaler son passé devant ses collègues en téléphonant du réfectoire des employés du Sloan-Kettering, il envisageait d'utiliser la cabine téléphonique de la 68e Rue, mais abandonna l'idée à cause du bruit de la circulation, qui le saisit dès qu'il eut quitté le bâtiment.

Son stylo et un carnet en main, il entra lentement dans l'église St Catherine of Siena, qui se situait aussi sur la 68e Rue. L'église était sombre, immense et paraissait déserte. Il commença à paniquer. Son heure de déjeuner touchait à son terme et il n'avait même pas essayé de joindre Linh Tran. Puis il tomba sur le prêtre qui, après quelques explications de Lamont, se montra très compréhensif et lui proposa de se servir gratuitement de son téléphone, depuis son bureau. Tout en se disant qu'il fallait qu'il retourne travailler, il réussit à parler à

Linh Tran, et convint avec elle et le prêtre de St Catherine of Siena d'une heure et d'une date pour un plus long coup de téléphone.

À l'horaire convenu, la semaine suivante, Lamont retourna à l'église, trouva le prêtre et passa son appel depuis le bureau de celui-ci, qui venait par intermittence le surveiller et écouter la conversation – du moins la moitié, la partie de Lamont.

Était-il déjà reconnu juridiquement comme étant le père ? Il n'en était pas sûr. Qu'est-ce que cela signifiait, au juste, « reconnu juridiquement » ? Était-il marié à la mère, à la naissance de l'enfant ? Non, pas marié. Il n'avait jamais été marié à la mère. Avait-il fait inscrire son nom sur le certificat de naissance de l'enfant ? Lamont ne s'en souvenait pas. N'était-il pas censé comporter le nom de sa fille, ce certificat ? Et ceux des parents aussi, oui, bien sûr. Il ne pouvait l'affirmer. La mère avait-elle déposé une demande de pension pour l'enfant ? Non, jamais.

— Je lui donnais de l'argent mais... vous savez, personne ne m'a obligé. Je l'ai fait, c'est tout. C'était ma fille et je travaillais à l'époque mais... jamais rien... vous savez... du genre pension alimentaire officielle.

— Avez-vous signé un formulaire, vous ou la mère de votre fille, à déposer au service... des statistiques démographiques ?

— Non, je ne pense pas.

— Parce que de cette façon vous pourriez figurer sur le certificat de naissance.

— Je ne sais pas si j'ai signé un jour un formulaire du service... des statistiques démographiques. Disons que non.

— Donc vous êtes en train de me dire que vous n'êtes pas sûr d'avoir établi la paternité au plan juridique ?

— Je veux dire... Je suis le père. Ça, je le sais. Mais je ne sais pas ce qui a été établi officiellement.

— Diriez-vous que vous aviez une relation étroite avec votre fille, avant d'être interné dans un établissement pénitentiaire ?

— Oui. En effet. Très proche, c'est certain.

— Lui avez-vous changé ses couches ?

— Tellement de fois que je pourrais pas les compter.

— Vous a-t-elle appelé papa ?

— Elle m'appelait tout le temps papa.

— Si un tribunal devait lui demander si elle a rendu visite à son père en prison, que répondrait-elle, à votre avis ?

— Elle m'a rendu visite mais seulement au début. Elle avait à peu près deux ans et demi, à l'époque. Elle en a huit, maintenant.

— Vous ne l'avez plus revue depuis l'âge de deux ans et demi ?

— Non.

— Je vois.

— Donc je ne sais pas quoi répondre. Je veux dire, je ne sais pas de quoi elle se souviendrait.

— Et vous ignorez où se trouve sa mère ?

— Oui, j'ai essayé de la retrouver mais... sans succès jusqu'à présent, et c'est pour ça que j'avais besoin de vous parler.

— Monsieur Williams, je pense que vous serez contraint d'aller en justice et de déposer une demande de droit de visite.

— D'accord, bon, comment je m'y prends ?

— Votre sœur m'a dit que vous travaillez, pour le moment ?

— Pas ma sœur. Vous voulez dire Michelle ? C'est ma cousine.

— Oh oui, je suis désolée, votre cousine. Avez-vous toujours un emploi, monsieur Williams ?

— Oui, toujours.

— Dans le Bronx ?

— Non, je vis dans le Bronx, mais je travaille à Manhattan.

— D'accord, car pour déposer cette requête, vous allez devoir vous présenter au tribunal aux heures ouvrables, disons entre 9 et 17 heures.

— Je vois, mademoiselle Linh Tran, et je m'y prends comment ? Je ne peux pas quitter le travail. Je suis encore en période de mise à l'épreuve. On reste pendant six mois en liberté surveillée et je ne peux pas juste... vous savez, je ne peux pas sortir comme ça. Où il se trouve, le tribunal ?

— Je pense que vous allez devoir vous adresser au tribunal de grande instance, qui est en charge des affaires familiales, cela se situe dans Lafayette Street. Le cas échéant, vous pourriez vous adresser à l'association d'aide juridictionnelle qui a ses bureaux tout près de là, dans Church Street.

— J'en sais un paquet sur l'association d'aide juridictionnelle. Pas mal d'histoires qui circulent en taule sur leur travail.

— Oui... enfin, il est vrai qu'ils sont extrêmement chargés. Tant que j'y pense, je ne suis même pas sûre qu'ils gèrent ce genre d'affaire.

— Alors il me reste quel choix, s'ils s'en occupent pas ?

— Eh bien, vous pourriez toujours consulter un avocat appartenant à un cabinet spécialisé dans cette sorte de dossier, mais c'est coûteux.

— Qu'est-ce que ça coûte ?

— Je ne saurais vous le dire exactement.

— Bon... mademoiselle Linh Tran, vous pourriez me fournir un chiffre, grosso modo ?

— Vous devriez trouver quelqu'un qui s'en chargerait pour 150 à 350 dollars.

— Donc si je réussissais à réunir 350 dollars, je pourrais trouver quelqu'un qui s'en occupe pour moi ? Je ne sais pas combien de temps cela me prendrait de réunir cette somme-là.

— Non, je veux dire entre 150 et 350 dollars de l'heure.

— De l'heure ?

— J'en ai peur.

— Bon, combien d'heures ça prendra de déposer tous ces documents ?

— Vraiment, je ne saurais le dire. Vous pourriez sans doute trouver un avocat qui se chargerait du tout pour... voyons... peut-être entre 3 000 et 5 000 dollars.

— Mademoiselle Linh Tran, avant que je réunisse une somme pareille, ma fille aura vingt et un ans. J'ai d'autres possibilités ?

— Bon, comme je disais, vous pourriez vous rendre au tribunal de grande instance et vous en charger vous-même.

— Donc si je prenais une journée de congé à mon travail pour m'occuper de ça, qu'est-ce que j'aurais à faire ?

— Eh bien, cela ne devrait pas vous prendre une journée entière. Vous vous rendriez juste là-bas, pour déposer une requête de droit de visite. On vous demanderait de revenir environ six semaines plus tard, et ensuite ils vous remettront les pièces nécessaires...

— Donc ça supposerait une autre journée de congé ?

— Eh bien, vous seriez contraint de retourner là-bas, mais là encore, cela ne devrait pas vous réclamer une journée entière. Ils vous remettront les documents utiles et vous expliqueront la procédure à respecter pour le dépôt de la requête visant la mère de votre fille.

— Le dépôt de quoi ?

— Le dépôt de la requête. Cela désigne juste la démarche spécifique qu'elle doit respecter pour le retrait des pièces.

— Mais je ne sais pas où elle vit.

— Eh bien, vous voyez, ça, c'est un problème. Vis-à-vis de votre fille, vous ne paraissez pas disposer de ce que la cour appelle l'« autorité parentale », c'est pourquoi vous allez devoir déposer cette requête, en premier lieu.

— Oui, mais en premier lieu, je ne sais pas où est Chantal, et en second lieu... Je veux dire que je ne peux pas poser tous ces jours de congé à mon travail, pas tant que je suis encore en période de mise à l'épreuve. Avant de songer à prendre des libertés, il faut que je me sorte de ma liberté surveillée.

— Et vous n'êtes pas en position de recourir aux services d'un cabinet d'avocats ?

— Non, je ne suis pas en position, pas actuellement.

— Monsieur Williams, je ne sais pas quoi vous dire d'autre. Vous sentez-vous capable d'attendre la fin de votre mise à l'épreuve chez votre employeur ?

— Je ne vois pas d'autre solution, mademoiselle Linh Tran. Enfin, même si j'avais la possibilité de me rendre au tribunal ces jours-là, cela ne veut toujours pas dire que je sache où vit Chantal.

— Je sais que cela peut paraître dur, mais si vous réussissiez à attendre jusqu'à la fin de votre mise à l'épreuve... rien ne vous empêche de me rappeler à ce moment-là.

— Bon, je vous remercie, franchement, mais même à ce moment-là... Et si je ne sais toujours pas où elle vit ?

— Vous ne seriez pas en meilleure posture pour le découvrir ?

— J'imagine, mais...

— Vous n'avez aucun indice que votre fille coure un quelconque danger, n'est ce pas ?

— Non. Je veux dire, je n'ai aucun indice du tout, la concernant.

— Bien, si elle n'est exposée à aucun danger... Je ne veux pas vous paraître dure, parce que je sais à quel point vous avez envie de rétablir le contact avec votre fille, mais ce que vous avez de mieux à faire, ce serait d'attendre que votre situation professionnelle soit plus stable. Vous ne croyez pas ? Vous avez déjà attendu si longtemps. Je ne sais pas quoi vous conseiller d'autre. Vous serez peut-être amené à recourir aux services d'un détective privé pour retrouver la trace de la mère, mais je ne sais pas combien ils prennent, vraiment. Monsieur Williams, je crois réellement que le mieux, pour vous et votre fille, serait que vous vous procuriez un emploi, au-delà de votre période de mise à l'épreuve. Cela ferait bonne impression au juge et cela vous aidera, ou du moins cela vous facilitera les choses si vous deviez dégager du temps libre. Cela vous aidera même à plus d'un titre.

Le prêtre, qui avait tout entendu grâce à ses incessantes allées et venues dans le bureau sous prétexte de prendre telle ou telle chose dont il avait besoin, finit par cesser de faire semblant et resta sur le seuil, observant et écoutant Lamont avec la plus grande attention. Le jeune homme raccrocha et, complètement absorbé dans ses pensées, dit machinalement au prêtre, « Je vous remercie, mon père », avant de se hâter vers la sortie pour éviter d'être en retard à son travail.

— Bonnes nouvelles ?

— Je vous demande pardon ? fit-il, en traversant rapidement l'église plongée dans la pénombre en direction de la porte qui donnait sur la 68e Rue. Le prêtre lui emboîta le pas. Lamont devait retourner travailler. Tel était apparemment le sens des propos de Linh Tran. Sortir de sa période de mise à l'épreuve. Tout commençait à partir de là. L'espoir commençait à partir de là. La semelle de ses souliers émettait de petits couinements suraigus sur le dallage de pierre de l'église. Le prêtre pressa le pas pour le rattraper.

— J'ai dit : « bonnes nouvelles ? ».

— Je vous demande pardon ?

— Bonnes nouvelles ?

— Content pour vous que vous en ayez capté quelques-unes. Faut que je retourne travailler, mon père.

*

En Pologne, durant les années d'entre-deux guerres et pendant le conflit mondial, un habitant de Varsovie sur trois était juif et un sur deux au moins avait le sentiment que les juifs étaient même encore plus nombreux que cela. Ce sentiment était si tenace et si répandu, en particulier au sein de l'intelligentsia, que les universités instaurèrent ce que l'on appelait un *numerus clausus*, un quota sur le nombre de juifs autorisés à y étudier. Dans certaines facultés, les étudiants juifs qui entraient dans ce quota étaient invités à assister aux cours en accédant à des places spéciales, des places dites « juives ». Dans d'autres, des militants estudiantins de droite instituèrent des « Journées sans juifs », et parfois des « Semaines sans juifs ». Un étudiant juif surpris sur le campus à ces périodes risquait généralement fort de se faire agresser par ces militants ou par des nervis venus le débusquer de l'extérieur. Ces étudiants juifs qui voulaient entreprendre un cursus de licence ou étudier la médecine, l'ingénierie ou le droit étaient forcés de partir à l'étranger ou d'envisager d'autres moyens de gagner leur vie. La fonction publique polonaise leur était tout aussi fermée et un nombre croissant d'intellectuels juifs polonais empruntait la voie modeste, mais plus sûre économiquement, de l'enseignement primaire. Certains s'épanouissaient dans l'enseignement, alors que pour d'autres cela représentait un compromis pénible. Nombre d'entre eux rêvaient d'autre chose, au-delà de l'école, et ils étaient même quelques-uns à travailler dans le domaine de leur choix, aux horaires que leur laissaient leurs obligations scolaires.

Deux de ces juifs-là étaient assis à boire un petit noir dans un café de Varsovie, à la fin d'une journée de cours. Le premier souhaitait plus que tout gagner sa vie en tant qu'historien, et l'autre caressait la même intention dans le domaine de la psychologie. Cet autre s'appelait Chaïm Broder, et il avait étudié sous la direction de Wilhelm Wundt, le pionnier de la psychologie expérimentale, ce qui lui semblait remonter à des années.

— Emanuel, tu es un optimiste invétéré, tu le sais, ça ?

— Je suis bien obligé, répondit le plus jeune, Emanuel Ringelblum.

— Tu es historien, et tu travailles tout seul dans ton coin, à tâcher d'apprendre tout ce que tu peux au sujet de cette histoire lamentable qui est la nôtre. De leur côté, les juifs se moquent de savoir si c'est leur histoire, et les Polonais, eux, ne veulent absolument rien en savoir. Toi et tes collègues juifs, vous avez peur de transmettre des communications sur l'histoire juive dans le cadre des conférences professionnelles et...

— Ce n'est pas que nous ayons peur. Ils ont pour règle de ne pas nous y autoriser parce qu'ils ne nous considèrent pas comme une « nation ». Mais il leur arrive parfois d'accepter. Tout n'est pas aussi désespérant que tu l'imagines.

— Il leur arrive parfois d'accepter ! répéta Chaïm Broder en se moquant gentiment. Et c'est cela qui fait de toi un optimiste invétéré ?

— Non, rectifia Emanuel Ringelblum. Je te l'ai dit, je suis bien obligé d'être optimiste. Tu ne veux pas me demander pourquoi ?

— Cela changerait quelque chose que je ne te le demande pas ?

— Bien sûr que non.

— Très bien, alors, pourquoi ?

— Parce que je suis forcé de te voir, tous les jours. Quiconque est forcé de te voir tous les jours est bien obligé d'être un incorrigible optimiste.

— Moi, mais je ne suis pas pessimiste, Emanuel. La science n'est ni pour ni contre l'espoir.

— Je sais. Tu m'as déjà fait plusieurs fois part de cette idée. À Leipzig, tu étudiais sous la direction de Wundt et maintenant tu es un scientifique de l'esprit.

— Eh bien, je...

Chaïm Broder s'interrompit pour boire une gorgée de son café avant de poursuivre.

— ... et je vais tous les jours enseigner à de jeunes enfants. J'enseigne à des enfants, des enfants juifs. Dans quel but fais-je cela ? Pourquoi ?

— Tu dois gagner ta vie, comme le reste d'entre nous, et tu enseignes aux enfants pour qu'ils puissent grandir et...

— Emanuel, le plus brillant de ces enfants-là aura encore de la chance si on l'autorise à enseigner à son tour à des petits.

— Mais Chaim, au moins, tu les y prépares. Si ça change, qui sera le...

— Si ça change ? Si ça change ?

— Messieurs, je vous trouve assis ici à vous disputer, comme d'habitude, s'exclama un troisième homme qui venait d'arriver à leur table. Ravi de vous voir ainsi, car le moindre changement serait trop déconcertant. Et puis, de toute manière, j'ai quelqu'un de charmant à vous présenter et il serait mal venu de lui faire une démonstration qui sorte de l'ordinaire. Mieux vaut qu'elle ait une impression sans fard, franche et défavorable.

L'homme s'appelait Rafal Gutman, c'était le chef du système d'enseignement communautaire de tout Varsovie, et une jeune femme se tenait à ses côtés.

— Voici mademoiselle Rosa Rabinowicz, originaire de Ciechanow. Elle sera bientôt enseignante diplômée. Et j'ai considéré, dans le cadre de sa formation, qu'il fallait vraiment qu'elle apprenne à supporter deux individus de votre espèce. Pouvons-nous nous joindre à vous ?

Les deux hommes se levèrent pour accueillir Rafal Gutman et plus particulièrement cette jeunette aux airs de petit bout de femme, Rosa Rabinowicz.

— Rafal, pour une fois, l'une de nos bonnes actions a dû trouver grâce à tes yeux, car je n'ai pas souvenir que tu nous aies déjà présenté quelqu'un d'aussi charmant, ironisa Emanuel Ringblum, en prenant brièvement la main de la jeune personne dans la sienne.

— Jamais, renchérit Rafal Gutman, je ne vous ai jamais présenté personne d'aussi charmant. Mais il vaudrait mieux se poser la question en ces termes : « Qu'est-ce que Rosa a pu faire de si mal pour mériter de rencontrer deux individus de votre espèce ? »

— Et alors, qu'avez-vous fait de si mal, mademoiselle Rabinowicz ? demanda Emanuel Ringelblum.

— Moi ? Eh bien, rien, j'en suis certaine, répondit-elle, un peu nerveuse, à ces deux intellectuels cosmopolites.

— Rosa en sait déjà un peu sur vous deux.

— Enfin, juste un peu. Je sais que l'un de vous est historien et l'autre est... est psychologue ? Mais je dois aussi avouer que je ne me souviens pas lequel est lequel. Je suis désolée. Et, au risque de me mettre dans une position encore plus embarrassante, je ne suis même pas si sûre de savoir ce qu'est un psychologue.

— Inutile de vous sentir gênée, mademoiselle Rabinowicz, la rassura Emanuel Ringelblum. Je suis l'historien et Chaïm, ici présent... eh bien, en réalité, lui, ce qu'il fait importe peu. C'est un tel pessimiste en toutes choses, il ne considère même pas lui-même que ce qu'il fait compte tant que cela. Et comme personne ne considère que Chaïm compte plus que Chaïm lui-même ne croit compter, cela vous permet tout de suite de juger de la validité de son pessimisme.

Rafal Gutman et Emanuel Ringelblum s'étaient montrés flatteurs et amusants. Chaïm Broder, lui, n'avait pas prononcé un mot. Il ne lui avait fallu qu'un regard à cette jeune femme pour commencer d'éprouver certaines sensations qu'il n'avait plus du tout éprouvées ces derniers temps ; de l'excitation, et même de l'espoir. Il ne devait pas laisser cette rencontre fortuite avec cette jeune fille, Rosa Rabinowicz, s'arrêter à ces présentations. Il fallait qu'il la revoie. Mais, trop gêné et trop intimidé par les souvenirs grainés de déceptions sentimentales passées pour savoir quoi dire, il n'avait encore rien dit.

— Veuillez me pardonner mon ignorance, je vous prie, monsieur Broder, mais qu'est-ce au juste que la psychologie ? lui demanda Rosa Rabinowicz, tandis que Rafal Gutman commandait deux cafés à un serveur, un pour lui et un pour elle.

— Mademoiselle Rabinowicz, il n'y a aucune raison de vous sentir gênée, lui répondit Broder d'une voix légèrement tremblante qui le troubla lui-même. Il s'éclaircit la gorge et, s'efforçant de se reprendre, continua. Admettre son ignorance est une vertu, pas une faute.

— Oh mon Dieu, si j'avais su que j'étais vertueuse, je n'aurais sans doute pas posé la question, fit-elle en souriant.

— Ce n'est ni une vertu ni une faute de poser des questions sur la nature de la psychologie, intervint Emanuel Ringelblum. Mais c'est une folie de poser la question à un psychologue aussi pessimiste et grincheux que Chaïm.

— Il se moque de moi, mademoiselle Rabinowicz.

— En effet, sourit-elle. Mais à la manière dont vous le prenez, je vois bien que ce qu'il raconte n'est pas vrai du tout.

Elle était aussi charmante que l'avait annoncé Rafal Gutman. Elle avait de l'humour et, pire encore, elle était gentille. Que mijotait Rafal à lui présenter cette belle jeune fille à lui, le célibataire qui s'efforçait tous les matins de se laver de sa solitude avant de s'habiller pour aller travailler ? Il avait envie de la toucher. La peau douce qu'il pouvait entrevoir au dos de sa main lui irait fort bien. Qu'est-ce qui lui prenait ? se demanda-t-il. Il se considérait comme un homme éduqué, cultivé, un homme de science. C'était cette image de lui-même qui lui avait permis de surmonter la plupart des épreuves, la plupart du temps ; sa solitude, les obstacles professionnels et les indignités et humiliations diverses qu'il avait endurées tout au long de sa vie. Et maintenant, en l'espace d'un instant, voilà qu'il était réduit à l'état d'adolescent pris de démangeaisons.

— Vous voyez comme ils se disputent, ces deux-là, souligna Rafal Gutman. Entre eux, cette joute verbale, c'est carrément talmudique.

— Talmudique ? s'enquit Ringelblum, une question de pure forme dans sa bouche. Eh bien, Dieu seul aurait pu se montrer plus cruel envers Chaïm que je ne l'ai été moi-même. Et à en juger par ce que Chaïm semble avoir à dire, il s'est en effet montré plus cruel.

Le serveur vint apporter le tout dernier café commandé.

— Le charme et la beauté, et un esprit curieux, mademoiselle Rabinowicz, fit Broder, en ignorant la pique de Ringelblum. Il se demandait s'il n'était pas excessif dans ses louanges.

— Je vous remercie, monsieur Broder, fit-elle en rougissant.

— Je vous en prie, appelez-moi Chaïm. La psychologie, continua-t-il, pour le formuler très simplement, cela consiste dans l'étude scientifique de l'esprit humain. C'est une toute nouvelle discipline, et il n'est donc absolument pas surprenant qu'elle ne vous soit pas plus familière que cela. Mais dites-moi, comment trouvez-vous Varsovie ?

— C'est beau, mais je n'ai jamais vécu dans un endroit où il y avait tant de monde. Parfois, c'est un peu impressionnant. On est loin de Ciechanow.

Elle était là, l'ouverture qu'il avait espérée. C'était le moment de se faire valoir, ou de se condamner à la solitude à cause de sa lâcheté, et rien d'autre.

— Je serai très heureux de vous faire visiter, si vous aviez le temps.

Ce fut ainsi que Chaïm Broder réussit à assumer le rôle de guide touristique, d'auxiliaire de vie et de confident auprès de la jeune Rosa Rabinowicz. Il lui montra la ville, l'emmena au théâtre yiddish et au théâtre polonais, lui fit rencontrer des amis écrivains au Club des Auteurs, l'invita à des promenades et des déjeuners qu'il payait toujours de sa poche. Lorsqu'elle était avec lui, elle ne dépensait pas un *zloty*, pas un *groschen* de son argent à elle. Il la convia aussi à se promener du côté des librairies religieuses de la rue Franciszkanska, afin de pouvoir engager la conversation sur la religion et de mesurer si elle s'était suffisamment distanciée de ce qu'il considérait comme une religiosité provinciale surannée. Si tel n'était pas le cas, cela ne refroidirait pas son enthousiasme à son égard. Cela aurait simplement signifié qu'il allait devoir travailler à ses convictions afin de les rapprocher des siennes. Mais si les valeurs de Rosa avaient pu découler d'une éducation religieuse, durant la période de sa vie à Varsovie, dans ses affiliations religieuses, elle demeurait « traditionnelle », tout au plus.

Connaissant très peu de gens dans la capitale, elle devint vite dépendante de lui. Broder avait bien conscience que ses sentiments à son égard relevaient pour une bonne part de la simple gratitude. Mais enfin, la gratitude n'est-elle pas une composante de l'affection ? Telle était la question que se posait Chaïm Broder. Toutefois, il ne se la posa que plus tard. En ce tout premier jour, le jour de leur rencontre, leur attention s'était de nouveau tournée vers la conversation qu'Emanuel Ringelblum avait avec Rafal Gutman.

— Des centaines de milliers de juifs, dans toute la Pologne, triment dans la misère. Ils parviennent à peine à survivre avec les maigres revenus qu'ils gagnent. Ils ne possèdent aucun bien. Ils ont déjà de la chance de posséder une vache. Écoutez, ici même, à

Varsovie, il y a des juifs qui vivent encore dans une pauvreté effrayante...

— Emanuel, tu ne m'entraîneras pas dans une discussion sur ce sujet, dit Rafal Gutman. Mais je ne comprends pas ce que tu crois pouvoir en tirer. En quoi penses-tu que tes études d'historien vont t'aider ?

— Si les historiens polonais, l'establishment, comprenaient mieux la vérité de l'expérience juive traditionnelle, cela nous aiderait à être perçus sans préjugés et tels que nous sommes réellement.

— C'est là que je ne te suis plus, fit Chaïm Broder.

— Non, non, la réalité n'est pas aussi désespérante que tu veux bien la dépeindre, Chaim. Il y a déjà un professeur de l'université de Varsovie, Jan Kochanowski, un Polonais, et il a eu la patience d'écouter mes arguments. Il est tout à fait bien disposé envers moi et quelques-uns de mes collègues.

— Non, il ne s'agit pas de l'existence d'un historien polonais compréhensif ici ou là, existence dont tu es, je l'admets, plus informé que moi, intervint Broder. C'est qu'Emanuel ici présent pense sérieusement que ce processus fragmentaire et décousu mènera finalement à une perception radicalement différente des juifs dans l'ensemble de la société polonaise. Je suis navré mais c'est purement... fantaisiste !

— Toutes les entreprises, qu'elles réussissent ou qu'elles échouent, ne reposent-elles pas à leurs débuts sur de petits groupes d'individus convaincus ? demanda Rosa Rabinowicz.

Malgré ce soutien partiel à Ringelblum, elle inspirait à Chaïm Broder une fierté à laquelle il n'avait pourtant pas encore droit. Il n'allait pas non plus remettre en cause tout ce qu'elle disait. La discussion aurait pu continuer le reste de la journée si Rafal Gutman, avec Rosa Rabinowicz dans son sillage, n'était pas parti pour une réunion au Foyer des orphelins juifs de la rue Krochmalna. Pour lui, c'était un événement de pure routine, mais pour elle ce fut une expérience si émouvante qu'ensuite elle y retourna pour prendre part à l'enseignement que l'on y dispensait, à titre bénévole.

Quelques semaines plus tard, Chaïm Broder invita pour la première fois Rosa Rabinowicz à dîner. Il avait réservé une table dans un restaurant coûteux. Il était venu la chercher à l'orphelinat après le travail, et un jeune homme l'avait conduit par erreur au bureau du directeur, le docteur Janusz Korczak qui, après l'avoir prié de bien vouloir excuser cette méprise, l'avait personnellement accompagné là où Rosa enseignait. En s'y rendant, ils bavardèrent.

— Je n'ai jamais eu le bonheur de réellement vous rencontrer, en personne, docteur Korczak. Je suis ravi que la méprise de ce jeune homme m'ait offert ce privilège.

— Vous êtes bien aimable de me dire cela, monsieur Broder, mais il me semble que votre bonheur va au-delà du simple fait de me rencontrer.

— Je suis navré, docteur Korczak, mais je crains de ne pas vous suivre.

— Je fais allusion à Rosa, monsieur Broder. Sa présence est un vrai cadeau pour nous tous, mais surtout pour vous, si j'ai bien compris.

Chaïm Broder rougit. Janusz Korczak supposait entre Rosa Rabinowicz et lui une intimité dont il rêvait mais qui, en réalité, ne s'était pas encore formée. Heureusement pour lui, ils atteignirent la salle où Rosa travaillait avec les enfants avant que la franchise ne lui impose de le détromper, et il laissa cette supposition en suspens sans la réfuter. Ils se tenaient devant la porte ouverte, ils regardaient Rosa à une table entourée d'enfants, et Korczak expliqua qu'elle présidait une réunion du comité éditorial du journal des enfants. Assise à côté d'elle, une jeune fille d'à peu près quatorze ans s'adressait tranquillement au groupe sans croiser le regard d'aucun d'entre eux.

— Ma grand-mère souhaitait que ma mère épouse un érudit, un érudit de la Torah... mes ennuis ont débuté avant moi. C'était un... c'était un homme mauvais. Je crois que la vie de ma mère a pris fin le jour de son mariage.

Le groupe assemblé écoutait, assis, en silence.

— Mais quels étaient tes premiers souvenirs ? demanda tranquillement Rosa, la main nonchalamment posée sur celle de la très jeune fille. Si nous sommes tous d'accord pour admettre que vos textes doivent commencer par vos premiers souvenirs et s'achever sur les espoirs que vous inspire votre avenir, alors il faut que nous soyons stricts sur le point de départ et le point d'arrivée. Avram, combien de caractères avons-nous dans chaque texte autobiographique ?

— Pas plus de deux mille, répondit un garçon qui devait être âgé de quinze ans.

— Cela peut paraître beaucoup, mais comme nous l'avons vu, tout le monde à cette table a une sacrée histoire à raconter. Souvenez-vous, l'idée de départ consistait à proposer des exemples et des encouragements aux autres, pour les amener à écrire.

Rosa leva les yeux et vit Chaïm Broder et Janusz Korczak, juste devant la porte.

— Je pense que nous n'avons plus trop de temps pour aujourd'hui, mais la prochaine fois nous pourrons reprendre là où nous nous sommes arrêtés. Conservez vos notes. Tout le monde aura sa chance. Passez une bonne nuit, les enfants.

— Merci, mademoiselle Rabinowicz, dirent quelques enfants.

— Bonne nuit, mademoiselle Rabinowicz, ajoutèrent les autres, en réunissant leurs affaires et en se dirigeant vers la sortie.

— Mon père était pauvre. Avant que j'entre à l'école publique, je n'avais pas compris que nous étions si pauvres. Les autres enfants, eux, n'étaient pas en guenilles. Ils mangeaient du pain blanc. Cela devait faire partie de ce qui le mettait tellement en colère tout le temps, expliqua la jeune fille, âgée de quatorze ans, à Rosa, alors que les autres défilaient en rang devant elle.

— Tu as le droit d'écrire tout ce que tu veux, tu le sais. Parle de tes parents et de tes grands-parents, de tout, et si ton texte est plus long, nous l'utiliserons à autre chose. Mais nous aurons l'occasion d'en parler la prochaine fois.

— Mademoiselle Rabinowicz... Peut-être que je pourrais vous parler... à vous seule, une autre fois ?

— Bien sûr que tu pourras, ma chérie. J'ai quelqu'un qui m'attend maintenant, mais nous nous parlerons. Je te le promets. Autant que tu voudras.

— Bonjour, docteur Korczak, s'écrièrent en chœur deux élèves qui sortaient de la salle.

— Bon après-midi, docteur Korczak, firent d'autres enfants en quittant la salle, l'un après l'autre. Le sourire de Rosa quand elle le salua, après que la dernière, la jeune fille de quatorze ans, se fut éclipsée, lui donna ce soir-là le courage qu'il avait attendu d'avoir. Presque une enfant elle-même, sans en être une et sans être l'orpheline qu'elle aurait aussi bien pu être sans toute l'aide que, depuis Ciechanow, ses parents lui apportaient à Varsovie, Rosa le prit par le bras, dans la rue. Il la protégerait. C'était cette promesse de sa part qu'elle entendit encore ce soir-là, chez elle, dans son lit, en réfléchissant à la demande qu'il lui avait faite au moment de lui dire au revoir. Accepterait-elle de l'épouser ? lui avait-il soufflé.

Il avait beau être gentil et les pieds sur terre, elle avait beau se sentir en sécurité avec lui, il n'était pas l'homme dont elle rêvait. Mais une plante grandit en direction de la lumière et il était sa seule lumière. Ce fut ainsi qu'il se créa entre ces deux êtres une coïncidence des désirs, juste assez longtemps pour que Chaïm Broder, anciennement de Cracovie, et Rosa Rabinowicz, anciennement de Ciechanow, se marient. Le regard qu'il portait sur elle ne changea pas, mais à la venue au monde de leur fille Elise, l'attrait de la lumière qui émanait de Chaïm comptait déjà moins pour elle et il le sentait. Il tenta d'incriminer la grossesse, puis la naissance, puis les exigences de leur bébé, leur fillette. Mais dans l'obscurité de la nuit varsovienne, alors qu'ils étaient allongés ensemble, Rosa toujours fatiguée, toujours silencieuse, toujours aussi lointaine que pouvait le permettre un lit commun, ne se sentait plus attirée vers lui par aucune lumière. Si seulement elle avait su, elle n'aurait pas eu longtemps à attendre pour que son malheur se change en peur, non de lui, mais de ce qui se passait en Pologne, en Europe.

*

William McCray était assis devant l'entrée du bureau de Charles, et il attendait que la réceptionniste de son fils lui permette d'entrer.

— Ça se rafraîchit déjà, dit-elle.

— Je vous demande pardon ?

— Je disais que ça se rafraîchit déjà. Je ne me souviens pas d'avoir été si tôt privée de l'automne, pas vous ?

— Il fait un peu frais, mais quand le soleil se montre, ce n'est pas trop mal.

— Charlie, veux-tu sortir marcher ? demanda William à son fils. Je t'offre un café. Ça te ferait du bien de prendre un peu l'air.

— Non, papa, je n'aime mieux pas. Je suis submergé de travail, ici. Si je sors, je vais me sentir coupable.

— Coupable ? C'est vrai, ce que j'ai appris au sujet de la réunion des présidents ?

— Quelle réunion des présidents ?

— Votre président, le président de l'université, quel est son nom...

— Bollinger.

— Exact, Bollinger. Est-il vrai que ton président Bollinger a invité le président de la République islamique d'Iran à prendre la parole à l'université ?

Charles se passa la paume sur le front et ferma les yeux

— C'est vrai.

— Je veux être certain d'avoir compris. Bollinger a réellement invité Ahmadinejad à prendre la parole dans l'enceinte de Columbia?

— Oui.

— Hitler qui affiche complet?

— Papa!

— Quoi, papa?

— Enfin, ce n'est pas Hitler.

— Hitler n'avait pas la réputation d'être Hitler quand Chamberlain a tenté d'ouvrir le dialogue avec lui.

— Que veux-tu que je te dise, papa? C'est une université. Si la diversité d'opinions et la liberté d'expression ne sont pas les bienvenues ici, alors...

— La diversité d'opinions! Cet homme est un dictateur brutal qui tue les gens dont l'opinion diverge de la sienne. Quant à la liberté d'expression, tu es historien. Si tu avais un collègue de la faculté qui falsifiait l'histoire de manière éhontée et propageait des mensonges flagrants, l'encouragerais-tu ou t'abstiendrais-tu d'objecter pour des raisons liées à la diversité d'opinions ou à la liberté d'expression? Défendrais-tu sa position? Lui créerais-tu une tribune là où il n'en existerait aucune?

— Papa, tu as raison, bien sûr. Que puis-je répondre? Je n'étais pas enchanté d'apprendre ce qu'il a fait, mais je me suis dit... du moins, ce combat-là n'est pas le mien.

— Pas le tien?

— Eh bien, fort heureusement, non. Et pour une fois, personne ne me demande mon avis.

— Non! Pas ton combat, hein? Eh bien, je ne me souviens pas que Jim Crow ait été le combat de Jake Zignelik non plus. Et je n'ai pas souvenir non plus que l'«Été de la Liberté» ait été le combat d'Andrew Goodman ou de Michael Schwerner[1].

— Oh, Dieu de Dieu, Schwerner et Goodman, encore! Papa, j'ai plein d'amis juifs, comme tu en as toujours eu, mais je dois te dire, je n'approuve pas toujours tous les agissements d'Israël.

— Et qui approuvera toujours Israël? Trouve-moi un juif ou un Israélien qui soit dans ce cas. Nous parlons d'Ahmadinejad à qui l'on

1. Andrew Goodman (1943-1964) et Michael Schwerner (1939-1964), deux militants juifs américains des droits civiques, organisèrent en juin 1964 le «Freedom Summer», dans le Mississippi, afin de faciliter l'inscription des Noirs sur les listes électorales. Ils furent tous deux abattus par le Ku Klux Klan. (*N.d.T.*)

offre une tribune, dans ton université, d'où il va répandre la haine et la peur. Cet homme nie l'existence de l'Holocauste, mais il promet d'infliger un tout nouvel Holocauste de son invention, dès qu'il disposera de l'arme nucléaire. Cet homme ne cherche pas à encourager une solution au conflit israélo-arabe. Il s'en sert à des fins politiques. Cet homme a un discours de haine pure et simple. De la bonne vieille haine bien recuite. Qu'est-ce qu'il se figure, Bollinger ?

— Papa, toutes les critiques contre Israël ne s'apparentent pas à de l'antisémitisme.

— Non, là-dessus, tu as tout à fait raison, toutes les critiques contre Israël ne s'apparentent pas à de l'antisémitisme. Mais aucune de ces critiques ne devrait relever de l'antisémitisme non plus. Et quand tu autorises cette part de la critique qui en relève, c'est que tu es un lâche ou un antisémite... ou les deux.

Michelle McCray rentra du bureau un peu plus tard que d'habitude, un peu plus tard qu'elle ne le pensait, mais pas moins fatiguée qu'elle ne l'avait prévu, selon son expérience. Elle trouva un mot de Sonia sur la table de la cuisine. « Chez Adam. Appelé avant. Il est d'accord. On regarde des DVD. Bises, moi. PS. Déjà fini mes devoirs, donc ne te pose pas la question, et de toute manière les films c'est instructif. »

— « Appelé avant ! » se répéta Michelle. Qu'est-ce qu'il risquait ? Et le dîner alors ?

Elle se débarrassa de ses chaussures, se laissa choir dans un fauteuil du salon et composa le numéro d'Adam.

— Bon, nous avons là deux DVD, *Rendez-vous* et *To Be or Not to Be*. Ta fille n'avait vu ni l'un ni l'autre, donc j'ai pensé qu'on choisirait un des deux.

— On pourrait se faire les deux.

Michelle venait d'entendre Sonia faire cette suggestion.

— *To Be or Not to Be*, c'est l'original ou le remake ? s'enquit-elle.

— C'est l'original, celui de Lubitsch. On s'organise un petit festival Lubitsch, ici.

— On pourrait se faire les deux, plaida de nouveau Sonia.

— Je ne sais pas, Sonia, nous n'avons pas encore dîné, lui répliqua-t-il.

— Je n'ai pas encore dîné, moi non plus, précisa Michelle.

— Tu veux venir ?

— C'est toi qui cuisines ? demanda-t-elle.

— Bon, l'assortiment finement choisi des menus du traiteur émane de moi, si c'est ce que tu entends par là.

— On pourrait regarder *To Be or Not to Be* ?

— Laisse-moi vérifier ça. Sonia !

— Oui, répondit la jeune fille.

— Ta maman aimerait venir regarder *To Be or Not to Be* avec nous.

— On pourrait se faire les deux.

— Tu es sûr que je ne vais pas lui faire perdre ses moyens ? ironisa Michelle.

— Ta mère veut savoir si elle ne va pas te faire perdre tes moyens.

— J'aime bien ta façon de dire « ta mère ». Ça lui donne des allures de reine-mère ou un truc de ce genre.

— Elle ne fera perdre ses moyens à personne, hein ? dit Adam.

— Pourquoi ce silence ? s'étonna Michelle.

— C'est qu'elle nous fait sa minute d'adolescence.

— Elle peut venir, répondit Sonia. Mais dis-lui qu'on a déjà décidé de regarder les deux films. Ce sont des films instructifs. Je veux dire, c'est du noir et blanc, quoi !

— Des nouvelles d'Adam ? demanda William McCray à son fils Charles lors de leur rendez-vous hebdomadaire dans le bureau de ce dernier, au Fayerweather Building de Columbia.

— Un peu, pas des masses. Il a l'air très occupé par ce projet de recherche qu'il mène à Chicago. Il passe pas mal de temps là-bas.

— Oh, je sais tout ça. Il a découvert des enregistrements de je ne sais quels survivants de l'Holocauste. C'est moi qui l'y ai conduit, enfin, indirectement. Il recherche la preuve dont parlait mon ami, la preuve de la présence de soldats noirs à la libération de Dachau.

— Je ne crois pas qu'il en soit là, papa.

— Ah, si, moi je sais qu'il en est là.

— Non, je pense qu'il est allé au-delà. Il étudie la vie de l'homme qui a réalisé ces enregistrements.

— Peut-être, mais il est encore sur la piste de la preuve...

— C'était sans doute son point de départ mais...

— Cela t'importe-t-il tant, franchement, qu'il ne découvre pas cette preuve ? lui rétorqua sèchement William.

Ils étaient assis là, tous les deux, et cette repartie de William les laissa l'un et l'autre incrédules. Comment en étaient-ils arrivés là ?

À son retour chez lui ce soir-là, Charles McCray ouvrit sa porte sur un appartement silencieux, silencieux parce que désert. Un mot de Michelle, sa femme, était posé sur la table de la cuisine. Elle était allée dîner et regarder un film chez Adam Zignelik. Sous ce mot, il y en avait un autre, de la part de Sonia. Elle était là-bas, elle aussi. Charles resta là, à observer ces deux mots. Puis il considéra la pièce autour de lui. Cela ne faisait aucun doute. Il était tout seul.

*

Elise, la petite fille, qui n'était encore qu'un bébé, s'était enfin endormie et ce n'était que le début de l'après-midi, mais Rosa Broder, née Rosa Rabinowicz, se sentait déjà fatiguée. Rien que de s'occuper de sa fille, de cuisiner et de se charger du ménage, avec plusieurs nuits d'affilée sans sommeil, elle se sentait l'envie de s'accorder une sieste, elle aussi. Elle avait retiré ses pantoufles et ses vêtements, et enfilé son peignoir quand elle entendit frapper à la porte d'entrée. Son mari ne devait pas rentrer avant quelques heures et elle n'attendait personne. Elle se dit que ce devait être un colporteur faisant du porte-à-porte pour essayer d'écouler sa marchandise. Si elle se contentait d'ignorer ces petits coups frappés à la porte juste le temps qu'il fallait, le camelot croirait qu'il n'y avait personne et il irait tenter sa chance une porte plus loin. Mais les coups continuèrent. Elle attendit qu'ils cessent, et ils cessèrent, mais, après une très courte pause, ils reprirent. Ce n'était pas un camelot ordinaire. Elle se rendit à la porte et regarda par le judas. Elle n'en crut pas ses yeux. Derrière la porte d'entrée de son appartement de Varsovie, c'était Noah Lewental. Elle ne l'avait plus revu depuis son départ de Ciechanow. Et ils n'avaient conservé aucun contact.

Soudain tendue, elle le regarda planté là, il était un peu plus âgé, à présent, il avait les yeux rivés sur sa porte, puis il se retourna face au vestibule et à l'escalier, comme s'il s'attendait à ce que quelque chose d'intéressant s'y présente, puis il revint de nouveau face à la porte de Rosa. Ils n'étaient plus séparés que par un panneau de bois d'un ou deux doigts d'épaisseur. Il n'avait pas dû se rendre compte de cela. Il savait que c'était son appartement. Il ne savait pas qu'elle était là. Mais pourquoi restait-il piqué là, à frapper ? Pourquoi ne partait-il pas, et puis c'est tout ? Peut-être qu'un voisin, en bas, lui avait certifié que Mrs Broder était chez elle avec son petit ; la petite, c'était une fillette.

— Mrs Broder a une fille ?

— Oui, une petite fille, Elise.

Elle avait pensé à lui, de temps à autre, depuis qu'elle avait quitté Ciechanow, et même assez souvent, les premiers jours. Parfois avec colère, d'autres fois avec chagrin. Il lui était même arrivé d'être en colère contre elle-même de n'avoir pas su se montrer plus accommodante vis-à-vis des pulsions de ce garçon. Étant une femme mariée désormais, elle avait appris à satisfaire les besoins d'un homme. Si elle avait appris plus tôt à satisfaire un être qu'elle aimait depuis l'enfance, où aurait été la tragédie ? Ces pensées-là lui venaient au milieu de la nuit, avec son mari Chaïm Broder allongé à ses côtés, qui tour à tour s'endormait et faisait semblant de dormir pour ne pas envahir l'intimité des regrets de Rosa. Que regrettait-elle ? Broder ne savait pas tout, mais il savait qu'elle regrettait probablement de s'être mariée si précipitamment et d'avoir épousé un homme bien plus âgé qu'elle. Son adoration pour elle n'avait faibli en rien. Mais il n'oubliait pas les sentiments véritables de sa femme. Il pouvait accepter qu'elle n'éprouve pas à son égard les mêmes que ceux qu'elle lui inspirait, mais qu'elle n'en ressente pour ainsi dire aucun, ce n'était pas si facile.

Le jour, il combattait l'insatisfaction intellectuelle que lui valait son métier, l'absence d'opportunités dans la poursuite de ses études, son inaptitude à travailler comme psychologue. La nuit, il vivait avec la conscience que si sa femme l'embrassait, si elle le tenait dans ses bras, si elle lui permettait de la toucher et de la prendre, au lit, c'était sa solitude et sa pauvreté qui lui valaient sa présence. Et c'étaient ces pensées-là, ces sentiments-là qui, jour après jour, grignotaient l'idée qu'il se faisait de lui-même.

Rosa scrutait par le judas cet homme qu'elle aurait dû épouser et des souvenirs d'un autre temps resurgirent en elle. Noah aurait dû être capable d'attendre. Il aurait dû comprendre. Il aurait dû résister à cette simplette d'Ada. Subitement, il se détourna et se dirigea vers l'escalier. Il s'en allait. Sans comprendre pourquoi, elle ouvrit. Avait-il entendu la porte s'ouvrir, malgré le bruit de ses pas ? Fallait-il qu'elle l'appelle avant qu'il ne soit trop tard ? Elle ne serait pas capable de lui courir après. Sa fille dormait dans la pièce voisine. Où allait-il ? Repartait-il pour Ciechanow, auprès d'Ada ? Pourquoi était-il venu ? Il s'arrêta, s'immobilisa, en haut de l'escalier.

— Noah... c'est toi ?

Arrêté sur la première marche, il se retourna, s'appuya sur la rampe et lui répondit tristement.

— Je savais que tu étais chez toi.

Elle le pria d'entrer et de retirer son manteau. Ils restèrent là tous les deux, à se dévisager. Elle se ressaisit, l'invita à s'asseoir et lui demanda s'il aimerait une tasse de thé.

— Il faudra parler doucement. Ma fille dort.

— J'ai su que tu avais une fille. Quel âge a-t-elle, maintenant ?

— Deux ans, presque deux ans et demi.

— Comment vas-tu, toi ?

— Comment je vais ? Ça va, je vais bien.

— Bon, fit-il, mal à l'aise.

— Quel âge a ton... enfant... maintenant ? s'enquit-elle.

— Oh, dit-il, encore plus mal à l'aise. Tu n'es pas au courant ? Ada... euh... Elle a perdu l'enfant. Il était mort-né.

— Noah, je suis désolée. Comment va-t-elle... Ada ?

— Concernant le bébé ?

— Oui.

— Elle est restée la même. Très vite, presque tout de suite, elle est redevenue la fille bizarre qu'elle a toujours été. Tu vois, elle se figure que le bébé n'est pas mort.

— Quoi ?

— Elle pense qu'il n'est plus avec nous, pour le moment, mais qu'il le sera de nouveau. Elle affirme que nous le reverrons bientôt, et qu'ensuite nous le reverrons avec les parents d'Ada, ses vrais parents, ceux qui ont été tués dans le pogrom de Luban, quand elle était bébé. Elle n'est pas méchante, mais elle est...

— Simplette ? suggéra Rosa.

— Et elle est folle. Mais cela doit l'aider, j'imagine.

— Tu n'as pas de bébé, fit Rosa, en se parlant presque à elle-même. Donc tout... tout ça, c'était pour rien. Tu n'étais pas obligé de l'épouser.

— Non, je n'étais pas obligé de l'épouser.

Ils échangèrent un regard. Tous les deux si jeunes, et tous les deux déjà si meurtris.

— Rosa... je ne sais pas comment elle aurait pu savoir que j'étais le père. Je ne l'ai vue... qu'une seule fois. Il y en a eu d'autres qui lui ont rendu visite plein de fois et qui...

— Noah, je sais... combien de garçons se sont rendus là-bas. Nous étions tous au courant. Peut-être Ada n'est-elle pas si simplette, après tout ?

— Que veux-tu dire ?

— Elle a choisi celui, le seul peut-être parmi tous ces garçons qui admettrait ce qu'il avait fait et qui l'épouserait, reprit-elle sans colère aucune, mais avec un mélange de résignation et de tristesse.

— Je n'étais pas si bon que cela, pas si fort, pas si moral. Rosa, je me serais empressé de mentir, tout autant que les autres, pour dissimuler ce que j'avais fait et continuer ma vie, réaliser mon... nos projets. C'est mon père qui m'a forcé à reconnaître que j'étais peut-être responsable, et c'est mon père qui m'a poussé à l'épouser et à en assumer les conséquences.

— A-t-il dit quelque chose à mon propos, ton père ?

— Oui, il a dit qu'en agissant ainsi, j'allais t'offrir la chance de trouver un homme honorable. Là-dessus, Noah regarda autour de lui dans l'appartement. Et ton mari, c'est un homme honorable ?

— C'est un homme honorable, indiscutablement, répondit-elle.

Noah la connaissait depuis l'enfance et sa manière de formuler cette réponse, alliée à tout ce qu'elle préférait taire, suffit à lui signifier ce qu'elle entendait par là.

— Pourquoi es-tu venu à Varsovie ?

— Il n'y a pas de travail, à Ciechanow. Je suis venu ici chercher du travail, ou me former. J'ai entendu dire qu'il y avait du travail pour des électriciens.

— Et si tu en trouves ?

— Si j'en trouve, je quitte Ciechanow... je m'installe ici.

— Et ta femme ?

— Ada peut continuer d'être Ada n'importe où. Rosa, j'ai gâché nos deux existences.

— Je n'éprouve aucune colère, plus maintenant.

— Non ? Eh bien, moi si. Tous les jours, je me punis... et ensuite, Dieu y met aussi du sien. Il regarda l'appartement autour de lui. Un homme honorable, ajouta-t-il posément.

Rosa ignorait s'il parlait du caractère de son mari ou s'il émettait un commentaire ironique sur le sien propre, mais quelque chose dans cette dernière remarque l'amena à fermer les yeux et, quand elle les rouvrit, elle avait les joues maculées de larmes longtemps refoulées. Voyant cela, Noah se pencha pour la serrer dans ses bras. Chassant les larmes du dos de la main, il alla jusqu'à lui dégager les cheveux du visage, pour les lui recoiffer derrière l'oreille. Puis il l'embrassa délicatement sur la tête, et sur la tempe, avec une égale douceur, tout en continuant de lui caresser les cheveux. Lorsqu'il lui déposa un doux baiser sur la bouche, elle n'esquissa pas un geste, si ce n'est pour le surprendre en entrouvrant les lèvres. On eût dit que l'embrasser avec passion dans cet appartement de Varsovie, alors que sa fille dormait dans la pièce voisine, c'était pour elle la chose la plus naturelle du monde. Et si ce n'était pas la chose la plus naturelle du monde, elle s'y prêta comme si, naturelle ou pas, c'était celle qu'elle désirait le plus au monde.

Ils se relevèrent en s'embrassant et, quand il fit glisser son peignoir de ses épaules, il vit ses seins, pour la troisième fois seulement, et pour la première fois en pleine lumière. Il s'agenouilla, il acheva de lui retirer son peignoir et le laissa tomber sur le sol à ses pieds. Elle était devant lui, complètement nue, elle avait encore les larmes aux yeux, et il laissa sa bouche vagabonder partout sur son corps. La petite Elise était endormie dans la chambre de ses parents et Noah conduisit la mère de la fillette vers le canapé. Il la pénétra, pour la toute première fois, ainsi qu'il l'avait désiré tant d'années auparavant, du temps où cela lui était interdit, tout comme ça l'était aujourd'hui, mais pour d'autres motifs. Combien de temps avaient-ils, avant que le monde ne se referme sur eux ? Ils ne le sauraient jamais.

Douze minutes plus tard, Chaïm Broder, libéré tôt de l'école où il enseignait à cause d'une migraine, tourna en silence la clef dans la serrure de la porte d'entrée et les surprit à l'improviste, quelques instants avant que Rosa ne le voie entrer. Il se remémorerait cette scène pour l'éternité et, plus encore que cette vision saisissante, il se souviendrait du gémissement de son épouse avant qu'elle ne l'entrevoie. Elle se redressa et, d'instinct, tenta de protéger sa nudité du regard de son mari en attrapant une couverture jetée à une extrémité du canapé ; ce geste amena Noah Lewental à se retourner, à découvrir la nuque de Chaïm Broder qui, sans prononcer un mot, regagnait la porte d'un pas vif. Il l'ouvrit, sortit et la referma sans la claquer ; il ne reviendrait que quelques heures plus tard. Lewental se rhabilla en vitesse et partit, laissant Rosa arpenter l'appartement, tour à tour secouée de sanglots entrecoupés de halètements angoissés, ou silencieux. Quand l'enfant se réveilla, elle lui chanta des petites comptines, dans une vaine tentative de lui dissimuler sa détresse tout en lui donnant à manger.

Dix jours plus tard, la petite Elise avait disparu. Son père l'avait emmenée avec un petit ballot de vêtements et d'effets divers, pour un long voyage qui les conduirait finalement à Chicago, à l'insu de Rosa et sans son autorisation. Sa colère finirait par s'apaiser, mais jamais la douleur ou la suspicion insidieuse d'avoir été, dans une certaine mesure et à travers le puissant cocktail de l'échec, le seul responsable de ce qu'il avait découvert sous son toit en cet après-midi migraineux. Ce sentiment de complet échec s'agrippait à lui partout où il allait, à chaque changement de tenue, à chaque changement de saison, à Chicago, dans l'Illinois, où il était connu, surtout auprès de ses étudiants, sous le nom d'Henry Border.

*

Lui téléphoner ou ne pas lui téléphoner ? Telle était la question qui trottait dans la tête d'Adam Zignelik. Finalement, pour lui, les choses commençaient à bien se présenter, du moins au plan professionnel, songea-t-il. Son travail s'annonçait prometteur. À Chicago, Sahera Shukri, doyenne des Bibliothèques à la Galvin Library de l'IIT, s'était attelée, avec des membres de son équipe et de leur propre chef, au report numérique des transcriptions d'enregistrements sur fil d'acier qu'Henry Border avait rapportés d'Europe, des camps de Personnes Déplacées, en 1946. Les contenus des transcriptions, les voix, suivaient ces membres de la faculté un peu partout dans leur voiture, à leur domicile, jusque dans leur sommeil et, au bout d'un moment, certains d'entre eux furent contraints de signaler qu'ils se sentaient incapables de continuer. D'autres enregistrements sur fil en yiddish et dans d'autres langues, que Border n'avait jamais eu l'occasion de traduire ou de transcrire, attendaient Adam. Il y avait des personnes à interroger et d'autres à rechercher, dans l'espoir de pouvoir les questionner.

À part Arch Sanasarian, deux étudiants de Border au moins étaient encore en vie. Ils avaient été tous deux en troisième cycle, ils avaient travaillé sur le « Quotient adjectif-verbe », il s'agissait d'Amy Muirden et de Wayne Rosenthal, et ce dernier était très aimé, à ce que l'on disait. Il se pouvait qu'il y en ait d'autres. Adam n'était pas sûr de savoir où le mènerait ce travail, mais il ne faisait guère de doute que c'était la recherche authentique d'un historien sérieux, et cela suffisait à le regonfler. Si l'un ou l'autre des sujets interrogés par Border se trouvait à Dachau à la fin de la guerre, il pourrait même être question dans leurs transcriptions de la libération du camp par des soldats noirs américains, tout comme l'ami bostonien de William

McCray l'avait indiqué. Et rien de tel ne se profilait à l'horizon quand Diana avait refermé derrière elle la porte de l'appartement de Morningside Heights qui avait été le leur.

Alors, avait-il réellement envie de téléphoner à son ancienne étudiante, celle qui avait compris qu'il s'agissait de Gandhi, histoire de sortir avec elle ? Quelle que soit la définition que l'on accorde au verbe « vouloir », le sentiment qui s'attachait à lui en cet instant était d'un ordre différent, qualitativement parlant, de celui qui l'avait englouti après que Diana – sur son insistance à lui, il est vrai – l'eut laissé errer seul, de faux pas en faux pas, dans l'appartement que l'université Columbia lui réclamerait tôt ou tard pour l'attribuer à l'existence d'un autre que lui.

« Dois-je l'appeler ? » se demanda-t-il, assis seul dans l'obscurité de son appartement.

*

— Bienvenue chez vous, professeur Border, s'écria Callie Ford en lui ouvrant la porte de la maison. C'était en 1946 et il regagnait son domicile de l'Uptown, à Chicago, de retour d'Europe. Il dut effectuer plusieurs navettes entre le taxi et l'entrée, en haut des marches du perron, car il avait quantité d'affaires à transporter, non seulement ses bagages, mais aussi l'appareil d'enregistrement sur fil de Marvin Cadden ainsi que tous les enregistrements proprement dits.

— Papa ! s'exclama Elise Border en courant au bas des marches pour accueillir son père et se jeter à son cou. Le sommet de sa tête lui arrivait un peu plus haut qu'avant, contre son torse, et il n'eut qu'à incliner légèrement la sienne pour l'embrasser sur le front. Il ferma les yeux. Il n'était plus le même homme qu'à son départ.

Il enseignerait, tout comme il l'avait fait avant ce voyage en Europe, il réglerait ses factures et ses impôts, il sourirait et il plaisanterait, même, au cours des années à venir, avec ses étudiants – ses favoris, Arch Sanasarian, Amy Muirden, et pourquoi pas Evie Harmon, mais surtout Wayne Rosenthal, qui poursuivrait encore quelques années ses recherches pour sa thèse consacrée au « Quotient adjectif-verbe », sur la base des transcriptions qu'il effectuerait laborieusement, jour après jour, à partir des enregistrements sur fil ; cependant, Henry Border avait entendu lors de son périple des choses qui avaient ébranlé le cœur même de sa conception de l'espèce humaine. Il avait entendu des choses qui étaient arrivées à d'autres, à son propre peuple, y compris à des êtres qu'il avait abandonnés, et tout cela l'enveloppait d'une culpabilité qui, en très peu de temps, s'était emparée de lui, l'avait saisi sous les bras, l'avait pris par les épaules, empoigné dans le creux des reins et ne le lâchait plus, une culpabilité qui, depuis, lui serrait un peu plus le cœur à chaque pulsation. C'étaient des frères et sœurs et des cousins, des tantes et des oncles. Il y avait là Rosa, son épouse, la femme qu'il avait abandonnée suite à une crise de jalousie, abandonnée en lui volant son enfant. Tous, ils avaient disparu.

— Papa ! J'ai cru que tu ne rentrerais jamais à la maison, s'écria Elise.

À part Elise, que lui restait-il, sinon reprendre les histoires de ces êtres brisés dans les camps de Personnes Déplacées, et les diffuser aussi largement que possible ? Le monde devait savoir ce qui était arrivé à ces êtres, alors qu'en ces années d'immédiat après-guerre, il s'en apercevrait, personne n'avait réellement envie de savoir. Volontaire, Henry Border allait travailler sans relâche, les jours de semaine et les week-ends, jour et nuit, écouter et transcrire, patiemment, avant de traduire chaque mot, chaque nuance et chaque son que contenaient ces enregistrements sur fil. Rien d'autre ne valait la peine, dans son existence, il n'avait aucune autre raison de vivre que celle-là, et Elise. Crise de jalousie ou non, acte de cruauté ou non, il n'était pas contestable qu'en quittant sa femme il ne s'était pas seulement sauvé lui-même, mais il avait aussi sauvé sa fille. Il avait sauvé sa fille. Alors pourquoi se sentait-il si criminel, et si complice ?

— Elly ! Mon Elly !

Il l'embrassa encore. Callie Ford s'aperçut qu'il avait les larmes aux yeux. Elle entendit le taxi redémarrer. Henry Border étreignait encore sa fille très fort quand les marches craquèrent lentement. Elle leva les yeux, des yeux embués elle aussi.

— Professeur Border, monsieur, voici mon fils, Russell. Descends donc un peu, toi, serrer la main au professeur.

Aidée par Elise, Callie se mit ensuite en devoir de faire au professeur le récit des événements qui avaient amené son fils, Russell, à s'installer chez lui. Elle avait eu peur de le lui annoncer, mais elle se rendait compte qu'en réalité, elle n'avait pas le choix. Elle n'aurait pu exiger ou attendre d'Elly qu'elle mente à son père au sujet de Russell. Mais elle n'aurait jamais cru que la jeune fille aurait eu l'ascendant qu'elle possédait sur le professeur, ou le désir d'exercer cet ascendant avec autant de ténacité, et pour le bien de Russell. Elle lui parla d'un dénommé James Pearson qui habitait là où habitait Russell, un endroit que l'on appelait les Mecca Flats, dans les quartiers sud, pas très loin de l'IIT. Elle était allée là-bas avec Russell et Callie, dès le matin qui avait suivi l'arrivée du jeune garçon devant le perron de leur domicile. Et elle n'avait pu effacer de son esprit ce qu'elle avait vu sur place.

Elly emmènerait son père là-bas. À douze ans et demi, elle insista à la fois pour l'y conduire et ne pas lui en révéler les raisons avant qu'ils ne soient sur place. Il avait toujours eu du mal à s'empêcher de lui faire savoir combien elle était précieuse à ses yeux. Et à présent, à peine rentré des camps de Personnes Déplacées d'Europe, ne saisissant guère pourquoi elle voulait l'emmener là-bas, au cours de ces premières semaines de son retour à la maison où il lui arrivait subitement de l'étreindre en pleurant, elle lui était encore plus précieuse, il se confiait peu, mais il en aurait fait bien davantage pour sa fille que de parcourir la quinzaine de kilomètres qui séparaient leur domicile de la 34e Rue, entre State Street et Dearborn Street. Cet immeuble, il l'avait vu presque tous les jours, mais jamais sous cet angle.

Elly lui montra le trou dans le trottoir devant l'entrée qui formait un tunnel par où des enfants entraient et sortaient en rampant, comme s'il était normal de vivre ainsi partiellement sous terre. Elle lui montra les dalles brisées et les enfants aux regards fous qui couraient partout en jouant à des jeux improvisés qui devenaient soudain violents pendant que là-haut, au troisième étage, un petit garçon, l'air de rien, leur urinait dessus à travers les barreaux de la rambarde en fonte. Pour les profanes, l'odeur qui régnait là était une véritable agression, surtout par temps chaud. Une bande d'enfants pourchassait un chien qui tenait des détritus dans sa gueule. Autour des Mecca Flats, il n'y avait pas de miradors avec des gardes armés, la malnutrition dont souffraient les enfants qui se ruaient dans le hall d'entrée en se criant dessus restait limitée, et on n'envoyait personne se faire exterminer, mais c'était pourtant un ghetto, sans équivoque possible. C'était le ghetto auquel on aboutissait dans un pays qui prétendait être en paix avec lui-même. Où cantonniez-vous vos esclaves, quand vous n'étiez plus autorisé à garder des esclaves chez vous ? Henry Border savait reconnaître un ghetto quand il en voyait un. Il en avait assez vu comme cela. Ils n'avaient plus rien à faire là. « Non », insista sa fille. Il fallait qu'il en voie davantage.

Elle le conduisit à l'appartement qu'elle avait visité, celui qu'occupait James Pearson, où habitaient Callie et Russell. Elle se souvenait du chemin et, bien décidée à ce que son père voie les conditions dans lesquelles vivaient ces gens, elle frappa à la porte.

— Vous vous souvenez de moi, madame Sallie ?

La vieille réfléchit un moment. Elle ne se souvenait pas de cette jeune fille blanche et maigrichonne aux yeux noirs, mais comme la fille en question connaissait son nom, elle fit semblant du contraire.

— Oui, gamine. Oui, je me souviens.

Sous prétexte d'entrer chercher Callie, la jeune fille passa devant elle, sans ménagement, et pénétra dans le logement.

— Elle est pas là, pour l'instant, gamine. Cet homme, avec toi, là, qui est-ce ? dit la femme, en toisant Henry Border de la tête aux pieds.

— C'est mon père, madame Sallie. Il peut entrer ?

Elly fit signe à son père de s'approcher, et il entra.

— Avez-vous rencontré, rencontré mon ami ? lui demanda-t-elle.

— Miss Callie Ford ? Oui, je la connais.

— Elle ne fait pas allusion à Callie, lui expliqua Elly.

— Avez-vous rencontré, rencontré mon ami, Jésus ?

Pour Henry Border, l'odeur était à la limite du supportable. Mrs Sallie leur expliqua que ni Russell ni Callie n'étaient là, ce qu'Elly savait déjà. Elle eut un regard vers son père, et elle comprit qu'elle avait achevé sa mission.

C'était vers ce nouveau chapitre de la vie d'une très jeune fille juive orpheline de mère, une jeune fille dont le monde hors de l'école avait été jusque-là très largement confiné à ses devoirs et à ses manuels, qu'Henry Border avait effectué son retour. Ce chapitre inédit avait pour premiers rôles Callie Ford et son fils Russell et l'homme dont l'apparente disparition avait tout provoqué, James Pearson, ce Mr Tout-Ce-Que-Vous-Voudrez qui occupait une place croissante dans leur existence. Après cette première nuit où Russell était arrivé terrifié d'avoir été témoin de ce qu'il avait pris pour l'enlèvement de James Pearson, Callie lui avait permis de rester coucher toutes les nuits dans la chambre d'appoint. À la fin d'une journée d'abattoir, il retournait auprès de sa mère et d'Elly, sous le toit des Border. James Pearson l'accompagnait parfois. Callie préparait à dîner pour eux quatre et, subitement, on voyait émerger là une famille de fortune, une famille inattendue, aux origines disparates. Un lien profond, ébauché aux Mecca Flats et cimenté à l'abattoir, s'était noué entre le jeune Russell et James Pearson. Callie avait toujours été séduite par les manières posées de James Pearson, mais maintenant qu'il avait veillé sur son fils, il lui inspirait une gratitude telle qu'elle n'aurait jamais pensé en connaître de nouveau après la mort de son mari.

Russell n'avait aucun besoin que James Pearson l'accompagne jusqu'à Sheridan Road, dans l'Uptown, et Callie savait qu'ils n'étaient dupes ni l'un ni l'autre. Il devint clair dans son esprit que c'était sa manière de lui faire la cour, la cour d'un homme timide. James Pearson, qui s'était spontanément entiché de son fils au point de lui procurer un emploi et de le guider dans ces salles souillées de sang et jonchées de carcasses, manifestait maintenant un intérêt délicat envers elle. Et tout cela se produisait à la table de la cuisine des Border, où avaient pris place une mère, une figure paternelle, un fils et une jeune fille juive polonaise de naissance qui se délectait des bienfaits de cette famille impromptue. Elle n'avait jamais rien connu de tel.

Callie et Elly se racontaient ce qu'elles avaient fait dans la journée et Russell et James Pearson se racontaient les événements du jour à l'abattoir. Tout à coup, Elly Border entendait parler de cochons décapités et équarris, de personnages comme Tommy Parks et la vieille Mrs Sallie, là-bas, aux Mecca Flats. Précédemment, elle avait même entendu ce qu'elle n'était pas censée entendre, l'histoire de ce qui se tramait derrière la visite tard dans la nuit de ces deux hommes blancs qui s'étaient rendus aux Mecca Flats, la nuit où Russell s'était enfui pour aller raconter à sa mère ce qui était arrivé à Pearson. Ces hommes ne l'avaient pas emmené pour lui causer du mal. Ils le respectaient ; en fait, ils avaient essayé de l'amadouer, tout ça pour ce qu'ils appelaient un syndicat. Que cela présente ou non un quelconque avantage pour les Noirs, il n'y avait rien à redouter, avaient-ils affirmé à Russell.

Ça s'occupe de quoi, un syndicat ? avait demandé Elly Border à Russell Ford, en rompant un silence inhabituel, un soir, alors qu'ils se partageaient la vaisselle. C'était en lui répondant qu'il avait fini lui-même par le savoir.

C'était ce monde qu'Henry Border avait réintégré, de retour des camps de Personnes Déplacées d'Europe, en s'introduisant sous son propre toit sans y avoir été convié. C'était Elly qui avait ourdi le plan susceptible de solidifier et de codifier le changement radical qui s'était naturellement opéré en l'absence de son père. Callie et Russell allaient vivre avec eux, chacun avec sa chambre, qu'ils occuperaient à titre gratuit. Callie conserverait sa place de bonne à demeure et elle économiserait le montant du loyer qu'elle versait pour leur chambre aux Mecca Flats. Russell prendrait la ligne du «El» à l'heure pour aller travailler avec James Pearson, qui continuerait de couvrir la quinzaine de kilomètres qui le séparait de Sheridan Road. Et bien sûr, Callie restait aussi merveilleuse aux yeux de la fille de Henry Border qu'elle savait se montrer merveilleuse envers elle. Or, au fond, en réalité, il n'y avait que cela qui comptait pour lui.

En homme qui faisait grand cas de son intimité, maintenant qu'il avait deux personnes habitant avec lui, dont un adolescent, il devrait sûrement leur compter un loyer. Cette idée ne lui vint pas à l'esprit. Elly devenait chaque jour un peu plus femme et il y avait désormais ce jeune homme étrange, bientôt âgé de quinze ans, qui travaillait aux ateliers de découpe en centre-ville, qui vivait, se douchait et dormait quelques portes plus loin, sous le même toit que sa fille. Ils allaient se promener ensemble. Elle sortait dans le centre avec Callie, James Pearson et lui, les week-ends. Où allaient-ils, au juste ? Que faisaient-ils, au juste ? Aurait-il dû s'en soucier ? Il ne se souvenait pas d'avoir jamais vu Elly aussi heureuse. Elle rentrait à la maison en toute sécurité, et à l'heure, et, quand l'école reprenait, rien chez elle ne trahissait le moindre désintérêt pour son travail scolaire. Elle sortait de sa coquille. Quels qu'eussent été ses scrupules si, à un moment ou à un autre, avant son récent départ pour les camps de Personnes Déplacées, on lui avait laissé entrevoir de tels changements, Henry Border donnait maintenant l'impression de se laisser bercer par la vie. Ce n'était pas qu'il soit insouciant. Bien plutôt, il ne se souciait maintenant que d'une chose. Si sa fille était en sécurité et pas malheureuse du tout, cela lui laisserait l'entière liberté de se concentrer sur la mise en lumière de cette histoire. En tout état de cause, ces changements l'aidaient dans son travail. À chaque avancée de l'enregistreur, il prenait note de chaque mot, de chaque syllabe. La maison était souvent déserte, ce qui le laissait libre de travailler sur les transcriptions, et notamment sur les huit premières qui devinrent la matière de son ouvrage : *Je n'ai pas interrogé les morts.* Il lui faudrait des années avant de trouver un éditeur.

— Puis-je vous apporter quelque chose, professeur Border? s'enquit Callie Ford tard un soir, alors qu'il était assis sous le faisceau d'une lampe de bureau, dans sa pièce de travail, entouré de bobines de fil.

Que faisait-il, si tard le soir, tous les soirs, l'air si absorbé? Qu'étaient-ce donc que ces enregistrements sur fil qu'il restait assis à écouter soir après soir, à lancer et à interrompre, à écouter et à réécouter ? Elle observa cet homme vieillissant. Il soutint son regard comme s'il ne savait pas qu'elle était là. Et elle se demanda s'il était bien tout à fait là. Avant son départ pour l'Europe, elle ne le connaissait pas vraiment, mais il lui semblait qu'une part de lui-même y était encore. Qu'avait-il vu là-bas ?

*

À la toute fin de la journée, Lamont Williams entra dans la chambre du neuvième étage du Sloan-Kettering Memorial, occupée par le vieux patient auquel il rendait régulièrement visite. Ces derniers temps, ses visites étaient moins fréquentes et, à peine Lamont se fut-il assis que le vieil homme fut incapable de s'abstenir de lui en faire la remarque.

— Vous ne venez plus tant que ça, monsieur Lamont. Et puis il vit le bandage, autour de sa main. C'est à cause de votre main ? Qu'est-ce qu'elle a, votre main ?

— Ce n'est rien, franchement. Me suis juste fait mal en me chargeant de mes missions supplémentaires. C'est pour ça que je ne suis plus trop monté. C'est à cause de mes missions supplémentaires.

— Vos missions supplémentaires... bon, ce n'est pas une bonne chose que vous vous soyez blessé à cause de ça, mais c'est une bonne chose que vous ayez ce travail supplémentaire, maintenant. Non ?

— Si, c'est bien.

— Et ces tâches supplémentaires, cela recouvre quoi ?

— Eh bien, ça recouvre le ramassage des ordures. Ils m'ont mis...

— Vous les ramassiez déjà, les ordures. C'est comme ça que je vous ai rencontré. Ils vous en donnent davantage à ramasser, et ils appellent ça des « tâches supplémentaires » ?

— Non, non, ils m'apprennent à faire fonctionner l'incinérateur. Un énorme incinérateur qui vous débarrasse des déchets toxiques, de toutes sortes de trucs. Ça sert à rien que vous soyez au courant.

— Je suis déjà au courant.

— Je ne vous suis pas.

— L'incinérateur, c'est un four, non ?

— Euh, ouais, un immense four. Ils nous obligent à porter une tenue de protection. Du sale boulot, mais... vous savez... c'est assez intéressant, je trouve.

— J'ai fait fonctionner un four... dans la section Birkenau d'Auschwitz-Birkenau, où c'est un Français qui m'a fait don de ceci, lui confia Mr Mandelbrot, en désignant le tatouage à son bras gauche. Je lui ai dit : « Petit, je le veux aussi petit que possible. » Un, Huit, Un, Neuf, Sept, Zéro. C'est le matricule que j'ai reçu dès mon arrivée à Auschwitz.

— C'était quand, ça ?

— Monsieur Lamont, vous êtes censé vous souvenir de ces choses-là. Je ne vais pas rester ici éternellement. D'ici deux jours, je ne serai plus là.

— Que voulez-vous dire ? Ne parlez pas comme ça !

— Ils vont me laisser rentrer à Long Island.

— Chez vous ?

— Oui. Soit je vais mieux, soit je suis au plus mal et je serai bientôt mourant. Je ne sais pas lequel des deux, mais peu importe. Le docteur Washington garde ça pour elle. Vous voyez, si vous la connaissiez mieux... Un, Huit, Un, Neuf, Sept, Zéro. J'ai hérité de ça en avril 1944. Il faut vous en souvenir. Ils nous ont mis – vous vous souvenez que je suis arrivé avec onze autres juifs ?

— De Sosnowiec, vous êtes arrivés en camion. Vous avez frappé un homme, histoire d'avoir des vêtements qui vous aillent.

Mr Mandelbrot lui sourit.

— Oui, vous vous souvenez de tout. C'était en avril 1944. Je suis resté presque quatre semaines en quarantaine. C'est là que j'ai vu mon premier *Muselmann*. Vous savez ce que c'est ?

— Non.

— C'est un être qui en a fini avec la vie avant que la vie n'en ait fini avec lui. Ils survivent parce que leur corps n'est pas encore mort. Ce sont des squelettes, mais ils remuent encore. Ils remuent, ils ont tout le temps faim, comme un animal, mais à part ça, ils sont morts. Je les ai vus, et je me suis promis de ne pas me transformer en l'un d'eux. Mais c'est plus facile à dire qu'à faire. Ces Muselmänner n'avaient aucune envie de devenir des Muselmänner, à leur arrivée à Auschwitz. Quatre semaines de quarantaine à Auschwitz. Je pensais avoir vu tout ce qu'un homme pouvait voir. Je me trompais. Mon éducation ne faisait que débuter.

» Onze juifs sont descendus de ce camion avec moi et on s'est rendus à la Bekleidungskammer, où ils stockaient les vêtements. Au bout de peut-être quatre semaines, trois d'entre nous ont été choisis pour subir leur véritable éducation. Nous étions les trois plus forts. Vous savez ce que c'est qu'un *Sonderkommando* ?

— Non ?

— Le Sonderkommando, c'était le détachement qui opérait aux chambres à gaz et aux fours crématoires. Je faisais partie d'un Sonderkommando. Je vais vous raconter et alors vous comprendrez pourquoi la raison que me fournit le docteur Washington de mon retour chez moi importe peu.

*

Birkenau, qui était de très loin le plus grand des camps composant le Vernichtungslager d'Auschwitz, le camp d'extermination, se situait entre deux rivières. Il y avait des bouleaux disséminés tout autour qui, nourris comme ils l'avaient toujours été par le soleil et arrosés par la pluie, savaient endurer le vent, le gel, la neige l'hiver, une chaleur brûlante l'été et tout ce qu'il pouvait y avoir à endurer d'autre dans un marais de la Haute-Silésie polonaise. De jour en jour, mois après mois, et d'année en année, ils ne cessaient de grandir et de voir tout ce qui se passait là-bas mais, comme tous les arbres, ils ne pouvaient parler, jamais prononcer un mot. À part cela, rien dans cet endroit ne ressemblait à aucun autre endroit sur terre.

La première journée d'Henryk Mandelbrot au sein du Sonderkommando commença de nuit. Rien, pas même le ghetto, n'aurait pu le préparer à cela et désormais, pour le restant de sa vie, chacune de ses journées serait privée de soleil. Au milieu de la nuit, en compagnie des deux autres juifs qui étaient arrivés avec lui à bord du même camion et qui avaient aussi été sélectionnés, il fut convoqué d'urgence pour se présenter au Sonderkommando, sans avoir la moindre idée de ce que c'était. Deux SS les conduisirent en toute hâte, les deux autres hommes et lui, à un baraquement où les trois équipes suivantes du Sonderkommando s'apprêtaient à entamer leur besogne. Le baraquement était rempli d'hommes, tous occupés à s'habiller, des Polonais, des Hollandais, des Grecs et des Français. À part une poignée de prisonniers allemands de haut rang, des Kapos, ils étaient tous juifs. Henryk Mandelbrot constata qu'aucun de ces hommes ne parlait. Ils se contentaient d'enfiler leurs vêtements. Les trois nouveaux se tenaient là, au milieu des autres, sans trop savoir quoi faire, et Henryk Mandelbrot questionna un homme qui s'activait à se préparer avant d'aller travailler.

— On est supposés se joindre à vous. Qu'est-ce que vous faites ?

— Vous êtes venus brûler des corps.

L'un des deux SS qui les avaient conduits à ce baraquement entra et leur dit qu'ils pouvaient commencer avant les autres, puisqu'ils étaient déjà habillés.

— Qu'est-ce qu'on fait ? demanda Henryk Mandelbrot.

— Tu as l'air assez costaud, pour un juif. Viens, je vais te montrer. Venez avec moi, vous tous. Pressons ! Vous avez pas mal de travail qui vous attend.

Henryk Mandelbrot et les deux autres juifs arrivés en même temps que lui suivirent les gardes SS. Rejoints à l'extérieur par le deuxième garde, ces derniers les conduisirent à ce qui constituait, ils l'apprendraient plus tard, le Crématoire V. Il était doté de sa chambre à gaz et, devant cette chambre, gisait une montagne de cadavres. Mandelbrot frissonna. C'était donc vrai, et il était là, face à la vérité. Il avait vu des êtres mourir, dans le ghetto, mais il n'avait jamais rien vu de tel. Tant de corps, inertes, entassés à la hâte, une colline de corps, une petite montagne – des individus, des êtres, encore tout dernièrement. C'est ici la fin, songea-t-il, la fin de toutes les calomnies, raciales ou religieuses, de toutes les railleries, de tous les ricanements dirigés contre les juifs. Chaque fois que quelqu'un entretient la croyance ou le soupçon insidieux, voire honteux, que les juifs, en tant que peuple, sont des gens malhonnêtes et immoraux, avares, trompeurs et rusés, que ce sont tous des capitalistes, des communistes, qu'ils sont responsables de tous les malheurs du monde, et coupables de déicide, cette croyance ou cette conviction, à peine consciente quelquefois, accélère la marche d'un train lancé sur une trajectoire qui n'a pas d'égale. C'est là que cette voie finit par s'achever, sur cette montagne de cadavres. Les préjugés, les humeurs infondées, qui enflent de la méfiance à l'aversion, jusqu'à la haine de l'« autre », tout cela conduisait là où Henryk Mandelbrot se trouvait à présent.

C'était sa première équipe, sa première journée à ce poste, mais c'était aussi le milieu de la nuit. Subitement, pour lui, ce n'était plus ni le jour ni la nuit, mais une heure inédite qu'il n'avait jamais connue. Si le jour suivait la nuit, il y aurait une fin à cela, comme il y en avait une à toute besogne, mais il n'avait jamais existé de besogne pareille à celle-ci, jamais de la vie. En voyant la montagne de corps qui l'attendait, Mandelbrot comprit que le jour tel qu'il l'avait connu avait pris fin à jamais. Il avait pris fin, non seulement pour lui, mais aussi pour le monde.

Il avait entendu les rumeurs, mais ceci, c'était bien pire que toutes les rumeurs.

— Qu'est-ce que c'est, ça ?

— Ça, c'est toi, si tu ne te mets pas au travail. Les autres arrivent, mais tu es déjà habillé, alors tu peux commencer tout de suite.

— Mais... commencer quoi ?

— Écoute, juif, soit je t'abats, je te jette sur ce tas de cadavres et je vais en chercher un autre que toi, soit tu te mets tout de suite au travail et tu arrêtes de poser des questions.

— Mais qu'est-ce qu'on fait ?

— Qu'est-ce que tu crois ? Tous les trois, vous allez devoir tirer ces pièces jusqu'aux fosses, là-bas. Bienvenue au Sonderkommando. Tu t'y mets tout de suite ou je t'aligne. Dis-moi que tu as compris ? siffla le SS, en levant son fusil.

— J'ai compris.

— Bon, alors maintenant tu commences. On prend du retard, là. Je t'ai à l'œil, moi. Allez ! Allez !

Henryk Mandelbrot se pencha pour ramasser son premier corps. Les faisceaux des projecteurs jetaient leur lumière du haut des miradors. À mi-distance, des chiens aboyaient sur le dernier convoi de juifs, qui était déjà arrivé, un nouveau chargement d'individus à convertir en cadavres, dès que la machine serait capable de les traiter. Terrorisés, abasourdis, assoiffés, épuisés, sales, tenant à peine sur leurs jambes, avec les chiens qui leur bondissaient et leur aboyaient dessus, ils avançaient en titubant et tombaient des wagons à bestiaux où ils étaient restés entassés des jours entiers. Pour Henryk Mandelbrot, avec ce fusil toujours braqué sur lui, cela ne ressemblait pas aux aboiements d'une meute de chiens, non, c'était comme les aboiements de tous les chiens d'Europe.

Pour la première fois, justement ce mois-là, au lieu de décharger les convois sur la Judenrampe située à l'extérieur, on les vidait à l'intérieur du camp, car le tronçon de ligne qui pénétrait dans l'enceinte venait à peine d'être achevé, juste à temps pour faciliter l'extermination des juifs de Hongrie. Mais à présent les fours crématoires étaient incapables d'absorber cette masse de cadavres à un tel rythme et, pour les désengorger, on avait dû creuser des fosses, afin d'y incinérer les cadavres. C'était à l'effectif supplémentaire que l'on avait dû mobiliser pour étoffer chaque équipe du Sonderkommando que Mandelbrot et ses deux compagnons avaient été affectés.

— Remuez-vous ! hurla le SS en couvrant de la voix le vacarme des chiens et la terreur du convoi que l'on débarquait non loin de là. Mandelbrot entendit les juifs épuisés descendre du train et il considéra la montagne de cadavres. Il savait qu'une heure ou deux, tout au plus, séparaient les premiers des seconds.

Malgré sa répugnance, il fallait qu'il s'active, et vite, car le garde tenait son fusil pointé sur lui. Le premier cadavre qu'il toucha, au sommet du tas, était celui d'une fillette, une enfant qui n'avait pas plus de dix ans. Le voyant faire, ses deux compagnons se chargèrent des corps voisins de celui de la petite morte. Celui que Mandelbrot voulait attraper aurait dû être facile à tirer. On avait laissé cette enfant mourir de faim et d'elle il ne restait rien. Mais quand il la prit par la main, il ne réussit pas à l'agripper. La peau de cette main se détachait. Il l'attrapa plus haut, par le bras, sous le regard du garde, mais là aussi, sa peau se détachait. Il n'avait jamais rien connu de tel. Ces corps gisaient là depuis des heures. Ils avaient été gazés et l'équipe précédente n'avait pas été en mesure de les passer au crématoire, parce que les fours ne soutenaient pas la cadence. Il y avait tout simplement trop de corps à y enfourner dans le temps qui leur était imparti, et il ne cessait pas d'en arriver. L'équipe précédente avait été forcée de les laisser là pour la suivante, et les premiers membres de cette équipe-là étaient les trois nouveaux prisonniers qui n'avaient encore jamais opéré, parmi lesquels Henryk Mandelbrot.

Voyant la chair qui se détachait entre leurs mains, le garde SS leur dit, comme en guise d'explication.

— D'habitude, ce n'est pas comme ça qu'on les entrepose. Mais vous avez intérêt à trouver une solution. Je veux qu'on me les dégage de là. Tout de suite !

Henryk Mandelbrot avisa l'emplacement où les vêtements des victimes attendaient d'être transportés au Kanada, là où l'on entreposait les effets des juifs mis à mort, et il se dirigea vers le monceau d'habits, toujours sous la surveillance du garde. Il attrapa une chemise de la pile et la déchira en longues bandelettes avec lesquelles il confectionna une corde rudimentaire. Il revint avec l'intention de la glisser autour du corps de la fillette pour mieux la traîner. Quand il se baissa pour lui soulever la tête d'une main, de l'autre, en s'appuyant légèrement sur elle par inadvertance, il lui pesa sur la poitrine, provoquant l'expulsion d'une profusion de gaz organiques, ce qui le fit tressaillir, suscitant en lui un nouvel accès de répugnance, sur quoi le garde laissa échapper un petit rire. Une fois qu'il eut ceinturé en partie le corps de la fillette avec la corde en tissu, il se redressa et tira dessus. Les deux autres juifs se dépêchèrent d'aller nouer d'autres bandelettes de tissu, afin de l'imiter. Mais dans leur frayeur, ils se pressèrent trop pour profiter pleinement de l'exemple de Mandelbrot. Ce subterfuge n'avait presque rien changé. Au bout de quelques pas, le frottement détachait les parties en contact avec le sol du reste du cadavre. Quand il essaya de tirer celui de la fillette, il partit en morceaux. Ils n'allaient jamais réussir à acheminer cette montagne de cadavres jusqu'à la fosse de cette manière. Ce fut alors qu'Henryk Mandelbrot se souvint d'une chose qu'il avait vue à la boucherie de son père. Il attrapa un seau et le remplit d'eau, en aspergea la petite et vida le reste sur le chemin qu'il emprunterait jusqu'à la fosse. Ça marchait. Maintenant, elle allait glisser.

— Ce juif est fort et il est malin ! s'exclama le premier SS à l'intention du second. Il fera une bonne recrue.

Et puis, alors que Henryk Mandelbrot progressait vers les vastes fosses à ciel ouvert avec le seau dans une main et le cadavre de la fille traîné par la corde de confection rudimentaire, le SS lui lança :

— Tu vas bien te débrouiller, toi, ici.

Neuvième partie

— Hier soir, il y a eu un vrai massacre devant la boutique du fabricant de brosses. Qui en a entendu parler ? Personne ?

Emanuel Ringelblum posait cette question à l'assemblée de membres choisis avec soin, assis un peu dans tous les coins du salon bourré à craquer donnant sur la rue, certains sur des chaises, d'autres par terre. Derrière eux, la porte de l'appartement du premier étage de la rue Leszno était fermée. De l'autre côté de la porte, sur le palier, un adolescent, Nahum Grzywacz, faisait le guet. C'était la réunion d'une organisation clandestine. Quelques personnes avaient déjà entendu parler du massacre devant la boutique du fabricant de brosses. Quelqu'un, dans cette pièce, se verrait assigner la tâche de rechercher des témoins. Ils devaient recueillir et consigner le plus d'informations possible.

C'était en 1942, et les murs du ghetto de Varsovie étaient hermétiquement fermés depuis novembre 1940. Un tiers de la population d'avant-guerre de la capitale, ses juifs, avait été regroupé de force dans deux et demi pour cent de la superficie de la ville, puis, les mois passant, un nombre croissant de juifs de toute la Pologne étaient venus grossir leurs rangs. La faim était omniprésente. On pouvait à la rigueur temporairement garantir une pièce contre le climat ou même une pièce humide de moisissures dans un immeuble déjà délabré, insalubre, à moitié en ruine où les bombardements qui accompagnèrent l'invasion allemande de la Pologne envenimaient encore les choses, mais la faim aiguë, cuisante, fourbe, implacable vous suivait à l'intérieur. Si vous aviez une couverture, elle vous débusquait dessous. Si vous alliez vous coucher, elle vous accompagnait. Et, à votre réveil, elle était là, dès la première minute, avant même que vous n'ayez compris où vous étiez. Avant même de savoir qui vous étiez, tout ce que vous saviez, c'était que vous aviez faim. Si vous n'arriviez pas à dormir, la faim était là quand même, elle vous dévorait, elle rongeait le peu qui subsistait en vous, elle grignotait le noyau de votre être, vos espoirs et vos cellules. Vous pouviez toujours essayer de ne pas penser à la douleur, vous n'y arriviez pas. C'est elle, la faim qui ricane. C'est elle, la faim, qui gagne, à chaque fois. C'était grâce à elle que vous saviez que vous n'étiez pas mort. En ayant faim.

Tout le monde était tout le temps affamé. Plus vous étiez pauvre, plus vous aviez faim, et la faim s'accompagnait de faiblesse et d'irritabilité. Il devenait difficile de garder les idées claires, or vous aviez besoin d'avoir les idées claires pour imaginer le moyen de survivre au lendemain, le moyen de vous procurer de quoi vous nourrir. Vous étiez sûr de pouvoir encore travailler, si vous réussissiez à trouver du travail, et vous ne pouviez en chercher que si vous réussissiez à manger. Mais comment alliez-vous vous procurer de la nourriture, pour vous, pour vos enfants, pour votre épouse ou votre époux, pour vos parents ? Il y avait tout simplement trop de monde entre ces murs pour la quantité de calories qu'on y laissait entrer. Comment se procurer de quoi manger quand il n'y avait tout bonnement pas assez ? Que ne seriez-vous pas obligé de faire ? Une faim aussi sévère entraînait la fatigue, une faiblesse qui allait au-delà de la fatigue et s'infiltrait dans vos tendons, dans vos os. Vos membres de plus en plus légers vous faisaient chaque jour l'effet d'être un peu plus lourds.

Avec ces centaines de milliers de personnes si affamées, si faibles, serrées les unes contre les autres, dans la promiscuité du désespoir, la maladie circulait au sein de la population avec une insouciance désinvolte et mortelle, que rien ne freinait. La maladie te lèche la face comme un chien sans attache. Et tiens, un bon coup de langue de la dysenterie. Et tiens, ce baiser sur les lèvres, surgi du coin de la rue, c'est le baiser du typhus, qui te pénètre dans la bouche. Et la tuberculose te convoite, de son désir insatiable. Trop faible pour résister, tu te consumes, alors que cette noce se consomme, ici même, dans la rue. Méconnaissable, tu gis sur le sol, un fléau pour ceux qui sont encore capables de s'acheminer jusqu'à la soupe populaire. Quelqu'un y remarquera-t-il ton absence, aujourd'hui ? Cela se pourrait. Tu ne le sauras jamais. Mais tu sais ce qui se trame là-bas. Ils ont tous contracté une fièvre, chacun la sienne. Elle retient leur regard et leur chuchote, ce sont des voix inouïes, inconnues hors du ghetto. Ils ne sont pas eux-mêmes et tu n'es pas toi-même. Est-ce toi, qui es privé d'amis ? Est-ce toi, ce mourant? Est-ce toi, nu dans la crasse d'une rue grise de la ville? Au milieu de ceux qui agonisent lentement, il naît tous les jours de nouveaux voleurs. Quand as-tu parlé pour la dernière fois à quelqu'un, qui connaissais-tu encore qui aurait pu t'enterrer, après qu'on t'aurait volé tes vêtements?

Au milieu de tout cela, Emanuel Ringelblum avait monté une organisation clandestine, un groupe qui réunissait entre cinquante et soixante personnes, choisies parmi des historiens, des enseignants, des journalistes, des économistes et d'autres intellectuels, des gens du monde des affaires, des militants politiques de toutes tendances, des administrateurs et des dirigeants de mouvements de jeunesse. Il les choisissait avec soin et les confirmait, avec le temps, en fonction de leurs qualités et de leur aptitude au travail. Leur mission consistait à recueillir, à documenter et à préserver une trace écrite de ce que l'on infligeait aux juifs de Varsovie et de Pologne en général. Il avait commencé de consigner ses observations au début de la guerre, mais en 1940, il avait compris que l'étendue de la tâche qu'il envisageait allait au-delà de tout ce qu'un individu, si sérieux soit-il, pouvait espérer mener à bien à lui seul, et c'était pour cela qu'il avait instauré son Oyneg Shabbos, un groupe qui se consacrait à consigner le martyre d'une civilisation jadis florissante, et qui avait existé là de manière précaire, au sein d'une autre civilisation, depuis un millier d'années. Et quand, de son propre chef, il avait commencé à décrire la vie de la Varsovie juive sous l'occupation nazie, son but était de répandre des nouvelles sur ce qui arrivait dans l'espoir de convaincre le monde extérieur d'intervenir. Mais on était désormais en 1942, et Emanuel Ringelblum avait compris depuis longtemps que jamais historien n'avait entrepris de tâche plus vaine. La communauté qu'il connaissait, le peuple qu'il voyait, le monde jadis dynamique, animé, apparemment inépuisable dont il s'efforçait de conserver la trace et qu'il cherchait à sauvegarder, était en train de disparaître. D'un jour à l'autre, il aurait complètement disparu et il ne resterait plus personne pour le sauver. Il le savait. Tout ce qu'il pouvait essayer de faire, envers et contre tout, c'était d'en préserver la mémoire.

Certains membres de son groupe clandestin de l'Oyneg Shabbos étaient chargés d'interroger les gens, les gens dans les rues, dans les boutiques et ceux des détachements de travail. Ils interrogeaient des infirmières, des mères de famille, des contrebandiers qui risquaient leur vie pour apporter des denrées alimentaires de l'extérieur du ghetto, des fossoyeurs, des artisans réduits à la mendicité, d'anciens ouvriers d'usine, des gens qui organisaient les soupes populaires et d'autres parmi les dizaines de milliers d'affamés qui s'y présentaient, tout le monde. D'autres membres, mieux connus dès avant la guerre pour leurs talents de plume, devaient rédiger leurs propres comptes-rendus de ce qu'ils voyaient, de ce qu'ils entendaient, de ce qu'on leur avait dit et de ce qu'ils ressentaient. Certains militants de l'Oyneg Shabbos se consacraient uniquement à la transcription et à la copie de documents. Lors d'une réunion du comité directeur du groupe, Emanuel Ringelblum demanda qui était au courant du massacre de la veille, devant la boutique du fabricant de brosses.

— Cecilya, demain, tu devrais aller parler à Czerniakow.

— Emanuel, il va me répondre...

— Je sais qu'il va te répondre qu'il est le président du Conseil juif et qu'au milieu de ses nombreuses autres obligations, il s'efforce d'organiser la soupe populaire pour plus de cent mille personnes, dont un bon nombre mourront le jour même s'ils ne reçoivent rien. C'est ce qu'il va te répondre, et ton problème à toi, c'est que ce sera la stricte vérité. Tu ne peux pas le contester. Et pourtant, si nous ne le dérangeons pas, une fois qu'ils seront morts, il n'y aura plus aucun moyen d'apprendre au monde qu'ils ont existé un jour.

— Mais Emanuel...

— Cecilya, n'aie pas peur de lui.

— Mais Emanuel...

— Cecilya, de prime abord, ça le dérangera. Prépare-toi à la chose. Et puis très vite, il te mangera dans la main. Écoute, j'ai vu hier quelque chose de remarquable, même pour ici. Cela concerne Czerniakow et, quand tu l'évoqueras avec lui, je te garantis qu'il lâchera séance tenante ce qui l'occupe, pour en parler avec toi.

— Qu'as-tu vu ?

— Hier soir, je l'ai vu assez loin devant moi, dans la rue Grzybowska, il retournait à son bureau. Il avait dû oublier quelque chose. Quand il est arrivé devant l'entrée de l'immeuble, il a enjambé une espèce de masse, sans trop y penser. Inconsciemment, peut-être, il a perçu que cet obstacle sur le trottoir était un cadavre, mais d'enjamber des cadavres anonymes dans la rue, on s'y habitue... quoi qu'il en soit, il avait sans doute l'esprit ailleurs. En réalité, il a enjambé cet obstacle, il n'a pas buté dessus, mais son esprit devait être ailleurs parce qu'il n'a pas réellement examiné ce que c'était. Il s'est contenté de l'enjamber. Je l'ai vu de mes yeux. Il est resté devant l'immeuble un instant à fouiller dans la poche de son manteau, quand subitement le tas de planchettes brisées du cageot qui se trouvait à ses pieds s'est ouvert et, dans le demi-jour de la rue, un jeune garçon qui devait avoir huit ans s'est levé. Le petit, qui mourait visiblement de faim, était complètement nu. Czerniakow a sursauté. Il a perdu son sang-froid et, sous le choc, il a poussé un cri. Pour lui, ce devait être comme une sorte d'apparition.

»Le garçon a flanqué un coup de pied dans le cageot situé à côté de lui, et un autre garçon, à peu près du même âge et lui aussi complètement nu, s'en est extrait et s'est levé. Ensuite, les deux gamins se sont mis à faire des remontrances à Czerniakow, sans cesser de s'adresser à lui avec respect, en lui donnant du monsieur Czerniakow. Ils savaient qu'il était président du *Judenrat*, mais ça ne les a pas du tout décontenancés. Ils l'avaient attendu, pour se plaindre de leurs rations alimentaires. C'étaient des orphelins. Ils lui ont affirmé qu'ils étaient les derniers survivants de leur famille, en le tirant par le pan de son manteau. «On vous a attendu ! Vous allez nous laisser mourir, nous aussi, monsieur Czerniakow ?»

— Et qu'a-t-il fait ?

— Ils étaient couverts de saleté, d'excréments et Dieu sait quoi d'autre, mais Czerniakow s'est agenouillé pour les regarder, les regarder dans les yeux. Il a pris ces deux squelettes dans ses bras. Il leur a dit quelque chose que je n'ai pas pu entendre, puis il s'est mis à sangloter, des sanglots irrépressibles. Vraiment, Czerniakow... j'ai vu cela. Et puis il les a fait entrer dans l'immeuble. Demain, va là-bas, le questionner à ce sujet. Tu peux lui dire que c'est moi qui l'ai vu. Dis-lui que c'est moi qui t'envoie. Cela m'est égal. S'il refuse de t'écrire lui-même le récit de cet épisode, oblige-le à te le dicter. Je te parie deux choses : il a beau être très occupé, quand tu lui diras ce que tu sais, il va vite devenir plus consentant. Il sait ce que nous faisons, ici.

— Et l'autre chose ? lui demanda Cecilya Slepak.

— Le bois que ces garçons avaient utilisé pour se cacher, à ton arrivée là-bas, même si tu partais tout de suite pour la rue Grzybowska, il n'y sera plus.

— Qui couvre la soupe populaire ? s'enquit Eliyahu Gutkowski.

Mais avant que quelqu'un ait pu répondre, on frappa à la porte. Personne ne dit rien, Emanuel Ringelblum se leva et s'y rendit. Il l'entrouvrit et découvrit le jeune guetteur, Nahum Grzywacz, avec Rosa Rabinowicz, l'épouse délaissée de Henry Border.

— Elle m'a dit de frapper, bredouilla le garçon en guise d'explication, aussitôt honteux de la rendre ainsi responsable. Il aimait bien

Rosa et, en temps normal, il se serait coupé en quatre pour elle. Il avait volé pour elle, il lui avait livré des provisions de contrebande et il avait même fantasmé sur elle, mais interrompre la réunion, c'était peut-être aller un peu trop loin.

— Ça ira, Nahum. Rosa, tu n'as pas besoin dc frapper. Entre, c'est tout.

Elle était essoufflée.

— Je suis désolée d'arriver en retard mais...

— Est-ce que ça va ?

— Oui, mais...

— Alors entre, et c'est tout.

— Non, avant, il faut que je t'informe de quelque chose que je n'étais pas sûre de devoir signaler en public, je veux dire devant le Comité directeur.

— Rosa, cela ne peut pas attendre ?

— Je t'en prie, pardonne-moi si ça peut attendre, mais je ne suis pas certaine que cela puisse.

— Nahum, rentre leur indiquer que tout va bien, mais que j'ai besoin de quelques minutes pour régler une question. Ensuite, attends à l'intérieur que je revienne, ordonna Ringelblum.

Une fois qu'ils furent seuls, Rosa lui raconta son histoire.

— Un contrebandier vient d'amener un homme dans le ghetto, à l'instant.

— Quelqu'un a voulu entrer dans le ghetto ! Quelle espèce d'homme cela peut-il être ?

— C'est un juif, lui affirma-t-elle, encore essoufflée. Il dit s'appeler Jacob Grojanowski, il est originaire du shtetl d'Izbica. Il a précisé que c'était près de Lublin. Mais ce n'est pas de là qu'il vient. Il affirme qu'il s'est échappé d'un camp où il travaillait comme fossoyeur.

— Rosa, il faut que j'y retourne. Tu peux prendre note de son histoire, mais... cela peut certainement attendre.

— Non, non, cela ne peut pas attendre. Il se cache maintenant chez des gens qui me connaissent, et ils m'ont abordée sur mon chemin en venant ici. Ils m'ont raconté son histoire. Je ne sais pas pourquoi ils m'ont choisie, moi. Je jure que je n'ai rien mentionné de notre travail ici, mais... En tout cas, cet homme, Grojanowski... Il veut voir Czerniakow, mais quand j'ai entendu son histoire... eh bien, je me suis dit que tu devais être tenu informé le plus vite possible. Avant même Czerniakow.

»Il prétend que dans ce camp où il était, les Allemands ne font pas du tout travailler les juifs. À la place, ils les conduisent par groupes d'une soixantaine, et ils les font monter dans des camions aux portes hermétiquement fermées. Ensuite, ils font rouler les camions dans la forêt. Les tuyaux d'échappement des camions sont raccordés au compartiment hermétiquement fermé, et les juifs meurent gazés.

— Ils meurent gazés ?

— C'est ce qu'il a dit. Il travaillait là-bas comme fossoyeur. Il a tout vu.

— Quel est le nom de ce camp ?

— Chelmno.

Ce soir-là, Emanuel Ringelblum abrégea la réunion du Comité directeur de l'Oyneg Shabbos et, secondé par Rosa Rabinowicz, il apprit d'un témoin qu'après leur transfert des divers ghettos de Pologne les juifs n'étaient pas réinstallés et intégrés dans des détachements de travail forcé, mais gazés. C'était du moins ce qui se pratiquait dans ce camp de Chelmno. Immédiatement, on prépara un document en plusieurs langues qu'on fit sortir clandestinement du ghetto pour que le monde puisse savoir ce que Rosa et lui, puis le Comité directeur, savaient désormais.

Vers le début du mois d'août 1942, un membre du groupe Oyneg Shabbos d'Emanuel Ringelblum, un dénommé Israel Lichtenstein, convoqua deux de ses plus jeunes membres, le jeune homme, Nahum Grzywacz, qui avait fait le guet le soir où le Comité directeur avait été informé des gazages de Chelmno, et un autre, Dawid Graber, âgé de dix-neuf ans. Ringelblum avait confié à Lichtenstein et à lui seul la mission d'enterrer les archives de l'Oyneg Shabbos, et le plus âgé des trois emmena les deux autres, ses cadets, au numéro 68 de la rue Nowolipki. Là, en plein cœur de l'été, trois hommes creusèrent, creusèrent dans la terre aussi profond que leur force, leurs outils et leur courage le leur permettaient, alimentés qu'ils étaient par la conviction d'avoir la responsabilité de sauvegarder le dernier témoignage, et le plus complet qui soit, de ces juifs d'Europe qui seraient bientôt tous totalement anéantis. Là, au numéro 68 de la rue Nowolipki, dans un immeuble qui avait été une école autrefois, ils ensevelirent les deux gigantesques bidons de lait et plusieurs boîtes en fer-blanc dont le contenu renfermait la première partie des archives réunies par l'Oyneg Shabbos, celles de l'historien Emanuel Ringelblum.

Il leur fallut deux jours et, avant d'en avoir terminé, avant d'avoir comblé le trou, une tombe pour les dernières pages de l'histoire millénaire des juifs de Pologne, chacun y ajouta une courte notice autobiographique. Le dernier à achever sa notice fut Nahum Grzywacz, qui s'excusait auprès du lecteur futur de la médiocre qualité de son écriture, expliquant qu'étant issu d'une famille pauvre, il n'avait pas reçu beaucoup d'instruction. Il écrivit comme un forcené, pas seulement parce qu'ils étaient tous pressés d'accomplir leur besogne mais parce qu'il avait récemment appris que l'on venait d'emmener son père et sa mère, et il devait retourner vérifier la véracité de cette information. La scène eut lieu en ce 3 août 1942, dans la rue Nowolipki, à l'intérieur du ghetto de Varsovie. À ce stade, aucun des membres restants du Comité directeur n'avait plus aperçu Rosa Rabinowicz, mère d'Elise Border, de Chicago, depuis un bon moment. Comme on n'avait retrouvé son corps dans aucun des lieux qu'elle avait l'habitude de fréquenter, certains de ceux qui la connaissaient, parmi les derniers membres du groupe encore présents, en avaient conclu qu'elle avait pu quitter le ghetto. Mais à cet endroit et à cette période, il arrivait aussi que des corps disparaissent. Alors elle était peut-être morte, en fin de compte. Qui pouvait en être sûr ? Et qui pouvait être sûr de ne pas oublier d'y penser ?

Le jeune Nahum Grzywacz, qui l'avait toujours trouvée jolie et qui avait maintes fois puisé du réconfort dans ses menues attentions, l'aimait vraiment beaucoup et il avait souvent pensé à elle, quand il était seul dans le coin de la chambre qu'il partageait avec ses parents, ses sœurs et deux autres familles. Mais voilà un certain temps qu'il n'avait pas non plus pensé à elle, et il n'y pensait pas du tout quand, au 68 rue Nowolipki, à portée de voix d'un homme qui suppliait, puis qui hurla sous une grêle de balles, il écrivit sa dernière phrase d'une main tremblante, pour un lecteur qu'il ne rencontrerait jamais. Et puis il l'ensevelit, avec les vestiges de l'histoire millénaire d'un peuple. La terre pesait lourd sur tous ces mots, notamment cette supplique du jeune homme au lecteur : « Souviens-toi, je m'appelle Nahum Grzywacz. »

*

La secrétaire, réceptionniste, assistante personnelle ou autre de Charles McCray était passée aux toilettes en laissant le père de Charles, William, seul et sans surveillance. Constatant l'absence du cerbère et celle de son fils, William McCray prit la liberté d'entrer dans le bureau de ce dernier sans y avoir été convié. Il regarda autour de lui, attrapa quelques revues, les feuilleta, mais sans réussir à s'y intéresser. L'esprit trop bouleversé, il était incapable de se calmer. Il s'assit dans un fauteuil, face à celui de son fils, et il attendit.

La veille, quelqu'un avait laissé un nœud coulant pendu à la porte d'un professeur noir de l'Institut universitaire de formation des maîtres de Columbia. La professeur, une femme issue d'un milieu défavorisé du Sud, qui enseignait désormais la psychologie et les sciences de l'éducation, était connue pour l'intérêt particulier qu'elle portait aux effets du racisme sur ses victimes. Et maintenant, elle en devenait à son tour une victime. Que l'on ait pu prendre pour cible cette femme-là en particulier, au vu des centres d'intérêt professionnels qui étaient les siens, et dans une New York multiculturelle, progressiste et ethniquement très diverse, et surtout à l'université Columbia, dans le proche voisinage de William, cela l'emplissait d'un mélange de fureur et de tristesse, d'impuissance, de peur et de désespoir devant ce qu'il était tenté de percevoir comme un signe de la vacuité de l'œuvre de sa vie. Depuis qu'il avait lu un article sur cet incident dans le *Times*, il n'avait plus été capable de trouver le sommeil ; en fait, il n'avait plus été en mesure de penser à autre chose. Le retour de son fils dans son bureau le fit sursauter, et il ne saisit pas du tout à quel point Charles pouvait être affecté par cet incident, et combien il lui était difficile de ne pas se déchaîner contre un peu tout le monde sur le campus, à cause de ce qu'il percevait comme leur incapacité collective à retenir un début de leçon de l'Histoire.

— On n'est pas à Money, dans le Mississippi, au milieu des années 1950 ! Nous sommes à New York, au XXIe siècle. Nous sommes dans une université. Nous sommes à Columbia. Qu'est-ce qui se passe, ici, bon sang ? Et d'une, on a Jim Gilchrist et ses Minutemen qui débarquent ici pour attiser la haine contre les immigrés en situation illégale, enfin, c'est-à-dire jusqu'à ce que les étudiants rétablissent l'ordre en provoquant une émeute. Ensuite, Bollinger invite Ahmadinejad à se présenter ici pour raconter que l'Holocauste n'a pas eu lieu, mais tout va bien, inutile de céder à la panique, car il va nous préparer son Holocauste personnel, tout exprès pour les juifs du XXIe siècle. Ensuite, ton bon président Bollinger croit pouvoir se racheter en montant à la tribune et en ridiculisant publiquement Ahmadinejad, se figurant ainsi devenir le super-héros favori de tout ce petit monde. Lamentable. Scandaleux et lamentable. Ensuite, j'ai constaté que l'on donnait aussi libre cours à un bon vieil antisémitisme à l'ancienne du côté de Lewisohn Hall. Quelqu'un s'est rendu là-bas pour y bomber un svastika qui agrémente une caricature de juif coiffé d'une yarmulka et maintenant, hier, je lis ça. Un nœud coulant retrouvé accroché à la porte du bureau d'un professeur noir, à l'Institut de formation des maîtres. J'ai vu quantité de choses, de mon temps, tu le sais. Mais quand ça vous prend au dépourvu, dans un endroit comme celui-ci... C'est ton université. C'est là que tu travailles. Mais enfin, nom de Dieu, qu'est-ce qui se passe ici ?

— Papa, que veux-tu que je te réponde ?

— Je n'en sais rien, Charlie, que peux-tu me répondre ?

— L'université est un microcosme de la société.

— C'est ça, ta réponse ? C'est tout ce que tu es capable me répondre ?

— Enfin, et toi, qu'est-ce que tu me racontes, au juste ? Et en quoi serait-ce totalement ou partiellement ma faute ?

— Charlie, je ne parle pas de toi personnellement. Je parle de vous, les universitaires. Vous restez tous plantés là, à contempler les flammes alors que la grange est en feu, et vous vous écriez : « En quoi sommes-nous fautifs ? Ce n'est pas nous ! »

— Et qu'aurais-tu souhaité que nous fassions, au juste, que ce soit moi ou je ne sais lequel d'entre nous ?

— Charlie, comment as-tu pu arriver à l'âge que tu as, en siégeant dans ce bureau, avec ton nom et ton titre inscrits à cette porte, président du département d'histoire, et ne pas avoir honte de me poser cette question ?

— Papa, laissons la question de ma honte de côté, qu'est-ce que tu aurais voulu que je fasse, nom de Dieu ?

— Tu devrais t'exprimer publiquement, sur ces sujets-là. Vous devriez écrire des lettres, jeunes gens. Vous devriez regrouper des individus de même sensibilité, qu'ils participent à ces initiatives. Vous devriez encourager, conforter et soutenir ces gens, étudiants, enseignants, citoyens, un peu partout dans la ville, qui n'ont pas la chance de pouvoir se faire entendre comme toi, mais qui redoutent que cette institution ne file droit vers la catastrophe au lieu de...

— Au lieu de quoi ?

— Au lieu de te terrer jusqu'à point d'heure dans ce bureau en laissant ta femme et ta fille à la maison juste pour te consacrer à la rédaction d'articles universitaires ésotériques sur des sujets étriqués qui ne seront lus que par une poignée de gens, uniquement pour maintenir tes quotas de publications au plus haut et tout cela au service exclusif de ta propre glorification.

Que fait un bon fils quand l'homme qu'il a le plus admiré, l'homme responsable de tout ce qu'il a pu percevoir de bon en lui-même, l'homme qui toute sa vie a combattu l'injustice, le réprimande pour ne pas avoir activement protesté contre l'état du monde actuel, qu'il considère avec une impuissance et une horreur sans cesse croissantes ? Quand cet homme qui lui est cher, qui n'a plus que lui au monde, formule avec une telle éloquence à quel point vous l'avez déçu, quand il déverse sur vous sa version de vos défauts les plus fondamentaux comme un torrent, que faites-vous ?

Dans le doute, il se tait. Une règle s'applique à son cas, probablement de celles qu'il lui a enseignées. Ne pas parler sous le coup de la colère, de peur de proférer des propos qu'il regrettera, et qu'il ne lui permettra jamais de retirer. Dans le doute, se taire. Tenir votre langue, même s'il prend votre silence pour la preuve qu'il a raison. Après tout, en vous taisant et en le laissant vous blesser, en l'aimant et en voulant le protéger même contre votre propre colère, n'êtes-vous pas l'essence même de l'homme qu'il veut que vous soyez, même s'il ne s'en rend pas compte ?

Aussi Charles McCray laisse-t-il son père parler. Il ne l'a pas pressé d'en finir, il n'a guère contesté ses propos. Mais à présent il se fait tard. William lui a confié qu'il se sentait trop fatigué pour venir dîner avec sa belle-fille et son petit-fils, et Charles l'a donc raccompagné chez lui à pied. Il a répété à son fils, une fois encore, qu'il n'était que le canari au fond de la mine de charbon. Il l'a étreint, ce qui a toujours été leur manière de prendre congé, puis le canari a regagné son domicile à pied.

Les clefs dans la serrure de la porte de la maison du fils émirent une série de cliquetis. Ces bruits-là signalaient jadis qu'un père, un mari, était de retour au bercail et qu'une épouse et une fille allaient réagir à sa présence en l'accueillant. Ce soir ils étaient ce qu'ils avaient toujours été. Charles referma en silence et glissa le trousseau dans sa poche. Il était tard. Devait-il s'expliquer tout de suite ou plus tard ? Les trois personnes qui vivaient ici étaient toutes à la maison. Personne n'éleva la voix pour l'accueillir. Un numéro du *New York Times* était resté ouvert sur la table de la cuisine. Charles McCray, directeur du département d'histoire de Columbia University, le bon fils, seulement pas toujours d'une bonté suffisante, le bon mari, péchant apparemment un peu là aussi par insuffisance, le canari au fond de la mine de charbon, se tenait seul debout dans la cuisine, son cartable à la main. L'espace d'un instant, il ne sut que faire. On ne peut exiger d'être salué quand on rentre à la maison. Il baissa les yeux sur le journal et, toujours debout, se mit à lire. Le titre attire toujours votre regard en premier : « Les Turcs furieux après le vote de la Chambre sur le génocide arménien. La Turquie a réagi avec colère jeudi au vote d'une commission de la Chambre à Washington condamnant comme un génocide les meurtres de masse d'Arméniens en Turquie, qui débutèrent pendant la Première Guerre mondiale... l'administration Bush... s'est juré d'essayer d'obtenir le rejet de la résolution au Capitole. »

Il jeta un coup d'œil vers le téléphone et vit le stylo et le carnet que Michelle et lui laissaient toujours à côté de l'appareil. Depuis qu'ils vivaient ensemble, ils avaient toujours laissé un stylo et un papier près du téléphone, leur servant aux messages et aux listes de courses. Deux individus éduqués, responsables, partageant des valeurs et des aspirations similaires, qui s'étaient mariés et élevaient une fille. Il avait toujours pensé qu'ils formaient une sacrée équipe. Mais une équipe ne forme pas un couple. Il continua sa lecture. « La porte-parole de la Maison-Blanche, Dana Perino, a déclaré : "Nous avons là des sujets de préoccupation liés à la sécurité nationale, et quantité de troupes et d'approvisionnements qui transitent par la Turquie." » Charles McCray tendit la main vers le stylo et le bloc et, sans retirer son manteau, s'assit à la table de la cuisine. On ne peut exiger d'être accueilli quand on rentre chez soi, ni par son épouse ni par sa fille. Peut-être ne l'avaient-elles pas entendu rentrer. « En Turquie, on s'attend à ce que le vote de la commission de la Chambre et d'éventuelles initiatives ultérieures dégradent les relations entre les deux pays. » Penché sur le journal, Charles rédigea un mot pour le professeur de l'Institut de formation de Columbia qui, deux jours plus tôt, avait découvert un nœud coulant pendu à sa porte. Peut-être quelqu'un aurait-il besoin de quelque chose à la cuisine, et l'y verrait.

*

James Pearson, Mr Tout-Ce-Que-Vous-Voudrez, avait une histoire à raconter à Tommy Parks, l'ouvrier des abattoirs qui habitait dans une chambre du même appartement que lui aux Mecca Flats, cet appartement que Callie et Russell Ford partageaient avant de déménager chez Border, du côté de l'Uptown. C'était le récit des événements de la nuit où les deux hommes avaient surgi de nulle part en le cherchant, lui. Ces hommes, Ralph Hellerstein et Herb Marks, étaient des syndicalistes. Ils avaient très exactement prédit le renvoi du collègue de James Pearson, Billy Moore, quand ce dernier avait été incapable de dissimuler une blessure aux tissus mous du dos. Ils avaient invité James Pearson à les rejoindre au sein du Comité d'organisation des ouvriers des abattoirs.

— Tu ne veux pas d'ennuis ? Alors ne t'approche pas de ces foutus syndicats de Blancs. Ils sont en train de préparer un vrai merdier, mais jamais ils te préviendront. De toute manière, le merdier qu'ils mijotent, pour toi, ça signifie rien de bon, l'avait prévenu Tommy Parks, tard un soir où les deux hommes buvaient une bière sur les marches d'escalier ébréchées des Mecca Flats.

— Mais ils m'ont demandé de les rejoindre, pas juste le syndicat, mais le Comité d'organisation.

— Les rejoindre ?

— Au Comité d'organisation des ouvriers des abattoirs.

— Qu'est-ce que ça veut dire ?

— Ça veut dire que je serai pareil qu'eux.

— Pareil qu'eux ? s'esclaffa Parks. Si t'es pareil qu'eux, comment ça se fait que c'est pas toi qui les as convaincus ces deux gars, ces deux Blancs, de te rejoindre toi et tout un groupe de Noirs au Comité d'organisation des ouvriers des abattoirs ?

— Parce qu'ils avaient déjà lancé l'affaire.

— Ouais, et ils l'ont lancée pour leur compte.

— Bon, peu importe pourquoi ils ont lancé ça, maintenant ils me demandent de les rejoindre. Il est pas question d'y entrer comme militant de base, ils veulent que j'entre au Comité d'organisation.

— T'as qu'à demander aux vieux de la vieille. Ils te raconteront ce qu'ils ont fait pour les Noirs, ces syndicats, dans le temps. C'était il y a plus de vingt ans, mais y en a pas un là-bas qui a oublié.

— Qu'est-ce qui s'est passé ?

— Il y a eu du ramdam avec le syndicat, alors les abattoirs sont allés embaucher tout un tas de Noirs.

— Qu'est-ce que tu veux dire, du ramdam avec le syndicat ?

— Tu sais, comme d'habitude, le syndicat qui cherche à augmenter les salaires, comme ils font toujours. Les abattoirs qui ont refusé tout net, comme ils font toujours. Alors le syndicat appelle à la grève et après, les abattoirs s'en vont embaucher tout un tas de Noirs. Des Négros qui viennent du Sud, qui amènent leur femme, leurs gamins et tout, le meilleur boulot qu'ils aient jamais eu parce qu'aucun Blanc n'en veut. Ensuite le syndicat prétend qu'on leur a volé leurs emplois.

On a versé le sang de plein de Noirs devant les abattoirs et le syndicat a conclu un marché, et les Noirs, ils sont restés avec leurs blessures et sans un radis. Un paquet de Polaks et d'Irlandais en ont tiré un sacré bénéf. C'est ça, le syndicat qu'ils veulent que tu rejoignes.

— Ouais, mais c'est la différence entre les années 1920 et maintenant. Ces types me disent qu'ils veulent des Noirs dans le syndicat justement pour qu'ils arrêtent de défendre que les Polaks et les Irlandais.

Tommy Parks sourit, en faisant lentement non de la tête.

— Mon pote, je te croyais plus futé que ça, vraiment, je croyais. Tu les vois, toi, tous ces Polaks et tous ces Irlandais, travailler pour toi ? Tu vas devenir leur Négro. Tu seras le Négro du syndicat. Alors, ça te fait quel effet, « Mr Tout-Ce-Que-Vous-Voudrez », Mr le Négro du syndicat ?

— Tommy, on fait que causer, là, d'accord ? Maintenant, je dis pas que je suis futé ou quoi. Mais si tu crois que j'ai pas su, juste pu envisager cette possibilité et que je les ai pas sondés à fond sur le sujet, alors c'est que je suis plus futé que toi.

— Ah ouais ? Et comme tu t'y es pris ?

— Ils m'ont dit qu'ils veulent un syndicat uni, des Noirs et des Blancs, tous ensemble, tous égaux. C'est pour ça qu'ils m'ont demandé de rejoindre le Comité d'organisation.

— James Pearson ! Ils t'ont fait rêver à un endroit qu'a jamais existé sur cette terre. Ils vont te donner un titre ronflant, ils vont te coller au « Comité d'organisation » et toi, tu te figures que t'es comme un mort qui serait monté au ciel. Peut-être qu'ils veulent même faire adhérer des ouvriers de couleur. Ça se peut. Et alors ? Les problèmes de l'homme noir les intéressent pas. Ils les connaissent même pas, les problèmes de l'homme noir.

James Pearson but une autre gorgée de sa bouteille. Et puis il sourit.

— Tommy, tu serais surpris de ce qu'ils savent.

— Je serais surpris !

Pearson tourna le visage vers lui.

— Les étoiles, tu es au courant ?

— Les étoiles ? De quoi tu parles ?

— Tu t'es jamais demandé, quand le marché ralentit, et quand le contremaître doit dégager du monde, pourquoi il les appelle par leur nom ?

— Ouais, j'ai vu ça.

— C'est tous des Négros.

— Je le sais, ça.

— Ouais, mais comment il sait les noms qu'il faut appeler, le contremaître ? Il connaît quand même pas tout le monde par son nom. Ils sont trop nombreux pour ça.

— De quoi tu veux parler, là ?

— Chaque homme, aux abattoirs, a sa carte de pointage.

— Je le sais, ça.

— La carte de pointage de chaque ouvrier noir a une petite étoile marquée dessus, une petite marque noire. Ça permet au contremaître de savoir qui est qui.

— C'est les syndicalistes qui t'ont raconté ça ?

— Oui, c'est eux. Ils disent que si j'adhère et si on réussit à convaincre assez de Noirs de les rejoindre, leur première campagne sera pour qu'on supprime l'étoile noire de la carte de pointage de tous les Négros.

— Tout le syndicat va se battre pour ça ?

— C'est ce qu'ils disent... si on arrive à convaincre suffisamment de Noirs d'adhérer.

— Eh ben, c'est des beaux parleurs, ça, je te l'accorde, fit Tommy Parks en s'allumant une cigarette.

— Tu me l'accordes ?

— Commence pas avec moi, hein ? Mais nom de Dieu, mon gars ! Tu manques pas de culot, toi ! Me faire causer juste pour que j'accepte de refiler toutes les semaines une part de ma paie à une connerie de syndicat. Tu me prends vraiment pour un abruti ?

Et Tommy Parks éclata de rire.

— C'est pas ma faute. Je sais bien à quel point t'es abruti. C'est les gars du syndicat, j'ai eu beau leur raconter, ils ont pas idée comme t'es abruti.

— Qu'est-ce que tu leur as raconté ?

— Je leur ai raconté que t'en avais rien à foutre de personne à part toi.

— Attends une minute. Cette histoire a rien à voir avec moi...

— Je leur ai raconté que tu te faufilais comme c'était pas Dieu permis pour t'éviter de faire quoi que ce soit pour les autres, même pour tes semblables, les Négros des abattoirs.

— Ne me colle pas ce merdier sur le dos, sale nègre. Tu les laisses te fourguer leurs conneries et tout d'un coup le méchant c'est moi.

— Non, toi, t'es un idiot, Tommy. C'est ça que je leur ai dit. Mais ils veulent quand même te rencontrer. Ils insistent.

— Ils veulent me rencontrer, moi ?

— Ils en connaissent un bout sur les types comme toi, par ici et à l'usine. Ils veulent que tu entres au Comité d'organisation des ouvriers des abattoirs, toi aussi. Ils veulent que tu adhères avec moi.

Une réunion fut organisée. Tommy Parks devait rencontrer Ralph Hellerstein et son jeune bras droit, Herb Marks, au Goldblatt Discount Store, à l'angle de la 47e Rue et d'Ashland Avenue. Mais étant donné qu'il faisait encore jour, Hellerstein revint sur son choix initial de ce lieu de rendez-vous et finit par considérer qu'il serait sage de changer d'endroit pour la salle syndicale à l'angle de la 48e Rue et de Marshfield Avenue, à peine cinq à dix minutes à pied de chez Goldblatt. Il avait essayé de transmettre un message à Tommy Parks dans la journée, mais il n'était pas sûr que l'autre l'ait reçu. Plus tard ce même jour, il en parla avec James Pearson et ce dernier proposa spontanément de retrouver Parks chez Goldblatt pour lui répéter le message et se rendre à la salle syndicale avec lui, à pied.

James Pearson, qui avait terminé son service et qui avait le jeune Russell Ford avec lui, restait perplexe quant à ce changement de lieu. Ce n'était pas que ce soit si loin du premier lieu de rendez-vous, mais enfin, c'était tout comme. Le trajet à pied d'environ huit cents mètres du Goldblatt Discount Store au coin de la 48e Rue et de Marshfield Avenue les situerait en plein quartier polonais. James Pearson était loin d'être enchanté d'aller là-bas, et il savait que Tommy serait encore moins ravi que lui. Il envisageait d'appeler Hellerstein pour lui suggérer de se rabattre sur un autre endroit, vers chez Goldblatt. Il lui soutiendrait qu'il y aurait moins d'inconvénient à discuter d'affaires syndicales en plein jour dans un lieu public, que cela leur causerait sans doute moins de tort que de mettre Tommy Parks en rogne avant même le début du rendez-vous. Quand Pearson et Russell Ford arrivèrent chez Goldblatt, ils s'aperçurent que Parks y était déjà et, alors que personne n'était en retard pour le moment, on aurait pu croire que tout le monde l'était déjà trop pour que la rencontre entre Hellerstein, Herb Marks et Tommy Parks atteigne son objectif.

Tommy Parks était assis seul à un bout du comptoir, en attendant qu'on lui serve à déjeuner. Entre son siège et celui de son voisin dans la rangée de clients assis au comptoir, il y avait quatre places vacantes. Tous ces clients étaient soit déjà servis, soit sur le point de l'être. Tous ces clients étaient blancs. James Pearson, avec Russell dans son sillage, se rendit auprès de Tommy Parks. Il savait que si des ouvriers noirs et leur famille pouvaient venir faire des courses au magasin, s'ils pouvaient même y avoir un compte, ils n'y mangeaient pas. C'était un endroit où seuls mangeaient les Blancs.

— Tu as eu le message ? Ils ont changé le lieu de rendez-vous, fit Pearson.

— Ouais, j'ai su ça, répondit Parks en regardant autour de lui.

— Bon, tu veux y aller, maintenant ? C'est à la salle syndicale, au coin de la 48e et de Marshfield.

— Je sais où c'est, dit-il, distraitement, toujours en regardant autour de lui dans la salle.

— J'ai le gamin ici avec moi mais... je veux dire... on n'est pas forcé d'y aller si tu préfères une autre solution.

— Une autre solution..., répéta Parks, toujours à regarder autour de lui, quand il n'envoyait pas une pièce de monnaie tournoyer en l'air avant de la rattraper. Ouais, je préférerais vraiment une autre solution.

James Pearson se dandinait, mal à l'aise.

— Tu veux que je les fasse venir ici ? On pourrait peut-être les rencontrer ici et...

— Non, peu importe. J'irai là-bas.

— Ouais ?

— Ouais, dès que j'aurai pris un peu de cette soupe.

— Quoi ?

— Ben oui. Je peux pas causer affaires le ventre vide, dit Parks en se levant pour s'étirer, feignant un besoin de mieux examiner le contenu des bols des clients installés à l'autre bout de la rangée.

— Tommy, qu'est-ce que tu fiches ?

— Dès qu'on entre ici...

— Tommy...

— Dès qu'on entre ici, on voit bien que c'est de la bonne soupe qu'ils mangent, ces gens-là. Ça m'a l'air d'être de la soupe de poulet, à ce que je crois.

— Tommy...

— Tu vois la soupe dont je parle ? Ils y mettent des boulettes. T'as déjà vu ça, mon gars ? T'as jamais vu les boulettes qu'ils mettent dans leur soupe, ces juifs ?

Russell Ford se taisait. Il leva les yeux vers James Pearson, qui serra l'épaule du garçon dans sa main.

— Tommy, ils te serviront pas de soupe, ici. Allons à la salle syndicale.

— Non, de quoi tu parles, là ? Ils en ont, de cette soupe. Je l'ai vue. Et elle est encore bien chaude. Je m'en avale une vite fait bien fait, et ensuite on sera prêt à aller retrouver ces types à la salle syndicale. Mademoiselle ! lança-t-il. Mademoiselle !

La serveuse, une jeune femme qui était seule pour servir les clients, se retourna. Elle se rendit au bout du comptoir où Tommy Parks était assis. Elle portait au revers de son tablier une plaque à son nom – « Esther » –, et elle avisa ces deux hommes noirs, l'un assis et l'autre debout à côté de l'autre jeune Noir, le garçon.

— Monsieur, dit-elle calmement, on ne veut pas d'ennuis. D'accord ?

— Des ennuis ! J'ai pas envie d'avoir d'ennuis non plus, moi. Personne n'en cherche, des ennuis, jamais, mais tout le monde en a sa part, hein. Bon, moi, ici, Esther, j'attends juste d'être servi. Vous voyez, j'attends un peu de cette bonne soupe avec des boulettes.

— Monsieur, ici, on ne cherche pas les ennuis, répéta-t-elle.

Elle se rendait compte à présent que tous les autres clients, à l'autre bout du comptoir, surveillaient leur dialogue.

— Tommy, allez. On a des choses à faire.

— Je sais, dit Tommy Parks, l'air décontracté, je vais juste prendre un peu de soupe avant d'y aller. Je parle de la soupe qu'ont eue ces gens, là.

— Monsieur, c'est pas moi qui fais le règlement, ici, expliqua la serveuse.

— Apparemment, si, Esther.

— Qu'est-ce que vous voulez dire par là ?

— Eh ben, pour l'instant, il y a que vous, ici.

— Mon oncle est en cuisine.

— Alors pourquoi vous ne retournez pas là-bas lui demander un peu de cette jolie soupe que vous nous préparez, vous autres ?

— Tommy, on va être en retard. Allons-y !

— On peut pas les faire attendre, ces types blancs du syndicat...

— Tommy...

Là-dessus, Parks pivota sur son tabouret pour faire face à James Pearson et le fixa d'un regard menaçant.

— T'as qu'à les appeler, tes gars du syndicat, et tu leur dis que Tommy Parks arrive dans pas longtemps, dès qu'il aura pu se faire servir un peu de soupe.

— Tommy...

— Dès que j'aurai eu ma soupe, j'irai à la salle syndicale. C'est simple, comme proposition. Ils comprendront. Tu vas leur dire.

— Tu nous fais ton cirque, là, hein, Tommy? Tu n'as aucune intention de venir à cette réunion.

— Tu peux aller sur place ou tu peux les appeler, mais faut les avertir. C'est pas le Mississippi ou le coin pourri d'où tu viens, ici. C'est Chicago, ici, n'est-ce pas, Esther? Quand j'aurai eu ma soupe, j'irai à la salle syndicale. C'est simple, comme proposition.

Tout le monde dévisageait ce duo d'hommes noirs et cette serveuse, et James Pearson ressortit dans la rue en emmenant Russell Ford avec lui. Il tira un bout de papier de sa poche et, d'une cabine téléphonique toute proche, composa le numéro qui était noté dessus.

— Ouais, Ralph, c'est moi, James Pearson.

Puis il expliqua ce qui s'était passé. Ralph Hellerstein retransmettait la chose en détail à Herb Marks, mot pour mot.

— Il joue au con avec nous, James. Nom de Dieu, une chose à la fois ! Il ne peut pas attendre de moi que je supprime la ségrégation à tous les comptoirs, dans tous les restaurants et toutes les épiceries de Chicago avant d'accepter de nous rencontrer. Ça doit commencer par le syndicat. Dis-lui qu'on veut son soutien afin de pouvoir venir en aide à tous les ouvriers de l'usine mais... Dieu de Dieu, une chose à la fois !

James Pearson retourna chez Goldblatt pour essayer d'expliquer la position de Ralph Hellerstein. Parks poursuivait sa conversation animée avec la serveuse.

— On est tout le temps obligé d'entrer dans les cinémas par l'entrée de service. On paie notre billet au même prix, pourtant. Comment vous expliquez ça, Esther ?

— Je n'y suis pour rien.

— Tout ça, vous n'y êtes pour rien. Ça n'a rien à voir avec vous. Si ça n'a rien à voir avec vous, comme se fait-il que toutes ces bonnes gens là-bas vous dévisagent, vous, dans votre commerce familial, à la minute présente ? Ça n'a rien à voir avec vous !

— Nous ne sommes pas des propriétaires de cinémas.

— Tous les cinémas appartiennent à des juifs. Tous, à ce que je sais.

— Moi, je suis pas au courant.

— Eh bien, moi, si. Vous nous prenez notre argent, mais vous nous faites entrer par la porte de service, et maintenant, vous, là, vous refusez de me donner de votre soupe.

— Tommy, les types du syndicat, ils marchent pas dans la combine, intervint James Pearson. Tu viens avec moi tout de suite à cette réunion, ou sinon tu peux oublier.

Après lui avoir dit cela, il se tourna vers le jeune Russell Ford, et se demanda à quoi pensait ce garçon. De quel côté penchait-il, dans cette discussion ? Tommy Parks, conscient de ce que le jeune homme s'intéressait à ce qu'il disait, continua.

— Il vaut pas plus que ça, ton syndicat. Il vaut que dalle, Pearson. Et regarde un peu l'exemple que tu lui montres, à ce garçon, tu es là, tu cavales, tu te charges de la besogne de l'homme blanc, en essayant de me convaincre de descendre de mon tabouret.

— Tommy, une chose à la fois !

— Très bien, je vois ça. Et cette chose, pour moi, ce sera justement d'avoir un de leurs bols de soupe avec des boulettes dedans, tout comme eux, là, répliqua-t-il, en désignant les gens à l'autre bout du comptoir.

James Pearson ressortit avec Russell et rappela pour expliquer à Ralph Hellerstein qu'avec Tommy Parks, tout était terminé. Il ne bougerait pas.

— Ouais, eh bien, qu'il aille se faire foutre, alors, éructa Hellerstein au téléphone.

— Je suis désolé, Ralph, fit Pearson, devant le jeune homme, qui avait les yeux levés vers lui.

— James, ce n'est pas ta faute. Tu as fait tout ton possible. En tout cas, tu nous avais prévenus, que c'était une forte tête. Ça valait la peine d'essayer. Rentre chez toi te reposer un peu. Vois si tu peux penser à quelqu'un d'autre qui pourrait correspondre, quelqu'un qui ait... je ne sais pas... du charisme.

James Pearson raccrocha et Russell et lui étaient sur le point de retourner chez Goldblatt quand il entendit une voix familière, derrière lui.

— J'ai appris qu'on avait des ennuis. Je peux faire quelque chose ?

Il posa les mains sur les larges épaules de Pearson. C'était Herb Marks. Les deux hommes se serrèrent la main.

— Qui est ce jeune garçon ?

— Russell, dis bonjour à Mr Marks.

— Comment ça va, Russell ? dit l'autre, en serrant la main du garçon.

— Comment ça va, monsieur ? répondit Russell.

— Tu travailles aux abattoirs, toi aussi, non ?

— Oui, monsieur.

— Eh bien, si tu es en âge de travailler, tu n'es peut-être pas obligé de m'appeler monsieur. Je m'appelle Herb Marks. Je suis du syndicat et ça me ferait plaisir que tu m'appelles Herb.

— Comment ça va... Herb ?

— Eh bien, ça irait beaucoup mieux si nous n'avions pas ce problème avec Mr Parks. J'ai entendu dire qu'avant d'envisager de venir à notre réunion, il voulait un bol de soupe.

Russell hocha la tête avec gravité.

— Allons lui parler.

— Ça ne servira à rien, Herb, fit Russell.

— Oh, je n'ai aucune envie de le convaincre de changer d'avis. Je veux voir si je peux lui obtenir un bol de cette soupe. Avec du *kreplach*, si possible. Tu as déjà goûté au kreplach ?

En entrant tous les trois dans la gargote, ils virent tous les clients attablés au comptoir qui assistaient à la dispute entre Tommy Parks et la serveuse, Esther. Herb Marks s'approcha d'eux et se présenta à cette dernière en lui tendant la main.

— Monsieur, j'arrête pas de lui répéter, on n'a pas envie d'avoir d'embêtements.

— Non, bien sûr. Qui a envie d'avoir des embêtements ? Pourquoi n'allez-vous pas vous occuper de vos autres clients pendant que je cause avec Mr Parks ici présent ? D'accord ?

La serveuse était trop contente d'avoir un prétexte pour s'accorder un peu de répit dans sa querelle avec cet entêté qui, en n'arrêtant pas d'exiger son bol de soupe, la mettait de plus en plus mal à l'aise. Dès qu'elle s'éloigna, Herb Marks tendit la main au contradicteur de la jeune femme.

— Bonjour, monsieur Parks, fit-il d'une voix posée, je m'appelle Herb Marks. Je suis l'un des deux syndicalistes qui espéraient vous rencontrer ce soir pour vous convier à intégrer le Comité d'organisation des ouvriers des abattoirs. Votre autre interlocuteur, mon camarade Ralph Hellerstein, ne peut se joindre à nous dans l'immédiat car il est extrêmement occupé, à la salle syndicale, à vous maudire jusqu'à la troisième génération.

La formule fit sourire Tommy Parks, qui lui tendit la main.

— Ah ouais, et qu'est-ce qu'il raconte ?

— Eh bien, à l'instant où je vous parle, il faut bien comprendre que mes informations remontent à dix bonnes minutes, mais quand j'ai quitté la permanence syndicale, il venait de vous traiter de pauvre con et de bon à rien.

Parks sourit de plus belle.

— Et dites, vous êtes bien certain qu'il n'a pas rajouté le mot nègre quelque part ? Vous ne me cachez rien, là, hein, monsieur...

— Je vous en prie, appelez-moi Herb, et non, il n'emploie pas ce terme. À peu près le seul terme qu'il n'emploie pas, d'ailleurs. Aucun de nous, au Comité d'organisation des ouvriers des abattoirs, n'utilise ce mot-là.

— Bon, moi, je lèverais bien mon verre à votre santé, Herb, mais Esther, là-bas, refuse de m'en servir un.

— Vous vouliez un bol, n'est-ce pas, un bol de soupe au poulet, si je ne me trompe ?

— Vous ne vous trompez pas.

— Et si vous l'obtenez, ce bol de soupe, vous viendriez nous retrouver à la permanence du syndicat, Mr Hellerstein et moi ?

— C'est sûr.

— Bon, ça me paraît correct.

— Content que vous soyez de cet avis, Herb. Tommy Parks toisa le syndicaliste blanc, de la pointe des souliers jusqu'aux yeux très enfoncés dans leurs orbites. Vous êtes pas d'ici ? lui lança-t-il.

— Non, je ne suis pas d'ici.

— Vous êtes un de ces juifs de Brooklyn, pas vrai ?

— Oui, c'est exact.

— Vous allez m'en faire servir une, de soupe ?

— Eh bien, quel genre de syndicat serions-nous, si on ne pouvait même pas vous faire servir un bol de soupe ?

Herb Marks réussit à prendre la serveuse à part alors qu'elle revenait de la cuisine avec le hamburger d'un client, à la convaincre de lui accorder une minute ou deux, afin de lui dire un mot en privé, loin des autres dîneurs. Mais elle ne voulait rien entendre.

— Je sais qui vous êtes, m'sieur. Vous êtes un de ces syndicalistes et ça vous est égal de créer des tracas aux gens normaux parce que les tracas, c'est ça qui vous plaît. Eh ben, à nous, pas du tout ! Si on le sert, il ira le raconter à ses amis et ensuite ils vont tous rappliquer en espérant qu'on les serve aussi. Ils sont déjà deux à attendre de voir s'il va réussir à se faire servir. Et après, ils vont tous rappliquer.

— Et s'ils rappliquent tous, ce sera d'autant plus de clientèle pour vous.

— Monsieur, c'est pas moi qui fais le règlement. Si les gens de couleur rappliquent chez nous, alors ces clients-ci ne viendront plus, continua-t-elle, en désignant les dîneurs attablés à l'autre bout du comptoir. C'est pas moi qui fais le règlement, monsieur. C'est une maison familiale, ici. On essaie juste de gagner notre vie.

— Et lui aussi.

— Ouais, enfin, c'est pas moi qui l'en empêche. Maintenant, monsieur, si vous ne partez pas tous, je vais devoir appeler la police.

Herb Marks alla retrouver Tommy Parks, Pearson et Russell Ford. Éprouvant un sentiment de triomphe en voyant le syndicaliste s'éloigner, Esther lui lança cette pique purement gratuite.

— Exactement, monsieur, la police. Alors tirez-vous d'ici, sinon je les appelle.

Là-dessus, elle alla débarrasser des assiettes à l'autre bout du comptoir, là où l'on avait obtenu d'être servi. Mais le mal était fait. Elle avait crié trop fort, trop près de la cuisine, son oncle l'avait entendue et il en était sorti. Il déboucha dans la salle et se rendit au comptoir, où il se retrouva à équidistance entre Herb Marks, qui avouait son échec à Tommy Parks et aux deux autres, et sa nièce qui débarrassait la table d'un client.

— Qu'est-ce qui se passe ici ? Pourquoi faut-il qu'on appelle la police ? s'enquit le vieil homme avec un fort accent européen.

— Votre serveuse, Esther..., commença Herb Marks.

— C'est ma nièce. Et alors ? reprit le vieil homme.

— Elle n'a pas l'air de vouloir servir mon ami, là.

Tout le monde, y compris les clients situés trop à l'écart pour entendre la conversation, s'interrompit pour voir ce que le vieil homme allait répondre.

— Que veut-il ? demanda l'oncle.

— Il veut un bol de soupe, annonça Tommy Parks en parlant de lui-même à la troisième personne.

— Quel genre de soupe ?

— Au poulet, avec des boulettes, précisa-t-il.

Le vieil homme se campa devant son interlocuteur, les mains sur les hanches, il regarda autour de lui, ses clients qui l'observaient. Il inspira, et souffla lentement.

— Esther, apporte une soupe à cet homme.

— Oncle Nate...

— Apporte une soupe à cet homme.

— Oncle Nate, les gens viendront plus si..

— Va lui chercher une soupe ! Ne discute pas avec moi !

Elle se rendit en cuisine en secouant la tête et en marmonnant entre ses dents. Qu'est-ce que l'oncle n'avait pas compris ?

— Je suis désolé de tout ça, monsieur, fit ce dernier à Tommy Parks. Ça n'aurait jamais dû se produire. Vous viendrez ici manger dc ma soupe toutes les fois que vous voudrez. Et vous pouvez en parler à tous ceux que vous voulez... de notre soupe.

— J'aimerais en commander trois autres bols pour mes deux compagnons et moi, avec du kreplach, répondit Herb Marks. Nous devons nous rendre à une réunion et nous aurons besoin de forces. On a plein de sujets à aborder.

Le vieil homme retourna en cuisine et on l'entendit distinctement échanger quelques propos acides avec sa nièce.

— Permettez-moi de m'éclipser un moment, que je sorte appeler Ralph. Il s'imagine que la réunion est annulée.

— La prochaine réunion, je veux que vous m'ameniez Saul Alinsky. Je veux le rencontrer, le prévint Tommy Parks. Je veux lui parler logement... pour les gens comme moi. Vous pouvez m'arranger ça ?

— Bien sûr, Saul, on le connaît.

— Je me disais aussi.

— Qui est-ce, Saul Alinsky ? s'enquit James Pearson.

— C'est ce qu'on pourrait appeler un militant associatif, lui répondit Marks avant que Tommy Parks n'ajoute une explication de son cru.

— C'est celui qui a organisé tout le logement pour les gens du quartier industriel de Back-of-the-Yards. Vous voyez, ajouta-t-il en se tournant vers Herb Marks et en désignant Pearson, j'en sais plus que lui.

Au bout de quelques minutes, ce fut le vieil homme en personne qui revint avec un plateau contenant quatre bols de soupe. Il le posa sur le comptoir, distribua à chaque homme un bol, une cuiller, des biscuits salés et une serviette. Après quoi, comme sur le ton de la confidence, il s'adressa à Parks à voix basse.

— Vous viendrez ici quand ça vous chantera, mais pardonnez cette fille, s'il vous plaît, monsieur, je vous en prie. Ne lui causez pas d'ennuis. Elle est née ici, alors...

Il ne semblait pas trop savoir comment terminer sa phrase.

— Et alors ? fit Parks.

— Alors elle se figure qu'elle est blanche.

Ce soir-là, Tommy adhéra au Comité d'organisation des ouvriers des abattoirs. Peu de temps après, il se trouvait dans l'Église baptiste du pèlerin, non loin de Russell Ford et James Pearson, où Mr Tout-Ce-Que-Vous-Voudrez prononçait les vœux requis pour son union avec Callie Ford. La fille de Rosa Rabinowicz, Elly Border, était là elle aussi, vêtue d'une chemise blanche impeccable au col ruché et d'une jupe plissée parfaitement repassée, le tout confectionné au prix d'un laborieux travail de la future mariée. Elly, qui n'avait encore jamais assisté à un mariage, était rayonnante à côté de son père silencieux. Pour mieux s'imprégner de toute la solennité de l'événement, elle se retourna un instant, lui lança un coup d'œil et ce fut alors qu'elle remarqua Ralph Hellerstein et Herb Marks debout, un peu plus loin vers le fond de l'allée, du côté du marié, juste en face de Sallie. Elle se demanda qui pouvaient être ces hommes.

*

La grand-mère de Lamont Williams avait fini par s'habituer à ce qu'il rentre parfois plus tard du travail, le soir. Elle lui posait de moins en moins souvent la question, supposant que c'était parce qu'il avait pu obtenir de faire des heures supplémentaires, ce qui devait être une bonne nouvelle. C'était une bonne nouvelle parce que cela signifiait davantage d'argent pour son petit-fils, davantage de confiance en soi et davantage d'espoir en un avenir où il se serait trouvé une place dans le monde, et parce que cela permettait aussi de penser que son chef d'équipe, ou le département des ressources humaines, ou celui qui prenait les décisions d'embauche et de renvoi, le considérait d'un œil favorable. Mais le retard occasionnel de Lamont n'était pas lié à des heures supplémentaires et n'avait rien à voir avec la considération de qui que ce soit, sauf celle d'un vieil homme, un patient apparemment dénué de tout pouvoir d'influence sur la vie de Lamont. Néanmoins, à la fin de son service, il s'était senti une fois encore attiré par le monde de ce vieux monsieur, le monde passé de cet homme. Sans lui expliquer pourquoi, Mr Mandelbrot l'avait averti qu'on le libérerait bientôt de sa chambre du neuvième étage du Sloan-Kettering Memorial. Lamont ignorait comment on s'y prenait pour se renseigner et comprendre si l'on renvoyait un patient à son domicile parce qu'il était en rémission ou si on le renvoyait chez lui pour qu'il y meure. Craignant que ce ne soit sa dernière occasion de s'entretenir avec lui, il s'était de nouveau attardé pour vite se laisser envoûter par le chapitre suivant de l'histoire de cet homme, à la limite de l'incrédulité.

— Mais... je veux dire... comment est-ce que... ? Il n'y avait aucun autre moyen de poser la question, si ce n'était très directement. Comment est-ce que ça fonctionnait ?

Ce fut en ces termes que Lamont Williams questionna le vieil homme du neuvième étage.

— Comment cela fonctionnait-il ? Écoutez. Cela fonctionnait comme une usine, de manière aussi rodée qu'une usine, une usine de transformation des vivants en cadavres. Je parle sérieusement. Sincèrement, c'était sa fonction. Une fois que les SS vous avaient choisi pour travailler dans un Sonderkommando, vous n'aviez pas d'autre choix – hormis celui de votre propre mort, qui surviendrait presque aussitôt, d'une manière dont vous ignoriez tout –, vous n'aviez pas d'autre choix que de travailler dans l'un des cinq groupes. Souvenez-vous, le Sonderkommando se chargeait de cinq sortes de travaux différents.

— Cinq sortes de travaux, répéta doucement Lamont.

— Cinq sortes de travaux, continua Mr Mandelbrot. La mission du Sonderkommando se décomposait en cinq sortes de besognes différentes. Parfois, on permutait, mais en général, non. Pendant ma période au Sonderkommando, j'ai été chargé de la totalité de ces cinq besognes.

» Un convoi de juifs arrivait, des wagons à bestiaux, à bestiaux, de n'importe où en Europe, de n'importe où, vraiment de partout. Vous voyez ce que cela signifie, des wagons à bestiaux, monsieur Lamont ?

— Comme un train ?

— Oui, mais un train composé de ces wagons qu'on utilisait avant guerre pour le transport du bétail. Comme les convois de déportés...

— De juifs ?

— Oui, bien sûr, de juifs. Comme ils pouvaient arriver à Auschwitz-Birkenau d'un peu n'importe où en Europe, ces gens-là étaient parfois restés là-dedans depuis des journées entières, un, deux, peut-être trois jours sans nourriture, sans eau potable, sans médicaments, presque sans aucun moyen de se laver. Vous voyez ce que cela signifie ? Ils étaient entassés avec le peu d'affaires qu'ils avaient pu emporter, et certains d'entre eux mouraient avant même d'arriver à destination. Si le convoi venait d'un des ghettos, ces gens étaient déjà affaiblis, certains étaient malades et prêts à mourir avant même l'embarquement dans le train. À l'intérieur des wagons, certains se faisaient écraser, des vieux, des enfants parfois, qui finissaient écrasés.

»Le train arrivait à Birkenau, les portes s'ouvraient, les gens restaient entassés à l'intérieur et les SS leur hurlaient de descendre.

— Du train ?

— Oui. Ils avaient des chiens qui aboyaient comme à la chasse, des chiens de chasse qui aboyaient sur ces gens dans les trains. Les prisonniers descendaient des wagons, mais il y en avait qui étaient lents, surtout s'ils étaient vieux ou malades. D'autres ne descendaient pas du tout. C'étaient ceux qui étaient morts dans les wagons à bestiaux, dans les trains. Ceux qui descendaient, qui tombaient de là en se raccrochant à leurs maigres possessions étaient accueillis par les SS et les chiens qui leur hurlaient, leur aboyaient dessus. Ces gens ne savaient pas où ils étaient. Ils ne savaient rien d'Auschwitz, ils n'avaient même jamais entendu parler d'Auschwitz. L'endroit n'est connu de nos jours qu'en raison du sort imminent qui leur était réservé, à eux, à tous ceux qui les avaient précédés et à tous ceux qui les suivraient.

»Des membres du Kommando Kanada vidaient l'intérieur des voitures de tous leurs morts. Vous vous souvenez, je vous ai parlé du Kanada ?

— Oui.

— Les travailleurs du Kanada devaient grimper dans les wagons et tirer les corps des juifs morts pendant leur trajet vers Auschwitz. Quant au reste des prisonniers du convoi qui restaient là debout, épuisés, avec leurs affaires – et ils pouvaient être des milliers, descendus de tous les wagons –, il leur arrivait d'être tout de suite accueillis par des volées de coups.

— De la part des SS ?

— Oui. Et s'il faisait nuit – parce que les convois débarquaient de jour comme de nuit –, ils étaient aveuglés par les projecteurs. Ils ne voyaient que de la lumière blanche, ils n'entendaient que les cris des SS, les aboiements des chiens et les pleurs de leurs enfants. Ils sentaient les coups qui pleuvaient. Vous saisissez ? Pressons, pressons ! Parfois, ils recevaient des coups dès leur descente du train, avant même d'apprendre le nom de l'endroit où ils étaient. On leur ordonnait de confier au Kommando Kanada tout ce qu'ils avaient apporté avec eux, afin que l'on puisse les transférer, les conduire là où on devait les installer.

— Là où on devait les installer ?

— Oui, c'était ce qu'on leur racontait. Ensuite, c'était l'heure de ce qu'on appelait la *Selektion*. Un officier SS, un officier d'état-civil et l'un des praticiens, un médecin, étaient présents.

— Un médecin juif ?

— Non, un médecin SS. Les femmes étaient séparées des hommes et ensuite chaque nouvel arrivant devait passer devant le SS et le docteur, qui vous sélectionnaient pour le côté gauche ou le côté droit. Le docteur pointait une baguette vers la gauche ou vers la droite. En règle générale, il ne disait rien, il se contentait de regarder la personne et de pointer sa baguette. Les gens ne savaient pas s'il valait mieux être envoyé à gauche ou à droite. Sur la droite, cela signifiait que vous alliez travailler dans un détachement de travail, une escouade de travail forcé. Sur la gauche, cela signifiait la mort, le gazage. S'ils avaient davantage besoin de main-d'œuvre, il se pouvait qu'ils laissent la vie sauve à un plus fort pourcentage de prisonniers. Une bonne Selektion, c'était quand on envoyait peut-être trente pour cent des prisonniers travailler dans telle ou telle partie du camp.

— Donc soixante-dix pour cent étaient gazés ?

— Oui, et ça, c'était pour une bonne Selektion. Ce n'était jamais moins. Parfois, c'était cent pour cent du convoi qu'on gazait sur-le-champ, dès son arrivée. Le docteur désignait la gauche ou la droite d'un geste de sa baguette à chaque personne qui défilait devant lui pour inspection. Cela pouvait durer un long moment, avec toute cette foule de gens. D'autres fois, le docteur se fatiguait et il envoyait tout le monde sur la gauche, d'un grand geste. Cela signifiait que tous ceux qu'ils n'avaient pas encore vus, tous les gens qui attendaient encore, ceux-là devaient prendre à gauche.

— Pour être gazés ?

— Oui, vers la chambre à gaz, oui.

— Vous disiez qu'il y avait cinq groupes, cinq types de travaux.

— Oui, il y avait cinq sortes de travaux dont se chargeait le Sonderkommando. C'est bien que vous vous en souveniez. Il faut s'en souvenir.

» Premièrement, il y avait l'étape du déshabillage et le transport des vêtements au Kanada.

» Ensuite, c'était l'enlèvement des corps de la chambre à gaz.

» Il y avait le rasage des cheveux...

— Des morts ?

— Oui, le rasage des cheveux et l'extraction des dents en or, après le gazage.

» Il y avait les chauffeurs.

— Les chauffeurs ?

— Oui, c'était les membres du Sonderkommando qui s'occupaient des fours crématoires, après le gazage.

» Ensuite, il y avait la destruction des restes. Cela supposait de se débarrasser des cendres et de réduire les os en miettes, afin de s'en débarrasser aussi. Après l'incinération d'un corps, il subsiste les os et les dents. Nous devions réduire le tout en poussière.

— C'est vous qui vous chargiez de ça ?

— Oui, tout cela, c'était le travail du Sonderkommando. Selon la période, j'ai travaillé dans chacune de ces différentes sections.

— Pourquoi vous chargiez-vous de ça ?

— Je n'avais pas le choix, si je voulais continuer à vivre. Aucun de nous n'avait le choix. C'était « vivre dans cet enfer, un monde comme aucun être humain n'en avait connu auparavant, ou ne plus vivre du tout ». Au début, vous n'en croyez même pas vos yeux. Vous ne savez pas où vous êtes et vous ne croyez pas être capable de surmonter tout ça.

— Vous n'avez jamais eu envie de mourir... au lieu d'avoir à vous charger de ce... travail ?

— Si, quantité de fois. En entamant votre première équipe, vous avez envie de mourir. Vous n'imaginez pas que vous allez supporter ça ne serait-ce qu'une heure. Et vous portez partout cette lourdeur en vous, un poids, là, dans votre poitrine, comme si votre poitrine allait se fendre en deux, comme si votre cœur allait éclater. Mais pendant tout ce temps vous vous répétez qu'il faut que quelqu'un survive, rien que pour raconter ce qui s'est passé. Quelqu'un doit survivre pour révéler cette histoire. Je serai peut-être celui qui révélera tout, pour que le monde sache. Sans quoi, comment saura-t-on ce que ces gens ont fait ici ?

— Vous vouliez survivre pour révéler cette histoire ?

— Oui, quelle autre raison aurais-je eue de vivre ?

— Votre famille ?

— Quand j'ai vu ces gens à l'œuvre, j'ai compris que ma famille devait être déjà morte. Si tel ou tel membre de ma famille avait survécu au ghetto, je sais qu'ils n'auraient pas survécu au transport, aux wagons à bestiaux. Et s'ils avaient survécu aux wagons à bestiaux, ils n'auraient pas survécu à la Selektion. Au sein du Sonderkommando, on en apprend sur la mort davantage qu'on ne le voudrait. On se tenait à la porte entre la vie et la mort. On voyait tout.

» Quand un convoi arrivait, nous devions immédiatement nous présenter à la salle de déshabillage du complexe des crématoires, où nous étions affectés. Nous attendions les victimes, les juifs. Il en arrivait de toute l'Europe, de Grèce, de France, de Hongrie, de partout. À Birkenau, hormis deux petites bâtisses qu'ils utilisaient quelquefois, que l'on appelait la « maison rouge » et la « maison blanche », il y avait quatre crématoires équipés chacun de sa propre chambre à gaz : les Crématoires II, III, IV et V.

— Et le numéro I ?

— Le numéro I était situé à Auschwitz I, mais les autres se trouvaient à Birkenau, tous. Birkenau, c'était Auschwitz II.

— Où vous étiez.

— Oui. Chaque crématoire avait sa cour fermée, de sorte que de l'extérieur, personne ne pouvait voir ce qui s'y déroulait. Les juifs devaient traverser cette cour pour atteindre le bâtiment du crématoire, le bâtiment surmonté de son immense cheminée, comme une cheminée d'usine, qui abritait la chambre à gaz ainsi que les fours. Mais avant cela, les victimes étaient souvent contraintes de rester debout dans la cour, pendant qu'un officier SS, un personnage comme l'*Oberscharführer* Moll – à la mention du nom de cet homme, Mr Mandelbrot secoua lentement la tête – l'Oberscharführer Moll, un homme terrible, prononçait souvent un bref discours, pas toujours, mais un discours qui revêtait toujours la même signification. Ils leur racontaient qu'on allait les convier à prendre une douche et qu'après cela on les enverrait au travail. Ensuite, on les faisait entrer dans ce que l'on appelait la « salle de déshabillage », attenante au crématoire. Dans cette salle, leur expliquait Moll, ils trouveraient des crochets numérotés, ils devraient laisser leurs affaires près d'un de ces crochets, et bien retenir le numéro, afin de récupérer leurs affaires en ressortant de la douche.

— Il y avait vraiment des crochets numérotés ?

— Oui, il y avait des crochets numérotés et, dans la chambre à gaz, il y avait même... Comment appelle-t-on cela, l'orifice par où jaillit l'eau, dans les douches ?

— Des pommes de douche, des robinets ?

— Oui, il y avait quelques pommes de douche, des arrivées d'eau au plafond des chambres à gaz, mais qui n'étaient reliées à rien. C'étaient juste des pommes de douche. Il n'en sortait pas d'eau. Tout cela n'était qu'un leurre. Tout était fait pour les leurrer, afin qu'ils ne soient pas pris de panique, afin de les maintenir autant que possible dans le calme, que tout se déroule sans accrocs, comme un mécanisme d'horlogerie. Ils voulaient que tout se déroule dans l'efficacité, ils tenaient à ce qu'il en soit ainsi. À certaines périodes, on gazait et on incinérait plus de dix mille personnes par jour.

— Dix mille ?

— Oui. Vous ne pouvez pas imaginer. C'est tout simplement... pire que le pire de vos cauchemars. Ils tenaient à ce que chaque étape du processus se déroule dans l'efficacité. Enfin, oui, les Allemands apprécient toujours l'ordre. Vous le savez. Ils ordonnaient aux prisonniers de descendre les marches qui conduisaient dans le bâtiment..

— Cela ressemblait à quoi ?

— Quoi, le bâtiment ?

— Oui.

— Cela ressemblait à un bâtiment normal, en brique rouge, avec un toit en tuiles rouges et une immense cheminée. Rien... vous comprenez... si vous ne saviez rien... Il n'y avait rien, de l'extérieur, qui puisse indiquer qu'il y avait à l'intérieur une chambre à gaz et une autre salle équipée de cinq fours destinés à rien d'autre qu'à brûler des corps. Parfois, quand les fours étaient incapables de soutenir la cadence, on incinérait les corps dans des fosses. Je me souviens que les cheminées des Crématoires II et III étaient plus hautes que les autres. C'était conçu ainsi.

— Qui creusait les fosses ?

— Nous.

— Le Sonderkommando ?

— Oui, nous creusions les fosses, nous emportions les corps des juifs gazés et nous les jetions dedans, cela aussi devait s'effectuer dans un certain ordre, un ordre souhaité par les nazis... pour que l'incinération se déroule au mieux. Ils appréciaient l'ordre.

— Oui, vous disiez que...

— Ça, l'ordre, chez les nazis, les gens connaissent. Ils faisaient descendre les prisonniers au bas des marches, dans les salles de déshabillage, en file indienne.

— C'est-à-dire, en rangs ?

— Oui, en rangs, peut-être cinq à la fois. Cinq personnes descendaient les marches, et ensuite cinq autres, et encore cinq autres. C'était comme ça pour la totalité du convoi. Il pouvait y avoir jusqu'à deux mille personnes qui descendaient de la sorte.

— Et les juifs, pourquoi les écoutaient-ils ? Pourquoi obéissaient-ils ?

— Je vous l'ai dit, on leur racontait que c'était juste pour la douche, la désinfection, avant d'être envoyés en détachement de travail, et puis ils obéissaient aussi parce qu'il y avait des SS postés tout autour d'eux, et même jusqu'en haut de l'escalier, à l'entrée du bâtiment, des SS en faction tout autour, armés de fusils. Il y en avait même quelques-uns qui les attendaient au bas des marches conduisant à la salle de déshabillage, où nous nous trouvions.

— Les gens ne soupçonnaient pas ce qu'il y avait en bas de cet escalier ?

— Comment auraient-ils su ?

— Je ne sais pas... des rumeurs ?

— Oui, des rumeurs circulaient, et certaines personnes avaient quelques soupçons, en effet. Vous avez raison. Quand des gens soupçonnaient quelque chose, il arrivait qu'ils descendent les marches avec lenteur, mais ensuite une grêle de coups s'abattait sur eux, d'une telle violence qu'elle avait de quoi vous tuer sur le coup, d'une telle violence que ces gens descendaient aussitôt les marches, rien que pour échapper aux coups des SS, qu'ils savaient bien réels, et vers un destin qui pour eux n'était encore qu'une rumeur. Les gens se raccrochent à l'espoir aussi longtemps qu'ils peuvent, monsieur Lamont. Peut-être qu'une fois en bas, ce sera mieux que là-haut ? Même ceux qui soupçonnaient quelque chose ne savaient rien avec certitude. Ce qui était sur le point de leur arriver n'était encore jamais arrivé, jamais, dans l'histoire du monde. Aucun autre peuple n'avait jamais subi cela. Mais en réalité, peu importait ce qu'ils pensaient. Ce qui comptait, c'était ce qui allait advenir d'eux, et ce qu'ils pensaient dépendait uniquement du temps que tout cela prendrait. Si l'on réussissait à maintenir ces juifs dans l'illusion jusqu'à ce qu'ils soient à l'intérieur de la chambre à gaz, tout se déroulait beaucoup plus vite, beaucoup plus calmement.

— Vous leur parliez ?

— Pas vraiment. Nous n'étions pas trop autorisés à parler, uniquement à leur dire certaines choses que les nazis nous avaient ordonné de dire.

— Comme quoi ?

— « Déshabillez-vous. Vous allez prendre une douche. Souvenez-vous de l'endroit où vous avez mis vos vêtements. » Ce genre de choses.

— Vous leur mentiez ? Comment pouviez-vous...

— Écoutez, que devais-je faire, leur dévoiler la vérité ? Monsieur Lamont, ils sont en bas des marches. Ils sont sans défense.

Ils sont en train de se déshabiller, et ensuite les voilà tout nus. Pourquoi aurais-je dû leur révéler la vérité ? Nous cherchions à dissiper leurs craintes. Vous vous les représentez, ces gens ? Il faut vous les représenter ; des mères avec de tout petits enfants, des bébés au sein, parfois, de très jeunes filles, des adolescentes, et des gens qui ont honte d'être nus, de vieilles gens que nous devions aider à se dévêtir...

— Vous deviez les déshabiller ?

— Oui, parfois, quand ils étaient trop lents au goût des nazis, nous devions les dévêtir ; des personnes semblables à nos pères et à nos mères, à nos grands-parents, déjà malades et affaiblies, terrorisées. Pourquoi les terroriser encore plus ? Quel bien cela leur aurait-il fait ? Nous pouvions leur procurer le dernier réconfort qu'ils recevraient sur cette terre, avant la chambre à gaz. Quel bien cela leur aurait-il fait de leur dévoiler la vérité ?

— Que vous serait-il arrivé, si vous leur aviez révélé la vérité ? Je veux dire, n'avez-vous jamais eu envie de les avertir ? Pourquoi ne les avez-vous jamais avertis ?

— Pourquoi ne les avons-nous jamais avertis ?

*

Les cinq premiers descendirent les marches. Personne n'avait envie de croiser leur regard. Henryk Mandelbrot faisait partie de la vingtaine de membres du Sonderkommando qui attendaient dans la salle de déshabillage du Crématoire II. Il se tenait au milieu de la salle. Le sol était en béton gris et les murs étaient blancs. Sur tout le pourtour de cette salle étaient disposés des bancs tout lisses en pin et, au-dessus de ces bancs, des crochets, assortis d'un numéro. Cela ressemblait à un vestiaire de gymnase, très grand et très étroit, mais à part cela tout à fait quelconque. Quand le nombre des hommes du Sonderkommando excédait le nombre des victimes, comme c'était toujours le cas les premiers instants, il était difficile de trouver un prétexte pour éviter de regarder les victimes dans les yeux. Ce qui rendait la chose encore plus pénible, à moins que, pour une raison ou une autre, ce ne soit un groupe entièrement composé d'hommes, c'était que les premiers à descendre étaient en général des femmes. En plus de tout ce que ces femmes venaient de subir et de tout ce qu'elles s'imaginaient être sur le point de subir, elles étaient épuisées, désorientées et elles avaient extrêmement honte d'avoir à se déshabiller devant des inconnus, jusqu'à la nudité totale. C'étaient des femmes mariées qui ne s'étaient jamais trouvées nues qu'en présence de leur mari. C'étaient des femmes âgées, des fillettes et des adolescentes originaires de petits villages, des shtetls, des filles qui n'avaient jamais été nues que devant leur mère, et encore, cela remontait à des années. Elles avaient même du mal à s'imaginer mariées à un homme qui ait la permission de les toucher et de les voir nues. Et là, des hommes, des SS, leur ordonnaient de se déshabiller en leur aboyant des ordres brutaux d'une voix cinglante, et elles savaient toutes que cela n'augurait rien de bon ; des hommes du genre de ceux qui les avaient enfermées dans des ghettos, des hommes vêtus de pied en cap, des hommes armés, des soldats en uniforme hitlérien. Et il ne suffisait pas de simplement se déshabiller. Encore fallait-il se déshabiller en vitesse. Devant les corps nus de ces femmes, les SS avaient diverses manières de réagir, au mieux avec une indifférence teintée d'exaspération, en proférant généralement des propos grossiers qui étaient parfois encore plus humiliants, et fréquemment avec violence.

Les SS présents dans la salle de déshabillage s'adressèrent à ces cinq premières femmes de manière très terre à terre. Certaines d'entre elles se demandaient pourquoi des SS en armes devaient les surveiller alors qu'elles se déshabillaient pour aller prendre une douche. Quelque chose n'allait pas. Et qui étaient ces autres hommes, des prisonniers, selon toute apparence, qui tenaient aussi tant à les faire se déshabiller aussi vite que possible pour qu'elles aillent sous la douche, dans la salle voisine ? Ces hommes, ces prisonniers, avaient l'air de juifs. Ils leur parlaient en yiddish, mais sans les regarder.

— Allez, maintenant. Il faut vous dépêcher. Laissez vos affaires sur un crochet et retenez le numéro, fit Henryk Mandelbrot à une femme qui semblait pétrifiée de honte. Il était incapable de lui adresser la parole en la regardant dans les yeux, mais il vit un SS le regarder, lui, le regarder parler à cette femme qui se déshabillait, et fut aussitôt un peu soulagé de voir l'officier déplacer le regard vers d'autres hommes du Sonderkommando, vers Schubach, Ochrenberg, Touba et Raijsmann, pendant que cinq autres femmes descendaient les marches, suivies par cinq autres, et par cinq autres encore. Très vite, il y eut dans la salle de déshabillage plus de victimes que de Sonderkommando et de SS, alors que les femmes dévêtues recevaient l'ordre de se rendre au bout du couloir, dans la salle équipée de robinets de douche. Et maintenant, c'était au tour des hommes de descendre l'escalier, à la queue leu leu, pas plus de cinq à la fois. Les SS leur criaient dessus du haut des marches, à moins que ce ne soient les cinq hommes immédiatement à leur suite, ou les cinq autres derrière ? Déjà, en haut de l'escalier, pour accélérer les opérations, les coups avaient commencé de pleuvoir et, pour échapper aux coups, une file de cinq déportés poussait les cinq autres qui la précédaient. Les cinq premiers, des hommes, virent des femmes occupées à se déshabiller et des vêtements qu'elles avaient laissés en tas, un peu partout dans la salle.

— Vous pourrez récupérer vos affaires après la douche, promit Mandelbrot à un vieil homme qui semblait avoir du mal à en croire ses yeux. L'homme avançait lentement, trop lentement. Henryk Mandelbrot savait que si ce vieillard ne se déshabillait pas plus vite, d'une seconde à l'autre, il allait se faire rouer de coups.

— Il faut se dépêcher !

Un bébé pleurait, ce qui déclencha les pleurs d'un autre. Une mère essaya de le réconforter, mais elle était obligée de se déshabiller, et de déshabiller son bébé, et tout cela en vitesse. Un SS la surveillait, et elle le vit. Avec le bébé dans les bras, elle lui tourna le dos.

— Les douches..., demanda le vieillard à Mandelbrot. Ce sont les mêmes, pour les hommes et les femmes ?

— Oui, ce sont les mêmes, lui répondit Mandelbrot sans émotion, tout en l'aidant à retirer son manteau.

Cinq de plus descendirent les marches, suivis de cinq autres, et certains saignaient de la tête, une blessure toute récente, et ceux-là furent poussés en bas des marches par les cinq qui arrivaient à leur suite. Et puis encore cinq autres...

— Vous êtes juif ? fit le vieil homme, en questionnant Henryk Mandelbrot.

— Oui. Il faut vous presser. Ils vont nous frapper, tous les deux, si vous êtes trop...

— C'est du gaz, n'est-ce pas ?

Mandelbrot tourna le dos à ce vieillard au moment où cinq autres déportés arrivaient au bas des marches, dans la salle de déshabillage, suivis de cinq autres, et cinq de plus, et cinq encore après eux. Henryk Mandelbrot dut détourner le regard de la rampe d'escalier. Mais où pouvait-il le poser, ce regard ? Cinq autres arrivèrent en bas, suivis de cinq de plus, et encore cinq. Une jeune fille d'à peu près douze ans portait son frère, qui n'en paraissait pas plus de trois. Mandelbrot s'approcha d'eux.

— Ne le touche pas, espèce d'assassin juif ! Il mourra avec moi... dans mes bras.

Et puis il en vint cinq autres, et encore un, un menuisier dont l'épouse répétait toujours qu'il travaillait trop, et ce fut le tour d'un tailleur, puis ce fut un homme à la voix chantante, une voix que tous ses voisins avaient pu apprécier depuis qu'il était enfant, un instituteur qui avait espéré devenir un jour directeur d'école, une veuve qui cousait des vêtements, une infirmière qui avait eu une liaison avec un patient, un garçon légèrement trop enveloppé, âgé de onze ans, aux cheveux ondulés, qui estimait n'avoir jamais su être à la hauteur des attentes de ses parents, et il était là, lui aussi. L'homme le plus gros du village allait devoir se déshabiller en vitesse, à son tour. Un médecin récemment diplômé était là et, sans qu'il en sache rien, très à l'écart, dans un angle de la salle, se trouvait l'un de ses anciens professeurs de la faculté de médecine. Un homme qui avait été infidèle à sa femme un jour dans une autre ville, en voyage d'affaires, était là, un pharmacien qui s'était toujours mis en quatre pour aider les gens, une fille qui n'arrêtait pas d'appeler sa sœur, une femme qui avait apporté de la nourriture à des veuves dans l'espoir de plaire à Dieu, un voleur, un homme qui vendait des bougies, une prostituée qui avait fui le domicile familial, un homme qui avait échoué au concours d'entrée d'une école d'art mais qui avait continué toute sa vie à dessiner sans jamais montrer son travail à personne, l'épouse d'un colporteur d'épices, un ingénieur, un poissonnier, une femme dont le mari avait souvent suscité de la gêne chez elle était là elle aussi, un homme qui travaillait avec ses frères dans une fonderie, la fille d'un maçon, un homme dont la cécité n'était pas évidente aux yeux des autres, un mathématicien, une femme qui aimait les magazines de mode était là, elle aussi, avec sa fille qui rêvait un jour d'y figurer. Puis il en descendit cinq autres, parmi lesquels un rabbin, un chazan et une femme qui avait fait en sorte de voir tous les films que l'on donnait dans sa petite ville, et d'autres juifs, encore et encore, qui ne cessaient pas de descendre cet escalier. Dès qu'ils entendaient l'ordre de se déshabiller, ils s'exécutaient, comme tous les autres, avant d'être forcés par les SS de passer dans l'autre salle, pour y attendre leur tour de douche. Et puis il en arriva encore cinq autres.

La salle de déshabillage était surpeuplée, étouffante de chaleur. Schubach, Ochrenberg, Touba et Raijsmann étaient là, avec Henryk Mandelbrot. Disséminés dans la salle, avec les autres membres du détachement, ils répétaient les mêmes assurances aux juifs qui continuaient d'arriver par vagues de cinq. Sous les yeux du SS, un homme du Sonderkommando, Wentzel, se mit à jouer des poings sur une femme qui se déshabillait trop lentement. Un homme lui-même occupé à retirer ses vêtements le considéra avec dégoût et la femme se dépêcha de se dénuder. C'était un convoi plein, près de deux mille personnes. La salle de déshabillage se remplissait au fur et à mesure qu'elle se vidait de ceux qui, déjà nus, transitaient dans la salle voisine. Il y aurait un énorme monceau d'habits à débarrasser ; des habits de toutes sortes et de toutes tailles ainsi que tous les menus objets que ces gens avaient emportés à la dernière minute, qu'ils avaient glissés dans leurs poches ou qu'ils tenaient à la main. Il y avait là de petites photos des bien-aimés, une lettre de citation à l'ordre de l'armée allemande datant de la Première Guerre mondiale, un peigne, l'alliance d'un aïeul, une page vierge, excepté la signature, un ourson miniature, de l'argent liquide imparfaitement dissimulé dans la doublure d'un manteau, un stylo, une lettre d'amour, un petit quelque chose à manger pour le bébé, un numéro de téléphone griffonné au dos d'un ticket de bus et une yarmulka pour après la douche.

Henryk Mandelbrot vit Ochrenberg s'approcher d'une belle jeune femme aux yeux sombres et à l'épaisse chevelure noire qui était là avec un enfant, une petite sœur ou une fille. Mandelbrot était incapable de le dire. Qu'est-ce qui n'allait pas ? Ochrenberg s'attardait trop. Lui parlait-il ? Il lui parlait trop longuement. La femme cessa de se déshabiller, se mit à hurler quelque chose en regardant Ochrenberg. Tout à coup, ce dernier s'éloigna d'elle aussi vite que possible. De loin, Mandelbrot vit l'état de tension et d'anxiété de cette femme se muer en panique sans mélange. Les SS s'en aperçurent aussi. Comme une vague qui se propage à la surface d'un étang après le jet d'une pierre, plus on se trouvait près de cette femme traitée par Ochrenberg, plus la panique était grande.

— Ce n'est pas de l'eau, dans les douches ! C'est du gaz ! C'est du gaz ! hurlait la femme.

— Du gaz ?

— Ils ont l'intention de nous gazer !

Une pluie de coups s'abattit sur la femme à demi dévêtue. Les SS la matraquèrent à terre, la rouèrent de coups avec acharnement et les gens s'écartèrent d'elle, même son enfant s'en écarta. Elle gisait là, hors d'haleine, sa combinaison déchirée était imprégnée de sang qui lui coulait des seins et de la tête, elle avait le cuir chevelu lacéré. Qu'avait-il espéré obtenir, Ochrenberg ? On poussait les derniers déportés du convoi au bas des marches, alors que la jeune femme inconsciente restait couchée au sol. Mandelbrot dut retirer les vêtements de l'enfant, convulsée de frayeur. Elle se débattit violemment, en se contorsionnant en tous sens pour se dégager, se tordit dans les bras de Mandelbrot comme une créature possédée. S'il la lâchait, ils allaient la rosser elle aussi.

Les derniers groupes de cinq arrivés dans la salle ne purent s'empêcher de voir la terreur de ceux qui les avaient précédés. Ils virent la jeune femme effondrée au milieu des piles de vêtements. Une mère qui se trouvait parmi les dernières s'écria :

— Mon fils ! Mon fils a disparu. Il porte un manteau bleu. Il a trois ans. Je voudrais juste trouver mon fils. Il tenait ma...

La femme allait remonter les marches, en expliquant qu'elle voulait trouver son fils, mais un SS la ceintura par la taille, la jeta au sol et lui tira une balle dans la tête. À ce moment, la quasi-totalité du convoi était sortie de la salle de déshabillage et se trouvait soit dans le couloir qui conduisait de la salle à la chambre à gaz, soit déjà dans la chambre proprement dite.

Dévêtus, ils franchirent la porte, la seule et unique porte, avec cet écriteau : « Salle de désinfection ». Des inconnus se tenaient regroupés, debout, sous un plafond nettement plus bas qu'en salle de déshabillage. Il y faisait chaud, plus chaud. Ils restèrent d'abord à l'écart les uns des autres, mais à mesure que la salle se remplissait de monde, ils furent contraints de se serrer, de plus en plus, au point de ne plus pouvoir éviter de se toucher. Des enfants criaient. Des adultes tâchaient de les réconforter. D'autres hurlaient. Des enfants cherchaient le regard de leurs parents. Ils les appelaient dans la salle qui se remplissait.

— Où êtes-vous ? Vous êtes là ? Prenez-moi la main.

Certains avaient trop honte pour échanger des regards. Certains contemplaient la scène, hébétés. Quel monde était-ce là ? Quelque chose n'allait pas. Cela n'était pas normal. Certains scrutaient les pommes de douche, au plafond. Certains cherchaient le Dieu qu'ils avaient tant cherché à satisfaire, eux, leurs parents et leurs grands-parents. Certains, très en colère, interpellaient les Allemands. Ils regardaient dans la pièce autour d'eux, ils regardaient les autres qui poussaient des exclamations, qui appelaient leurs enfants, qui s'interpellaient mutuellement, qui interpellaient les SS, qui interpellaient le Seigneur. Il y avait des lumières, au milieu du plafond, protégées par des grillages de protection. Des familles restaient regroupées au même endroit, autant que faire se pouvait. Ces gens s'étreignaient. Quand un père suspectait la vérité, il serrait fort sa femme et ses enfants, sans leur exprimer ce qu'il suspectait, mais en le voyant pleurer en silence, ils pleuraient à leur tour. Bientôt, tout le monde autour d'eux pleurait. Au milieu de la salle se dressaient quatre piliers composés de couches de grillage enroulé.

Dans la salle aux pommes de douche, les gens étaient trop désorientés et trop bouleversés pour tout de suite remarquer ces piliers. Qui songeait encore à l'architecture de cette pièce ? L'eau serait-elle brûlante ? Serait-elle chaude ? Y avait-il vraiment assez de robinets de douches pour tous ces gens ? Mais assez vite, d'un instant à l'autre, tout le monde dans la salle aurait remarqué ces piliers. Les gens étaient entassés dans cette salle et, à la porte, quelqu'un cria, avec une insistance inouïe. Ce cri émanait du dernier arrivant, qu'un SS frappait à coups de crosse en le poussant à l'intérieur. La salle était comble. La vérité devenait plus claire. Ils étaient tous enfermés dans une chambre à gaz. Ils étaient nombreux désormais à savoir ce qui allait leur arriver, dès qu'un autre SS eut hermétiquement fermé la porte.

Dans la salle de déshabillage, Henryk Mandelbrot et les autres hommes de ce détachement du Sonderkommando, dont Schubach, Ochrenberg, Touba et Raijsmann, échangèrent des regards et considérèrent les vêtements. Ils étaient abasourdis. Ils s'estimaient parfois heureux de ne pas être à l'intérieur de la chambre à gaz, mais en règle générale ils ne ressentaient plus rien, désormais.

— Qu'est-ce que vous attendez, bande de merdes ! leur hurla un SS. Ramassez-moi ces guenilles !

Désignant du bout de sa botte la mère du petit garçon de trois ans en manteau bleu qui avait disparu, le SS qui l'avait abattue s'adressa à Mandelbrot.

— En voilà une autre pour toi, fit-il et, rengainant son pistolet, il s'apprêta à sortir en vitesse de la salle de déshabillage pour essayer d'aller observer le gazage de l'extérieur, par la fenêtre du niveau supérieur. Soudain, il s'immobilisa et se retourna pour s'adresser à Mandelbrot.

— Si les fours sont encore engorgés, porte-la jusqu'aux fosses pendant que les autres ramassent les vêtements. Pressez-vous. J'ai encore un autre travail, pour vous autres.

À l'extérieur du complexe des crématoires, un camion arborant trompeusement le symbole de la Croix-Rouge était arrivé et, par l'arrière, on en déchargea des boîtes en métal scellées. Un SS enfila un masque à gaz et, muni d'un marteau et d'un couteau, ouvrit l'une des boîtes. Son contenu, le zyklon B, consistait en cristaux de substrat terreux très poreux imprégné de cyanure d'hydrogène. Le SS au masque à gaz ouvrait à présent les trappes fermant les ressauts, accédant ainsi depuis le toit aux quatre colonnes creuses en grillages métalliques, et il y déversa le zyklon B. L'homme chargé de cette besogne recevait des rations supplémentaires de cigarettes et, pourvu qu'il n'y ait pas trop d'officiers massés devant et bouchant la vue, cela lui permettait d'observer le gazage par un judas fixé dans la porte. C'était une mission très prisée.

Les cristaux verts de zyklon B tombaient au pied de chacun des piliers en forme de colonnes creuses et, réagissant à la température ambiante de la salle bondée, que l'on avait en outre chauffée au préalable, le cyanure d'hydrogène, substance très volatile dont étaient imprégnés les cristaux, commençait à se vaporiser et à se diffuser à travers le grillage. Sous le choc, les gens les plus proches de ces piliers eurent d'abord le souffle coupé, mais après un très bref laps de temps, ils commencèrent à suffoquer. Ensuite, dans toute la salle, on se mit à tousser et, en quelques minutes, les gens cessèrent d'être eux-mêmes. Leurs cellules privées d'oxygène étaient menacées d'asphyxie. Sous l'effet du cyanure, leurs organes suppliaient qu'on leur donne de quoi respirer, et ces gens furent saisis d'une terreur comme ils n'en avaient jamais connu, un moment de panique sans frein, primitive, prérationnelle, végétative. Mais physiquement incapables de réprimer leur volonté réflexe de respirer, ils n'en inhalaient que plus de poison.

Le cyanure qui se vaporisait à partir des cristaux amoncelés au pied des piliers se propageait dans la salle, à travers le grillage, avant de s'élever vers le plafond. C'était d'abord les endroits situés au ras du sol qui étaient les plus toxiques, mais de seconde en seconde, le reste de l'espace comblait l'écart. Et c'était au cours de ces quelques secondes, avant que le gaz ne colonise les moindres recoins de la salle, que débutait l'escalade. Au moment où les cristaux exerçaient leur effet, les gens perdaient absolument toute attache avec ce qu'ils avaient été toute leur vie. Perdant peu à peu connaissance, ils ne se comportaient plus comme des parents, des maris, des épouses, des amis, des frères et des sœurs, mais comme les organismes les plus élémentaires, sans la capacité de rien faire dans leur lutte pour ne pas mourir, sauf de tenter désespérément d'échapper au gaz qui, en se propageant vers le plafond, emplissait la pièce. Les plus petits, les plus faibles, les plus frêles se firent écraser, lorsque l'homme à la belle voix chantée, le menuisier, le plus jeune des deux docteurs, l'ingénieur, le voleur les escaladèrent et se dressèrent sur le corps, et pour certains sur la tête de la femme dont le mari la mettait mal à l'aise, sur le garçon de onze ans aux cheveux ondulés, sur l'enseignant, la prostituée, la fille du maçon, l'homme qui ne montrait jamais ses dessins à personne, le vieillard trop lent à se déshabiller, la femme qui aimait les magazines de mode, et sa fille. Et sur les enfants, et sur les vieux.

La douleur était vite extrême. Les gens bavaient comme des animaux. Leurs yeux gonflaient. Leur corps était secoué de spasmes violents, le gaz rendait complètement inutile le peu d'oxygène qu'ils pouvaient encore inhaler. Au bout de trois minutes, ils saignaient, pour certains à cause de la bousculade, de la lutte pour gagner le sommet de cet entassement humain, et tous sous l'effet du gaz. Ils saignaient du nez. Ils saignaient des oreilles. Certains perdaient toute continence et nombre d'entre eux se faisaient refouler au niveau du sol, dans un cloaque de sang, d'urine, de vomissures et d'excréments, et l'ensemble de ces êtres, avec leurs mémoires, leurs affections, leurs ambitions, leurs relations, leurs opinions, leurs valeurs et leurs réussites se fondait en une phalange d'humains enchevêtrés, sur un mètre de hauteur, maculée de ses propres fluides corporels, et ils avaient tous le souffle court, le corps agité de soubresauts, le visage déformé par cette souffrance atroce. Le cerveau et les organes à chaque seconde de plus en plus privés d'oxygène, ce fut un état de terreur et de douleur inimaginable qui s'empara de leurs dernières pensées. Ils n'étaient déjà plus des êtres humains.

Dans la salle de déshabillage, les hommes du Sonderkommando entendirent leurs cris, et ils en connaissaient bien les caractéristiques ; déchirants, de plus en plus déchirants, jusqu'à ce qu'ils atteignent leur paroxysme, puis commencent à décroître. Ils continuèrent leur travail, chacun de ces hommes attendant désespérément l'arrivée du silence. Ils savaient que ce silence viendrait, mais ils étaient tenaillés par l'impatience. Et puis le silence s'installa, les souffrances de la salle voisine devaient être terminées, et dès l'ouverture de la porte ce silence permit à ces hommes, les derniers à avoir vu les victimes en vie, d'en mesurer l'ampleur aux distorsions infernales des visages et aux positions contorsionnées des corps, au milieu de l'enchevêtrement de cadavres.

Henryk Mandelbrot dévêtit la mère assassinée de l'enfant de trois ans et jeta ses vêtements sur la pile. Sachant que les fours étaient encore encombrés, il la traîna dehors en la tirant par le bras jusqu'aux fosses brûlantes, où les cadavres d'un convoi précédent gisaient entassés en attendant que les hommes des Sonderkommando les balancent sur l'amas, au fond de la tranchée. En s'approchant, il vit des flammes jaillir plus haut que ne pouvait porter son regard. Il toussa et l'odeur l'étouffa presque. Les hommes qui travaillaient ici s'étaient noué un morceau de toile sur la bouche et le nez, mais Mandelbrot n'était là que pour déposer un cadavre. Il n'appartenait pas à ce détachement. Ses yeux pleuraient. Lâchant la main de la morte, il se les frotta quand il vit les autres hommes autour de lui s'immobiliser. Il les vit tourner la tête vers l'Oberscharführer Moll, au bord de la fosse.

L'Oberscharführer Moll tenait dans ses bras un garçon de trois ans aux cheveux très bruns, emmitouflé dans un manteau bleu et qui pleurait après sa maman. Il laissa le petit lui glisser des bras jusqu'à terre, allongé sur le dos, tout essoufflé. Le bambin était sous le choc. Ensuite, avec une botte impeccablement cirée il y a peu, levée bien haut, Moll écrasa le visage de l'enfant. Le petit vit la botte s'abattre sur lui, il cria de terreur et poussa un long gémissement de souffrance. L'Oberscharführer Moll se baissa pour ramasser le petit bonhomme défiguré. Il lui retira son manteau bleu dégoulinant de sang, balança le vêtement par-dessus son épaule et jeta le corps, comme un sac de blé, sur le bûcher des morts qui se consumaient. Henryk Mandelbrot entendit l'enfant crier, au sommet de l'incendie. Quand l'autre l'avait lancé, le petit n'était pas mort. Mandelbrot souleva le cadavre de la mère et le balança sur le bûcher, près de son fils, aussi près que possible. Puis il regagna la salle de déshabillage aussi vite qu'il put.

Schubach, Ochrenberg, Touba, Raijsmann, Wentzel et les autres s'affairaient à l'intérieur, au milieu des piles de vêtements. La chambre à gaz aurait dû être ouverte, à l'heure qu'il était, mais pour une raison inconnue, l'opération semblait avoir été retardée. Mandelbrot venait de s'en rendre compte quand l'Oberscharführer Schillinger fit son apparition, entouré d'un groupe de SS.

— Ils sont tous ici ? demanda l'un des SS.

— Oui, monsieur.

— Absolument tous ?

— Oui, monsieur. L'autre vient juste de revenir.

— Bien. Vous tous, filez immédiatement au Crématoire III. Tout de suite ! Pressons ! Allez, tous !

Henryk Mandelbrot et chacun des hommes qui se trouvaient avec lui dans la salle de déshabillage savaient que tous les fours du Crématoire III et, d'ailleurs, la totalité des fours et des installations des crématoires des quatre chambres à gaz de Birkenau ne possédaient aucune capacité supplémentaire. Les fours ne suffisaient pas à incinérer les cadavres qui s'y entassaient déjà et les opérations prenaient du retard. C'était pour cela que l'on réutilisait les fosses communes à ciel ouvert. Cela n'avait aucun sens de regrouper ces hommes devant les fours du Crématoire III, surtout qu'ils n'avaient pas terminé la besogne qui leur avait été assignée concernant les vêtements du tout dernier convoi, en salle de déshabillage du complexe du Crématoire II. En outre, la chambre à gaz voisine des fours où ils se trouvaient à présent contenait encore les deux mille personnes changées en cadavres que l'on venait à peine de gazer. Il fallait la vider et la nettoyer pour les suivants, qui attendaient à l'extérieur en écoutant un officier SS leur expliquer la nécessité de se faire désinfecter avant leur transfert vers leur nouveau détachement de travail.

Mais quels que soient les doutes relatifs aux raisons d'une telle décision, face aux ordres de l'Oberscharführer Schillinger, personne n'aurait osé lanterner. Il eût encore mieux valu courir tout droit vers la clôture électrifiée et en finir. Sans aucune escorte de gardes SS et sans hésitation, ils se rendirent donc tous vers les fours du Crématoire III. L'odeur de la chair calcinée était écœurante. Ils furent quelques-uns à en avoir des haut-le-cœur. Parmi les chauffeurs, il y avait Zalman Gradowski, qui vit ces hommes arriver alors qu'il allongeait le corps d'un jeune homme, le dernier d'un trio, sur la civière métallique avant de le faire coulisser à l'intérieur du four. Ensuite, il referma la lourde porte semi-circulaire et les corps entamèrent leur combustion.

— Qu'est-ce que vous fabriquez tous ici ? On n'est pas prêts à en recevoir d'autres. Regardez, fit-il, en attirant leur attention sur un tas de cadavres en attente d'être enfournés. Mandelbrot, qu'est-ce qui se passe ?

— Je n'en sais rien. Schillinger nous a ordonné de venir ici. Il ne nous a pas expliqué pourquoi.

Rien que d'entendre le nom de Schillinger, Zalman Gradowski se sentit forcé d'interrompre ce qu'il faisait. Il scruta le regard de Mandelbrot, en quête d'une explication qu'il lirait dans ses yeux faute de l'entendre dans ses propos. Et ce fut alors qu'il aperçut l'Oberscharführer Schillinger qui entrait dans le crématoire accompagné d'un certain nombre de gardes SS.

— Sors-moi tes pièces de là, ordonna-t-il à Gradowski, une allusion aux cadavres dans le four. Personne n'avait encore jamais entendu d'ordre pareil. Les hommes qui opéraient aux autres fourneaux cessèrent le travail et se retournèrent pour contempler la scène qui se déroulait sous leurs yeux.

— Quelqu'un vous a ordonné de cesser le travail ? Continuez ! beugla Schillinger aux autres chauffeurs, et ils s'y remirent, sans hésitation aucune.

Zalman Gradowski n'avait aucune intention d'encourir la colère de Schillinger et pourtant, il n'arrivait pas à croire qu'il avait bien entendu l'ordre que venait de proférer le SS. Qu'est-ce qui était le plus dangereux, s'arrêter de brûler les corps qu'il manipulait, alors qu'on les sommait constamment, lui et les autres, d'« accélérer la cadence », ou s'assurer d'avoir bien saisi le sens de cet ordre ? L'espace d'un instant, tout le monde, y compris les SS qui accompagnaient Schillinger, dévisagea Gradowski. Quelques minutes auparavant, il s'occupait tranquillement de sa mission d'incinérer des humains, certes un peu engourdi par la besogne, après tant de cadavres, après tant de tours de service. Son esprit s'était évadé vers l'avant-guerre, vers un événement du passé où résidait tout son être, sauf son corps. À présent, soudainement, l'Oberscharführer Schillinger venait de faire son apparition, il se dressait devant lui, et il s'en prenait à lui, devant des hommes du Sonderkommando qui n'étaient même pas censés être là. Estimaient-ils qu'il travaillait trop lentement ? Que se passait-il ? Zalman Gradowski était déconcerté – en d'autres termes, dans les circonstances présentes, il était terrorisé.

— Les sortir de là, chef ?

— Sors-les-moi de là-dedans, juif ! rugit Schillinger.

Il ouvrit la porte du four et, avec un ustensile semblable à un râteau métallique, il ressortit les trois corps du four et les coucha sur la civière métallique. L'odeur était maintenant insoutenable, et les deux SS en eurent un haut-le-cœur. Les mains et les pieds des deux premiers cadavres, rougeoyants par endroits, carbonisés et constellés de vilaines cloques à d'autres, avaient déjà commencé de se racornir, de se recourber en forme d'arc.

— Dépose-les par terre, fit Schillinger, calmement cette fois.

En se servant d'un râteau comme d'une fourche, Gradowski vida la civière de ses cadavres, l'un après l'autre. Pendant qu'il s'activait, personne ne prononça un mot. Personne ne comprenait ce qui se passait. Gradowski était complètement perdu, quand soudain Schillinger se tourna vers Mandelbrot, Schubach, Ochrenberg, Touba, Raijsmann, Wentzel et les autres qui étaient arrivés de la salle de déshabillage, obéissant à son ordre, et il s'adressa à eux, sur un ton posé. Les autres chauffeurs s'efforçaient d'entendre ce qui se disait sans que cela se remarque.

— Nous avons eu quelques soucis avec le dernier convoi, en salle de déshabillage, n'est-ce pas ? Cela nous a ralentis. Il arrive que nous subissions des retards indépendants de notre volonté. Je le comprends.

Nous sommes tous confrontés à la difficulté. Nous avons tant à faire. Mais nous venons de rencontrer un problème qui, fort heureusement, est facile à surmonter.

Il s'interrompit et se tourna dans la direction du four. Il s'avança d'un pas, se pencha pour examiner le feu qui ne s'éteignait jamais. Sous l'effet de cette chaleur lugubre, même à distance, son visage transpirait. Il continua, toujours aussi posément, en s'essuyant le front avec un mouchoir sorti de sa poche.

— Écoutez, mes gaillards, lorsque vous les avertissez, ils paniquent. Quand ils paniquent, ça nous ralentit et ça, c'est mauvais pour nous tous, reprit-il, en reculant du four et en s'essuyant de nouveau le front, avant d'examiner la tache de transpiration absorbée par son carré de linge blanc qui, sans cela, était resté immaculé. Nous vous le répétons sans arrêt. Vous ne pouvez pas prétendre le contraire. Dites-leur ce que nous vous demandons de leur dire, et rien d'autre. Ce n'est pas compliqué de s'en souvenir, et cela vous facilitera grandement la tâche. Ne les avertissez pas. S'il vous plaît, ne les avertissez pas, insista-t-il à voix basse. Puis il ferma les yeux, comme s'il était épuisé, et il eut un léger signe de tête, juste un signe, sur quoi, avant que le Sonderkommando ait compris ce qui se passait, trois SS empoignèrent Ochrenberg, un à chaque bras et l'autre par les jambes, et l'introduisirent de force, la tête la première, dans le four béant de Gradowski. Le vacarme des hurlements d'Ochrenberg, à l'intérieur du four, figea le travail de tout le monde, mais cette fois, cette pause dans leur labeur, aussi soudaine qu'imprévue, ne paraissait pas du tout ennuyer l'Oberscharführer Schillinger. Ce bref laps de temps perdu était un investissement, pour plus d'efficacité. Désormais, ils allaient pouvoir tous regagner la salle de déshabillage, vider leur chambre à gaz, et on leur amènerait un nouvel acolyte, issu d'un nouveau convoi, qui rejoindrait les rangs du Sonderkommando et remplacerait Ochrenberg.

Tout cela se produisit au cours des soixante-quinze premières minutes d'une équipe, d'une journée, de la période que Henryk Mandelbrot vécut au sein du Sonderkommando de Birkenau.

«Pourquoi ne les avez-vous pas prévenus?», lui avait demandé Lamont Williams. Soixante-trois ans plus tard, au neuvième étage du Sloan-Kettering Memorial de Manhattan, la veille du jour où l'on devait le renvoyer chez lui, Mr Mandelbrot venait de raconter à l'homme des services d'entretien la mort d'un homme qui s'appelait Ochrenberg.

Plusieurs mois s'écouleraient avant qu'ils ne se revoient. Le vieil homme resterait un certain temps avec sa famille à Long Island, avant de finalement revenir en ville, dans le cadre du service de consultation externe. Ensuite, avec les mois plus froids, il serait de nouveau admis, et c'est alors que les deux hommes se retrouveraient. Mais, entre ces rencontres, il ne se passerait pas un jour sans que Lamont Williams ne pense à ce patient ou à ce qu'il lui avait raconté. Il subsistait quantité de questions qu'il avait envie de lui poser. En plusieurs occasions, le soir, sur le chemin du retour après le travail, ou simplement en marchant dans la 2e Avenue, lors de sa pause déjeuner, Lamont Williams éprouvait le besoin de raconter à quelqu'un la mort d'Ochrenberg, l'homme qui avait prévenu la jeune femme dans l'une des salles de déshabillage de Birkenau. Il y avait souvent du monde au supermarché Gristedes, bon nombre d'étudiants autour du Rockefeller Center et pas mal de gens aussi à la banque. Ils n'étaient pas moins nombreux dans les salons de manucure et les pressings, et il y avait aussi toujours beaucoup de gens qui promenaient leur chien dans le quartier. Mais Lamont n'avait personne à qui parler d'Ochrenberg.

*

Chaque semaine, à New York, Adam Zignelik recevait de Sahera Shukri, la doyenne des bibliothèques de l'IIT de Chicago, une ou parfois plusieurs transcriptions récemment numérisées des entretiens que Henry Border avait conduits avec des survivants de l'Holocauste dans les camps de Personnes Déplacées d'Europe, à l'été 1946. Il faisait de son mieux pour suivre le rythme, mais il conservait encore des obligations d'enseignement dont il devait s'acquitter. Il lisait les transcriptions pour en apprendre davantage sur Henry Border, ce psychologue méconnu qui, sans s'en être rendu compte, avait été l'un des pionniers de ce qui s'appelle aujourd'hui l'Histoire orale. Il les lisait aussi dans l'espoir de découvrir la chose même qui, de prime abord, l'avait mené à Border ; la perspective de trouver des preuves qui viennent étayer l'hypothèse selon laquelle des soldats afro-américains auraient pris part à la libération du camp de concentration de Dachau.

Il avait rencontré William McCray à plusieurs reprises, autour d'une tasse de café, et il savait que le vieil homme se réfrénait toujours, laissant s'écouler un délai de bienséance avant de lui poser poliment la question : « Quelles nouvelles de Chicago ? Tu as trouvé quelque chose dans ces transcriptions concernant les soldats noirs à

Dachau ? » Adam n'avait encore rien trouvé mais, comme il l'avait dit à William, il lui restait quantité de transcriptions Border à lire. Non seulement cela, et c'était un aspect qui réjouissait particulièrement William, mais quantité d'enregistrements sur fil de Border n'avaient pas encore été numérisés pour être conservés et traduits. Et il restait aussi des enregistrements sur fil dont le psychologue n'avait pas effectué les transcriptions. Qui sait quelle information attendait encore d'être exhumée ?

Adam réfléchissait à tout cela du point de vue de Border. Non seulement celui-ci s'était révélé incapable, de son vivant, de générer beaucoup d'intérêt pour les épreuves vécues en temps de guerre par les Personnes Déplacées qu'il avait interrogées durant son été auprès d'elles, mais il n'avait pas été en mesure de transcrire tous ses enregistrements de ces entretiens. Il était mort sans savoir si quelqu'un entendrait ou lirait un jour le plus gros de l'œuvre la plus importante qu'il ait jamais entreprise. Et ils ne le seraient peut-être jamais, à moins qu'Adam, après être tombé sur eux, ayant compris l'importance et la lueur de salut inexprimé qu'ils recelaient pour lui, ne se décide à les étudier.

Ce travail lui insufflait de l'espoir, par surgissements spasmodiques, en ruissellements arythmiques. Il venait de rentrer d'un autre déplacement à Chicago. Les frais s'accumulaient. Il payait de sa poche des étudiants de l'ingénieur en électricité de l'IIT, Arturo Suarez, pour numériser des enregistrements sur fil de Border que personne n'avait encore jamais écoutés. C'était onéreux, mais il partait du principe que payer la chose de sa poche contribuerait à lui créer un lien avec ce projet, avant tous les autres historiens, ces professeurs titulaires qui n'auraient sans doute jamais à envisager la perspective d'une existence privée de la protection et des lauriers de l'université. Et donc, malgré le coût, il estimait que cela valait la peine d'effectuer le trajet jusqu'à Chicago, au lieu de simplement téléphoner ou d'y envoyer des e-mails. Son voyage le plus récent, il l'avait consacré à un entretien avec l'un des autres anciens étudiants de Border, une femme, Amy Muirden, l'une de celles dont la thèse de maîtrise concernait le « Quotient adjectif-verbe » de Border.

Femme charmante, délicieuse, qui devait avoir autour de quatre-vingts ans, avec toute une vie professionnelle de psychologue derrière elle, Amy Muirden avait apporté à Adam d'autres éclairages sur Border, l'enseignant, l'intellectuel et l'homme. Elle avait pu aussi lui parler, dans une certaine mesure, de la vie de famille du professeur, de sa fille Elise, et de leur bonne à demeure, Callie, une jeune femme noire qui, sans être pourtant beaucoup plus âgée qu'Amy à l'époque, avait un fils adolescent. Amy avait rencontré Elise, Callie et même le fils de cette dernière, Russell, en maintes occasions, car le soir, à son domicile, le docteur Border tenait des séminaires pour ses étudiants de troisième cycle. Elle se souvenait que Callie s'était mariée et, pendant un temps, Callie, Russell et le nouveau mari, un ouvrier des abattoirs, avaient habité tous les trois sous le même toit, celui des Border, avec le professeur et Elise, que tout le monde appelait «Elly». Le fils, Russell, travaillait aux abattoirs avec son beau-père, se souvenait-elle.

À la fin de ces soirées de séminaires, Callie servait des rafraîchissements, aidée par Elly. Celle-ci, qui devait avoir à peu près dix-sept ans à l'époque, assistait aussi à ces séminaires. Les étudiants de sexe masculin lui témoignaient une attention particulière, et Wayne Rosenthal plus qu'aucun autre. Cela n'échappait à personne. De temps à autre, des taquineries d'étudiants provoquaient des protestations d'innocence de la part de Wayne Rosenthal et d'Elly, mais ils ne pouvaient nier l'intérêt qu'ils se portaient l'un à l'autre. Amy ne se souvenait pas que le professeur se souciât le moins du monde des attentions de Wayne envers sa fille. À la réflexion, quand Adam lui avait soumis la question, elle avait dû admettre que Wayne Rosenthal était probablement l'étudiant préféré du professeur, devançant Arch Sanasarian de peu. Qui était son étudiante favorite ? Amy Muirden était trop bien élevée pour le dire, mais Adam devinait que c'était elle. Au dire de tous, le professeur tâchait de ne faire montre d'aucun favoritisme et, parfois, son sens de l'humour empreint de malice visait aussi Wayne Rosenthal. Mais ce dernier ne semblait jamais s'en formaliser. Si le lien entre le professeur et Wayne avait pu être particulièrement fort, c'était parce que Wayne avait été en mesure de le seconder dans son travail plus que quiconque.

— Voyez-vous, non seulement Wayne était juif, mais ses parents étaient des immigrants d'Europe centrale qui, chez eux, parlaient le yiddish. La première langue de Wayne, c'était le yiddish, aussi était-il plus à même de travailler sur les enregistrements que n'importe qui d'autre. Il n'aidait pas seulement sur le plan technique, comme Arch ; il était capable d'écouter les entretiens et de les traduire. Il y a consacré de nombreuses heures, sur le campus et au domicile du professeur. Enfin, cela lui fournissait une autre occasion de voir Elly, n'est-ce pas ? avait souri Amy Muirden.

» Je me souviens, il y avait eu une soirée. Oui ! C'est exact, le frère d'Evie Harmon avait organisé une fête pour son vingt et unième anniversaire, ou alors c'était pour fêter un diplôme, mais c'était une réception très chic. Les Harmon étaient extrêmement riches, en tout cas au vu des critères de cette époque. Oh, mais je m'emballe, je vais trop vite. Je suis désolée. Evie Harmon faisait partie du groupe. C'était l'une des étudiantes en maîtrise qui travaillait aussi sur le « Quotient adjectif-verbe » du professeur Border. Il arrivait parfois au professeur de l'asticoter, bien gentiment.

— À propos de quoi l'asticotait-il ?

— Eh bien, elle avait fréquenté toutes les bonnes écoles, vous savez, et elle ne se privait pas de le faire savoir aux gens. Son père, c'était le Harmon des orgues. Vous connaissez les orgues Harmon ? Il y en avait un dans tous les cinémas de Chicago, sans doute un dans pratiquement tous les cinémas du pays. C'était son père, il s'intéressait à toutes les technologies qui avaient un rapport avec le son, et je pense que c'est cela qui l'a conduit à se lier d'amitié avec Marvin Cadden. Vous savez, Marvin Cadden ? C'était l'ingénieur de l'IIT qui a mis au point l'appareil d'enregistrement sur fil sur lequel le professeur Border a enregistré ses entretiens. Bien sûr, vous devez être au courant. Je me rappelle vaguement que c'est le lien entre la famille Harmon et Marvin Cadden qui a conduit Evie au professeur Border.

» Quoi qu'il en soit, la famille Harmon était très aisée, et quand son frère a organisé une soirée dont j'ai oublié le prétexte, Evie a pu inviter certains de ses amis à elle. Je me souviens qu'elle avait convié le petit groupe, tous les étudiants en maîtrise de Border. Nous étions un peu surpris car aucun de nous ne disposait de l'argent nécessaire pour inviter à des réceptions familiales des gens qui, vous savez, n'étaient pas des amis très proches. Non seulement cela, mais elle a aussi invité le professeur, et même Elly, qui était devenue... comment appelleriez-vous cela ? Elle était comme une mascotte, si le terme ne vous paraît pas trop insultant. Je veux dire qu'elle était presque devenue de facto un membre de la classe, encouragée en cela par les garçons, bien sûr, et en particulier par Wayne. Je m'en souviens parce qu'Evie m'avait raconté qu'elle allait inviter Elly et son père, et je ne m'attendais vraiment pas à ce qu'il vienne. Je veux dire, malgré tous les soupers légers qu'il nous avait servis chez lui après les séminaires, je ne l'avais jamais vu se prêter à... vous savez... à rien de ce que vous appelleriez une vie mondaine, rien de frivole, voyez-vous.

» Mais il est venu, peut-être parce que Marvin Cadden serait là. Mr Cadden était un personnage, sur le campus, et je me souviens d'avoir été surprise non pas tant de la venue d'Elly, mais de celle du professeur. Vous savez, je viens de m'en souvenir, Callie est venue, elle aussi. Elle n'était pas invitée, évidemment pas. C'est exact ! La famille d'Evie avait besoin d'un peu d'aide, de renfort pour le buffet, et elle a fini par embaucher Callie et son fils pour s'occuper du service et du reste. Le groupe du professeur Border ne connaissait personne, aussi nous avons fini par tous rester entre nous, un peu piqués sur place. Elly était avec nous et le professeur n'était jamais très loin. La maison et le jardin, tout cela était terriblement impressionnant, mais une fois qu'Evie nous a fait faire le tour du propriétaire, nous sommes plus ou moins restés entre nous, pas très loin de l'endroit où ils avaient dressé le bar. Je ne veux pas dire que nous nous soyons alcoolisés ou rien de tel, mais... Il y a eu un incident. Je m'en suis à peine aperçue. Il s'est produit quelque chose. Un incident a eu lieu entre le professeur Border et Wayne Rosenthal. Je ne sais pas ce qui s'est passé. Il se peut qu'ils aient eu des mots ou quelque chose de cet ordre. Je sais que cela paraît inimaginable car il se montrait toujours extrêmement respectueux envers le professeur, comme nous l'étions tous, mais il y a bel et bien eu quelque chose. Aucun de nous n'a su ce qui s'était passé au juste, mais je me souviens que cela avait touché Elly. Je suis désolée, je ne connais pas vraiment les détails.

— En effet, cela remonte à très longtemps.

— Il n'était guère convenable de poser la question au professeur Border et Wayne n'avait visiblement aucune envie de nous en parler, à aucun d'entre nous. Il faut se souvenir qu'à cette époque... Enfin, les gens étaient bien plus réservés sur... leurs sentiments. Écoutez, j'ignore même dans quelle mesure Elly était au courant. Je me souviens d'avoir pensé que cela devait être en rapport avec elle, mais je ne sais plus pourquoi je me suis dit cela, à l'époque. Je crois que Wayne Rosenthal est encore en vie. Avez-vous pris contact avec lui ?

— J'ai essayé d'organiser un entretien, mais il refuse de me parler. Son fils m'a envoyé un e-mail pour me dire que son père n'avait aucune envie de parler du professeur Border ou de son travail.

— Il n'est peut-être pas en bonne santé. Je ne l'ai pas revu depuis plus de vingt ans, mais je sais qu'il a perdu sa femme.

— Possible, mais je ne crois pas ce que soit cela. L'e-mail du fils n'invoque aucune excuse de cet ordre. Il indique juste expressément que son père, Wayne Rosenthal, ne souhaite pas parler du professeur Border ou de son travail. Amy, je me demandais si vous ne pourriez pas l'approcher, vous, une ancienne camarade de classe ? Peut-être...

— Oh non, professeur Zignelik.

— Adam...

— Adam, je suis navrée, j'en serais incapable. Je veux dire, je ne l'ai plus revu depuis si longtemps. Je ne me sentirais pas à mon aise. Peut-être Arch pourrait-il le convaincre de changer d'avis? Je sais qu'il a été en contact avec lui, bien plus récemment que moi. Tout le monde apprécie Arch. Qui oserait dire non à un homme aussi charmant?

— Wayne Rosenthal.

— Je vous demande pardon?

— Wayne Rosenthal pourrait lui dire non. Il a déjà posé la question en mon nom, et Wayne lui a déjà fourni la même réponse que m'a déjà faite son fils. J'ai dû me contenter de laisser à son fils mes coordonnées, au cas où il changerait d'avis. Il se pourrait aussi que cela n'ait aucun rapport avec mes recherches. Son fils a formulé la chose clairement. En un sens, si j'avais voulu m'entretenir avec Wayne sur un sujet quelconque, un autre sujet que Henry Border, il aurait été partant.

Et là, Amy Muirden parut étudier le visage d'Adam Zignelik, avec une gravité qu'elle n'avait pas encore manifestée, avant de reprendre la parole.

— Donc vous pensez que nous n'arriverez pas à parler avec Wayne... du tout?

— Non, il ne semblerait pas.

— Je ne sais vraiment pas si je... C'était il y a des années, mais... Je lui ai promis de ne jamais rien révéler... parce qu'il m'a fait jurer la plus stricte confidentialité.

— Tout ce dont vous vous souviendriez me serait utile.

— Après l'incident lors de la fête familiale d'Evie Harmon, il est venu me voir. Il se trouvait dans un état épouvantable. Il ne voulait rien me dire, mais je l'ai convaincu en lui promettant de ne jamais rien révéler à quiconque – une promesse que je suis sur le point de rompre – et en lui suggérant qu'il devait se confier à quelqu'un, s'il voulait avoir une chance de mieux supporter la chose. Nous étions tous des psychologues après tout. Je lui ai précisé que cela ne devait pas être forcément moi, mais...

— Que vous a-t-il répondu?

— Il m'a répondu... Il m'a répondu qu'il pensait être tombé sur un enregistrement révélant ce qui était arrivé à l'épouse du professeur

Border... pendant la guerre. Il avait abordé le sujet à la soirée, ou juste avant. C'est là que ces ennuis ont commencé, lors de cette fête.

— Savez-vous quelle était cette histoire, ce qui est arrivé à sa femme ?

— Non, Wayne a refusé de me le dire.

— Vraiment ?

— Non, vraiment. Sinon, maintenant, je vous le dirais.

— Vous souvenez-vous de quoi que ce soit d'autre ?

— Non, c'est tout... sauf son nom. Il m'a dit son nom et je ne l'ai jamais oublié... n'est-ce pas amusant... à cause d'un poème de T.S. Eliot, un poème antisémite, en fait. Elle s'appelait Rosa Rabinowicz. Dans le poème, c'est Rachel, pas Rosa, mais cela m'a suffi pour que je m'en souvienne. Connaissez-vous ce poème, « Sweeney parmi les Rossignols » ? Il me fait toujours penser à la jeune Elly Border. N'est-ce pas amusant, ce qu'on se rappelle ?

Il existait d'autres pistes conduisant à Border et son œuvre. L'une d'elles en particulier était encore plus fructueuse que n'aurait pu l'être celle de Wayne Rosenthal, mais elle se situait bien plus loin que Chicago, ce qui constituait d'autant plus un problème. Adam puisait déjà dans les maigres économies dont il disposait pour effectuer les allers et retours entre New York et la capitale des Grands Lacs et, s'il était convaincu de réussir à extraire de sa recherche sur Border et ses transcriptions un sujet et, pourquoi pas, une monographie d'une certaine importance historiographique, il n'avait pas encore ébauché de proposition susceptible de lui valoir une offre de poste universitaire à brève échéance. Il allait bientôt devoir s'endetter, rien que pour continuer ces vols vers Chicago et retour. Quant à sa motivation originelle en relation avec le rôle des soldats noirs démobilisés au sein du mouvement des droits civiques, en l'occurrence sa recherche d'une preuve de l'implication de ces soldats noirs lors de la libération de Dachau, même si cette piste était loin d'être épuisée, elle n'avait encore rien donné.

L'autre piste plus lointaine et potentiellement fructueuse se situait à Melbourne, en Australie. Elle ne constituait pas seulement un défi financier, mais aussi émotionnel. Melbourne, la ville natale de sa défunte mère, était aussi la ville où il avait grandi après la séparation de ses parents, quand il avait trois ans. C'était là que ses grands-parents avaient aidé sa mère à l'élever, là qu'il était allé à l'école avant l'université et là qu'il devait être, avait-il estimé, à la mort de sa mère. Mais enfin, plus encore que toutes celles qu'il avait mises au jour depuis qu'il était tombé sur Border et les enregistrements sur fil, cette piste était certainement trop tentante pour être ignorée. Il avait suivi jusqu'à Melbourne la trace d'un survivant de l'Holocauste dont il savait de source sûre qu'il était encore vivant, et qui affirmait se souvenir d'avoir été interviewé par Border au camp de Personnes Déplacées de Zeilsheim. Il avait vu par hasard le nom de la femme dans les documents de Border, mais n'avait pas encore eu l'occasion d'exhumer la transcription de son témoignage. Il pouvait s'agir d'une de ces transcriptions que Sahera Shukri et son équipe n'avaient pas encore abordées, ou alors cette femme de Melbourne avait figuré sur les enregistrements que personne n'avait entendus depuis l'époque où Border les avait recueillis.

«Mon chou, tu ne peux pas attendre que se présente la transcription de cette femme. Elle risque de ne jamais se présenter avant que la totalité des enregistrements ne soit numérisée, transcrite et traduite. – C'était la voix de Diana – Entre-temps, cette femme risque de mourir.

— Je casque déjà à gauche, à droite, de tous les côtés.

— Adam, tu ne casques rien, tu investis dans un projet qui pourrait se révéler très important à la fois pour ta carrière et pour notre connaissance de cette période historique.

— “Qui pourrait”, ce sont bien les deux mots essentiels.

— Adam, tu ne vois pas un schéma récurrent, là... dans ton existence ? Tu dois faire preuve d'un peu de foi.

— Bien sûr, tu as raison. Maintenant, si tu pouvais juste me retrouver au coin de la 109e Rue et de Broadway, cela nous permettrait de revendre un peu de la foi dont j'avais l'intention de faire preuve à mon chargé de clientèle à la Chase, et de partir ensuite pour Melbourne m'entretenir avec cette femme.

— Alors tu es encore à la Chase ?»

Subitement, la sonnerie de l'interphone retentit.

«Tu attends quelqu'un ?

— Tu sais bien que non. Tu vis à l'intérieur de mon crâne.

— J'y vis peut-être, mais parfois j'en sors.»

L'interphone sonna de nouveau et cette fois il répondit.

— Allô, je pense que vous avez appuyé sur le mauvais bouton.

— Non, pas du tout. C'est moi.

— Sonia ?

— Je peux monter ?

— Bien sûr.

— Tes parents savent que tu es ici ?

— Je monte !

Adam resta planté là les mains dans les poches en attendant que Sonia frappe à la porte. Dès qu'elle frappa, il lui ouvrit. Elle entra, un peu essoufflée, et ils s'étreignirent, comme ils l'avaient toujours fait depuis qu'elle était enfant, mais cette fois il remarqua qu'elle fut plus lente à se détacher de lui.

— Tes parents savent que tu es ici ?

— Ouais.

— Vraiment ?

— Tu ne crois pas que je vais te mentir, non ?

— Non, bien sûr que non. Tu n'es pas capable de mentir. D'autres, oui, mais toi non.

— Hé, qu'est-ce que tu veux dire par là ?

— Donc tes parents savent vraiment que tu es ici ?

— J'ai déjà répondu.

— C'est vrai. C'est juste que... Tu n'étais pas censée appeler avant de débarquer ?

— Est-ce que tu... reçois ?

— Oulah, que ça fait mal, ça ! Tu sais vraiment t'y prendre pour blesser un garçon, toi. J'aurais pu être occupé à travailler.

— Tu travailles ?

— En fait, oui, je travaillais.

— Désolée, Adam. Tu veux que je m'en aille ?

Elle le regarda, l'air plaintif.

— Non, j'ai presque fini. Pourquoi tu ne te prends pas un soda et je te rejoins dans cinq minutes ? Il faut que je finisse de lire quelque chose.

Elle se rendit au réfrigérateur et l'ouvrit. Adam était sur le point de retourner à son bureau quand il remarqua qu'elle restait là debout, apparemment médusée par quelque chose à l'intérieur du frigo. Elle lui tournait le dos et ne bougeait plus.

— Sonia, tu n'es pas obligée de dégivrer mon frigo.

Elle ne bougea pas. C'était comme si elle ne l'avait pas entendu.

— Sonia ?

Elle demeura immobile et silencieuse, à regarder fixement le réfrigérateur et rien d'autre. Il vint à elle, pour voir ce qu'elle fixait ainsi des yeux.

— Sonia ? Qu'est-ce que tu regardes ?

Elle se retourna et il la vit les joues dégoulinant de larmes.

— Hé, petite, qu'est-ce qui ne va pas ?

Il la prit dans ses bras et la serra de nouveau.

— Quoi, j'étais censé te garder la dernière boîte de Dr Pepper? Qu'est-ce qui ne va pas, mon petit chou?

— Tout a complètement changé, maintenant. Personne ne dit rien, comme si tout était resté pareil. Mais rien n'est plus pareil.

— Que veux-tu dire?

— Est-ce que vous allez vous remettre ensemble un jour, Diana et toi?

— C'est pour cela que tu pleures? Tu n'es pas censée pleurer pour cela. Ça, c'est moi qui m'en charge.

— Toi, tu pleures à cause de ça?

— Tout le temps.

— Vraiment?

— Bien sûr, à quoi est-ce que je pourrais m'occuper d'autre? Mais toi, pourquoi pleures-tu?

Sur cette question, elle se remit à pleurer de plus belle, les épaules secouées de soubresauts involontaires, au rythme de sa tristesse intérieure.

— Adam, ils se disputent tout le temps. Je déteste. Je déteste vraiment ça. Grand-père n'est pas venu dîner ce soir comme il en avait l'intention. Personne n'a expliqué pourquoi. Ça n'a jamais été comme ça, hein? Et ensuite, logée au creux d'un espace compris entre les bras et la poitrine d'Adam, elle lui demanda : Quand est-ce que les choses ont changé?

*

C'était la nuit et Henryk Mandelbrot, de nouveau en équipe de jour, se trouvait à l'intérieur d'un des baraquements qui abritaient le Sonderkommando. Zalman Gradowski, l'un des chauffeurs, voulait lui parler, mais Mandelbrot allait devoir attendre. Gradowski n'avait toujours pas terminé son rituel du soir. Tous les soirs, à la fin de son service, après l'*Appell*, et après avoir mangé, Zalman Gradowski revêtait un *talith*, un châle de prière juive que l'on avait trouvé parmi les effets d'une victime, et il récitait le *kaddish*, la prière des endeuillés, pour tous ces gens qu'il avait incinérés. Il faisait cela tous les jours. Tous les jours, il consignait aussi en secret un compte rendu détaillé du travail du Sonderkommando et de tout ce dont il était témoin. Henryk Mandelbrot savait ce qu'il faisait et pourquoi. Il était bien obligé de le savoir. Mandelbrot était l'un des deux hommes avec lesquels Gradowski partageait une couchette en bois, et il n'aurait pas été possible de leur cacher ces écrits. L'autre homme, aussi dénommé Zalman, s'appelait Zalman Lewental, un juif polonais de la ville de Ciechanow. Et ce Zalman Lewental conservait lui aussi une trace du travail du Sonderkommando.

Gradowski et Lewental, qui appartenaient au Sonderkommando depuis plus longtemps que Mandelbrot, lui avaient exposé leur objectif. Ces écrits, lui avaient-ils dit, constituaient des actes de résistance. Comme il leur semblait que pas un juif ne survivrait à la guerre et qu'ils avaient la quasi-certitude qu'aucun des Sonderkommando n'y survivrait non plus, ils avaient décidé de coucher par écrit un récit de la destruction des juifs européens, jusque dans les derniers détails, et de l'enterrer, dans l'espoir que ce témoignage leur survivrait. C'était tout l'enjeu de leur survie, aussi longtemps que cette survie leur serait possible. La nouvelle, ou plus exactement la rumeur, que les Russes ne cessaient d'approcher et que le camp serait bientôt libéré, se répandait, mais des rumeurs de toutes sortes s'étaient toujours répandues dans tout le camp aussi vite que les poux, le typhus et la dysenterie. Tôt ou tard, les nazis risquaient de perdre la guerre contre les Alliés, mais ils gagneraient leur guerre contre les juifs. Les deux Zalman, Gradowski et Lewental, consignaient ce qu'ils voyaient, dans la mesure de leurs moyens, et ce malgré la certitude d'une mort immédiate au cas où ils seraient démasqués. Quand ils jugeraient le moment opportun, ils enseveliraient leur témoignage en un lieu aussi sûr que possible, quelque part près des crématoires où ils travaillaient... C'était ce qui leur permettait de tenir le coup – cette nécessité de raconter tout ce qui, sans cela, resterait de l'ordre de l'inimaginable.

Ce n'était pas de ses écrits que Gradowski voulait s'entretenir avec Mandelbrot. Pendant que Lewental faisait le guet, il l'emmena à l'extérieur du baraquement et, quand il eut la certitude que personne ne leur prêtait attention, il lui parla, très calmement.

— Tu sais que Lewental a un frère ici ?

— Oui, je sais, un électricien, exact ?

— Exact... un électricien, lui répondit Gradowski.

Les flammes des fosses illuminaient le ciel nocturne. Le travail de l'équipe de nuit était bien avancé. Tous les détachements de travail forcé de Birkenau n'étaient pas répartis en équipes de jour et de nuit. Le Sonderkommando, lui, l'était. Sa besogne ne s'interrompait jamais.

— Donc... Le frère de Lewental est électricien, c'est ce que tu voulais me dire ?

Peu importait ce que Gradowski voulait lui dire, il semblait désormais extrêmement réticent sur le sujet, presque comme s'il regrettait de l'avoir pris à part. L'odeur des chairs calcinées restait en suspens dans l'air, alors que l'on débarquait encore un nouveau convoi.

— Lewental... pense qu'on devait te prévenir...

— Que son frère est électricien ?

Gradowski regarda de nouveau autour d'eux. Ils pouvaient encore se parler sans risque. Leurs paroles n'étaient presque que des chuchotements.

— Henryk, as-tu entendu parler d'un mouvement de résistance ?

— Dans le Sonderkommando ?

— Dans tout le camp.

— Non. Ça existe, ça ?

Gradowski hocha la tête pour le lui confirmer.

— Ah oui ? s'étonna Mandelbrot. Zalman, ils sont parvenus à quoi, au juste ? Regarde, là-bas. Tout continue comme avant. Il désigna le ciel nocturne illuminé par les flammes des fosses où l'équipe de nuit tâchait d'accélérer les opérations. Cette résistance, je ne sais pas qui c'est, mais ils font du sacré bon boulot.

— Oui, enfin, jusqu'à présent, oui, ils ont consacré trop de temps à se quereller pour être très utiles à quelqu'un, à part eux-mêmes, dut admettre Gradowski, mais il y a eu du changement, récemment. Nous espérons que la situation s'améliore.

Les chiens aboyaient au loin. Le travail de l'équipe de nuit progressait sans subir les variations diurnes. Le soleil n'avait aucune incidence sur leur besogne. Les projecteurs à la lumière aveuglante étaient allumés. Les cris avaient éclaté dès la rampe de déchargement. Plus il y avait de cris, plus il pleuvait de coups. C'était une équation grossière, et d'autant plus vérifiable que les cris débutaient tôt. Si les déportés paniquaient déjà, il ne servait à rien d'essayer de s'échiner à leur faire garder leur calme. Il était déjà trop tard. Donc les SS voulaient juste presser le mouvement. Faire l'économie de la tromperie et de l'espoir, pour gagner du temps, avec encore plus de coups que d'habitude. Ce serait une équipe de nuit particulièrement éprouvante. Non seulement il y avait là trop de monde qui paniquait trop tôt, mais les victimes allaient devoir attendre. Il restait encore des cadavres à vider de la chambre à gaz du Crématoire III. Ils accumulaient encore plus de retard, et cela rendait les SS particulièrement irritables.

— Qui sont ces gens, ces résistants ? Où sont-ils ?

— Chuut ! écoute-moi attentivement. Je vais te raconter ce que je sais. Il existe une section Auschwitz-Birkenau de la clandestinité polonaise, l'Armée de l'intérieur. Ils agissent en coordination avec le mouvement clandestin polonais à l'extérieur du camp.

— L'*Armia Krajova* ?

— L'AK, oui, la section de l'AK à l'intérieur du camp. Il y a ici un autre groupe de résistance, le *Kampfgruppe* Auschwitz, composé de militants de gauche de toutes les nationalités, y compris quelques juifs des différents détachements de travail. Ensuite, il y a divers groupements plus restreints, des groupes de juifs qui ont formé des cellules de résistance sur la base de... je ne sais pas... de motivations idéologiques ou juste à partir de leurs liens avec leur ville d'origine.

— Toute cette résistance, partout dans le camp ! l'interrompit Mandelbrot. C'est sidérant qu'on trouve encore le temps d'y gazer quelqu'un.

— Bon, il n'y a que les juifs qui se font gazer, n'est-ce pas ? D'accord, aussi quelques gitans et quelques homosexuels, mais le reste, les Polonais, les Russes, les Français, tous les militants de gauche et les autres, ils ont le temps d'élaborer toutes sortes de plans, de discuter entre eux du moindre détail, d'y renoncer et d'en échafauder d'autres.

— Et ils se haïssent encore plus qu'ils ne haïssent les Allemands.

— Ouais, peut-être bien. Peut-être que c'est pour ça que tu n'as jamais vu aucun de leurs plans porter leurs fruits.

La file avait commencé à se former devant la salle de déshabillage du Crématoire III. Les cinq premiers prisonniers descendirent les marches ; rien que des femmes – une coiffeuse, une veuve, l'assistante d'un photographe, une institutrice et la cousine d'un professeur de violon bien connu dans sa petite ville, qui en jouait très bien elle-même. La première des cinq femmes suivantes poussait déjà la violoniste dans le dos. Celle-ci se retourna et elle en vit encore cinq autres qui descendaient derrière elle.

— Il semble qu'il y ait eu du changement, ces derniers temps, chuchota Gradowski. La section d'Auschwitz de l'AK et du Kampfgruppe Auschwitz ont surmonté leurs divergences.

— Je suis content pour eux.

— Eh bien, tu aurais de quoi. Ils ont instauré ce qu'ils ont appelé le Conseil militaire d'Auschwitz unifié – il se pencha plus près de Mandelbrot – avec l'intention de planifier et d'organiser un soulèvement.

— Un soulèvement ?

— Oui, et le Sonderkommando doit en faire partie. Non seulement il y a un plan pour une évasion en masse, qui concerne les effectifs du camp tout entier, mais il est prévu de faire sauter les chambres à gaz et les crématoires, de les détruire.

— Et c'est là que le Sonderkommando intervient ?

— Eh bien, nous avons le privilège de vivre et de travailler ici. Et de toute manière nous allons mourir. Des plans ont été arrêtés et, en fait, on s'est déjà organisé pour que les prisonniers aient les moyens de se fournir des armes.

— Des armes ?

— Que sais-tu de l'usine Weichsel Union Metallwerke ?

— Rien, qu'est-ce que c'est ?

— L'un des détachements de travail est rattaché à l'usine de la Weichsel Union Metallwerke. C'est une usine de munitions voisine du camp principal. Tu es passé devant quand ils t'ont amené ici. Nous avons cherché à nous procurer de la poudre à canon provenant de là-bas, dans le but de fabriquer nos propres engins incendiaires, des sortes de bombes ou de grenades. Il y a un Russe...

— Qui ça, nous ?

— Henryk, toutes ces questions ! Laisse-moi terminer. Il y a quelque temps, nous avons pris contact avec deux juifs qui travaillent à l'usine de munitions, Israel Gutman et Joshua Leifer, des juifs polonais.

— Ils font partie de la résistance ?

— Oui, ils ont eux-mêmes tenté de contacter les femmes qui travaillent dans ce que les Allemands appellent la *Pulverraum*, la salle des poudres. Seules des femmes y travaillent, et aucun homme. Mais les femmes de la Pulverraum sont sous la surveillance la plus stricte qui se puisse imaginer, et ces juifs polonais n'ont pas été en mesure de les sonder sur le meilleur moyen de mettre la main sur cette poudre.

— Et ils travaillent dans la même usine ?

— C'est une grande usine. Ils sont sous étroite surveillance.

— Donc pas de poudre.

— Nous ne savons même pas si elles accepteraient de s'en charger.

— Bon, si personne ne réussit à entrer en relation avec ces femmes, c'est fichu, tout au moins pour cette partie de l'affaire, non ?

— Pas forcément. Aucun homme ne peut les atteindre, mais si c'était une femme de la résistance qui réussissait à contacter celles de la Pulverraum, ou si une autre femme travaillant à l'usine y parvenait ?

À l'intérieur de la salle de déshabillage du Crématoire III, les hommes avaient déjà entamé la descente des marches. Les opérations avaient pas mal avancé et la quasi-totalité des femmes était en partie dévêtue, sauf une mère et ses deux filles, âgées d'à peu près douze et quatorze ans. Ces trois-là, bien habillées et visiblement issues d'un milieu très aisé, n'esquissaient pas un geste. Incrédules et terrifiées, elles regardaient autour d'elles. Ensuite, la jeune fille de douze ans dit quelques mots à sa mère en français, et il se trouva que l'homme du Sonderkommando le plus proche d'elles, Chaïm Neuhof, le parlait vaguement.

Dans la précipitation, au milieu du désordre, en veillant à s'assurer que les SS ne remarquaient pas qu'il lui adressait la parole, il la questionna.

— Vous êtes française, madame ? Madame ? Est-ce que vous êtes française, madame ?

— De Belgique, monsieur, lui répondit timidement la jeune demoiselle de quatorze ans, sa mère demeurant apparemment incapable de parler, sous le coup de la peur. La salle de déshabillage se remplissait.

— Madame, vous devez toutes les trois vous déshabiller tout de suite ! Si les SS vous voient encore habillées, ils vont vous frapper. Ils vont vous tuer, vous et vos filles, à coups de matraque ! Toutes les trois... déshabillez-vous tout de suite ! insista-t-il dans un français haché, approximatif, tout en faisant mine d'aider un vieil homme à retirer ses vêtements.

Mais un mélange de timidité, de pudeur, de fierté et de terreur semblait rendre la mère et la fille physiquement incapables de passer à l'acte. Elles se bornaient à contempler la scène où elles étaient, avec une incrédulité horrifiée, mais comme si elles n'en faisaient pas partie.

— Dépêchez-vous, madame ! Je vous en prie ! insista Chaïm Neuhof, toujours en chuchotant, la tête baissée, comme s'il aidait le vieil homme qui avait du mal à retirer son pantalon.

Un garde SS avait maintenant repéré la scène du coin de l'œil.

— Je vais me mettre devant vous, madame. Je vous en prie ! Pour les jeunes filles, il faut vous presser ! Ils vont vous frapper !

L'homme du Sonderkommando, Chaïm, se redressa et se plaça devant la mère et ses deux filles, en leur tournant le dos mais, comme ils se trouvaient près du centre de la salle surpeuplée, où régnait une agitation effrénée, il ne put que partiellement les masquer sur un côté, sans rien leur garantir d'autre que la certitude qu'il ne les regarderait pas se dénuder. Mais en un sens, ce geste suffit en soi à les décider. Il leur procura quelques secondes de protection contre le regard du SS qui, du coin de l'œil, observait la mère et ses filles et, lorsque son champ de vision ne fut plus obstrué, elles étaient quasi nues, et il tourna son attention vers un autre endroit de la salle. Chaïm Neuhof se retourna et vit qu'elles avaient fini par obtempérer. Grâce à une sorte de hasard, au seuil des dernières minutes de leur existence, il avait pu leur épargner de violents sévices. En général, il travaillait avec l'équipe de jour, et il avait échangé son poste pour cette équipe-ci avec un homme qui était malade et qui, comme la quasi-totalité des membres du Sonderkommando, ne parlait pas le français.

— Merci, madame, dit-il lorsqu'il finit par se retourner.

Elles se rapprochèrent toutes les trois de lui, comme s'il était en position de les protéger, sans se rendre compte que le peu d'aide qu'il pourrait leur offrir s'était asséché dès ces dernières secondes. La mère était sur le point de lui poser la main sur le bras, conséquence involontaire du mélange de sa bonté à lui et de sa peur et sa gratitude à elle. L'espace d'un instant, au milieu de tout cela, il s'immobilisa, ce qui était très dangereux. Ce fut alors qu'il les vit d'un œil neuf, car elles étaient nues, à présent, et elles l'imploraient de leurs grands yeux ronds, avec leur peau pâle et sans défauts, leurs cheveux auburn, épais et longs jusqu'aux épaules, toutes les trois si belles, aux yeux de Neuhof. S'effacerait-il jamais cette image de la tête ? Ces trois versions différentes de la perfection féminine étaient apparues devant lui au milieu de l'enfer, en plein milieu. Des larmes lui montèrent aux yeux. Il se baissa et ramassa leurs vêtements. Regarde-les ! lui cria une voix intérieure, sous son crâne. C'était la mort qui parlait. Il dut se détourner.

Gradowski continua son explication à Henryk Mandelbrot.

— On a repéré un homme susceptible de prendre contact avec une femme qui, à son tour, pourrait entrer en relation avec les femmes de la Pulverraum.

Il regarda autour de lui comme pour vérifier qu'ils n'étaient pas surveillés.

— Lewental a un frère, Noah, qui est électricien.

— Ah oui, Noah l'électricien.

— En tant qu'électricien, le jeune Lewental accède à des parties du camp où les prisonniers ordinaires ne se rendent jamais.

— Ouais, mais encore faut-il qu'il trouve la femme. Il ne va pas organiser des entretiens d'embauche.

— Il a déjà trouvé la femme parfaite, à ce qu'il dit. Elle travaille à l'*Effektenlager*, au Kanada.

— C'est merveilleux, ça doit la maintenir en forme.

— Ouais, et elle est du groupe de Ciechanow. C'est de là aussi que viennent les Lewental. C'était sa petite amie, avant la guerre. Zalman la connaît aussi. Elle fera le lien entre les femmes de la Pulverraum, à l'usine de munitions, et la résistance du Sonderkommando. Nous recevrons de la poudre, nous la stockerons et, avec le Russe, nous réfléchirons au moyen de la convertir en armes. Ensuite, au signal du Conseil militaire d'Auschwitz, quand ils seront prêts à déclencher une rébellion dans tout le camp, nous tâcherons d'utiliser tout ce dont nous disposerons pour détruire les chambres à gaz et les crématoires. Qui sait, peut-être certains d'entre nous s'échapperont-ils même d'ici.

— Crois-tu que ça puisse marcher, cette affaire ?

Gradowski se tourna vers lui.

— Henryk, de toute façon, nous allons tous mourir.

— Qui est au courant de tout ceci, dans le Sonderkommando ?

— Uniquement ceux de la résistance.

— Bon, je suppose que si tu m'en parles, c'est que...

— Oui, Henryk, je te demande de nous rejoindre. Alors, tu vas te joindre à nous ?

— Oui, bien sûr. Est-il vraiment nécessaire de réfléchir ? Je ne comprends pas pourquoi il t'a fallu tout ce temps pour me le demander.

— C'est juste que... si nous pouvions... ce sera l'entreprise la plus dangereuse qu'on ait jamais engagée de toute l'histoire de ce camp de la mort.

— Oui, et qu'est-ce qui n'est pas dangereux, ici ?

— C'est vrai, mais depuis que tu as franchi ce portail, tu n'as jamais eu le choix de ce qui t'est arrivé, jamais le choix de rien. Et là, maintenant, ce choix te revient.

— Il n'empêche, Zalman, tu imagines sérieusement que je pourrais choisir de ne pas m'impliquer ? Et même si je refusais ton invitation, il y en a d'autres ici que tu pourrais approcher, j'en suis convaincu.

— Oui, mais ils ne sont pas tous dignes de confiance et, de toute manière, je n'aimerais pas vraiment devoir annoncer à Lewental que tu as refusé.

Ce fut au tour de Henryk Mandelbrot de sourire.

— Depuis quand as-tu si peur de Lewental ?

Mais Gradowski ne sourit pas, en fait, il détourna le regard.

Tandis qu'ils se parlaient à mi-voix, sans cesser de passer inaperçus, on poussait les derniers déportés du convoi, nus, à l'intérieur de la chambre à gaz rattachée au Crématoire III, et un garde SS rabattit le panneau sur eux. Au claquement de cette porte, des gens se mirent à crier. On donna un signal et, en quelques minutes, on déversa les cristaux verdâtres du haut du toit. La femme qui avait fait preuve d'un talent de violoniste considérable regarda autour d'elle, terrorisée, et se rendit compte qu'elle avait fini par être séparée de la dernière personne qu'elle connaissait ici. Elle appela son ami. Son cri fut noyé par les cris de deux mille inconnus. Elle allait mourir seule et elle le savait. La jeune mère originaire de Belgique, d'une beauté tout à fait exceptionnelle, serra ses deux filles dans ses bras, aussi fort qu'elle le put. Leur supplice avait commencé.

— Non, je n'ai pas peur de Lewental, se défendit Zalman Gradowski, en regardant au loin, dans la direction des fosses en feu.

— Et alors ? Je ne saisis pas, fit Mandelbrot.

— Henryk, je n'ai pas réellement cru que tu refuserais. Mais...

— Alors pourquoi as-tu attendu pour me le proposer ?

— Quelle importance, maintenant ?

— Non, je veux savoir.

À l'intérieur de la chambre à gaz du Crématoire III, l'escalade avait commencé.

— Si tu avais refusé, fit Gradowski, étant donné tout ce que j'avais à te révéler... Eh bien, je ne sais pas ce qu'aurait décidé Lewental.

Les chiens s'étaient remis à aboyer. Un autre convoi venait d'arriver.

Dixième partie

C'était la nuit. L'Appell interminable venait de s'achever et l'on avait distribué les rations que l'on faisait passer pour des repas du soir quand Rosa Rabinowicz, espérant ne pas avoir été repérée, atteignit l'entrée d'un bloc qui n'était pas le sien, dans le camp des femmes d'Auschwitz-Birkenau. Lançant des regards furtifs autour d'elle, elle s'adressa à la *Blockälteste*, la plus âgée des prisonnières, responsable d'un bloc de baraquements.

— Tu as des femmes ici qui travaillent à l'usine de la Weichsel Union Metallwerke ?

— Et après, si j'en ai ?

— Tu peux me laisser entrer ?

— Qu'est-ce que tu veux ?

— Je cherche une femme, une juive qui travaille là-bas, à la Pulverraum, celle qui a perdu ses parents. J'ai un dernier message pour elle de leur part.

— De quoi tu causes, là ? Il n'y a pas une juive là-dedans qui n'ait pas perdu ses parents.

La duplicité de la démarche de Rosa se révéla aussi déroutante qu'elle l'avait prévu.

Rosa Rabinowicz ne cessait pas de guetter autour d'elle. Rien qu'en étant là, elle courait un danger.

— Tu peux me laisser entrer ? Ensuite, je t'expliquerai.

— Pourquoi tu ne peux pas t'expliquer ici ?

En la toisant du regard, la Blockälteste vit bien que Rosa avait l'air moins affamée que les autres prisonnières. Qu'avait-elle fait, cette juive, pour être mieux nourrie que la prisonnière lambda ? s'interrogea la femme. Peut-être qu'il ne fallait pas se fier à elle ? Ou alors, si c'était quelqu'un qui avait de l'influence, cela valait-il la peine de lui venir en aide ? Aucune juive ordinaire essayant de trouver une autre juive à Auschwitz-Birkenau ne décrirait celle qu'elle recherchait comme la seule et unique détenue à avoir perdu ses parents. Qui était-elle ? Était-elle dangereuse ? Que voulait-elle, en réalité ?

Rosa plongea la main dans sa poche et en sortit une montre en argent, qu'elle montra à la Blockälteste.

— Elle est à toi, si tu me laisses entrer.

— Où as-tu dégotté ça ? s'écria la femme, stupéfaite.

— Si tu me laisses entrer, la montre est à toi. Tu n'auras jamais d'explication supplémentaire.

— Tu es du Kanada, hein, c'est ça ? lui répliqua la Blockälteste, en la laissant entrer dans le bloc.

Au Kanada, on pouvait dégotter de la nourriture ou des effets ayant appartenu aux victimes des gazages, à troquer contre des aliments.

L'envie de retrouver Noah Lewental avait donné à Rosa le courage d'accomplir cette démarche. Non seulement un être qui la connaissait avant ce cauchemar demeurait en vie, mais cette personne, c'était Noah. Les parents de Rosa étaient presque certainement morts et, selon toute vraisemblance, Elise, sa fille disparue depuis longtemps, était morte elle aussi. Ses frères et sœurs, s'ils n'étaient pas déjà morts, se feraient tuer tôt ou tard, car telle était la logique de ces lieux. Ici, le simple fait de rester en vie n'était qu'une aberration que l'on rectifierait dès que votre existence aurait cessé d'être utile au Troisième Reich. Mais Noah, lui, était encore vivant. Il avait su retrouver sa trace dans cette vaste usine de la mort et il l'avait enrôlée dans un plan, une révolte visant à saboter cette machine à tuer. La plupart des gens là-bas étaient incapables de s'imaginer se livrer à l'acte de résistance le plus infime. Les SS étaient fortement armés, solidement équipés, bien nourris, robustes, en bonne santé. Se lancer là-dedans, c'était commettre un suicide assuré et, si la plupart d'entre eux savaient la mort inéluctable, rares étaient ceux qui se sentaient capables d'en hâter la venue. Et si un mari, un enfant, un parent demeurait encore en vie ? Ne souhaitiez-vous pas les revoir, plus que tout au monde ? Le suicide, votre bon ami, votre meilleur ami, patienterait toujours. Le suicide, c'était la carte que l'on conservait toujours dans sa manche. Cette carte-là, tout était dans le choix du meilleur moment pour l'abattre. Mais résister aux SS ? Mieux valait rêver de s'enfuir en Amérique. Ce serait plus réaliste.

Mais à présent Rosa n'était plus seule. La présence de Noah Lewental avait sonné le réveil de sa conscience, et elle allait entrer en résistance. Forte de cette résolution, elle avait obtenu de pénétrer dans le baraquement, en soudoyant la Blockälteste. Bien sûr, ainsi que le lui avait craché cette femme avec un mélange de suspicion et de mépris, Rosa savait fort bien que presque tout le monde ici avait perdu ses parents. Mais grâce à cette montre en argent provenant du Kanada, un bijou qui possédait une grande valeur d'échange, sa démarche lui avait permis d'entrer dans le baraquement où, lui avait-on dit, logeaient deux filles de la Pulverraum, la section des poudres à canon de l'usine de munitions Weichsel Union Metallwerke, deux filles susceptibles de l'aider à sortir clandestinement quantité de cette poudre.

Rosa observa qu'un rituel du soir assez ordinaire dans nombre de baraquements du camp des femmes avait déjà débuté dans celui-ci aussi. Dans le fond du dortoir, à côté de l'une d'elles qui retirait des poux du cuir chevelu d'une autre, une demi-douzaine de jeunes juives étaient assises ou allongées, en train d'écouter une autre détenue. C'était le tour de cette dernière de les régaler avec la description de nourritures bien de chez elle, des plats dont elle gardait le souvenir, des souvenirs d'avant la guerre. Non loin d'elles, une femme aux yeux vitreux, aux lèvres parcheminées respirait par la bouche et tremblait de fièvre. Dysenterie ou typhus, qui parmi elles pouvait l'affirmer ? Il aurait pu s'agir de n'importe qui et, qu'elle vive ou meure dès ce soir, demain ce serait le tour d'une autre. Il n'y avait personne ici qui connaisse son nom, personne d'assez proche pour entendre cette femme à la respiration sifflante et lui parler dans sa langue. Elle végétait plus ou moins dans cet état depuis des jours. Le pire, c'était la nuit, et cette nuit-ci était la pire de toutes. Elle ne survivrait jamais jusqu'au prochain Appell. Tour à tour perdant connaissance et reprenant conscience assez longtemps pour percevoir un brouhaha de langues qu'elle ne comprenait pas, assez longtemps pour voir les poux que l'on faisait sauter d'une pichenette du crâne d'une autre femme tout près de là, elle avait l'air terrorisé. Entourée de gens qui l'ignoraient, aux rares moments où ses sensations étaient intactes, elle se savait la proie d'une solitude absolue et elle savait que ce serait ainsi qu'elle mourrait. Après la guerre, qui serait en mesure de prévenir quelqu'un du sort de cette femme anonyme ?

— Elle prenait un kilo de bœuf et elle en retirait le gras. Ensuite, elle ajoutait une cuillerée à soupe de paprika, une cuillerée à soupe d'ail en purée...

— Ma mère ajoutait des oignons.

— Je ne raffole pas des oignons. Tu m'as interrompue. Ma mère y mettait des oignons...

— Et les haricots ?

— Oui, des haricots rouges, bien sûr.

Rosa s'approcha des deux filles que la Blockälteste lui avait désignées.

— C'est toi, Estusia ? lui demanda-t-elle.

— Oui, qui es-tu ? répondit la jeune femme.

— Es-tu l'Estusia qui travaille à la Pulverraum de l'usine Union Metallwerke ?

— Oui. Qui es-tu ? répéta la jeune femme, avec sa sœur tout près d'elle, une fille âgée de pas plus de quinze ans.

— Je m'appelle Rosa Rabinowicz. Je peux te parler... à toi seule ?

— De quoi s'agit-il ?

— Je vais te le dire si nous pouvons nous parler... Elle regarda autour d'elle dans le baraquement. On peut se parler... seules ?

— C'est ma sœur, Hannah. Elle va venir avec nous.

— Sans vouloir t'offenser, il vaudrait peut-être mieux qu'on se parle seule à seule, toi et moi.

— Cela vaudrait mieux ?

— Cela vaudrait mieux, pour tout le monde.

— Je vais tout lui raconter.

— Eh bien, tu auras peut-être intérêt à éviter.

— Elle travaille avec moi.

— À la Pulverraum ?

— Non, pas à la Pulverraum, mais à l'usine Union Metallwerke.

— Quel âge a-t-elle ?

— Elle est assez grande pour répondre aux questions des inconnues, quand elle estime avoir une bonne raison de répondre.

— Quel âge as-tu ? demanda Rosa à Hannah, la plus jeune des deux sœurs Weiss.

— J'ai quinze ans. Qu'est-ce que tu nous veux ?

— Venez avec moi, toutes les deux.

Rosa Rabinowicz proposa qu'elles se retirent à l'écart, dans un coin moins envahi du baraquement, en tout cas pour l'instant, et qu'Hannah fasse le guet pendant qu'elle s'entretenait avec Estusia, et elle souligna que ce qu'elle avait à lui confier était de la plus haute importance et devait être tenu secret.

Rosa s'exprimait presque en chuchotant.

— Que sais-tu de la résistance ?

— Qu'est-ce que tu entends par « résistance » ? s'étonna Estusia.

Estusia Weiss avait tout à fait le droit d'avoir du mal à croire qu'il existât un quelconque mouvement de résistance à Auschwitz, en ces lieux où, tous les jours, elle voyait des gens avec qui elle était logée mourir dans leur grabat ou s'écrouler morts sur place, devant elle, pendant l'Appell, en ces lieux où, jour et nuit, des convois entiers, des nouveaux déportés, presque tous juifs, étaient gazés et incinérés par milliers, où la fumée et l'odeur reconnaissable entre toutes qui s'échappait des cheminées des crématoires remplissaient le ciel et l'atmosphère. Mais quand Rosa expliqua qu'il existait non seulement un mouvement de résistance à l'intérieur du camp, mais que ses membres voulaient que ses collègues et elle, à l'usine Weichsel Union Metallwerke, leur viennent en aide, Estusia en éprouva un frisson d'intérêt entièrement étranger à la plupart des détenus du camp. D'apprendre qu'il y avait des prisonniers, et aussi des prisonniers juifs, qui projetaient de saboter la machinerie de la tuerie et de l'extermination, de riposter, de tenter de s'enfuir, c'était connaître une émotion comparable à une révélation religieuse. Quelqu'un survivrait peut-être à tout cela. Malgré le risque, elle n'avait pas besoin qu'on la convainque de se joindre à eux et elle était convaincue que bon nombre des juives de la Pulverraum, si ce n'était même toutes ces femmes, en feraient autant. Elle désigna l'une d'elles, son amie Ala, sur qui l'on pouvait compter, elle en était convaincue.

Il fut convenu que Rosa viendrait régulièrement en visite au baraquement d'Estusia et Hannah Weiss, en se servant d'effets issus du Kanada comme de pots-de-vin, chaque fois que ce serait nécessaire pour faciliter ses allées et venues. Là, elle récupérerait de très discrets paquets de poudre et veillerait à ce qu'ils soient livrés à la résistance du Sonderkommando.

Comment escamoteraient-elles cette poudre hors de l'usine, cela restait à imaginer.

Le temps que Rosa quitte le baraquement, la femme qu'elle avait vue allongée tremblante de fièvre était morte. Personne n'avait rien remarqué. Dans les douze heures, on l'aurait jetée sur un tas de cadavres que Zalman Gradowski brûlerait avec le convoi de juifs arrivé après celui qui arrivait en ce moment même.

Ce fut Estusia, sa sœur âgée de quinze ans, Hannah, et leur amie et collègue de travail de la Pulverraum, Ala, qui conçurent le stratagème auquel elles eurent recours pour subtiliser la poudre de l'usine et l'introduire dans leur baraquement. Elles étaient toutes juives. Hannah faisait partie d'un groupe de prisonnières affectées à l'entretien de l'usine. Les femmes de la Pulverraum manipulaient des presses servant à insérer des volumes de poudre précisément dosés dans des pièces d'obus qui leur étaient livrées depuis un autre atelier de l'usine. Les Allemands vérifiaient constamment le nombre et la localisation des composants de ces munitions et il n'y avait aucun moyen de sortir discrètement ces obus de la Pulverraum. Ce fut Hannah qui eut l'idée d'utiliser le système de collecte des détritus pour en extraire clandestinement la poudre, et rien que la poudre. Il y avait dans toute l'usine quantité de petites boîtes en métal destinées à la collecte de ces détritus que l'on vidait dans de grandes poubelles alignées le long des murs et aux quatre coins de l'usine. Les prisonnières du groupe d'Hannah se voyaient tour à tour attribuer la tâche de balayer les sols d'une section et de vider ces petits conteneurs métalliques, ainsi que les tas de balayures dans les grandes poubelles.

Hannah prit sur elle de convaincre les contremaîtresses civiles allemandes qu'on lui assigne la tâche de régulièrement récupérer les petits conteneurs métalliques de la Pulverraum contenant les détritus, de les vider dans les grandes poubelles de l'usine et de les rapporter ensuite remplies de lambeaux de tissus provenant d'autres parties de l'usine avant de les jeter dans la grande poubelle de la Pulverraum. C'était dans ces petits carrés de tissu noués qu'Estusia et Ala, et d'autres plus tard, parmi lesquelles Regina, envelopperaient de minuscules quantités de poudre qu'elles verseraient dans les petits conteneurs métalliques avant leur retour dans la salle. Hannah effectuerait sa tournée avec une assurance laissant entendre à qui l'observerait qu'un responsable investi d'une certaine autorité avait dû lui ordonner de s'en charger. Elle arrivait toujours dans la Pulverraum munie de deux de ces petits conteneurs en métal, et elle en ressortait avec. L'un des deux serait tout à fait autorisé ; l'autre servirait au passage en fraude, soit pour livrer les bandeaux de tissus à Estusia et Ala afin qu'elles y enveloppent la poudre, soit pour récupérer la poudre emballée. Dès qu'Hannah disposait de ces minuscules paquets de poudre, elle les distribuait à quelques collègues dignes de confiance qui travaillaient avec elle.

Aucune des ouvrières de la Pulverraum ne quittait l'usine avec de la poudre sur elle. C'était Hannah et ses collègues des autres sections de la Metallwerke qui transportaient les petits ballots noués qu'elles dissimulaient dans leurs vêtements, une fois de retour dans leur baraquement du camp des femmes d'Auschwitz I. Leur méthode, à la fin de chaque équipe, consistait à se placer au milieu des rangs de prisonnières qui regagnaient leur baraquement du camp, de manière à ce que, dans l'éventualité d'une fouille décidée à l'improviste par les SS, elles disposent de quelques précieuses secondes pour dénouer les ballots de tissu et vider la poudre par terre avant d'être fouillées. Mais dans le cours normal des choses, c'était Rosa qui allait collecter les paquets de poudre à l'intérieur du baraquement d'Estusia et Hannah et, plus tard, une autre prisonnière du Kanada à sa place. Depuis le Kanada, des membres du Sonderkommando pouvaient les récupérer en y déposant les effets des déportés que l'on venait de gazer. Chacun des individus impliqués dans l'affaire savait à quel péril il s'exposait. Mais la mort, là-bas, était une certitude. Seule la manière dont vous trouviez la mort demeurait incertaine. La manière, et le moment.

*

Quand le bus de l'Express Co-Op City en provenance de Manhattan parvint à son dernier arrêt, il ne restait que trois passagers à bord. Lamont Williams fut le dernier à descendre. Il s'était endormi quelque part vers la 120e Rue, après une autre longue journée de travail. Il serait resté endormi dans son bus si le chauffeur ne l'avait pas interpellé pour le réveiller. Il n'était qu'à deux pas du véhicule quand il redémarra et s'éloigna du trottoir. Le chauffeur était pressé. Il faisait noir, et comme les deux autres passagers s'étaient déjà engouffrés dans leurs immeubles respectifs, il se dirigea vers chez lui, dans une rue qui paraissait déserte. Il ne vit personne dans les parages, jusqu'à ce qu'il sente tout à coup l'avant-bras d'un homme qui lui bloquait la clavicule, et la lame d'un couteau contre son cou.

— Tu te retournes pas, éructa une voix.

D'instinct, il tourna lentement la tête, pour voir qui l'agressait.

— Tu bouges pas, fit la voix.

Du peu que Lamont avait pu entrevoir, l'homme était seul, les mains gantées, une cagoule enfilée sous une capuche. À en juger d'après son intonation, l'homme était afro-américain.

— Écoute, mec, fit Lamont, j'ai pas d'argent et tout le coin par ici grouille de caméras vidéo, alors tu devrais plutôt te poser la question, est-ce que t'as vraiment intérêt à faire ça.

— Il est pas question de fric, siffla la voix.

— J'ai pas de drogue, pas d'armes non plus. Alors tu t'es choisi le mauvais client.

— Ah non, t'es le bon client.

Lamont respira par le nez et, en y mettant toute la force qu'il réussit à puiser en lui, il écarta le bras du type et baissa la tête pour que, lorsque le couteau viendrait le chercher (un geste qu'il avait anticipé), la lame lui entaille le cuir chevelu au lieu de lui trancher la gorge. De sentir cette lame contre la peau de son crâne, cela fit monter la colère en lui, et il se laissa tomber sur son agresseur qui, à son tour, tomba avec lui. L'homme n'avait toujours pas relâché sa poigne autour du manche de son arme, mais Lamont percevait maintenant qu'il faisait jeu égal. Quand ils roulèrent au sol, il sentit le couteau lui entailler la main droite. De l'autre, il décocha un coup de poing en pleine figure du type. Le coup n'était pas parfaitement ajusté, mais l'autre le sentit passer.

— Qu'est-ce que tu veux, bordel ?

— Je veux plus que tu t'approches de ma mère, putain !

— Hé, mon pote, tu te trompes de client, là.

— Elle m'a dit que tu venais la voir.

— Je vois pas de quoi tu parles.

— T'as intérêt à la laisser tranquille.

— Je vais te montrer, moi, à quoi t'as intérêt.

— Laisse-la en dehors de ça, Lamont.

Quand il entendit son nom, il roula sur lui-même et s'écarta un peu de l'homme. À ce stade, la capuche de son agresseur avait glissé et Lamont, le souffle court, se retrouva debout au-dessus de lui.

— Pauvre crétin ! Tu te couvres la tête pour que je sache pas qui tu es. Mais tu veux pas que j'approche de ta mère.

— C'est juste, fit l'homme, tout aussi essoufflé, en se relevant lentement de par terre.

— Alors il faut que je sache qui tu es, crétin. Espèce de fils de ta mère.

— Ah ouais ? Tout le monde est le fils de sa mère.

— Retire ta cagoule, Kevin, espèce d'abruti.

— Ma mère, tu la terrorises, Lamont. Pourquoi ? Elle t'a jamais rien fait, lui lança Kevin Sweeney, le frère cadet de Michael Sweeney, l'ami d'enfance de Lamont, celui dont l'attaque à main armée avait conduit à son incarcération.

Et sa tête découverte révélait une oreille ensanglantée, là où Lamont l'avait frappé de son poing.

— Tu viens avec moi, tête de nœud.

— On va où ?

Avec le petit frère de Michael dans son sillage, Lamont héla un taxi clandestin qui les conduirait tous les deux aux Urgences du Jacobi. Lamont expliqua pourquoi il avait rendu visite à Michael et à la mère de Kevin, ces derniers mois.

— Alors tu dis que tout ça, c'est par rapport à Chantal ?

— Mais non, Kevin, relaxe. Je cherche ma fille. Chantal, c'est sa mère, donc c'est par là que je commence, et j'ai pensé que tu saurais peut-être où elle risquait de se trouver, Chantal.

— Je sais pas où elle est, moi, Chantal...

— Même si tu l'avais épousée, je m'en ficherais, espèce d'abruti ! Je cherche juste ma...

— Lamont, reprit tristement Kevin à l'arrière du taxi. Chantal, je l'ai pas revue depuis des années, ça doit remonter genre à cinq ou six ans. Elle a jamais voulu de moi, pas vraiment. Je la trouvais pas mal, je reconnais, mais...

— Je peux pas dire à ma grand-mère que je suis à l'hosto. Elle a pas besoin d'entendre ça. Va te faire foutre, Kevin ! Merde ! Comment je vais pouvoir aller travailler, maintenant ? s'écria Lamont, en examinant sa main blessée. Il va peut-être falloir qu'ils me mettent des points de suture, à cette foutue main. Il va falloir me poser des agrafes ! T'es encore plus taré que ton frère !

— Ouais, il paraît, fit calmement Kevin.

— Ton frangin, il est encore au trou ?

— Ouais.

— Écoute-moi, pour la course du tacot, là, tu vas devoir y être de ta poche. Ça, t'es au courant, non ?

— Ouais, je vais te dépanner. J'aime bien me conduire comme il faut. Tu crois qu'ils pourraient regarder mon oreille, non ? T'es violent, toi, mon pote !

Lamont dut se faire poser plusieurs points de suture. Il passa un coup de fil à sa grand-mère pour la prévenir qu'il s'était blessé à la main, au travail, et qu'il était aux urgences, où il attendait qu'on le soigne.

— Non, ce n'est pas trop grave mais je ne sais pas combien de temps ça va prendre alors ne m'attends pas pour dîner et ne veille pas trop tard ... Bon, je me réchaufferai juste les restes en rentrant.

Elle était la seule dans sa vie à se soucier assez de son sort pour qu'il lui mente, telle fut la pensée qui lui vint à l'esprit en raccrochant, et il regagna sa place dans la file d'attente. À son retour, il vit qu'elle avait laissé un mot sur la table de la cuisine, où elle expliquait qu'il y avait une assiette pour lui au réfrigérateur. À côté du mot, il y avait un verre de jus de pomme Seneca, laissé là exprès pour lui, comme quand il était enfant. On avait complété ses agrafes par un pansement, et ce fut ce bandage que vit sa grand-mère le lendemain matin, avant qu'ils ne partent tous les deux travailler. Au travail, personne ne remarqua sa blessure ou ne songea à la commenter avant un bon moment. Il effectuait ses tournées en ramassant les détritus des chambres des patients, aussi silencieusement et discrètement que possible, quand il entendit une voix s'adresser faiblement à lui depuis l'une des chambres.

— La main, monsieur Lamont, elle n'est toujours pas guérie ? C'est la même ?

— Hé, monsieur Mandelbrot ! fit-il doucement. Oui, c'est la même. Comment ça va ?

C'était une question de pure forme, qu'il avait posée sans réfléchir. Le vieil homme avait de nouveau été admis dans le service, mais il était mourant. Lamont le vit bien. Il était dans une autre chambre que celle du neuvième étage où il se trouvait à l'origine. Ça, et l'état de santé du vieil homme, c'était tout ce qui avait changé.

— Vous avez fini par retrouver votre femme ?

— Nous n'étions pas mariés mais..

— Votre fille ?

— Pas encore.

Henryk Mandelbrot entendait le sonder, afin de vérifier s'il se souvenait des chapitres de sa vie, mais Lamont devait effectuer sa tournée, et il était dans l'incapacité de s'arrêter.

— Je me souviens, monsieur Mandelbrot. Comment pourrais-je oublier ?

— Vous vous souvenez de tout ?

— Je crois.

— Eh bien, c'est ce que nous allons voir.

— Je peux pas m'arrêter, pas maintenant. Je reviendrai vous voir à la fin de mon service.

— Ne soyez pas trop long. Vous savez que je suis mourant.

— Mais non, pas du tout, protesta machinalement Lamont Williams, sans trop de conviction.

— Vous verrez, c'est pour ça que je suis ici.

— Je reviendrai à la fin de mon service.

Il tint parole et, à son retour, en fin de journée, il remarqua que le patient paraissait encore plus maigre, pas seulement plus maigre que dans son autre chambre, mais amaigri par rapport à tout à l'heure ; plus maigre, plus faible et plus vulnérable.

— Donc nous allons devoir reprendre là où nous en étions avant que je ne sois interrompu.

— Interrompu ?

— Par ces quelques mois d'existence... à Great Neck... Cela nous a interrompus. Il va falloir me dire ce que vous avez retenu.

Lamont Williams sourit. À l'exception de quelques détails mineurs, que Mr Mandelbrot ne perdit pas de temps à rectifier, il avait retenu tout ce que le patient lui avait raconté.

— C'est tout ce que vous m'avez raconté. Et il faut que vous restiez dans les parages, parce que je ne sais pas comment l'histoire se termine, moi.

— Elle se termine dans quelques jours, peut-être quelques heures, chuchota le vieil homme. Je vais vous raconter la fin.

— Non, monsieur Mandelbrot, il faut économiser vos forces.

— Les économiser, et pour quoi faire ?

— Pour votre famille, non ?

— Ils étaient ici. Ils sont déjà venus. Vous voyez cet objet ? Apportez-le-moi.

Lamont s'approcha de l'étagère du mur d'en face, où un vase rempli de roses rouges et jaunes trônait à côté d'un chandelier à neuf branches en argent, une menorah et, ainsi qu'on le lui demandait, il rapporta cette menorah au chevet du lit.

— Savez-vous ce que c'est, monsieur Lamont ?

— C'est un chandelier, un chandelier juif. Pour Noël, vous vous le sortez pour Noël, non ?

— Vous connaissez les Macchabées ? Probablement pas.

— Non, je ne...

— Si je vis assez longtemps, je vous parlerai d'eux, mais il est plus important que je termine avec ce qui m'est arrivé.

— Vous voulez que j'aille le remettre sur l'étagère ?

— Pas encore. Il est en argent.

— Il est très joli.

— Mon fils et ma belle-fille me l'ont apporté ici. Je suis heureux maintenant qu'ils aient pris cette peine.

— Bien sûr.

— Quand je mourrai, je voudrais que vous l'emportiez avec vous.

— Non, monsieur Mandelbrot, je...

— Il faudra vous souvenir de ce que j'ai...

— Monsieur Mandelbrot, je n'ai pas besoin de ça pour me souvenir de vous.

— Ce n'est pas de moi qu'il s'agit, c'est d'eux tous, de tout ce que je vous ai raconté. C'est votre responsabilité, désormais. Ça, vous comprenez ?

— Mais je n'ai pas besoin de ça pour me souvenir...

— Mais comment saurai-je que vous vous souvenez ? Prenez-le, et ainsi je le saurai.

— Monsieur Mandelbrot, je ne peux pas. Il est à vous.

— Oui, il est à moi, donc si je veux le donner à quelqu'un, je peux.

— Mais, monsieur Mandelbrot, moi, je ne peux pas le prendre.

— Vous vous répétez, là. Vous souvenez-vous du premier jour où je vous ai rencontré ? Vous m'avez remonté depuis la rue, où ils étaient tous sortis fumer. Vous vous souvenez ?

— Je me souviens.

— Vous disiez la même chose, ce jour-là aussi.

— Quoi ?

— « Je ne peux pas. » Mais si, vous avez pu. Et si vous n'aviez rien fait, nous ne serions pas ici à nous parler comme nous nous parlons. Comme deux vieux amis.

— Comme deux vieux amis, répéta posément Lamont Williams.

— Les vieilles gens ne se font pas beaucoup de nouveaux amis, monsieur Lamont. Réfléchissez-y. Alors, entre amis, on a bien le droit de s'offrir un cadeau, pas vrai ?

— C'est vrai.

— Bien sûr que c'est vrai. Écoutez, je ne suis pas venu jusqu'ici...

Le vieil homme ravala sa salive et, parlant comme si sa vie était en jeu, il prit la main de Lamont entre les siennes, avant de continuer.

— Vous croyez que je plaisante, monsieur Lamont? Dès qu'ils seront rentrés de l'enterrement, ils vont le ranger dans une armoire. Et n'ayez jamais de petits-enfants. Votre mort ne fera que brièvement les interrompre. Leur vie entière est une fête. Moi, ils ne m'écoutent pas, alors que je suis encore en vie. Ils comprennent la souffrance comme ils comprennent... comme... comme ils comprennent le chinois. Vous êtes un homme discret, monsieur Lamont, mais vous... vous comprenez le chinois. Vous saisissez? Vous allez le rapporter chez vous et vous le mettrez à un endroit d'où vous pourrez le voir, et pourquoi pas même l'avoir sous les yeux tous les jours. Et quand vous le regarderez, vous m'entendrez vous poser la question : «Avez-vous raconté mon histoire à quelqu'un?» Ce ne sera pas facile. Au début, ils n'écouteront rien, et même s'ils vous écoutent, ils ne vous croiront pas, mais vous allez insister, et vous leur raconterez ce que l'on a pu faire à votre ami et à son peuple. Voilà, c'est mon cadeau.

*

Fréquemment, le cours des événements extérieurs à Auschwitz-Birkenau affectait ce qui se passait à l'intérieur du camp. En juillet 1944, en réaction aux pressions internationales, le chef de l'État hongrois, l'amiral Horthy, suspendit la déportation des juifs hongrois vers Auschwitz. Plus de quatre cent mille juifs hongrois avaient déjà péri sur place dans les chambres à gaz et, même si les déportations devaient continuer ailleurs après un putsch soutenu par les Allemands, plus tard cette année-là, dès octobre, les convois de juifs hongrois en direction d'Auschwitz avaient cessé. Aucun groupe de prisonniers n'était mieux placé pour s'en rendre compte que le Sonderkommando. En septembre, quelque deux cents membres de ce Sonderkommando furent mis à mort par les SS, à l'insu des autres travailleurs forcés. On avait eu recours à la ruse pour leur faire croire qu'on les transférait vers un sous-camp, dans la ville toute proche de Gleiwitz, alors qu'on les conduisait au contraire aux chambres à gaz servant normalement à la désinfection des vêtements du Kanada. Mais il était impossible de dissimuler la chose au Kommando Kanada, qui comptait parmi ses membres une jeune femme de la résistance, Rosa Rabinowicz. En quelques jours, s'il ne l'avait pas appris plus tôt, le reste du Sonderkommando aurait su quel sort était réservé à ses camarades.

Ce jour-là, pour la seule et unique fois dans l'histoire du fonctionnement des chambres à gaz et des fours crématoires d'Auschwitz-

Birkenau, les SS ordonnèrent le confinement du Sonderkommando et se chargèrent d'accomplir eux-mêmes les tâches qui lui étaient habituellement confiées, au motif que, cette fois, on brûlerait les corps de victimes civiles d'un raid aérien. Le prétexte de cette mise à l'écart n'avait guère de sens, car le Sonderkommando avait toujours été contraint de travailler, quelle que soit l'identité des victimes que l'on incinérait. Après la levée du confinement, des hommes de l'équipe suivante furent à même de confirmer les pires craintes du Sonderkommando. Inexpérimentés en matière d'incinération de cadavres, les SS s'étaient médiocrement acquittés de cette corvée. Quand Zalman Gradowski se mit à la besogne, il découvrit les cadavres incomplètement brûlés que les SS avaient laissés sur place. Horrifié, en ouvrant la porte du four, il y trouva le corps carbonisé d'un membre des Sonderkommandos, qu'il reconnut aussitôt. C'était un juif grec que l'on venait d'enrôler de force au sein du Kommando, l'un des deux cents hommes qui, Gradowski le savait, avaient été choisis prétendument pour être relocalisés à Gleiwitz. D'autres chauffeurs furent aussi en mesure de reconnaître leurs collègues parmi les restes en partie calcinés sur lesquels ils tombèrent et, dès les premières heures de besogne de l'équipe qui avait repris le travail après leur mise en isolement, la nouvelle s'était répandue. Les SS exterminaient le Sonderkommando ; avant la fin de l'équipe suivante, tout le monde était au courant.

En apprenant le meurtre de ces deux cents hommes du Sonderkommando, les deux Zalman, Gradowski et Lewental, enterrèrent chacun le compte rendu qu'ils avaient tenu de la nature précise des opérations de meurtre de masse auxquelles ils avaient été forcés de prendre part. En effet, puisqu'on n'aurait plus besoin que d'un nombre réduit d'entre eux, ils étaient sûrs que d'autres membres voire la quasi-totalité du Sonderkommando étaient en danger imminent d'être liquidés. Gradowski, Lewental et les autres résistants du Kommando conjurèrent les groupes de résistance combinés du camp ou, comme ils s'appelaient eux-mêmes, le Conseil militaire conjoint d'Auschwitz, de déclencher un soulèvement général similaire à celui dont ils avaient discuté depuis des mois. Confrontée à la réponse habituelle, en l'occurrence que l'heure n'était pas encore venue, la résistance du Sonderkommando envoya deux émissaires plaider encore une fois en personne et avec la dernière insistance auprès des représentants du Conseil militaire d'Auschwitz.

Ce furent Chaïm Neuhof et Henryk Mandelbrot que l'on dépêcha pour débattre de la position du Sonderkommando. Dans les faits, ils ne plaidèrent pas seulement pour avoir une chance de garder la vie sauve, mais aussi pour avoir une chance d'enrayer la machinerie de l'extermination. Tous les jours, une charrette effectuait le tour du camp pour ramasser les cadavres des prisonniers condamnés aux travaux forcés morts au cours des dernières vingt-quatre heures. Ce jour-là, Neuhof et Mandelbrot furent désignés par la résistance du Sonderkommando pour s'occuper du chariot. C'est ainsi qu'ils réussirent à se ménager une entrevue secrète avec trois délégués du Conseil militaire d'Auschwitz, un homme connu sous le seul nom de «Rot» et deux autres, Dürmayer et Kazuba. Quand le chariot était assez rempli de cadavres, Rot, Dürmayer et Kazuba s'en approchaient, en portant chacun leur mort. Ils avaient trouvé là un prétexte commode pour entrer en contact avec les hommes du Sonderkommando.

— C'est toi, Rot? demanda Neuhof, en regardant Dürmayer.

— Non, c'est lui, répliqua Dürmayer, en le désignant de la tête.

— C'est à quel sujet? s'enquit Rot.

— À quel sujet? Vous êtes au courant. On nous a envoyés pour vous pousser une fois encore à passer tout de suite à l'action.

— Qu'est-ce que tu veux dire, «tout de suite»? fit Rot.

— Tout de suite! Dès que possible. Faites-nous savoir quand vous êtes prêts et nous...

— Pour avoir une chance de réussir, il nous faut un soutien de l'extérieur. On vous l'a déjà expliqué je ne sais combien de fois, à vous autres.

— Que ce soit la vérité ou pas...

— Fie-toi à moi, c'est vrai, l'interrompit Rot.

— Me fier à toi! lâcha Henryk Mandelbrot sans desserrer les dents. Qu'ils aient entendu ou non, les trois autres ignorèrent son commentaire. Après tout, de ces deux hommes du Sonderkommando, c'était lui qui avait l'air d'être le plus jeune. Ils ne l'avaient encore jamais vu, ils n'avaient jamais entendu parler de lui auparavant.

— On a entendu les rumeurs, nous aussi. Les Russes ne doivent pas être très loin, remarqua Mandelbrot.

— Non, ils ne sont pas très loin. Mais ils ne sont pas si près non plus, fit Dürmayer.

— Je ne sais pas combien de fois on devra te le répéter. Pour que ça marche, il faudra que toutes les branches de l'opération fonctionnent, lui rappela Kazuba.

— Qu'est-ce que ça veut dire, « toutes les branches » ? s'enquit Henryk Mandelbrot.

— Cela signifie qu'avant que nos gens de l'extérieur n'opèrent avec nos gens de l'intérieur et avec les internationaux, il faudrait que les Russes soient quasiment arrivés ici.

— Que veux-tu dire, « nos gens » ? fit Mandelbrot.

— Qui nous l'a amené, ce juif-là ? ironisa Rot.

— Il parle de l'Armée polonaise de l'intérieur, expliqua Neuhof.

— Et nous alors ? insista Mandelbrot.

— Bien sûr, ce sera le moment pour vous autres de vous joindre à nous.

— On ne peut pas attendre que tout aille comme vous voulez ! riposta Mandelbrot, sur quoi Kazuba remarqua un SS qui venait vers eux et il eut une mimique pour alerter les autres.

— C'est l'un de ceux qu'on a soudoyés, assura tranquillement Rot.

— Eh bien, nous allons voir si ça suffit, ironisa Chaïm Neuhof.

Le garde était arrivé à la hauteur du chariot de cadavres.

— Hé, vous, là. Attendez un peu. Qu'est-ce que vous fabriquez là ?

— Cet homme est mort dans la nuit et nous nous débarrassons de son cadavre avant qu'il ne propage des maladies chez les prisonniers... histoire que les autres puissent continuer à travailler, lui répondit Dürmayer.

Le garde les observa attentivement, tous les cinq.

— Pourquoi vous avez besoin de vous y mettre à cinq ?

— J'ai vu ces hommes l'amener jusqu'au chariot et puis... bon, ce mort, je le connaissais, monsieur le...

— Donc vous êtes venu lui dire au revoir. Il a beau être mort, son uniforme peut encore servir.

— Avant de l'incinérer, les juifs préfèrent mettre l'uniforme de côté.

— Pas intérêt à oublier, fit le garde.

Tournant les talons pour s'en aller, il expédia Mandelbrot à terre, d'un coup de crosse, et s'éloigna. Neuhof et Dürmayer aidèrent ce dernier à se relever. Il saignait à la tempe. Quand ils furent certains que le SS était parti, ils reprirent leur conciliabule.

— On ne peut pas attendre, décréta Neuhof.

— Ils seront bientôt à court de convois et ils vont nous liquider, nous, prévint Mandelbrot, en essuyant le sang qui lui coulait de la tempe.

— Liquider qui ?

— Le Sonderkommando, et nous sommes les seuls à pouvoir dire ce qui s'est réellement passé ici, de quelle manière ils ont organisé cette tuerie, sans relâche, vingt-quatre heures sur vingt-quatre.

— Écoutez, fit Kazuba, plus longtemps nous attendrons, plus nous recevrons de soutien de l'extérieur. Les Allemands contrôlent encore la zone qui entoure le camp. Tant que cette situation perdure, les prisonniers sont plus en sécurité à l'intérieur du camp qu'ils ne le seraient s'ils s'échappaient à l'extérieur.

— Ils ne sont pas tous dans ce cas.

— Tu veux dire, pas les juifs.

— C'est exactement ce que je veux dire.

— Je ne peux pas faire courir un risque à toute l'opération rien que pour les juifs.

— Mais nous sommes les seuls à ne pas pouvoir attendre.

— Exactement, comme tu dis, vous êtes les seuls. J'admets que les juifs sont dans une position particulière. Vous ne ressemblez à personne d'autre ici. Je suis désolé. Ce n'est pas moi qui vous ai mis dans cette situation. Voilà ce qui arrive quand on vit dans le pays des autres.

— Dans le pays des autres ? Je suis juif polonais. Nous sommes ici depuis mille ans ! lui répliqua Neuhof.

— De Pologne, de Grèce, de Belgique, de France, d'Italie, de toute l'Europe, continua Kazuba, presque dans un chuchotement, ils raflent tout le monde, et ils vous collent l'étoile jaune. Tu as remarqué – ils vous regroupent tous ensemble, pas avec les autres de Pologne, de Grèce, de Belgique, de France et d'Italie ? Ils vous regroupent tous ensemble. D'où que vous soyez, vous êtes encore des juifs. C'est pour ça que votre situation ici est différente de celle de tous les autres.

Le SS avait à présent remarqué qu'ils restaient tous les cinq là, ensemble, et que le chariot chargé de cadavres n'avait pas bougé. Certes, ce garde avait été soudoyé, mais le voilà qui revenait, et à chaque pas visiblement de plus en plus contrarié. Alors qu'il s'approchait, Rot fit mine de déplacer un peu plus leur cadavre vers le fond de la charrette, sur le reste des corps entassés, comme s'il achevait la besogne. Ensuite, sans cesser de regarder le SS qui venait dans leur direction, mais avec l'air distrait d'un aristocrate du XIXᵉ siècle qui s'accorde un instant de repos et fait subitement signe à son cocher, il tapota vivement de ses doigts repliés sur le flanc du chariot, à deux reprises, et s'exclama :

— Messieurs, il est l'heure.

*

La mémoire est une chienne indocile. Elle ne se laissera ni convoquer ni révoquer, mais ne peut survivre sans vous. Elle vous nourrit comme elle se repaît de vous. Elle s'invite quand elle a faim, pas lorsque c'est vous l'affamé. Elle obéit à un calendrier qui n'appartient qu'à elle, dont vous ne savez rien. Elle peut s'emparer de vous, vous acculer ou vous libérer. Vous laisser à vos hurlements ou vous tirer un sourire. C'est drôle, parfois, ce qu'on peut se rappeler.

Il était 3 h 23 du matin dans l'appartement de Morningside Heights qu'Adam et Diana avaient longtemps partagé. Adam était encore éveillé. Un robinet gouttait dans la salle de bains. Il l'entendait, mais il ne bougea pas. Peut-être réussirait-il à se faire croire qu'il n'était pas vraiment réveillé. Cela ne marcha pas. Il se retrouva en train d'effectuer un calcul, rien de compliqué, mais qui suffit à réduire à néant toute velléité de sommeil. Des pensées au sujet de sa mère, de son enfance, des tentatives de cette dernière pour rencontrer un autre homme après son divorce d'avec Jake Zignelik, des tentatives vouées à l'échec qu'Adam avait essayé de ne pas voir afin de se protéger, mais en vain, et qui s'étaient muées en l'un de ces calculs triviaux auxquels on se livre en pleine nuit. Quatorze années, presque jour pour jour, séparaient le voyage de Henry Border dans les camps de Personnes Déplacées d'Europe de la visite en Australie d'un militant réputé des droits civiques, un historien afro-américain, John Hope Franklin. Il était venu en Australie donner une série de conférences à l'invitation du professeur Zelman Cohen, alors doyen de la faculté de droit de l'université de Melbourne.

C'était six ans après la décision de la Cour suprême des États-Unis dans *Brown c. Board of Education*, une affaire sur laquelle Franklin avait travaillé avec Thurgood Marshall et le Fond de défense juridique du NAACP et, bien qu'il ait eu des échos très critiques quant à la politique de l'Australie en matière d'immigration, une immigration de fait souvent évoquée comme la « Politique de l'Australie blanche », et malgré ce qu'il savait de l'histoire du traitement réservé par ce pays à sa population aborigène, il était sidéré de se voir traité comme une célébrité partout où il se rendait. Les portiers d'hôtel, les universitaires, les journalistes, tous, ils avaient l'air de le reconnaître et, partout où il était reçu, on le traitait avec une révérence confinant à un respect teinté d'admiration. Mais aucun Australien ne tenait cet historien en plus haute estime qu'une certaine jeune femme, une étudiante en droit venue assister à toutes ses conférences à l'université de Melbourne, avant de le suivre à Sydney afin de l'entendre un peu plus et de pouvoir encore lui adresser la parole. La jeune femme, fille d'immigrants juifs d'Europe centrale, engagea même une correspondance avec lui, après son retour aux États-Unis. Ce fut cette correspondance qui la conduisit ensuite au bureau du NAACP-LDF à New York. Là, elle rencontrerait un autre avocat des droits civiques, Jake Zignelik, et donnerait plus tard naissance à son enfant unique, Adam qui, toujours incapable de se rendormir, formait l'hypothèse que si John Hope Franklin avait décliné l'invitation de Zelman Cohen cet été-là, lui, Adam, ne serait jamais né. La face de la terre en aurait-elle été changée ? se demanda-t-il dans son lit, à la lumière aveuglante d'un radio-réveil absolument indifférent.

John Hope Franklin avait été aussi un collègue de William McCray et, encore aujourd'hui, âgé d'un peu plus de quatre-vingt-dix ans, il maintenait le contact avec lui. Adam se demandait quelle serait la déception de William s'il ne réussissait à rien découvrir de nouveau concernant les soldats noirs lors de la libération de Dachau. La dernière fois qu'ils s'étaient rencontrés, William était inconsolable, à cause du procès de six adolescents africains à Jena, en Louisiane. Adam aurait souhaité le distraire de ce procès en lui apportant des informations sur ses progrès quant au rôle des soldats noirs lors de la libération du camp, mais il avait très peu de choses à lui annoncer. Toutefois, il lui avait appris l'existence de Henry Border, et William avait été très touché par l'histoire du psychologue de Chicago.

— Est-ce que tu parles à Charlie de tout cela ? s'était-il enquis. Adam n'avait pas l'air de juger que ce soit très utile.

— Ridicule ! Il faut le lui dire. Si tu ne le fais pas, je m'en charge.

Allongé dans son lit, il consulta son réveil. Il était maintenant 3 h 47. Le robinet de la salle de bains gouttait toujours. C'était ce qui l'avait réveillé, et ce fut finalement pour le fermer qu'il se leva. Une fois debout, à moitié ensommeillé, il ouvrit l'armoire de la salle de bains et en sortit le peigne que Diana y avait laissé. Il contempla les cheveux couchés contre sa paume. Cela devenait un rituel.

« Tu te sens seule ? dit-il d'une voix inaudible. Qu'est-ce que tu manges ? Est-ce que tu cuisines ou est-ce que tu vis de plats à emporter parce que cuisiner pour soi toute seule, c'est... inutile, n'est-ce pas ? Pourquoi t'embêter à cuisiner pour une seule personne ? Tous ces restes, il y a de quoi se rendre malade, si on n'y prête pas garde. Et puis il y a les listes de commissions, des listes minuscules griffonnées sur des bouts de papier, des listes de survie en milieu urbain, qui ont aussi de quoi te rendre malade, rien qu'à les regarder. Je suis tellement désolé. Tu le sais, ça ? Est-ce qu'il t'arrive de penser à ce que je pense ? Je ne t'ai jamais été infidèle. Cela ne compte plus, maintenant, hein ? J'aurais dû être infidèle et t'en faire ensuite l'aveu. Le résultat final aurait pu être le même, mais au moins il aurait été compréhensible. Est-ce qu'il t'arrive de penser à moi ? Ou as-tu déjà lâché prise ? Parfois, je me représente deux mains agrippées relâchant lentement leur emprise. Lentement, lentement, ces deux mains qui se tenaient s'effleurent à peine. Et puis, sous l'effet de l'inertie, de la gravité ou autre, de l'attraction gravitationnelle des corps proches, si j'ose dire, elles commencent à s'éloigner l'une de l'autre. L'une bouge à peine, tandis que l'autre s'écarte. »

Diana ne commenta pas.

« J'ai contracté un prêt personnel. Je suis allé à la banque et j'ai obtenu un prêt qui financera mon retour à Melbourne, un voyage destiné à une série d'entretiens avec une femme là-bas, l'une des femmes qu'a vues Border, l'une des survivantes de l'Holocauste qu'il a interrogées à l'été 1946. Ce sera peut-être une complète perte de temps et d'argent. Je n'ai pas dit à la banque que je savais déjà mon poste soumis à une échéance. Est-ce le genre de confiance en soi que tu attends de moi ? Je crois l'avoir trouvée maintenant... dans mon travail. C'est lié aux soldats noirs présents à Dachau, sur lesquels je poursuis ma recherche et à d'autres aspects auxquels Border m'a conduit. Je tiens un élément, maintenant, et j'en tiens même beaucoup. C'est presque trop. Si seulement j'avais découvert cela plus tôt. Ça n'arrête pas de tourner dans ma tête. Comment dors-tu ? Quand tu te réveilles, sais-tu que je suis désolé ? Ou as-tu lâché prise ? »

Depuis son bureau, le lendemain matin, Adam appela le téléphone portable de Diana. Il était coupé. Elle avait peut-être déjà commencé son cours. Il laissa un message. Il voulait la retrouver. À dîner, pour un verre, comme elle voudrait.

— Choisis un endroit, quelque part dans Hell's Kitchen, ça m'ira. J'ai vraiment envie de te parler.

*

Les membres de la résistance du Sonderkommando n'avaient guère nourri d'espoir de voir Henryk Mandelbrot et Chaïm Neuhof réussir dans leur tentative de convaincre le Conseil militaire unifié d'Auschwitz d'accepter de mettre en œuvre un plan de soulèvement pour le camp tout entier. En septembre, le meurtre de deux cents hommes du Sonderkommando n'avait rien fait pour infléchir la position de la résistance non juive. Début octobre, la situation était devenue encore plus pressante quand les *Kapos* du Sonderkommando, les prisonniers investis de cette mission par les SS, reçurent l'ordre de fournir à ces derniers, dans un délai de vingt-quatre heures, une liste de trois cents hommes du Sonderkommando. Le Scharführer Busch, un sergent de la SS, annonça que les trois cents hommes retenus devaient être conduits hors d'Auschwitz-Birkenau pour aller dégager des décombres et des débris dans une bourgade voisine gravement endommagée par un raid aérien allié. Pas un membre du Sonderkommando n'y crut.

Le Scharführer Busch avait en fait donné vingt-quatre heures aux Kapos pour dresser une liste de trois cents de leurs collègues à mettre à mort, et laissé les Kapos se débrouiller pour opérer le tri. Chaque homme se demandait : « Ai-je fait quelque chose pour déplaire à l'un des Kapos ? »

Les hommes du Sonderkommando restèrent debout toute la nuit. Ils discutaient entre eux. Ils plaidèrent auprès des Kapos et de tous ceux qu'ils croyaient capables de les influencer, comme les deux Zalman, Lewental et Gradowski, deux des plus anciens membres du Sonderkommando. Le critère que Henryk Mandelbrot suggérait de retenir pour dresser cette liste fit forte impression sur les deux Zalman. Le Kapo qu'ils connaissaient le mieux, Kaminski, avait récemment été abattu d'une balle sur des soupçons de sabotage, ils allèrent donc en consulter un autre, qui faisait partie de la résistance du Sonderkommando, un dénommé Kalniak. Ils lui exposèrent la suggestion de Mandelbrot.

— Ce qui est sûr, avait proposé ce dernier, c'est que les premiers hommes à exclure de la liste sont ceux qui sont le plus susceptibles, mentalement et physiquement, d'être capables de se battre dans le cas d'un soulèvement.

— Ce serait logique, observa Kalniak, s'il y avait le moindre espoir réaliste de soulèvement.

— Mais enfin..., et ce fut tout ce que Gradowski put dire en confidence à Kalniak avant qu'un prisonnier ne bouscule Lewental pour venir plaider auprès du Kapo. En dépit de son influence véritable ou de sa position parmi les autres Kapos du Sonderkommando, le fait qu'on se batte rien que pour avoir l'occasion de plaider sa cause devant lui rehaussait subitement sa stature auprès des dizaines d'hommes au comble du désespoir qui assistaient à la scène. Peut-être que de parler à Kalniak suffisait à vous éviter de figurer sur la liste.

Le lendemain, deux prisonniers du Sonderkommando qui avaient pour tâche d'apporter à manger reçurent instruction de transmettre un message à un certain prisonnier du détachement de la cuisine. Ce prisonnier appartenait à la résistance et on le pria de porter urgemment ce message au Conseil militaire d'Auschwitz expliquant la situation des trois cents hommes, afin de plaider une dernière fois en faveur du déclenchement d'un soulèvement dans le camp ce jour-là. La réponse au message leur parvint dans l'heure et demie. Non seulement le Conseil militaire d'Auschwitz ne participerait pas à un soulèvement ce jour-là, mais il priait instamment les membres de la résistance au sein du Sonderkommando qui ne figuraient pas sur la liste des trois cents de ne prendre part eux non plus à aucun soulèvement. Les trois cents hommes de la liste à remettre aux SS, quels qu'ils soient, iraient à la mort en toute connaissance de cause, sans riposter et sans le soutien de personne, pas même d'autres hommes du Sonderkommando. C'était le message de la résistance dans l'ensemble du camp, le Conseil militaire d'Auschwitz.

— Peut-être que Kalniak avait raison.

Voilà ce que Henryk Mandelbrot entendit Zalman Lewental souffler à Zalman Gradowski.

Ils se mettaient en rang, devant le Crématoire IV, comme tant de fois auparavant, mais ils le faisaient très lentement. Les SS s'en étaient-ils aperçus ? Tout le monde était fébrile. Personne n'avait dormi. Une liste avait été préparée. L'un des Kapos la détenait. Quel Kapo ? Ce que tout le monde savait, c'était qu'il était trop tard pour influencer quiconque, à présent. Le Scharführer Busch était présent, avec un groupe de gardes SS. Ces sbires des Schutzstaffel croyaient-ils vraiment que l'un ou l'autre de ces hommes alignés en rang devant eux, ces hommes qui, jour après jour, mois après mois, avaient été forcés d'assister et de participer à la tromperie et au meurtre de masse de centaines de milliers d'innocents, y avait-il un sbire, parmi ces SS, pour vraiment s'imaginer que l'un des membres du Sonderkommando allait croire un instant que les trois cents dont on allait remettre les noms allaient benoîtement sortir déblayer des décombres ?

Ni Lewental ni Mandelbrot ne virent aucun des Kapos tendre de liste à qui que ce soit, mais sans qu'on sache trop comment, l'un des SS l'eut en main, cette liste, et ils virent ce dernier la remettre au Scharführer Busch. Il y avait là des hommes qui savaient de source sûre que leurs noms figuraient dessus. Certains de ces hommes avaient procédé à des préparatifs. Peut-être tremblaient-ils, là, tous alignés, mais ils avaient sur eux des outils dissimulés, toutes sortes d'armes rudimentaires. Au cours de ce qu'ils savaient être leurs dernières heures, ceux d'entre eux qui avaient travaillé en équipe de nuit au Crématoire IV avaient logé, fourré des loques imbibées d'huile et de méthanol dans tous les interstices et les recoins possibles du crématoire, entre les solives, dans la cokerie, partout. Ces chiffons imbibés, ils en placèrent ensuite sous quelques châlits à trois niveaux, dans les baraquements. Ils n'avaient pas oublié que si les humains brûlent bien, le bois aussi. Ensuite, il y avait les boîtes en fer-blanc, de petites boîtes en fer-blanc partiellement remplies de cette poudre à canon dérobée par les femmes de la Pulverraum, sorties clandestinement grâce à Rosa Rabinowicz, et plus tard par d'autres. Si un soulèvement éclatait, si l'on incendiait un de ces bâtiments qui servaient à la tuerie, peut-être que d'autres prisonniers le verraient, et pas seulement des hommes du Sonderkommando mais des prisonniers, d'un bout à l'autre d'Auschwitz-Birkenau, et peut-être même des détenus dans certains des sous-camps. Et si d'autres se soulevaient à leur tour ? Était-ce possible ? Comment le savoir ? Cet endroit ne ressemblait à rien de ce qu'ils avaient connu.

Combien de minutes leur restait-il à vivre ? Le Scharführer Busch entama l'appel des noms de la liste. Comment celui de Chaïm Neuhof avait-il fini dessus ? Les hommes condamnés s'avançaient lentement, le Scharführer constata que la formation dans son entier paraissait un peu maigre, que des hommes étaient manquants. Soupçonnant que certains d'entre eux devaient se cacher, il envoya plusieurs SS au Crématoire IV chercher les prisonniers manquants. Les chiffons, les armes, les hommes qui pouvaient s'y dissimuler, tout était sur le point d'être découvert.

Il n'y avait plus rien à attendre, plus rien. Chaïm Neuhof fut-il le premier à s'en rendre compte, personne ne le saura jamais. Mais il fut le premier à agir, sous l'effet de cette prise de conscience. D'entre les rangs des hommes condamnés, il lança un «Hourra!» et, avec une hache qu'il avait réussi à camoufler dans son pantalon, il se rua sur l'un des gardes qui étaient sur le point de fouiller le Crématoire IV. Soudain, un déluge de pierres, de gravier et d'objets divers s'abattit sur les SS depuis les rangs des prisonniers choisis pour ce prétendu transfert. Face à l'attaque des hommes du Sonderkommando, certains SS battirent en retraite, et deux d'entre eux s'enfuirent à bicyclette. D'autres ouvrirent le feu au hasard sur les condamnés et sur les autres Sonderkommandos.

Personne n'attendait plus rien désormais. Les hommes appartenant aux deux groupes du Sonderkommando assaillirent les SS et, très vite, on vit de la fumée s'échapper du Crématoire IV. Ce n'était pas la fumée habituelle de la combustion des cadavres. Cette fumée était sans précédent. Le Crématoire IV était en flammes. Ce n'était plus des juifs cette fois, mais le bâtiment proprement dit qui brûlait. Il y eut aussi des explosions. Les juifs lançaient des espèces de grenades. Et alors même que des hommes du Sonderkommando tombaient sous une pluie de balles, des prisonniers de toutes nationalités, venus d'autres parties du camp, s'arrêtèrent dans ce qu'ils faisaient pour lever les yeux. Des juifs résistaient. Si inconcevable que ce soit, il ne s'agissait pas d'un rêve. On ne savait trop comment, ces hommes du Sonderkommando étaient occupés à détruire l'un des fours crématoires, sous une grêle de balles ininterrompue.

Au Crématoire II, les hommes du Sonderkommando entendirent le gémissement d'une sirène s'élever par-dessus la fusillade qui ne cessait pas. Stupéfaits, ils s'aperçurent que le Crématoire IV était en flammes. Croyant que c'était le début du soulèvement tant espéré depuis si longtemps, ils s'attaquèrent aux SS qui les gardaient. Au milieu de tout ce tumulte, ils récupérèrent des armes dans des caches, parmi lesquelles des grenades artisanales. Ils exhumèrent deux pinces gainées d'un matériau isolant, restées cachées là de longue date, et pratiquèrent dans la clôture d'enceinte électrifiée un trou assez large pour permettre de passer à travers. Les SS étaient tellement sous le choc de se trouver ainsi confrontés à une attaque en règle, à ce qui leur apparaissait comme un soulèvement organisé, que le laps de temps qu'il leur fallut pour mettre en place une réaction coordonnée permit à bon nombre de Sonderkommandos d'atteindre ce trou dans la clôture. Pour contrer les tirs des SS désormais dirigés vers eux, les prisonniers leur lancèrent des grenades. À ce stade, des hommes du Sonderkommando avaient déjà franchi la clôture. Ne sachant de quel côté courir, ils suivirent le premier des fuyards en direction de la ville voisine de Rajsko.

Les SS lancés à leur poursuite leur tirèrent dessus, il y eut de nombreux tués ou blessés, mais certains couvrirent les deux kilomètres qui les séparaient de Rajsko où, en proie à la terreur et à l'exaltation, ils s'abritèrent dans la première grange sur laquelle ils tombèrent. Les rares Polonais de Rajsko qui, au milieu d'un après-midi d'octobre, virent ces hommes pénétrer dans cette grange en courant, étaient incapables de comprendre à quoi ils assistaient. Ils virent les SS arriver avec des chiens et tenter de forcer l'accès à la grange, mais les hommes du Sonderkommando eurent juste le temps de barrer la porte, un panneau très robuste. Temporairement sains et saufs à l'intérieur, les évadés révisèrent leur position. Ce qu'ils feraient ensuite dépendrait de ce qui se passerait au-dehors. D'autres qu'eux avaient aussi pu pratiquer des brèches dans la clôture. Il se pouvait que d'autres prisonniers résistent un peu partout dans Auschwitz. Peut-être les Russes étaient-ils enfin arrivés et engageaient-ils le combat avec les SS. Peut-être était-ce le moment où l'Armée polonaise de l'intérieur avait opéré la jonction avec le Conseil militaire d'Auschwitz, et les SS se trouveraient alors en état de siège. Peut-être était-ce le début de la fin de ce cauchemar. Ils échangèrent des regards. Les nazis semblaient avoir renoncé à leur tentative de pénétrer dans la grange. Les Polonais de l'endroit, les hommes et les femmes de Rajsko, avaient-ils pris les armes ? Non, chez les gens de Rajsko, il n'y avait aucune résistance, pas cet après-midi, rien d'audible pour ces hommes essoufflés, rien qui prenne le dessus sur leur respiration et l'aboiement des chiens derrière les portes.

Les gens de Rajsko étaient des civils. Ils ne se battaient pas. À l'intérieur de la grange, les hommes du Sonderkommando sentirent une odeur de brûlé, non plus celle des cadavres, mais celle du bois. Les hommes du Conseil militaire d'Auschwitz étaient hors d'atteinte, tout comme la section locale de l'Armée polonaise de l'intérieur. Les SS avaient mis le feu à la grange. Alors que les flammes gagnaient et que la chaleur et la fumée devenaient insoutenables, les hommes du Sonderkommando furent contraints d'ouvrir la porte et de courir pour tenter d'avoir la vie sauve. Les Russes n'étaient pas là, mais quelques habitants de Rajsko étaient là, eux, et virent ces hommes sortir de la grange en flammes en courant à toute vitesse, pour se faire mitrailler par les SS embusqués.

À l'intérieur d'Auschwitz, une partie de l'équipe de nuit de l'usine Weichsel Union Metallwerke sortit de ses baraquements pour voir de la fumée s'échapper du Crématoire IV. C'était bien réel. Au Kanada, Rosa Rabinowicz put voir la chose, elle aussi. C'était aussi visible jusque dans les endroits les plus reculés du camp. D'autres n'entendirent que la rumeur, mais tous ils exultaient. Le Sonderkommando, les juifs, s'étaient défendus. L'un des crématoires, sa chambre à gaz et ses fours, avait été détruit. D'un bout à l'autre du camp, une fierté presque irréelle se propagea parmi la population des prisonniers.

Dès que les SS eurent reçu des renforts, le soulèvement fut vite maîtrisé. Ceux des hommes du Sonderkommando qui n'étaient pas déjà morts, que ce soit dans la grange de Rajsko ou autour du crématoire, furent obligés de se coucher face contre terre. Certes, la clôture avait été ouverte à la tenaille, on avait employé des explosifs fabriqués à partir d'une poudre sortie clandestinement, des SS avaient été blessés, certains avaient été tués. Mais tout au long de ces événements, hormis les Sonderkommandos, personne n'avait rien fait d'autre que maudire les SS. Henryk Mandelbrot était couché à plat ventre, comme tous les survivants du Sonderkommando. Plus du tout sous le choc, les SS étaient purement et simplement furibonds, résolus à se venger. Mandelbrot tendit l'oreille au crépitement des coups de feu, qui se rapprochait. Il entendit le martèlement des bottes du SS, le tireur que l'on avait désigné, se rapprocher. Le visage contre terre, il écouta, calcula que les SS visaient un homme du Sonderkommando sur trois. Un, et puis deux, et un coup de feu. Et de nouveau, un, puis deux, et un coup de feu. Qui resterait-il pour dire au monde ce qui s'était passé ici, en cet après-midi du 7 octobre 1944 ? Un, puis deux, et un coup de feu. Qui resterait-il, quand ce serait fini ? Un, puis deux, et un coup de feu.

« Est-ce que ça va être moi ? » se demanda Henryk Mandelbrot, de la terre plein la bouche. Un, puis deux, et un coup de feu. Le bruit des pas résonna plus fort, ainsi que les détonations. Un, puis deux, et un coup de feu. Un autre homme venait de mourir. Un, puis deux, et un coup de feu. Encore un témoin réduit au silence.

Chaïm Neuhof venait de mourir ainsi que Dorebus, Panusz et Handelsmann. Kalniak, l'un des Kapos du Sonderkommando, le responsable de la liste de noms, venait de se faire abattre lui aussi. Sans figurer lui-même sur la liste, Kalniak avait aidé à escamoter les explosifs dans le Crématoire IV, la nuit précédente. Il savait ce qui allait arriver et qu'il allait mourir.

Le Crématoire IV, sa chambre à gaz et ses fours, avaient été si gravement endommagés qu'ils ne serviraient plus jamais. Quand les tirs cessèrent enfin, Henryk Mandelbrot fut autorisé à se relever. Avant le soulèvement, le Sonderkommando comptait six cent soixante-trois hommes.

Après, ils étaient deux cent douze. Quand Henryk Mandelbrot arracha son visage à la terre et quand il se redressa, il avisa les deux Zalman, Lewental et Gradowski. Ils étaient tous les deux morts.

*

— Je n'ai pas besoin de connaître la fin de l'histoire ? demanda Lamont Williams au vieil homme, au Sloan-Kettering Memorial de Manhattan.

— Vous êtes ici pour entendre la fin de l'histoire.

Lamont sourit, mais insista gentiment.

— Qu'est-ce que vous avez fait, quand le combat a commencé ?

— Dans la cour, c'était le chaos. Des prisonniers...

— Des hommes du Sonderkommando ?

— Oui, des hommes du Sonderkommando couraient dans tous les sens, et les SS leur tiraient dessus. C'étaient ceux qui avaient fui par la clôture, par la brèche où les barbelés avaient été cisaillés...

— Ceux qui avaient couru vers la grange de Rajsko ?

— Oui. Ils se sont enfuis en courant, les SS à leurs trousses, et j'ai vu qu'il y avait une chance de tenter quelque chose, sans trop savoir quoi. Il y avait là des hommes, des hommes dont je savais qu'on les avait abattus ou qu'ils étaient mourants, et ils s'écroulaient, leurs corps s'abattaient sur le sol, tout autour de moi.

— Alors qu'avez-vous fait ?

— Vous allez trouver ça fou, et ça l'était, mais c'est ce qui m'a sauvé la vie. J'ai couru vers le Crématoire IV et...

— Mais c'était celui qui flambait.

— Oui, c'est exact, il flambait. Mais j'ai pensé que si je réussissais à arriver jusque là-bas sans me faire abattre, cela risquait d'être l'endroit le plus sûr.

— Mais, et l'incendie ?

— À ce moment-là les balles sifflaient de partout et j'avais plus peur des projectiles des SS que des flammes. Ils me tiraient dessus et je me suis jeté deux fois à terre, en restant couché pour qu'ils me croient mort. Dès que je touchais terre, ils s'arrêtaient de me tirer dessus. J'attendais un peu et puis je me relevais et je détalais. J'ai recommencé ça deux fois et j'ai pu rejoindre le Crématoire IV.

— Mais pourquoi vouliez-vous arriver jusque là-bas ? Il était en feu.

— Parce que j'avais l'impression qu'ils allaient tirer sur tout ce qui bougeait. Ils avaient encore besoin des hommes du Sonderkommando, ils ne l'ignoraient pas, mais qui sait ce qu'ils allaient faire ? Ils étaient tellement furieux, tellement enragés, et peut-être même effrayés, ils tiraient à vue, pour tuer. Il fallait que je me cache. C'était ma réaction instinctive, me cacher. Où fallait-il que je me cache ? Où risquaient-ils le moins d'aller me chercher ? Au Crématoire IV.

— Parce qu'il était en feu ?

— Oui, parce qu'il était en feu.

— Mais comment saviez-vous que vous réussiriez à survivre au feu ?

— Je ne savais rien, monsieur Lamont. Je pourrais essayer, maintenant, de me faire passer pour un héros. Je n'étais pas un héros. Il y en a eu plein, des héros. Je n'étais pas de ceux-là. Les héros, ils mouraient. Écoutez, quand un bâtiment est en feu, parfois, il ne brûle pas entièrement.

— Mais comment saviez-vous ça, vous n'aviez même pas encore franchi la porte ?

— Je ne savais rien de rien. Ça tire tout autour de vous et vous êtes pris de panique, vous avez peur. Où est-ce que ça tire le moins ? Près de l'endroit où ce bâtiment brûle.

— Alors, vous êtes arrivé à la porte ?

— Oui, je suis arrivé à la porte. Je n'avais pas arrêté de courir et j'étais complètement à bout de souffle. Le seuil était en flammes, mais si je le franchissais... fini la pluie de balles. Donc j'ai sauté dans les flammes et je suis entré. Nous connaissions le bâtiment mieux que la plupart des gardes et je savais qu'il y avait un endroit à l'intérieur où les balles ne pourraient pas m'atteindre, et c'était cet endroit-là que je cherchais.

— Si ça ne brûlait pas déjà, par là.

— Exactement, oui, si ça ne brûlait pas déjà.

— Où était-ce ?

— C'était le conduit de la cheminée. Vous saisissez? Le conduit, il était en fonte. Il menait des fours à la cheminée.

— C'est là que vous vous êtes caché ?

— Oui, je me suis caché dedans... pendant que les autres se battaient et quc certains essayaient de s'évader.

— Mais comment saviez-vous que le bâtiment ne s'écroulerait pas sur vous, en vous tuant au passage ?

— Je ne le savais pas. J'ai couru ce risque. Écoutez, monsieur Lamont, cet endroit n'avait aucune autre logique que celle de la mort. Nous étions tous destinés à mourir. Les hommes qui se sont échappés du camp et qui ont couru à Rajsko, ils sont tous morts, ils ont tous été tués, et c'étaient eux, les héros. Le lâche qui a couru dans le bâtiment incendié et qui s'est caché, il a survécu jusqu'à ce jour.

— Et les deux Zalman, Gradowski et Lewental ?

— Je vous ai raconté.

— Oui, mais vous disiez que vous vous étiez caché, alors comment avez-vous pu... ?

— Je suis sorti de là en rampant. Quand les tirs ont cessé, j'ai rampé dehors.

— Les tirs avaient cessé ?

— Oui, parce qu'ils alignaient tous ceux qui n'étaient pas déjà morts, ils les avaient tous obligés à s'allonger face contre terre.

— Vous aussi ?

— Oui, bien sûr. J'avais choisi le mauvais moment pour sortir du crématoire, mais ensuite, si j'étais resté, peut-être que l'incendie aurait eu raison de moi, ou les poutres de la charpente. Ils nous ont tous forcés à nous aligner, la face dans la terre et ils en abattaient un sur trois. Quand je me suis relevé, Gradowski et Lewental... Je les ai vus, à terre. J'ai survécu, mais eux non.

C'était la dernière fois que Lamont Williams entendrait parler du Sonderkommando de la bouche de Mr Mandelbrot. Il ne le savait pas, mais ce dernier, lui, le savait, apparemment. Ce fut à la fin de cette visite que Mr Mandelbrot sourit en voyant son visiteur emporter la menorah en argent. Ce soir-là, quand la grand-mère de Lamont la découvrit, dans leur appartement de Co-Op City et le questionna à ce sujet, Lamont lui raconta un peu l'histoire du soulèvement du Sonderkommando.

— S'il avait suivi les autres par ce trou dans la clôture, jusqu'à Rajsko, ils l'auraient mitraillé.

— Donc il a été le seul à survivre dans un bâtiment en feu ?

— C'est à peu près ça. Il s'est caché dans le conduit de cheminée en fonte du Crématoire IV.

— Quelle histoire ! s'exclama sa grand-mère, en se levant pour débarrasser la table de la cuisine.

Ce soir-là, avant de se mettre au lit, elle prit la menorah en argent et l'examina.

— Il doit vraiment bien t'aimer... pour te donner ça. Qu'est-ce que ça vaut, à ton avis ?

Il ne l'entendit pas et, quand elle se pencha pour l'embrasser et lui souhaiter bonne nuit, elle ne répéta pas sa question.

— Je vais essayer de venir vous voir, demain, avait dit Lamont à Mr Mandelbrot, ce soir-là, en le quittant.

— Oui ? Bien, avait fait le vieil homme.

Ce fut la dernière chose qu'il dit à Lamont. Ce dernier ne fut pas en mesure de revenir le voir, ni dans la soirée du lendemain soir, ni dans celle du surlendemain. Trois soirs après leur dernière conversation, en entrant dans ce qui avait été la chambre du vieil homme, il fut stupéfait de découvrir un autre patient. Il comprit ce qui s'était passé, mais il s'aperçut qu'il ne s'y était pas du tout préparé, et même si ce n'était pas réellement une surprise, n'empêche, il fallait qu'il sache le fin mot de l'histoire, de la bouche de quelqu'un qui la connaissait réellement. Le lendemain, quand il tenta sa chance auprès de l'oncologue traitante du vieil homme, dans le couloir, il eut une démarche inhabituelle, il l'approcha.

— Excusez-moi, docteur Washington, dit-il, très tendu. Ce patient, Mr Mandelbrot, il a été déplacé dans un autre... ?

— Il est mort, lui répondit-elle, en consultant sa montre, et sans s'arrêter.

Lamont Williams resta seul un moment dans le couloir, planté là, avec son balai à frange en main et un seau d'eau savonneuse et grise à ses pieds, et il pensa au vieil homme. Qui d'autre connaissait son histoire ? Qui d'autre la connaissait en entier ? L'homme des services d'entretien avait un devoir, finir de laver le sol.

*

Adam n'avait encore rien découvert qui relie de près ou de loin des soldats noirs à la libération de Dachau et, malgré toute la valeur intrinsèque des transcriptions de Henry Border et des enregistrements de Personnes Déplacées réalisés en 1946, il se sentait entraîné loin du sujet qui l'avait initialement conduit jusqu'à eux. Mais il trouva en effet quelque chose dans une transcription qui lui apporta au moins une lueur d'espoir quant au rôle des troupes afro-américaines dans la libération d'un autre camp de concentration. Border avait interrogé une autre Personne Déplacée survivante de l'Holocauste, un nommé Taussig. Il semblait que Mr Taussig ait été un temps prisonnier dans l'un des satellites du camp de concentration de Natzweiler-Struthof. Lui faisant le récit de sa libération, il lui avait indiqué que parmi les premières troupes alliées qu'il avait vues figuraient des soldats noirs. Mr Taussig expliquait à Border qu'en voyant ces hommes noirs en armes, ces soldats noirs, il avait compris que ce devaient être des Américains. Il ne pouvait y avoir de doute quant à l'identité de ces hommes, et il en avait conclu qu'il était enfin libre.

Cette découverte avait aussitôt poussé Adam à rechercher ce qu'il pourrait apprendre sur le camp de Natzweiler-Struthof. Il ne tarda pas à le localiser, non loin de Strasbourg, immédiatement à l'ouest du Rhin. C'était le seul camp de concentration évacué et laissé à l'abandon plusieurs mois avant que les armées alliées ne l'atteignent, mais quelques semaines avant leur capitulation, les Allemands se servaient encore de plusieurs de ses satellites, situés sur la rive orientale du fleuve, dont certains tout proches de là. Il découvrit aussi qu'au cours des derniers mois de la guerre ces satellites détenaient des prisonniers transférés depuis d'autres camps localisés plus à l'est qui se trouvaient sur le trajet de l'avancée de l'Armée Rouge, parmi lesquels Auschwitz, et des prisonniers issus de Dachau et d'autres camps qu'il fallait soulager.

Le camp principal de Natzweiler-Struthof, alors à l'abandon, avait d'abord été investi par la 1re armée qui, avec la 7e armée américaine, constituait le 6e groupe d'armée allié, commandé par le lieutenant-général américain Jacob Devers. Adam fut assez vite en mesure de vérifier que le 6e groupe d'armée avait atteint la rive occidentale du Rhin vers le 24 novembre 1944. Ce 6e groupe d'armée avait été la première armée alliée à rejoindre le Rhin, et le plan de Devers consistait à le franchir et à continuer d'avancer vers le nord, en suivant le cours du fleuve.

Deux aspects en particulier piquèrent la curiosité d'Adam. Tout d'abord, l'une des divisions de la 7e armée américaine n'était autre que la 79e division, et l'un des bataillons de cette division était justement le 761e bataillon blindé afro-américain. Il était déjà tombé sur des rapports, certes pas validés officiellement par l'armée américaine, signalant que le 761e bataillon blindé avait été engagé dans la libération d'un camp de concentration. Ensuite, il constata que Devers, souhaitant évaluer la viabilité d'un assaut de l'autre côté du Rhin, dans la région de Strasbourg, avait envoyé ses escouades d'éclaireurs sur l'autre rive afin d'y sonder les défenses allemandes. À leur retour, ils avaient signalé que ces défenses se révélaient d'une faiblesse tout à fait surprenante.

Ce qui captivait Adam, dans tout ceci, c'était la possibilité que des membres du 761e comptent parmi ces détachements envoyés repérer le terrain qui avaient franchi le Rhin fin novembre, et qu'ils aient été impliqués dans une série d'escarmouches aux abords du camp satellite de Natzweiler-Struthof, non loin du fleuve. S'il était capable de confirmer la chose, alors il aurait établi que des troupes noires figuraient parmi les premières unités alliées déployées sur le front occidental à s'être trouvées aux portes d'un camp de concentration nazi en état de fonctionnement, ou même à être entrées à l'intérieur, un haut fait des plus remarquables.

En dépit du caractère improbable de cette hypothèse, il resta un temps obsédé par l'idée d'investiguer plus avant, afin de vérifier si elle avait un tant soit peu de consistance.

Quels rapports pouvaient exister des expériences de combat du 761e, officiels ou autres? Qui étaient les hommes du 761e? Ce bataillon de chars comptait six officiers blancs, trente officiers noirs, et six cent soixante-seize hommes du rang, tous noirs. Entré en service actif en 1942 en Louisiane, le 761e bataillon blindé avait reçu un entraînement intensif au Texas. Adam fut ravi de découvrir que ces hommes avaient débarqué à Omaha Beach, en Normandie, le 10 octobre 1944. Ils avaient dû se trouver en Europe à la période correspondante, et mettre plus d'un mois pour atteindre le Natzweiler-Struthof. Sur un groupe de sept cents hommes, quelqu'un avait forcément dû consigner par écrit ses expériences de la guerre. Existait-il des comptes rendus écrits qui n'auraient pas été exhumés, qui ne seraient connus que des seuls membres de la famille? Peut-être subsistait-il des vétérans de ce bataillon qu'il aurait pu interroger ? Il y avait tant d'éléments à découvrir. Il avait enfin quelque chose de positif à soumettre à son ami, William McCray.

*

Les ordres arrivaient tout droit de Berlin. La guerre tournait de plus en plus à la défaveur des nazis, les armées américaine, britannique et française atteignant le Rhin à l'ouest, et les Russes pénétrant en Pologne à l'est, mais il leur restait encore à apprendre la vérité. Le Reich était sur le point de s'écrouler, mais il leur restait encore à apprendre la vérité. À découvrir comment ces hommes avaient pu réussir cela. Comment ces juifs à moitié morts, ces prisonniers isolés dans un camp de la mort, s'y étaient-ils pris pour mettre la main sur des armes ? Comment avaient-ils mis la main sur de la poudre ? Une délégation fut envoyée de Berlin à Auschwitz-Birkenau. Pour les SS, il était inconcevable que cette poudre ait pu provenir des femmes de l'usine Weichsel Union Metallwerke. Ils n'avaient certes pas envisagé, fût-ce pour l'écarter aussitôt, la possibilité que Churchill, Staline ou peut-être Roosevelt aient personnellement livré cette poudre aux hommes du Sonderkommando, et ils ne s'étaient pas non plus donné la peine d'envisager qu'elle ait pu provenir de ces jeunes femmes juives affamées. Ensuite, lors d'un examen du bâtiment détruit qui avait abrité la chambre à gaz et les fours du Crématoire IV, on avait retrouvé une petite boîte en fer-blanc. Elle était ronde, en métal, et elle avait contenu du cirage. Elle contenait désormais des fils tressés de coton, une sorte de mèche et de la poudre. C'était une grenade artisanale que le Sonderkommando n'avait jamais eu l'occasion d'utiliser, et la poudre qu'elle contenait fut identifiée comme provenant de l'usine Weichsel Union Metallwerke.

C'était vers cette période qu'une femme, une prisonnière qui avait logé pendant un temps dans le même baraquement qu'Estusia et Hannah Weiss, avait été surprise avec une miche de pain entière. Rouée de coups, mais refusant de trahir les origines de ce pain, elle avait fourni d'autres informations qui auraient de la valeur, des informations sur la prisonnière Estusia Weiss, qui recevait régulièrement des visites de la prisonnière Rosa Rabinowicz, du Kommando Kanada. Dès lors, on avait oublié ce pain introduit clandestinement.

Le Block 11, la « prison à l'intérieur de la prison » du camp, se trouvait à Auschwitz 1, la partie d'Auschwitz-Birkenau dont le portail était orné de la formule « Arbeit macht frei », « Le travail rend libre». Le Kapo du Block 11 était juif, un homme d'une force et d'une taille peu communes, qui n'aurait jamais pu croiser tous les prisonniers qui le connaissaient de réputation, sous le nom de Kapo Jakub. C'était à cause de sa force et de sa taille que les SS l'avaient choisi pour être le Kapo du Block 11. Certains disaient qu'il était un peu simple ; d'autres multipliaient les allégations de cruauté sur son compte. D'autres encore qui étaient sortis du Block 11 juraient qu'ils n'avaient dû leur salut qu'à ses actes de bonté, toujours tombés à point nommé. Quand les prisonniers enfermés dans les cellules du Block 11 entendaient Jakub approcher de leur cellule, ils le reconnaissaient à sa démarche et si, à en juger par le bruit de ses pas, ils le croyaient seul, ils l'appelaient depuis l'obscurité des cellules de punition.

— Aide-moi, Kapo. S'il te plaît, aide-moi.

L'appel des prisonniers suivait le bruit de ses pas jusqu'au bout du couloir de béton noirci.

— Aide-moi, Kapo Jakub. Je t'en prie, aide-moi.

L'année 1944 touchait à sa fin quand Estusia Weiss et son amie Ala, deux ouvrières de la Pulverraum à l'usine Weichsel Union Metallwerke, furent conduites au Block 11 pour interrogatoire. On y conduisit aussi leur contremaître, Regina, et, peu après, ce fut le tour de Rosa Rabinowicz. Toutes les quatre furent rouées de coups avec la dernière brutalité, et à plusieurs reprises. La nouvelle de leur incarcération au Block 11 était parvenue à Noah Lewental et aux autres du mouvement de résistance. Elles étaient si certaines que l'une d'elles les trahirait lors de ces interrogatoires que plusieurs d'entre elles songèrent au suicide.

Rosa Rabinowicz, le visage, le torse et les jambes lacérés et ensanglantés, gisait sur le dos, seule dans sa cellule, juste après un passage à tabac. S'échinant à respirer entre ses côtes cassées, elle entendait les prisonniers, plus loin, tout le long du couloir, annoncer l'approche du Kapo Jakub.

— Aide-moi, Kapo Jakub. Je t'en prie, aide-moi, les entendait-elle appeler. Sans se lever ni même essayer de se lever, elle rampa sur le sol vers la porte de sa cellule et attendit que les pas du Kapo se rapprochent. Et puis elle se mit à l'appeler.

— Aide-moi, Kapo Jakub. Je t'en prie, aide-moi.

Jakub ne pouvait jamais passer dans ce corridor sans que retentisse ce cri de l'intérieur de la cellule de chaque prisonnier. «Aide-moi, Kapo Jakub. Je t'en prie, aide-moi.» Même les détenus qui n'avaient jamais reçu aucune aide de sa part, qui ne lui avaient jamais parlé et qui n'avaient aucune raison d'espérer qu'il risque soudain sa vie pour leur venir en aide, même ces prisonniers-là lui lançaient leur appel depuis leur cellule, presque comme une prière. Ils l'appelaient comme si le fait d'omettre de l'appeler quand il passait devant eux devait limiter leurs chances de survie. Les seuls qui ne l'interpellaient pas étaient ceux qui avaient perdu toute conscience.

Jakub entendait ces cris en s'avançant dans le corridor en sous-sol du Block 11 et, quand il arriva devant la porte de Rosa Rabinowicz, il entendit celui si faible de cette femme brisée, et s'arrêta. Cet appel, le moins retentissant de tous ceux qui réclamaient son attention, on aurait pu lui pardonner de ne pas l'entendre, mais quand il s'approcha de cette cellule-là en particulier, il ralentit légèrement le pas. Il savait exactement qui gisait là, toute sanguinolente. Il avait apporté du pain et de l'eau dans cette cellule, alors que la prisonnière était inconsciente. Jakub savait que cette cellule renfermait cette femme, Rosa, la femme qui avait sorti clandestinement de la poudre pour le Sonderkommando, la poudre utilisée lors du soulèvement, le seul soulèvement de l'histoire du camp. Quel que soit le privilège que lui valait sa position, il essaierait de le partager avec cette femme, Rosa Rabinowicz.

Quand elle cessa d'entendre ses pas, elle se demanda s'il était encore là. Et puis elle entendit les clefs dans la porte de sa cellule et, quelques secondes après, il se tenait là devant elle, la dominant de toute sa carcasse imposante. Il pénétra dans la cellule exiguë et s'avança d'un pas vers elle. Il s'accroupit et lui apporta son bol d'eau. Lui maintenant délicatement la tête sur ses genoux, il lui dit que lorsqu'il compterait jusqu'à trois, elle devait avaler, ce qu'elle fit. Il lui reposa doucement la tête par terre et, toujours à genoux, tendit la main vers le pain qu'il lui avait laissé un peu plus tôt, exprès pour elle, et en rompit un morceau pour la nourrir, mais elle fut incapable de le prendre dans sa bouche. Sa bouche gonflée, ensanglantée, ne pouvait rien accepter de solide. Le sang de sa bouche, encore frais après son dernier passage à tabac, dégoulinait sur la jambe de Kapo Jakub. Il prit un peu de pain, le ramollit dans l'eau et commença de lui en donner.

— Non mais regarde-toi, dit-il doucement, en se parlant à lui-même, sans attendre aucune réponse. Mais la femme brisée, la tête sur ses genoux, lui parla entre deux respirations.

— Amène-moi Noah, Noah Lewental. Amène-moi Noah, Jakub, tu veux ?

— Qui est-ce ?

— C'est un électricien... de Ciechanow. Demande autour de toi... quelqu'un le connaîtra... Ils le connaîtront, chuchota-t-elle. Tu peux l'amener ici avant que je meure ?

Quelque trois jours plus tard, Kapo Jakub reçut l'électricien de Ciechanow, Noah Lewental. C'était la nuit et il se présenta à l'entrée du Block 11, avec deux bouteilles sous le bras.

— Qui est là ? demanda le garde SS endormi qui était en faction.

— Lui, c'est mon cousin et ça, c'est pour toi, fit Jakub, en disposant les bouteilles devant le SS.

— Qu'est-ce que c'est ? Donne un peu. De la liqueur d'œuf ! s'extasia le garde.

— Deux bouteilles... pour toi, répéta Jakub.

— *Ach*, vous les juifs ! Même ici, même maintenant, vous seriez capable de dégotter n'importe quoi.

Noah ne commenta pas, se contentant d'observer ce que l'autre allait faire. Le garde ouvrit l'une des deux bouteilles et en but une gorgée.

— Jakub, ils t'adorent, par ici. Même les morts te rendent hommage. Bon, tu as le droit de boire un coup, toi aussi.

Le SS tendit la bouteille à Jakub, qui fit semblant de boire au goulot, avant de la lui rendre. Le garde eut vite fait de vider la première bouteille et passa rapidement à la seconde.

— Du Kanada, hein ? fit le SS, à présent sous l'emprise de l'alcool.

— Peu importe d'où ça vient, monsieur l'officier, maintenant, c'est à vous, non ?

— Ouais, ouais... maintenant, c'est à moi. C'est exactement ça, Jakub. Maintenant, c'est à moi, hein ?

Laissant juste un fond de liqueur dans sa bouteille, le SS s'endormit et Jakub conduisit Noah Lewental à la cellule de Rosa. Ce dernier suivit le Kapo d'un pas tellement silencieux que les prisonniers, derrière la porte de leur cellule, lui lançaient leur supplique au passage, le croyant seul.

— Aide-moi, Kapo Jakub. S'il te plaît, aide-moi.

Ils arrivèrent devant la cellule de Rosa et Jakub déverrouilla la porte en vitesse.

— Ne sois pas long. Je ne sais pas combien de temps ce SS va roupiller. Ça peut durer la moitié de la nuit comme il peut aussi bien être déjà en train de se réveiller, chuchota-t-il. Il écarta Noah, referma la porte sur lui et s'en fut, laissant sur ses pas le sillage d'un chœur de cris de prisonniers.

Noah Lewental baissa les yeux sur le corps nu à ses pieds. Il était méconnaissable. Il se demandait si le géant Jakub ne l'avait pas conduit au mauvais endroit quand une voix s'éleva de ce corps nu, écorché, aux blessures béantes, qui gisait sur le sol de béton gris, sans même une banale couverture de laine grossière.

— Noah, c'est toi ?

— Rosa ?

— Comment es-tu arrivé là ? Tu es vraiment ici ou c'est moi qui délire ?

Il se pencha. La voix, c'était la sienne. C'était la femme qu'il avait projeté d'épouser, depuis l'enfance, la femme qu'il avait perdue à cause d'un acte d'impatience adolescente, la femme à laquelle il avait causé tant de mal. Et maintenant, ça. Que lui avaient-ils fait ?

— Je suis là, bien sûr que je suis là, chuchota-t-il. Tu m'as envoyé chercher, non ? C'est de l'eau ?

— Oui. Je ne pensais pas que Jakub te trouverait. Je ne pensais pas que tu recevrais même le message avant qu'ils...

— Chut ! Épargne tes forces.

Il lui redressa délicatement la tête, la posa sur ses genoux, puis lui donna un peu d'eau. Ce fut alors qu'il s'aperçut qu'on lui avait fracassé presque toutes les dents.

— Ça n'en vaut plus la peine, susurra-t-elle.

— Ne parle pas comme ça. Nous ferons tout notre possible pour... t'aider.

— Noah, je ne délire pas et il reste peu de temps. Il ne faut pas se mentir. Ils vont me tuer. Nous le savons, toi et moi, mais il fallait que je te dise...

— Chut ! Ne sois pas si...

— Noah, mon chéri, ne me parle pas comme à une enfant. Est-ce vrai que ton frère est mort dans le soulèvement ?

— Zalman ? Oui, c'est ce qu'on m'a dit.

— J'ai entendu ça aussi. C'est le seul que je leur ai donné.

— Quoi ?

— C'est le seul nom que je leur ai livré quand ils m'ont interrogée. J'ai entendu dire qu'il avait été tué, donc je leur ai expliqué que c'était lui mon contact, le seul que j'avais.

Noah Lewental lui caressa doucement les cheveux, au sommet du crâne, et il sentit sous ses doigts le sang séché qui les avait collés.

— Dis-leur, Noah, dis-leur, aux autres dans la Résistance, dis-leur que Zalman est le seul nom que je leur ai livré et le seul que je leur livrerai. Dis-leur que ça n'ira pas au-delà. Tous ceux qui sont encore en vie sont en sécurité.

— Ma Rosa ! Je ne crois pas que quiconque soit en sécurité ici, même pas Jakub.

— Mais dis-leur, Noah, personne ne se fera tuer à cause de ce que j'aurais dit. Raconte-moi ce que tu sais.

— Ce que je sais ?

— Les Russes ? Ils arrivent ?

— C'est le bruit que nous avons entendu. C'est le bruit que nous entendons circuler sans arrêt... mais ils n'arrivent jamais.

— Et le soulèvement, il y en a qui ont pu s'échapper ?

— Autant que je sache, ceux qui ont pu s'échapper ont été repris et tués. Mais ils ont détruit un crématoire.

— Vraiment ?

— Oui, et avant que tout ne soit fini, ils ont tué quelques SS.

— Noah, il faut que tu survives à tout ça.

— Et toi aussi !

— Mais moi je ne vais pas y arriver. Toi, tu peux. Il faut que tu survives et que tu fasses en sorte que le reste du monde sache ce qui s'est passé ici.

— Qui y croira ?

— Peu importe ; tu ne dois pas cesser de le répéter aux gens, jusqu'à ce que tout le monde le sache. Promets-moi que tu vas survivre et...

— Rosa, tu veux que je te promette quelque chose qui ne dépend pas de moi.

— C'est vrai, tu as raison... mais promets-moi que si tu survis, tu révéleras aux gens ce qui s'est passé ici. Il faudra que tu leur dises...

— Oui, bien sûr. Chut ! Bien sûr que je vais leur dire. Et les autres, alors ? Est-ce qu'ils ont aussi arrêté l'une des autres filles ?

— Oui, ils ont eu Estusia et Ala, de la Pulverraum, et Regina, leur contremaître. Mais personne ne doit s'inquiéter de ce qu'elles risquent de raconter. Estusia ne se soucie que de sa sœur et, de toute manière, de toutes celles avec qui elles étaient en contact à l'extérieur de l'Union Metallwerke, je suis la seule dont elles connaissent le nom.

— Tu as un message pour sa sœur ?

— Pour la sœur d'Estusia, Hannah ?

— Oui, je pourrais peut-être...

— Non. Jakub va essayer de sortir clandestinement une lettre d'Estusia, chuchota Rosa.

— D'accord.

— Noah ?

— Oui.

— Quel besoin as-tu, toi, de transmettre un message à sa sœur ?

— Que veux-tu dire ?

— Je croyais t'avoir entendu promettre qu'on allait s'en tirer ?

Elle l'avait surpris à mentir et, quand elle réussit à lever la main vers son visage, elle s'aperçut qu'il pleurait. Ils étaient là, dans une obscurité presque parfaite, à l'intérieur de ce Block 11, sachant qu'à tout moment Jakub risquait de revenir et que Noah serait alors forcé de s'en aller sur-le-champ. Il risquait même de se faire prendre à peine sorti d'ici. Cela lui était égal. Il donnerait sa vie pour elle. Elle le savait, à présent. Mais ils savaient aussi l'un et l'autre que les SS ne le priveraient pas de la vie en échange de la sienne à elle. Ils les en priveraient tout simplement l'un et l'autre.

Il lui maintenait la tête avec délicatesse, et ils se chuchotaient des souvenirs d'enfance, de Ciechanow, de leurs parents et de leurs frères et sœurs. Elle lui confia que son père avait vu tout ça venir, mais ils admirent tous deux que personne n'aurait pu imaginer l'énormité de ce qui était arrivé. Même quand ce serait fini, personne n'appréhenderait pleinement l'horreur, l'échelle de la chose, son caractère implacable. Non, elle devait l'admettre, quoi que son père ait pu prédire, c'était sans commune mesure. Elle avait une fille, Noah s'en souvint. Cette fillette, elle s'appelait Elise. Son père l'avait emmenée loin de là. Avant la guerre, elle avait tenté tout ce qui était en son pouvoir pour la retrouver, sans avoir pu remonter sa trace, ni la sienne ni celle de son mari.

— Elle est peut-être en vie. Crois-tu qu'elle soit vivante ? chuchota-t-elle, comme une petite fille, tout à coup.

— C'est possible, lui répondit-il.

— C'était il y a si longtemps...

— Oui, mais ne vois-tu pas que cela joue en sa faveur ? C'était il y a si longtemps qu'elle pourrait être n'importe où, maintenant. Il se peut qu'elle soit en sécurité, en Russie, en Angleterre... ou même en Amérique.

— Tu crois ?

— Oui, elle a eu le temps de...

Soudain, il y eut un petit coup frappé à la porte. Ils se parlaient sans interruption depuis quatre heures. Il était maintenant deux heures du matin et le Kapo Jakub était revenu à pas de loup, trop discrètement pour que les supplications des prisonniers n'annoncent son retour. Il frappa, une seule fois, puis il ouvrit la porte de la cellule.

— Il s'est réveillé. Viens, il faut que tu t'en ailles.

C'était trop soudain pour que Noah sache ce qu'il devait encore dire à Rosa. C'était la dernière fois qu'ils se voyaient, et ils le savaient l'un et l'autre. Que devait-il lui dire ?

— Allez, viens ! chuchota Jakub avec insistance.

— Rosa, je t'aime. Je t'ai toujours aimée.

— Noah, promets-moi, tu le diras à tout le monde..

— Viens ! fit Jakub.

— Dis à tout le monde ce qui s'est passé ici.

— Je vais le dire.

— Promets-moi.

— Viens ! répéta Jakub.

— Je te promets de tout dire...

— Dis-le à tout le monde, murmura-t-elle, à tout le monde.

Noah lui avait reposé la tête sur le sol.

— Et s'ils me surprennent avec elle ? demanda-t-il subitement à Jakub, le cœur battant à tout rompre. Qu'ils nous prennent ensemble. Je ne peux pas la quitter... je ne peux pas... Je me moque de ce qu'ils me feront.

— Peut-être que toi tu t'en moques, mais ils me tueront, moi aussi. Nous avons conclu un marché. Allez, viens ! fit le Kapo, en le traînant hors de la cellule.

— Dis-le à tout le monde ! insista Rosa Rabinowicz.

— Je vais leur dire, c'est promis.

— À tout le monde ! lança-t-elle, et avec toute la force qui subsistait en elle. Dis à tout le monde ce qui s'est passé ici !

Jakub avait refermé la porte, et ils étaient ressortis dans le couloir, Noah et lui.

— Dis à tout le monde ce qui s'est passé, s'écria Rosa.

Elle était hors d'elle à présent, et ne faisait plus l'effort de chuchoter.

— Dis à tout le monde ce qui s'est passé ici ! s'exclama-t-elle encore. En l'entendant proférer ces mots-là, son voisin, dans la cellule d'à côté, se réveilla et, au lieu des implorations habituelles à

Jakub, pour que celui-ci vienne les sauver, ce voisin répéta l'appel de Rosa, comme si c'était là une idée qui ne lui avait encore jamais traversé l'esprit.

— Oui, dis à tout le monde ce qui s'est passé ici.

Et ce voisin fut entendu par le prisonnier de la cellule suivante qui, à son tour, répéta cette supplique.

Au beau milieu de la nuit, un peu après 2 heures du matin, au sous-sol du baraquement de la prison, l'appel réveilla tous les détenus, et se propagea de prisonnier en prisonnier. L'un après l'autre, de plus en plus nombreux, ils le reprenaient – « Dites-leur ce qui s'est passé ici » – et Noah et Jakub remontaient le corridor souterrain plongé dans la pénombre, suivis par cet appel. Devant chaque cellule qu'ils longeaient, les prisonniers répétaient la même incantation. Personne, ici, ne pouvait espérer avoir la vie sauve, mais cet appel avait un sens ; cette prière avait un sens. Ce fut ainsi que tard dans la nuit, dans le froid de ce début d'hiver 1944, les prisonniers du sous-sol crièrent tous ensemble à quiconque réussirait à survivre – « Dites à tout le monde ce qui s'est passé ici ». « Dites à tout le monde ce qui s'est passé ici ». « Dites à tout le monde ce qui s'est passé ici ».

*

Au cours d'une longue succession de nuits sans sommeil, Adam laissa son esprit vagabonder dans l'éventualité de découvrir quelque chose de vraiment solide concernant le rôle des hommes du 761e bataillon blindé, un bataillon noir, dans la libération du camp le plus occidental de tous les camps de concentration nazis, Natzweiler-Struthof. Mais quand la raison s'immisçait dans ses conjectures nocturnes, sur la base des chiffres seuls, il se rendait compte qu'il était en réalité très improbable que, parmi toutes les unités du 6e groupe d'armée alliée, les membres du 761e aient compté parmi les escouades aux avant-postes. D'ailleurs, il ne tarda pas à apprendre qu'en tout état de cause, ces escouades avaient ordre de n'engager le combat avec l'ennemi qu'en cas de nécessité de se défendre. Et, pour accentuer encore le caractère improbable de cet épisode où des troupes de reconnaissance seraient tombées par hasard sur un camp satellite du Natzweiler-Struthof, Adam s'aperçut que la plus proche de ces annexes se situait à dix ou vingt kilomètres à l'est du Rhin.

Le 761e ne franchit pas davantage le Rhin à proximité d'un autre camp satellite du Natzweiler-Struthof lors de l'assaut du 6e groupe d'armée planifiée par le général Devers, sur ordre du Commandant suprême des Armées alliées pour le front ouest, le général Dwight D. Eisenhower, assaut qui, au grand désarroi de Devers, n'eut pas lieu. Et ce malgré des défenses allemandes affaiblies sur l'autre rive et l'opportunité qui s'offrait à ses troupes de franchir le fleuve et d'attaquer la 1re armée allemande laquelle, à ce moment-là, était aux prises avec la 3e armée de Patton, qu'elle avait contournée dans une manœuvre à revers. Ce fut cette même avance qui couperait aussi en deux la 19e armée allemande.

La question de savoir si l'ordre d'Eisenhower aurait été influencé de quelque manière que ce soit par des rapports réputés houleux entre Devers et lui ou s'il se fondait entièrement sur des critères stratégiques occupa brièvement l'esprit d'Adam. Il semblait qu'Ike ait traité Devers avec bien moins d'égards que d'autres généraux du même rang. Et Devers ne témoignait pas non plus de respect excessif envers le Commandant suprême, mais cette question-là ne présentait guère d'intérêt aux yeux d'Adam.

En revanche, une question connexe ne cessait de le tarabuster. Si le 6e groupe d'armée de Devers avait franchi le Rhin en novembre 1944, cela aurait-il pu empêcher les Allemands de déclencher leur offensive dans les Ardennes plus au nord, quelques semaines plus tard, et cela aurait-il mis un terme à la guerre quelques mois plus tôt ? Et si tel avait été le cas, combien de vies aurait-on pu épargner ?

Quoi qu'il en soit, les Allemands lancèrent bien leur contre-offensive dans les Ardennes quelques semaines plus tard, et la 6e armée alliée reçut l'ordre de prendre part à la bataille qui s'ensuivit. Elle ne devait franchir le Rhin qu'en mars 1945.

En fin de compte, ce qui acheva de vider de sa substance l'hypothèse d'Adam à propos du Natzweiler-Struthof, fut sa découverte que, d'après les archives de l'US Army, le 761e n'avait été rattaché à la 79e division de la 7e armée américaine que pendant une ou deux semaines, entre fin février et début mars 1945. Dans la période relative aux missions de reconnaissance de Devers sur l'autre rive du Rhin, fin novembre 1944, le 761e avait été rattaché à la 87e division de la 3e armée américaine, sans jamais se situer à proximité d'un des camps satellites proches du Natzweiler-Struthof. En ce qui concernait le rôle des troupes noires dans la libération des camps, Adam en était donc revenu à son point de départ.

*

Ils devaient se retrouver autour d'un verre au Film Center Café de la 9e Avenue, dans le quartier de Hell's Kitchen, non loin de là où elle habitait désormais. Ils s'étaient organisés par l'intermédiaire d'une série de messages vocaux sur leurs téléphones portables. Adam se les était repassés à de nombreuses reprises, en tâchant, au ton de la voix et au choix des mots, de jauger son état d'esprit.

« À m'entendre, tu me trouves comment ? l'entendit-il lui demander au cours de la conversation mentale ininterrompue qu'il avait avec elle.

— Je dirais que tu m'avais l'air... sur la défensive.

— Et pourquoi pas prudente ?

— D'accord, alors, prudente.

— Tu penses que j'ai le droit d'être prudente ? l'entendit-il lui demander.

— Je pense que tu as le droit d'être sur la défensive.

— Mais regarde-moi un peu comme tu es devenu magnanime !

— Oui, écoute. Je t'en prie... écoute. Je me sens mieux, sur certains plans, maintenant, le travail, moi et... Merde, te voilà ! »

Il était en avance et donc, bien que Diana soit arrivée après lui, elle n'était pas en retard. Il la vit entrer et se diriger vers lui. Ils se sourirent, deux sourires différents, mais ce n'était pas le moment d'analyser l'étiologie du sourire de chacun. Elle avait les cheveux plus longs. Elle portait des vêtements qu'il ne reconnut pas. Ils s'étreignirent. Malgré cette tenue qui lui était inconnue, son corps gardait son parfum de toujours. Il avait la bouche sèche. Elle s'assit en face de lui, dans le box qu'il s'était réservé en arrivant le premier. Il était terrorisé.

— Tu as l'air en super forme, fit-il.

— Toi aussi.

— Non, pas vraiment, moi non, mais c'est gentil de ta part... Bon, comment vas-tu ?

— Je vais bien, ça va. Et toi ?

— Eh bien, à l'instant, là... À la minute, franchement, je suis un peu tendu mais j'ai été... je pense que maintenant ça va aller. Mon travail est...

— Tu es tendu ?

— Bien sûr. C'est bizarre, tu ne penses pas. Ce...

— Si, je pense, un peu, mais tu n'as aucune raison de... Je veux dire... ne sois pas tendu.

— Très bien, alors, je vais cesser d'être tendu. Toi, tu n'es pas...

— Tendue ? Non... je ne pense pas être... Je ne suis pas tendue. Pourquoi, je devrais être tendue ?

— Non.

— Je suis ravie de te voir, dit-elle.

— Ah oui ?

— Bien sûr.

— Bon, c'est super parce que je suis tellement content de te voir. Vraiment, content.

— Tu as beaucoup vu Michelle et Charles ?

— Un peu, pas tellement, en réalité. Sonia, si, sans doute plus souvent.

— Vraiment ?

— Oui, elle a pris l'habitude de passer chez moi.

— Elle veille sur toi. Comme c'est mignon !

— Oui, elle ne me prévient pas toujours de ses visites, mais, oui, c'est mignon.

— Elle ne te prévient pas quand elle passe ?

— Non, pas à chaque fois.

— Alors, quoi, elle débarque sans s'annoncer ?

— Parfois sans s'annoncer, parfois c'est un peu... du style à l'improviste.

— Cela pourrait être gênant.

— Gênant ?

— Oui, je veux dire...

— Ce n'est jamais gênant.

— Non ?

— Ce n'est jamais... Ce n'est jamais commode, mais ce n'est jamais gênant.

— D'accord.

La serveuse vint prendre leur commande. Il commanda un double scotch allongé d'eau de Seltz. Elle commanda une eau plate et il dut prendre sur lui pour ne pas interpréter le choix de Diana comme signifiant autre chose que son envie de boire un peu d'eau.

— Tu lui manques. À Sonia, tu lui manques, lança-t-il.

— Vraiment ?

— Absolument.

— Comment le sais-tu ?

— Elle me l'a dit.

— Vraiment ?

— Je me fais un peu de souci pour elle... à leur sujet à tous les trois, en fait, lui confia-t-il.

— Vraiment, pourquoi ?

— Je ne sais pas mais je pense qu'ils doivent avoir des... problèmes.

— Que veux-tu dire ?

— Je sais que tu as vu Michelle. Moi aussi. Mais les as-tu vus tous les deux ?

— Tu veux parler de soucis dans leur couple ?

— Il travaille trop.

— Il a toujours trop travaillé.

— Oui, enfin, justement, ça pourrait bien être le souci.

— Quoi, parce qu'il est trop centré sur sa carrière pour l'équilibre de leur relation ?

Ils se regardèrent dans les yeux. Il était incapable de rien répondre à cela.

— À William aussi, tu lui manques, reprit-il.

— Ah vraiment ? À moi, il me manque. Je t'en prie, transmets-lui mon affectueux souvenir. Comment va-t-il ?

— Eh bien, en somme, je pense qu'il va bien. Je veux dire, je crois qu'il est en bonne santé.

— Mais ?

— Eh bien, il est contrarié. Des aspects de l'actualité qui le bouleversent.

— Lui comme tout le monde.

— Oui, mais il est longtemps resté actif, professionnellement, socialement, politiquement actif... tu sais, à œuvrer pour le changement. Maintenant il lit les infos, cela accroît son sentiment d'impuissance et je pense...

— Tu parles des questions raciales ?

— Oui, pas seulement mais... Il se montre très gentil. En essayant de m'aider après notre... Il m'a même suggéré un sujet.

— Un thème de recherche ?

— Oui.

— Et c'est un sujet valable ?

— Tu sais, plus ou moins. En réalité, cela m'a conduit dans une voie franchement captivante qui va porter ses fruits, je pense, peut-être plus de fruits que je ne pourrais...

— En absorber ?

— J'allais dire en maîtriser.

— C'est super ! Non ?

— Oui, c'est super. Je trouve le contexte plus prometteur, maintenant. En fait, ce sujet, j'aimerais t'en parler, cela va me conduire à Melbourne. Tu t'imagines ? Par hasard, il se trouve que je vais devoir aller à...

— Y vivre ?

— Non, non, juste pour organiser un entretien avec quelqu'un. Pas pour y vivre.

Percevoir l'inquiétude de Diana à l'idée qu'il puisse aller s'installer à Melbourne suffit à l'enhardir.

— Diana, j'ai commis une erreur.

— Oh, ne...

— Au terme d'une longue série d'erreurs, celle-ci reste la plus colossale que j'aie jamais commise.

— Adam...

— Je veux que tu reviennes. Je veux qu'on vive à nouveau ensemble...

— Adam...

— Je me sens conforté par rapport à mon travail maintenant et...

— Adam, tu ne peux pas brancher ou débrancher les gens en fonction de comment tu te sens par rapport à ton travail.

— Non, je sais. Ce n'est pas ce que je veux dire. Je veux dire que... Tout ce que tu m'as dit était juste. Je le vois bien. Écoute, c'est... il m'a peut-être fallu tout ça, jusqu'à maintenant. Il m'aura peut-être fallu trouver quelque chose à quoi m'attaquer sérieusement pour que je comprenne que je pouvais m'impliquer au plan professionnel, mais surtout, le plus important, c'est que j'ai confiance, je sens que je pourrais...

— Que tu pourrais quoi ?

— Que je pourrais veiller sur... faire vivre... une famille. Sentir que je ne serais pas pour toi le mari et que je ne serais pas pour nos enfants le père que... le père qu'a été mon père pour ma mère et moi.

— Et si tu n'obtiens pas de titularisation ?

— Je n'obtiendrai pas de poste de titulaire, pas à Columbia. Je m'en moque. Je veux dire, si, ça compte, évidemment, mais pas au point d'affecter nos projets de fonder une famille. Tu avais raison. On devrait vivre ensemble et avoir des enfants, indépendamment de tout ce qui peut nous arriver professionnellement. Ça, maintenant, pour moi, c'est clair.

Il lui tendit la main et prit la sienne, mais au bout de quelques secondes elle la retira. La serveuse passa juste à cet instant-là. Ces deux-là n'étaient pas du genre à lui laisser grand-chose comme pourboire, mais ces petits moments décisifs, chez les autres, étaient souvent instructifs et toujours divertissants, surtout pour cette jeune serveuse qui estimait être une actrice pleine d'avenir. Ils avaient l'air sympa, ce couple. Quel âge pouvaient-ils avoir ?

— Souhaitez-vous commander autre chose ? dit-elle à la seconde où Diana retirait sa main.

— Non, rétorqua cette dernière, parlant apparemment pour eux deux. Non, merci.

Adam leva les yeux vers la serveuse. Elle aimait bien ses yeux, et elle se méprit sur le sens de la douleur qui en émanait. Il avait envie qu'elle s'en aille et, étant à court de questions, elle repartit dans la direction du barman.

— Adam, tu ne peux pas brancher et débrancher les gens. Tu sais ce que j'ai enduré ?

— Je peux imaginer. J'ai enduré la même chose.

— Oui, mais c'est venu de toi, tout ça. C'était ta faute.

— Je suis d'accord... complètement. Comme je t'ai dit, c'était une erreur... une erreur terrible, terrible.

— Tu ne peux pas brancher et débrancher les gens.

— Je sais. Tu m'as dit, et je suis d'accord, mais je ne pense pas que ce soit une habitude chez moi et...

— Je veux dire, pour qui tu te prends, à la fin ?

— Je pense être quelqu'un qui a commis une belle, une vraie stupidité, mais qui, avant cela, t'a aimée autant si ce n'est plus que personne ne t'a jamais aimée, plus que personne ne t'aimera jamais, quelqu'un qui t'a fait rire, quelqu'un qui a essayé de prendre soin de toi, quelqu'un qui a partagé tes centres d'intérêt et tes préoccupations, quelqu'un que tu croyais vouloir épouser et avec qui tu voulais avoir des enfants.

— Quoi, « avant cela » ?

— Quoi ?

— Tu viens de dire, « quelqu'un qui avant cela t'a aimée »...

— Je ne voulais pas dire « avant cela ». Je ne voulais pas seulement dire « avant cela ». Je t'aime encore. Je te parle. J'ai continué de te parler, d'avoir des conversations avec toi, sans même que tu sois là.

Des larmes vinrent aux yeux de Diana. Ses yeux s'attisèrent d'une telle tristesse, d'une telle frustration et d'un tel regret qu'elle n'en était plus à dissimuler ses pleurs. Il lui prit la main et, de nouveau, elle la lui laissa quelques secondes avant de la retirer, cette fois de colère, apparemment. C'est ainsi que la serveuse interpréta ce geste.

— Tu es vraiment un sacré enfoiré, tu le sais, ça ?

— Non, je suis un enfoiré, mais pas un sacré enfoiré. En revanche, je suis un sacré crétin. On peut s'accorder là-dessus ?

— Je ne peux pas.

— Tu ne peux pas quoi ?

— Je ne peux pas revenir avec toi.

— Diana, il faut me faire confiance. Je ne joue pas avec tes sentiments. Je suis sérieux. Indépendamment de ce qui se passe au plan professionnel, et je pense que les choses pourraient s'améliorer, mais... Mon cœur, tu avais raison, je n'ai plus envie de me réveiller sans toi. Je suis fatigué de me réveiller au milieu de la nuit et d'aller dans la salle de bains et...

— Je vois quelqu'un.

— Quoi ?

— J'ai rencontré quelqu'un.

— Quand ?

— Adam, quelle importance ?

— Je ne... je ne sais pas. Je suppose... oui, je suppose que ça n'en a aucune.

N'ayant pas imaginé cela, il ne lui avait pas été possible de s'y préparer même si, dans le train de la Ligne 1 qui le ramenait vers le nord de la ville, de Times Square vers Columbia, il se dit que ce n'était de toute façon pas une réalité à laquelle on pouvait se préparer, un peu comme la mort d'un parent. Maintenant, il était véritablement seul. Il allait devoir vivre avec les conséquences de sa hantise de finir en universitaire raté, en père et en mari raté. De retour chez lui, il s'assit dans le canapé, le regard dans le vide. C'était le canapé qu'ils avaient choisi ensemble, sur lequel ils s'étaient allongés ensemble, le canapé dans lequel ils avaient regardé la télévision en se serrant l'un contre l'autre.

« Maintenant je ne peux même plus te parler. Je ne peux même plus m'imaginer une conversation intime, ininterrompue avec toi... dans ma tête.

— Mon cœur, tu peux, bien sûr que tu peux.

— Comment ?

— Comme cela, exactement comme tu le fais en ce moment.

— Mais c'était complètement... tout cela reposait toujours sur l'idée que nous finirions par avoir ces conversations-là pour de vrai.

— Mais non.

— Si, bien sûr. Qui es-tu pour affirmer le contraire ? À qui est-ce que je m'adresse, là ? Qui es-tu, d'ailleurs ?

— Je suis toujours Diana. Je suis ton fantasme de Diana.

— Oui, mais maintenant que je sais...

— Je peux continuer d'exister, dans ta tête.

— Mais qui est celle qui vit dans ma tête ? Tu ne vas pas m'épouser. Tu n'auras pas d'enfants avec moi. Tu as rencontré quelqu'un d'autre... et je n'ai même pas envie d'y penser.

— C'est elle qui a rencontré quelqu'un, pas moi.

— Quelle est la différence entre elle et toi ?

— Moi, je suis telle que tu te la remémores. Tant que tu te souviens comment elle était quand vous étiez ensemble, tous les deux, tu peux continuer de me parler.

— Mais elle est partie. Elle a rencontré quelqu'un.

— Oui, c'est exact. Elle a rencontré quelqu'un. Elle a réellement rencontré quelqu'un.

— Donc dans ma tête je continue simplement de parler à une version de celle...

— Oui, mais cela repose sur toutes ces années où tu l'as connue et aimée...

— Avant que je...

— Avant que tu ne fasses tout foirer.

— Alors en fait c'est à moi que je parle ?

— En quelque sorte.

— Et tout est ma faute ?

— Oui.

— Et ce n'est pas triste, ça ?

— Tu le sais parfaitement, que c'est triste.

— Y a-t-il rien de plus triste que de vivre comme cela, dans une espèce d'état permanent de... sachant que tout cela est... sachant que tout est ma faute ?

— Tu es historien.

— Et donc ?

— Sers-toi de ton imagination.

— Je me parle à moi-même et je ne suis pas fichu de savoir ce que cela signifie. Qu'est-ce que cela signifie ?

— Cela signifie, si tu penses que ça, c'est déjà si pénible, imagine un peu, si tu étais Henry Border. »

*

C'était le 6 janvier 1945. L'Appell, au camp des femmes d'Auschwitz, débuta à 4 heures de l'après-midi et s'acheva avec une rapidité inhabituelle, non par souci de considération envers les prisonniers mais parce que les SS voulaient que toutes ces femmes assistent à une scène. Un groupe de prisonniers, des hommes, avait été transféré aux baraquements des femmes et on leur avait ordonné de réchauffer la terre gelée, dure comme de la pierre. On avait allumé un modeste feu de petit bois, à même le sol, dans ce qui, en temps normal, n'aurait été que de la neige. Il faisait encore jour quand les femmes de l'équipe de jour de l'usine Weichsel Union Metallwerke et beaucoup d'autres, revenues des autres détachements de travail forcé, franchirent le portail du camp et découvrirent une sorte de plate-forme érigée à la hâte sur le sol réchauffé à cet effet, pendant qu'elles étaient à la besogne. Après qu'on eut préparé le terrain, il n'avait pas fallu très longtemps pour édifier un échafaud et une potence. Les Russes arrivaient. La rumeur s'était répandue chez les prisonniers comme une poussée de fièvre. Les Russes arrivaient, ils n'en finissaient pas d'arriver, ce serait d'un jour à l'autre maintenant. Et ensuite une nouvelle journée commençait, et ils n'étaient toujours pas là. Mais ils arrivaient, d'un jour à l'autre maintenant. Aussi vous tentiez de survivre, rien qu'un jour de plus. En cette fin d'après-midi du 6 janvier, on fit s'aligner les femmes, des rangs et des rangs de femmes, disposées en demi-cercle entre le Block 2 et le Block 3 d'Auschwitz. Elles se tenaient immobiles dans la lumière froide et déclinante de l'hiver, pendant que les SS conduisaient deux détenues du Block 11 à la potence, Estusia Weiss et Rosa Rabinowicz.

Un contingent armé de SS entourait les deux frêles jeunes femmes qui marchaient lentement vers l'échafaud, les bras déliés, la bouche sans bâillon ; victimes de violents passages à tabac comme jamais on n'en avait infligé à des prisonnières que l'on allait encore priver de la mort un petit moment. Quatre femmes avaient été arrêtées depuis la révolte du Sonderkommando. Elles avaient toutes été rouées de coups, avec une extrême brutalité. Elles n'avaient divulgué le nom de personne qui soit encore en vie. Le fait était largement connu parmi les prisonnières rassemblées qui se tenaient là, dans la neige, à observer en silence ces deux femmes si menues que l'on poussait en haut des marches menant à l'échafaud.

Un prisonnier, un homme massif que certains connaissaient simplement comme le « Bourreau » et d'autres comme le Kapo Jakub, les attendait au sommet des marches. Elles paraissaient calmes, presque sereines. Tout était silencieux, jusqu'à ce qu'une prisonnière, au milieu de la foule, remarque un geste infime du Kapo. Le nœud coulant dans une main, de l'autre il caressa délicatement le cou de la prisonnière Estusa Weiss, avant de lui passer le nœud par-dessus la tête et de le lui serrer autour du cou. Tout le monde vit ce geste, mais seule une prisonnière fut incapable de se contenir, malgré la présence des gardes. Un tout petit brin de femme, très jeune, une jeune fille de seulement quinze ans, laissa échapper un cri perçant. C'était Hannah, la sœur d'Estusia Weiss. Après son cri, elle se mit à pleurer de manière incoercible, offrant au ciel ses gémissements hystériques, des sanglots entrecoupés qui firent frémir le sol froid sous ses pieds. Quand, d'un coup de pied, Jakub repoussa le tabouret de bois sous les pieds d'Estusia Weiss, Hannah s'évanouit. Elle gisait immobile dans la neige. Mais à ce moment, ses sanglots s'étaient propagés parmi les rangs des prisonnières. Elles étaient là, debout dans la neige, à regarder l'exécution de deux moineaux roués de coups, à moitié morts de faim, privés de leurs ailes, chacune de ces femmes sachant que ces deux-là, les deux sur l'échafaud, avaient résisté aux nazis. Jakub répéta le même geste bref, effleurant doucement la joue de la jeune Rosa Rabinowicz, autrefois originaire de Ciechanow. Il leur avait administré une drogue une demi-heure plus tôt, à toutes les deux. Il chuchota quelque chose à Rosa quand il lui glissa le nœud coulant autour du cou et, alors qu'elle était sous l'effet des tranquillisants, dans les secondes qui précédèrent le coup de pied qu'il flanqua pour faire basculer le tabouret de bois sous ses pieds, elle sortit de sa torpeur et harangua les prisonnières rassemblées, s'adressant à qui voudrait l'entendre : « Dites à tout le monde ce qui s'est passé ici ! Dites-le à tout le monde ! Dites-le à tout le monde ! » La jeune Hannah Weiss avait repris ses esprits à temps pour l'entendre.

Leurs corps se balançaient encore au-dessus du plancher de bois lorsque le Kommandant du camp des femmes, Hössler, se fit un devoir de toucher leurs cadavres de ses mains gantées de cuir noir. Dans une démonstration à l'intention des prisonniers, sur un ton impérieux, il expliqua que le sort des femmes qui se balançaient là serait le sort de quiconque conspirait contre le Reich. Il prononça un discours similaire vers 10 heures ce soir-là, à l'intention des prisonnières de l'équipe de nuit, quand on pendit les deux autres ouvrières de la Pulverraum, Ala et Regina. « Tôt ou tard, le Reich démasquera tous ceux qui conspirent contre lui », beuglait le Kommandant Hössler à la lumière des projecteurs, à côté des cadavres d'Ala et Regina qui se balançaient, amaigris par la faim et marbrés de marques de coups. Dix-huit jours plus tard, quand les chars russes pénétrèrent dans Auschwitz, Hössler avait disparu.

*

Il se trouve qu'à Chicago, au début des années 1950, un jeune étudiant de troisième cycle en psychologie, un dénommé Wayne Rosenthal, réussit à choisir un directeur de thèse et un sujet pour son mémoire. Et, ce qui aurait pu se révéler encore plus ardu, il fut aussi en mesure de convaincre ses parents que son « histoire de psychologie » n'était pas que galimatias et pure perte de temps. Ses parents étaient des juifs d'Europe de l'Est et, s'ils n'éprouvaient aucun besoin particulier de voir leur fils aborder un sujet qui réponde à cette appellation de « Quotient adjectif-verbe », il importait beaucoup à leurs yeux qu'il travaille sur les témoignages des survivants des camps. C'était leur civilisation, c'était leur peuple. Que leur fils puisse ou non gagner sa vie avec cette « histoire de psychologie », pour l'heure, peu leur importait. Qui plus est, son directeur de thèse était un homme instruit, cultivé, et qui semblait avoir une tendresse particulière pour leur fils. Cette tendresse l'amena même à l'inviter à rester tard dans son laboratoire du Bâtiment principal de l'IIT, où le jeune homme tirait profit de sa langue natale, le yiddish, pour traduire les enregistrements sur fil que le professeur avait réalisés durant l'été 1946. Très vite efficace dans l'utilisation de l'enregistreur ultramoderne et parlant couramment le yiddish, le jeune homme était une bénédiction pour l'émigré d'Europe de l'Est.

Cela ferait gagner tellement de temps à Border, si l'étudiant était capable de traduire lui-même directement certains des enregistrements sur fil. C'était tellement plus rapide de mettre en forme les traductions au lieu de les reprendre de fond en comble. Après tout, il réussirait peut-être à les faire traduire tous. Son recueil de huit traductions s'était médiocrement vendu, mais maintenant, avec l'aide de ce jeune homme, il y avait une possibilité de transcrire et de traduire le solde des enregistrements. Ne voulant pas être suspect de favoritisme auprès de ses étudiants, Border avait dissimulé la gratitude qu'il éprouvait envers ce jeune homme qui était en licence. Et sachant la valeur que son mentor accordait à l'intégrité, Wayne Rosenthal se satisfaisait de jouer en public le rôle d'un étudiant comme un autre au milieu de ceux qui étaient assez chanceux pour avoir le professeur Border comme directeur de thèse. Mais au fond, il savait ce qu'éprouvait son mentor envers lui. Il se serait déjà estimé assez heureux d'avoir simplement pu trouver son sujet, et plus encore d'avoir trouvé l'homme qu'était Henry Border. Mais cela ne s'arrêtait pas là.

Cet homme érudit avait une fille, une jeune femme qui semblait s'épanouir chaque jour un peu plus. Du moins, c'était ainsi que la voyait Wayne Rosenthal. Avec de grands yeux noirs où se perdre et des cheveux d'un noir de jais, elle pouvait être à la fois sérieuse et drôle, souvent les deux à la fois. Elle était aimable, instruite, s'intéressait aux idées et au monde autour d'elle, et le tout avec le sens de l'humour. Il n'était pas facile de se concentrer sur les séminaires au domicile de son père quand vous saviez qu'elle était là dans le fond en train d'écouter, seulement quelques pas derrière vous. Lorsqu'elle versait le thé et le café, lorsqu'elle découpait le gâteau pendant que Callie Ford servait les sandwiches, l'étudiant en licence avait surtout envie de l'embrasser. Mais un séminaire n'était ni le moment ni le lieu. Il s'avéra que le moment et le lieu furent le dernier rang d'une salle de cinéma où il l'avait emmenée, avec l'approbation enthousiaste du professeur Border, et ce fut là qu'un Wayne Rosenthal hésitant s'employa à prodiguer les premiers baisers d'une longue série à la jeune femme qu'il pensait vouloir épouser un jour. Et il lui semblait que ses sentiments étaient partagés. Elle ne se comportait jamais de manière à contredire cette hypothèse.

Comme c'était souvent le cas, Wayne Rosenthal était seul dans le bureau du professeur Border, en cette fin d'après-midi. C'était le soir où devait se tenir une petite fête chez l'une des autres étudiantes, Evie Harmon. Evie avait invité Wayne avec tous ses camarades de classe, ainsi que le professeur et sa fille Elly. Pris par son travail, Wayne n'avait qu'une vague notion de l'heure, mais il allait falloir partir, il le savait, au risque d'arriver en retard à la soirée. C'est dans ce contexte de précipitation qu'il tomba sur une bobine qui, tout en étant numérotée, était restée à part. Était-ce une erreur ou le professeur Border avait-il une raison de la séparer des autres ? Le professeur et lui avaient rangé les bobines en plusieurs piles, selon que l'enregistrement n'avait pas encore été traduit, avait été traduit mais pas encore transcrit, traduit et partiellement retranscrit, traduit et complètement transcrit, transcrit et complètement revu et corrigé. Cette bobine-ci ne figurait dans aucune des piles. Elle était posée sous des papiers, sur une étagère, dans la partie laboratoire du bureau de Border, qui comptait deux pièces.

Wayne se crut tout d'abord responsable d'avoir lui-même séparé cette bobine des autres. S'il écoutait juste le début, il serait en mesure, le cas échéant, d'identifier à quelle catégorie elle appartenait. Il n'avait pas vraiment le temps d'en écouter un long extrait, mais il savait que, s'il quittait le bureau sans avoir pu classer cet enregistrement dans aucune catégorie, cela le perturberait toute la nuit. Il inséra donc le fil dans la machine de Marvin Cadden et s'assit pour écouter les quelques premières minutes de l'enregistrement.

Il comprit aussitôt qu'il ne l'avait encore jamais entendu. Il ne l'aurait pas oublié. Si chaque enregistrement contenait des récits capables d'anéantir l'auditeur, aucun d'eux ne débutait comme celui-ci. Une femme insultait Henry Border en yiddish.

« Maintenant vous allez écouter ! Assez, avec vos questions idiotes ! »

Ce qu'entendit Wayne Rosenthal, c'était l'histoire d'Estusia Weiss, d'Ala, de Regina et du soulèvement du Sonderkommando. Comme si tout cela n'était pas assez stupéfiant, il entendit son mentor interrompre son interlocutrice, une jeune femme, Hannah, pour lui poser des questions précises au sujet d'une des participantes à ce soulèvement, la femme qu'elle appelait Rosa. Wayne savait que Border n'interrompait jamais ses sujets. Si quelque chose méritait d'être clarifié, il attendait toujours que son vis-à-vis achève de répondre à une question, ou du moins qu'intervienne une pause.

— Quel était son nom complet ? entendit-il le professeur demander dans un yiddish qui crépitait sur le fil de la machine de Marvin Cadden.

— Rosa Rabinowicz.

— D'où venait cette Rosa Rabinowicz ?

— À l'origine, elle était de Ciechanow, mais elle a vécu un temps à Varsovie, avant la guerre.

— À quoi ressemblait-elle ?

Wayne Rosenthal n'avait jamais entendu Border poser des questions pareilles au milieu d'un entretien ; il finit par se convaincre que le professeur devait connaître cette Rosa Rabinowicz, avant la guerre. Était-ce une amie, une parente ?

Il se mettait en retard pour la soirée d'Evie Harmon. Il n'aurait pas le temps de se changer avant, et il se rendit donc directement au domicile des Border, d'où ils devaient partir tous les trois en voiture. La gouvernante, Callie, et son fils Russell, que les Harmon avaient engagés pour aider au service, venaient eux aussi. Ce fut sur leur trajet vers l'Uptown et leur résidence de Sheridan Road que Wayne réfléchit au fait que le seul enregistrement sur fil archivé dans le bureau de Border à ne pas avoir été classé dans une catégorie ait été celui-ci, le seul où la personne interrogée s'était montrée insultante envers lui, le seul où le professeur avait interrompu l'entretien pour s'assurer de l'identité précise d'une personne mentionnée dans le récit de son interlocutrice. Wayne Rosenthal se tenait à la porte d'entrée de Border quand il entendit Elly Border lancer : « Ça ira, Callie. J'y vais. C'est probablement Wayne. »

Il lui donna un petit baiser sur la joue auquel elle ne répondit pas, un peu contrariée par le fait qu'il ait du retard et n'ait pas jugé l'occasion digne de se changer, et elle préféra regagner la cuisine pour aller chercher Callie et Russell. Cela laissa juste une ou deux minutes à Wayne Rosenthal pour interroger son père au sujet de cet unique enregistrement non classé. Quand ils s'entassèrent tous dans la voiture de Border, ce dernier était déjà très agité. À la soirée des Harmon, après les diverses présentations d'usage, les boissons qu'on leur offrit et quelques échanges de mondanités, le professeur prit Wayne Rosenthal à part et, avec une brusquerie qui ne lui ressemblait guère, lui dit : « Cette bobine ne vous est pas destinée. Vous comprenez ? »

Mais l'anxiété de Border et son ton ne réussirent qu'à confirmer ce que Wayne Rosenthal supputait déjà. Rosa Rabinowicz n'était pas seulement connue de Border, elle avait aussi entretenu une relation particulière avec lui. Elle aurait pu être sa dulcinée ou même son épouse, la mère d'Elly. Se pourrait-il que le professeur, qui souhaitait plus que tout révéler au monde ce qui était arrivé aux juifs d'Europe, ait découvert par hasard l'histoire incroyable du destin de son épouse sans pourtant en avoir rien dit à sa fille ? Mais pourquoi aurait-il refusé qu'Elly le sache ? En dépit de tout le respect qu'il éprouvait envers le professeur Border, Wayne Rosenthal ne pouvait faire comme s'il ne suspectait pas ce qu'il suspectait désormais.

*

Quand Adam Zignelik était petit garçon, à Elwood, dans la banlieue de Melbourne, dans le quartier de la baie, son grand-père maternel aimait à signaler lequel des ponts de cette ville, la cité adoptive du vieil homme, avait été dessiné par le plus célèbre des généraux australiens de la Première Guerre mondiale, sir John Monash, ingénieur distingué dans le civil. Il aimait raconter à Adam de quelle manière Monash avait surmonté les obstacles de ses origines juives allemandes pour devenir un héros national dans un pays à prédominance anglo-celte. Le petit garçon avait grandi en posant la question à sa mère, ses grands-parents et parfois aux grands-parents de ses amis les plus proches, Mr et Mrs Leibowitz, chaque fois qu'ils sortaient faire un trajet en voiture – « Est-ce que c'est un pont Monash ? ». La réponse était « oui », trop souvent même pour que ce soit toujours vrai.

Qu'est-ce qui lui remettait cette histoire en tête, à cet instant ? Il était assis à l'arrière d'un taxi de Melbourne, qui le conduisait de son hôtel de St-Kilda à Elster Creek, dans une maison pour personnes âgées juives où il devait rencontrer une femme, une survivante de l'Holocauste qu'Henry Border avait interviewée en 1946 dans un camp de Personnes Déplacées, et qui avait accepté de lui parler. De retour à Melbourne après tant d'années, il avait guidé le chauffeur du taxi afin que celui-ci l'emmène d'abord faire un tour de son ancien quartier.

Le taxi franchit le pont sur l'Elwood Canal et Adam sourit en passant devant son ancienne école secondaire, Elwood High School, comme on l'appelait alors. Il ferma les yeux et pensa à sa défunte mère. Après Jake Zignelik, elle ne s'était jamais remariée. Et elle ne s'était jamais plainte non plus quand Adam était retourné aux États-Unis, pour y fréquenter l'université. Il allait devenir un grand personnage, au jeu de l'Histoire. Il n'avait jamais eu l'occasion de le lui annoncer. Elle était morte bien trop jeune. Son taxi se retrouva bloqué derrière un tram numéro 64 qui se traînait dans Hawthorn Road et il ferma de nouveau les yeux, sur la banquette arrière, et serra son sac de voyage contre sa poitrine.

— Foutus trams ! grommela le chauffeur indien, en melbournien confirmé, désormais.

Ses grands-parents étaient décédés avant sa mère et il ne lui restait plus personne, plus de famille du tout, personne qu'il connaisse. Il aurait pu fonder une famille avec Diana. Elle l'avait supplié, mais il n'avait pas su partager la confiance de la jeune femme en sa propre aptitude à en créer une. Il n'y avait guère de frein à l'imbécillité d'un professeur d'histoire. Il s'en apercevait maintenant ; c'était un peu tard.

Regardant autour de lui pour repérer où il se trouvait, Adam remarqua le petit logo du Carlton Football Club sur le pare-brise.

— J'étais supporter du Carlton, quand j'habitais par ici, il y a longtemps de ça. Comment ils se débrouillent, aujourd'hui ?

— Vaut mieux pas y penser, grommela le chauffeur. Et il continua de maugréer. Ces foutus trams type « W », ils devraient les foutre à la casse.

— Je vous demande pardon ? fit Adam.

— Ces foutus trams type « W », trop lents. À la casse, je dis.

— Ah oui, fit Adam. Marre des vieilleries, ajouta-t-il alors qu'ils s'immobilisaient devant la maison pour personnes âgées Emmy Monash Jewish Aged Care, sur Dandenong Road.

Une femme, une sorte de directrice, l'accueillit à la réception. Ce n'était pas la personne à laquelle il avait parlé la veille, mais elle savait qui il était et lui confirma qu'elle l'attendait. Elle insista pour lui faire visiter l'établissement, comme si c'était à l'institution en soi qu'il s'intéressait à titre professionnel, et non à l'une de ses résidentes. Mais il fut poli et, tout comme Henry Border avait jugé prudent d'accepter qu'on lui fasse visiter chacun des camps de Personnes Déplacées où il se rendait avant d'entamer ses entretiens, l'homme qui étudiait son œuvre, plus de soixante ans après, prenait lui aussi le temps d'observer le cadre vers lequel son travail l'avait conduit.

La directrice le précéda dans plusieurs longs couloirs pour lui montrer à quoi ressemblaient les logements des résidents, du moins vus de l'extérieur. À l'occasion, quelqu'un avait laissé sa porte entrouverte et il entrapercevait une vieille personne dans sa chambre. Dans l'une d'elles, un homme minuscule pelait une orange. Devant chaque chambre était installée une boîte rectangulaire en verre, que chaque pensionnaire avait remplie de divers souvenirs. Il y avait là de petites *Kiddush*, des tasses cérémonielles en argent, et des menorahs, mais surtout des photographies de gens d'âges divers, des enfants, des petits-enfants. Certaines de ces photos montraient ces pensionnaires, bien des années plus tôt, souriants et assis à côté d'une épouse ou d'un époux qui, chaque chambre étant individuelle, n'était sans doute plus en vie. La directrice remarqua l'intérêt d'Adam pour le contenu de ces boîtes en verre.

— Ce sont nos boîtes à mémoire. Beaucoup de nos pensionnaires se perdent, après les activités, et ne sont pas toujours sûrs de trop savoir quelle chambre est la leur. Pour eux, cela peut se révéler gênant. Ils n'aiment pas poser la question. Ces boîtes à mémoire leur permettent d'afficher la fierté que leur inspire leur famille. C'est ainsi que nous les leur présentons. Mais évidemment, leur utilité réelle est de rappeler à ces gens quelle chambre est la leur. Beaucoup de résidents de cet étage en sont justement à ce stade où leurs souvenirs de choses tout à fait élémentaires commencent à s'effacer. Ces boîtes à mémoire leur apportent un réconfort considérable, à bien des égards.

Les boîtes à mémoire de certains pensionnaires contenaient des photos en noir et blanc qu'après le conflit mondial ils avaient récupérées dans leur foyer d'avant-guerre. À l'inverse de la plupart des vieilles gens, le monsieur minuscule qui pelait son orange avait perdu tous ceux qui figuraient sur son unique photo, dans l'année qui avait suivi la prise de ce cliché. Qui le savait ? Qui, à part lui, regardait jamais à l'intérieur de sa boîte à mémoire en pensant à cela ? Adam regarda le monsieur minuscule peler lentement son orange.

— Vous avez parlé aux pensionnaires de cet étage. Y a-t-il une différence entre cet étage et les autres ? demanda-t-il à la directrice.

— L'étage au-dessous de nous, le sous-sol, c'est là que... Il est réservé aux pensionnaires qui ne sont plus du tout capables de prendre soin d'eux-mêmes. Ils ont perdu leurs souvenirs, peut-être en quasi-totalité. Ils ne peuvent pas se laver ou faire leur toilette eux-mêmes. Ils ont du mal à distinguer entre le présent, le passé récent et le passé lointain. Si vous jetez un œil après qu'ils ont fini de déjeuner, vous constaterez qu'ils ont rangé la moitié de leur repas dans un sac.

— Dans un sac ?

— Ils le gardent pour plus tard. Ils se croient encore dans le camp de concentration où ils étaient détenus. Vous n'êtes pas censé descendre sans un laissez-passer ou sans être accompagné par un membre de l'équipe soignante, mais je pourrais vous arranger cela si vous...

— Merci, mais il faut vraiment que je commence l'entretien. Peut-être pourriez-vous me montrer...

Juste à cet instant, la directrice fut approchée par un vieil homme fringant, un pensionnaire vêtu d'un pantalon au pli impeccable, en chemise et cravate, qui les interrompit pour la saluer avec chaleur. Elle connaissait le nom du vieil homme et ce fut seulement quand elle le prononça qu'Adam, qui était impatient de débuter l'entretien, cessa de maudire en silence le moment choisi pour cet échange de civilités.

Son carnet de notes et son équipement d'enregistrement sous un bras, l'air interrogateur, il observa ce monsieur âgé qui se tenait là, voûté, dans son cardigan de couleur fauve et son pantalon noir. Il l'observa d'un air si interrogateur que le vieux monsieur soutint son regard, avec le sourire.

— Monsieur Leibowitz ? C'est moi, Adam.

— Oui, Adam, fit l'homme. Ce prénom ne lui disait rien.

— Je suis Adam Zignelik.

Les yeux du résident s'agrandirent et il se redressa autant qu'il put.

— Oh mon Dieu ! Oh... mon Dieu ! Le petit Adam !

Il s'avança et, sa tête arrivant à la hauteur de la poitrine d'Adam, il l'embrassa.

— Vous connaissez Mr Leibowitz ? s'étonna la directrice.

— Le connaître ? s'écria le vieux pensionnaire. Je connaissais son grand-père et sa grand-mère, du temps où ils habitaient Carlton. J'ai connu sa mère alors qu'elle n'était encore qu'une petite fille. Non mais regarde-toi, Adam. Le petit Adam !

— Enfin, plus si petit que ça, observa la directrice.

— Nous pensions que tu habitais en Amérique, reprit Mr Leibowitz.

Il utilisait encore le nous, alors que sa femme était morte quelques années plus tôt. La directrice lui fournit sa version de la raison de la présence d'Adam en ces lieux.

— Tu veux m'interviewer ? demanda le vieil homme, plein d'espoir.

— Je veux en tout cas parler avec toi, ça, c'est certain. Quand j'aurai terminé mon entretien avec cette femme, je viendrai te voir, que l'on puisse rattraper le temps perdu et s'échanger des nouvelles. Je viendrai te chercher.

— Tu n'oublieras pas ?

— Bien sûr que non ! On se voit tout à l'heure. D'accord ?

— Oui. D'accord, Petit Adam ! s'exclama Mr Leibowitz alors que la directrice conduisait Adam dans la direction opposée. Adam, dis bonjour à ta mère pour moi.

Adam installa son équipement. Il sortit de son sac un carnet, deux stylos, un casque d'écoute qu'il brancha à son enregistreur audio numérique, et deux minuscules microphones, l'un à fixer à son vêtement, et l'autre à la robe de la femme qu'il allait interviewer.

— Oui, professeur Zignelik, je me souviens très bien de lui.

— Très bien ?

— Oui, naturellement.

— Puis-je vous demander, après tout ce que vous avez enduré, après toutes vos expériences de la guerre, comment il se fait que vous vous souveniez aussi distinctement de cet homme, Henry Border ?

— Eh bien, parce que nous avons eu des mots.

— Vous avez eu des mots ?

— Oui. Nous ne nous appréciions pas. Enfin, je ne l'appréciais pas.

— Et pourquoi ? En fait, avant que nous ne me répondiez, pouvez-vous me préciser comment vous avez fait sa connaissance ?

— Comment j'ai fait sa connaissance ? Eh bien, c'était à l'époque de Zeilsheim, le camp de Personnes Déplacées de Zeilsheim.

— Oui.

— Voilà, c'est pour ça que je me souviens si précisément de lui. C'était le jour où le camp avait reçu une visiteuse très spéciale. Nous étions tous tellement emballés de la voir. Mrs Roosevelt qui venait en visite au camp, la femme du président. Il n'était plus président, c'était Truman, à ce moment-là. Roosevelt était déjà mort, mais pour nous, la visite d'Eleanor Roosevelt à Zeilsheim, c'était une chose très particulière et nous... Je veux dire tout le monde dans le camp en attendait beaucoup. Nous voulions la rencontrer. J'espérais être en mesure de lui parler.

— Pourquoi vouliez-vous lui parler ?

— Pas seulement parce qu'elle était célèbre. Ce n'était pas vraiment ça. Je voulais lui raconter exactement ce qui nous était arrivé. Quelle opportunité ! Voyez-vous, nous ignorions encore ce que les gens savaient ou non. Nous ne pouvions pas imaginer que les Américains aient su ce qui s'était passé. Dans le camp, nous croyions, tout le monde croyait que les Alliés devaient être dans l'ignorance totale de ce qui s'était passé là, tous les jours, tant le silence était assourdissant. C'était la seule explication au fait que personne n'ait rien tenté... jamais.

» Eh bien, ce petit monsieur qui a l'air si drôle, un vieil homme... rappelez-vous, j'étais encore une adolescente à l'époque, cet homme entre dans la salle où nous prenions les repas que l'on nous servait. Et il apportait avec lui cet appareil enregistreur sur fil avec lequel il pouvait enregistrer ce que disaient les gens. Il voulait que les gens lui racontent ce qu'ils avaient subi, pour qu'il puisse enregistrer et remporter le tout en Amérique. C'est ce qu'il nous a expliqué, et tout le monde voulait lui raconter son histoire. Moi aussi, j'avais envie de raconter ce qui nous était arrivé. C'est pour ça que j'ai accepté d'être interviewée. Mais il avait cette manière particulière de procéder.

— Que voulez-vous dire par « il avait cette manière particulière » ? De quelle manière s'agissait-il ?

— Il voulait que je m'asseye dos à lui... pour que je ne puisse pas voir son visage. Pourquoi faire ? Je ne voulais pas procéder de la sorte, mais il a insisté. Et j'ai insisté à mon tour. Ensuite, il a insisté encore plus. Il avait ces manières strictes, vous savez, comme un instituteur. Pas à la manière d'un instituteur d'aujourd'hui, mais comme ils étaient en Europe, vous savez, avant la guerre... Il était très sévère, très cassant dans sa façon de s'exprimer. Cela ne lui rendait pas service, pas avec moi. Ça m'était égal, ce qu'il voulait. Ce que je voulais, moi, c'était lui raconter l'histoire de ma sœur.

— Et vous la lui avez racontée ?

— Bien sûr. J'ai conclu un accord avec lui.

— Un accord ?

— Si je devais répondre à ses questions... Si je devais réaliser l'interview à sa manière, vous savez, dans l'ordre qu'il souhaitait... eh bien, alors, il m'a promis de me laisser ensuite lui dire ce que je tenais à lui dire.

— Et vous lui avez tout raconté ?

— À votre avis ? lui lança la femme, qui avait été cette Hannah Weiss âgée de quinze ans, la sœur d'Estusia Weiss, celle que l'on avait pendue pour son rôle dans le soulèvement du Sonderkommando.

Ce fut alors qu'elle raconta à Adam Zignelik l'histoire complète des femmes de l'usine Weichsel Union Metallwerke, de leur rôle dans l'escamotage de la poudre destinée aux munitions de la résistance du Sonderkommando.

— Je lui ai raconté, je l'ai obligé à tout écouter.

— À propos d'Estusia ?

— Je lui ai parlé d'Estusia, et aussi des autres. Je lui ai raconté Rosa Rabinowicz et comment elle nous a approchées, dans notre baraquement. Je lui ai raconté au sujet d'Ala et Regina, de la poudre sortie en cachette de la Pulverraum. Je lui ai dit qu'aucune d'elles ne m'avait jamais trahie, ni moi ni aucune autre personne de la résistance. Je lui ai parlé de...

— Attendez une minute. Vous avez dit Rosa Rabinowicz ?

Enregistrant chaque mot tout comme Border quelque soixante années plus tôt, Adam Zignelik était assis dans la salle à manger temporairement déserte de l'établissement pour personnes âgées Emmy Monash, au coin des rues Hawthorn et Dandenong, à Melbourne, et il écoutait.

— Vous lui avez parlé d'une femme qui s'appelait Rosa Rabinowicz ?

— Oui.

— Vous êtes sûre ?

— Oui, évidemment.

— Vous rappelez-vous comment vous l'avez identifiée ?

— Qu'entendez-vous par « identifiée » ?

— Comment lui avez-vous fait savoir qui elle était ?

— Je me suis servie de leurs noms et, quand je le savais, je lui ai aussi dit d'où elles étaient. Je voulais... je voulais que le monde sache combien ces filles avaient été courageuses. Y a-t-il jamais eu personne de plus courageux ?

Et là, pour la première fois depuis le début de leur entretien, la vieille femme eut les larmes aux yeux.

— Vous souvenez-vous d'où Rosa Rabinowicz était originaire ?

— Oui, je m'en souvenais à l'époque, et je m'en souviens encore.

— D'où était-elle ?

— Rosa ? Elle était de Ciechanow, mais elle avait vécu un temps à Varsovie, avant la guerre. Nous le savions, ça.

— Et vous êtes certaine de l'avoir dit à Border ?

— Oui.

— Comment pouvez-vous en être sûre... tant d'années après ?

— Parce que c'était tout l'intérêt de lui parler. Je voulais lui dire, dire au monde entier de ce qu'Estusia, Rosa et les autres filles avaient fait. Après avoir raté Mrs Roosevelt à cause de lui, je ne voulais pas lui parler, je ne voulais pas lui dire un mot, mais c'était parce que je voulais raconter l'histoire d'Estusia, et aussi l'histoire de Rosa et d'Ala et des autres, qui avaient procuré de la poudre au Sonderkommando, que j'ai accepté de supporter ses inepties.

— Après cette deuxième interview, après lui avoir raconté l'histoire... de Rosa Rabinowicz et Estusia et les autres... Vous souvenez-vous de sa réaction, de ce qu'il a répondu ?

— Je ne sais pas. Qui peut se souvenir ? C'était de ça que je voulais lui parler. Pourquoi je me serais souciée de ce qu'il en pensait ?

— Oui, bien sûr.

— De toute façon, est-ce que tout ça ne figure pas sur l'enregistrement ? lui demanda-t-elle.

— Probablement, si. Je n'en suis pas encore arrivé à votre entretien enregistré, mais je me demandais s'il avait remarqué autre chose... si vous vous souveniez d'autre chose qui n'aurait pas été enregistré, pour une raison ou une autre.

— Je ne sais pas. Comment pourrais-je savoir ce qui était enregistré ? Peut-être m'a-t-il remerciée. Cela m'était bien égal. Je voulais juste que l'histoire d'Estusia sorte... sorte au grand jour. Selon moi, c'était à cela qu'il devait servir. Je sauvegardais la mémoire de ma sœur... et des autres jeunes filles.

— Vous m'avez écrit... Il sortit une lettre d'un dossier dans son sac de voyage et se mit à la lire. Vous m'avez écrit... Il a été « particulièrement attentif à l'histoire de Rosa ».

— D'accord, je vous crois. Si c'est ce que j'ai écrit, alors c'était ce dont je me souvenais.

— Et là, maintenant, vous vous en souvenez ?

— Écoutez, je dois être honnête, ce professeur Border... pour moi, il n'est pas si important. C'est juste un homme qui m'a interrogée dans ce camp de Personnes Déplacées. Estusia, elle, était importante pour moi... et Ala.

— Et Rosa ?

— Oui, mais elle, je ne la connaissais pas si bien. Elle était au Kanada. Je voulais que leur histoire soit connue. Pourquoi est-ce si important pour vous ? Pourquoi cela compte-t-il tant qu'il se soit davantage intéressé à l'histoire de Rosa ?

— Parce que je pense qu'il s'agissait peut-être de sa femme.

Il se représenta la seule photo qu'il avait vue de Henry Border et il essaya de s'imaginer cet homme, le visage sur la jaquette intérieure de cet ouvrage si peu lu, *Je n'ai pas interrogé les morts*, quand il avait appris, de manière tout à fait inattendue, ce qui était arrivé à sa jeune épouse, Rosa, la femme qu'il avait abandonnée, la mère de son enfant. Ce que Border avait appris d'Hannah Weiss tant d'années auparavant avait dû lever le barrage d'un flot d'émotions, de réflexions et d'images, toutes pénibles et déchirantes, et une culpabilité insupportable éclipsant tout le reste. C'était là, dans sa voix, à la fin de sa toute dernière interview, quand il demande à celui qui l'écoute : « Qui rendra un jugement sur tout ceci ? Et qui va me juger... moi ? »

Qui pourrait ne serait-ce qu'entrevoir ce qu'il avait ressenti ? Chaque fois que Border y avait repensé, et il avait dû y repenser souvent, hormis le fait d'apprendre qu'elle avait survécu, il avait dû espérer ne jamais savoir ce qui était arrivé à la jeune Rosa Rabinowicz, cette jeune fille originaire de Ciechanow qu'il avait promis de protéger, la femme qu'il avait épousée et avec laquelle il avait eu une fille, la fille qu'il lui avait volée quand il l'avait abandonnée, elle.

Quand Adam eut fini de s'entretenir avec Hannah, il la remercia de toutes les informations précieuses qu'elle lui avait livrées et la félicita de l'héroïsme dont elle avait fait preuve et de sa contribution au soulèvement, qu'elle avait minimisée. Ils s'étreignirent et il lui souhaita une longue vie.

En le voyant remballer son équipement, Mr Leibowitz, qui rôdait par là, fut incapable de garder le silence plus longtemps.

— Alors maintenant tu as du temps à me consacrer ?

— Et comment. Je peux t'emmener déjeuner ?

— J'espère bien. Oh ! fit le vieil homme, se remémorant subitement autre chose. Mais avant d'y aller, veux-tu me rendre un service ?

— Bien sûr, si je peux.

— Tu peux. Tout en bas, c'est là qu'ils installent ceux à qui la boîte à mémoire ne sert plus à rien. Ces gens-là sont des *famishte*. Tu comprends ? Ils ont perdu toute notion d'eux-mêmes, ils sont incapables de conserver la maîtrise de leur esprit et ils sont parfois incapables de maîtriser leur corps. Tu comprends ?

— Je comprends.

— Il y a une femme que je connais du temps où elle vivait ici, en haut, à cet étage. Quand ils l'ont installée en bas, elle avait peur du changement et je lui ai promis de descendre lui rendre visite. Elle n'a personne. Personne ne vient jamais lui rendre visite, donc j'essaie d'y aller. On peut descendre quelques minutes ? Je vais te présenter. Ce sera la grande lumière de sa journée. Ce sera sa seule lumière.

Adam accepta et le vieil homme le conduisit en bas. Après avoir reçu la permission d'accéder au service par les portes vitrées de sécurité, Mr Leibowitz le présenta à la femme dont il lui avait parlé. Quelqu'un l'avait coiffée, mais elle avait le regard farouche, comme soufflé par un vent qu'elle était la seule à sentir, une tempête à l'intérieur de son crâne. On ne pouvait attendre d'elle qu'elle sache où elle était.

— Iriez-vous me chercher un verre d'eau ? demanda-t-elle à Mr Leibowitz.

— Oui, bien sûr, ma chérie, répondit-il, laissant Adam seul dans une pièce pleine de vieilles personnes brisées qui allaient et venaient lentement, la démarche saccadée, dans des directions incertaines. Quelle était cette anarchie intime qui lançait des raids de guérilla incessants contre l'intégrité mentale de ces êtres ?

Subitement, l'amie de Mr Leibowitz glissa son bras autour de celui d'Adam et lui murmura.

— Les gardes du camp ne vont plus me donner d'eau, à moi. Lui, il se débrouille toujours mieux avec eux.

Et puis, prenant sa main dans les siennes un instant, elle la retourna vite, paume vers le ciel, et l'examina.

— Vous savez, tous les garçons m'appréciaient. Demandez à qui vous voudrez. Tous les garçons m'appréciaient. Mon père est parti en voyage d'affaires maintenant alors si vous avez envie de venir me rendre visite, vous n'avez pas besoin d'autorisation. Je peux vous lire les lignes de la main. Vous voulez ?

Il fallut un peu plus d'une trentaine d'heures à Adam Zignelik entre le moment où il ferma la porte de sa chambre à l'hôtel Tolarno de Melbourne et celui où il ouvrit celle de l'appartement qu'il louait à l'université Columbia. Il posa son bagage sur le sol, referma, se débarrassa de ses chaussures et s'affala dans le canapé. Personne ne savait qu'il était chez lui. Bientôt, ce ne serait plus chez lui. La semaine prochaine, il allait devoir vider son bureau. Il fallait qu'il réfléchisse où en remiser le contenu. Combien cela coûtait, un garde-meuble, maintenant ? se demanda-t-il.

Il remarqua le clignotement du témoin lumineux de son répondeur et il appuya sur la touche en passant dans la salle de bains pour prendre une douche. Il n'y avait qu'une seule personne qu'il avait envie d'entendre. Il était dans la salle de bains, la douche coulait, et il tenait le peigne de Diana dans sa main.

— Pathétique, fit-il à mi-voix, à propos de lui-même. Il avait pensé à ce peigne, il l'avait attendu, espéré, quelque part au-dessus du Pacifique.

Une voix de femme lui parvint de la pièce voisine, une voix pas tout à fait inconnue, mais pas d'emblée bienvenue, pas à en juger d'après le ton. C'était la femme que William McCray aimait bien appeler la secrétaire de Charles. « Assistante personnelle, assistante administrative, peu importe comment tu l'appelles, c'est sa secrétaire, disait-il. Le mot a-t-il quelque chose d'offensant ? » Avec le bruit de l'eau, il était incapable de véritablement discerner le message que cette femme lui avait laissé, mais il l'écouta dès qu'il fut ressorti de la douche. Un appel pour Adam lui était parvenu en son absence. Un homme de Chicago avait téléphoné. Il avait laissé son numéro et prié Adam de le rappeler.

— Son nom..., ajouta-t-elle, je suis désolée, professeur Zignelik, j'ai dû l'égarer... oh, le voici ! Wayne Rosenthal. Professeur Wayne Rosenthal. Il s'est présenté comme psychologue. Cela concerne votre travail... à Chicago ?

*

Au cours de sa recherche sur les expériences au combat des troupes afro-américaines durant la Seconde Guerre mondiale, Adam avait découvert que le 761e bataillon blindé revêtait un intérêt considérable. Il avait initialement cru que ce bataillon entièrement composé de Noirs était rattaché à la 79e division de la 7e armée, au sein du 6e groupe d'armée du lieutenant-général Devers pour finalement apprendre qu'il avait été rattaché à cette division à peine plus de deux semaines. Pendant la quasi-totalité de son service actif en Europe, le 761e bataillon blindé avait été rattaché à la 87e division de la 3e armée américaine, pour n'être intégré à la 71e division de la 3e armée que le 28 mars 1945. La raison pour laquelle cela retint l'attention d'Adam, c'était que jusqu'à présent, au vu de ses recherches, il avait cru comprendre qu'en avril 1945, la 71e division avait progressé en Bavière. Il n'était donc pas contestable que le 761e avait pris part à la libération d'un satellite de Mauthausen, le camp de Gunskirchen, le 5 mai 1945.

— Savais-tu que le 761e avait pris part à la libération de Gunskirchen ? demanda-t-il à son ami William McCray, autour d'un café, avec un accent de triomphe dans la voix.

— Non, je l'ignorais, je dois l'admettre. Et ce camp de Gunskirchen, c'était un satellite de Mauthausen, dis-tu ?

— Exact.

— Et tu viens de l'apprendre ?

— Je viens seulement de le découvrir, mais les spécialistes de ce domaine le savent.

— Ce n'est pas contesté ?

— Non, c'est un point généralement admis. À ma connaissance, personne ne le conteste.

— Et Dachau ? lui demanda William, en buvant une gorgée de son café.

— Nos soldats noirs à Dachau ?

— Oui, rien de ce côté-là ?

La déception sur le visage de William McCray quand Adam lui dit qu'il n'avait rien découvert qui suggère que des troupes noires aient été impliquées dans la libération de Dachau lui donna l'impression de le trahir. C'était peut-être aussi le sentiment de William.

— C'est ton ami ?

— Que veux-tu dire ? fit McCray.

— Est-ce pour ton ami, celui de Boston, c'est cela qui rend particulièrement important à tes yeux que l'on établisse de manière irréfutable l'engagement de troupes afro-américaines dans la libération de Dachau ? Je veux dire, Gunskirchen était un satellite de Mauthausen. Ce n'est pas à dédaigner. Franchement, cela aiderait beaucoup s'il voulait bien reconsidérer la question en acceptant de me parler parce que...

— Adam, il ne parle à personne...

— Je sais, et je mesure vraiment ce par quoi il est passé, mais si tu réussissais à lui expliquer que...

— Adam, il ne parle à personne. Il est mort, annonça le vieil homme, en respirant profondément, et en s'efforçant de garder une contenance.

— William, je suis réellement désolé.

— Eh oui, et moi donc. Il se tut un instant, considéra la pièce autour de lui, avant de poursuivre. Écoute, Adam, je sais que Dachau n'était pas un camp de la mort mais c'était le premier camp de concentration créé par Hitler dès son accession au pouvoir. Je veux dire, ça s'est passé dès 1933. Et ce fut l'un des derniers à être libéré. Donc cela aurait une signification particulière de pouvoir démontrer que des Afro-Américains ont été impliqués dans sa libération. Et la véhémence de la campagne contre la reconnaissance du rôle des soldats noirs là-bas... parce que c'est de cela qu'il s'agit, tu sais, d'une campagne... cela me pousse encore plus à souhaiter que quelqu'un aille au fond de la question. Et oui, à dire vrai, c'est aussi pour mon ami.

Ce n'était pas faute d'essayer ou par manque d'égard envers William McCray qu'Adam Zignelik n'avait pu exhumer aucune preuve directe, rien émanant d'une source primaire qui situerait une unité noire à la libération de Dachau. Il s'efforça de trancher – ferait-il un meilleur usage de son temps en étudiant plus avant les actions au combat des hommes du 761ᵉ bataillon blindé, une unité entièrement composée de Noirs, ou devait-il s'immerger dans les transcriptions et les enregistrements sur fil du psychologue de Chicago, Henry Border ? C'était seulement à partir du moment où il avait de nouveau consacré son attention aux entretiens de Border qu'il avait entrevu les prémisses de ce dont il serait amené, tôt ou tard, à débattre avec son vieil ami, l'avocat des droits civiques et le vétéran de la Seconde Guerre mondiale. En trois semaines de temps, il était tombé sur une preuve, celle de trois survivants interrogés par Border qui avaient mentionné juste au passage que les forces militaires ayant libéré le camp où elles s'étaient retrouvées à la fin de la guerre comprenaient des soldats noirs. L'un de ces trois survivants ignorait le nom du camp d'où on l'avait libéré, ou alors Border n'avait pas obtenu de lui qu'il le nomme, mais les deux autres semblaient penser que c'était soit Dachau, soit l'un des camps satellites de Dachau, à Kaufering. Sur ces deux survivants, l'un avait même évoqué sa surprise à la vue d'un officier noir, un capitaine, dont il avait apparemment retenu le nom grâce à un procédé mnémotechnique.

D'après les archives de l'US Army, Adam avait pu constater que si les 42e et 45e divisions de la 7e armée américaine étaient créditées de la libération de Dachau, le 29 avril 1945, la 71e division d'infanterie de la 3e armée, à laquelle le 761e bataillon blindé, le bataillon noir, était alors rattaché, ne se situait pas non plus très loin, à la période concernée. Par la suite, Adam fut en mesure de rapprocher le nom qu'avait retenu le survivant interrogé par Border de celui d'un capitaine afro-américain du 761e. L'interlocuteur du professeur n'était plus de ce monde mais, en consultant les registres militaires de l'US Army, il avait pu retrouver l'adresse personnelle de ce capitaine à l'époque de son enrôlement, en 1942. Cette adresse ne lui livra pas le capitaine, mais elle le conduisit à l'un des membres de sa famille, une petite-fille, qui vivait à New York.

Cela faisait si longtemps qu'il n'avait plus réalisé aucun progrès dans cette affaire et là, simplement parce que l'un des survivants interviewés par Border avait parlé à cet officier et s'était souvenu de son nom et de son grade, il avait été en mesure de remonter la piste de la petite-fille. L'homme de l'enregistrement sur fil de Border s'était souvenu du nom parce que c'était aussi le nom de la capitale des États-Unis et celui de leur premier président.

C'était ainsi qu'Adam était entré en contact avec le seul parent vivant du capitaine James Washington, gradé du 761e bataillon blindé. Le docteur Ayesha Washington était apparemment une femme très occupée, mais il serait plus que ravi de la rencontrer sur son lieu de travail, à l'heure qui lui conviendrait. Elle exerçait la profession d'oncologue au centre de cancérologie du Sloan-Kettering Memorial.

*

Charles McCray considérait comme un compromis d'avoir rapporté du travail chez lui ce soir-là, au lieu de rester tard à son bureau du bâtiment Fayerweather, sur le campus de Columbia. Son épouse Michelle n'en était pas aussi sûre. Au moins, quand Charles travaillait tard au bureau, leur fille Sonia et elle n'avaient plus à autant se soucier du volume de la musique ou de la radio qu'elles écoutaient ou du film qu'elles regardaient. Quel intérêt qu'il soit là s'il ne communiquait pas avec elles, et pire, s'il imposait des contraintes implicites à leur façon de passer la soirée ?

Mais il faisait des efforts. Il se demandait si Michelle le remarquait. Il se demandait aussi quel était l'intérêt de ce qu'il avait fait, éplucher toutes ces revues récentes, sachant qu'une seulement contenait un article touchant à son domaine. À l'évidence, se disait-il, un homme occupant sa situation est censé se tenir au courant des nouveautés dans sa profession, y compris en dehors de son domaine de compétence, non ? S'imposait-il des lectures extérieures à son domaine afin de rester au niveau de ses collègues ? Au niveau de qui voulait-il rester ? Qui essayait-il d'impressionner ? Pas son père. Aucun volume de lecture ne l'impressionnerait plus, maintenant. Cela lui fournirait-il des sujets de conversation ? Peut-être, mais avec qui converserait-il : des collègues, des amis ? Ses collègues lui adresseraient la parole au moins jusqu'à ce que l'on attribue son fauteuil de président à un autre membre du département et si leur besoin d'entretenir la relation se relâchait après cela, qu'y pourrait-il ? Quant à ses amis... Il se demandait comment Adam se débrouillait avec sa recherche à Chicago. Il s'y rendait assez souvent. S'il était trop tard pour préserver le poste d'Adam à Columbia, cela ne signifiait pas pour autant que Charles devait ignorer le travail de son ami. Son père ne l'ignorait pas, lui.

Charles décida de déjeuner ou au moins de prendre un café avec Adam et d'évoquer avec lui son travail, ses projets pour l'après-Columbia. Adam retrouvait-il toujours William autour d'un café, grosso modo une fois par semaine ? Comment se faisait-il, s'étonna Charles, qu'il n'en savait rien ? Adam était un type bien. Comment affrontait-il l'après-Diana ? Michelle le saurait peut-être. Et ce fut ainsi que ses questionnements revinrent à leur point de départ. Quel intérêt y avait-il à lire toutes ces revues, et même à les parcourir ? Qui se tenait au courant des dernières évolutions de la vie de sa femme, des sautes d'humeur de sa fille ? Elles étaient toutes deux venues l'embrasser pour lui souhaiter une bonne nuit. C'était bien.

Michelle était allée se coucher une heure et demie avant lui et, au moment où il s'était brossé les dents, où il avait enfilé son pyjama et s'était mis au lit, elle dormait depuis longtemps. Rêvait-elle ? se demanda-t-il. Quand elle était plus jeune, lui arrivait-il de rêver, lui arrivait-il d'imaginer l'homme qu'elle finirait par épouser, un homme comme lui, un intellectuel, un universitaire ? Et si elle en rêvait, en quoi cet homme qu'elle avait réellement épousé s'était-il révélé décevant ? Il se retourna de son côté du lit et la regarda. Était-ce son lait hydratant ou son shampooing qui sentait comme cela ? Il ferma les yeux et respira sa femme, profondément. Cela le calma et il ne tarda pas à s'endormir. Il était presque 3 heures du matin et il dormait depuis à peine plus de deux heures quand le téléphone sonna sur sa table de chevet, les réveillant tous les deux, Michelle et lui. Comme l'appareil était à côté de lui, ce fut lui qui répondit.

— Allô ? fit-il, la voix trouble.

— Suis-je au domicile de Mrs Michelle McCray ? s'enquit un homme.

— Qui la demande ?

— Je suis désolé de vous déranger à cette heure-ci, monsieur. Je suis officier de police. Est-ce le domicile de Mrs Michelle McCray ?

— Oui, c'est bien ici, je suis son mari. De quoi s'agit-il ?

Michelle remua. Elle pensa d'abord à ses clients. Mais elle ne leur donnait pas son numéro personnel, donc c'était impossible.

— Puis-je parler à Mrs McCray, s'il vous plaît ? Encore une fois, toutes mes excuses pour...

— C'est pour toi, fit Charles, en tendant le combiné à Michelle.

— Qui est-ce ?

— C'est la police.

— La police ? Allô ? Qui est là ?

— Je suis vraiment désolé de vous déranger à cette heure-ci, madame. Est-ce que je m'adresse à Mrs Michelle McCray ?

— Qui est à l'appareil ?

— Je suis l'officier Brooks, de la police de New York. Est-ce que je parle bien à Mrs Michelle McCray ?

— Je suis Michelle McCray.

— Désolé de vous ennuyer à cette heure, madame. Mon équipier et moi, nous avons été appelés suite à des troubles dans le Bronx nord et nous avons ici un homme assez gravement perturbé qui nous a demandé de vous appeler pour confirmer son histoire. Le monsieur en question n'a pas de pièce d'identité sur lui et nous avons toutes les raisons de penser qu'il pourrait être sous l'effet d'une substance prohibée... Madame, vous êtes là ?

En nage, incapable de reprendre son souffle et le cœur battant à un rythme tel qu'il se sentait au bord de l'électrocardiogramme plat, il éprouvait un besoin pressant de se sortir de là, malgré l'heure, malgré le froid, malgré le nombre d'étages entre ici et la rue. Adossé contre la paroi de l'ascenseur qui descendait, son seul désir était de respirer l'air du dehors. Mais quand il atteignit le rez-de-chaussée de son immeuble et sortit sur le trottoir, il s'aperçut que l'air froid n'arrangeait rien. Tenant à peine sur ses jambes, il était terrorisé. Il perdait toute maîtrise. Tour à tour brûlant et glacé, titubant, trop peu couvert pour la nuit et pour la saison, ses lèvres remuaient et il adressa au passage quelques propos incompréhensibles à des gamins qui rentraient tard chez eux après une virée nocturne. Ils crurent le voir trébucher – peut-être dingue, peut-être dangereux. Ne voulant pas s'en mêler, l'un d'eux téléphona d'un portable à la police et, à la fin de l'appel, se servit de l'appareil pour filmer des images de cet homme emporté dans une spirale, très loin des manières d'être normales des humains. Et à présent, l'officier Brooks retransmettait l'appel du gamin à Michelle McCray.

— 'Chelle ?

— Allô ?

L'homme était extrêmement essoufflé. Il avait la bouche sèche, et sa langue collée à son palais faisait un bruit de consonnes. Il essayait de parler, mais sans succès. Douloureusement, il réussit à s'extraire quelques mots de la bouche.

— 'Chelle, c'est moi... C'est Lamont.

— Lamont ? Qu'est-ce que...

— 'Chelle, elle est morte. Grand'Ma est morte.

Onzième partie

Sonia McCray se tenait à quelques pas de la tombe, légèrement en retrait, mais avec un pied coincé entre son père Charles et son grand-père, William. Elle avait quatorze ans. C'était le premier enterrement auquel elle assistait. Avant cela, la mort était restée confinée à des histoires dans des livres, à la télévision, au cinéma et parfois dans des chansons où le chanteur laissait entendre que sans l'être pour lequel il chantait, il mourrait. C'était un sentiment qu'elle n'avait jamais éprouvé. Mais il y avait dans la terre froide une entaille béante renfermant un être que Sonia avait connu, et même aimé d'une certaine manière, quelqu'un pour qui elle n'avait jamais eu assez de temps, et qui l'avait pourtant aimée, elle, plus que de raison. Debout, là, presque cachée, derrière son père et son grand-père, elle voulait s'excuser de ne pas lui avoir rendu visite plus souvent, de ne pas avoir partagé davantage sa vie avec son arrière-grand-mère, d'avoir refusé le jus de pomme qu'elle lui proposait toujours. Quand avait-elle vu son appartement pour la dernière fois ?

Sa mère, Michelle, se tenait devant son père et son grand-père, et à côté de sa mère se tenait un homme qu'elle ne se souvenait pas d'avoir rencontré auparavant. Mais elle l'avait apparemment rencontré quand elle était toute petite. Son père et son grand-père étaient vêtus d'un costume noir sous leur manteau d'hiver alors que sa mère portait une jupe noire avec un chemisier et une veste noirs sous son manteau, mais l'homme, lui, dans une tenue complètement informelle, n'était pas habillé comme eux tous. Il portait un jean, une chemise en flanelle et un pull sous son manteau, mais Sonia comprit que cela ne reflétait aucun manque de respect envers son arrière-grand-mère, et que ce n'était nullement la preuve que cette perte le chagrinait moins qu'eux. En fait, c'était lui le plus visiblement ému. Sonia ne pouvait pas davantage supporter de regarder cet homme qu'elle ne supportait de regarder la tombe. Il oscillait devant la tombe béante, et la mère de Sonia, qui se tenait à lui, oscillait avec lui. L'homme était le cousin de sa mère, le petit-fils de l'arrière-grand-mère de Sonia, Lamont.

À leur manière de partager leur chagrin, Sonia conclut que sa mère avait été jadis très proche de lui, mais qu'il avait été absent et qu'ils n'avaient plus été en contact, jusqu'à ce jour. C'était lui qui avait trouvé l'arrière-grand-mère de Sonia. Elle était morte dans son sommeil. Sonia se demandait si elle devait réconforter sa mère ou si elle pouvait s'en remettre à son père et son grand-père. Elle regarda son grand-père, droit comme un I, emmitouflé dans son manteau. Il était plus âgé que ne l'avait été son arrière-grand-mère. Quel sentiment lui inspirait cet enterrement, à lui? se demanda-t-elle. Dieu merci, il était encore là. Il n'avait pas changé. Elle se promit de le voir beaucoup plus souvent. Où était la famille de Lamont? se demanda-t-elle. Ensuite, elle comprit que sa mère, et maintenant Sonia, étaient sans doute toute la famille qui lui restait. Pas étonnant qu'il se balance comme cela. Combien de temps avant qu'ils ne puissent s'en aller?

Allaient-ils devoir continuer de réconforter cet homme qui se balançait? Pour lui, la situation était pire que ce qu'en savait Sonia. Il avait perdu l'être qui l'avait élevé, qui, aussi loin que remontent ses souvenirs, s'était senti affectivement responsable de sa personne. Il se sentait tellement redevable envers elle, et maintenant il ne pourrait plus jamais la remercier. Sa grand-mère était morte tout juste deux semaines avant qu'il ne termine sa période de six mois de mise à l'épreuve d'employé de l'hôpital. Il allait obtenir certains avantages. Elle ne serait pas là pour le voir partir tous les matins travailler – un emploi avec des avantages. Ils envoyaient des employés à la faculté, lui avait-on dit. Avant toute chose, il allait trouver sa fille. Maintenant sa grand-mère n'aurait plus jamais l'occasion de voir sa fille, qui n'était plus une bambine mais une fillette de huit ans, presque neuf. Il s'imaginait montrant sa chambre à la petite fille, la chambre où il avait grandi, la chambre où l'on pouvait encore voir les traits que sa grand-mère avait tracés au crayon, pour repérer sa croissance. À dix ans, il était déjà aussi grand qu'elle. À trente-huit, il revenait dormir dans la même chambre. Il ne savait pas s'il serait en mesure de retourner vivre dans l'appartement de Co-Op City et, s'il s'en sentait incapable, il ignorait où il allait pouvoir vivre.

Sonia McCray regarda sa mère soutenir l'homme qui ne portait pas de costume à l'enterrement de sa grand-mère.

— Ta grand-mère va sans doute te surviv', Lamont, l'avait prévenu un homme, un dénommé Numbers, à l'établissement pénitentiaire de Mid-Orange. De forte chances, très fortes ! Rien contre toi, juste les statistiques, pigé ? Sans vouloir t'offenser, je te parle de la science des statistiques qui s'applique à un Afro-Américain avec tes données brutes et... de manière générale... avec ta généalogie.

— Ça m'embêterait pas qu'elle vive plus longtemps que moi, lui avait répondu Lamont.

Sonia regardait cet homme qui s'efforçait de se ressaisir alors que son grand-père, William McCray, se dressait de toute sa stature et remerciait le prêtre. Elle était déterminée à consacrer plus de temps à son grand-père mais pour l'instant elle écoutait son cousin Lamont se racler la gorge et essayer de parler.

— Madame Martinez, merci d'être venue. J'apprécie vraiment. Elle avait beaucoup d'affection pour vous. Elle répétait toujours quelle bonne voisine vous étiez. Toujours là pour nous. Vous vous souvenez de ma cousine, Michelle... c'était dans le temps ?

Sonia entendit les propos de cet homme. Lamont Williams avait désespérément besoin que les gens se souviennent des autres. S'ils ne s'en souvenaient pas, quel était le sens des choses, pourquoi avaient-elles existé ?

La jeune fille de quatorze ans gardait ses mains gantées dans ses poches et regardait autour d'elle dans le cimetière, tous ces Christ de grande taille dans le Bronx nord, tous trop peu vêtus pour ce début d'hiver. On les voyait depuis le pont. Des klaxons de voiture résonnaient au loin. Si peu de gens étaient venus.

*

Lamont Williams était assis sur un long banc, dans un couloir au rez-de-chaussée du Sloan-Kettering Memorial. On l'avait prié d'attendre un moment, avant son rendez-vous programmé. Un message lui avait été transmis par son chef d'équipe, l'informant que le directeur adjoint des ressources humaines souhaitait le voir. Dans un peu moins de deux semaines, sa période de six mois de mise à l'épreuve venait à expiration. Sa grand-mère avait été inhumée à peine quelques jours plus tôt. Il en avait parlé à son chef d'équipe et à D'Sean, un collègue. Était-ce de ça qu'il s'agissait ? Non, sans doute pas. C'était probablement en rapport avec la paperasse qu'il faudrait compléter quand il basculerait de son poste d'employé en liberté conditionnelle à la catégorie d'employé permanent.

Des gens en costume passèrent devant lui. Qui était-ce – des docteurs, des infirmières, des aides médicales ? Non, impossible. Ces gens avaient plus l'air d'être dans les affaires, des collecteurs de fonds et des administrateurs. Lamont réfléchit à tous les efforts à caractère non médical qui entraient dans la marche d'un hôpital comme celui-ci. Il lisait les titres inscrits aux portes des gens ainsi que dans des brochures placées à des endroits stratégiques. Il y avait là des gens qui travaillaient seulement dans la recherche, dans toutes sortes de recherches différentes. Il y avait là des gens qui ne travaillaient qu'à la formation ; une formation médicale permanente, une formation aux soins permanente. Il y avait là le responsable d'un cursus de doctorat, le responsable d'une formation postdoctorale et même un responsable d'un programme d'ouverture à l'enseignement secondaire. Il y avait une bibliothèque et des administrateurs qui conservaient son nom quelque part dans un fichier, probablement dans un ordinateur ; Lamont Williams, service d'entretien, en liberté conditionnelle dans le cadre d'un programme pilote pour anciens détenus. Si les bonnes personnes avaient su pour sa grand-mère, elles auraient peut-être même pu le confier à quelqu'un qui lui aurait proposé une thérapie du deuil. C'était ce que lui avait dit sa cousine Michelle.

Michelle était travailleur social, de niveau supérieur, et elle connaissait ce style de choses. Qu'est-ce que cela signifiait, « thérapie du deuil » ? Est-ce qu'on parlait à un thérapeute de l'effet que vous faisait la perte un être aimé ? Il se posait la question. Est-ce qu'on s'allongeait sur un divan ? Est-ce que l'hôpital versait de l'argent au thérapeute pour écouter le chagrin d'un homme du service d'entretien qui avait perdu sa grand-mère ? Elle était comme une mère pour lui, elle l'avait toujours été, la seule « mère » qu'il ait jamais vraiment connue. Depuis qu'il l'avait découverte ainsi, il n'avait plus été capable de trouver le sommeil, jamais plus de quelques heures d'affilée.

— Avez-vous encore une famille ?

— J'ai une fille. Elle a huit ans. Je vais finir par la retrouver.

— Personne d'autre ?

— J'ai une cousine. Nous étions proches, enfants... on s'est un peu perdu de vue, mais maintenant... Nous sommes en contact, maintenant... depuis le décès de ma grand-mère... On était vraiment proches enfants et ça fait un peu drôle qu'il ait fallu le décès de ma grand-mère... Je ne veux pas dire drôle dans ce sens-là, mais...

Lamont fut tiré de sa rêverie par une assistante administrative, une jeune femme qui travaillait pour le directeur adjoint des ressources humaines, Mr Juan Laviera.

— Mr Laviera va vous recevoir tout de suite, lui dit-elle d'un ton neutre.

Mr Laviera avait un bureau avec une table de travail, un grand fauteuil pour lui et deux fauteuils plus petits de part et d'autre de sa table de travail, dont celui dans lequel Lamont fut invité à s'asseoir. Il lança quelques coups d'œil furtifs aux photos de Mr Laviera et des êtres de sa vie, disposées un peu partout dans la pièce. Derrière une porte qui paraissait conduire à un bureau attenant, il pouvait entendre les accents étouffés d'une radio.

— Monsieur Williams, fit le directeur adjoint des ressources humaines, vous avez peut-être une idée de la raison pour laquelle on vous a prié de venir ici aujourd'hui. L'un de nos patients est récemment décédé, Mr... Juan Laviera cliqua avec sa souris sur son bureau et lorgna son terminal d'ordinateur. Mr Henryk Mandelbrot. Connaissiez-vous Mr Mandelbrot avant qu'il ne vienne chez nous ?

— Avant qu'il ne vienne à l'hôpital ?

— Oui.

— Non, répondit Lamont.

— Il semble qu'après son décès, des membres de sa famille soient venus récupérer ses affaires, et ils soutiennent qu'un objet manquait. Êtes-vous au courant ?

Tout d'un coup, Lamont Williams comprit pourquoi on l'avait prié de descendre voir le directeur adjoint des ressources humaines. Cela n'avait rien à voir avec la préparation des documents nécessaires à l'achèvement de ses six mois d'employé en période de mise à l'épreuve et rien à voir avec une thérapie du deuil.

— Je crois que je sais où vous voulez en venir, fit tranquillement Lamont.

— Et où est-ce que je veux en venir ?

— Il s'agit du chandelier, du chandelier juif.

— Oui, le chandelier. Savez-vous quelque chose à ce propos ?

— Ils appellent ça une menorah. C'est ce qu'il m'a raconté. Oui, je suis au courant.

— Avez-vous... je suis désolé, je suis obligé de vous poser la question, monsieur Williams. Avez-vous... vous ne niez pas que... ?

— Je l'ai, mais je ne l'ai pas volée.

— Que dites-vous ?

— Je dis qu'il me l'a donnée.

— Le patient ?

— Exact. Mr Mandelbrot me l'a donnée.

— Il vous l'a donnée ?

— Oui.

— C'est-à-dire... en cadeau ?

— Exact.

— Voulez-vous m'excuser une minute, monsieur Williams ?

— Bien sûr.

— Non, je veux dire, cela vous ennuierait-il de m'attendre dehors un moment ?

— Non, pas du tout.

C'était le début de l'après-midi et, chose inhabituelle pour lui à cette heure-là, Adam Zignelik n'enseignait pas, il n'était pas dans son bureau ou ailleurs sur le campus, mais environ quatre kilomètres plus au nord, dans son appartement de Morningside Heights, à attendre qu'une camionnette vienne livrer le contenu des cartons qu'il avait emballés. Ces cartons contenaient sa carrière, jusqu'à ce jour. Il avait presque complètement vidé son bureau, hormis quelques objets. Il y avait assez de place désormais dans les rayonnages pour la quasi-totalité de leur contenu, maintenant que Diana n'était plus là. Qu'est-ce qu'il fabriquait, ce fichu chauffeur ?

Au rez-de-chaussée du Sloan-Kettering Memorial, Lamont Williams se leva et sortit du bureau de Juan Laviera, comme on l'en avait prié, pour patienter dehors, là où il avait attendu précédemment. Depuis le couloir, il entendit Mr Laviera frapper, puis ouvrir la porte du bureau attenant. D'après le ton du dialogue avec son occupant, ils avaient une relation facile.

— Désolé de t'embêter, Dan.

— Non, pas du tout, qu'y a-t-il ?

— Je l'ai fait attendre dehors.

Lamont entendit la radio plus fort, à présent que les portes étaient légèrement entrouvertes.

— Il dit qu'il n'a rien fait, qu'il ne l'a pas volée. Il prétend que le vieux la lui a donnée.

Lamont vérifia le nom sur la porte du bureau voisin de celui du directeur adjoint des ressources humaines. C'était celui du directeur des ressources humaines, l'homme à qui Mr Laviera s'adressait à l'instant. Il était inscrit « Daniel Ehrlich, directeur des ressources humaines ». D'où connaissait-il ce nom ? Il allait à l'école avec un gamin qui s'appelait Danny Ehrlich. Ce ne pouvait pas être le même.

— Le vieux la lui a donnée... une menorah ?

— C'est ce qu'il m'a répondu.

Lamont Williams était assis dans le couloir. « Le truc, c'est de ne pas se haïr. » C'était ce que lui soufflait une voix, tout au fond de lui. « Si tu réussis à ne pas te haïr, alors aucun souvenir ou presque ne pourra te faire de mal : ton enfance, tes parents, ce que tu as fait ou ce qu'on t'a fait », lui disait-on. Il songea à cela en entendant la radio en sourdine, à l'intérieur du bureau du directeur des ressources humaines, un Mr Danny Ehrlich.

Il étudiait ses mains, les mains qui avaient jadis tenu un jouet auquel il attachait beaucoup de prix, un cadeau d'anniversaire d'un oncle emporté à la maison d'un nouvel ami, pour lui montrer ce cadeau, des mains qui, quand un vieil ami le leur avait demandé, avaient conduit un fourgon jusqu'à une boutique d'alcools et attendu dehors pendant que les deux autres formaient spontanément des projets illégaux, des mains qui s'étaient essayées au travail du bois à l'établissement pénitentiaire Woodbourne, des mains qui avaient accepté un cadeau sous la forme d'un candélabre en argent de la part d'un vieil Européen blanc, des mains qui avaient touché le front froid de sa grand-mère, à peine après l'avoir découverte, morte, deux mains assez coordonnées, assez adaptées à un homme de sa taille et de son poids, des mains quelconques, si l'on exceptait une de leurs caractéristiques que personne n'avait encore jamais remarquée – leur innocence.

*

À la toute fin de la seconde moitié des années 1940, deux hommes étaient couchés à deux endroits distincts d'une maison de Sheridan Road, dans l'Uptown de Chicago. L'un des deux, un père, était assez âgé pour avoir été grand-père ; l'autre, un fils, était encore assez jeune pour être perçu comme un garçon. Il y avait des lieux dans ce pays où, quel que soit l'âge qu'atteindrait ce jeune homme, il serait toujours perçu comme un garçon. Il était allé dans certains de ces lieux et, tous les soirs, il s'était endormi en rapportant avec lui dans son lit tout ce qu'il y avait vu. Il était peu probable que ces deux hommes, Henry Border et le jeune Russell Ford, dorment dans la même maison, à Chicago, au milieu du siècle, et pourtant, c'était le cas, et cela découlait de leurs différents liens avec la mère de Russell, Callie Pearson.

Henry Border avait pour habitude de se retirer le soir longtemps après tout le monde. Il restait assis seul dans son bureau à lire et à prendre des notes ou à écouter des étrangers parler d'événements terribles, sur des bobines de fil métallique. La porte du bureau était fermée et il se frottait les yeux, il fermait les paupières et se les tamponnait parfois avec un mouchoir que la mère de Russell, Callie, avait lavé.

Ensuite, aussi silencieusement que possible, il faisait sa toilette dans la salle de bains et se mettait au lit seulement vêtu d'une chemise de nuit, avec sur la poitrine un poids de plomb qui n'en bougeait jamais, même quand il se retournait. Il en était ainsi depuis sa visite dans les camps de Personnes Déplacées. L'horloge de parquet tictaque au rez-de-chaussée. Il retire sa montre et la pose sur la commode, éteint la lampe de chevet et, à peine a-t-il fermé les paupières que cette question familière lui revient dans un chuchotement : «Quelle espèce d'homme abandonne son épouse pour la livrer à la torture et au meurtre ?»

Henry Border portait un intérêt professionnel aux «personnes en détresse». Son hypothèse du «Quotient adjectif-verbe» stipulait que les gens en «détresse» emploieraient des adjectifs et des verbes suivant un ratio différent des individus qui ne sont pas en telle situation de «détresse». Il était allé en Europe à la recherche d'individus en détresse à étudier. Dans cette maison qu'il partageait pour un temps avec sa fille, Russell Ford, Callie Pearson et son mari James Pearson, il y avait trop de pièces, et le couloir était trop long, lui aussi, nécessairement. Mais il ne se prolongeait pas jusqu'en Europe.

Tout près du lit de Russell, dans sa chambre, plus loin dans le couloir, si près qu'il pouvait sortir la main de sous les couvertures et, rien qu'en la tendant, la toucher, il y avait une besace en cuir usé qui avait appartenu à son père. Endormi dans son lit, Russell avait soudain des sueurs froides qui annonçaient le retour de ce lundi matin si chaud à Detroit, vers la fin de l'année scolaire, et il revoyait toute la scène : son père arraché du tramway par des inconnus, roué de coups de poing et de coups de pied, piétiné jusqu'à finir en sang, puis inconscient, puis mort, avant de ne plus être un homme mort, de n'être plus un humain défunt mais un banal cadavre, humide et déchiqueté, gisant sur le bas-côté près d'une besace en cuir. Et cette scène revenait le hanter une fois par nuit, plusieurs nuits par semaine et parfois, souvent, et c'était audible, à travers la porte. Mais Henry Border, le psychologue qui portait un intérêt particulier aux individus en détresse, n'avait jamais rendu visite au jeune homme, pas une fois, afin de découvrir ce qui n'allait pas, et encore moins de lui offrir un peu de réconfort. Ses propres cauchemars le rendaient sourd aux gémissements nés des cauchemars de l'autre chambre.

En revanche, plus loin dans le couloir, depuis la sienne qu'elle partageait avec son mari, Callie Pearson entendait la détresse de son fils. Son mari, James Pearson, qui l'entendait aussi, enfilait un peignoir et se rendait à la chambre de son fils, au bout du couloir, dans l'obscurité, pour souvent apercevoir quelqu'un d'autre déjà posté devant la porte.

— Je m'en occupe, monsieur Pearson, chuchotait Elly Border, un verre d'eau à la main.

Elle avait appris ce dont Russell avait été le témoin à Detroit et maintenant, comme la mère et le beau-père de ce dernier, elle l'entendait elle aussi, chaque fois.

*

Quand Danny Ehrlich était petit garçon, ses parents, tous deux enseignants, assez coulants et un peu complaisants, encourageaient la discussion sur des sujets sociaux et politiques à l'heure du dîner, non seulement entre eux, mais avec leurs enfants. Danny entretenait avec eux une relation assez étroite pour avoir envie de les informer dès que possible de tout ce qui lui arrivait d'un peu significatif. Ce fut ainsi qu'il évoqua cet épisode où un nouvel ami de l'école venu chez lui pour la première fois lui ayant apporté ce que Danny avait pris pour un cadeau, un cadeau tout à fait extraordinaire, un Guerrier Shogun, une figurine Action Man, il s'était précipité au bout du couloir de l'appartement familial, auprès de sa mère, dans la cuisine, pour lui montrer ce que ce nouvel ami lui avait donné. Mais après le retour de ce nouvel ami chez lui, le Guerrier Shogun avait disparu de l'appartement. Tout le monde, au domicile des Ehrlich, avait simplement supposé que l'ami s'était en fin de compte entiché de son cadeau et l'avait dérobé.

Maintenant qu'il était adulte, seuls ses amis intimes, sa famille et son épouse appelaient Danny Ehrlich « Danny ». Dans le domaine professionnel, il était connu sous le nom de Dan Ehrlich, directeur des ressources humaines du Centre de cancérologie Sloan-Kettering Memorial, et il avait espéré éviter cette rencontre désormais inévitable avec la version adulte du petit garçon venu lui rendre visite à l'appartement familial, ce jour-là, le petit garçon qui lui avait donné cette figurine Action Man du Guerrier Shogun avant de la lui reprendre. Du côté du bureau le plus proche de la porte s'était assis Lamont Williams, un ancien détenu qui avait eu une chance de redémarrer dans l'existence, grâce à une période de six mois de mise à l'épreuve comme agent au sein du service d'entretien. La décision de lancer un programme d'accueil réservé à d'anciens détenus adaptés, récemment libérés, avait été prise par une sous-commission choisie par le conseil d'administration de l'hôpital. Dan Ehrlich et Juan Laviera, le directeur adjoint des ressources humaines, faisaient partie de la sous-commission. Les deux hommes avaient beau entretenir une relation de travail facile qui confinait à l'amitié, avec tout le respect qu'ils se devaient, ils avaient respectueusement pris des positions contraires sur la question de savoir si l'hôpital devait accepter d'anciens détenus comme employés, moyennant une période de mise à l'épreuve. Juan Laviera s'y était opposé. Il était d'avis que la réhabilitation d'anciens prisonniers ne s'inscrivait pas dans la mission principale de l'hôpital et que cela ne ferait que conduire à des problèmes dont ils pouvaient se passer.

— Dan, crois-moi, un tas de types avec qui j'ai grandi ont pris cette direction et... enfin, tu savais déjà, à l'époque, qu'ils s'acheminaient vers de gros ennuis. On était encore des gamins, certes, mais les gens... ne changent pas vraiment.

Dan Ehrlich avait défendu le point de vue opposé. Il estimait que les individus, certains d'entre eux, en tout cas, étaient capables de changer et qu'il fallait leur accorder une chance. Et quand ils changeaient bel et bien, cela pouvait se révéler vraiment édifiant. Cela risquait d'être bon pour l'état d'esprit du personnel de l'hôpital et même pour certains patients, que ces anciens détenus effectuant leur période de mise à l'épreuve de six mois au travail se sentent partie intégrante d'un effort collectif, celui d'une équipe, d'une communauté de personnels soignants issus de milieux divers, tous unis dans leur volonté d'aider les gens à combattre le cancer. Cela transmettrait un signal fort, de l'hôpital à la collectivité et, s'ils démarraient lentement, en choisissant un ou deux anciens détenus à la fois, avec grand soin, au pire, que risquait-il d'arriver ? Au pire, ce qui leur arrivait à présent.

Juan Laviera n'avait sincèrement aucune envie d'adopter une attitude du style «je te l'avais bien dit», mais ce vol de la menorah d'un mourant mettrait peut-être un terme à l'expérience. Il appréciait de travailler avec Dan Ehrlich, il aimait bien son style décontracté, et il craignait que l'échec apparent de leur initiative ne contribue à discréditer Dan. Maintenant, ce dernier devrait certainement recommander qu'il soit mis un terme à ce programme, que lui, Juan Laviera, avait toujours considéré comme lourd de dangers.

En face de Lamont Williams, du côté de la fenêtre par rapport à la porte, Dan Ehrlich était assis à un bureau où étaient disposées entre eux deux des photos de son épouse et de ses filles jumelles. Sa femme ne l'ignorait pas, c'était l'entrevue qu'il avait redoutée depuis des jours, dès que la famille du patient récemment décédé s'était plainte de la disparition de l'un des effets de cet être cher, une menorah en argent. Les deux hommes échangèrent un regard et même s'ils étaient à peu près certains l'un comme l'autre que l'homme que l'un et l'autre avaient en face de lui était l'incarnation, à l'âge adulte, d'un camarade d'école qu'il avait brièvement pris pour ami, aucun des deux ne laissa percevoir qu'il avait une idée à peu près claire de l'identité de son interlocuteur. Au lieu de quoi, chacun attendait que l'autre soulève le sujet et se demandait, pour des raisons différentes, quel bien cela leur ferait de l'aborder, à cette minute. Après tout, leur accointance s'était achevée dans le malaise, d'autant plus que leur amitié avait été brève.

Les réflexions de Lamont le ramenèrent un moment dans la cuisine de Danny Ehrlich, à l'admiration de Mrs Ehrlich pour ce jouet, avant qu'il ne se secoue et ne revienne subitement atterrir dans le bureau de Dan Ehrlich, le bureau du directeur des ressources humaines, quelques trente années plus tard. D'après les conditions du programme pilote pour les anciens détenus, l'hôpital avait le droit de mettre un terme à l'emploi de n'importe quel ancien détenu et à son association avec lui sans préavis, écrit ou autre, sans explication, en fait sans avoir à invoquer de cause justifiable, jusqu'à expiration de la période de mise à l'épreuve de six mois. À l'expiration des six mois, l'ancien détenu avait accès aux mêmes droits et prérogatives que n'importe quel autre employé de l'hôpital. À deux semaines près, Henryk Mandelbrot était mort avant l'expiration des six mois, à compter du jour où Lamont Williams avait commencé de travailler au service d'entretien.

— La famille d'un patient décédé...

— Mr Mandelbrot.

— Ah... oui, les Mandelbrot étaient particulièrement contrariés par la disparition de...

— Monsieur Ehrlich, il me l'a donnée.

— Je leur ai indiqué que telle était votre position, mais ils...

— Monsieur Ehrlich, ce n'est pas ma position. C'est mon chandelier. Il me l'a donné, en cadeau. Nous étions amis. J'allais le voir après mon service. Je...

— Monsieur Williams, ils voulaient déposer une plainte.

— Quoi !

— Ils voulaient porter plainte contre vous.

— Plainte pour quoi ?

— Je n'en sais rien. Pour vol, je suppose.

— On ne peut pas m'accuser de...

— Monsieur Williams, je n'ai pas du tout fait mention de votre séjour en prison. Je ne leur ai même pas communiqué votre nom. Ils voulaient récupérer cet objet et je leur ai dit que nous ne l'avions pas.

— Où leur avez-vous dit qu'il était ?

— Je leur ai répondu la vérité... que je ne savais pas où il était. Ils m'ont soutenu qu'ils avaient vu un agent de nettoyage traîner autour de la chambre du patient et...

— Ils ont prétendu que je l'avais volé ?

— Ils ne peuvent pas vous identifier, mais l'hôpital est responsable de...

— Je l'ai.

— Monsieur Williams, pour éviter des désagréments supplémentaires et toute publicité négative éventuelle dans la presse, l'hôpital va rembourser l'objet à la famille, pour un montant d'une valeur convenue, mais...

— Je l'ai encore.

— Il est trop tard pour faire...

— Il me l'a donné et je l'ai encore.

— Monsieur Williams, l'hôpital n'a pas révélé votre identité à la famille Mandelbrot et cela n'a pas été commode, mais nous allons devoir nous séparer de vous. Nous ne signalerons pas ces allégations de vol aux services de l'administration pénitentiaire. Nous allons nous borner à leur indiquer que les choses ne se sont pas tout à fait passées comme il aurait fallu, mais il est exclu que nous envisagions de continuer à vous employer. Je suis désolé mais c'est simplement trop...

— C'est des conneries, mec !

— Lamont, qu'est-ce que tu veux, bordel ? Je ne pouvais pas mieux m'arranger.

Les deux hommes se regardèrent avec une intensité qu'ils n'avaient plus été en mesure de puiser en eux depuis l'incident de la figurine Action Man du Guerrier Shogun, quelque trente années plus tôt.

— Lamont, j'essaie de t'aider à te tirer au mieux d'une sale...

— C'est une menorah.

— Quoi ?

— L'objet... cela s'appelle une menorah, Danny. Il m'en a parlé. C'est en rapport avec les Macchabées.

*

Adam Zignelik se demandait si c'était le fruit de son imagination ou si désormais le personnel du Chi bar, au Sheraton de Chicago, ne le reconnaissait pas. Il était arrivé dans la ville la veille et il avait consacré toute sa journée à photocopier autant de documents de Border qu'il en avait eu le temps pour les remporter avec lui à New York. À ce stade, le personnel de la Galvin Library de l'IIT savait certainement qui il était. Aujourd'hui, il devait rencontrer Wayne Rosenthal, l'ancien étudiant de Henry Border qui avait si longtemps refusé de le rencontrer. Un jour, se promit Adam, il viendrait en visite à Chicago et descendrait vraiment au Sheraton, là où ils se rencontraient, mais ce ne serait pas aujourd'hui, et il prit un taxi pour s'y rendre, depuis l'hôtel où il descendait d'habitude, qu'il avait surnommé « l'arrêt des routiers ».

— J'espère que cela ne vous ennuie pas, professeur Zignelik, mais je préférerais ne pas être enregistré. Je ne vois aucun inconvénient à ce que vous preniez des notes mais...

— Non, ça ira. Absolument. Et au fait, appelez-moi Adam.

— Merci... Adam. Bon, n'hésitez pas à m'appeler Wayne.

Habillé de façon plutôt stricte, en veston et cravate, et portant avec lui une besace en cuir, Wayne Rosenthal était un homme à l'air intelligent, âgé d'à peu près quatre-vingts ans, aux cheveux argentés parfaitement soignés. Il repéra immédiatement laquelle des personnes assises seules au bar était Adam Zignelik et ils se serrèrent la main. Le psychologue en retraite jeta son pardessus sur le dossier de la chaise, s'assit et précisa qu'il lui faudrait appeler sa petite-fille –

c'était elle qui l'avait amené ici – lorsqu'il souhaiterait qu'on vienne le chercher. Adam percevait bien que cet homme en face de lui, le professeur Wayne Rosenthal, possédait toutes ses facultés mentales, mais il suspectait que l'allusion au fait qu'on vienne le chercher, à la fin du moment qu'ils passeraient ensemble, était plus destinée à le calmer lui-même qu'à répondre à la question qu'Adam n'avait pas posée et dont il n'avait pas vraiment besoin de connaître la réponse. Jouant au psychologue amateur, et afin de le détendre, Adam pensa commencer par souligner qu'il connaissait déjà l'œuvre et la vie de Border, et par mentionner ceux qu'il avait déjà interviewés.

— Oui, enfin, Arch et les autres... c'est à Amy que vous avez parlé ? C'est une personne charmante... ils n'avaient pas tout à fait le type de relation que j'avais avec le professeur Border.

Il se tut, le temps de boire une gorgée de tonic.

— Je n'ai jamais vraiment... Je n'ai jamais réellement discuté du professeur avec ma famille, même pas avec ma défunte épouse. C'est juste... Je n'en voyais pas l'utilité. Voyez-vous, entre nous, c'était très personnel, et pas seulement entre nous. Il avait une fille.

— Elly.

— Oui, Elly. Je ne sais pas ce que les autres vous ont dit.

— Eh bien, sans vouloir vous mettre dans l'embarras, ils ont laissé entendre qu'il pourrait y avoir eu certains sentiments entre Elly et vous.

Wayne Rosenthal prit son verre, le tint entre ses deux mains et s'avança dans son siège.

— Cela ne peut plus blesser personne, maintenant. J'étais profondément amoureux d'elle. Je n'avais pas encore rencontré ma femme et oui, Elly et moi... nous avions des projets.

Wayne Rosenthal ramena Adam au jour de la soirée d'Evie Harmon, quand tard dans l'après-midi, par un pur hasard, il était tombé sur l'enregistrement non classé contenant le récit d'Hannah Weiss sur la manière dont sa sœur Estusia et Ala, avec Rosa, avaient transmis clandestinement de la poudre aux hommes de la résistance du Sonderkommando et du soulèvement proprement dit.

— Il devait être au moins aussi en colère contre lui-même qu'il l'était contre moi, fit Wayne Rosenthal, assis au bar du Sheraton de Chicago, en regardant devant lui.

— Pourquoi dites-vous cela ?

— Eh bien, quand vous y réfléchissez, il a failli réussir à la dissimuler, cette bobine.

— Je ne vous suis pas.

— À part lui, j'étais la seule personne à comprendre le yiddish, à savoir faire fonctionner l'enregistreur sur fil de Marvin Cadden et à avoir accès aux bobines. Il n'y avait personne d'autre. Il n'y avait que moi. Et il s'était donné la peine de la retirer des autres piles de bobines. Personne d'autre n'aurait eu le culot de fouiller son bureau comme je l'ai fait. Je veux dire... dans ma tête... je pensais qu'il deviendrait mon beau-père. Bon sang, je pensais réellement l'aider à mener à bien une œuvre... d'une importance incroyable.

» Je veux dire, il faut vous imaginer. C'était cinq ou six ans après la guerre. J'étais si amoureux d'Elly. Nous devions nous rendre à une soirée et je me trouve dans le bureau de son père. Je suis seul et je charge cet enregistrement sur fil. Elle avait rencontré mes parents. Vous voyez ? Et puis... et puis j'entends l'histoire de cette femme. Je n'avais pas l'intention de continuer à écouter la totalité de l'entretien. Je voulais juste savoir dans quelle pile je devais le ranger.

Il but une autre gorgée de son verre avant de poursuivre.

— Tous les entretiens sur ces fils... ils étaient tous poignants, et les gens, à l'époque, ne connaissaient pas ces choses-là, pas de manière aussi détaillée. Et vous les entendiez de la bouche de ceux qui les avaient vécues. Mais celle-ci, c'était encore autre chose. Cette jeune femme tâchait manifestement de maîtriser ses émotions.

— Que voulez-vous dire ?

— Eh bien, il l'avait mise en colère en la forçant à s'en tenir à son protocole, pour ce qui devait être le premier de deux entretiens et, au moment où elle abordait le second... elle avait senti que c'était là sa chance, en un certain sens, de sauver sa sœur, du moins de sauver sa mémoire. Elle s'est mise à raconter toute l'histoire ; comment elles avaient été approchées par cette femme... par Rosa... elle n'était pas beaucoup plus vieille qu'Elly, quand j'ai découvert cet enregistrement.

— Quand avez-vous suspecté que Rosa avait pu être l'épouse de Border ?

Complètement abasourdi, Wayne Rosenthal se redressa dans son siège.

— Comment savez-vous cela ? lui demanda-t-il, stupéfait, avant de répondre lui-même à sa propre question. Amy... Amy Muirden vous l'a dit, n'est-ce pas ?

— Oui.

— J'ai reconstitué tout cela dans ma tête, sur le trajet de son bureau à la maison où nous étions censés nous rendre ensemble, pour cette fête.

Il avait eu beau s'écouler plus de cinquante années, Adam voyait bien que Wayne Rosenthal était encore profondément affecté par ce qui s'était produit. C'était clair, à sa façon de narrer les événements. Il était probable qu'il n'en avait jamais discuté avec personne d'autre, en conclut Adam.

L'étudiant préféré avait reconstitué les événements et, quand il avait exposé son hypothèse à son mentor, Border avait refusé de commenter directement. Au lieu de quoi, il avait insisté pour que Wayne Rosenthal ne touche plus jamais à l'enregistrement sur fil et lui avait purement et simplement interdit de voir Elly, avec effet immédiat. Par un acte de volonté impétueuse, Border tentait d'empêcher Elly de découvrir qu'il avait abandonné sa mère en lui interdisant simplement de voir la seule autre personne qui savait, et en interdisant à ce dernier de la contacter.

Ce soir-là, lors de la soirée des Harmon, Border avait pris Elly à part et, sans lui fournir aucune explication, à partir de ce moment-là, il lui avait interdit d'avoir le moindre contact avec Wayne. Elle l'avait supplié de s'expliquer, mais il avait refusé. Pour elle, la soirée s'était soudainement transformée en une espèce de cauchemar. Son père se comportait de manière irrationnelle, Wayne refusait de lui adresser la parole de peur que Border ne provoque une scène en public et on attendait d'elle, la cadette de tous les invités, qu'elle se comporte avec sa grâce habituelle. Incapable de préserver les apparences plus longtemps, elle avait fondu en larmes et cherché réconfort auprès de Russell Ford et de sa mère, Callie Pearson, qui aidaient au service des boissons et des hors-d'œuvre. Russell la connaissait bien et il aurait voulu la réconforter, mais il lui fallait s'occuper de son travail, et puis, d'instinct, il savait qu'il devait fuir tous les endroits où il risquait de se faire surprendre seul avec une fille blanche, et en pleurs par-dessus le marché. Même Callie avait chuchoté à Elly que, quel que soit le problème, cela devrait attendre leur retour à la maison.

— Vous rendez service à personne à pleurer en appelant « au secours ».

Elly était restée debout, brisée, prostrée, barbouillée de larmes et totalement seule au milieu des gens qu'elle aimait. Son père l'avait amenée de Pologne aux États-Unis, dans une crise de volonté toute semblable à celle qui avait provoqué l'épisode de ce soir, lors de la réception d'Evie Harmon.

— Pourquoi ne lui avez-vous rien dit ? Cela devait être très traumatisant, pour elle, demanda Adam à Wayne Rosenthal.

— À ce que j'ai compris, ça a été pour elle un traumatisme incroyable.

— À ce que vous avez compris ?

— Je pense qu'elle a souffert d'une sorte de dépression, après ça.

— Quoi, vous ne lui avez plus jamais parlé ?

— Si.

— Mais vous ne lui avez pas expliqué pourquoi c'était arrivé ?

— Le professeur Border lui a tenu des propos intimidants, en prétendant savoir sur mon compte des choses qu'il valait mieux ne pas lui révéler, et que pour son bien à elle, nous ne devions plus nous revoir.

— Elle ne vous a pas demandé ce que vous aviez fait ?

— Si. Je lui ai répondu que je n'avais rien fait et que c'était à son père qu'elle devait demander pourquoi il nous interdisait de nous revoir.

— Mais ne lui avez-vous pas révélé la vérité, la vraie raison de la rupture que votre père vous avait imposée à tous les deux ?

Le psychologue à la retraite se redressa un moment dans son siège. Une serveuse voulut savoir si l'un ou l'autre désirait boire autre chose, mais ils n'avaient envie de rien ni l'un ni l'autre. Wayne Rosenthal s'étira légèrement, puis il se pencha de nouveau vers Adam.

— J'y ai repensé à de nombreuses reprises, avec les années. Je ne crois pas pouvoir défendre ma position... mais je pourrais peut-être l'expliquer. Enfin, peut-être pas. Nous étions jeunes, même moi, j'avais la petite vingtaine. J'admirais cet homme, et j'avais été secoué par ce que j'avais appris à son sujet et concernant son épouse. J'espérais qu'il y reviendrait, je crois, et que tôt ou tard il se laisserait fléchir. Je ne sais pas. Peut-être que je rationalise simplement ma lâcheté morale. C'était compliqué de maintenir le contact, à cette époque, si vous étiez jeune, si vous viviez chez vos parents, et si l'on vous surveillait.

» Comme je vous l'ai dit, elle a fait une espèce de dépression, tout de suite après cette histoire, et en l'espace d'un an, tout avait changé.

— Qu'est-ce qui avait changé ?

— Eh bien, elle est partie pour New York, à l'université. Nous avions envisagé d'être à nouveau réunis, quand elle serait à la fac, mais à ce moment-là... J'avais rencontré la femme qui allait devenir mon épouse.

— Donc vous ne lui avez jamais dit ce que vous saviez de sa mère, de son rôle dans la révolte d'Auschwitz, de son héroïsme ?

— Une fois qu'elle est partie et... que j'avais rencontré ma femme, en réalité, je ne me souviens pas de ce qui s'est produit en premier... enfin, j'ai pensé... Vous voyez, la chose avait perdu tout son caractère d'urgence, et j'ai songé qu'un jour je retrouverais sa trace et je le lui dirais. J'ai cru qu'elle reviendrait peut-être s'installer à Chicago.

— Et c'est ce qu'elle a fait ?

— Non, à ma connaissance, elle est restée à New York, pendant un temps elle a exercé un emploi dans une structure liée aux droits civiques, quelque chose comme la NAACP, et par la suite elle est devenue enseignante.

— La NAACP ?

— Je crois.

— À New York.

— Oui, mais cela n'a pas dû se prolonger très longtemps, car je sais de source sûre qu'elle enseignait dans une école de Brooklyn, vers l'époque où son père est décédé, et ensuite pendant un certain temps. Quel était le nom de cette école ? Je devrais m'en souvenir car elle a occupé la une de l'actualité vers la fin des années 1960, et elle y figurait encore en bonne place... y compris jusqu'en 1968. Elle s'était engagée dans une histoire d'action syndicale. C'est comme cela que j'ai retrouvé sa trace, à travers la Fédération syndicale des enseignants. Quel était cet établissement ? Ah oui ! L'Ocean Hill-Brownsville. Je l'ai noté parce que j'avais l'intention de la recontacter, après la mort de Border.

» Voyez-vous, j'avais décidé d'attendre sa mort pour le lui dire et comme cela, éviter de la priver de son père... ou lui de sa fille. Ils n'avaient pas d'autre famille, ni l'un ni l'autre.

— Donc vous avez attendu.

— J'ai attendu. J'ai appris la mort du professeur Border dans une lettre d'information de l'IIT et c'est alors que j'ai envisagé de retrouver la trace d'Elly et de tout lui révéler Eh bien, cela n'a pas été si facile. J'avais une famille, des enfants et tout, à l'époque.

— Mais vous l'avez retrouvée.

— Oui, je l'ai retrouvée, mais à ce moment-là je n'étais pas sûr qu'il soit moralement juste de tout lui révéler. Je veux dire, elle avait perdu son père, le seul de ses deux parents qu'elle ait jamais connu, un homme qui l'aimait plus que tout, d'ailleurs, c'est aussi ce qui a suscité tant de complications, et moi, j'étais en position de le lui retirer une nouvelle fois. Je n'étais pas sûr de la meilleure attitude à adopter. Elle n'avait personne, elle était orpheline.

— Orpheline ?

— Eh bien, c'est ce que j'ai pensé, à l'époque. Jusqu'à quel âge peut-on être orphelin ?

— Tôt ou tard, nous finissons tous par le devenir, fit Adam, comme s'il s'adressait ce propos à lui-même.

— Vous avez sans doute raison. Elle vivait à Greenwich Village. Elle était peut-être un peu bohème, une sorte de hippie ou que sais-je encore. Enfin, quel que soit son mode de vie, elle semblait se consacrer aux choses auxquelles elle croyait... d'après ce que j'avais appris sur son compte. J'espère juste qu'elle n'était pas seule... quand elle est morte.

— Elle est morte ?

— Pas très longtemps après cette histoire du syndicat d'Ocean Hill-Brownsville.

— Comment est-elle morte ?

— J'ai posé la question à un type du syndicat, à l'époque où j'essayais de retrouver sa trace, à la fin des années 1960...

— Et ?

— Je n'en sais rien.

— Le syndicaliste n'a rien dit ?

— Il a refusé de me le dire. J'imagine qu'il le sait.

— Pourquoi ?

— Eh bien, il semblait en savoir beaucoup à son sujet, du moins professionnellement parlant. Apparemment, elle avait adhéré au syndicat des enseignants depuis un bout de temps, elle s'y impliquait pas mal, à un niveau assez élevé. Vous avez entendu parler d'un militant des droits civiques, Bayard Rustin ?

— Bien sûr. Je le connaissais. Je veux dire, je l'ai croisé à quelques reprises, quand j'étais gamin. Mon père le connaissait bien. Pourquoi ?

— Apparemment, ils étaient amis. Le gars du syndicat m'a expliqué qu'il avait été une espèce de mentor, pour elle.

— Vraiment ?

— Oui, c'est ce qu'il m'a affirmé.

Adam se demandait si Elly n'aurait pas rencontré son père. Comment réussirait-il à le savoir ? Quelle importance ? Le monde était extrêmement petit, songea-t-il, et puis ses pensées revinrent à l'homme qui était en face de lui.

— Mais il ne vous a pas précisé comment elle était morte ?

— Non, je lui ai posé la question mais il l'ignorait. C'était à la fin des années 1960. Elle était encore... si jeune.

— Et elle n'a jamais su, pour sa mère ?

— Pas que je sache, répondit le vieux psychologue, le regard dans le vide, à présent.

Adam lui expliqua qu'il avait remonté la piste de la femme interrogée par Border, Hannah Weiss, la sœur d'Estusia.

— Elle est encore en vie ?

— Oui, et elle est installée dans une maison pour personnes âgées, pas très loin de là où j'ai grandi, à Melbourne.

— En Australie ?

— Eh oui.

— Lui avez-vous mentionné l'importance de son témoignage devant le professeur Border, au plan personnel ?

— Oui, j'ai évoqué la chose, mais je ne sais pas si cela comptait tant, pour elle, et j'ai dû admettre que je n'avais ni entendu l'enregistrement de son interview, ni lu la transcription. Personne n'a encore été capable les dénicher.

— Eh bien, vous n'auriez pas pu le lire, parce qu'il ne s'est jamais résolu à la transcrire. Et vous ne trouverez pas non plus la bobine de fil.

— Pourquoi cela ?

— Parce que je ne la lui ai jamais rendue, lui avoua Wayne Rosenthal, puis le vieux psychologue à la retraite plongea la main dans sa serviette en cuir et en retira un sac plastique. Elle est là-dedans, ajouta-t-il. Ce n'est pas plus mal que ce soit vous qui la récupériez. De toute manière, je ne savais pas à qui la confier.

— C'est l'entretien avec Hannah Weiss ?

— C'est cela.

— C'est là qu'elle raconte l'histoire des femmes qui ont sorti clandestinement de la poudre de l'usine de munitions, le soulèvement et l'exécution de ces femmes ?

— Toutes ses déclarations y figurent. Il a menacé de porter plainte.

— Mais vous l'avez tout de même conservée ?

— Je savais qu'il n'en ferait rien.

— Pourquoi pas ?

— Parce que s'il portait plainte, d'une manière ou d'une autre, cela aurait été la garantie qu'Elly découvre le contenu de l'entretien, et qu'elle apprenne le sort de sa mère. C'était la chose qui l'effrayait le plus. Je le savais et il savait que je le savais.

— Je suppose que de la conserver, cela vous a aussi apporté une certaine protection.

— Qu'entendez-vous par là ?

— Eh bien, non seulement il pouvait interdire à sa fille de vous fréquenter, mais il restait votre directeur de thèse. Il tenait votre futur universitaire entre ses mains, et partant de là, vos perspectives de carrière également.

Wayne Rosenthal réfléchit un moment.

— Professeur Zignelik... Adam, vous aurez peut-être du mal à comprendre ça, vous ne me croirez peut-être même pas, mais malgré sa position... malgré toute cette histoire de l'enregistrement sur fil et ma relation avec Elly, jamais l'idée qu'il puisse chercher à assouvir une sorte de vengeance ou qu'il ait pu laisser planer cette histoire au-dessus de ma tête ne m'a effleuré l'esprit. Je n'ai jamais cru qu'il menacerait même d'exercer des pressions pour peser sur mon avenir universitaire ou le manipuler de quelque manière que ce soit.

— Vraiment ?

— Oui, je sais que cela paraîtra étrange, mais l'enjeu était d'un tout autre ordre... je ne sais pas, peut-être que la clef est là, si l'on veut comprendre cet homme. C'est là que son honneur est venu reprendre le dessus. Je n'avais jamais eu le moindre doute sur son intention de me traiter de manière équitable. L'honneur, le respect... avec lui, c'était toujours présent. Je pense qu'il a passé sa vie entière à rechercher cela, à s'efforcer de le mériter. Et qui était la personne aux yeux de laquelle il avait le plus besoin de le mériter ?

— Sa fille.

— C'est exact. À l'époque, j'ai été incapable de m'en apercevoir. J'étais trop furieux et trop affligé pour comprendre quel sujet délicat j'avais soulevé, par mégarde. Et j'étais trop gêné.

— Gêné ?

— Devant mes parents. Je crois qu'ils se sont imaginé que le professeur Border m'avait surpris en position compromettante avec sa fille. Nous n'étions pas comme ça, sourit-il, mais alors, comment expliquer que mon mentor m'ait banni de sa maison et que subitement, rien, je veux dire, rien, n'aille plus ?

— Vous ne leur en avez pas touché un mot, à eux non plus ?

— En y repensant avec plus de cinquante années de recul, je crois que j'ai adhéré à ces exigences de l'honneur, moi aussi. J'avais une si haute opinion de lui. En un sens, j'avais tant investi en lui, en l'idée que je me faisais de lui, que je ... je n'ai pu m'y résoudre. J'espérais toujours qu'il changerait d'avis.

— Et qu'il en parle lui-même à sa fille ?

— Oui. Étais-je naïf, hein ?

Les deux hommes se levèrent. Wayne Rosenthal mit son écharpe et son manteau. Ils se serrèrent la main et Adam le remercia. L'ancien psychologue se dirigeait vers la porte de l'hôtel quand Adam l'interpella.

— Voulez-vous utiliser mon téléphone ?

Le vieil homme se retourna.

— Pour quoi faire ?

— Pour appeler votre petite-fille... qu'elle vienne vous chercher.

Adam vit que le psychologue avait les yeux humides.

— Non, j'ai un téléphone. Je crois que je vais marcher un peu.

*

Il y avait un homme dont le métier consistait à assurer la répartition des bus qui traversaient la ville dans l'arrondissement de Manhattan, pour le compte de la Metropolitan Transit Authority, la MTA. Il travaillait pour la MTA depuis près de quarante ans, dont plus de vingt années durant lesquelles cet homme, en toutes saisons, s'était montré rayonnant de chaleur et de bonne humeur, au carrefour de la 67e Rue et de York Avenue et aux alentours. Il fournissait des indications, distribuait les avis et d'amicales salutations, non seulement aux employés de la MTA, à leurs passagers, mais aux gens du quartier qu'il reconnaissait, et aussi aux inconnus de passage, aux visiteurs venus dans ce quartier de Manhattan dans des états d'anxiété divers, parfois avec du chagrin, et quelquefois même avec du désespoir. Ce personnage à la peau prématurément flétrie, un cœur d'or sous des dehors frustes, en un sens, sur qui l'on pouvait compter, jour après jour, pour vous saluer quel que soit le temps qu'il faisait, un homme dont la famille, des générations plus tôt, était venue jusqu'à New York en partant de l'Italie du Sud, du fait même de sa présence apaisante et du sérieux qu'elle inspirait, cet homme avait une capacité à remonter le moral du passant occasionnel autant que celui des habitués qui avaient fini par le connaître et par lui accorder leur confiance. En fait, il était si réputé, et si apprécié de tous ceux qui avaient pu avoir affaire à lui, qu'on avait fini par le considérer comme le « Maire » officieux de la 67e Rue Est et de York Avenue.

Ce n'était pas un carrefour comme les autres. Ce croisement se situait à quelques rues de Helmsley Medical Tower, de l'Hôpital presbytérien de New York et du Weill-Cornell Medical Center, et il englobait une partie du Sloan-Kettering Memorial. C'était là, dans ce que certains appelaient le « kilomètre des hôpitaux », que le « Maire » de la 67e Rue Est et de York Avenue se trouvait quotidiennement en position de dispenser conseils et réconfort aux gens surgis de nulle part qui en avaient subitement besoin, qui cherchaient subitement autre chose qu'un banal conseil relatif au trafic urbain et aux transports en commun.

Outre le don qu'il avait de remonter le moral des gens d'un simple sourire des yeux ou d'un chaleureux « Hé, salut, comment ça va ? », le Maire avait l'aptitude de détecter même la plus infime variation dans la situation de son interlocuteur. Il y avait certes beaucoup d'habitués et même de visiteurs irréguliers dans sa circonscription dont il ignorait les noms et qu'il ne connaîtrait pour la plupart jamais, et pourtant, quand un changement survenait chez l'un de ses administrés, cela ne l'empêchait pas de le remarquer, comme mû par un instinct. Or, depuis son perchoir à l'angle de la 67e Rue et de York Avenue, par cet après-midi hivernal, le Maire remarqua quelque chose qui détonnait.

Un homme, un adulte, qui était encore à deux ans de la quarantaine, Lamont Williams, n'avait jamais vu son père. Il ne possédait qu'un vague souvenir de sa mère, il n'était même pas sûr que ce soit elle dont il se souvienne – une cheville dans une sandale, et une senteur parfumée qu'il avait humée jadis dans un magasin. Quelque temps après, il était retourné dans ce magasin, mais cette senteur avait disparu. Ce souvenir était presque entièrement sensoriel. Cet homme avait été élevé par sa grand-mère dans un appartement encombré de magazines, de guides télé et d'objets disparates gagnés grâce à des coupons découpés dans des magazines et de photographies de gens disparus depuis longtemps, dont on n'était plus censé parler. Brièvement encouragé à l'école, juste assez de temps pour qu'un moment d'attention vienne parfois flotter sur lui comme un souffle d'air frais dans une pièce étouffante, mais à part cela, ses enseignants et les détenteurs de l'autorité l'avaient ignoré, jusqu'au jour où sa proposition de conduire un ami et le nouvel ami de cet ami lui avait valu une peine de six années de prison, à cause de la décision prise sur un coup de tête par les deux autres, une fois sortis de sa camionnette. En prison et durant ses six mois de mise à l'épreuve à un poste d'agent de nettoyage dans un centre anticancéreux, c'était son désir de retrouver sa jeune fille qui l'avait soutenu, et puis il avait aidé un vieil homme qui avait été le seul, là-bas, à se lier d'amitié avec lui et qui, avant sa mort, lui avait fait cadeau d'une menorah, juste avant que sa grand-mère ne se soit endormie pour ne jamais se réveiller, le laissant presque muet de chagrin et ne sachant pas trop où il allait vivre.

De retour au travail avec des semelles de plomb et se découvrant accusé à tort du vol de la menorah, assis dans le bureau d'un homme qui l'avait cru malhonnête et voleur quand il n'était encore qu'un enfant, trop de pensées encombraient l'espace qu'auraient occupé les mots qu'il aurait pu employer pour se défendre.

Seul, debout, dans les entrailles de l'aile administrative du centre de cancérologie, à ce moment précis de sa vie, c'était tout ce que cet homme-là pouvait faire pour respirer et marcher plus ou moins la tête haute sans succomber à l'intensification de la défaite qui avait investi sa poitrine, aussi loin que remontent ses souvenirs. Il ne lui avait guère fallu de temps pour vider son minuscule casier et il sortait déjà du bâtiment quand il entendit derrière lui la voix de D'Sean, un autre type du service d'entretien, qui s'adressait à un collègue : «Ouais, ils lui ont fait la peau à cause de ces bougies, des bougies en argent ou une merde dans le genre. Huit bougies, il les a chourées à un vieux bonhomme, un patient, qui est mort. Et après, les juifs l'ont fait foutre dehors.»

Il sortit dans la rue, se sentant totalement esseulé. Mais il n'était pas complètement seul. La mort de sa grand-mère l'avait amené à raviver sa relation avec sa cousine Michelle, un regain que sa grand-mère avait toujours espéré. S'efforçant de le réconforter, Michelle s'empressa de souligner la chose quand elle lui rendit visite, peu après sa dernière journée au service d'entretien.

Quand Michelle entra dans l'appartement de sa grand-mère, ce soir-là, l'endroit était silencieux, excepté les bruits de télévisions et de conversations en provenance des appartements voisins. « Zoloft n'est pas pour tout le monde. Parlez de Zoloft à votre docteur. La douleur – personne n'est obligé de la subir. » Lamont était assis, hébété, dans le canapé du salon, au milieu de l'appartement de Co-Op City, entouré des affaires de leur grand-mère restées éparses ou empilées telles qu'elle les avait laissées ; un magazine, une brosse à cheveux, un catalogue de vente par correspondance et, dans la cuisine, une boîte de jus de pommes surgelé Seneca qu'elle avait oublié de ranger, des affaires laissées là, en plan, intactes, comme si elle allait revenir d'une minute à l'autre.

Seule dans la cuisine, Michelle ouvrit le congélateur où elle découvrit le plat cuisiné par sa grand-mère, dans un Tupperware, étiqueté, et bien qu'elle se soit promis d'être forte, surtout pour Lamont, elle finit par pleurer en silence, mais sans aucune équivoque et, assez vite, ne se maîtrisa plus du tout. Si c'était déjà ce qu'elle ressentait, elle, avec une carrière, un mari et une fille, elle se demanda ce que devait éprouver Lamont. Elle resta seule dans cette cuisine où elle était venue enfant, où elle avait pris tant de repas avec sa grand-mère et avec Lamont. Cette femme lui manquait. Elle regrettait de ne pas avoir passé plus de temps avec elle. Lui avait-elle dit combien elle la trouvait courageuse ? Sa grand-mère n'aurait pas compris ce qu'elle entendait par là, du moins aurait-elle prétendu ne pas comprendre. Lui avait-elle dit combien elle l'aimait ? L'avait-elle assez remerciée ? L'avait-elle assez aimée ?

Elle s'essuya les yeux du dos de la main et tenta de reprendre contenance avant de rejoindre son cousin silencieux, au salon. Ils allaient devoir parler des biens de leur grand-mère. Il paraissait inconvenant de les jeter, ou même de les vendre, pour le peu qu'ils rapporteraient. Mais Lamont aurait sans aucun doute besoin de la somme qu'ils en obtiendraient et, de toute manière, quel usage auraient-ils envie de faire de ces effets usés par le temps que leur grand-mère avait gardés ? Qui pourrait avoir envie d'en faire quoi que ce soit ? se demanda Michelle, en regagnant le salon.

Quand elle se retrouva en face de Lamont, il s'adressa à elle posément.

— 'Chelle, j'ai perdu mon boulot.

— À l'hôpital ?

— Euh, oui.

— Comment est-ce arrivé ? s'enquit-elle, et il lui raconta l'histoire de la menorah de Mr Mandelbrot. Elle trônait là, sur le manteau de la cheminée. Entre les souvenirs de sa grand-mère mêlés à sa culpabilité et à son inquiétude pour son cousin, ce fut seulement à ce moment qu'elle la remarqua pour la première fois.

— Mais si tu te contentais de la restituer...

— C'était un cadeau, répondit-il calmement.

— Je sais que tu ne l'aurais pas prise, mais si ça te permet de récupérer ton poste...

— Cela ne permettrait rien du tout. Cela leur confirmerait ce qu'ils pensent déjà... que je l'ai volée.

— Mais ça... ce n'est pas logique. Tu ne l'aurais conservée que dans le cas où le vieil homme te l'aurait donnée, pas si tu l'avais volée...

— 'Chelle, de ta part à toi, surtout... Je veux dire, étant donné ce que tu fais... comme travail, pour gagner ta vie...

— Quoi ?

— Tu devrais savoir, là où tu te situes. Il n'y a pas forcément de logique.

Ils ne dirent plus rien, ni l'un ni l'autre pendant quelques minutes, elle resta assise à côté de lui sur le canapé, et il lui passa la main dans le dos.

— 'Chelle, où est-ce que je vais vivre ?

Michelle se rendit subitement compte qu'elle n'avait aucune idée de la situation de leur grand-mère par rapport à la copropriété de cet appartement où Michelle l'avait toujours vue vivre. On appelait l'endroit Co-Op City, mais de quel genre de copropriété s'agissait-il ? Ni elle ni Lamont n'en savaient rien.

Il fallait qu'elle aide son cousin. Assistante sociale avec plus de quinze années d'expérience, elle aurait dû tout de suite savoir quoi faire, or, ces derniers jours, ses émotions avaient obscurci la réflexion et l'expérience qu'il lui fallait déployer pour concevoir un plan qui le serve.

Une chose qu'elle comprit immédiatement, c'était qu'il ne fallait pas laisser le désespoir l'envahir au-delà du laps de temps qu'une personne fonctionnant normalement, active, socialement intégrée, consacrerait à pleurer une figure maternelle disparue. Elle lui garantit que son mari Charles et elle ne le laisseraient pas sans abri. Elle allait se renseigner sur le statut de l'appartement de leur grand-mère auprès des interlocuteurs compétents à Co-Op City. Entre-temps, elle le lui promettait, elle allait lui assurer un emploi temporaire, et lui expliqua qu'il était d'une importance vitale pour sa santé mentale et son bien-être général qu'il ait un emploi rémunéré, et ce dès que possible. À cette fin, elle le mit en contact avec le Fonds John Doe, une organisation caritative dédiée à l'assistance aux sans-abri et aux anciens détenus.

Ayant quitté l'uniforme d'employé du service d'entretien du Sloan-Kettering Memorial, Lamont Williams portait à la place l'uniforme bleu clair des membres de l'équipe de nettoyage des rues des «Ready, Willing and Able» (les Partants, les Volontaires et les Capables) du Fonds John Doe. Armé d'un balai et d'un seau à ordures en plastique monté sur roulettes, il avait une portion de York Avenue entièrement à lui. Il l'avait choisie parmi quelques autres options en expliquant que, sans être si près que cela de l'endroit où il habitait actuellement, il connaissait assez bien le coin. Il avait travaillé par là. La partie qui lui plaisait le plus, où il veillait le plus aux détails, les bâtiments où il se montrait le plus soigneux dans son balayage, étaient aussi ceux qui comprenaient ou jouxtaient le Sloan-Kettering Memorial.

Le Maire de l'angle de la 67e Rue et de York Avenue fut le premier à remarquer Lamont Williams dans la zone, juste après qu'on l'eut relevé de ses fonctions au service d'entretien, à deux petites semaines des six mois nécessaires pour qu'il sorte de sa période de mise à l'épreuve. Même s'ils n'avaient jamais échangé que des signes de tête et de brèves plaisanteries, le Maire se sentit assez hardi pour approcher le balayeur.

— Hé, mon pote, tu en fais un sacré boulot, là. Je déraille ou tu travaillais au Sloan-Kettering, avant? Passque je vais te dire il y a un type là-bas qui a l'air...

— Non, tu ne dérailles pas.

Sentant que l'explication qui ferait passer cet homme d'employé d'hôpital à balayeur dans l'équipe des Partants, des Volontaires et des Capables supposerait de révéler des informations qu'il n'était lui-même pas capable d'aller chercher, le Maire s'esquiva avec ces mots : «Moi, en général, tu sais, je suis par là-bas, si quelqu'un a besoin de moi. Prends soin de toi.»

Ce n'était pas grand-chose, mais ces quelques mots redonnèrent à Lamont Williams juste assez de sens de sa propre identité pour qu'il saisisse la chance qui se présenta moins d'une heure plus tard, lorsqu'il vit le docteur Washington, la femme qui avait été l'oncologue de son ami Mr Mandelbrot, avant qu'il ne meure et, agissant sur la base d'un sentiment qu'il n'était pas sûr de pouvoir à nouveau générer sur commande, il approcha le médecin.

— Excusez-moi, m'dame. M'dame ? Vous vous souvenez de moi ?

— Non, dit-elle, en faisant de son mieux pour l'ignorer.

— Docteur Washington, vous êtes le docteur Washington, non ?

— Eh bien, c'est ce qui est écrit là, dit-elle distraitement, en désignant brièvement le badge épinglé à sa blouse.

— Vous ne vous souvenez pas de moi, hein ?

— Non, je devrais ?

— Je suis Lamont Williams. J'étais au...

— Bonne journée, monsieur Williams, fit-elle en sortant son téléphone portable de sa poche.

— Non, attendez une minute. Vous voyez, je travaillais au Sloan-Kettering. J'étais au service d'entretien...

— Ah oui, oui.

— Non, vous voyez, j'étais au service d'entretien et je venais rendre visite à l'un de vos patients, Mr Mandelbrot. Henryk Mandelbrot ? Il est mort il y a pas longtemps. Vous vous souvenez de lui ?

— Bien sûr.

— Bon, je suis celui qu'on a viré et...

— Je vous demande pardon ?

— Je suis le type du service d'entretien qu'ils ont viré.

— Je ne vois pas de quoi vous voulez parler.

Le Maire observait le docteur et le balayeur, qui se parlaient. Personne d'autre ne suivait la scène.

— Vous voyez, je lui rendais visite... et je... enfin... on est devenu un peu... amis. Et, à la fin de mon service, quand je venais lui rendre visite, il me racontait l'histoire de sa vie. Et vous voyez, juste avant de mourir... je ne parle pas de son dernier jour mais... il m'a donné, il m'a dit qu'il voulait que ce soit moi qui aie son chandelier. C'est un chandelier juif. On appelle ça une menorah. C'était le sien. Sa famille lui avait apporté sa menorah et il souhaitait que je la récupère, il me l'a dit. Et quand il est mort je l'ai emportée chez moi. Maintenant sa famille prétend que je l'ai volée alors que c'était un cadeau et moi je suis ici, dehors, parce que j'ai été viré de l'hôpital et... et, vous savez à quel point j'ai besoin de ce boulot... du boulot au service d'entretien.

— Eh bien, je suis désolée, je suis membre du personnel médical et donc je ne...

— Ouais, jc sais, mais doctcur Washington, vous étiez son oncologue et vous m'avez vu dans sa chambre, ou près de sa chambre, parler un million de fois à Mr Mandelbrot et vous pourriez leur dire...

— Je suis désolée que vous ayez perdu votre poste mais je ne peux rien y...

— Il fait un de ces froids, hein ! s'écria le Maire, en les interrompant. Tout va bien, les jeunes ?

— Ouais, ça va, merci, répondit le docteur Washington. Comme je disais, je suis désolée, mais je ne peux rien faire. Je suis membre du personnel médical et c'est...

— Si, si vous pourriez, docteur Washington, vous pourriez leur dire que vous m'avez vu avec lui... je veux dire, vous m'avez pas mal vu... avec Mr Mandelbrot. Vous pourriez leur dire, aux ressources humaines. Vous pourriez leur dire qu'on est devenus comme des amis. Vous pourriez leur dire aux ressources humaines que vous vous souvenez de moi et ensuite...

— Mais je suis désolée, je ne me souviens pas de vous.

*

Quelques semaines après l'enterrement de la grand-mère de Michelle, son mari, Charles McCray, rejoignit son père à la pâtisserie hongroise d'Amsterdam Avenue, au lieu de le retrouver sur le campus comme à son habitude.

— Bon, je me suis dit que si tu voyais Adam ici, pourquoi pas moi ? lança-t-il à son père alors qu'ils buvaient leur café à petites gorgées.

— Oui, mais je ne le vois pas toutes les semaines. Tu l'as aperçu, dernièrement ?

— Non, plus depuis un petit moment.

— Je ne veux pas t'asticoter, Charlie, mais... je pense que tu devrais.

— Je sais mais... Il va bien ?

— En fait, oui, il va plutôt bien. Je ne me mêle pas de toute cette histoire avec Diana. Je veux dire, je m'en suis mêlé, mais plus depuis un moment. Mais du côté de son travail, ça se passe bien. Tu devrais lui en toucher un mot.

— C'est une bonne chose Et alors, qu'est-ce qu'il en dit ?

William lui communiqua ce qu'il savait, non seulement au sujet de l'enquête d'Adam sur la présence de troupes noires à la libération de Dachau, mais aussi à propos de son exhumation des enregistrements sur fil de Henry Border, réalisés en 1946 dans des camps de Personnes Déplacées et de sa piste relative à un mouvement de résistance à Auschwitz. La combinaison de la culpabilité de Charles de n'avoir pas prêté assez d'attention au travail de son ami et du souvenir enthousiaste et assez détaillé que conservait son père de tout ce qu'Adam lui avait relaté conduisit Charles à appeler ce dernier pour le retrouver à déjeuner. Adam en profita pour le tenir au courant de ce qui s'était passé lors de son entrevue avec Diana. Ils n'avaient aucun moyen ni l'un ni l'autre de prendre positivement les propos qu'elle avait tenus, mais Adam se sentit regonflé par l'intérêt sincère de son ami pour son travail. Ce n'était pas rien de s'attirer l'intérêt professionnel de Charles et, quand celui-ci remarqua tout ce que cet intérêt signifiait pour Adam, il se sentit un peu honteux.

— Écoute, je tiens à ce que tu le saches... j'aurais vraiment aimé pouvoir en faire davantage.

— Tu veux parler de mon poste de titulaire ? fit Adam, et son ami hocha la tête. Charlie, c'est moi qui me suis fourré dans ce pétrin. Nous le savons l'un et l'autre. Ainsi que deux ou trois autres choses qui n'ont pas trop bien tourné pour moi. C'est moi qui me suis fourré là-dedans.

— Enfin, j'aurais aimé pouvoir... Je ne sais pas, peut-être que si nous nous étions parlé avant que tu ne... Charles hésita avant d'achever sa phrase. Je sais qu'on a parfois envie de parler à un ami sans devoir prendre de rendez-vous.

Adam lui sourit. C'était un moment dont la graine avait été plantée par William McCray une ou deux semaines plus tôt, dans la Pâtisserie hongroise toujours bondée. Elle aurait pu être plantée à tout moment, mais curieusement, bien que l'on soit encore en hiver, cette graine avait pris le jour où le père et le fils s'étaient parlé devant un café et un strudel à la fraise.

— Papa, avait demandé Charles à son père, un peu hésitant, en buvant le reste de son café, cet après-midi-là, j'ai toujours eu envie de te poser la question... sans jamais m'y résoudre. Quand Thurgood a recommandé au comité exécutif de nommer Jake conseil juridique du LDF, comment as-tu réagi ?

William McCray se redressa dans son siège et réfléchit un instant avant de répondre.

— Eh bien, dès le mois de mai 1961, ou certainement dès l'été de cette année-là, Thurgood était à peu près convaincu que John Kennedy allait faire appel à lui et qu'il obtiendrait une nomination judiciaire, sous une forme ou une autre. Il ne pouvait avoir aucune certitude quant à la qualité de ce poste, mais il savait qu'il avait intérêt à réfléchir à un successeur. Et nous le savions aussi.

» Donc toute la question était de chercher la bonne personne, qui ait les qualités requises de juriste et d'administrateur et l'ancienneté requise, afin de ne pas défriser trop de monde. Alors, qui étaient les meilleurs avocats, parmi les anciens ? J'aime à penser que j'étais de ceux-là, avec Jake et Connie Motley. Il devait encore s'écouler plus de trente années avant qu'ils ne nomment une femme.

— Et Carter ?

— Bob Carter ? Bob Carter... Je pense que Thurgood considérait sans doute Bob peu ou prou comme le meilleur esprit juridique qu'il ait jamais croisé... et personne ne savait rédiger de meilleur dossier de plaidoirie.

— Alors pourquoi pas lui ?

— Eh bien, il y avait des problèmes d'ordre personnel entre... il y en avait depuis un bout de temps. Et puis, Bob était à la NAACP, à l'époque. Il faut se souvenir qu'à cette période, la NAACP et le LDF étaient deux entités tout à fait distinctes, et elles l'étaient depuis tant d'années que Bob ne pouvait pas être candidat. C'étaient des institutions distinctes, à l'époque.

William avait remarqué que Charles changeait de position sur son siège, l'air mal à l'aise.

— Je n'ai pas répondu à ta question, n'est-ce pas ?

— Si, tu as répondu. Enfin, en partie, ajouta son fils.

— Tu veux dire, à ma manière de réagir, parce qu'il était blanc, parce qu'il était juif ?

— Enfin, oui, je crois.

— Qu'il soit juif n'entrait pas en ligne de compte, pas pour moi. De tous les avocats qui ont signé le dossier de plaidoirie pour *Brown c. Board of Education*, seuls quelques-uns étaient blancs, et parmi ceux qui l'étaient, ils étaient tous juifs, sauf un. Ces histoires ne sont devenues un problème que bien plus tard.

— Mais tu l'as remarqué.

— Non, pas moi. Charles Black l'avait remarqué. Je me souviens de Charles Black relevant la chose.

— Qui était Charles Black, déjà ?

— Charles Black était l'unique avocat blanc qui n'était pas juif.

— Et qu'il soit blanc, que Jake soit blanc ? avait insisté Charles.

Son père s'était redressé dans sa chaise.

— Il ne fait aucun doute qu'il y avait un danger que cela permette à certaines personnes de déformer l'histoire et d'avancer que les Noirs n'auraient pas été le fer de lance intellectuel de leur propre émancipation. C'était certainement un danger, et ça le reste. Mais à l'époque, il y avait tout un débat politique autour de cette décision. Ça faisait bon effet, pour beaucoup de gens aux yeux de qui nous voulions que cela fasse bon effet.

— Mais et toi ?

— Quoi, moi, à titre personnel ? La nomination de Jake était porteuse de bonnes nouvelles. Il était porteur de bonnes nouvelles. Sur ce plan, il était bénéfique.

William avait vu que son fils n'était toujours pas pleinement satisfait, et il avait poursuivi.

— Écoute, Charlie, certains hommes travaillent surtout très bien loin des projecteurs, dans le silence, avec diligence et avec constance, mais loin des feux de la rampe.

Charles s'était penché au-dessus de la table, avait pris la main de son père dans la sienne, et l'avait serrée.

— Je sais, papa. C'est ce que j'essayais de te dire.

*

Étant par hasard déjà tombé une fois sur le docteur Washington qui sortait par l'accès du Sloan-Kettering Memorial côté York Avenue à une heure bien précise de l'après-midi, Lamont Williams, le balayeur, membre de l'équipe des Partants, des Volontaires et des Capables du Fonds John Doe, mit un point d'honneur à se trouver là un autre jour, exactement à la même heure. Plusieurs nuits de suite, dans l'appartement de sa grand-mère disparue, à Co-Op City, depuis la dernière fois qu'il avait vu l'oncologue, il s'était répété sa précédente conversation avec elle. Il lui semblait impossible qu'au prix d'un petit effort, le cas échéant de leur part à tous les deux, le docteur Washington ne se souvienne pas de lui, l'employé du service d'entretien qui avait si souvent rendu visite à son patient, Henryk Mandelbrot. Il fallait qu'il l'aborde à nouveau et, quand il la vit sortir à cette même heure par l'accès de York Avenue, il comprit qu'il devait faire fi de sa nervosité et réessayer.

— Docteur Washington, c'est Lamont Williams.

— Oui ?

— Bon, alors, je ne suis ni fou ni dangereux ni rien mais j'ai juste besoin de vous parler de votre patient qui est mort, Henryk Mandelbrot.

Elle se souvenait de lui, depuis la fois précédente, quand il l'avait abordée sur York Avenue, et elle n'avait pas peur de lui. Il y avait beaucoup de gens dans la rue, du personnel de l'hôpital, médical et non médical, des gens qui s'y rendaient en visite et des passants qui se trouvaient là par hasard. Et, sans qu'elle l'ait remarqué, le Maire du carrefour de la 67e Rue Est et de York Avenue était aussi là. Lamont Williams était trop absorbé par son intention de plaider à nouveau son cas auprès du docteur Washington pour remarquer le Maire, mais ce dernier les avait de nouveau repérés, tous les deux. Et, de nouveau, la relation entre ce jeune docteur et le balayeur le laissait perplexe.

— Juste deux minutes. Je n'ai pas l'intention de vous prendre trop de votre temps.

Et c'était encore elle, restant à l'écart des visiteurs et du personnel en pause sorti fumer une cigarette, qui était la plus perplexe.

— Bon, monsieur Williams, que voulez-vous me dire au sujet de Henryk Mandelbrot ?

— Eh bien... bon, alors, il était à Auschwitz. Il était dans un camp de la mort en Pologne. Vous le saviez ?

— Je savais que c'était un survivant de l'Holocauste.

— Auschwitz. Vous vous souvenez du numéro tatoué... sur son bras, son avant-bras gauche. Il a eu ça à Auschwitz.

— Je le savais, oui.

— Il faisait partie du Sonderkommando, là-bas. C'était les prisonniers qui étaient forcés de s'occuper des cadavres, au crématoire, dans les chambres à gaz et les fours. Il a fait partie de la résistance à l'intérieur du camp, je veux dire la résistance de l'intérieur, à partir du Sonderkommando. Il y a eu un soulèvement du Sonderkommando. Vous le saviez, ça, docteur ?

Dans l'air froid de l'hiver, les mots qu'il prononçait étaient escortés de vapeur. Les gens leur passaient devant, en direction du nord de la ville, quelques-uns en direction du centre, et le Maire ne les quittait pas des yeux.

— Non, ça, je ne le savais pas, je dois l'admettre, je ne le savais pas.

— Ouais, il a travaillé aux fours crématoires, là-bas, continua Lamont, qui se laissait gagner par son sujet.

— Je ne comprends toujours pas pourquoi vous vouliez me parler de tout cela.

— Parce que nous étions amis.

— Henryk Mandelbrot et vous ?

— C'est exact, et il m'a raconté toutes sortes de choses.

— Mais pourquoi cela compte-t-il tant pour vous... que je sache que vous étiez... amis ?

— Écoutez, docteur Washington, je sais que nous étions des gens très différents, lui et moi, milieu différent, race, âge... tout. Mais je l'ai rencontré à l'hôpital, dès ma première semaine, juste là, d'ailleurs, devant cette porte. Il a été hospitalisé deux fois. Exact ? La première fois, il est resté un certain temps, mais la deuxième, il est juste resté quelques jours et puis il est mort. Vous vous souvenez ? Les deux fois, il m'a raconté l'histoire de sa vie, et je lui ai raconté une partie de la mienne, et avant de mourir il m'a dit qu'il voulait que j'emporte ce chandelier, ce chandelier juif.

— La menorah ?

— Exact. La famille lui avait apporté sa menorah, mais il me l'a donnée et quand il est mort, je l'ai remportée chez moi.

— Je comprends que ce soit important pour vous, mais je ne vois toujours pas pourquoi vous me faites part de tout cela.

— Parce qu'ils ont prétendu que j'avais volé cette menorah et ils m'ont viré à cause de ça. Maintenant, j'ai besoin de ce boulot et vous, vous m'avez vu avec lui. Vous m'avez vu lui rendre visite. Vous ne vous rappelez pas ? Il faisait des plaisanteries sur nous, du genre... du genre qu'il allait se débrouiller pour nous piéger, pour nous coller ensemble, ou je sais pas quoi. Ça s'est juste passé une ou deux fois, mais j'étais toujours là-bas, à la fin de mon service. Vous devez bien vous rappeler.

— Même si je m'en souvenais, qu'est-ce que cela changerait ?

— Vous vous souvenez ?

La question resta en suspens, figée dans l'air froid.

Je crois que oui, dit-elle, en le regardant à présent droit dans les yeux. Mais même si je me souvenais, qu'est-ce que ça changerait ?

– Vous pourriez leur dire, aux ressources humaines, que vous m'avez vu tout le temps là-haut... et qu'on était amis, Mr Mandelbrot et moi.

— Mais même si je leur disais que je vous ai vu là-haut, et souvent, qu'est-ce que cela prouve ? Même si je me portais garante de votre amitié, même si j'étais en position de le faire, quelle différence cela ferait-il ? Il arrive parfois que les amis volent leurs amis.

— Une menorah, ça me servirait à quoi ?

— Je n'en sais rien. Vous pourriez la revendre, j'imagine.

— Je l'ai encore.

— Je n'en sais rien, monsieur Williams.

— Appelez-moi Lamont, Lamont Williams.

L'oncologue regarda autour d'elle un moment et se frotta les mains l'une contre l'autre, pour se les réchauffer.

— Je vois bien que c'est important pour vous, Lamont, reprit-elle, sur un autre ton, à présent, un peu radoucie, mais qu'est-ce que cela changerait pour le service des Ressources humaines, que je leur dise...

Il l'interrompit, sous le regard du Maire. Le bus M66 arrivait. Il ralentit, s'arrêta, lâcha un soupir et ouvrit ses portes. Des passagers en descendirent. Il faisait froid.

— Il était né le 15 décembre 1922 dans la petite ville d'Olkusz, commença-t-il. Son père était boucher. Il s'est échappé du ghetto de Dabrowa Gornicza.

Il y avait maintenant dans sa voix un désespoir teinté de résolution. Les gens descendaient du bus. Le Maire avait besoin de dire un mot au chauffeur, mais il se sentait obligé de continuer de les observer, ces deux-là.

— Quoi ? s'étonna l'oncologue. Le ghetto d'où ?

— Dab-ro-va Gor-nitch-a, répéta Lamont Williams sur ce trottoir en partie recouvert de neige de York Avenue.

Elle le dévisagea. Parlait-il le polonais ? Quel genre de balayeur afro-américain était-ce là ?

— Da-brov-a Gor-nitch-a, répéta-t-il. Il allait devoir parler plus fort. Le moteur du bus tournait au ralenti, une file de passagers s'apprêtait à monter.

— Da-brov-a Gor-nitch-a, c'était l'un des ghettos. C'est celui où on l'a enfermé. Docteur, j'ai une fille. Il me faut ce boulot.

Le Maire fit signe au chauffeur. Il se tourna vers le docteur et le balayeur, qui se parlaient toujours. Le M66 démarra vers les quartiers ouest, entamant sa traversée de la ville. Le terminus était aussi le point de départ.

*

C'était le début du mois de mai 1960 et le président Eisenhower était à la fois gêné et en colère. Il avait nié publiquement que l'avion porté disparu au-dessus de l'Union soviétique soit un avion espion, et voilà que le Premier secrétaire Khrouchtchev avait annoncé que non seulement l'U2 américain avait été abattu, mais que les Russes détenaient son pilote, Francis Gary Powers, et tout cela à quelques jours d'un sommet Est-Ouest dont la tenue était programmée à Paris. La nouvelle s'étalait dans la presse et Elise Border tenait l'un de ces articles calé sous son bras quand elle se précipita chez elle depuis son travail pour accueillir son père qui devait arriver de l'aéroport. Où allait-elle tout mettre ? Son père déménageait de Chicago pour s'installer avec elle. Elle était la seule famille que possédait encore Henry Border, dont la santé était déclinante. Elle estimait ne pas avoir d'autre choix que de lui proposer de partager son appartement, pourtant déjà assez exigu comme cela. Que ferait-elle, si elle rencontrait quelqu'un ? Ce serait peut-être une mesure temporaire. Mais son père avait été souffrant et il fallait qu'il passe avant tout.

Greenwich Village n'avait rien signifié pour lui quand elle avait mentionné ce nom au téléphone, et MacDougal Street encore moins. Mais un appartement au sixième étage sans ascenseur, tout le monde comprenait tout de suite, Elise, son père et surtout les hommes qui étaient payés pour monter ses affaires jusqu'à ce trois pièces d'un vieil immeuble locatif en brique. La quasi-totalité de ce qu'ils avaient monté dans les cartons qu'Arch Sanasarian l'avait aidé à emballer constituait les vestiges de sa carrière. Il y avait là quelques effets personnels qu'il avait emportés avec lui. Mais les objets de ses travaux, qu'il avait apportés et qu'elle s'était organisée par la suite pour laisser en dépôt à l'IIT de Chicago, après sa mort, étaient substantiels et les déménageurs furent quelque peu réconfortés de constater qu'ils pouvaient entrer et sortir de l'immeuble au rythme dicté par leur travail sans avoir continuellement à demander qu'on leur ouvre. C'était parce que la porte de la rue n'avait pas de serrure, ce qui était aussi bien, car la sonnette était cassée. À 40 dollars par mois, Elly Border n'avait pas les moyens de trouver mieux.

Monter et descendre les six étages représentait un exploit de premier ordre pour un homme dans l'état d'Henry Border, mais il essayait de s'y tenir, une fois par jour, tous les jours, après le départ de sa fille pour le travail. Peut-être y aurait-il un café où il pourrait s'asseoir. Mais Greenwich Village dans les années 1960 n'était pas fait pour lui, avec son flot de touristes mourant d'envie de jeter un œil au cirque permanent de ce petit monde bohème de la rue, ces cafés et ces coffee-shops bruyants où l'on disait que des individus louches vendaient de la marijuana et de l'héroïne en évoquant Allen Ginsberg, Jack Kerouac et James Baldwin. Vous n'aviez pas à tendre énormément l'oreille pour entendre des preuves du retour en force d'un certain folklore et, pour peu que vous sachiez où regarder dans Washington Square Park, vous pouviez contempler le spectacle de «l'amour libre» librement et gratuitement. Mais rien de tout cela n'avait de sens à ses yeux, car une part croissante de son existence avait lieu dans sa tête. Il restait assis, seul, dans l'appartement miteux de sa fille, et il se remémorait. Il pensait à ses parents et à ses frères et sœurs, tous disparus, et il pensait à ce petit brin de fille qu'il avait épousée, Rosa Rabinowicz, qu'il estimait avoir abandonnée à deux reprises.

Il lui était de plus en plus difficile d'arriver jusqu'en bas, de sortir et de revenir et, de toute manière, son travail demeurait encore pour lui la chose la plus importante qui soit. Tous les jours, il s'asseyait dans la cuisine et continuait de transcrire les enregistrements sur fil qu'il avait réalisés dans les camps de Personnes Déplacées d'Europe, à l'été 1946. Personne ou presque ne s'était intéressé à eux, mais c'était désormais devenu chez lui l'équivalent d'un rituel religieux.

Par la suite, il avait dû totalement renoncer à ses tentatives de sortie quotidienne. Sa santé ne le lui permettait plus. Distrait par son travail, il ne parvenait pas à se rendre compte qu'il ne sortirait plus jamais se promener. L'effet de cette limitation fut en partie atténué par la capture d'un autre homme, vers la période de celle de Francis Gary Powers, le pilote de l'avion espion U2.

En mai 1960, Adolf Eichmann, Obersturmbannführer de la SS, l'administrateur de ce que les nazis avaient appelé «la solution finale du problème juif», était arrêté par le Mossad, à Buenos Aires, rue Garibaldi, enlevé et conduit à Jérusalem. Et là, quatorze ans après son expédition dans les camps de Personnes Déplacées, il semblait à Border que le monde pourrait s'intéresser aux voix des victimes d'Eichmann. Le procès Eichmann débuta onze mois plus tard, mais à cette date Henry Border était en si mauvaise santé qu'il avait du mal à se rendre tout seul dans sa salle de bains et retour. Il lui fallait vraiment une infirmière à plein temps, quelqu'un qui veille sur lui en permanence, mais sa fille Elly était loin de gagner assez pour lui fournir ce style de soins. Tout ce qu'elle pouvait faire, c'était de veiller sur lui du mieux possible, avant et après ses cours à l'école et les week-ends.

Pendant sa journée de travail, elle était obligée de le laisser tout seul. Elle lui préparait de quoi manger et quelque chose à boire. S'il voulait que sa fenêtre soit ouverte ou fermée, le matin, elle la lui ouvrait ou la lui fermait avant de partir travailler et, en dépit des changements de temps, cette fenêtre restait ainsi toute la journée, jusqu'à son retour à la maison. Pour essayer de masquer en partie le bruit de MacDougal Street et lui tenir compagnie pendant la journée, elle lui avait acheté une télévision toute neuve, de marque Admiral, et la lui avait installée dans sa chambre, où il pouvait la regarder de son lit.

Il n'avait pas eu beaucoup de femmes dans sa vie. Il n'avait demandé qu'à une seule de ces femmes de l'épouser et elle avait dit « oui ». Elle lui avait immédiatement répondu, et il pensait à elle plus que jamais, désormais. Il pensait à ses cheveux, à ses yeux et à son sourire. Tous ces traits de sa mère, sa fille les affichait chaque jour dans le monde. Il pensait à la manière dont il l'avait abandonnée et à ce qu'il était advenu d'elle, à la suite de cela. Pourquoi lui avait-il fallu cette ultime démonstration du chagrin de Rosa pour le pousser à quitter l'Europe ? S'il était parti plus tôt, il l'aurait emmenée avec lui.

Quelle maîtrise avons-nous de ce dont nous nous souvenons et du moment où survient ce souvenir ? Il ne pouvait complètement effacer de son esprit l'image de cet homme couché sur sa femme, dans leur canapé quand, après avoir colporté sa migraine dans les rues de Varsovie, il avait ouvert la porte de leur logement. Cela ne justifiait rien. Seul désormais dans son lit de l'appartement d'Elly, au sixième étage, les yeux fermés, il les revit. Pourquoi maintenant ? Pourquoi cela ne le quittait-il pas ? Il rouvrit les yeux, à peine, et vit la carafe d'eau que sa fille lui avait laissée.

« Quel est ton nom complet ? » entendit-il une voix lui demander.

— Qui est-ce ? demanda Henry Border depuis son lit.

Y avait-il quelqu'un avec lui dans la pièce ? Il ne voyait personne. Était-ce Elise ? Il n'avait entendu personne entrer. Y avait-il quelqu'un ? Il n'y avait personne, là.

De nouveau, Henry Border entendit une voix étrange depuis son lit. « Qui est-ce ? » répéta-t-il, mais sa propre voix ne portait peut-être pas suffisamment. Il eut beau formuler sa question avec force, la voix ne lui répondit pas, mais elle continua de parler, comme si elle s'adressait à un autre que lui. Henry Border ne comptait pas. La voix ne daignait pas lui répondre, mais elle continua de parler malgré tout. Elle lui raconta une histoire, qu'il fut incapable de resituer.

« Elle l'a supplié de l'abattre, mais lui ne voulait pas. "Jüdische Schlampe !" » s'écria-t-il. Puis il lui a flanqué un violent coup de botte, à la bouche, et elle a craché toutes ses dents, pour ne pas s'étouffer avec. Border frémit en entendant ces mots-là. Pourquoi entendait-il ces voix-là ? Il ferma les yeux en serrant très fort les paupières et des larmes coulèrent, laissant une trace sur la peau desséchée de ses joues.

— J'aurais fait n'importe quoi pour toi, Rosa, marmonna fiévreusement Henry Border. J'aurais fait n'importe quoi pour toi. Alors comment ai-je pu les laisser te frapper ? Comment ai-je pu les laisser te pendre ?

Rosa Rabinowicz ne lui fournit aucune réponse, aucune réponse qu'il pût entendre, à cause de sa respiration sifflante.

« Quel est ton nom complet ? » entendit-il – c'était la voix qui répétait sa question.

— Qui est-ce ? demanda-t-il à la voix.

Il n'y eut toujours pas de réponse. Quand sa fille devait-elle rentrer ? Quelle heure était-il maintenant ?

— Je sais ce qui s'est passé, Rosa, je sais tout, chuchota-t-il. Je ne peux rien dire. Tu veux me rendre responsable ? Tu peux. Je ne me suis jamais remarié. J'ai vécu seul. J'ai essayé de raconter... ce qui s'est passé mais on n'a pas voulu m'entendre. Non, pas ce qui t'est arrivé à toi. C'est vrai. Je n'ai jamais dit un mot de ce qu'ils t'ont fait, mais Rosa... je n'avais personne d'autre qu'elle. Rosa, j'ai mal agi. Tout ce que j'ai fait, c'était mal. Mais elle vit et elle respire. Tu le sais, ça ? De l'emmener avec moi, loin de toi, c'était mal agir. Mais c'est grâce à cela qu'elle est en vie. Dis-moi que tu es d'accord. Il avait la bouche sèche. Elle ne répondit rien, mais la voix, si. Il entendit une voix d'homme répondre à la question posée par un autre. Henry Border ne savait plus où il était. Il avait du mal à respirer.

« Nous étions dans le ghetto. Il y avait quatre familles qui couchaient dans une pièce, dans des lits de fortune ou des grabats superposés. C'était la nuit.

— Et qu'est-il arrivé, cette nuit-là ?

— Ils ont cogné à la porte et ensuite ils l'ont enfoncée à coups de pied et sont entrés dans la pièce où quatre couples dormaient.

— Qui a fait cela ?

— Les SS. Ils étaient quatre, tous armés. Ils...

— Quel est votre nom complet ? »

— Rosa ? Qui est là ? Qui est-ce qui n'arrête pas de te poser ces questions ? Et à qui donnes-tu ces réponses ? s'écria Henry Border. Personne ne répondit. Il se pouvait que personne ne l'entende, avec ce bruit dans MacDougal Street. Peut-être avait-il seulement cru l'interpeller. Mais la voix qu'il entendait, quoique légèrement étouffée, comme l'une de celles de ses enregistrements sur fil, était tout ce qu'il y avait de plus réel. C'était une voix d'homme, et elle parla de nouveau.

« Il portait toujours un long manteau et des gants. Mais il ne portait qu'un seul gant, l'autre, il avait l'habitude de le tenir à la main. Il venait inspecter les fosses, les nouvelles fosses qui se creusaient quand les fours ne pouvaient plus tenir la cadence. Oui, j'ai vu Eichmann, à de nombreuses reprises, à Auschwitz-Birkenau », fit la voix dans la télévision Admiral toute neuve que la fille d'Henry Border avait achetée exprès pour lui. C'était Adolf Eichmann que l'on traduisait en justice et le monde s'était mis à l'écoute. Le monde écoutait, enfin.

— Rosa ?

« Veuillez dire à la cour où vous êtes né, je vous prie.

— Je suis né à Ciechanow, Pologne.

— Où se trouve Ciechanow, exactement ?

— C'est à un peu plus de trente kilomètres de la frontière de la Pologne avec l'Allemagne de l'Est.

— Combien de juifs se trouvaient à Ciechanow au début de la guerre ?

— À peu près six mille.

— Combien ont été transférés à Auschwitz-Birkenau ?

— Six mille, moins ceux qui sont morts au ghetto.

— Savez-vous combien de juifs de Ciechanow sont encore en vie, aujourd'hui ?

— Il se trouve que je suis le président de la Landsmannschaft de Ciechanow, donc ça, je suis au courant.

— Et combien de juifs de Ciechanow sont encore en vie, aujourd'hui ?

— Il y a soixante-dix hommes... et dix femmes.

— Quel est votre nom complet ? » répéta le président de la cour, à Jérusalem.

— Rosa ? tenta de s'écrier Henry Border.

Sa respiration était lourde, hachée, superficielle, dans ce lit au sixième étage sans ascenseur. Personne ne les entendait, absolument personne. Des enfants fonçant à vélo dans MacDougal Street poussaient des cris perçants. Un bébé pleurait dans l'appartement voisin. À l'étage au-dessus, deux personnes se disputaient en trois langues. De l'autoradio d'une voiture en stationnement montaient les accents de « Let's Go, Let's Go, Let's Go », un morceau de Hank Ballard and the Midnighters. Elly Border avait laissé la fenêtre ouverte ce matin-là, avant de sortir travailler, mais son père n'avait plus très chaud.

« Quel est votre nom complet ? » demanda le président du tribunal, à Jérusalem.

Hank Ballard chantait en bas dans MacDougal Street : *« There's a thrill upon the hill. Let's go, let's go, let's go. »* Le vent taquinait les voilages de mousseline. Rêvant d'être sorti de là et d'être libéré de la lourdeur de cet homme, libéré de la maladie qui l'avait cloué au lit, libéré des souvenirs imprégnés de culpabilité et des hallucinations qui se mêlaient aux vies bien réelles et bien actuelles des autres, ce voilage attaché à sa tringle dansait la danse d'un prisonnier. Il voleta d'impuissance à deux ou trois reprises, à la fenêtre du sixième, puis il renonça. À ce moment-là, plus rien ne remuait dans la chambre, rien d'autre que les vibrations de l'air émanant des voix de la télévision, où Adolf Eichmann était traduit en justice. Henry Border, jadis Chaïm Broder, ne bougeait plus du tout, tandis que très loin de là, à Jérusalem, la question était posée :

« Quel est votre nom complet ?

— Noah Lewental », répondit le témoin.

*

— Bonjour, je parle bien au docteur Ayesha Washington ? demanda Adam Zignelik au téléphone, dans son appartement de Morningside Heights.

— Oui, à qui ai-je l'honneur ?

— Docteur Washington, je m'appelle Adam Zignelik, je suis historien... du département d'histoire de Columbia.

Il se dit qu'il aurait le temps plus tard de clarifier la teneur véritable de sa relation avec le département d'histoire de Columbia, une relation qui était désormais de l'histoire ancienne. Dans la pratique, dès la première minute de son appel, Adam lui avait menti. Mais il l'avait appelée au travail, elle avait l'air occupée et comme elle risquait fort de jouer pour lui un rôle très important, il misait encore sur le nom de l'institution qui l'avait employé, avant que cette dernière ne sanctionne son insuffisance.

Adam avait découvert que la 71e division d'infanterie de la 3e armée américaine, à laquelle le 761e bataillon blindé, composé de Noirs, était rattaché, du moins à cette époque, ne se trouvait pas loin du camp de concentration de Dachau, en Allemagne du Sud, vers le 29 avril 1945, lors de la libération de ce camp. Par la suite, il avait pu rapprocher le nom dont l'une des personnes interrogées par Henry Border gardait le souvenir du patronyme d'un capitaine afro-américain du 761e bataillon blindé. Ce capitaine s'appelait James Washington. Adam Zignelik, devenu désormais historien indépendant, espérait que cette femme à l'autre bout du fil, qui lui parlait depuis le Sloan-Kettering Memorial, le centre de cancérologie, serait bien une parente du capitaine.

— Je suis désolé de vous prendre de votre temps comme cela, surtout au milieu d'une journée de travail, mais pour faire bref, mes recherches m'ont conduit à un vétéran de la Seconde Guerre mondiale du nom de James Washington, et je me demandais si vous aviez un lien avec lui.

— James Washington ?

— Oui.

— C'est mon grand-père.

— Votre grand-père ?

— Oui.

— Parlons-nous bien du capitaine James Washington, du 761e bataillon blindé ?

— Oui, c'est exact.

Il est rare que le soulagement et l'excitation puissent coexister. D'ordinaire, l'un domine tellement l'autre que nous avons conscience d'éprouver l'une ou l'autre de ces émotions, mais pas les deux à la fois. L'excitation autorise une nervosité, fût-elle joyeuse, dont on pourrait dire qu'elle est l'antithèse même du soulagement. Pourtant, l'espace d'un court instant, Adam Zignelik connut les deux, et il en eut conscience. Que cela ait une valeur ou non, son instinct, son talent et sa persévérance l'avaient conduit à une parente du capitaine mentionné dans l'entretien d'Henry Border de 1946 avec cette Personne Déplacée. Mais quand il entendit le docteur Ayesha Washington lui répondre que non seulement le capitaine James Washington du 761e bataillon de chars était son grand-père, mais qu'il était encore en vie, ce fut de l'excitation et rien d'autre qu'il éprouva. Au mieux, s'était-il dit, il existerait un compte rendu écrit des activités combattantes de cet homme, qu'elles soient contemporaines des faits qui l'intéressaient ou non. Que cet homme puisse être encore en vie, voilà qui allait au-delà de ce qu'il s'était permis d'espérer. Et il ne s'était certes pas attendu à l'enthousiasme qu'il rencontra de la part de sa petite-fille, l'oncologue Ayesha Washington.

— Pour lui, ça va être inouï, lui dit-elle. Rien que votre intérêt pour la question... Il n'était pas très bien dernièrement, et je pense que cela va vraiment... Vous souhaitez vous entretenir avec lui, n'est-ce pas ?

— Tout à fait, mais... puis-je vous demander ce qu'il en est de ses capacités cognitives, de sa mémoire, de son...

— Il conserve un esprit très alerte. En sa présence, je dois surveiller tout ce que je raconte, car il se souvient de tout.

— Parce que vous disiez qu'il n'était pas très bien et je me demandais juste...

— C'est sa hanche, lui répliqua-elle. Il doit se faire opérer. C'est important, franchement, c'est assez sérieux, mais il a toujours l'esprit aussi clair. Et il a un bel esprit, professeur Zignelik.

Elle n'essaya pas de dissimuler son enthousiasme, sans qu'Adam sache qu'elle le réservait aux situations qu'elle jugeait d'une portée immense au plan personnel. Dans le domaine professionnel, elle s'interdisait cette sorte de réaction proche de l'exubérance. Concernant son grand-père, tout se passait comme si elle « faisait l'article » à cet historien. Et elle ne pouvait pas non plus deviner l'importance professionnelle de son grand-père, le capitaine, pour cet homme à l'autre bout du fil. Avant qu'elle ne fasse part de l'intérêt d'Adam au capitaine James Washington, ils convinrent de se rencontrer. Elle voulait absolument éviter de réduire à néant l'allégresse prévisible de son aïeul à la perspective d'évoquer ses expériences de la guerre devant un historien, au cas où quelque chose tournerait mal. Pour la rassurer, autant que faire se pouvait, Adam lui répondit qu'il serait ravi de la rencontrer sur son lieu de travail, pendant sa pause du déjeuner.

Elle prenait rarement une heure entière pour déjeuner, mais elle accepta immédiatement et, très peu de temps après, ils se retrouvèrent tous les deux dans le minuscule Fresh Food Kitchen de la 68e Rue. Là, au milieu du brouhaha d'un personnel surmené et d'une salle très animée, bourrée de clients, Adam lui expliqua l'importance éventuelle de son grand-père pour son travail. Il lui apprit qu'il avait exhumé l'entretien de 1946 avec un survivant de l'Holocauste, qui évoquait sa libération par des soldats noirs et un officier nommé Washington. Ayesha Washington avait été toute sa vie très proche de son grand-père. Non seulement elle était immensément fière de lui, mais il n'avait plus qu'elle. Elle surveillait personnellement tous les traitements médicaux qu'il devait suivre, veillait à ses besoins financiers et à son cadre de vie.

— Il parle tout le temps de la guerre. Et il a souvent parlé de sa participation à la libération d'un camp de concentration.

Elle pouvait faire part en toute sécurité à son grand-père de l'intérêt de cet historien. Adam n'allait pas caler là-dessus. Il le lui promit. Il lui assura qu'il s'entretiendrait avec le capitaine après son opération, quand il serait rétabli, dès qu'elle lui confirmerait qu'il était prêt.

— Rien que la perspective de cet entretien, cela suffira à garantir qu'il s'en sorte. Voyez-vous, personne n'a jamais envie de lui parler... pas de ces sujets-là.

*

Ayesha Washington repensait à cet homme qui l'avait accostée à plusieurs reprises sur York Avenue, devant le Sloan-Kettering. Elle devait admettre qu'elle se souvenait maintenant d'avoir vu cet homme, le balayeur de la rue, rendre visite à son ancien patient, Henryk Mandelbrot. Et il avait l'air d'en savoir beaucoup sur lui, certainement plus qu'elle. Était-ce un détenu ? Si oui, c'était sûrement un détenu au caractère complexe, et qui sortait de l'ordinaire. Mais s'il disait la vérité ?

Cet homme qui balayait maintenant les rues avait travaillé à l'hôpital. S'il s'était lié d'amitié avec ce vieux patient, s'il avait échangé des histoires avec lui, s'il lui avait rendu visite après ses heures de travail, il aurait alors été d'un grand réconfort pour ce malade en prenant sur son temps, un temps pour lequel il n'était pas payé. Peut-être le vieil homme lui avait-il donné ce chandelier. Si leur relation avait été telle que l'ancien employé des services d'entretien l'avait décrite, qu'est-ce qui aurait empêché que cela se produise ? Et si cela s'était produit, quelle injustice épouvantable c'était pour lui de se retrouver accusé de vol et licencié, à cause de cette histoire. Mais elle n'était pas avocate, détective privé, officier de police ni déontologue. Elle travaillait à l'hôpital, mais pas aux ressources humaines. Elle avait sa propre existence. Elle avait ses propres problèmes. Qui avait du temps à consacrer à ce genre de choses ?

Elle se posa la question et puis elle se demanda ce qu'elle entendait par « ce genre de choses ». Et, quelques secondes plus tard, elle conclut qu'en réalité, ce qu'elle entendait par là, c'était une forme de « justice ». Donc, en réalité, la question qu'elle s'était posée était celle-ci – « qui avait du temps à consacrer à la justice ? » –, et de se formuler cette question, fût-ce en son for intérieur, pour elle-même, cela l'ébranla. Elle entrevit une image fugace, vague, étirée d'elle-même marchant devant une surface réfléchissante et, refusant d'être de ceux qui se posaient cette question-là, elle plongea la main dans sa poche et en sortit son agenda, où étaient notés le nom et le numéro d'Adam Zignelik.

En quoi lui était-elle redevable, à ce balayeur ? Il se trouvait qu'elle avait dans sa poche le nom et le numéro d'un historien de Columbia dont on pouvait dire en effet qu'il lui était redevable de quelque chose. Un coup de fil, un coup de fil en vitesse, sur un coup de tête, qui avait du temps à consacrer à ce genre de choses ?

Adam Zignelik lui avait donné son numéro de portable car il ne voulait pas qu'ils s'attardent trop ni l'un ni l'autre sur le fait qu'en vérité, son association avec le département d'histoire de Columbia touchait à son terme. Elle composa son numéro et, au lieu de répondre en prononçant son nom, il dit juste « Allô », car il n'avait pas reconnu le numéro d'appel.

— Je parle bien au professeur Zignelik ? demanda Ayesha Washington.

— Oui, à qui ai-je l'honneur ?

— Bonjour, professeur Zignelik. Je suis désolée de vous déranger. C'est Ayesha Washington.

— Ayesha, bonjour. Est-ce que tout va bien, avec votre grand-père ?

— Oh oui, bien sûr, ça va. Nous avançons avec cette histoire d'opération. En fait, il est très impatient de vous rencontrer.

— Vraiment ?

— Ah oui, cela le distrait de la perspective de cette intervention, donc c'est... c'est bon pour son moral.

— Ah, c'est formidable.

Il s'écoula quelques instants de silence, et il se demanda pourquoi elle l'appelait.

— En fait, professeur Zignelik...

— Écoutez, si je peux vous appeler Ayesha, vous allez devoir m'appeler Adam.

— Bien sûr. Adam, je vous téléphone... Cela va vous paraître curieux, mais il se pourrait que j'aie besoin d'un historien, et de manière urgente. Je veux dire... je ne sais même pas si cela relève de votre domaine, mais il y a une chose, je ne sais pas si je serais capable de la vérifier par moi-même mais...

— Que se passe-t-il ?

— Vous avez une minute ?

— Bien sûr.

— Il y a un type...

Elle laissa échapper un soupir. Seigneur, par où commencer ?

— Bon, j'ai un patient qui est mort... un vieil homme... Et c'était un survivant de l'Holocauste.

Au téléphone, elle lui raconta tout ce qu'elle savait de la relation supposée entre son patient défunt et l'ancien employé des services d'entretien, un homme qui travaillait maintenant dans l'équipe de nettoyage du Fond John Doe. Elle lui raconta que cet homme avait été licencié de l'hôpital à cause du vol prétendu de la menorah de son vieux patient, et cet ancien employé persistait à affirmer qu'il s'agissait d'un cadeau et nullement d'un larcin. Il soutenait que le patient et lui étaient devenus amis, que cette amitié s'était prolongée sur une période de plusieurs mois, et, à titre de preuve de leur amitié, il avançait toutes sortes de détails d'une précision sidérante sur la vie de ce vieux monsieur. S'il travaillait maintenant au Fonds John Doe, cela signifiait qu'il était soit sans-abri, soit ancien détenu, et peut-être les deux. Elle s'était renseignée auprès de l'hôpital, qui avait pris cet homme à l'essai au sein du service d'entretien, dans le cadre d'un programme pilote. S'il était vrai que la menorah était un cadeau et que cet homme, dans une situation assez désespérée, ait été accusé, et donc en un sens condamné et puni à tort, ce serait une grave injustice. Adam ne pouvait qu'être d'accord.

— La crédibilité des affirmations de l'ancien employé, comme quoi le patient et lui auraient été amis, poursuivit-elle, repose en fin de compte sur l'authenticité du récit des conversations qu'il affirme avec insistance avoir eues avec ce patient. J'ai pensé que j'aurais pu éventuellement vous demander votre opinion d'expert, pour savoir si cette connaissance détaillée de l'Holocauste, qui lui viendrait apparemment de cet homme, est exacte, au plan historique.

— Je comprends, lui répondit Adam. Mais il y a un souci. L'histoire politique du XXe siècle constitue bien mon champ de recherche, mais je suis plutôt spécialiste de l'histoire des droits civiques. Il est vrai que dernièrement, sans que ce soit une décision consciente de ma part, j'ai développé un intérêt particulier pour l'Holocauste. D'où l'intérêt que j'ai pour les expériences vécues au sein des forces armées par des gens comme votre grand-père. Mais je dois vous avouer que je ne suis pas réellement un spécialiste, enfin pas encore, en tout cas.

— Bien sûr, je suis désolée, Adam. C'est un peu insensé, cette affaire, et je ne veux pas vous faire perdre votre temps.

— Non, ne vous méprenez pas. Je vais m'en occuper. Je vais l'écouter. Je vous dois vraiment bien ça, bien sûr que je vais le faire. Je vous mets simplement en garde, vous pourriez trouver quantité de gens plus experts que moi en ce domaine. Mais d'un autre côté, ce qui compte pour moi, c'est que je vous suis redevable. Et il se trouve que les historiens, eux, pratiquent encore les visites à domicile. Où voulez-vous que je rencontre ce type ? Si je ne m'estime pas qualifié pour attester de l'exactitude du récit que fera cet homme de l'histoire de votre patient, je vous le dirai. Et je peux toujours vous recommander d'autres personnes plus expertes que moi en ce domaine.

— Adam, je me sentais déjà assez sotte de vous avoir embarqué là-dedans, et puis, nous nous connaissons déjà.

— Je vous assure, ce n'est pas un problème. Vous avez raison, s'il a une connaissance intime de l'histoire de ce vieil homme, alors cela rend leur amitié d'autant plus plausible, ce qui rend d'autant plus vraisemblable qu'il n'ait pas volé la menorah et, partant de là, il n'aurait pas dû être licencié.

— Merci pour tout cela. Je me sentais très sotte, mais je me suis dit que je devais faire quelque chose...

— Ayesha, je vous suis redevable. Alors n'ayez plus tant de scrupules.

Elle lui expliqua qu'elle croisait souvent cet homme, le balayeur, dans York Avenue, tout près de l'hôpital. Elle irait le chercher et tâcherait de s'organiser avec lui, ou au moins de se procurer un moyen de le contacter. Quelques jours après cette conversation téléphonique, le Maire du carrefour de la 67e Rue Est et d'York Avenue vit pour la première fois la jeune oncologue engager elle-même la conversation avec le balayeur.

Quelque deux semaines plus tard, en fin d'après-midi, le soleil avait presque disparu, une oncologue, un historien et un balayeur se serrèrent autour d'une table minuscule du Fresh Food Kitchen de la 68e Rue pour revenir en profondeur sur les épreuves vécues par Henryk Mandelbrot pendant la guerre. Personne ne peut décrire avec fidélité l'effet qu'eut sur Adam Zignelik le fait d'écouter ce balayeur afro-américain, dont le balai et le bac à roulettes étaient adossés à la vitrine du bistrot, lui décrire la vie du Sonderkommando. Pressentant toute l'importance de l'occasion qui lui était offerte, Lamont Williams rapporta à Ayesha Washington et Adam Zignelik tout ce dont il pouvait se souvenir, et il en conservait beaucoup, de ces souvenirs-là. Le vieil homme avait tout noté en yiddish dans un carnet, mais Lamont, lui, ne possédait que ses souvenirs de l'histoire de Mandelbrot. Quand il eut terminé, Adam Zignelik ne se sentit pas capable de parler, pas tout de suite.

— Avez-vous bien dit que le vieil homme avait consigné tout cela par écrit ?

— C'est ce qu'il m'a expliqué... enfin, bon... je ne l'ai jamais vu, moi, ce carnet. En tout cas, ce ne serait pas en anglais. Il se pourrait que ce soit en yiddish, ou en polonais. Mr Mandelbrot parlait beaucoup de langues, mais le yiddish, c'était sa langue maternelle.

— Avez-vous vu ces notes ?

— Non, il ne les a jamais apportées à l'hôpital. Mais ses proches ont dû les trouver. Il m'a dit qu'il les avait laissées dans un endroit où ils les retrouveraient, après sa mort. Donc ils ont dû les retrouver, à l'heure qu'il est.

Adam se passa la main sur le visage. Puis, en s'exprimant lentement, il leur expliqua à tous les deux que cela ne faisait que six mois que son travail l'avait conduit à aborder ce matériau mais, d'après ce qu'il en savait, il lui paraissait quasi impossible que Lamont ait connaissance de tout cela autrement qu'en le tenant de la bouche de l'homme qui avait vécu ces événements. Il ajouta que même sans se considérer comme un véritable expert, il pouvait affirmer sans crainte que relativement peu de gens sur terre avaient connaissance des détails dont Lamont avait connaissance à propos du Sonderkommando, de la besogne dont ses membres s'étaient chargés et du soulèvement qu'ils avaient réussi à déclencher.

*

Adam Zignelik était assis, seul, dans son appartement de Morningside Heights, un samedi en cette fin d'hiver, entouré des boîtes contenant sa carrière et il compulsait des copies d'articles du psychologue de Chicago, Henry Border, quand un constat lui vint – le grand progrès du XXe siècle, c'était le stockage. Dans toute la mesure du possible, il avait emballé les cartons de son bureau de Columbia de manière à ce que chacune de ces boîtes contienne un sujet, une facette de son travail ou, plus généralement, de son histoire personnelle qui possède un intérêt professionnel à ses yeux. Souvent, ces cartons tenaient en quelque sorte aussi lieu de capsule témoin conservant la trace de ce qu'il avait fait à une période donnée de son existence professionnelle. Les boîtes qui étaient physiquement les plus proches de l'endroit où il était assis, songea-t-il, contenaient des informations relatives à Border, les entretiens de 1946, l'entretien d'Adam avec cette femme, Hannah, et le rôle que sa sœur, Estusia Weiss, l'épouse de Border, Rosa Rabinowicz, et elle avaient joué dans le complot visant à sortir clandestinement la poudre destinée aux hommes de la résistance du Sonderkommando. Mais il y avait là un autre aspect, encore plus lourd de sens : si les notes conservées par ce patient atteint d'un cancer et récemment décédé, l'ami du balayeur, étaient tant soit peu aussi détaillées que le récit qu'en avait communiqué ce dernier, Adam disposerait également d'un compte rendu de première main de la vie du Sonderkommando à Auschwitz, et du soulèvement organisé là-bas par ce commando. En plus de tout cela, il fallait approfondir la question du rôle des troupes noires américaines dans la libération de Dachau. Dès que le grand-père de l'oncologue Ayesha Washington aurait récupéré de son opération à la hanche, il aurait aussi accès à un témoignage direct à cet égard.

Qu'est-ce que la mémoire? C'est le stockage, la rétention et la remémoration des composantes, brutes ou nuancées, de l'information. Comment la mobilise-t-on? Une certaine protéine du cerveau, une enzyme, agit sur toute une série de neurones en succession rapide, comme une forme d'allumage, de manière à tracer une image ou à prononcer un mot, comme pour amener un arpège de données de stockage cellulaires à jouer une mélodie depuis longtemps gardée en réserve dans votre esprit, de sorte que vous vous remémoriez le visage de cet être, sa voix, son rire, la manière qu'il avait de bouger, un propos qu'il avait tenu, ses opinions et ses goûts, jusqu'à vous rappeler la façon qu'il avait d'ouvrir grand les yeux, avec l'émerveillement prérationnel d'un enfant qui regarde un documentaire sur les animaux sauvages ou sa manière de lentement les baisser quand la contrariété que lui inspire un être aimé commence à laisser filtrer de la compassion. Dès qu'elle n'est plus là, cette cascade de données cellulaires, c'est tout ce qui vous reste d'elle. Chaque neurone contient quelques pixels, quelques données, et il suffit que l'un d'eux se perde pour que la séquence soit interrompue. Et là, vous avez déjà commencé d'oublier.

Comment lutte-t-on pour préserver chacune de ces données minuscules ? Tout le monde essaie différentes méthodes, différentes stratégies sur lesquelles on mise jusqu'à ce que l'on soit distrait par les événements ou gagné par la faiblesse ou l'infirmité. Adam, lui, conservait un peigne dans l'armoire à glace de sa salle de bains.

Une fois de plus, il fut distrait, cette fois par un bruit provenant de quelque part dans l'immeuble. Avant qu'il ait pu se décider à rechercher la source de ce bruit ou se résoudre à le supporter et à se remettre au travail, son interphone sonna. Il reposa soigneusement sur son bureau la copie de la page issue des articles de Border qu'il tenait en main, et il alla répondre. Les week-ends, il y avait de fortes chances pour que ce soit un visiteur cherchant l'un de ses voisins et qui avait appuyé sur le bouton de son appartement par erreur.

— Allô, fit-il, s'attendant à ce qu'on le prenne pour un autre, et qu'on lui demande ensuite s'il était bien certain de ne pas répondre depuis l'appartement où le visiteur avait l'intention de se rendre.

— Adam ?

C'était Sonia. Il plaqua le combiné contre sa poitrine, qu'elle ne l'entende pas soupirer.

— Adam, c'est moi, Sonia.

— Salut, mon cœur, qu'est-ce qui se passe ?

— Si je montais, je tomberais mal ? Je sais que je suis censée t'appeler avant, mais j'étais dehors, et j'ai laissé mon portable à la maison.

— Bien sûr, monte.

— Tu ne reçois personne ?

— Je ne me reçois même pas moi-même.

— D'accord, je monte !

Il replaçait le combiné en position verticale dans son support mural quand elle ajouta « C'est bon, on peut entrer », et il se dit « Ah, super ! Non seulement elle débarque sans avoir été invitée, mais maintenant elle laisse des passants pénétrer dans l'immeuble ». Se montrait-il trop coulant avec elle ? Le problème, c'était que chaque fois qu'il la voyait, il ne réussissait jamais à faire preuve d'assez de sévérité assez longtemps pour lui montrer qu'il entendait sérieusement lui apprendre certaines choses – au lieu de quoi il se laissait submerger par un besoin écrasant de jouer les «bons flics», quand bien même il n'y avait pas l'ombre d'un «mauvais flic» dans les parages. Quand elle frappa à sa porte, il attendait déjà impatiemment le baiser qu'elle allait lui donner dès qu'il aurait ouvert. Mais ce n'était pas Sonia, c'était Diana.

— Salut, je suis désolée de...

— Salut ! Entre...

Elle était gênée.

— Je ne tombe pas trop mal ?

— Non, pas du tout. Où est Sonia ?

— Elle est partie.

— Quoi ?

— C'était une ruse, son idée à elle, pour que je vienne te rendre visite. Je déjeunais en ville avec les McCray et... tu es sûre que je ne te dérange pas ? Je crois que je n'ai encore jamais rien fait d'aussi...

— Tu ne tombes pas si mal. Je t'en prie, entre. Cela me fait plaisir de te voir. Tout va bien ?

— Euh, oui.

— Vraiment ?

— Euh, oui.

Elle s'avança juste de trois pas dans l'appartement qu'elle avait longtemps partagé avec Adam, avant que la prolifération de ces cartons ne l'empêche de se taire plus longtemps.

— Tu déménages ?

— Quoi ? Ah, les cartons. Non, c'est toute ma carrière que tu vois alignée le long du mur. J'ai dû vider mon bureau. Tu vois, j'ai promis à tout le monde que j'allais commettre un suicide professionnel, et je suis un homme de parole.

Il ferma la porte et elle entra. Il la précéda vers le créneau qu'il avait ménagé entre deux cartons trônant sur le canapé, et c'est là qu'elle s'installa.

— Je peux te servir à boire, un café, un thé ?

— Tu n'as rien de plus fort ?

— Si, bien sûr, à quoi pensais-tu ?

— Tu bois toujours de ce whisky bon marché ?

— Uniquement quand je suis seul ou quand c'est ma tournée.

— Whisky, s'il te plaît.

— Tout de suite.

Il se rendit à la kitchenette pour y servir deux verres.

— Tu n'as pas l'air trop malheureux, lui lança-t-elle depuis le salon.

— Quand tu viens ici boire de mon scotch, ça me plaît.

— Non, je veux dire, avec ton prétendu suicide professionnel.

Il revint avec un verre pour chacun et la bouteille sous le bras, qu'il percha sur un carton à côté d'elle, au milieu du canapé.

— Je n'ai pas l'air trop malheureux ? Je pense que c'est parce que je ne le suis pas trop.

— C'est... bien.

— Tu m'as eu l'air d'hésiter.

— Je suis un peu tendue. Je ne sais pas si j'aurais dû débarquer comme ça.

— Je suis ravi que tu sois passée. C'est peut-être pour ça que mon suicide professionnel n'a pas l'air de me rendre trop malheureux. En réalité, en dépit de toutes ces boîtes, et ça m'a pas mal dépité d'avoir à les remplir, je dois admettre que face à l'avancement de mes travaux, je suis au bord de l'optimisme, vraiment *borderline*, à la limite de l'enthousiasme.

— Borderline ? À la limite ?

— Eh oui. Je viens de faire un petit jeu de mots que tu ne pouvais pas saisir et qui n'était même pas intentionnel. Mais qui t'aurait plu. Il faut vraiment que je m'abstienne de te parler comme si tu n'étais pas là, lorsque en réalité tu es bel et bien là.

— Quoi ?

— Tu te souviens quand nous nous sommes retrouvés dans cet endroit à Hell's Kitchen, la dernière fois que je t'ai parlé de... ?

— Tu disais que tu avais quelques pistes qui allaient te conduire à Melbourne et que William y était pour quelque chose.

— Eh bien, en un sens, c'est le cas, mais maintenant c'est allé beaucoup plus loin que je n'aurais pu l'imaginer. Tu n'es pas pressée, non ?

— Non, je ne suis pas pressée.

Il leur servit un autre verre à tous les deux et se lança dans une version résumée mais point trop abrégée de l'histoire d'Henry Border, Elly Border, Rosa Rabinowicz, Estusia et Hannah Weiss et des femmes de la Pulverraum, à l'usine Weichsel Union Metallwerke d'Auschwitz, et de l'oncologue du centre de cancérologie Sloan-Kettering Memorial, de son grand-père et de son balayeur.

— Alors comme ça tu vas aller parler à ce vétéran noir, le capitaine Washington, et tu espères obtenir de la famille du type du Sonderkommando son témoignage écrit, par l'intermédiaire d'un agent de service de l'hôpital...

— Mandelbrot – oui, c'est ça mon plan, à supposer que la famille n'ait pas tout jeté.

— Et l'enregistrement sur fil original de l'entretien de Border avec la femme que tu as rencontrée à Melbourne ?

— Il est dans cette boîte. Son ancien étudiant l'avait conservé.

— C'est celui qui s'était amouraché de sa fille ?

— Wayne Rosenthal, c'est exact.

— Adam, c'est incroyable ! C'est une histoire incroyable. Pas étonnant que tu aies le moral. Tu as tellement de choses à mener de front. Quelqu'un est au courant de ce que tu as pu récolter ?

Il ignora cette dernière question. À ce moment-là, il leur avait déjà resservi plusieurs scotchs à tous les deux.

— Je suis vraiment tellement heureux de te voir, vraiment. Sincèrement. Est-ce qu'il est au courant... tu es ici, et le type... que tu fréquentes ? Tu n'as pas... je ne crois pas que tu m'aies dit son nom.

— Je ne le fréquente plus.

— Ah oui ?

— Ah oui. Ne prends pas cet air réjoui.

— Cela a duré combien de temps ?

— Quelques semaines.

— Quelques semaines !

Quelques semaines, calcula-t-il, ce n'était pas très long.

— Enfin, il ne m'a jamais fait rire comme toi. Et toi, tu as quelqu'un ?

— Non, même pas pour quelques semaines. Je n'ai jamais eu le temps. Je suis trop occupé à dialoguer avec toi. Je garde juste...

— Non... Adam... tu me fais...

— Écoute, j'ai commis une erreur, mais je n'en ai commis qu'une et une seule. Je n'ai pas changé d'avis.

Et maintenant elle pleurait, et elle se leva pour aller chercher un Kleenex, car elle se souvenait qu'ils en mettaient toujours une boîte dans la salle de bains. Adam la regarda s'éloigner et l'entendit allumer la lumière. Il l'entendit tirer quelques mouchoirs de la boîte et, l'espace d'un court instant, il n'entendit plus rien du tout. Il se demanda ce qu'elle fabriquait. Ensuite, il perçut de petits sanglots qui se transformèrent promptement en pleurs bien plus sonores que tous ceux qu'il avait pu entendre, depuis les siens à lui, au milieu de toutes ces nuits, depuis qu'elle était partie. À cette minute, le catalyseur de ces pleurs était le même pour lui que pour Diana – son peigne. Elle l'avait vu et l'avait pris dans sa main. Elle l'avait examiné et, sur le moment, elle avait cru qu'il appartenait à une autre femme, avant que son origine, et sa signification, ne lui apparaissent clairement. Le temps qu'Adam la rejoigne dans la salle de bains qu'ils avaient longtemps partagée, elle était secouée de larmes irrépressibles.

*

Il allait y avoir une confrontation. Combien de temps avait-il fallu pour l'organiser ? La réponse variera selon le point de départ du décompte. Selon un premier décompte, il avait fallu presque quarante ans et, selon d'autres, bien plus de temps encore. Mais l'heure était enfin venue. Certaines affaires ne souffrent pas la précipitation. Par quoi devrait-il commencer ? Il s'était allongé sur son lit et s'était posé cette question dans l'obscurité, au milieu de la nuit, avant cette confrontation. Il avait posé la question à sa grand-mère qui, à bien des égards, était encore présente, elle aussi. Il se réveilla ce matin-là dans la chambre de son enfance avec le goût acide de l'incertitude et de l'anxiété, nées d'une malchance qui le quittait rarement. Déjà orphelin à deux reprises et de nouveau tout récemment, il se versa son jus de pomme.

Les jeunes comme les moins jeunes
Tous boivent Seneca
Savourez, un délice...

C'est drôle, ce qu'on se rappelle. Cet air ne le quittait pas, dans le bus, cet air le prenait par la main, quand il s'installait à une place assise et aussi quand il était forcé de rester debout. Elle s'en moquait. Quand ce serait fini, elle lui tiendrait la main, quelle que soit l'issue, quelle que soit la manière dont il entamerait son récit. Par quoi commencerait-il ? Sa grand-mère lui conseilla de simplement commencer par le commencement et de dire la vérité. Il ne pouvait rien faire de plus. Elle avait raison, se dit-il, en s'asseyant dans le bureau de Danny Ehrlich, au rez-de-chaussée du Centre de cancérologie Sloan-Kettering Memorial. Il ne pouvait rien faire de plus.

« N'aie pas peur, mon enfant chéri, n'aie plus peur. »

Il avait transporté cette menorah avec lui dans les rues des quartiers Est de Manhattan toute la matinée et tout l'après-midi, jusqu'à l'heure de cette confrontation. Quel spectacle il devait offrir – l'une de ces visions qu'on ne voit qu'à New York. Combien existait-il dans le monde de balayeurs portant une menorah sous le bras ? Même Numbers n'aurait pas osé soutenir que cela puisse exister. Mais si, il y en avait bien un, et rien qu'un. Lamont devait faire en sorte de l'avoir avec lui lorsqu'il se rendrait à cette réunion. Cela faisait partie de l'accord. Dans le bureau du directeur des ressources humaines, au Centre de cancérologie Sloan-Kettering Memorial, il n'y avait cet après-midi pas de musique, ni à la radio ni autre part. Mais il y avait plus de monde que d'habitude, on était allé chercher des sièges supplémentaires dans le bureau de Juan Laviera, le directeur adjoint des ressources humaines, et dans d'autres bureaux. Car à l'intérieur de cette pièce, tous réunis pour cette confrontation, il y avait Dan Ehrlich, Juan Laviera, Ayesha Washington, Lamont Williams, Adam Zignelik, un historien à l'accent australien, et le fils et la bru de feu Henryk Mandelbrot, ancien du Sonderkommando d'Auschwitz-Birkenau. Sur le bureau de Danny Ehrlich, entre l'écran de son ordinateur et ses visiteurs, trônait la menorah en argent.

Ehrlich entama la réunion en remerciant tout le monde d'être venu, en particulier Mr et Mrs Mandelbrot. Il expliqua sa position au sein de l'hôpital et celle de son adjoint, Juan Laviera, puis il présenta l'oncologue Ayesha Washington, qu'ils connaissaient déjà, l'historien Adam Zignelik et l'homme, Lamont Williams, l'ancien employé en période de mise à l'épreuve au sein des services d'entretien de l'établissement, qui avait apporté avec lui la menorah de feu Mr Mandelbrot. De prime abord, les Mandelbrot furent incapables de croiser le regard de Lamont Williams, mais vu la manière dont Dan Ehrlich avait structuré la réunion, rien ne les y obligeait pour l'instant.

Mr Ehrlich exposa le but de cette rencontre, qui différait légèrement de la description qu'on en avait faite précédemment aux Mandelbrot au téléphone. À ce moment-là, on leur avait signalé que l'on avait retrouvé la menorah et que, s'ils étaient en mesure de venir vérifier que c'était bien celle qu'ils avaient apportée au patient disparu, Mr Mandelbrot, ils pourraient repartir avec. Mais à présent, surpris de se voir engagés dans une confrontation à sept, on leur soumettait une autre explication. Danny Ehrlich avait été approché par l'oncologue de leur aïeul, le docteur Washington, car elle estimait qu'une injustice avait pu être commise à l'encontre de l'employé de l'hôpital, presque au terme de sa période de mise à l'épreuve. Cet homme, Lamont Williams, avait été révoqué du personnel à cause de la menorah manquante, tout le monde étant parti du principe qu'il l'avait volée. Mais le docteur Washington se souvenait d'avoir trouvé cet employé, Lamont Williams en visite auprès du patient, et en maintes occasions, pour avoir avec lui des conversations de durée variable, à la fois pendant et après ses horaires de travail. En soi, ces visites ne prouvaient rien, mais cela corroborait dans une certaine mesure la version de Mr Williams, à savoir qu'il s'était lié d'amitié avec Henryk Mandelbrot et que, dans les dernières journées précédant sa mort, celui-ci lui avait offert cette menorah.

Ce fut alors que le docteur Ayesha Washington prit la parole pour la suite. Elle expliqua qu'au cours d'un entretien avec Lamont Williams, ce dernier avait fait montre d'une connaissance précise et même remarquable de ce qui ressemblait fort au récit de la vie du père et du beau-père du couple Mandelbrot, en particulier des épreuves qu'il avait vécues pendant la guerre. Elle ajouta qu'elle avait eu l'occasion de prendre contact avec un historien de Columbia, ajouta-t-elle, et ce fut à cet instant que le professeur Adam Zignelik se présenta et remit au fils d'Henryk Mandelbrot une carte de visite qui portait à la fois son nom et celui de Columbia University, son ancien employeur.

Et ce fut au tour d'Adam d'intervenir.

— Mon domaine concerne l'histoire politique du XXe siècle, que j'ai récemment eu l'occasion d'élargir, pour y inclure l'Holocauste. C'est par le jeu du hasard que mon travail m'a conduit à aborder certains des événements que votre père a endurés. Le docteur Washington m'a contacté et m'a prié de les rencontrer, Mr Williams et elle, pour l'aider à juger de la crédibilité du récit qu'il faisait de l'histoire de votre père. J'ai eu l'opportunité de le rencontrer une fois avant ce jour et j'ai écouté son récit des épreuves qu'a traversées votre père, en particulier à Auschwitz. À mon avis, il est à peu près inconcevable qu'il ait pu inventer. Je suis ici pour vous dire cela et aussi pour vous demander votre aide, par rapport à mes propres recherches. Mr Williams m'a affirmé que votre père lui avait dit avoir consigné par écrit ses expériences de la guerre, en particulier sur la période où il était membre du Sonderkommando, à Auschwitz. Je veux vous demander l'autorisation d'effectuer une copie des notes prises par votre père.

— Des notes ? s'étonna le jeune Mr Mandelbrot. Nous n'avons jamais rien vu de tel, fit-il, en regardant sa femme.

— Elles sont en yiddish, précisa Lamont Williams. Je pense qu'elles sont en yiddish.

Et là, pour la première fois, le fils et la belle-fille observèrent attentivement cet homme noir, en combinaison bleu ciel.

— Cela doit correspondre au contenu de son cahier d'exercices, glissa la belle-fille à son mari, sur le ton de la confidence. Dans le tiroir, avec son *tefillin.*

— Je comprends un peu le yiddish, mais je ne le lis pas, admit le fils en guise d'explication et, non sans un certain embarras, comme si c'était son tour de se défendre, tout à coup.

— Ce que je propose, au vu de ce que vous venez de nous répondre, c'est que vous écoutiez Mr Williams. Écoutez ce qu'il a à dire, suggéra Danny Ehrlich, et si, à la fin de son témoignage, vous considérez toujours qu'il a volé cette menorah, Mr Williams a déjà accepté de vous la rendre, même s'il affirme que votre père la lui a donnée en cadeau. Mais si vous jugez plausible, étant donné la connaissance détaillée que Mr Williams a des expériences vécues par votre père, qu'une amitié se soit nouée entre eux deux et que votre père ait offert cette menorah à Mr Williams, par amitié, vous envisagerez peut-être de la lui laisser. Mr Williams a promis de respecter votre décision.

La bru et le fils n'eurent qu'à échanger un regard pour que ce dernier, d'un signe de tête, signifie son accord. Ensuite, Dan Ehrlich, directeur du service des ressources humaines de l'hôpital, plus connu, à l'école élémentaire, sous le nom de Danny Ehrlich, se tourna vers son ancien ami du temps de leur scolarité.

— Voulez-vous... dire quelques mots, Lamont ?

Lamont Williams se racla la gorge et s'apprêta à prendre la parole. Personne d'autre dans la pièce ne parla ou ne semblait désireux de parler. Il n'avait pas disposé d'un auditoire comme celui-ci depuis son procès pour vol à main armée. Mais à l'époque, on n'avait pas exigé de lui qu'il s'exprime. En fait, son avocat lui avait déconseillé de rien déclarer. La dernière fois qu'un auditoire avait été suspendu à ses déclarations, c'était à l'école élémentaire, quand il s'était adressé à Mr Shapiro et à sa classe au sujet des limules. Les six autres personnes présentes dans la pièce attendaient qu'il entame son intervention.

— Donc, comme vous le savez, commença-t-il, je m'appelle Lamont Williams. J'ai rencontré Mr Mandelbrot... votre père, à mon quatrième jour dans les services d'entretien. Je balayais devant l'entrée, sur York Avenue. Quelqu'un du SAP l'avait descendu dans la rue, mais ensuite ce quelqu'un avait disparu et Mr Mandelbrot, lui, il n'en avait rien à fiche, tout ce qu'il voulait, c'était regagner sa chambre. C'était tout ce qui comptait pour lui.

Et là, un sourire se dessina sur le visage du fils de ce patient défunt.

— Je veux dire, vous savez comment il pouvait être, hein ? Il m'a convaincu de le remonter dans sa chambre du neuvième étage... C'était ma première semaine ici. Il regardait par la fenêtre, vers l'East River et... et il croyait qu'il avait la vue sur le New Jersey. Peut-être mon troisième ou mon quatrième jour ici et moi, je lui ai expliqué... Ensuite il a vu cette... il a vu... une sorte de cheminée, bon, il en a compté trois. Il a vu trois cheminées par la fenêtre, en face, sur la berge de l'East River, et je me souviens parce qu'il les a regardées et il m'a juste dit, vous savez, subitement... comme si ça lui venait de nulle part, qu'il y avait six camps de la mort, et ensuite, plus tard, il m'a fait retenir leurs noms et je les ai retenus, vous savez : Belzec, Chelmno, Sobibor, Maïdanek, Treblinka et celui d'Auschwitz, où il avait été. Ce sont les six. Vous savez tous ce qu'est un camp de la mort ? Moi, je ne le savais pas, mais il m'a raconté. Ce n'est pas un camp de concentration, pas du tout pareil. Les gens s'imaginent que si. Il voulait que je sache tout cela. Pour lui, c'était important. Je ne sais pas pourquoi il m'a choisi, moi. Il m'a expliqué qu'il y avait des centaines de camps de concentration dans toute l'Allemagne et en Europe occupée, mais il n'y avait que six camps de la mort, des camps d'extermination, et ils étaient tous situés en Pologne, tous spécialement conçus avec des chambres à gaz, ou des camions de gazage hermétiquement fermés, et des fours, des fosses pour exterminer les juifs d'Europe jusqu'au dernier. C'était la raison d'être de ces constructions : tuer des gens, surtout des juifs. Il m'a expliqué que Maïdanek et Auschwitz intégraient aussi des usines de travail forcé, mais pas les autres. Mais je vais trop vite, je m'emballe... Dois-je... dois-je me lever pour continuer ?

Au cours de l'heure et demie ou presque qui suivit, Lamont Williams captiva son auditoire avec son souvenir de ce que Mr Mandelbrot lui avait appris de ces événements de la guerre.

— À la sortie de la rue du ghetto de Dabrowa Gornicza où vivait la famille de Mr Mandelbrot, il y avait une rue où habitaient un SA et son épouse, dans une maison.

« Vous savez tous ce qu'était un SA ? » s'enquit-il avant de continuer l'histoire de son ami disparu, comment il avait fini par se faire capturer après avoir été identifié par un garçon qui était avec lui à l'école, un adulte désormais, et comment, à partir de là, après l'avoir roué de coups, on l'avait envoyé à Auschwitz-Birkenau. Ils étaient tous assis dans le bureau du directeur des ressources humaines et ils l'écoutaient sans bouger. Il ne tarda pas à aborder la période du Sonderkommando. Il les conduisit dans la salle de déshabillage. Il leur raconta les juifs qui descendaient les marches, par cinq, les femmes étant d'ordinaire les premières à descendre, épuisées, perdues et tout à fait honteuses d'avoir à se dévêtir devant des étrangers, jusqu'à ce qu'elles soient complètement nues.

« "Les douches... demandait-on parfois à Mr Mandelbrot. Ce sont les mêmes pour les hommes et pour les femmes ?" Ou "Vous êtes juif ?"

« Ensuite, il y en avait cinq autres qui descendaient, suivis de cinq autres, et certains étaient en sang, et tous ils étaient poussés par les cinq suivants, derrière eux. Et après c'étaient encore cinq autres...

« "C'est du gaz, n'est-ce pas ?" avait deviné l'un d'eux. »

Lamont raconta à tous ceux qui étaient présents dans le bureau du directeur des ressources humaines de quelle manière les juifs s'avançaient nus vers la porte, la seule et unique porte, signalée par un écriteau « Salle de désinfection ».

— Là, il faisait plus chaud qu'en salle de déshabillage. Des adultes sanglotaient doucement. Des enfants séparés de leurs parents les appelaient, terrorisés, alors que la salle se remplissait.

Il leur raconta comment le gaz de cyanure d'hydrogène, généré par les cristaux de zyklon B que les SS lâchaient dans des colonnes creuses par des trappes pratiquées dans le toit, montait de la base de ces puits pour s'élever, s'élever dans les couches supérieures de la salle, déclenchant l'escalade, l'escalade pour aller chercher de l'air. Il leur raconta la douleur qui devenait vite extrême et les gens qui bavaient, les yeux exorbités, leur corps agité de soubresauts, saisi de spasmes incoercibles, et le gaz qui rendait totalement inutile le peu d'oxygène qu'ils pouvaient encore aspirer. Il leur raconta comment, au bout de trois minutes, ils étaient en sang, certains à cause de la bousculade, de la lutte pour chercher à grimper au sommet de la mêlée, mais pas seulement, car ils saignaient tous, à cause du gaz, des saignements du nez, des saignements des oreilles. Il leur raconta l'incontinence soudaine des victimes, refoulées dans un magma de sang, d'urine, de vomissures et d'excréments. Il leur raconta comment des êtres humains avec leurs souvenirs, leurs affections, leurs ambitions, leurs relations, leurs opinions, leurs valeurs et leurs réussites sombraient tous en une phalange confuse, un enchevêtrement d'êtres humains, sur un mètre de hauteur, maculés de leurs propres fluides corporels, tous haletants, le corps traversé de soubresauts, le visage déformé par l'atrocité de la souffrance, jusqu'à ce que leurs traits s'effacent. Lamont Williams n'omettait rien.

Il leur parla de l'Oberscharführer Moll, de l'Oberscharführer Schillinger, d'un homme qui s'appelait Ochrenberg, des deux Zalman, Gradowski et Lewental, qui consignaient par écrit le travail du Sonderkommando et enterrèrent leur chronique, pour qu'après la guerre, les gens sachent ce qui s'était passé là-bas.

Il leur raconta comment les femmes du Kanada et de l'atelier des poudres de l'usine Weichsel Union Metallwerke avaient fait passer clandestinement de la poudre au Sonderkommando.

— Vous savez pourquoi on appelait cela le Kanada? demanda Lamont William à son auditoire, sur un ton dramatique.

Il leur raconta les divers mouvements de résistance à l'intérieur du camp, le Conseil militaire conjoint d'Auschwitz et la résistance du Sonderkommando. Il leur raconta que l'on avait envoyé Chaïm Neuhof et Mr Mandelbrot plaider auprès du Conseil militaire conjoint d'Auschwitz, sans succès, et il expliqua pourquoi.

— Nous sommes donc maintenant le 7 octobre 1944.

Et il leur raconta le soulèvement du Sonderkommando. Il leur raconta le Kapo Kalniak qui s'était préparé au soulèvement la nuit précédente et qui n'aurait finalement pas la vie sauve, il leur relata la destruction du Crématoire IV et comment, lorsque Mr Mandelbrot s'était relevé, sur les six cent soixante-trois hommes du Sonderkommando qui étaient encore en vie avant le soulèvement, il n'en restait que deux cent douze, et ni Zalman Gradowski ni Zalman Lewental n'étaient du nombre.

Quand Lamont William eut fini, on le reconduisit au sous-sol où il récupéra le balai et le bac à roulettes qui étaient légalement la propriété du Fonds John Doe. Le fils et la belle-fille du patient défunt n'avaient pas eu besoin d'entendre l'histoire dans son entièreté, mais personne n'avait voulu l'arrêter. Il avait finalement pu dire tout ce qu'il voulait dire. Il sortit dans York Avenue avec l'oncologue Ayesha Washington et l'historien, le professeur Adam Zignelik. Il n'avait pas vu l'heure passer. Il allait arriver en retard pour le dîner avec sa cousine Michelle et sa famille. Il fallait qu'il les appelle. Adam lui tendit son téléphone portable et, pour permettre à Lamont d'appeler en toute discrétion, le docteur Washington et le professeur Zignelik lui tournèrent le dos.

L'appel de Lamont depuis le téléphone portable d'Adam Zignelik à sa cousine Michelle était sur le point d'aboutir quand, le voyant essayer de manipuler l'appareil sans lâcher son balai et son bac à roulettes, le docteur Washington lui proposa : « Attendez, laissez-moi vous débarrasser de ça », et elle lui tint son balai ainsi que la menorah en argent. Dès le début du témoignage de Lamont, le fils et la belle-fille avaient été convaincus que le vieil homme avait bien donné le chandelier à cet ami si inattendu. C'était leur conclusion et c'était ce que Lamont expliquait à sa cousine au téléphone. Il allait récupérer son travail. Plus tard, Adam Zignelik raconterait toute l'histoire à Diana, et plus tard encore à Charles et Michelle McCray, et ce fut à ce moment-là qu'il prit conscience du lien entre Michelle et le balayeur. Si Adam avait regardé, à tout hasard, il aurait constaté que le dernier numéro composé affichait « Michelle », alors que ce n'était pas lui qui l'avait appelée, mais le balayeur. Mais il ne vérifia pas.

Le docteur Washington remercia Zignelik. Il lui répondit qu'au contraire, c'était lui qui se sentait reconnaissant, car son intervention l'avait conduit à ces mémoires retraçant les épreuves d'un Sonderkommando, qui seraient précieuses pour ses recherches. C'était une manne, lui affirma-t-il. Quand Lamont raccrocha, il commença par les remercier tous les deux de leur aide. Ils ne pouvaient imaginer, souligna-t-il, tout ce que cela signifiait pour lui. Il récupérait son poste. Il allait encore accomplir deux semaines supplémentaires de mise à l'épreuve, au service d'entretien, et ensuite ce serait un poste permanent et à plein temps. Il ne se souvenait pas s'être jamais senti comme cela. Tout en le félicitant, le docteur Washington lui restitua son balai et son chariot.

— Je crois que ceci vous appartient aussi, ajouta-t-elle.

— Je crois, dit-il lorsqu'elle lui rendit la menorah.

*

L'après-midi touchait presque à son terme, mais il faisait encore assez jour sur York Avenue pour que des étrangers marchant l'un vers l'autre s'aperçoivent de loin. Les gens qui passaient devant eux, l'oncologue, l'historien et le balayeur ne leur prêtaient que peu ou pas attention. De l'autre côté de la rue, sur le campus arboré de Rockefeller University, un lauréat du Nobel promenait son chien, sans le tenir en laisse. Apparemment, l'université tolérait la désobéissance à certains règlements internes chez les lauréats du Nobel (et leurs chiens), manière de leur témoigner sa reconnaissance pour les lois naturelles qu'ils avaient pu découvrir. Malgré le vent qui soufflait avec force, un arbre bien particulier paraissait tout entier insensible à la férocité des rafales qui jouaient sans merci avec le sang-froid de ses congénères du voisinage. Pourtant, aucune partie de cet arbre bien particulier, proche du Founders Hall sur le campus de Rockefeller University, dans York Avenue, en face du Sloan-Kettering Memorial, ne remuait de façon perceptible à l'œil humain, aucune de ses parties sauf la plus modeste de ses branches, à sa cime. Le minuscule apogée en forme de brindille de ce vieil arbre objet de tant de révérence frémit, comme pris d'un spasme, tandis que le reste du grand végétal conservait l'impassibilité d'un monolithe.

Ni le lauréat du Nobel ni son chien ne remarquèrent le comportement étrange de l'arbre, mais cela n'échappa pas à une jeune étudiante en licence. Cette jeune femme originaire d'une province de Chine du Nord remarqua le phénomène en sortant de Founders Hall, où elle était allée relever son courrier. En chemin vers une épicerie de la 1re Avenue, elle réfléchissait au hiatus entre ses espérances et son expérience, tant au labo qu'en dehors, quand elle aperçut cette brindille prise de tremblements convulsifs à l'extrémité d'un arbre immobile et, tout à fait frappée par ce qu'elle vit là, elle aurait voulu partager cette vision avec le type de groupe de passants, aléatoire et fluctuant, qui se forme parfois pour observer ce qui sort de l'ordinaire. Et puis soudainement, ce comportement orbital étrange cessa. Et, à la connaissance de cette étudiante chinoise, personne d'autre n'avait rien remarqué.

Le lauréat du Nobel, son chien désormais en laisse, dut s'arrêter sur York Avenue en attendant que le feu passe au rouge, quand elle le rattrapa. D'autres passants attendaient aussi au feu, certains de l'université, d'autres pas, et aucun d'eux ne se connaissait personnellement.

Lorsque les individus qui s'étaient regroupés là en attendant que le signal piéton passe au vert eurent traversé York Avenue et rejoint le trottoir d'en face, orienté à l'ouest, ils firent momentanément partie d'un groupe disparate de gens qui ralentirent, et certains même s'arrêtèrent, afin de mieux voir une scène qui éveilla leur curiosité. Sur ce trottoir côté ouest, entre la 67e et la 68e Rue, une jeune oncologue afro-américaine et un historien juif et blanc, tout sourires, discutaient avec un jeune balayeur noir en uniforme bleu ciel. L'oncologue tendit au balayeur une menorah en argent, qu'il prit dans sa main bandée tout en tenant de l'autre un grand balai posé contre un bac à roulettes, avec son espèce de pelle fixée dessus.

C'était l'affluence de la fin d'après-midi et une fillette noire à la peau claire, les cheveux nattés attachés par des rubans rouges aux nœuds serrés, qui devait avoir entre sept et dix ans, n'avait pu trouver de siège vacant depuis qu'elle était montée dans le bus M66, très loin de là, vers les quartiers Ouest de la ville. Elle était encore debout lorsque les roues du véhicule s'immobilisèrent sur la 68e Rue, et quand le bus fut traversé d'un soubresaut, tanguant vers l'avant, puis vers l'arrière, avant de s'arrêter complètement. Les portes s'ouvrirent en lâchant un soupir et un flot de passagers s'en déversa.

— Merci, dit-elle en passant lentement devant le chauffeur. Mais à peine le trottoir eut-il attiré la semelle de ses chaussures qu'elle toucha terre d'un pas sautillant, automatique, qui se mua vite en trottinement et atteignit le plein galop quand elle arriva au coin et tourna dans York Avenue. Malgré son sac en bandoulière rempli de livres, quand elle vit le groupe des trois, l'oncologue, l'historien et le balayeur, elle accéléra encore. Le Maire de la 67e Rue Est et de York Avenue fut peut-être le premier à remarquer ce qui se produisit ensuite, ou fut peut-être simplement celui dont les autres suivirent le regard, mais tous ces gens au carrefour semblaient avoir envie de regarder la scène, et ensuite même les gens du trottoir d'en face, orienté à l'est, tendirent le cou pour mieux assister à ce qui semblait désormais retenir l'attention de tout le monde.

— Maman ! s'écria la fillette, interrompant la conversation des trois adultes, et elle se précipita vers sa mère, ses bras se refermant aussitôt autour de la taille de l'oncologue.

— C'est votre fille ? s'enquit le balayeur, et l'oncologue hocha la tête et lui sourit. Ensuite, l'homme en uniforme bleu clair, l'habitant de Co-Op City, avec son balai dans une main et une menorah dans l'autre, ce moins que rien, cet homme noir maigrichon que les taxis frôlaient, cet homme s'accroupit et leva la menorah qu'il tenait à la main comme s'il s'attendait à ce que l'un de ses nouveaux compagnons la lui prenne, ce que fit l'oncologue.

— Salut, petite fille. J'ai une petite fille d'à peu près ton âge, fit-il. S'agenouillant sur le trottoir pour avoir un meilleur équilibre, il s'avança vers la fillette, comme pour la serrer dans ses bras. Elle leva les yeux vers sa mère, en quête d'un signe sur la meilleure manière de réagir. Sa mère la regarda, lui sourit avec fierté et hocha la tête, sur quoi la petite, gentiment, poliment, avec juste une petite hésitation, se laissa étreindre par le balayeur. Les yeux encore levés vers sa mère, alors que l'homme lui passait la main dans le dos, la fillette vit le sourire poli de sa maman se transformer en un sourire radieux où se mêlaient la fierté et la satisfaction d'une mission accomplie. Peu au fait du protocole en pareille situation et trop jeune pour savoir qu'il n'en existait aucun, confiante et mue par son instinct, confortée par le sourire de sa mère, la fillette mit délibérément plus d'énergie dans cette étreinte. Sans équivoque aucune, elle s'appuya contre l'homme. Et quand il sentit contre sa poitrine tout le poids de la fillette qui l'étreignait, il laissa échapper un sanglot. Ce fut aussi involontaire qu'inattendu. Des larmes jaillirent sur le visage de cet homme qui se retenait à la petite fille qui le serrait contre elle, et le sanglot qu'il avait laissé échapper du plus profond de son être fut assez fort pour que tous ceux qui étaient autour de lui l'entendent. Et dès qu'ils l'entendirent, ils se retournèrent pour le voir.

Tous les membres de ce groupe aléatoire de spectateurs se demandaient à quoi ils assistaient. Parmi tous les étrangers qui se trouvaient là, à ce carrefour, et parmi tous ceux qui s'en approchaient, seul le Maire avait déjà vu l'homme et, sans avoir la moindre idée de ce qui se passait réellement, il se surprit à lâcher un sourire, et même un sourire radieux. Mais sa réaction ne fut pas unique. D'autres spectateurs de la scène se sentirent aussi grandis par cette vision.

Personne, ni le lauréat du Nobel, ni la jeune étudiante de premier cycle, ni le Maire, ni personne d'autre au carrefour ne comprit véritablement ce qu'il voyait, ou ce que ce spectacle avait de si encourageant. Ces spectateurs n'avaient aucune idée de ce qui avait mené à l'étrange convergence de ces trois individus si différents et de cette fillette. Mais s'ils avaient connu les êtres qu'ils observaient là, s'ils avaient su d'où ils venaient, s'ils avaient connu leur histoire, s'ils avaient eu la moindre vague idée des événements dont l'historien, le balayeur à la menorah et l'oncologue avaient eu connaissance, s'ils avaient su dans son entièreté l'histoire qui avait conduit ces trois personnes vers cette portion de rue à cette heure-ci, ils se seraient sentis obligés de raconter à tout le monde ce qui s'était passé ici. Raconter à tout le monde ce qui s'était passé ici.

Note de l'auteur

La quasi-totalité des personnages contemporains de *La Mémoire*, et, partant, leurs relations, est fictive.

Mis à part quelques exceptions mineures, les événements du milieu du XXe siècle dépeints dans ces pages sont tous réellement arrivés, et appartiennent à l'Histoire.

De tous les personnages qui habitent ce roman, dans sa partie comprise au milieu du XXe siècle, certains sont des êtres réels (bien connus ou peu connus), mais la plupart sont des personnages de fiction, souvent en partie inspirés par des individus réels.

Parmi les personnages fictifs en partie inspirés par des individus bien réels, il convient de mentionner ici : Henryk Mandelbrot, Henry Border, Rosa Rabinowicz, Estusia, Ala, Regina, Hannah, Zalman Gradowski, Zalman Lewental, Noah Lewental, Chaïm Neuhof, Dorebus, Panusz, Handelsmann, Kalniak, "Rot" Dürmayer, Kazuba, Nahum Grzywacz, Tommy Parks, James Pearson, Ralph Hellerstein, Herb Marks, Eileen Miller, Marvin Cadden, Cecilya Slepak, Rafal Gutman, Eliyahu Gutkowski, Jacob Grojanowski, Israel Lichtenstein, David Graber, Israel Gutman, Joshua Leifer, Jake Zignelik, le Kommandant SS Hössler, l'Oberscharführer SS Moll, l'Oberscharführer SS Schillinger et le Scharführer SS Busch.

D'un bout à l'autre de l'écriture de ce livre, j'étais conscient du risque éventuel de froisser mes lecteurs en employant des idiomes de cultures autres que la mienne. J'espère n'avoir offensé personne. À la réflexion, je pense que cette éventualité, au sens général du terme, est un risque plus ou moins inhérent à l'écriture, dès lors que l'on écrit sur d'autres que soi.

Sources consultées

HIRSZ ABRAMOWICZ, *Profiles of a Lost World Memoirs of East European Jewish Life Before World War II*, YIVO Institute for Jewish Research et Wayne University Press, 1999.
R.H. ABZUG, *Inside the Vicious Heart*, Oxford University Press, 1987.
TANNER AKCAM, *Un acte honteux : le génocide arménien et la question de la responsabilité turque*, Mediations, 2008.
ANTONY BEEVOR, *La Chute de Berlin*, Le Livre de Poche, 2005.
EBERHARD BETHGE, *Dietrich Bonhoeffer : vie, pensée, témoignage*, Labor & Fides, 1989.
DAVID P. BODER, *Je n'ai pas interrogé les morts*, Taillandier, 2006.
ROBERT BRAZIL, *Memoirs of Bronzeville*, Author House, 2004.
MICHAEL BRENNER, *After the Holocaust*, Princeton University Press, 1997.
GWENDOLYN BROOKS, *Blacks*, Third World Press, 1987.
EARL BROWN, « The Truth About the Detroit Riot », *Harper's Magazine*, vol. 187, n° 1122, novembre 1943, p. 488–99.
CHRISTOPHER R. BROWNING, *Les Origines de la solution finale : L'évolution de la politique antijuive des nazis septembre 1939-mars 1942*, Points, 2009.
JUDGE ROBERT CARTER, *A Matter of Law*, The New Press, 2005.
LIZABETH COHEN, *Making a New Deal*, Cambridge University Press, 1990.
DAVID P. COLLEY, *Decision at Strasbourg : Ike's Strategic Mistake to Halt the Sixth Army Group at the Rhine in 1944*, Naval Institute Press, 2008.
VICKI L. CRAWFORD, Jacqueline Anne Rouse and Barbara Woods, *Women in the Civil Rights Movement*, Indiana University Press, 1990.
IRVING CUTLER, *Jewish Chicago*, Arcadia Publishing, 2000.
FLOYD DADE Jr, *Interview*, site Internet du 761e Bataillon de blindés.
LUCY DAWIDOWICZ, *La Guerre contre les juifs 1933-1945*, Hachette, 1977.

CHRISTOPHER C. DE SANTIS, éd., *Langston Hughes and the Chicago Defender,* University of Illinois Press, 1995.
WACLAW DLUGOBORSKI, FRANCISZEK PIPER (éd.), *Auschwitz 1940-1945, Vol. 1-V*, Auschwitz-Birkenau State Museum, Oświęcim, 2000.
MARTIN DOBLMEIER (dir.), *Bonhoeffer* (film documentaire), 2003.
DEBORAH DWORK et ROBERT JAN VAN PELT, *Auschwitz 1270 to the Present*, W.W. Norton & Co., 1996.
BARBARA ENGELKING, JACEK LEOCIAK, *The Warsaw Ghetto A Guide to the Perished City*, Yale University Press, 2009.
RICHARD J. EVANS, *In Defense of History*, Norton, 1999.
ERIC FONER, *Who Owns History*, Hill & Wang, 2002.
MRK. GANDHI, *Autobiographie ou mes expériences de vérité*, PUF, 2003.
JAY HOWARD GELLER, *Jews in Post-Holocaust Germany*, Cambridge University Press, 2005.
DORIS KEARNS GOODWIN, *No Ordinary Time*, Simon & Schuster, 1994.
PAUL MR GREEN et MELVIN G. HOLLI, *World War II Chicago*, Arcadia Publishing, 2003.
JACK GREENBERG, *Crusaders in the Courts*, Basic Books, 1994.
GIDEON GREIF, *We Wept Without Tears*, Yale University Press, 2005.
JAMES R. GROSSMAN, ANNE DURKIN KEATING, JANICE L. REIFF, *The Encyclopedia of Chicago*, University of Chicago Press, 2004.
ATINA GROSSMANN, *Jews, Germans, and Allies*, Princeton University Press, 2007.
BRANA GUREWITSCH (ed.), *Mothers, Sisters and Resisters*, University of Alabama Press, 1998.
YISRAEL GUTMAN et MICHAEL BERENBAUM, *Anatomy of the Auschwitz Death Camp*, Indiana University Press, 1998.
YISRAEL GUTMAN, MICHAEL BERENBAUM, EZRA MENDELSOHN, JEHUDA REINHARZ et CHONE SHMERUK, éd., *The Jews of Poland Between Two World Wars*, Brandeis University Press by University Press of New England, 1989.
RICK HALPERN, *Down on the Killing Floor*, University of Illinois Press, 1997.
RICK HALPERN et ROGER HOROWITZ, «Meatpackers», Monthly Review Press, 1999.
HENRY HAMPTON (dir.), *Eyes on the Prize : America's Civil Rights Movement* (série de films documentaires), 1986.
LESLIE MR HARRIS, *In the Shadow of Slavery : African Americans in New York City, 1626–1863*, University of Chicago Press, 2003.
ANNA HEILMAN, *Never Far Away*, University of Calgary Press, 2001.
CELIA S. HELLER, *On the Edge of Destruction*, Columbia University Press, 1977.
RAUL HILBERG, STANISLAW STARON et JOSEF KERMISZ, éd., *The Warsaw Diary of Adam Czerniakow*, Yad Vashem, 1979.
ROGER HOROWITZ, *«Negro and White, Unite and Fight!»*, University of Illinois Press, 1997.
ALTER KACYZNE, *Poyln. Jewish Life in the Old Country*, YIVO Institute for Jewish Research, Henry Holt & Company, 1999.

SAMUEL D. KASSOW, *Qui écrira notre histoire ? Les archives secrètes du ghetto de Varsovie*, Grasset, 2011.
DAVID MR KENNEDY, *Freedom From Fear*, Oxford University Press, 1999.
JOSEPH KERMISH, (ed.), *To Live and Die With Honour : Selected Documents from the Warsaw Ghetto Underground Archives « O.S. » (Oneg Shabbath),* Yad Vashem, 1986.
IAN KERSHAW, *Choix fatidiques : Dix décisions qui ont changé le monde 1940-1941*, Seuil, 2009.
RICHARD KLUGER, *Simple Justice*, Vintage, 2004.
ANGELIKA KONIGSEDER et JULIANE WETZEL, *Waiting for Hope*, Northwestern University Press, 2001.
ABBA KOVNER, *Sloan-Kettering*, Schocken Books, 2002.
HERMANN LANGBEIN, *Against All Hope*, Paragon House, 1999.
HERMANN LANGBEIN, *Hommes et femmes à Auschwitz*, Fayard, 1998.
SPIKE LEE (réal.), *4 Little Girls* (film documentaire), 1998.
NICHOLAS LEMANN, *The Promised Land*, Vintage, 1991.
MARC LEVIN (dir.), *Protocols of Zion* (film documentaire), 2005.
RICHARD LINGEMAN, *Don't You Know There's a War On?* G.P. Putnam & Sons, 1970.
MARY PATILLO-MCCOY, *Black Picket Fences*, University of Chicago Press, 1999.
JOHN BARTLOW MARTIN, « The Strangest Place in Chicago », *Harper's Magazine,* vol. 201, n° 1207, December 1950, p. 86–97.
CARL MARZIALI et IRA GLASS, « Mr Boder Vanishes », dans le cadre de l'émission de radio de la station WBZ Chicago, « This American Life », produite par Chicago Public Radio et diffusée pour la première fois le 26 octobre 2001. (Pour écouter les enregistrements originaux de Boder ou lire les transcriptions, consulter le site de l'Institut technologique de l'Illinois, à cette adresse *Voices of the Holocaust* http ://voices.iit.edu/).
G.P. MEGARGEE (ed.), *Encyclopedia of Camps and Ghettos*, vol. 1, Partie B.
EZRA MENDELSOHN, *The Jews of East Central Europe Between the World Wars*, Indiana University Press, 1983.
DONALD E. MILLER et LORNA TOURYAN MILLER, *Survivors : An Oral History of the Armenian Genocide*, University of California Press, 1993.
WAYNE F. MILLER, *Chicago's South Side*, University California Press, 2000.
JAMES MOLL (dir.), *The Last Days* (film documentaire).
SIMON SEBAG MONTEFIORE, *Le Jeune Staline*, Calmann-Levy, 2008.
DEBORAH DASH MOORE (ed.), *East European Jews in Two Worlds*, YIVO Annual, YIVO Institute for Jewish Research, Northwestern University Press, 1946.
MARY P. MOTLEY (ed.), *The Invisible Soldier*, Wayne State University Press, 1975.
FILIP MÜLLER, *Trois ans dans une chambre à gaz à Auschwitz*, Pygmalion, Rouge et Blanche, 1997.

Donald Niewyk, *Fresh Wounds : Early Narratives of Holocaust Survival*, University of North Carolina Press, 1998.
Miklos Nyiszli, *Auschwitz : souvenirs d'un médecin déporté*, Julliard, 1961.
Dalia Ofer et Lenore J. Weitzman (eds), *Women in the Holocaust*, Yale University Press, 1998.
Lynne Olson, *Freedom's Daughters*, Touchstone, 2001.
Phyllis Palmer, *Domesticity and Dirt*, Temple University Press, 1989.
John Paulett et Ron Gordon, *Forgotten Chicago*, Arcadia Publishing, 2004.
Christopher Robert Reed, *The Chicago NAACP*, Indiana University Press, 1997.
Irving Richter, *Labor's Struggles, 1945-1950*, Cambridge University Press, 1994.
Emmanuel Ringelblum, *Chronique du ghetto de Varsovie*, Petite Bibliothèque Payot, 1995.
Beryl Sattler, *Family Properties*, Metropolitan Books, 2009.
Jeffrey Shandler (ed.), *Awakening Lives Autobiographies of Jewish Youth in Poland Before the Holocaust*, YIVO Institute for Jewish Research, Yale University Press, 2002.
Lore Shelley (ed.), *The Union Kommando in Auschwitz*, University Press of America, 1996.
Upton Sinclair, *La Jungle*, Le Livre de Poche, 2011.
Isaac Bashevis Singer, *Love and Exile : The Early Years – A Memoir*, Penguin, 1984.
Maren Stange, *Bronzeville*, The New Press, 2003.
Yuri Suhl (ed.), *They Fought Back*, Shocken Books, 1975.
Thomas J. Surgue, *Sweet Land of Liberty*, Random House, 2008.
Barbara W. Tuchman, *La marche folle de l'histoire*, Robert Laffont, 1992.
Barbara W. Tuchman, *Août 14*, Presses de la Cité, 1962.
Shlomo Venezia, *Sonderkommando : Dans l'enfer des chambres à gaz*, Albin Michel, 2007.
Rudolf Vrba, *Je me suis évadé d'Auschwitz*, Éditions 84, 2004.
Deborah Gray White, *Too Heavy a Load*, W.W. Norton & Co., 1999.
Juan Williams, *Eyes on the Prize : America's Civil Rights Years 1954-1965*, Penguin, 1987.
Juan Williams, *Thurgood Marshall American Revolutionary*, Three Rivers Press, 1998.
Mark Wyman, *DPs*, Associated University Press, 1989.
H. Yeide et Mr Stout, *First to the Rhine : The 6th Army Group in World War II*, Zenith Press, 2007.

Entretiens

Henryk Mandelbaum, Robert Nowak, Mr Ellen Mitchell, Nina Kliger, Mira Unreich, Paul Bruce, Sarah T. Phillips, Evan Haefeli, Eric Foner, Tobie Meyer-Fong, Amy Harfeld, Pablo “Paulie” Santos, Charles “Arch” Pounian, Audrey Uhre Mivelaz, Allen Howard, Yale Reisner, et les employés du Sloan-Kettering Memorial Cancer Center qui ont choisi de rester anonymes.

Remerciements

Pour l'amitié et le soutien qui m'ont accompagné tout au long de la gestation de ce roman, je souhaite remercier Robert Chazan, Nikki Christer, Rick Goldberg, Carmen Gurner, Deborah Gurner, Diego Gurner, Fred Gurner, Jack Gurner, Deborah Gutman, George Halasz, Ken Jacobsen, Matthias Jendis, Jennifer Keyte, Hootan Khatami, Greg Levin, Sharon Lewin, Brendan Miller, Robert Milstein, Robert Nowak, Corrie Perkin, Suzie Sharp, Mira Unreich, Rachelle Unreich, Larissa Vetrova, Gabrielle Williams et Ted Woodward.

Mes remerciements vont aussi à ceux pour lesquels cette forme d'hommage est superflue, ce qui ne la rend que plus nécessaire, Lena Martin et Ross Martin, Harry Perlman et Dorothy Kovacs, et, enfin et surtout, Janine Perlman, Toby Handfield et Liv Perlman Handfield.

Pour leur rôle dans le cheminement de ce livre jusqu'à sa publication, pour leurs conseils relatifs à ma carrière d'écrivain et pour leur amitié, je veux remercier Jin Auh, Tracy Bohan, Angus Cargill, Sarah Chalfant, Nikki Christer, Britta Claus, Cathryn Game, Jo Jarrah, Geoff Kloske, Marion Kohler, Stephen Page, Brandon VanOver, Katja Scholtz, Stephanie Sorensen et Andrew Wylie.

Je souhaite saluer ici et remercier pour leur aide dans la collecte du matériau de fond de ce livre : Henryk Mandelbaum, qui a inspiré le personnage d'Henryk Mandelbrot, Nina Kliger, Mira Unreich, Audrey Uhre Mivelaz, Charles « Arch » Pounian, Allen Howard, Robert Yufit, Pablo « Paulie » Santos, Wanda Nogeura-Irizarry du New York-Presbyterian/Weill Cornell Medical Center, Ira Glass et Carl Marziali, producteurs de l'émission de la radio WBZ Chicago, *This American Life* (dont l'épisode « Mr Boder Vanishes » m'a alerté sur l'œuvre de David Boder, dont la vie professionnelle a inspiré le personnage de Henry Border), Sarah T. Phillips, Evan Haefeli et Eric Foner pour leur hospitalité, au Département d'histoire de Columbia University, Barry Campbell et Amy Harfeld de la Fortune Society de New York, Mr Ellen Mitchell (qui a découvert les transcriptions de David Boder), Olivia Anderson, Catherine Bruck, Christopher Stewart, Kristin Standaert et Sohair Elbaz pour l'hospitalité de l'Illinois Institute of Technology, Yale Reisner de l'Institut d'histoire juive de Varsovie, Dena Everett de l'United States Army Center of Military History, Rebecca Erbelding de l'United States Holocaust Memorial Museum, Bethany Fleming de l'Holocaust Memorial Foundation of Illinois et Tobie Meyer-Fong du Département d'histoire de la Johns Hopkins University, et Rich Cohen.

Robert Nowak mérite ici une mention toute spéciale : je l'ai rencontré dans le cadre de son métier de guide du musée d'État d'Auschwitz-Birkenau. Au cours de nos séances de travail, lors de mes six visites, ce guide fiable et cet expert de l'histoire du camp s'est transformé en ami très cher et en confident. Je ne crois pas que j'aurais pu endurer les heures que j'ai vécues là-bas, indispensables à l'écriture de ce livre, sans les bienfaits de ses encouragements, sans son don des langues, son intellect, ses connaissances, sa grâce, son humour et son insistance sur la nécessité de raconter cette histoire. Fils émérite de la Pologne, il est la preuve vivante que sa ville natale d'Oświęcim n'est pas Auschwitz[1].

Harry Perlman mérite d'être distingué pour l'attention critique qu'il a généreusement prodiguée aux nombreuses incarnations de cet ouvrage, au cours des nombreuses années de sa création. Ce n'est pas la première fois que sa lecture minutieuse et ses conseils profonds se révèlent si précieux que les mots ne sauraient à eux seuls exprimer ma gratitude.

1. Oświęcim (Auschwitz en allemand) est le nom polonais de la ville sur le territoire de laquelle s'étend le camp, à cheval sur la commune de Brzezinka (Birkenau en allemand). (*N.d.T.*)

La photocomposition de cet ouvrage
a été réalisée par
GRAPHIC HAINAUT
59163 Condé-sur-l'Escaut

Cet ouvrage a été imprimé
en décembre 2012 par

CPI
FIRMIN-DIDOT

27650 Mesnil-sur-l'Estrée
N° d'édition : 52785/01
N° d'impression : 115214
Dépôt légal : janvier 2013

Imprimé en France